KB239656

일본어 형용사의 한국어 대역 시소러스

thesaurus

고은숙 편저

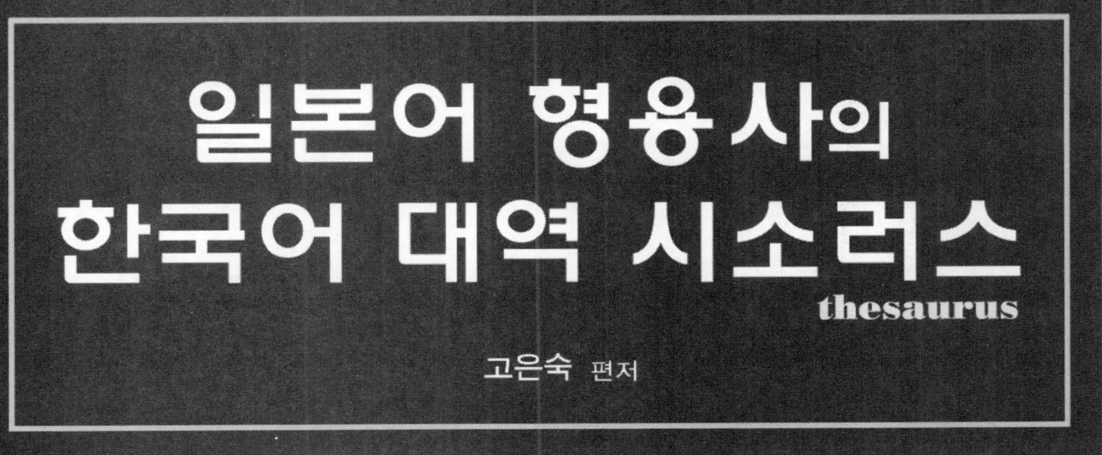

제이앤씨
Publishing Company

일본어 형용사의 한국어 대역 시소러스
thesaurus

머리말

　본서는 일본어 형용사의 의미를 파악하고 그 의미에 가까운 한국어 유의어를 검색하여, 그 유의어가 역으로 어떤 일본어에 대역될 수 있는지 소위 시소러스 색인을 통해 일본어와 한국어 형용사 어휘의 의미관계를 살펴 볼 수 있도록 하는 것을 목적으로 편찬한 것이다.

　시소러스(Thesaurus)는 소위 '단어를 의미적으로 가까운 것끼리 묶은 유의어 사전' 또는 '분류어 어휘집'이라고 번역되는데, 일본어와 한국어에는 그다지 익숙한 말로 와 닿지 않는다. 언어란 상호보완적인 관계로 존재하며 단일 의미로 존재하는 것이 아니라는 것은 주지의 사실이다. 일본어와 한국어는 유사점을 많이 갖는 언어이면서도 차이점 또한 많다. 이중 어휘 비교면에서 현저한 어휘수의 차이를 보이는 품사의 하나로 형용사는 '유의성'과 '다의성'을 갖는 특징으로 인하여 의미가 복잡하면서도 풍부하다고 할 수 있다.
　외국인을 위한 한국어 교육, 특히 일본인을 위한 한국어 교육에 있어서 한국어 형용사의 일본어 번역에는 한국어의 풍부한 형용사를 일본어 형용사에 모두 대역시킬 수 없는 실정이다. 어휘의 의미는 독립적으로 존재하는 것이 아니라, 그 어휘와 유의어의 관계에 있는 어휘와의 의미관계를 고려하지 않으면 안된다. 특히 한국어 형용사는 같은 개념이라 할지라도 일본어에 비해 그 표현방법이 다양하게 나타난다고 볼 수 있다. 즉, 이것은 같은 개념을 나타내는 다양한 형태의 유사 형용사가 존재한다는 것을 의미한다. 이러한 점을 감안하여 유사한 형용사들 중에서 원하는 개념에 대응하는 의미관계를 체계적으로 파악하기 위해 소위 '시소러스'는 빼놓을 수 없는 도구라고 생각한다. 또한 일본어와 한국어 글을 쓰는 중에 적절한 단어가 떠오르지 않을 때 이용할 수 있는 것이 시소러스이다. 시소러스의 중요한 목적은 글쓰는 이들이 어느 한 단어가 계속 사용되어 다른 단어를 쓰고자 할 때 즉, 동일 표현의 반복을 피하기 위해 사용했던 어휘 외에 다른 어휘가 또 있을 것인지를 찾아볼 수 있고, 그 중에서 자신이 의도하는 의미 내용을 가장 적절히 전달해 주는 어휘를 쉽게 선택하여 사용할 수 있도록 해 주는데 있다.

　일본어와 한국어에는 시소러스 기능을 만들 수 없는 언어상의 제약이 있을까 라는 의구심이 있을 정도로 일·한 양국어간의 대조 시소러스 연구는 아직 미비한 상태이다. 따라서 이러한 점들을 고려할 때 이 책의 편찬은 그 시도의 일환으로서 필요한 작업이라고 생각한다.
　이 책은 일본어 형용사를 중심으로 그 의미에 서로 가까운 한국어 유의어군을 이루고 있는 어휘들을 검색할 수 있도록 구성하였다. 그야말로 의미가 비슷하고 가까운 친인척관계를 이루는 어휘들을 모은 어휘집이라 할 수 있다.

 본서를 통해 이 책에 실린 한국어의 다양한 유의어가 조금이라도 일본어 형용사에 근접한 의미를 갖는 어휘를 쉽게 찾아볼 수 있는 간편하면서도 실용적인 자료로서 도움이 되기를 바란다.

 끝으로 이 책의 출판을 허락해 주신 제이앤씨 출판사 사장님 및 부장님을 비롯해 편집을 위해 애써주신 편집자 여러분들께 감사의 인사를 드린다.

편저   고은숙

일러두기

1. 본서의 구성

　본서는 〈목차〉〈본문〉〈유의어 ⇨ 한일대역어 색인〉〈한일어 색인〉으로 구성되어 있다.
　〈본문〉은 일본어 형용사 표제어 850語를 50음순으로 배열하고, 이에 대한 한국어 대역어를 제시한다. 그리고 대역어에 따른 유의어를 제시한 후, 일본국어사전 의미 정보순으로 배열한다. 〈유의어 ⇨ 한일대역어 색인〉은 유의어를 가나다순으로 제시하고, ⇨ 뒤에는 일본어 형용사의 한국어 대역어를 제시한다. 〈한일어 색인〉에서는 한국어 대역어를 가나다순으로 제시하고, 뒤에는 그에 해당하는 일본어 형용사를 제시한다.

2. 본서의 작성방법

　본서의 작성은 우선 일본국어사전 『新明解国語辞典』(752語) 『岩波国語辞典』(673語) 『三省堂国語辞典』(773語)에 표제어가 형용사(기본형이 ～い形)로 제시된 850語를 검색 추출하였다. 이것을 『한컴일한사전』을 이용하여 한국어의 의미 대역을 한 후, 『한컴유의어사전』에서 대역어에 대한 유의어를 조사·검색하는 방법으로 시행하였다. 본서에서의 일본어 사전에 대한 내용 정보는 모두 전자파일을 이용하였다. 그리고 일한사전에 대한 내용 정보는 혼글 2002에 있는 『한컴일한사전』 전자파일을 이용하였다.
　일본어 형용사의 의미가 『한컴일한사전』에 제시되어 있지 않은 경우는 2차적으로 http://jpdic.naver.com에서 제공하는 일본어 사전에서 의미를 검색하였고, 이것에도 한국어 의미가 제시되지 않은 일본어 형용사의 경우는 일본어 의미만 제시하였다.
　특히, 한국어 대역어는 형용사로 나타나는 경우도 있으나, 句나 節의 형식으로 나타나는 경우도 있다. 이러한 점을 고려하여 그에 따른 유의어 검색을 위해서는 編者의 판단에 따라 다음과 같은 형식으로 조사·검색한 것도 있음을 밝혀 둔다.

> （예）매우 사랑스럽다 ⇨ 사랑스럽다
> 　→ 아주, 매우, 몹시, 조금 서로 등의 부사가 수반된 한국어 대역어의 경우 이를 생략한 어휘로 유의어를 검색함.
> （예）사람됨이나 하는 일이 미숙하다 ⇨ 미숙하다
> 　→ 한국어 의미 대역이 句나 節로 나타날 경우 '미숙하다'의 의미로 충분히 유의어 검색이 가능하다고 판단되는 예와 같은 경우는 이 형식으로 검색함.
> （예）하는 수 없다 ⇨ 할 수 없다
> （예）철이 없다 ⇨ 철없다

이외에도 句나 節의 형식으로 나타난 한국어 대역어에서 유의어 검색을 위한 어휘선택은 編者의 판단에 따른 것이 다수 있음을 밝혀 둔다.

또한 검색된 유의어에서 '방언'으로 검색된 어휘는 제외시킨다.

3. 기호 및 약호

◎ *新*岩*三*   → 『新明解国語辞典』『岩波国語辞典』『三省堂国語辞典』

◎ %   → http://jpdic.naver.com의 한국어 대역어 검색

◎ ××   → 『한컴일한사전』의 한국어대역과 http://jpdic.naver.com의 한국어대역 없음

◎ ≠   → 유의어 없음

◎ ⇒   → 유사형용사

◎ 〈속〉   → 속어

◎ 〈고〉   → 고어

◎ 〈문〉   → 문어

◎ 〈방〉   → 방언

◎ 예시

333-ここちよい 【心地好い】 *新*岩*三*

333-01-기분이 상쾌하다 ▶ ≠

333-02-기분이 좋다 ▶ ≠

333-03-마음이 산뜻하다 ▶ 선뜻하다 1:사뜻하다, 새뜻하다, 선명(鮮明)하다; 생생하다, 청신(清新)하다, 신선(新鮮)하다, 생신(生新)하다

333-03-마음이 산뜻하다 ▶ 2:깨끗하다, 말끔하다, 보기좋다

333-03-마음이 산뜻하다 ▶ 3:말쑥하다

333   → 표제어의 제시 순번

333-<u>01</u>   → 한국어대역

333-<u>02</u>

333-<u>03</u>

▶   → 한국어 대역어에 대한 유의어

◎ 일본국어사전 의미정보 제시

『新明解国語辞典』의 의미정보 제시를 원칙으로 한다. 단, '岩波' '三省堂' 두 사전에만 표제어가 제시된 형용사는 '三省堂' 사전의 의미정보를 제시한다. 그리고 '岩波'나 '三省堂' 중에 한 사전에만 제시된 형용사인 경우 각각 그 사전의 의미정보를 제시한다.

4. 자료

◎『新明解国語辞典』(2005, 第六版, 三省堂)

◎『岩波国語辞典』　(2000, 第六版, 岩波書店)

◎『三省堂国語辞典』(2008, 第六版, 三省堂)

◎『한컴일한사전』훈글프로그램2002

◎『한컴유의어사전』훈글프로그램2002

◎ http://jpdic.naver.com의　일본어사전

목차

일본어 형용사의 한국어 대역 시소러스

thesaurus

일본어 형용사의 한국어 대역 시소러스

thesaurus

001-あいくるしい【愛くるしい】 *新*岩*三*

001-01-아주 귀엽다 ▸ 예쁘다, 사랑스럽다, 안차다, 깜찍하다, 사랑옵다, 사랑홉다

001-02-매우 사랑스럽다 ▸ 어여쁘다, 귀엽다, 사랑옵다, 사랑홉다

001-あいくるしい *新*岩*三*// 新明解

> [「くるしい」は、強意の接辞]子供などの顔があどけなくてかわいらしい。

002-あいひとしい *新****%

002-00-서로 같다 ▸ 1:한가지다, 꼭같다, 여전하다, 동일(同一)하다, 일치(一致)하다, 동질(同質)이다, 동류(同類)이다, 대등(対等)하다, 합동(合同)이다, 균등(均等)하다, 균일(均一)하다, 변함없다, 한결같다; 틀림없다

002-00-서로 같다 ▸ 2:닮다; 비슷하다, 흡사(恰似)하다, 상사(相似)하다, 유사(類似)하다

002-00-서로 같다 ▸ 3:답다

002-あいひとしい *新****// 新明解

> 双方を比べたとき、長さ・形・大きさなどが互いに全く同じだ。

003-あいらしい【愛らしい】 *新*岩*三*

003-01-귀엽다 ▸ 예쁘다, 사랑스럽다, 안차다, 깜찍하다, 사랑옵다, 사랑홉다

003-02-사랑스럽다 ▸ 어여쁘다, 귀엽다, 사랑옵다, 사랑홉다

003-あいらしい *新*岩*三*// 新明解

> [人や動物などについて]かわいらしくて、思わず△愛撫(アイブ)して(手に取って)みたくなる感じだ。

004-あえない【敢(え)無い】 *新*岩*三*

004-01-허무하다 ▸ 1:텅 비다, 없다

004-01-허무하다 ▸ 2:덧없다; 초로(草露)같다

004-02-덧없다 ▸ 1:빠르다; 속절없다

004-02-덧없다 ▸ 2:무상(無常), 허무(虚無)하다

004-02-덧없다 ▸ 3:근거 없다, 터무니없다, 확실치 않다, 무근(無根)하다, 무거(無拠)하다, 무

근거(無根拠)하다

004-あえない *新*岩*三*// 新明解

思ったよりもろい結末だ。

005-あおい 【青い】 *新*岩*三*

005-01-파랗다 ▸ ≠
005-02-푸르다 ▸ 1:푸르뎅뎅하다, 푸르데데하다, 푸르께하다, 푸르죽죽하다, 푸르스름하다,
　　　청색이다, 창창(滄滄)하다, 청청(青青)하다
005-02-푸르다 ▸ 2:싱싱하다
005-03-창백하다 ▸ 해쓱하다, 하얗다
005-04-핏기가 없다 ▸ ≠
005-05-열매가 덜 익다 ▸ ≠
005-06-설다 ▸ 덜 익다, 서투르다, 설면하다; 낯설다, 미숙(未熟)하다
005-07-사람됨이나 하는 일이 미숙하다 ▸ 불숙(不熟)하다 1:덜익다, 설익다
005-07-사람됨이나 하는 일이 미숙하다 ▸ 2:익숙치 못하다, 어설프다, 서투르다, 미련(未練)
　　　하다; 미숙련(未熟練)하다
005-08-어리다 ▸ 1:앳되다, 연소(年少)하다, 유소(幼小)하다, 아리잠직하다, 치발부장(歯髪不
　　　長)이다, 치발불급(歯髪不及)이다
005-08-어리다 ▸ 2:유치(幼稚)하다, 유충(幼沖)하다, 젖내나다; 어리석다

005-あおい *新*岩*三*// 新明解

↔ 赤い ① 青の色だ。 ② 顔色が青ざめた様子だ。 ③ [実などが]まだ熟さない。

006-あおくさい 【青臭い】 *新*岩*三*

006-01-풋내가 나다 ▸ ≠
006-02-미숙하다 ▸ 불숙(不熟)하다 1:덜익다, 설익다
006-02-미숙하다 ▸ 2:익숙치 못하다, 어설프다, 서투르다, 미련(未練)하다; 미숙련(未熟練)하다

006-あおくさい *新*岩*三*// 新明解

① 青菜や未熟なトマトなどを切ったときのにおいがする感じだ。 ② 未熟な感じだ。

007-あおぐろい 【青黒い】 **岩*三*

007-00-검푸르다 ▸ ≠

007-あおぐろい **岩*三*// 三省堂

> 黒みをおびて青い。

008-あおじろい 【青白い・蒼白い】 *新*岩*三*

008-01-푸른 기가 있고 희다 ▸ ≠
008-02-(안색이)창백하다 ▸ 해쓱하다, 하얗다
008-03-해쓱하다 ▸ 핏기 없다, 야위어 보이다, 수척하다, 파리하다, 파르께하다, 창백(蒼白)하다
008-04-핏기가 없다 ▸ ≠

008-あおじろい *新*岩*三*// 新明解

> ① 白色の中に かすかに青みを含んでいる様子だ。
> ② [恐怖や病気などで]青ざめた様子だ。 表記 「蒼白い」とも書く。

009-あおっぽい **岩**%

009-01-푸르스름하다 ▸ ≠
009-02-미숙하다 ▸ 불숙(不熟)하다 1:덜익다, 설익다
009-02-미숙하다 ▸ 2:익숙치 못하다, 어설프다, 서투르다, 미련(未練)하다; 미숙련(未熟練)하다

009-あおっぽい **岩**// 岩波

> ① 全体として青が主となった感じの色合いだ。 ② → あおくさい(2)

010-あかい 【赤い】 *新*岩*三*

010-01-붉다 ▸ 핏빛 같다, 붉디 붉다
010-02-빨갛다 ▸ 뻘겋다, 발갛다, 붉다
010-03-좌익(左翼)사상을 가지다 ▸ ≠

010-あかい *新*岩*三*// 新明解

> 赤の色だ。 ↔ 青い

011-あかぐろい 【赤黒い】 ★★岩★三★

011-00-검붉다 ▸ ≠

011-あかぐろい ★★岩★三★// 三省堂

黒みをおびて赤い。

012-あかるい 【明るい】 ★新★岩★三★

012-01-밝다 ▸ 1:환하다, 양명(亮明)하다, 양명(陽明)하다, 명랑(明亮)하다
012-01-밝다 ▸ 2:똑똑하다, 분명하다, 선명하다, 명료(明瞭)하다
012-01-밝다 ▸ 3:잘 알다, 능통(能通)하다
012-01-밝다 ▸ 4:공명(公明)하다
012-02-자세히 알고 있다 ▸ ≠
012-03-정통(精通)하다 ▸ 잘알다, 환히 알다
012-04-명랑하다 ▸ 밝다, 쾌활(快活)하다, 발랄(溌剌)하다, 생기(生気)있다, 활발(活溌)하다,
            활기(活気)있다, 생기발랄(生気溌剌)하다
012-05-마음이 밝다 ▸ ≠
012-06-표현이 뚜렷하고 알기 쉽다 ▸ ≠
012-07-빛깔이 밝다 ▸ ≠
012-08-공명정대하다 ▸ 떳떳하다

012-あかるい ★新★岩★三★// 新明解

↔ 暗い ① (そこで何かをするのに必要な)光が十分な状態だ。
② (A)[黒・白以外の]同系統の色の中で濃さの度合が少ない方だ。
    (B)各種の色の中で、目につきやすい方だ。黄色・オレンジ色など。
③ そこから受ける印象に、肯定的な要素が感じられる状態だ。
④ その方面の細かい事情にまでよく通じている様子だ。

013-あきっぽい ★新★岩★三★%

013-01-금방 싫증을 내다 ▸ ≠
013-02-이내 물리다 ▸ ≠

013-あきっぽい ★新★岩★三★// 新明解

[口頭]飽きやすい。

014-あきやすい ✱新✱✱✱✱×

014-××

014-あきやすい ✱新✱✱✱// 新明解

> どんな事も続けてすることが出来ない性質だ。

015-あくどい ✱新✱岩✱三✱

015-01-(빛깔이나 맛이)너무 짙다 ► 1:진하다
015-01-(빛깔이나 맛이)너무 짙다 ► 2:뽀얗다, 뿌옇다; 농후(濃厚)하다
015-01-(빛깔이나 맛이)너무 짙다 ► 3:빽빽하다, 울창(鬱蒼)하다
015-01-(빛깔이나 맛이)너무 짙다 ► 4:걸죽하다
015-02-(빛깔이나 맛이)지나치다 ► ≠
015-03-끈덕지다 ► ≠
015-04-악랄하다 ► 악하다, 악독하다

015-あくどい ✱新✱岩✱三✱// 新明解

> [「あ」は接辞] ① 普通より△けばけばしく(しつこく)て、いやな感じだ。② 法に反することも無視して、自分のやりたいようにやる様子だ。[表記]「悪どい」と書く向きも有る。

016-あさい 【浅い】 ✱新✱岩✱三✱

016-01-얕다 ► 1:옅다; 야트막하다, 여트막하다; 야틈하다, 여틈하다; 짧다, 천단(浅短)하다, 천근(浅近)하다
016-01-얕다 ► 2:좁다, 천박(浅薄)하다, 비천(鄙浅)하다; 모자라다
016-02-도수나 정도가 낮다 ► 1:얕다, 나직하다, 나지막하다, 작다
016-02-도수나 정도가 낮다 ► 2:저급(低級)하다, 저질(低質)이다
016-02-도수나 정도가 낮다 ► 3:적다, 저임(低賃)이다
016-02-도수나 정도가 낮다 ► 4:서늘하다, 춥다
016-03-아직 충분하다고 할 수 없다 ► ≠
016-04-색이 짙지 못하다 ► ≠
016-05-엷다 ► 얇다 1:얄팍하다
016-05-엷다 ► 2:흐리다

016-あさい *新*岩*三*// 新明解

> ① [表面・外から]底・奥までの距離が短い。 ② 深さの度合が少ない。
> ③ 始まってから長くたっていない。[①と、②の一部の用法の対義語は、深い]

017-あさぐろい【浅黒い】 *新*岩*三*

017-00-거무스름하다 ► ≠

017-あさぐろい *新*岩*三*// 新明解

> [肌の色が]薄黒い。

018-あざとい *新*岩*三*

018-01-<속>약삭빠르다 ► 약다, 약빠르다, 약삭스럽다, 꾀바르다, 발밭다, 민첩(敏捷)하다,
　　　기민(機敏)하다, 기민혜할(機敏彗黠)하다, 민첩혜할(敏捷彗黠)하다
018-02-약빠르다 ► ≠

018-あざとい *新*岩*三*// 新明解

> [関西方言][「あ」は接辞] ① △浅はか(小利口)な点が批判の対象となる様子だ。
> ② あくどい所が有って、悪い印象を与える様子だ。

019-あさましい【浅ましい】 *新*岩*三*

019-01-비열하다 ► ≠
019-02-한심하다 ► 가엾다, 딱하다, 한심스럽다, 기막히다
019-03-비참하다 ► 끔찍하다

019-あさましい *新*岩*三*// 新明解

> ① 余りにもみじめな状態で、見るに堪えない様子だ。
> ② △品性(性行)が下劣で、一緒に△居る(生きている)のがいやな感じだ。

020-あじきない【味気無い】 **岩*三*

020-01-싱겁다 ► 1:삼삼하다, 심심하다, 밍밍하다
020-01-싱겁다 ► 2:실없다, 맹물같다, 별미적다, 별쭝나다, 냉수(冷水)스럽다; 보리죽에 맹물

　　　　탄 것 같다
020-01-싱겁다 ▸ 3:순하다
020-02-따분하다 ▸ 1:느른하다, 맥없다, 기운없다
020-02-따분하다 ▸ 2:어렵다, 난처(難処)하다, 곤란(困難)하다
020-02-따분하다 ▸ 3:지리하다, 지루하다, 답답하다
020-02-따분하다 ▸ 4:처량하다, 애닯다, 애달프다
020-03-재미없다 ▸ 흥미(興味)없다, 선겁다, 삭연(索然)하다
020-04-무익하다 ▸ ≠

020-あじきない ＊＊岩＊三＊// 三省堂

> あじけない。

021-あじけない 【味気無い】 ＊新＊岩＊三＊

021-00-⇒あじきない

021-あじけない ＊新＊岩＊三＊// 新明解

> おもしろみや、張りあいが無くて、それ以上続けて行くのがいやな感じだ。あじきない。

022-あじましい ＊新＊＊＊××

022-××

022-あじましい ＊新＊＊＊// 新明解

> [北海道・東北方言] 気分がしっくり合ったりして、気持がよい。あずましい。

023-あせくさい ＊新＊＊＊％

023-00-땀 냄새가 나다 ▸ ≠

023-あせくさい ＊新＊＊＊// 新明解

> 汗でからだや衣服から不快なにおいが発散される様子だ。

024-あたじけない *新*岩*三*%

024-01-<속>인색하다 ▶ 박(搏)하다, 짜다, 인정없다, 밭다, 강밭다, 타끈하다, 타끈스럽다, 바냐위다, 노리다, 돔바르다, 가린스럽다, 다랍다, 손맑다, 낯간지럽다, 인(吝)하다

024-02-쩨쩨하다 ▶ 1:시시하다, 신통찮다, 변변찮다

024-02-쩨쩨하다 ▶ 2:잘다, 다랍다, 치사(恥事)하다, 치사스럽다, 인색(吝嗇)하다

024-03-치사스럽다 ▶ 치사하다, 남부끄럽다, 단작스럽다, 수치(羞恥)스럽다

024-04-단작스럽다 ▶ ≠

024-05-빈약하다 ▶ 보잘것없다, 약하다

024-あたじけない *新*岩*三*// 新明解

いやにけちだ。

025-あたたかい 【暖かい① ・ 温かい②】 *新*岩*三*

025-00-따뜻하다①② ▶ 뜨듯하다; 따듯하다, 다스하다, 다사하다, 다습다, 드습다, 따사롭다, 다사롭다; 따사하다, 따스하다; 따삽다, 따습다; 푹하다, 온하다, 온난(温暖)하다, 온화하다

025-あたたかい *新*岩*三*// 新明解

① 適度の温度があって、寒さ・冷たさなどによる不快感を受けることが無い。
② 気持が通いあって、違和感を感じない。
③ 同情・理解が有る様子だ。[口頭語では「あったかい」] 表記 「温かい」とも書く。

026-あだっぽい 【婀娜っぽい】 **岩*三*

026-01-매력이 있어 아름답다 ▶ 예쁘다, 어여쁘다, 곱다, 귀엽다, 새뜻하다, 아리땁다, 미려(美麗)하다, 수려(秀麗)하다, 우아(優雅)하다, 가려(佳麗)하다, 선연(鮮妍)하다, 선연(嬋娟)하다, 청염(清艶)하다, 야염(冶艶)하다, 아나(婀娜)하다, 기려(奇麗)하다, 육리(陸離)하다, 요요(姚姚)하다, 요요(夭夭)하다, 휴미(休美)하다, 선호(鮮好)하다, 병정(娉婷)하다, 섬연(纖妍)하다, 선연(嬋妍)하다; 매력적(魅力的)이다; 빼어나다

026-02-(주로 여성에 대하여 씀)요염하다 ▶ 아리땁다

026-あだっぽい **岩*三*// 三省堂

なまめかしさがあらわれている感じだ。

027-**あたらしい 【新しい】** *新*岩*三*

027-01-새롭다 ► 1:새삼스럽다

027-01-새롭다 ► 2:참신(斬新)하다, 신선(新鮮)하다

027-01-새롭다 ► 3:처음이다, 초유(初有)이다

027-01-새롭다 ► 4:필요하다

027-02-변경되어 지금까지와는 다르다 ► 1:틀리다, 각이(各異)하다, 같지 않다, 따다, 맞지 않다, 상이(相異)하다

027-02-변경되어 지금까지와는 다르다 ► 2:특별(特別)하다, 특별나다

027-03-일이 바뀐 후의 처음 ► ≠

027-04-신선하다 ► 싱싱하다, 생생하다; 깨끗하다, 새롭다, 산뜻하다, 신신하다

027-05-생생하다 ► 1:생기 왕성(生気旺盛)하다, 생기 발랄(生気溌剌)하다, 발랄하다, 생기 있다, 팔팔하다, 활현(活現)하다

027-05-생생하다 ► 2:맑다, 산뜻하다

027-05-생생하다 ► 3:또렷하다, 뚜렷하다, 명백(明白)하다, 선명(鮮明)하다

027-06-금방 되다 ► ≠

027-07-처음으로 사용하다 ► ≠

027-08-현대적이다 ► ≠

027-09-진보적이다 ► ≠

027-あたらしい *新*岩*三*// 新明解

↔ 古い ① そのものに、今まで他のものには見られなかった性格・面が認められる様子だ。
② △出来た(取れた)ばかりで、まだあまり時間がたっていない様子だ。

028-**あつい 【暑い① ・ 熱い② ・ 厚い③ ・ 篤い④】** *新*岩*三*

028-01-덥다① ► 1:물쿠다, 물다; 찌다, 무덥다

028-01-덥다① ► 2:뜨겁다

028-02-열이 높다② ► ≠

028-03-뜨겁다② ► 따갑다 1:덥다; 열렬(熱烈・烈烈)하다, 맹렬(猛烈)하다

028-03-뜨겁다② ► 2:창피(猖披)하다, 부끄럽다, 무안(無顔)하다

028-04-열렬히 사랑하고 있다② ► ≠

028-05-두껍다③ ► 1:두툼하다, 도톰하다; 도독하다, 두둑하다; 톡톡하다, 툭툭하다

028-05-두껍다③ ► 2:염치없다, 뻔뻔하다, 뻔뻔스럽다, 몰염치(没廉恥)하다, 체면없다, 안후(顔厚)하다

028-06-인정이 깊다③④ ► ≠

028-07-정이 두텁다③④ ► ≠
028-08-병세가 위독하다④ ► ≠

028-あつい *新*岩*三*// 新明解

> [一]【熱い】① 物が高い熱をもっていて、接触したり近づいたりする△からだに強い刺激を受ける(のが危険だと感じられる)状態だ。② 何かの事情が起因で、感情が平常より高ぶりやすくなっている状態だ。
> [二]【暑い】気温が高くて、快適に過ごすことが出来ない状態だ。↔ 寒い

> ↔ 薄い [一]【厚い】① 表層と下底の間に幅があり、組織が層を成してつまって△いる(見える)様子だ。② その△こと(人)に対して、うそ偽りの無い気持を抱く様子だ。
> 表記 [一] ②は「《篤い」とも書く。[二]【《篤い】病状が進行しており、楽観を許さない状態だ。

029-あつかましい【厚かましい】 *新*岩*三*

029-01-몰염치하다 ► 염치 없다
029-02-뻔뻔스럽다 ► 빤빤스럽다; 빤빤하다, 뻔뻔하다, 발막하다, 염치없다, 몰염치하다, 언죽번죽하다; 언죽언죽하다, 낯두껍다, 무치(無恥)하다, 강안(強顔)하다, 후안(厚顔)하다, 후안무치(厚顔無恥)하다, 안후(顔厚)하다, 낯가죽 두껍다

029-あつかましい *新*岩*三*// 新明解

> ① いいかげんにやめたらいいのに、恥ずかしげも無く、△平気で(また同じ事を繰り返して)する様子だ。② ずうずうしい。

030-あつくるしい【暑苦しい】 *新*岩*三*

030-01-무덥다 ► 덥다, 후덥지근하다, 물쿠다, 찌는 듯하다
030-02-괴롭도록 덥다(또 그렇게 보이다) ► 1:물쿠다, 물다; 찌다, 무덥다
030-02-괴롭도록 덥다(또 그렇게 보이다) ► 2:뜨겁다

030-あつくるしい *新*岩*三*// 新明解

> 温度・湿度が高い上に、空気の流通が悪くて、耐えがたい。表記 「熱苦しい」とも書く。

031-あっけない 【呆気無い】 ∗新∗岩∗三∗

031-01-불만스럽다 ► 시쁘다, 시틋하다

031-02-맥이 빠지다 ► ≠

031-03-싱겁다 ► 1:삼삼하다, 심심하다, 밍밍하다

031-03-싱겁다 ► 2:실없다, 맹물같다, 별미적다, 별쭝나다, 냉수(冷水)스럽다; 보리죽에 맹물 탄 것 같다

031-03-싱겁다 ► 3:순하다

031-あっけない ∗新∗岩∗三∗// 新明解

> [「ない」は形容詞を形作る接辞、「無」の意味は無い] [予想していたよりも簡単で]物足りない。

032-あったかい 【暖かい・温かい】 ∗∗∗三∗

032-00-⇒あたたかい

032-あったかい ∗∗∗三∗// 三省堂

> 「あたたかい」のくだけた言い方。

033-あつぼったい ∗新∗岩∗三∗%

033-01-두툼하다 ► 도톰하다; 두틈하다 1:두껍다

033-01-두툼하다 ► 2:넉넉하다, 풍족(豊足)하다

033-02-두껍고 무거운 듯하다 ► ≠

033-あつぼったい ∗新∗岩∗三∗// 新明解

> 厚くて、重たいような感じだ。

034-あどけない ∗新∗岩∗三∗

034-00-천진하고 귀엽다 ► 예쁘다, 사랑스럽다, 안차다, 깜찍하다, 사랑옵다, 사랑홉다

034-あどけない ∗新∗岩∗三∗// 新明解

> [「あどなし」の変化] [子供が]無邪気な本心をそのまま言動や表情に表わしていて、△愛らしい(憎めない)様子だ。

035-あぶない 【危ない】 *新*岩*三*

035-01-위험하다 ▸ 위태롭다

035-02-위태롭다 ▸ ≠

035-03-근심하다 ▸ ≠

035-04-애매하다 ▸ 앰하다, 억울하다, 원통(怨痛)하다

035-05-믿을 수 없다 ▸ ≠

035-あぶない *新*岩*三*// 新明解

① 生命や身体の安全が保てないおそれがある様子だ。
② よい結果に至るとは期待できない様子だ。
③ 危機的状況が迫り、今にも最悪の結果を招くおそれがある様子だ。

036-あぶなげない *新*****××

036-××

036-あぶなげない *新***// 新明解

安定していて少しも不安を感じさせない。

037-あぶなっかしい 【危なっかしい】 *新*岩*三*

037-01-<속>위태위태하다 ▸ ≠

037-02-매우 염려되다 ▸ ≠

037-あぶなっかしい *新*岩*三*// 新明解

よくない結果になりそうで見ていてはらはらさせられる感じだ。

038-あぶらっこい 【脂っこい・油っこい】 *新*岩*三*

038-01-기름기가 많다 ▸ ≠

038-02-고집이 세다 ▸ ≠

038-あぶらっこい *新*岩*三*// 新明解

① あぶらけが強い。 ② (性質などが)あっさりしていなくて、しつこい。

039-あほらしい 【阿呆らしい】 *新*岩*三*

039-01-바보 같다 ► ≠

039-02-매우 어리석다 ► 어리뜩하다, 어수룩하다, 더덜못하다, 잔작하다, 덩둘하다, 늑되다, 쇠양배양하다, 뒷귀먹다; 바보스럽다, 멍청하다, 어병하다, 꺼벙하다, 더리다, 무디다, 둔하다, 아둔하다, 우둔(愚鈍)하다, 우매(愚昧)하다, 암둔(闇鈍)하다, 암매(闇昧)하다, 암매(暗昧)하다, 암매(唵昧)하다, 암둔(暗鈍)하다, 알매(乻昧)하다, 당우(戇憂)하다, 암약(闇弱)하다, 암잔(闇孱)하다, 송우(憃愚)하다, 용렬(庸劣)하다, 용탑(茸闒)하다, 우몽(愚蒙)하다, 우미(愚迷)하다, 우로(愚魯)하다, 치매(痴呆)하다

039-あほらしい *新*岩*三*// 新明解

> ばからしい。[「あほくさい」とも言う]

040-あまい 【甘い】 *新*岩*三*

040-01-(맛이)달다 ► 1:감미(甘味)롭다, 달콤하다, 달디달다

040-01-(맛이)달다 ► 2:들다, 즐겁다

040-02-싱겁다 ► 1:삼삼하다, 심심하다, 밍밍하다

040-02-싱겁다 ► 2:실없다, 맹물같다, 별미적다, 별쭝나다, 냉수(冷水)스럽다; 보리죽에 맹물 탄 것 같다

040-02-싱겁다 ► 3:순하다

040-03-애정이 두텁다 ► 도탑다; 깊다, 돈독(敦篤)하다, 돈후(敦厚)하다, 관흡(款洽)하다; 많다

040-04-말이 능숙하다 ► 능하다, 익숙하다, 잘하다, 손싸다, 능란(能爛)하다

040-05-엄하지 않다 ► ≠

040-06-후하다 ► 1:인정(人情)많다, 인서(仁恕)하다, 후박(厚朴)하다

040-06-후하다 ► 2:두껍다

040-06-후하다 ► 3:많다, 넉넉하다

040-07-둔하다 ► 1:재주 없다, 솜씨 없다

040-07-둔하다 ► 2:느리다, 굼뜨다, 메뜨다, 멥뜨다, 머줍다, 둔탁(鈍濁)하다, 둔팍하다

040-07-둔하다 ► 3:무디다, 미련하다, 어리석다, 둘하다, 투미하다, 우둔(愚鈍)하다, 둔감(鈍感)하다

040-07-둔하다 ► 4:탁(濁)하다, 둔탁(鈍濁)하다

040-08-느슨하다 ► 나슨하다 1:헐겁다; 사부랑하다, 서부렁하다; 사분하다, 청처짐하다

040-08-느슨하다 ► 2:옹골차지 못하다

040-09-(칼 따위가)잘 들지 않다 ► ≠

040-あまい *新*岩*三*// 新明解

> ① ↔ からい（A）砂糖や蜜(ミツ)のように、舌に△快く感じられる(抵抗感を与えない)味
> だ。[広義では、かいだり聞いたりして、いい感じが得られることにも言う]（B）煮物や
> 汁物の塩けが薄△い(くて、物足りない)感じだ。② きびしさ・鋭さが足りない感じだ。
> ③ 相場が幾らか下がり気味だ。↔ しっかり

041-あまからい *新*岩*三*%

041-01-달고 짜다 ▸ ≠
041-02-달짝지근하다 ▸ ≠

041-あまからい *新*岩*三*// 新明解

> 砂糖の味と、しょうゆ・ショウガなどの味がたっぷり感じられる様子だ。

042-あまずっぱい【甘酸っぱい】 *新*岩*三*

042-00-달콤하고 시다 ▸ ≠

042-あまずっぱい *新*岩*三*// 新明解

> 甘みと酸っぱみとが交じった味だ。

043-あまちょろい **岩*三*%

043-00-⇒あまっちょろい

043-あまちょろい **岩*三*// 三省堂

> ⇒あまっちょろい。

044-あまったるい【甘ったるい】 *新*岩*三*

044-01-달콤하다 ▸ 달다, 감칠맛 있다, 달곰하다, 달큼하다, 감미(甘味)롭다, 들큼하다
044-02-애정이 매우 두텁다 ▸ 도탑다; 깊다, 돈독(敦篤)하다, 돈후(敦厚)하다, 관흡(款洽)하다;
　　　많다

044-あまったるい ＊新＊岩＊三＊// 新明解

> 甘すぎて、それ以上食べるのがいやな感じだ。

045-あまっちょろい 【甘っちょろい】 ＊新＊＊三＊

045-01-<속>엄하지 않다 ► ≠
045-02-생각이 미숙하다 ► ≠

045-あまっちょろい ＊新＊＊三＊// 新明解

> [「甘ちょろい」の強調形に基づく口頭語] 考えなどが安易で、実際の役に立たない様子だ。

046-あやうい 【危うい】 ＊新＊岩＊三＊

046-01-위태하다 ► 위태롭다, 바드럽다
046-02-위험하다 ► 위태롭다

046-あやうい ＊新＊岩＊三＊// 新明解

> 滅亡・崩壊など、最悪の事態に至るおそれが目前に迫っている状態だ。[「あぶない」の雅語的表現としても用いられる]

047-あやしい 【怪しい】 ＊新＊岩＊三＊

047-01-이상하다 ► 이상스럽다, 야릇하다, 이상야릇하다
047-02-괴상하다 ► 야릇하다, 그로테스크(프grotesque)하다, 괴상야릇하다, 괴이(怪異)쩍다, 이상야릇하다, 변스럽다, 괘꽝스럽다, 팽배롭다
047-03-수상하다 ► 의심쩍다, 의심스럽다, 수상그르다, 수상스럽다, 수상쩍다
047-04-의심스럽다 ► 의문(疑問)스럽다, 미심(未審)쩍다, 괴이(怪異)하다, 괴이쩍다, 미심하다, 미신(未信)하다, 불심(不審)하다, 섭의(涉疑)하다, 의아(疑訝)하다, 의아스럽다, 괴아(怪訝)하다, 괴의(怪疑)하다
047-05-믿기 어렵다 ► ≠
047-06-(남녀간에)비밀 관계가 있는 것 같다 ► ≠

047-あやしい ＊新＊岩＊三＊// 新明解

> ① 今までに△見た(聞いた)ことがなく、不気味に感じられて、警戒心を起こさせる様子だ。
> ② △不確かな(疑わしい)点があって、先行きが気にかかる様子だ。
> ③ 実体や中身がはっきりよせず、疑わずにはいられない感じだ。
> ④ 習得した技術や知識が△不十分で(当てにならず)、信用できない感じだ。

048-あらあらしい 【荒荒しい】 ＊新＊岩＊三＊

048-01-몹시 난폭하다 ▸ ≠

048-02-거칠다 ▸ 1:굵다

048-02-거칠다 ▸ 2:성기다, 성글다, 초솔(草率)하다, 에부수수하다

048-02-거칠다 ▸ 3:스산하다, 황폐(荒廃)하다

048-02-거칠다 ▸ 4:난폭하다, 황(荒)하다, 패만(悖慢)하다

048-02-거칠다 ▸ 5:험하다, 노망하다(鹵莽), 조략(粗略)하다, 노무(魯莽)하다, 소략(疏略)하다, 초략(草略)하다

048-02-거칠다 ▸ 6:나쁘다, 막되다

048-02-거칠다 ▸ 7:깔깔하다, 테석테석하다, 거칠하다, 꺼칠하다, 거칠거칠하다, 거칫하다, 껄껄하다, 삽(渋)하다

048-02-거칠다 ▸ 8:척박(瘠薄)하다, 교박(磽薄)하다

048-02-거칠다 ▸ 9:데퉁하다, 데퉁스럽다, 퉁명스럽다

048-あらあらしい ＊新＊岩＊三＊// 新明解

> まわりに好ましくない影響を及ぼすほど、動きや勢いの激しさが目立つ状態だ。

049-あらい 【荒い①・粗い②】 ＊新＊岩＊三＊

049-01-(정신이나 태도가)거칠다① ▸ 1:굵다

049-01-(정신이나 태도가)거칠다① ▸ 2:성기다, 성글다, 초솔(草率)하다, 에부수수하다

049-01-(정신이나 태도가)거칠다① ▸ 3:스산하다, 황폐(荒廃)하다

049-01-(정신이나 태도가)거칠다① ▸ 4:난폭하다, 황(荒)하다, 패만(悖慢)하다

049-01-(정신이나 태도가)거칠다① ▸ 5:험하다, 노망하다(鹵莽), 조략(粗略)하다, 노무(魯莽)하다, 소략(疏略)하다, 초략(草略)하다

049-01-(정신이나 태도가)거칠다① ▸ 6:나쁘다, 막되다

049-01-(정신이나 태도가)거칠다① ▸ 7:깔깔하다, 테석테석하다, 거칠하다, 꺼칠하다, 거칠거칠하다, 거칫하다, 껄껄하다, 삽(渋)하다

049-01-(정신이나 태도가)거칠다① ▸ 8:척박(瘠薄)하다, 교박(磽薄)하다
049-01-(정신이나 태도가)거칠다① ▸ 9:데퉁하다, 데퉁스럽다, 퉁명스럽다
049-02-난폭하다① ▸ ≠
049-03-기세가 격렬하다① ▸ ≠
049-04-난폭하여 절도(節度)가 없다① ▸ ≠
049-05-정밀하지 않다② ▸ ≠
049-06-조잡하다② ▸ 잡스럽다, 품위(品位)없다, 볼품없다
049-07-매끈하지 못하다② ▸ ≠
049-08-거칠거칠하다② ▸ ≠
049-09-성기다② ▸ 상기다; 살피다, 설피다, 뜨다, 버성기다, 드문드문하다, 늘썽하다, 엉성하다,
　　　　　설피다, 거칠다, 설핏하다, 성깃하다, 소소(疏疏-疎疎)하다, 소략(疏略)하다
049-10-굵다② ▸ ≠

049-あらい *新*岩*三*// 新明解

[一]【荒い】① 急には収まりそうにないほど、激しい動きや強い勢いが顕著な状態だ。
② むらが有ったり 極端に走ったりする傾向が顕著で、抑制がきかない様子だ。
[二]【粗い】↔ こまかい ① 粒が大きかったり △織った(編んだ)ものの目が大きかったり
して、すきまの目立つ状態だ。② 細部にまで必要な神経が行き届いていない様子だ。

050-あらっぽい【荒っぽい】 *新*岩*三*

050-01-거칠다 ▸ 1:굵다
050-01-거칠다 ▸ 2:성기다, 성글다, 초솔(草率)하다, 에부수수하다
050-01-거칠다 ▸ 3:스산하다, 황폐(荒廃)하다
050-01-거칠다 ▸ 4:난폭하다, 황(荒)하다, 패만(悖慢)하다
050-01-거칠다 ▸ 5:험하다, 노망하다(鹵莽), 조략(粗略)하다, 노무(魯莽)하다, 소략(疏略)하다,
　　　　　초략(草略)하다
050-01-거칠다 ▸ 6:나쁘다, 막되다
050-01-거칠다 ▸ 7:깔깔하다, 테석테석하다, 거칠하다, 꺼칠하다, 거칠거칠하다, 거칫하다, 껄
　　　　　껄하다, 삽(渋)하다
050-01-거칠다 ▸ 8:척박(瘠薄)하다, 교박(磽薄)하다
050-01-거칠다 ▸ 9:데퉁하다, 데퉁스럽다, 퉁명스럽다
050-02-난폭하다 ▸ ≠
050-03-조잡(粗雜)하다 ▸ 잡스럽다, 품위(品位)없다, 볼품없다

050-あらっぽい　＊新＊岩＊三＊//　新明解

> 同類と比べて、いかにも荒いという感じを与える状態だ。[表記]「粗っぽい」とも書く。

051-あらまほしい　＊＊＊三＊××

051-××

051-あらまほしい　＊＊＊三＊//　三省堂

> [文]あってほしい。理想的だ。

052-あられもない　＊新＊＊三＊

052-01-(여자의 행실에서)어울리지 않다 ► ≠
052-02-적당하지 않다 ► ≠

052-あられもない　＊新＊＊三＊//　新明解

> あってはならない。[多く、女性の他人の目に映るかっこうについて用いる]

053-ありがたい【有り難い】　＊新＊岩＊三＊

053-01-(가르침 등이)거룩하다 ► 높다; 귀하다, 훌륭하다, 고귀(高貴)하다, 귀중(貴重)하다;
　　　　　성(聖)스럽다, 신성(神聖)하다, 존엄(尊厳)하다
053-02-황송하다 ► ≠
053-03-고맙다 ► 감사(感謝)하다, 은혜(恩恵)롭다
053-04-형편에 맞다 ► ≠

053-ありがたい　＊新＊岩＊三＊//　新明解

> [もと「めったに無い」の意] ① めったに受けることの出来ない恩恵・好意・配慮に接して、身の幸せをしみじみと感じる様子だ。② かけがえの無い経験をして、心から良かったと思う気持だ。③ 物事が自分にとって好都合に運ばれ、うれしい気持。④ めったに無い啓示・加護を与えてくれ、自然に手を合わせたくなる気持だ。とうとい。[② ③ ④は、反語・皮肉の意を含めて用いられることがあり、まれには けいべつのニュアンスが込められることもある。「ありがた迷惑」なども、その一用法]

054-あわあわしい ＊新＊＊三＊%

054-01-(색깔·모양이)매우 엷다 ▸ 얇다 1:얄팍하다
054-01-(색깔·모양이)매우 엷다 ▸ 2:흐리다
054-02-희미하다 ▸ 흐릿하다, 침침하다, 오련하다, 어슴푸레하다, 어슴푸릇하다, 흐리멍덩하다,
　　　아득아득하다, 어렴풋하다, 흐리터분하다, 아득하다, 아련하다, 완하다, 아리송하다,
　　　아물거리다, 우련하다, 가물거리다, 상막하다
054-03-경박(軽薄)하다 ▸ 되양되양하다, 무게 없다, 가볍다, 홀하다, 천박(浅薄)하다, 촉새 같다

054-あわあわしい　＊新＊＊三＊// 新明解

> 色が大変薄いために輪郭もはっきりしない様子だ。

055-あわい 【淡い】 ＊新＊岩＊三＊

055-01-(빛깔·맛 등이)엷다 ▸ 얇다 1:얄팍하다
055-01-(빛깔·맛 등이)엷다 ▸ 2:흐리다
055-02-(빛깔·맛 등이)담담하다 ▸ 1:맑다, 깨끗하다
055-02-(빛깔·맛 등이)담담하다 ▸ 2:밝다; 선명(鮮明)하다
055-02-(빛깔·맛 등이)담담하다 ▸ 3:싱겁다, 심심하다
055-02-(빛깔·맛 등이)담담하다 ▸ 4:고요하다, 평온(平穏)하다, 평안(平安)하다; 조용하다
055-03-희미하다 ▸ 흐릿하다, 침침하다, 오련하다, 어슴푸레하다, 어슴푸릇하다, 흐리멍덩하다,
　　　아득아득하다, 어렴풋하다, 흐리터분하다, 아득하다, 아련하다, 완하다, 아리송하다,
　　　아물거리다, 우련하다, 가물거리다, 상막하다
055-04-정이 얕다 ▸ ≠
055-05-덧없다 ▸ 1:빠르다; 속절없다
055-05-덧없다 ▸ 2:무상(無常), 허무(虚無)하다
055-05-덧없다 ▸ 3:근거 없다, 터무니없다, 확실치 않다, 무근(無根)하다, 무거(無拠)하다, 무
　　　근거(無根拠)하다

055-あわい　＊新＊岩＊三＊// 新明解

> ① 薄い。② 色や味が濃くない。③ 気持が浅い。④ わずかな。少しの。

056-あわただしい 【慌しい・遽しい】 ＊新＊岩＊三＊

056-01-황급하다 ▸ 급하다
056-02-부산하다 ▸ 1:어수선하다, 바쁘다, 분주하다

056-02-부산하다 ▸ 2:시끄럽다, 떠들썩하다
056-03-(큰 사건 등으로)불안정하다 ▸ ≠

056-あわただしい *新*岩*三*// 新明解

> △短い時間内にいろいろな事が重なり合って(次から次へといろいろな事が起こってきて)、落ち着かない状態だ。[表記]「〈遽しい」とも書く。

057-あわれっぽい *新**三*%

057-01-가련하다 ▸ 딱하다, 가엾다, 불쌍하다, 안되다, 불민(不憫・不愍)하다
057-02-불쌍하다 ▸ 가엾다, 애처롭다, 딱하다, 자닝하다, 가긍(可矜)하다, 측은(惻隱)하다, 가련(可憐)하다, 처량(凄涼)하다, 긍휼(矜恤)하다, 애긍(哀矜)하다, 애련(哀憐)하다, 연민(憐憫)하다, 애민(哀愍)하다
057-03-처량하다 ▸ 1:쓸쓸하다; 거칠다, 황폐(荒廢)하다
057-03-처량하다 ▸ 2:구슬프다, 슬프다, 처연(凄然)하다, 처절(凄切)하다, 처처(凄凄)하다, 처절(悽絶)하다, 처창(悽愴)하다
057-04-청승맞다 ▸ 1:청승궂다
057-04-청승맞다 ▸ 2:애틋하다, 청승스럽다, 처량하다

057-あわれっぽい *新**三*// 新明解

> いかにも他人の同情をひこうとする態度が露骨な様子だ。

058-いい 【善い・好い・良い】 *新*岩*三*

058-00-좋다 ▸ 1:즐겁다, 기쁘다, 유쾌(愉快)하다, 흡족(洽足)하다
058-00-좋다 ▸ 2:아름답다, 곱다
058-00-좋다 ▸ 3:뛰어나다, 훌륭하다
058-00-좋다 ▸ 4:슬기롭다, 똑똑하다
058-00-좋다 ▸ 5:효험(效驗)있다, 효력(效力)있다, 유익(有益)하다, 이롭다
058-00-좋다 ▸ 6:낫다
058-00-좋다 ▸ 7:바르다, 착하다, 선하다, 선량(善良)하다
058-00-좋다 ▸ 8:괜찮다, 상관(相關)없다
058-00-좋다 ▸ 9:알맞다, 적당(適當)하다
058-00-좋다 ▸ 10:기쁘다, 경사스럽다
058-00-좋다 ▸ 11:화목(和睦)하다, 친하다

058-00-좋다 ▶ 12:싫지 않다
058-00-좋다 ▶ 13:순조롭다
058-00-좋다 ▶ 14:쉽다, 어렵지 않다

058-いい ＊新＊岩＊三＊// 新明解

> 「よい」の口語的表現。[ただし、終止・連体形の用法しか無い] 表記「《善い・《好い」とも書く。

059-いいがたい ＊＊＊三＊％

059-01-말하기 거북하다(어렵다) ▶ ≠
059-02-표현하기 어렵다(까다롭다) ▶ ≠

059-いいがたい ＊＊＊三＊// 三省堂

> 言うことがむずかしい。言いにくい。

060-いかがわしい【如何わしい】＊新＊岩＊三＊

060-01-의심스럽다 ▶ 의문(疑問)스럽다, 미심(未審)쩍다, 괴이(怪異)하다, 괴이쩍다, 미심하다, 미신(未信)하다, 불심(不審)하다, 섭의(涉疑)하다, 의아(疑訝)하다, 의아스럽다, 괴아(怪訝)하다, 괴의(怪疑)하다
060-02-믿을 수 없다 ▶ ≠
060-03-도덕상(道德上)이나 풍기상으로 좋지 않다 ▶ ≠
060-04-정체 불명이다 ▶ ≠

060-いかがわしい ＊新＊岩＊三＊// 新明解

> ① そのまま信用していいものかどうか、疑わしい。
> ② おおっぴらに認めることが出来ない内容だ。表記「(如何)わしい」とも書く。

061-いかつい【厳つい】＊新＊岩＊三＊

061-01-엄하다 ▶ 틀지다, 매섭다, 무섭다, 심하다, 엄각(嚴刻)하다, 엄혹(嚴酷)하다, 엄격(嚴格)하다, 엄중(嚴重)하다, 엄숙(嚴栗)하다, 엄랭(嚴冷)하다, 엄준(嚴峻)하다, 엄명(嚴明)하다, 엄엄(嚴嚴)하다, 지엄(至嚴)하다, 추상(秋霜)같다
061-02-위엄있게 보이다 ▶ ≠

061-いかつい ＊新＊岩＊三＊// 新明解

> 「ごつい」の意の老人語。

062-いかめしい 【厳めしい】 ＊新＊岩＊三＊

062-01-엄숙하다 ▸ ≠

062-02-성대하다 ▸ 성하다, 크다, 장(壯)하다, 언건(偃蹇)하다

062-いかめしい ＊新＊岩＊三＊// 新明解

> ①　△りっぱ(きびしそう)で、近寄りにくい感じだ。
> ②　きびしくて、つけ入る隙(スキ)が無い様子だ。

063-いがらっぽい ＊新＊岩＊三＊

063-01-아릿하다 ▸ ≠

063-02-맵싸하다(=えがらっぽい) ▸ ≠

063-いがらっぽい ＊新＊岩＊三＊// 新明解

> えがらっぽい。

064-いきぐるしい 【息苦しい】 ＊新＊岩＊三＊

064-01-숨이 가쁘다 ▸ 1:숨차다, 숨막히다, 식천(息喘)하다

064-01-숨이 가쁘다 ▸ 2:급박(急迫)하다, 급하다, 긴박(緊迫)하다

064-02-가슴이 답답하다 ▸ 1:갑갑하다, 울(欝)하다, 인울하다, 노결(勞結)하다, 울연(欝然)하다, 울울(欝欝)하다, 우울(憂欝)하다, 울도(欝陶)하다, 울색(欝塞)하다; 안타깝다, 아울(訐欝)하다, 읍읍하다

064-02-가슴이 답답하다 ▸ 2:어리석다, 우둔(愚鈍)하다, 우매(愚昧)하다

064-02-가슴이 답답하다 ▸ 3:고지식하다, 막혀있다, 옹졸(壅拙)하다, 아졸(雅拙)하다, 옹울(壅欝)하다

064-03-숨이 막히다 ▸ 1:숨고다, 갑시다, 질식(窒息)하다

064-03-숨이 막히다 ▸ 2:긴장(緊張)되다, 초조(焦燥)하다; 숨가쁘다, 긴박(緊迫)하다

064-いきぐるしい　*新*岩*三*// 新明解

> ① 息をするのが苦しい。② 緊張した空気が漂って、軽がるしい言動が出来ない状態だ。

065-いぎたない 【寝穢い】 *新*岩*三*

065-01-잠에서 쉽게 깨어나지 못하다 ► ≠

065-02-잠꾸러기다 ► ≠

065-03-잠자는 모습이 보기 흉하다 ► ≠

065-いぎたない　*新*岩*三*// 新明解

> ① [目をさましていい時になっても]眠りこんでいて、なかなか起きない。↔ いざとい・めざとい ② 寝ているかっこうがだらしない。

066-いきどおろしい ***三*%

066-01-노엽다 ► 분하다; 섭섭하다

066-02-불만스럽다 ► 시쁘다, 시틋하다

066-03-화나다 ► 성나다, 섰나다, 골나다, 부아나다, 약오르다, 갖잖다, 맞갖잖다, 수틀리다, 분통(憤痛)터지다, 성질(性質)나다, 노(怒)하다, 불쾌(不快)하다, 기분(気分) 나쁘다, 개분(愾憤)하다, 분개(憤慨)하다, 울화(欝火)치밀다, 역정(逆情)나다, 붓다, 골오르다, 화딱지 나다, 골틀리다, 골통나다, 발충관(髮衝冠)하다

066-いきどおろしい　***三*// 三省堂

> 腹が立ってたまらない気持だ。

067-いぎぶかい ***三*××

067-××

067-いぎぶかい　***三*// 三省堂

> ねうちが大きい。

068-いくじない ***三*%

068-00-패기 없다 ► ≠

068-いくじない ***三*// 三省堂

> ものごとをやり通そうとする、強い気持がない。

069-いけずうずうしい **岩**%

069-01-<속>(「いけ」는 접두어)밉살스러울 만큼 뻔뻔스럽다 ► 빠빤스럽다; 빠빤하다, 뻔뻔하다, 발막하다, 염치없다, 몰염치하다, 언죽번죽하다; 언죽언죽하다, 낯두껍다, 무치(無恥)하다, 강안(強顔)하다, 후안(厚顔)하다, 후안무치(厚顔無恥)하다, 안후(顔厚)하다, 낯가죽 두껍다

069-02-몹시 유들유들하다 ► 뻔뻔하다, 뻔뻔스럽다, 뻔들뻔들하다

069-いけずうずうしい **岩**// 岩波

> 憎らしいほどあつかましい。

070-いけすかない **岩*三*

070-01-<속>매우 싫다 ► 1:언짢다, 불쾌하다
070-01-<속>매우 싫다 ► 2:지긋지긋하다, 넌더리나다, 아스스하다, 하기 싫다, 싫증내다
070-02-진저리나다 ► 지긋지긋하다, 몸서리쳐지다, 진절머리 나다

070-いけすかない **岩*三*// 三省堂

> [俗]ひじょうにきらいだ。ほんとうにいやらしい。

071-いけない ***三*

071-01-안 되다 ► ≠
071-02-못 쓰다 ► ≠
071-03-좋지 않다 ► ≠
071-04-나쁘다 ► 1:흉하다, 좋지 않다, 불량(不良)하다; 약하다; 서투르다, 언짢다
071-04-나쁘다 ► 2:해롭다, 부당하다, 바람직하지 않다, 불길(不吉)하다, 부적당하다
071-04-나쁘다 ► 3:악하다, 흉악하다, 악질(惡質)이다, 그르다, 용천하다, 용천맞다, 고약하다,

사사(邪邪)스럽다; 노랑지다<특[심마니]>
071-05-가망이 없다 ► ≠

071-いけない ＊＊＊三＊// 三省堂

① 望みがない状態だ。だめ(だ)。いかん。 ② よくない。悪い。
③ することが許されていない。[① ③のていねいな言い方は「いけません」]

072-いさぎよい 【潔い】 ＊新＊岩＊三＊

072-01-맑고 깨끗하여 더러워짐이 없다 ► ≠
072-02-상쾌하여 기분이 좋다 ► ≠
072-03-결백(潔白)하다 ► 깨끗하다, 맑다; 희다
072-04-더러워짐이 없다 ► ≠
072-05-비겁한 데가 없다 ► ≠
072-06-바르다 ► 1:곧다, 아정(雅正)하다
072-06-바르다 ► 2:옳다, 참되다, 올바르다, 정직(正直)하다; 깔깔하다, 끌끌하다, 끔끔하다, 깔끔하다
072-07-미련이 없다 ► ≠
072-08-부끄러워하거나 머뭇거리지 않는다 ► ≠
072-09-침착하다 ► 찬찬하다, 태연자약(泰然自若)하다, 궤궤(几几)하다
072-10-용감하다 ► 용기(勇気)있다, 대담(大胆)하다, 궤젓하다, 용맹(勇猛)하다, 용맹스럽다, 용감무쌍(勇敢無双)하다, 강용(剛勇)하다, 규규(赳赳)하다, 임협(任侠)하다
072-11-훌륭하다 ► 1:칭찬(稱讚)할 만하다, 가상(嘉尚)하다, 도저(到底)하다, 축저(築底)하다, 기위(奇偉)하다
072-11-훌륭하다 ► 2:나무랄데 없다, 빼어나다, 뛰어나다, 완벽(完璧)하다
072-11-훌륭하다 ► 3:아름답다, 수절(秀絶)하다
072-11-훌륭하다 ► 4:위대(偉大)하다

072-いさぎよい ＊新＊岩＊三＊// 新明解

[古くは、ただ きれいで、さっぱりした意] 思い切りがよくて、りっぱだ。

073-いざとい ＊新＊岩＊＊%

073-00-잠귀가 밝다 ► ≠

073-いざとい ＊新＊岩＊＊// 新明解

> 眠っていても、すぐ目がさめる様子だ。↔ いぎたない

074-いさましい 【勇ましい】 ＊新＊岩＊三＊

074-01-용감하다 ▶ 용기(勇気)있다, 대담(大胆)하다, 궤젓하다, 용맹(勇猛)하다, 용맹스럽다, 용감무쌍(勇敢無双)하다, 강용(剛勇)하다, 규규(赳赳)하다, 임협(任侠)하다

074-02-원기가 있다 ▶ ≠

074-03-활발하다 ▶ 씨억씨억하다, 씩씩하다, 생기(生気)있다, 기운차다, 거클지다, 관활(寛闊)하다, 광달(曠達)하다

074-いさましい ＊新＊岩＊三＊// 新明解

> ① 死を恐れることなく敵に立ち向かおうとする気持を△抱く(抱かせる)様子だ。
> ② 予測される困難に屈することなく目的を達成しようと意気込む様子だ。[運用] ②は、自分の能力不足を目覚していない人の発言や行動を皮肉って言うこともある。

075-いじきたない 【意地汚い】 ＊新＊岩＊三＊

075-00-함부로 욕심을 부리다 ▶ ≠

075-いじきたない ＊新＊岩＊三＊// 新明解

> ① 食い意地が張っていて、時や所をわきまえず、食べ物を見れば食べたがる様子だ。
> ② 物欲・金銭欲が強く、なりふりかまわず欲しがる様子だ。

076-いじましい ＊新＊岩＊三＊%

076-01-쩨쩨하다 ▶ 1:시시하다, 신통찮다, 변변찮다

076-01-쩨쩨하다 ▶ 2:잘다, 다랍다, 치사(恥事)하다, 치사스럽다, 인색(吝嗇)하다

076-02-단작스럽다 ▶ ≠

076-03-좀스럽다 ▶ 좀되다, 잘다, 잔잘다, 다랍다, 단작맞다, 단작스럽다, 착살하다, 착살스럽다, 잔망(孱妄)하다, 잔망(孱妄)스럽다, 잔졸(孱拙)하다, 꾀죄하다, 곰상스럽다

076-04-불쌍하다 ▶ 가엾다, 애처롭다, 딱하다, 자닝하다, 가긍(可矜)하다, 측은(惻隠)하다, 가련(可憐)하다, 처량(凄涼)하다, 긍휼(矜恤)하다, 애긍(哀矜)하다, 애련(哀憐)하다, 연민(憐憫)하다, 애민(哀愍)하다

076-05-가엾다 ► 애처롭다, 불쌍하다, 아깝다, 딱하다, 안타깝다, 측은(惻隱)하다, 안쓰럽다,
　　　가련(可憐)하다, 가긍(可矜)하다, 긍련(矜憐)하다, 긍측(矜惻)하다, 긍민(矜愍)하다

076-いじましい ＊新＊岩＊三＊// 新明解

> ［関西方言］△小さい(ささいな)事にけちけちしたりして、哀れむべき状態だ。［誤って、
> 「いじらしい」と同義に使う向きも有る］

077-いじらしい ＊新＊岩＊三＊

077-01-가엾다 ► 애처롭다, 불쌍하다, 아깝다, 딱하다, 안타깝다, 측은(惻隱)하다, 안쓰럽다,
　　　가련(可憐)하다, 가긍(可矜)하다, 긍련(矜憐)하다, 긍측(矜惻)하다, 긍민(矜愍)하다
077-02-가련하다 ► 딱하다, 가엾다, 불쌍하다, 안되다, 불민(不憫・不愍)하다
077-03-귀엽고도 애처롭다 ► 가엾다, 딱하다, 슬프다, 애틋하다, 애잔하다, 애절(哀切)하다,
　　　애절(哀絶)하다, 애련(哀憐)하다; 안됐다

077-いじらしい ＊新＊岩＊三＊// 新明解

> △非力にかかわらず精一杯努力(つらい立場にあるにもかかわらず無邪気に)している様
> 子を見たり聞いたりして、思わずほろりとする感じだ。

078-いそがしい 【忙しい】 ＊新＊岩＊三＊

078-01-틈이 없다 ► ≠
078-02-바쁘다 ► 1:쉴 새 없다, 눈코 뜰 새 없다, 번거롭다, 정신(精神)없다, 다망(多忙)하다,
　　　분주(奔走)하다, 여유없다, 경황(景況)없다, 망망(忙忙)하다, 골골(汨汨)하다, 망박(忙
　　　迫)하다, 공총(倥傯)하다, 골몰무가(汨沒無暇)하다, 쇄극(碎劇)하다, 황망(遑忙)하다
078-02-바쁘다 ► 2:급하다, 조급하다
078-03-마음이 조급하다 ► 갈급증(-症)나다, 갈급령(渴急令)나다; 충충(衝衝)하다, 등달다,
　　　몸달다
078-04-급하다 ► 1:바쁘다, 갑작스럽다, 다급하다, 절박(絶迫)하다, 급박(急迫)하다, 긴급(緊
　　　急)하다, 촉급(促急)하다, 총급하다, 갈급(渴急)하다, 조급(躁急)하다
078-04-급하다 ► 2:팔팔하다, 왈왈하다, 괄괄하다, 왈칵하다, 괄하다, 성조(性燥)하다, 과격
　　　(過激)하다
078-04-급하다 ► 3:위급(危急)하다, 위독(危篤)하다

078-いそがしい ＊新＊岩＊三＊// 新明解

> 急を要する仕事に追われるなどして、くつろぐひまも無い状態だ。[表記]「《急しい」とも書く。

079-いそがわしい ＊新＊＊三＊％

079-01-<문>바쁘다 ▶ 1:쉴 새 없다, 눈코 뜰 새 없다, 번거롭다, 정신(精神)없다, 다망(多忙)하다, 분주(奔走)하다, 여유없다, 경황(景況)없다, 망망(忙忙)하다, 골골(汨汨)하다, 망박(忙迫)하다, 공총(倥傯)하다, 골몰무가(汨没無暇)하다, 쇄극(碎劇)하다, 황망(遑忙)하다

079-01-<문>바쁘다 ▶ 2:급하다, 조급하다

079-02-분주스럽다 ▶ ≠

079-いそがわしい ＊新＊＊三＊// 新明解

> [そばから見ていて] 忙しそうに見える様子だ。

080-いそくさい 【磯臭い】 ＊新＊岩＊三＊

080-01-(생선・해초)등의 냄새가 나다 ▶ ≠

080-02-바다냄새가 나다 ▶ ≠

080-いそくさい ＊新＊岩＊三＊// 新明解

> 干した魚や海藻などから発せられる、海岸独特のにおいがする。

081-いたい 【痛い】 ＊新＊岩＊三＊

081-01-아프다 ▶ 1:고통(苦痛)스럽다, 괴롭다; 쑤시다, 결리다, 아리다, 쓰리다

081-01-아프다 ▶ 2:슬프다, 애닲다, 애달프다, 알짝지근하다

081-02-정신적 타격을 받고 고통스러워하다 ▶ ≠

081-03-약점을 찔리거나 곤란한 일을 당하여 굴복하다 ▶ ≠

081-いたい ＊新＊岩＊三＊// 新明解

> ① 打たれたり切られたり体内に故障が有ったりして、（がまん出来ないほど）苦しい。
> ② それから受ける打撃がひどくて、（すぐには）回復出来ないほどだ。
> ③ 弱点・急所を指摘されたりねらわれたりして、困る状態だ。

082-いたいたしい 【痛痛しい・傷傷しい】 *新*岩*三*

082-01-참혹하다 ► 끔찍하다, 무자비하다
082-02-가련하다 ► 딱하다, 가엾다, 불쌍하다, 안되다, 불민(不憫・不愍)하다

082-いたいたしい *新*岩*三*// 新明解

> 肉体的・精神的な打撃を受け、落ち込んだように見える様子に、心から同情を覚える状態だ。

083-いたがゆい ***三*××

083-××

083-いたがゆい ***三*// 三省堂

> いたくて、かゆい。

084-いたたまれない ***三*

084-00-참을 수 없다 ► ≠

084-いたたまれない ***三*// 三省堂

> 心配や不安などのために、とてもじっとしていられない。いたたまらない。

085-いたましい 【痛ましい・傷ましい】 *新*岩*三*

085-01-가련하다 ► 딱하다, 가엾다, 불쌍하다, 안되다, 불민(不憫・不愍)하다
085-02-참혹하다 ► 끔찍하다, 무자비하다
085-03-불쌍하다 ► 가엾다, 애처롭다, 딱하다, 자닝하다, 가긍(可矜)하다, 측은(惻隱)하다, 가련(可憐)하다, 처량(凄凉)하다, 긍휼(矜恤)하다, 애긍(哀矜)하다, 애련(哀憐)하다, 연민(憐憫)하다, 애민(哀愍)하다

085-いたましい *新*岩*三*// 新明解

> かわいそうで、△見て(聞いて)いて胸がしめつけられるようだ。

086-いたわしい【労わしい】 *新*岩*三*

086-01-불쌍하다 ▶ 가엾다, 애처롭다, 딱하다, 자닝하다, 가긍(可矜)하다, 측은(惻隱)하다, 가련(可憐)하다, 처량(凄涼)하다, 긍휼(矜恤)하다, 애긍(哀矜)하다, 애련(哀憐)하다, 연민(憐憫)하다, 애민(哀愍)하다

086-02-가련하다 ▶ 딱하다, 가엾다, 불쌍하다, 안되다, 불민(不憫·不愍)하다

086-03-참혹하다 ▶ 끔찍하다, 무자비하다

086-いたわしい ＊新＊岩＊三＊// 新明解

そんなにまで苦労をしている状態を見たり聞いたりして、同情に堪えない感じだ。

087-いちじるしい【著しい】 *新*岩*三*

087-01-현저하다 ▶ 두드러지다, 뚜렷하다

087-02-명확하다 ▶ 뚜렷하다, 틀림없다, 석연(釈然)하다

087-03-뚜렷하다 ▶ 또렷하다; 두렷하다, 똑똑하다, 분명(分明)하다, 선명(鮮明)하다, 정확(正確)하다, 완연(完然)하다

087-04-눈에 띄다 ▶ ≠

087-いちじるしい ＊新＊岩＊三＊// 新明解

[「いち」は、程度を強める接辞]その傾向・状態がだれの目にもはっきりと認められ、否定出来ない様子だ。

088-いつくしみぶかい ＊＊＊三＊××

088-××

088-いつくしみぶかい ＊＊＊三＊// 三省堂

やさしくかわいがる気持が強い。

089-いとおしい *新*岩*三*

089-01-가련하다 ▶ 딱하다, 가엾다, 불쌍하다, 안되다, 불민(不憫·不愍)하다

089-02-불쌍하다 ▶ 가엾다, 애처롭다, 딱하다, 자닝하다, 가긍(可矜)하다, 측은(惻隱)하다, 가련(可憐)하다, 처량(凄涼)하다, 긍휼(矜恤)하다, 애긍(哀矜)하다, 애련(哀憐)하다, 연

민(憐憫)하다, 애민(哀愍)하다
089-03-귀엽다 ▶ 예쁘다, 사랑스럽다, 안차다, 깜찍하다, 사랑옵다, 사랑홉다
089-04-사랑스럽다 ▶ 어여쁘다, 귀엽다, 사랑옵다, 사랑홉다

089-いとおしい *新*岩*三*// 新明解

自分より年下の者をかけがえの無い存在として、大切に思う様子だ。

090-いとけない 【幼い・稚い】 *新*岩*三*

090-01-어리다 ▶ 1:앳되다, 연소(年少)하다, 유소(幼小)하다, 아리잠직하다, 치발부장(齒髮不長)이다, 치발불급(齒髮不及)이다
090-01-어리다 ▶ 2:유치(幼稚)하다, 유충(幼沖)하다, 젖내나다; 어리석다
090-02-나이가 어려 순진하다 ▶ 착하다; 꾸밈없다, 참되다

090-いとけない *新*岩*三*// 新明解

［「ない」は形容詞を形作る接辞］「幼い」意の雅語的表現。表記「《幼けない》」とも書く。

091-いとしい 【愛しい】 *新*岩*三*

091-01-사랑스럽다 ▶ 어여쁘다, 귀엽다, 사랑옵다, 사랑홉다
091-02-가련하다 ▶ 딱하다, 가엾다, 불쌍하다, 안되다, 불민(不憫・不愍)하다
091-03-불쌍하다 ▶ 가엾다, 애처롭다, 딱하다, 자닝하다, 가긍(可矜)하다, 측은(惻隱)하다, 가련(可憐)하다, 처량(凄涼)하다, 긍휼(矜恤)하다, 애긍(哀矜)하다, 애련(哀憐)하다, 연민(憐憫)하다, 애민(哀愍)하다
091-04-가엾다 ▶ 애처롭다, 불쌍하다, 아깝다, 딱하다, 안타깝다, 측은(惻隱)하다, 안쓰럽다, 가련(可憐)하다, 가긍(可矜)하다, 긍련(矜憐)하다, 긍측(矜惻)하다, 긍민(矜愍)하다

091-いとしい *新*岩*三*// 新明解

△身近な(愛する)人に対する熱い思いが、絶えず心を支配している様子だ。

092-いとわしい 【厭わしい】 *新*岩*三*

092-01-싫다 ▶ 1:언짢다, 불쾌하다
092-01-싫다 ▶ 2:지긋지긋하다, 넌더리나다, 아스스하다, 하기 싫다, 싫증내다

092-02-귀찮다 ▸ 귀치 않다, 성가시다, 일쩝다; 폐롭다, 누되다
092-03-좋지 않다 ▸ ≠

092-いとわしい *新*岩*三*// 新明解

> 不快で、接していることに耐えられない気持だ。

093-いぶかしい 【訝しい】 *新*岩*三*

093-01-의심스럽다 ▸ 의문(疑問)스럽다, 미심(未審)쩍다, 괴이(怪異)하다, 괴이쩍다, 미심하다, 미신(未信)하다, 불심(不審)하다, 섭의(涉疑)하다, 의아(疑訝)하다, 의아스럽다, 괴아(怪訝)하다, 괴의(怪疑)하다
093-02-수상하다 ▸ 의심쩍다, 의심스럽다, 수상그르다, 수상스럽다, 수상쩍다

093-いぶかしい *新*岩*三*// 新明解

> △何か隠された(理解に苦しむ)所が有って、その原因を突き止めたい気持だ。不審だ。

094-いまいましい 【忌ま忌ましい】 *新*岩*三*

094-01-분하다 ▸ 1:억울하다, 이갈리다, 치가 떨리다, 원통(冤痛)하다, 분통(憤痛)하다, 교아절치(咬牙切齒)
094-01-분하다 ▸ 2:섭섭하다, 안타깝다, 아깝다, 애석(哀惜)하다
094-02-화가 나다 ▸ 성나다, 섰나다, 골나다, 부아나다, 약오르다, 갖잖다, 맞갖잖다, 수틀리다, 분통(憤痛)터지다, 성질(性質)나다, 노(怒)하다, 불쾌(不快)하다, 기분(気分) 나쁘다, 개분(愾憤)하다, 분개(憤慨)하다, 울화(鬱火)치밀다, 역정(逆情)나다, 붓다, 골오르다, 화딱지 나다, 골틀리다, 골통나다, 발충관(髮衝冠)하다

094-いまいましい *新*岩*三*// 新明解

> 自分に手ひどい打撃を与えた者や、取り返しのつかない自分の失敗などを思い出しては、△相手(自分)の存在を のろいたい気持だ。

095-いまさららしい *新**三*%

095-01-새삼스럽다 ▸ 새롭다; 새퉁스럽다
095-02-새삼스러운 듯하다 ▸ ≠

095-いまさららしい ＊新＊＊三＊// 新明解

[前から承知しているのに] 今(になって)はじめて知ったという様子をするようだ。

096-いまだしい ＊＊岩＊＊××

096-××

096-いまだしい ＊＊岩＊＊// 岩波

まだ十分でない。時期が早い。未熟である。▷「いまだしの感じがある」のように、これの文語終止形を使うこともある。

097-いまっぽい ＊＊＊三＊××

097-××

097-いまっぽい ＊＊＊三＊// 三省堂

[俗]現代ふう。今ふう。

098-いまめかしい ＊新＊＊＊

098-01-현대적이다 ▸ ≠
098-02-꾸민 듯하다 ▸ ≠
098-03-인위적(人爲的)이다 ▸ ≠

098-いまめかしい ＊新＊＊＊// 新明解

現代風だ。

099-いまわしい 【忌まわしい】 ＊新＊岩三＊

099-01-불길하다 ▸ 좋지 않다, 흉하다
099-02-싫다 ▸ 1:언짢다, 불쾌하다
099-02-싫다 ▸ 2:지긋지긋하다, 넌더리나다, 아스스하다, 하기 싫다, 싫증내다
099-03-좋지 않다 ▸ ≠
099-04-꺼림칙하다 ▸ 꺼림하다, 꺼림직하다, 께끄름하다, 께적지근하다, 께끔하다, 께름하다,

언짢다, 걸리다, 떠름하다, 뜨악하다, 내키지 않다, 사위스럽다, 께름칙하다, 떨떠름하다, 찜찜하다

099-いまわしい *新*岩*三*// 新明解

> 不快の念を与えたり恐ろしさを呼び起こしたり,不幸をもたらしそうな不吉な予感がしたりなどして、話題にするのもいやだ。

100-いやしい 【卑しい・賎しい】 *新*岩*三*

100-01-(취미・성품이)천하다 ▸ 1:쌍되다, 쌍스럽다, 상스럽다, 비천(卑賎)하다, 비속(卑俗)하다

100-01-(취미・성품이)천하다 ▸ 2:속되다, 뇌하다, 짭짝찮다, 천속(賎俗)하다, 속루(俗陋)하다

100-01-(취미・성품이)천하다 ▸ 3:흔하다

100-01-(취미・성품이)천하다 ▸ 4:알량하다, 귀접스럽다, 구접스럽다

100-02-품위가 없다 ▸ ≠

100-03-비열하다 ▸ ≠

100-04-(음식을)함부로 탐내다 ▸ ≠

100-05-(신분・지위)가 낮다 ▸ ≠

100-06-조잡하다 ▸ 잡스럽다, 품위(品位)없다, 볼품없다

100-07-볼품이 없다 ▸ 초라하다, 몰골스럽다

100-08-가난하다 ▸ 주저롭다, 어렵다, 쪼들리다, 궁하다, 애옥하다

100-いやしい *新*岩*三*// 新明解

> ① 社会的地位が低い。② 見るからに下品な感じがする様子だ。
> ③ 恥ずかしげもなく、意欲をむき出しにしていることが言動から感じられる様子だ。
> 表記 「〈賎しい・〈鄙しい」とも書く。

101-いやみたらしい *新*＊＊%

101-00-밉살스럽다 ▸ 맵살스럽다; 반지빠르다, 밉광스럽다, 밉다, 밉둥스럽다, 밉살맞다, 가증(可憎)스럽다, 증상(憎状)스럽다, 밉살머리스럽다

101-いやみたらしい *新*＊＊*// 新明解

> いやみでそうしているのだとしかとれないような言動や態度を見せる様子だ。

102-いやらしい *新*岩*三*

102-01-불쾌하다 ► 언짢다, 못마땅하다, 읍읍하다, 토심스럽다

102-02-불결(不潔)한 느낌이다 ► ≠

102-03-싫다 ► 1:언짢다, 불쾌하다

102-03-싫다 ► 2:지긋지긋하다, 넌더리나다, 아스스하다, 하기 싫다, 싫증내다

102-04-난잡하다 ► 어수선하다, 너저분하다, 어지럽다, 난(乱)하다; 막되다, 천하다, 잡스럽다, 잡상스럽다; 조리 없다, 순서 없다, 두서(頭緒)없다

102-05-기분이 나쁘다 ► ≠

102-06-부자연스럽다 ► ≠

102-いやらしい　*新*岩*三*// 新明解

言動に清潔さや異性に対するマナーが欠けており、接する人に不快感を与える様子だ。
表記「嫌らしい」とも書く。

103-いらだたしい【苛立たしい】*新*岩*三*

103-00-초조하다 ► 안절부절 못하다, 마음 졸이다

103-いらだたしい　*新*岩*三*// 新明解

事が思い通りに運ばなくて、じっとしていられない気持だ。

104-いろこい *新*＊＊××

104-××

104-いろこい　*新*＊＊// 新明解

その様子が顕著で、否定出来ない状態だ。

105-いろっぽい *新*岩*三*％

105-01-요염하다 ► 아리땁다

105-02-성적 매력이 있다 ► ≠

105-いろっぽい *新*岩*三*// 新明解

> [女性に]性的魅力が有る様子だ。[広義では、男性の芸人についても言う]

106-いわけない【稚い】*新*岩**

106-01-어리다 ► 1:앳되다, 연소(年少)하다, 유소(幼小)하다, 아리잠직하다, 치발부장(歯髪不
　　　　　長)이다, 치발불급(歯髪不及)이다

106-01-어리다 ► 2:유치(幼稚)하다, 유충(幼沖)하다, 젖내나다; 어리석다

106-02-앳되다 ► ≠

106-03-순진하고 귀엽다 ► 예쁘다, 사랑스럽다, 안차다, 깜찍하다, 사랑옵다, 사랑홉다

106-いわけない *新*岩**// 新明解

> [「ない」は、形容詞を形作る接辞]「幼い」意の雅語的表現。

107-いんきくさい *新*岩**%

107-01-몹시 음침하다 ► 1:의뭉스럽다, 응큼하다, 음흉(陰凶)하다

107-01-몹시 음침하다 ► 2:흐리다, 을씨년스럽다, 음산(陰散)하다

107-02-음울하다 ► ≠

107-いんきくさい *新*岩**// 新明解

> 耐えがたいほど陰気な感じだ。

108-うい【憂い】*新*岩*三*

108-01-마음대로 안 되어 슬프다 ► 1:애틋하다, 구슬프다, 서럽다, 애석(哀惜)하다, 애절(哀
　　　　　切)하다, 애처(哀悽)롭다, 추연(惆然)하다, 초창(悄愴)하다, 처량(凄涼)하다, 창창(愴
　　　　　愴)하다, 창연(愴然)하다, 창연(悵然)하다, 감창(感愴)하다, 애통(哀痛)하다, 애절(哀
　　　　　絶)하다, 비통(悲痛)하다

108-01-마음대로 안 되어 슬프다 ► 2:유감(有感)스럽다

108-02-고통스럽다 ► 아프다, 괴롭다, 쓰라리다, 간신(艱辛)하다

108-03-괴롭다 ► 1:아프다; 고(苦)롭다, 고통(苦痛)스럽다, 울민(欝悶)하다, 뇌쇄(悩殺)하다,
　　　　　뇌심(悩心)하다

108-03-괴롭다 ► 2:힘들다, 어렵다, 곤란(困難)하다

108-03-괴롭다 ► 3:성가시다, 귀찮다

108-うい *新*岩*三*// 新明解

「満たされないものが有って、悲しい」意の雅語的表現。

109-ういういしい 【初初しい】 *新*岩*三*

109-01-매우 순진하다 ► 착하다; 꾸밈없다, 참되다

109-02-순진하고 귀엽다 ► 예쁘다, 사랑스럽다, 안차다, 깜찍하다, 사랑옵다, 사랑홉다

109-03-천진난만하다 ► 천진스럽다

109-ういういしい *新*岩*三*// 新明解

① 世間ずれがしていなくて、いかにも純真な様子だ。
② [成熟した後もなお]若さや新鮮さが感じられて、好感が持てる様子だ。

110-うざい ***三*%

110-00-번거롭다 ► 1:어수선하다, 번거하다, 복잡(複雜)하다, 번잡(煩雜)하다, 번극(煩劇・燔劇)하다, 번망(煩忙・繁忙)하다, 사번(事煩)하다

110-00-번거롭다 ► 2:수선스럽다, 떠들썩하다

110-うざい ***三*// 三省堂

[俗]わずらわしい。うっとうしい。[「うざったい」から]

111-うざったい **岩*三*%

111-01-＜속＞성가시다 ► 귀찮다, 번거롭다, 누되다, 번원(煩冤)하다

111-02-귀찮다 ► 귀치 않다, 성가시다, 일없다; 폐롭다, 누되다

111-うざったい **岩*三*// 三省堂

[俗] ① ごちゃごちゃして、わずらわしい。② くどくて、うるさい。▽うざっこい。

112-うさんくさい *新*岩*三*%

112-01-어쩐지 미심쩍다 ► 미심하다, 미심스럽다, 꺼림칙하다, 꺼림하다, 의심(疑心)스럽다, 불심(不審)하다; 불안(不安)하다

112-02-어딘가 수상하다 ▸ 의심쩍다, 의심스럽다, 수상그르다, 수상스럽다, 수상쩍다

112-うさんくさい *新*岩*三*// 新明解

その人の態度や言動に、どこか信用できない点があるという印象を受ける様子だ。

113-うしろぐらい 【後ろ暗い】 *新*岩*三*

113-00-마음속으로 꺼림칙하다 ▸ 꺼림하다, 꺼림직하다, 께끄름하다, 께적지근하다, 께끔하다, 께름하다, 언짢다, 걸리다, 떠름하다, 뜨악하다, 내키지 않다, 사위스럽다, 께름칙하다, 떨떠름하다, 짐짐하다

113-うしろぐらい *新*岩*三*// 新明解

人に知られたくない、やましい所が有る様子だ。

114-うしろめたい 【後ろめたい】 *新*岩*三*

114-01-꺼림칙한 일이 있어 마음에 걸리다 ▸ ≠
114-02-뒤가 걱정이 되다 ▸ ≠

114-うしろめたい *新*岩*三*// 新明解

良心にやましい所や他人に知られたくない過去が有ったりして、気がとがめる様子だ。

115-うすい 【薄い】 *新*岩*三*

115-01-얇다 ▸ 엷다; 얄팍하다, 얄따랗다, 얄찍하다, 얄브스름하다, 열브스름하다; 얄팍얄팍하다; 연하다
115-02-(색·빛·맛 등이)약하다 ▸ ≠
115-03-(농도·민도·정도 등이)적다(낮다) ▸ ≠
115-04-마음·기분을 내는 정도가 약하다(부족하다) ▸ ≠

115-うすい *新*岩*三*// 新明解

① 厚みが少ない。 ↔ 厚い ② [色・味・濃度・密度などの]程度が少ない。 ↔ 濃い
③ 期待されるほど、△多く(深く)ない。

116-うすぎたない【薄汚い】 **岩*三*

116-01-어쩐지 더럽다 ▶ 다랍다 1:지저분하다, 때묻다, 너저분하다, 구저분하다, 구저분스럽다, 추저분하다, 추저분스럽다, 너절하다, 더리다, 뇌하다, 귀축축하다, 구접스럽다, 구지레하다, 추접하다, 추접스럽다, 추접지근하다, 불결(不潔)하다, 구예(垢穢)하다, 추(醜)하다, 추잡(醜雑)하다, 추잡(醜雑)스럽다, 추오(醜汚)하다, 누추(陋醜)하다, 추루(醜陋)하다, 누비(陋鄙)하다, 구탁(垢濁)하다

116-01-어쩐지 더럽다 ▶ 2:흉하다, 추악(醜悪)하다, 보기싫다

116-01-어쩐지 더럽다 ▶ 3:비겁하다, 야비하다, 비루(鄙陋)하다, 비열(鄙劣)하다

116-01-어쩐지 더럽다 ▶ 4:인색하다, 던적스럽다

116-02-약간 때묻어 있다 ▶ ≠

116-うすぎたない **岩*三*// 三省堂

> どことなくきたない。

117-うすきみわるい【薄気味悪い】 **岩*三*

117-00-어쩐지 기분이 나쁘다 ▶ ≠

117-うすきみわるい **岩*三*// 三省堂

> なんとなく・気味が悪い(こわいようだ)。うすきみが悪い。

118-うすぐらい【薄暗い】 *新*岩*三*

118-01-어둑어둑하다 ▶ ≠

118-02-약간 어둡다 ▶ 1:어두컴컴하다, 어두침침하다, 어둑하다, 어둑어둑하다, 어슬하다, 어슬어슬하다, 어스레하다, 어스므레하다, 깜깜하다, 캄캄하다; 회명(晦冥)하다, 회맹(晦盲)하다, 회(晦)하다, 암흑(暗黒)하다, 명암(冥闇)하다, 납덩이 같다

118-02-약간 어둡다 ▶ 2:둔(鈍)하다, 몽매(夢昧)하다, 암매(唵昧)하다, 알매(戞昧)하다

118-02-약간 어둡다 ▶ 3:멀다, 안 들리다

118-うすぐらい *新*岩*三*// 新明解

> 全体的に暗い感じだ。

119-うすじろい ***三*%

119-01-약간 희다 ▶ ≠

119-02-희끄무레하다 ▶ ≠

119-03-희읍스름하다 ▶ ≠

119-うすじろい ***三*// 三省堂

> ぼんやりと白い。

120-うずたかい 【堆い】 *新*岩*三*

120-00-두두룩하게 높다 ▶ ≠

120-うずたかい *新*岩*三*// 新明解

> [物がたくさん積み重なって]盛り上がって高い。

121-うすらさむい 【薄ら寒い】 *新*岩*三*

121-00-으스스하다 ▶ ≠

121-うすらさむい *新*岩*三*// 新明解

> 肌寒い感じを禁じ得ない様子だ。

122-うそさむい 【うそ寒い】 *新*岩*三*

122-00-으스스하다 ▶ ≠

122-うそさむい *新*岩*三*// 新明解

> あたりに漂う寒いという感じを禁じ得ない様子だ。うそざむい。

123-うたがいない ***三*%

123-00-의심 없다 ▶ ≠

123-うたがいない ＊＊＊三＊// 三省堂

> うたがう点がない。

124-うたがいぶかい ＊新＊岩＊三＊％

124-00-의심이 많다 ▸ ≠

124-うたがいぶかい ＊新＊岩＊三＊// 新明解

> 容易に信じようとせず、どこまでも疑う△様子(性質)だ。うたぐり深い。

125-うたがわしい 【疑わしい】 ＊新＊岩＊三＊

125-01-사실인지 아닌지 의심스럽다 ▸ 의문(疑問)스럽다, 미심(未審)쩍다, 괴이(怪異)하다,
　　　　괴이쩍다, 미심하다, 미신(未信)하다, 불심(不審)하다, 섭의(涉疑)하다, 의아(疑訝)하
　　　　다, 의아스럽다, 괴아(怪訝)하다, 괴의(怪疑)하다

125-02-의아스럽다 ▸ ≠

125-03-불확실하다 ▸ 확실치 않다

125-うたがわしい ＊新＊岩＊三＊// 新明解

> ① 本当に△事実(そうなる)かどうか、確かでない。
> ② [多く、悪い事柄を予想して]変だと思われる様子だ。

126-うたぐりぶかい ＊新＊＊三＊％

126-00-의심이 많다 ▸ ≠

126-うたぐりぶかい ＊新＊＊三＊// 新明解

> 「疑い深い」の口頭語的表現。

127-うつくしい 【美しい】 ＊新＊岩＊三＊

127-01-아름답다 ▸ 예쁘다, 어여쁘다, 곱다, 귀엽다, 새뜻하다, 아리땁다, 미려(美麗)하다, 수
　　　　려(秀麗)하다, 우아(優雅)하다, 가려(佳麗)하다, 선연(鮮姸)하다, 선연(嬋娟)하다, 청
　　　　염(淸艶)하다, 야염(冶艶)하다, 아나(婀娜)하다, 기려(奇麗)하다, 육리(陸離)하다, 요

요(姚姚)하다, 요요(夭夭)하다, 휴미(休美)하다, 선호(鮮好)하다, 병정(娉婷)하다, 섬
연(纖妍)하다, 선연(嬋妍)하다; 매력적(魅力的)이다; 빼어나다
127-02-볼 만하다 ▶ 보암직하다, 그럴싸하다, 그럴 듯하다; 장관(壯観)이다
127-03-정신적・도덕적으로 사람의 마음을 움직이다 ▶ ≠

127-うつくしい *新*岩*三*// 新明解

> ① いつまでも△見て(聞いて)いたいと思うほどその色・形や声・音などが、接する人に快
> く感じられる様子だ。 ② [だれもがそう△し(あり)たいと思うほど]その場の様子や行い・性
> 質が好ましくていい感じだ。 ↔ 醜い

128-うっとうしい 【欝陶しい】 *新*岩*三*

128-01-쾌(快)치 않다 ▶ ≠
128-02-마음이 내키지 않고 기분이 무겁다 ▶ ≠
128-03-귀찮다 ▶ 귀치 않다, 성가시다, 일쩝다; 폐롭다, 누되다
128-04-번거롭다 ▶ 1:어수선하다, 번거하다, 복잡(複雑)하다, 번잡(煩雑)하다, 번극(煩劇・燔
劇)하다, 번망(煩忙・繁忙)하다, 사번(事煩)하다
128-04-번거롭다 ▶ 2:수선스럽다, 떠들썩하다

128-うっとうしい *新*岩*三*// 新明解

> 何かがおおいかぶさっているようで、晴ればれしない様子だ。

129-うとい 【疎い】 *新*岩*三*

129-01-그다지 친하지 않다 ▶ ≠
129-02-오랫동안 교제하지 않다 ▶ ≠
129-03-잘 모르다 ▶ ≠
129-04-물정에 어둡다 ▶ ≠

129-うとい *新*岩*三*// 新明解

> そのものとの交渉が浅かったり全く無かったりして、内情・本質を見抜く力が欠けてい
> る様子だ。

130-うとうとしい【疎疎しい】 **岩*三*

130-01-친하지 않다 ▸ ≠

130-02-냉담하다 ▸ 쌀쌀하다, 쌀쌀맞다, 차다, 차갑다, 매정하다, 몰인정하다, 냉랭(冷冷)하다; 불친절하다

130-03-소원하다 ▸ 설면하다, 낯설다, 서먹서먹하다, 어색하다; 멀다, 벌다, 뜨다, 새뜨다

130-04-서먹서먹하다 ▸ ≠

130-うとうとしい **岩*三*// 三省堂

> したくない。冷淡(レイタン)だ。

131-うとましい【疎ましい】 *新*岩*三*

131-01-좋지 않다 ▸ ≠

131-02-싫다 ▸ 1:언짢다, 불쾌하다

131-02-싫다 ▸ 2:지긋지긋하다, 넌더리나다, 아스스하다, 하기 싫다, 싫증내다

131-03-꺼림칙하다 ▸ 꺼림하다, 꺼림직하다, 께끄름하다, 께적지근하다, 께끔하다, 께름하다, 언짢다, 걸리다, 떠름하다, 뜨악하다, 내키지 않다, 사위스럽다, 께름칙하다, 떨떠름하다, 짐짐하다

131-うとましい *新*岩*三*// 新明解

> [それについて見たり聞いたりするのが]いやでたまらない感じだ。いとわしい。

132-うまい【旨い・甘い・美味い・上手い①】 *新*岩*三*

132-01-맛이 좋다 ▸ ≠

132-02-맛있다 ▸ 1:맛좋다, 맛나다, 진진(津津)하다, 입에 맞다, 맞갖다, 구쁘다, 짭짤하다, 맛깔스럽다, 맛깔지다

132-02-맛있다 ▸ 2:재미있다, 흥미(興味)있다

132-03-솜씨가 좋다① ▸ ≠

132-04-기회가 좋다 ▸ ≠

132-05-다행이다 ▸ ≠

132-うまい *新*岩*三*// 新明解

> ① 味が好ましいので、△もっと(また機会を見つけて)飲み食いしたい感じだ。おいしい。
> ↔ まずい① ② △技術(やり方)がすぐれていて好ましい結果が得られる様子だ。↔ まずい②
> ③   得することが見込まれて、つい喜んで飛びつきたくなる感じだ。[表記] ①は「《甘い・
> {美味}い」、②は「《巧い・{上手}い」とも書く。

133-うやうやしい【恭しい】 *新*岩*三*

133-00-(삼가 존중하는 모양)공손하다 ▸ 고분고분하다

133-うやうやしい *新*岩*三*// 新明解

> [相手を敬って]礼儀正しくふるまう様子だ。

134-うらがなしい(心悲しい) *新*岩*三*

134-01-어쩐지 슬프다 ▸ 1:애틋하다, 구슬프다, 서럽다, 애석(哀惜)하다, 애절(哀切)하다, 애
처(哀悽)롭다, 추연(惆然)하다, 초창(悄愴)하다, 처량(凄涼)하다, 창창(愴愴)하다, 창
연(愴然)하다, 창연(悵然)하다, 감창(感愴)하다, 애통(哀痛)하다, 애절(哀絶)하다, 비
통(悲痛)하다

134-01-어쩐지 슬프다 ▸ 2:유감(有感)스럽다

134-02-공연히 슬프다 ▸ ≠

134-うらがなしい *新*岩*三*// 新明解

> [「うら」は、心の意]悲しい感じをどうしても払いのけることが出来ない△気持(状態)だ。

135-うらさびしい【心寂しい】 *新*岩*三*

135-00-어쩐지 쓸쓸하다 ▸ 1:쌀쌀하다; 삭연(索然)하다, 소소(蕭蕭)하다, 소삭(蕭索)하다, 소
조(蕭条)하다, 슬슬(瑟瑟)하다, 유적(幽寂)하다; 음산(陰散)하다, 냉락(冷落)하다, 낙
막(落寞)하다

135-00-어쩐지 쓸쓸하다 ▸ 2:괴괴하다, 오솔하다, 호젓하다; 외롭다; 적막(寂寞)하다, 적적하다,
고적(孤寂)하다, 덩그렇다, 삭막(索漠・索寞)하다, 요요(寥寥)하다

135-うらさびしい ＊新＊岩＊三＊// 新明解

> ［「うら」は、心の意］これといった理由も無いのに寂しい感じをどうしても払いのけることが出来ない△気持(状態)だ。[表記]「うら〈淋しい」とも書く。

136-うらはずかしい【心恥ずかしい】＊新＊岩＊三＊

136-00-어쩐지 부끄럽다 ▸ 바끄럽다; 1:수줍다, 열없다, 얼쩍다, 스스럽다, 계면쩍다, 계면하다, 창피하다, 낯간지럽다, 겸연(慊然)쩍다

136-00-어쩐지 부끄럽다 ▸ 2:볼낯 없다, 낯뜨겁다, 남부끄럽다, 면목(面目)없다, 무안(無顔)하다, 수치(羞恥)스럽다, 전연(靦然)하다, 무참(無慙)하다, 무참(無慙)스럽다, 수참(羞慙)하다, 난연(赧然)하다, 괴난(愧赧)하다, 면구(面灸)스럽다

136-うらはずかしい ＊新＊岩＊三＊// 新明解

> ［「うら」は心の意］何かにつけて恥ずかしいという気持をどうしても払いのけることが出来ない状態だ。

137-うらみがましい ＊新＊＊三＊%

137-00-원한이 있는 듯하다 ▸ ≠

137-うらみがましい ＊新＊＊三＊// 新明解

> 恨みに思う気持が言動や態度などに現われている様子だ。

138-うらめしい【恨めしい・怨めしい】＊新＊岩＊三＊

138-01-원망스럽다 ▸ ≠
138-02-유감이다 ▸ ≠

138-うらめしい ＊新＊岩＊三＊// 新明解

> ① 恨みたくなる気持だ。② 残念だ。[表記]「〈怨めしい」とも書く。

139-うらやましい【羨ましい】＊新＊岩＊三＊

139-01-부럽다 ▸ 탐나다, 욕심(慾心)나다
139-02-질투를 느끼다 ▸ ≠

139-うらやましい *新*岩*三*// 新明解

> [「うら」は、心の意] 羨むような△気持(状態)だ。

140-うらわかい 【うら若い】 *新*岩*三*

140-01-젊디젊다 ▶ ≠

140-02-매우 젊다 ▶ 나이 적다, 배젊다, 애젊다, 앳되다, 새파랗다, 애동대동하다, 혈기왕성 (血気旺盛)하다

140-うらわかい *新*岩*三*// 新明解

> [「うら」は末。もと、萌(モ)え出たばかりの木の葉がみずみずしい意] まだ若くて、心の 純真さを失っていない反面、世間の荒波にもまれていないもろさが感じられる状態だ。[多く女性について言う]

141-うるさい 【煩い・五月蝿い】 *新*岩*三*

141-01-시끄럽다 ▶ 따들싹하다, 떠들썩하다, 시끌시끌하다, 왁자하다, 왁자지껄하다, 지껄하 다, 소란(騒乱)하다, 소란스럽다, 시끌벅적하다, 어수선하다, 부훤(浮喧)하다, 분훤 (紛喧)하다, 들썩하다, 부산하다, 부산스럽다, 뒤숭숭하다, 소소(騒騒)하다, 분분(紛 紛)하다, 쟁란(諍乱)하다, 요열(鬧熱)하다, 요요(擾擾)하다

141-02-번거롭다 ▶ 1:어수선하다, 번거하다, 복잡(複雑)하다, 번잡(煩雑)하다, 번극(煩劇・燔 劇)하다, 번망(煩忙・繁忙)하다, 사번(事煩)하다

141-02-번거롭다 ▶ 2:수선스럽다, 떠들썩하다

141-03-귀찮다 ▶ 귀치 않다, 성가시다, 일쩝다; 폐롭다, 누되다

141-04-성가시다 ▶ 귀찮다, 번거롭다, 누되다, 번원(煩冤)하다

141-うるさい *新*岩*三*// 新明解

> ① いつまでも耳や身につきまとうため、不快でたまらない。しつこい。
> ② 自分にとってはどうでもいい事にわずらわしいまでに固執したり必要以上に厳しかっ たりするので、出来るなら相手から逃避したい気持だ。[表記] 「《煩い・{五月〈蝿〉い」な どと書く。

142-うるわしい 【麗しい】 *新*岩*三*

142-01-단정하고 아름답다 ▶ 예쁘다, 어여쁘다, 곱다, 귀엽다, 새뜻하다, 아리땁다, 미려(美

麗)하다, 수려(秀麗)하다, 우아(優雅)하다, 가려(佳麗)하다, 선연(鮮妍)하다, 선연(嬋娟)하다, 청염(淸艶)하다, 야염(冶艶)하다, 아나(娿娜)하다, 기려(奇麗)하다, 육리(陸離)하다, 요요(姚姚)하다, 요요(夭夭)하다, 휴미(休美)하다, 선호(鮮好)하다, 병정(娉婷)하다, 섬연(纖妍)하다, 선연(嬋妍)하다; 매력적(魅力的)이다; 빼어나다

142-02-(기분이)좋다 ▸ ≠

142-03-사랑스럽다 ▸ 어여쁘다, 귀엽다, 사랑옵다, 사랑홉다

142-04-사랑하고 싶다 ▸ ≠

142-うるわしい *新*岩*三*// 新明解

> ① 美しさの中に、人の心を引きつける気品が感じられる様子だ。
> ② 気分などが晴れやかで、くったくが無い様子だ。
> ③ [見たり聞いたりして]心のあたたまる状態だ。[表記] 古くは、「《美しい」とも書いた。

143-うれしい【嬉しい】 *新*岩*三*

143-00-즐겁고 기쁘다 ▸ 기껍다, 즐겁다; 반갑다; 좋다, 이유하다, 이열(怡悅)하다

143-うれしい *新*岩*三*// 新明解

> 自分の欲求が満足されたと感じて、その状態を歓迎する気持だ。↔ 悲しい

144-うれわしい【憂わしい】 ***三*

144-01-슬프다 ▸ 1:애틋하다, 구슬프다, 서럽다, 애석(哀惜)하다, 애절(哀切)하다, 애처(哀悽)롭다, 추연(惆然)하다, 초창(悄愴)하다, 처량(凄涼)하다, 창창(愴愴)하다, 창연(愴然)하다, 창연(悵然)하다, 감창(感愴)하다, 애통(哀痛)하다, 애절(哀絶)하다, 비통(悲痛)하다

144-01-슬프다 ▸ 2:유감(有感)스럽다

144-02-한탄스럽다 ▸ ≠

144-03-걱정스럽다 ▸ ≠

144-うれわしい ***三*// 三省堂

> うれえるべきだ。なげかわしい。

145-えがたい 【得難い】 *新*岩*三*

145-01-얻기 어렵다 ▸ ≠

145-02-귀하다 ▸ 1:높다

145-02-귀하다 ▸ 2:드물다, 놀다, 희귀(稀貴)하다

145-02-귀하다 ▸ 3:비싸다, 값비싸다, 값나가다, 값지다, 보배롭다, 주옥(珠玉)같다, 귀중(貴重)하다

145-えがたい ＊新＊岩＊三＊// 新明解

> なかなか手に入れにくい。

146-えがらい ＊＊岩＊＊%

146-01-알알하다 ▸ ≠

146-02-맵싸하다 ▸ ≠

146-03-매큼하다 ▸ ≠

146-えがらい ＊＊岩＊＊// 岩波

> あくが強くて、のどが強く刺激される。えぐい。

147-えがらっぽい ＊新＊岩＊三＊

147-01-아릿하다 ▸ ≠

147-02-맵싸하다 ▸ ≠

147-えがらっぽい ＊新＊岩＊三＊// 新明解

> えぐみなどで、のどが刺激されて不快な感じだ。いがらっぽい。

148-えぐい 【薉い】 ＊新＊岩＊三＊

148-01-(연기 등으로)아릿하다 ▸ ≠

148-02-(연기 등으로)맵싸하다 ▸ ≠

148-えぐい　*新*岩*三*// 新明解

> あくが強くて、のどがひりひり刺激される感じだ。えごい。

149-えげつない　*新*岩*三*

149-01-야비하다 ► 더럽다, 다랍다, 더리다, 천(賤)하다, 속되다

149-02-악랄하다 ► 악하다, 악독하다

149-03-매정하다 ► 무정하다; 매정스럽다; 야나치다, 냉정(冷情)하다, 매몰차다, 매몰스럽다,
매몰하다, 야당스럽다, 쌀쌀하다, 쌀쌀맞다, 몰강스럽다, 냉갈령부리다, 인정머리없
다, 몰인정(沒人情)하다, 박정(薄情)하다, 투박(偸薄)하다, 야박(野薄)하다

149-04-박정하다 ► 인정없다, 매몰차다, 매정하다, 야박하다, 냉정하다, 박절(迫切)하다, 박정
스럽다, 매정스럽다, 야박스럽다, 냉장(冷腸)하다, 박행(薄倖)하다, 박악(薄惡)하다,
혹박(酷薄)하다

149-えげつない　*新*岩*三*// 新明解

> [口頭]△下品で(人情味が無くて)言動が露骨であったり人間味を欠いていたりして、相手
> に堪え難い思いを与える様子だ。

150-えごい　**岩*三*××

150-××

150-えごい　**岩*三*// 三省堂

> ⇒えぐい。

151-えらい【偉い・豪い】　*新*岩*三*

151-01-훌륭하다 ► 1:칭찬(稱讚)할 만하다, 가상(嘉尚)하다, 도저(到底)하다, 축저(築底)하다,
기위(奇偉)하다

151-01-훌륭하다 ► 2:나무랄데 없다, 빼어나다, 뛰어나다, 완벽(完璧)하다

151-01-훌륭하다 ► 3:아름답다, 수절(秀絶)하다

151-01-훌륭하다 ► 4:위대(偉大)하다

151-02-위대하다 ► 훌륭하다, 뛰어나다

151-03-사회적인 지위나 권력이 있다 ► ≠

151-04-심하다 ► 지나치다, 너무하다, 호되다, 독(毒)하다, 극(極)하다, 과도(過度)하다, 격렬

(激烈)하다
151-05-대단하다 ▶ 1:심하다, 극심(極甚)하다
151-05-대단하다 ▶ 2:엄청나다, 어마어마하다; 크다; 많다
151-05-대단하다 ▶ 3:중(重)하다, 깊다, 위중하다
151-05-대단하다 ▶ 4:중요하다, 요긴(要緊)하다
151-05-대단하다 ▶ 5:뛰어나다, 훌륭하다, 출중(出衆)하다

151-えらい ＊新＊岩＊三＊// 新明解

> ① 人物・行動などが他よりすぐれていて、りっぱだ。② 地位・身分などが高い。
> ③ [予想も出来なかったほど]はなはだしい様子だ。表記「《豪い》」とも書く。

152-えんどおい【縁遠い】＊新＊岩＊三＊

152-01-결혼 상대가 잘 나타나지 않다 ▶ ≠
152-02-인연이 멀다 ▶ ≠

152-えんどおい ＊新＊岩＊三＊// 新明解

> ① [特に女性について]結婚の機会に恵まれない。② 関係が薄い。

153-えんりょぶかい ＊＊＊三＊％

153-01-조심성이 많다 ▶ ≠
153-02-신중하다 ▶ 조심스럽다, 주의깊다

153-えんりょぶかい ＊＊＊三＊// 三省堂

> たいへんひかえめなようすだ。

154-おいしい【美味しい】＊新＊岩＊三＊

154-00-맛있다 ▶ 1:맛좋다, 맛나다, 진진(津津)하다, 입에 맞다, 맞갖다, 구쁘다, 짭짤하다, 맛깔스럽다, 맛깔지다
154-00-맛있다 ▶ 2:재미있다, 흥미(興味)있다

154-おいしい　*新*岩*三*// 新明解

> [接辞語「お」＋美味の意の雅語の形容詞「いし」の変化]「うまい①」の美的表現。↔　まずい
> 表記「美味しい」とも書く。

155-おおい【多い】*新*岩*三*

155-00-많다 ► 넉넉하다, 적지 않다, 어마어마하다, 쇠털 같다, 셀 수 없다, 헤아릴 수 없다,
숱하다, 흔하다, 수두룩하다, 허다하다, 무지무지하다, 즐비하다, 막대(莫大)하다,
수(数)많다, 지천(至賤)이다, 요다(饒多)하다, 파다(頗多)하다, 삼라(森羅)하다, 삼립
(森立)하다, 비일비재(非一非再)하다, 굉장(宏壯)하다, 굉장스럽다; 풍족(豊足)하다,
풍부(豊富)하다

155-おおい　*新*岩*三*// 新明解

> ↔　少ない　① 同種の他のものや従前に比べて△数量や割合が大きい(傾向が著しい)と認
> められる様子だ。[比較対象になる他のものと等しい数量を取り去っても、まだ余りが有
> る状態を指す] ② 無視出来ないほどの数量であったり、△見聞(経験)することがしばし
> ばであったりする様子だ。

156-おおきい【大きい】*新*岩*三*

156-01-크다 ► 1:길다

156-01-크다 ► 2:넓다, 함박만하다, 광대(広大)하다, 광활하다, 광대무변(広大無邊)하다

156-01-크다 ► 3:심하다, 많다, 극대(極大)하다, 극심(極甚)하다, 심대(甚大)하다

156-01-크다 ► 4:중대(重大)하다

156-01-크다 ► 5:우렁차다

156-01-크다 ► 6:걸까리지다, 실팍하다, 끌밋하다, 깔밋하다; 헌칠하다

156-01-크다 ► 7:우람하다, 집채 같다, 거대(巨大)하다

156-01-크다 ► 8:거창(巨創)하다

156-01-크다 ► 9:위대(偉大)하다

156-02-굵다 ► ≠

156-03-많다 ► 넉넉하다, 적지 않다, 어마어마하다, 쇠털 같다, 셀 수 없다, 헤아릴 수 없다,
숱하다, 흔하다, 수두룩하다, 허다하다, 무지무지하다, 즐비하다, 막대(莫大)하다,
수(数)많다, 지천(至賤)이다, 요다(饒多)하다, 파다(頗多)하다, 삼라(森羅)하다, 삼립
(森立)하다, 비일비재(非一非再)하다, 굉장(宏壯)하다, 굉장스럽다; 풍족(豊足)하다,
풍부(豊富)하다

156-04-넓다 ▸ 1:드넓다, 크넓다, 너르다, 널찍하다, 넓직하다, 광대무변(広大無邊)하다, 광대
　　　　　(広大)하다, 광막(広漠)하다, 막막(漠漠)하다, 광연(広衍)하다, 광연(広淵)하다, 광활
　　　　　(広闊)하다, 광박(広博)하다, 광망하다, 묘막하다, 홍연(弘淵)하다, 굉홍(宏弘)하다,
　　　　　굉활(宏闊)하다, 망막(茫漠)하다, 곽여(廓如)하다, 곽연(廓然)하다

156-04-넓다 ▸ 2:너그럽다, 너르다, 살갑다, 슬겁다

156-04-넓다 ▸ 3:풍부(豊富)하다, 박식(博識)하다

156-05-무겁다 ▸ 1:무겁디 무겁다; 납덩이 같다, 돈하다, 천근(千斤)같다

156-05-무겁다 ▸ 2:진득하다, 거방지다, 신중(慎重)하다

156-05-무겁다 ▸ 3:크다, 중대(重大), 막대하다

156-05-무겁다 ▸ 4:심하다, 중하다; 위중(危重)하다, 위독(危毒)하다

156-05-무겁다 ▸ 5:우울하다, 언짢다, 개운치 않다, 힘빠지다, 느른하다

156-05-무겁다 ▸ 6:느리다, 굼뜨다, 둔하다

156-06-중대하다 ▸ 비경(非軽)하다

156-おおきい ＊新＊岩＊三＊// 新明解

[「大きなり」の変化] ↔ 小さい ① [目に見える形を備えていて、互いに比較することができ
るのについて]問題となるものが比較される他方を包み込んだ(とみなされる)状態にな
り、なおかつ余りがあると想定できる様子だ。② 数量や程度・規模が△比較の対象とす
る(一般に予測される)ものを上回っている様子だ。③ 事柄の重要さや他への影響などが
一般に予測される程度を超えていて、無視できない様子だ。

157-おおけない ＊新＊＊＊＊××

157-××

157-おおけない ＊新＊＊＊// 新明解

[「ない」は、雅語形容詞を形作る接辞「なし」の口語形]自分の身分にはふさわしくなく、
とてもそんなだいそれた事は出来ない。

158-おおしい 【雄雄しい】 ＊新＊岩＊三＊

158-01-씩씩하다 ▸ 용감하다, 굳세다, 건경(健勁)하다

158-02-사내답다 ▸ ≠

158-おおしい *新*岩*三*// 新明解

> 普通なら避けたいと思う危険や困難に、勇気をもって立ち向かう様子だ。[男性の理想的な姿を形容する語] ↔ 女女(メメ)しい 表記 「《男《男しい」とも書く。

159-おかしい 【可笑しい】 *新*岩*三*

159-01-우습다 ► 1:웃음난다, 재미있다, 배꼽뺀다

159-01-우습다 ► 2:우스꽝스럽다, 가소(可笑)롭다, 하찮다, 보잘것없다, 대수롭지 않다

159-02-익살스럽다 ► 재미있다, 야살스럽다, 얄망궂다, 짓궂다, 잔재미 있다

159-03-수상하다 ► 의심쩍다, 의심스럽다, 수상그르다, 수상스럽다, 수상쩍다

159-04-믿어지지 않다 ► ≠

159-05-이상하다 ► 이상스럽다, 야릇하다, 이상야릇하다

159-06-정상이 아니다 ► ≠

159-おかしい *新*岩*三*// 新明解

> ① その場にふさわしくない言動などに接して、思わず笑いたくなるような気持だ。
> ② 正常の機能が失われたり予想外の展開を見せたりして、△納得できない(何らかの対応が必要だと思われる)状態だ。③ △論理的に考えて(社会通念に照らして)正しいものとは認められない状態だ。表記 「{可笑}しい」などとも書く。

160-おかしがたい 【犯しがたい】 ***三*%

160-00-범하기 어렵다 ► ≠

160-おかしがたい ***三*// 三省堂

> 威厳(イゲン)があって、それをそこなうことがえんりょされるような感じだ。

161-おくふかい 【奥深い】 *新**三*

161-01-깊숙하다 ► ≠

161-02-뜻이 깊다 ► ≠

161-03-심원(深遠)하다 ► ≠

161-おくふかい *新**三*// 新明解

> ① △表(入口)から遠い。② 意味が深い。[① ②とも「おくぶかい」とも]

162-おくぶかい **岩**%

162-01-깊숙하다 ► ≠
162-02-깊숙이 들어가 있다 ► ≠
162-03-심오하다 ► 그윽하다, 깊숙하다, 깊다, 웅숭깊다
162-04-오묘하다 ► ≠
162-05-뜻이 깊다 ► ≠

162-おくぶかい **岩**// 岩波

> ① 表から遠い。また、ずっと奥まで続いている。② 意味が深い。簡単にはわからない。

163-おくゆかしい 【奥床しい】 *新*岩*三*

163-01-표면뿐 아니라 그 속에 담긴 것에도 마음이 끌리다 ► ≠
163-02-태도나 언행이 고상하고 겸허하다 ► ≠
163-03-배려가 잘 되고 자상스러움에 마음이 끌려 친근감을 느끼다 ► ≠
163-04-우아하다 ► 우미(優美)하다, 도아(都雅)하다; 아담(雅淡)하다, 멋있다, 멋지다

163-おくゆかしい *新*岩*三*// 新明解

> 相手の言語・動作が洗練されていたり深い知識・考えが有るように見受けられたり慎み深かったりして、心が惹(ヒ)かれる感じだ。

164-おぐらい 【小暗い】 *新*岩*三*

164-01-어두컴컴하다 ► ≠
164-02-어둑어둑하다 ► ≠

164-おぐらい *新*岩*三*// 新明解

> 「薄ぐらい」意の雅語的表現。

165-おこがましい【烏滸がましい】 *新*岩*三*

165-01-되지 못한 일이다 ▶ ≠

165-02-분수를 모르는 짓이다 ▶ ≠

165-03-주제넘다 ▶ 건방지다, 아니꼽다, 신둥지다, 신둥부러지다, 눈꼴사납다, 눈꼴시다

165-おこがましい *新*岩*三*// 新明解

> 身の程知らずに思い上がってふるまっているようで、気恥ずかしい。

166-おこりっぽい *新**三*%

166-01-화를 잘 내는 성미이다 ▶ ≠

166-02-걸핏하면 성내다 ▶ ≠

166-03-노하기 쉽다 ▶ ≠

166-おこりっぽい *新**三*// 新明解

> 何かにつけて、すぐ怒る△様子(性質)だ。

167-おさない【幼い】 *新*岩*三*

167-01-어리다 ▶ 1:앳되다, 연소(年少)하다, 유소(幼小)하다, 아리잠직하다, 치발부장(歯髪不長)이다, 치발불급(歯髪不及)이다

167-01-어리다 ▶ 2:유치(幼稚)하다, 유충(幼沖)하다, 젖내나다; 어리석다

167-02-연소하다 ▶ 어리다, 젊다, 연천(年浅), 소소(小小)하다

167-03-미숙하다 ▶ 불숙(不熟)하다 1:덜익다, 설익다

167-03-미숙하다 ▶ 2:익숙치 못하다, 어설프다, 서투르다, 미련(未練)하다; 미숙련(未熟練)하다

167-おさない *新*岩*三*// 新明解

> ① 年端(トシハ)が行かず、自分だけの力では行動出来ない状態だ。
> ② その方面の経験が不足で、まだまだ修行が必要な状態だ。

168-おさむい【お寒い】 *新*岩*三*

168-01-(寒(サム)い(춥다))의 공손한 말

168-02-형편없다 ▶ 1:나쁘다, 좋지 않다

168-02-형편없다 ▸ 2:쓸모없다, 보잘것없다
168-03-한심하다 ▸ 가엾다, 딱하다, 한심스럽다, 기막히다

168-おさむい *新*岩*三*// 新明解

> [「お」は丁寧さを添える接頭語]　規模が不十分だったり内容が貧弱だったりして、感心出来ない様子だ。

169-おしい 【惜しい】 *新*岩*三*

169-01-아깝다 ▸ 1:아쉽다, 서운하다, 섭섭하다, 애석(哀惜)하다
169-01-아깝다 ▸ 2:귀(貴)하다, 귀중(貴重)하다, 소중(所重)하다
169-02-아쉽다 ▸ 섭섭하다, 서운하다; 모자라다
169-03-미련이 남다 ▸ ≠
169-04-뒤가 궁금하다 ▸ ≠
169-05-벌을 받다 ▸ 벌서다, 벌쓰다, 수벌(受罰)하다
169-06-불합리하다 ▸ ≠

169-おしい *新*岩*三*// 新明解

> ① [かけがえが無いので]むだに失いたくない感じだ。② [まだ余り使ってなかったりほかにもっと使い道が有ると思うので]そのままほうっておくに忍びない感じだ。③ [才能・能力が有るのに、報いられないでいるので]機会を見つけてなんとかし(てやり)たい感じだ。④ [もう少し続けたいと思うのに]そこで打ち切らねばならず、残念だ。

170-おしつけがましい 【押し付けがましい】 *新*岩*三*

170-01-마치 무리하게 강제하는 것 같다 ▸ ≠
170-02-무리하게 책임을 지우는 것 같다 ▸ ≠

170-おしつけがましい *新*岩*三*// 新明解

> 何かを無理に押し付けるように感じられる様子だ。

171-おしみない ***三*××

171-××

171-おしみない ***三*// 三省堂

> 存分に差し出すようす。

172-おそい 【遅い】 *新*岩*三*

172-01-시간이 걸리다 ▸ ≠
172-02-늦다 ▸ 1:느지막하다, 느직하다, 느직느직하다
172-02-늦다 ▸ 2:느슨하다
172-02-늦다 ▸ 3:지나다; 지각(遲刻)하다, 지참(遲参)하다
172-03-느리다 ▸ 1:더디다, 뜨다, 굼뜨다, 손뜨다, 천천하다, 느릿하다, 완(緩)하다, 서완(徐緩)하다, 유장(悠長)하다
172-03-느리다 ▸ 2:성글다, 성기다, 엉성하다, 설피다; 날쌍하다, 늘썽하다
172-03-느리다 ▸ 3:느슨하다
172-04-밤이 깊다 ▸ ≠

172-おそい *新*岩*三*//新明解

> ① [要領が悪かったり慣れなかったりして]何かをするのに ほかの人より時間がかかる様子だ。↔はやい ②[△期待(許容)される時刻より]あとになる様子だ。[狭義では、夜がふけた状態を指す] [表記] ②は、「《晩い」とも書く。

173-おぞましい 【悍しい】 *新*岩*三*

173-01-교활하다 ▸ ≠
173-02-호감이 안 가다 ▸ ≠

173-おぞましい *新*岩*三*// 新明解

> 憎悪感や恐怖心が先立ち、出来るなら△話題にしたく(見たく)ないという思いで一杯だ。

174-おそれおおい 【恐れ多い・畏れ多い】 *新*岩*三*

174-01-황공하다 ▸ ≠
174-02-매우 고맙다 ▸ 감사(感謝)하다, 은혜(恩惠)롭다

174-おそれおおい *新*岩*三*// 新明解

> ① 神仏の罰を受けるのではないかと恐れ、はばかられる心境だ。
> ② 身分不相応と考えられるので、辞退したい心境だ。[表記]「〈畏れ多い」とも書く。

175-おそろしい 【恐ろしい】 *新*岩*三*

175-01-무섭다 ▸ 매섭다 1:겁나다, 떨리다

175-01-무섭다 ▸ 2:두렵다, 공구(恐懼)하다, 공계(恐悸)하다

175-01-무섭다 ▸ 3:모질다, 지독하다, 심하다, 사납다

175-02-대단하다 ▸ 1:심하다, 극심(極甚)하다

175-02-대단하다 ▸ 2:엄청나다, 어마어마하다; 크다; 많다

175-02-대단하다 ▸ 3:중(重)하다, 깊다, 위중하다

175-02-대단하다 ▸ 4:중요하다, 요긴(要緊)하다

175-02-대단하다 ▸ 5:뛰어나다, 훌륭하다, 출중(出衆)하다

175-03-심하다 ▸ 지나치다, 너무하다, 호되다, 독(毒)하다, 극(極)하다, 과도(過度)하다, 격렬
(激烈)하다

175-おそろしい *新*岩*三*// 新明解

> ① それ△に近づくと(が身近に現われると)、無事に済みそうもないと思われて、避けた
> いと思う感じだ。② (将来が)心配される状態だ。③ ひどい。④ 不可能を可能ならしめ
> るような、不思議な力が有る。

176-おっかない *新*岩*三*

176-01-<속>무섭다 ▸ 매섭다 1:겁나다, 떨리다

176-01-<속>무섭다 ▸ 2:두렵다, 공구(恐懼)하다, 공계(恐悸)하다

176-01-<속>무섭다 ▸ 3:모질다, 지독하다, 심하다, 사납다

176-02-두렵다 ▸ 1:무섭다, 겁나다, 가공(可恐)하다, 가외(可畏)하다, 황겁(惶怯)하다

176-02-두렵다 ▸ 2:어렵다, 외경(畏敬)스럽다

176-02-두렵다 ▸ 3:걱정스럽다, 근심스럽다, 염려(念慮)스럽다

176-おっかない *新*岩*三*// 新明解

> 「こわい・恐ろしい」意の口頭語的表現。

177-おとこくさい *新***%

177-01-(옷이나 방 등에서)남성의 체취가 풍기다 ► ≠
177-02-씩씩하고 남성답다 ► ≠

177-おとこくさい *新***// 新明解

① 男性の体臭がする様子だ。② いかにも男性らしい。
③ 女性でありながら男性のように見える感じだ。

178-おとこっぽい *新***%

178-01-(씩씩하고)남자답다 ► 사나이답다, 씩씩하다; 강(強)하다
178-02-남성적이다 ► ≠
178-03-(여자인데도)남자 같다 ► ≠

178-おとこっぽい *新***// 新明解

① 言動にめりはりが有ったり、力強さと小気味よさとが感じられたりして、男性としての魅力にあふれている様子だ。② 女性であるとは思われないような活発さと小気味よさとを持ち合わせていて、見た目にもすがすがしく感じられる様子だ。ボーイッシュ。

179-おとこらしい【男らしい】 *新*岩*三*

179-01-사내답다 ► ≠
179-02-씩씩하다 ► 용감하다, 굳세다, 건경(健勁)하다

179-おとこらしい *新*岩*三*// 新明解

強さ・いさぎよさなど、そうあってほしいと男性に望まれる性質を持っている様子だ。
↔ 女らしい

180-おとなげない【大人気無い】 *新*岩*三*

180-01-어른답지 못하다 ► ≠
180-02-아기 같다 ► ≠
180-03-철이 없다 ► 퉁어리적다, 소양배양하다, 철모르다, 지각(知覺)없다, 분별(分別)없다, 사리분별(事理分別)없다, 지각머리없다

180-おとなげない *新*岩*三*// 新明解

> おとなのくせに、つまらない事で感情をむき出しにして、みっともない。分別が無い。

181-おとなしい 【大人しい】 *新*岩*三*

181-01-점잖다 ▸ 잠잖다; 드레있다, 무게 있다, 든직하다, 뜸직하다, 드레지다, 듬직하다, 응연(凝然)하다, 정중(鄭重)하다, 묵중(黙重)하다, 진중(鎮重)하다, 품위(品位)있다, 얌전하다, 숙부드럽다, 엄전하다, 엄전스럽다, 음전하다, 고상(高尚)하다, 노대(老大)하다

181-02-온순하다 ▸ 순하다, 착하다

181-おとなしい *新*岩*三*// 新明解

> ① [子供などが]いたずらをしたり騒いだりなどしないで静かにしている。
> ② [性質が]穏やかで、逆らわない様子だ。③ はででない。 表記 「音無しい」は借字。

182-おとましい **岩**××

182-××

182-おとましい **岩**// 岩波

> ⇒うとましい。

183-おどろおどろしい *新*岩*三*%

183-01-<문>무섭다 ▸ 매섭다 1:겁나다, 떨리다

183-01-<문>무섭다 ▸ 2:두렵다, 공구(恐懼)하다, 공계(恐悸)하다

183-01-<문>무섭다 ▸ 3:모질다, 지독하다, 심하다, 사납다

183-02-기분 나쁘다 ▸ ≠

183-03-무시무시하다 ▸ ≠

183-04-<고>어마어마하다 ▸ 어마하다; 엄청나다, 대단하다, 굉장(宏壮)하다, 상당하다, 장엄(荘厳)하다; 으리으리하다

183-05-요란하다 ▸ 요란스럽다; 시끄럽다, 떠들썩하다, 들썩하다, 어지럽다

183-06-야단스럽다 ▸ 시끄럽다, 떠들석하다, 야단법석이다, 시끌시끌하다

183-おどろおどろしい *新*岩*三*// 新明解

> 不気味でなんとも形容のしようの無い様子。

184-おなじい 【同じい】 *新**三*

184-01-같다 ► 1:한가지다, 꼭같다, 여전하다, 동일(同一)하다, 일치(一致)하다, 동질(同質)이다,
　　　　동류(同類)이다, 대등(対等)하다, 합동(合同)이다, 균등(均等)하다, 균일(均一)하다,
　　　　변함없다, 한결같다; 틀림없다
184-01-같다 ► 2:닮다; 비슷하다, 흡사(恰似)하다, 상사(相似)하다, 유사(類似)하다
184-01-같다 ► 3:답다
184-02-동일하다 ► 같다, 똑같다, 의연(依然)하다

184-おなじい *新**三*// 新明解

> [「同じ」を形容詞化した語] 「同じ」の老人語。

185-おびただしい 【夥しい】 *新*岩*三*

185-01-대단히 많다 ► 넉넉하다, 적지 않다, 어마어마하다, 쇠털 같다, 셀 수 없다, 헤아릴
　　　　수 없다, 숱하다, 흔하다, 수두룩하다, 허다하다, 무지무지하다, 즐비하다, 막대(莫
　　　　大)하다, 수(数)많다, 지천(至賎)이다, 요다(饒多)하다, 파다(頗多)하다, 삼라(森羅)
　　　　하다, 삼립(森立)하다, 비일비재(非一非再)하다, 굉장(宏壮)하다, 굉장스럽다; 풍족
　　　　(豊足)하다, 풍부(豊富)하다
185-02-매우 심하다 ► 지나치다, 너무하다, 호되다, 독(毒)하다, 극(極)하다, 과도(過度)하다,
　　　　격렬(激烈)하다

185-おびただしい *新*岩*三*// 新明解

> ① [数量が]非常に多い。　② [程度が]はなはだしい。

186-おぼしい 【思しい】 *新*岩*三*

186-01-생각되다 ► ≠
186-02-상상(想像)되다 ► ≠

186-おぼしい *新*岩*三*// 新明解

> (…と)△思われる(見える)様子だ。表記「覚しい」とも書く。

187-おぼつかない 【覚束無い】 *新*岩*三*

187-01-분명치 않다 ▸ ≠
187-02-믿을 수 없다 ▸ ≠
187-03-불안하다 ▸ 두렵다, 걱정스럽다, 간졸이다, 애태우다, 속태우다, 얼올(兀脆)하다, 조마
　　　　조마하다
187-04-귀찮다 ▸ 귀치 않다, 성가시다, 일쩝다; 폐롭다, 누되다

187-おぼつかない *新*岩*三*// 新明解

> △しっかりした所(確かさ)を欠き、不安を感じさせる様子だ。

188-おぼめかしい ***三*××

188-××

188-おぼめかしい ***三*// 三省堂

> [雅]はっきりしない。おぼろげだ。

189-おめだるい ***三*××

189-××

189-おめだるい ***三*// 三省堂

> 相手が見ていてもどかしく思うことの尊敬語。お目だるい。

190-おめでたい 【御目出度い・御芽出度い】 *新*岩*三*

190-01-(めでたい의 높임말)경사롭다 ▸ ≠
190-02-호인이다 ▸ ≠
190-03-조금 바보다 ▸ ≠

190-おめでたい ＊新＊岩＊三＊// 新明解

[「お」は丁寧さを添える接頭語] めでたいととらえられる様子だ。
表記 普通、「《御目出《度い・《御芽出《度い」などと書く。

191-おもい 【重い】 ＊新＊岩＊三＊

191-01-무겁다 ► 1:무겁디 무겁다; 납덩이 같다, 돈하다, 천근(千斤)같다
191-01-무겁다 ► 2:진득하다, 거방지다, 신중(慎重)하다
191-01-무겁다 ► 3:크다, 중대(重大), 막대하다
191-01-무겁다 ► 4:심하다, 중하다; 위중(危重)하다, 위독(危毒)하다
191-01-무겁다 ► 5:우울하다, 언짢다, 개운치 않다, 힘빠지다, 느른하다
191-01-무겁다 ► 6:느리다, 굼뜨다, 둔하다
191-02-중요하다 ► 대수롭다, 종요롭다, 중(重)하다, 대사(大事)롭다, 막중(莫重)하다, 귀중
　　　　(貴重)하다
191-03-존귀하다 ► 귀하다, 높다
191-04-심하다 ► 지나치다, 너무하다, 호되다, 독(毒)하다, 극(極)하다, 과도(過度)하다, 격렬
　　　　(激烈)하다
191-05-개운치 않다 ► ≠
191-06-불쾌하다 ► 언짢다, 못마땅하다, 읍읍하다, 토심스럽다
191-07-느리다 ► 1:더디다, 뜨다, 굼뜨다, 손뜨다, 천천하다, 느릿하다, 완(緩)하다, 서완(徐
　　　　緩)하다, 유장(悠長)하다
191-07-느리다 ► 2:성글다, 성기다, 엉성하다, 설피다; 날쌍하다, 늘썽하다
191-07-느리다 ► 3:느슨하다

191-おもい ＊新＊岩＊三＊// 新明解

↔軽い①そのものをささえ持つのに大きな力を必要とする△状態(感じ)だ。②「重い①」
物△で押えられて(を持って)いるようで、のびのびとしない△様子(感じ)だ。③ [程度が]
水準以上で、容易ではない様子だ。④ [地位・身分などが]高く責任の有る状態だ。

192-おもいがけない 【思い掛け無い】 ＊新＊＊三＊

192-01-뜻밖이다 ► ≠
192-02-의외다 ► ≠

192-おもいがけない *新**三*// 新明解

> 全く予期することの出来ないことに出会う様子だ。 表記「思い懸けない」とも書く。

193-おもおもしい 【重重しい】 *新*岩*三*

193-01-위엄 있고 침착하다 ► 찬찬하다, 태연자약(泰然自若)하다, 궤궤(几几)하다
193-02-주의 깊다 ► ≠

193-おもおもしい *新*岩*三*// 新明解

> ① 静かで落ち着いた雰囲気の中にも、動かしがたい威厳や厳楽さが感じられる様子だ。
> ↔ 軽軽しい ② 沈み込んで行くような暗い感じが、全体の空気を支配している様子だ。

194-おもくるしい 【重苦しい】 *新*岩*三*

194-01-짓눌리는 것 같이 괴롭다 ► 1:아프다; 고(苦)롭다, 고통(苦痛)스럽다, 울민(欝悶)하다,
　　　　뇌쇄(悩殺)하다, 뇌심(悩心)하다
194-01-짓눌리는 것 같이 괴롭다 ► 2:힘들다, 어렵다, 곤란(困難)하다
194-01-짓눌리는 것 같이 괴롭다 ► 3:성가시다, 귀찮다
194-02-경쾌하지 않다 ► ≠
194-03-마음이 갑갑하다 ► 1:답답하다, 막히다, 옹색하다
194-03-마음이 갑갑하다 ► 2:지겹다, 지루하다, 더디다
194-03-마음이 갑갑하다 ► 3:어리석다, 우매(愚昧)하다

194-おもくるしい *新*岩*三*// 新明解

> 押えつけられるようで、うっとうしい感じだ。

195-おもくろい *新***%

195-00-<고>재미있다 ► 흥미있다, 즐겁다, 흥미롭다, 재밌다

195-おもくろい *新***// 新明解

> [「おもしろい」のもじり]「(ちょっと)おもしろい」意の口頭語的表現。
> 表記「面黒い」などと書く。

196-おもしろい 【面白い】 *新*岩*三*

196-01-재미있다 ▶ 흥미있다, 즐겁다, 흥미롭다, 재밌다

196-02-우습다 ▶ 1:웃음난다, 재미있다, 배꼽 뺀다

196-02-우습다 ▶ 2:우스꽝스럽다, 가소(可笑)롭다, 하찮다, 보잘것없다, 대수롭지 않다

196-03-유쾌하고 즐겁다 ▶ 기쁘다, 흐뭇하다, 흥겹다, 창적(暢適)하다, 창락(暢楽)하다, 가적(佳適)하다, 낙이(楽易)하다, 낙락(楽楽)하다, 희희낙락(喜喜楽楽)하다, 유쾌(愉快)하다

196-04-흥미있다 ▶ ≠

196-05-호감이 가다 ▶ ≠

196-おもしろい *新*岩*三*// 新明解

> ① 何かに心が惹(ヒ)かれ、△続けて(進んで)してみたり見たり聞いたりしたい様子だ。
> ② 普通とは変わった所が有り、△続けて(進んで)味わったりつきあったりしてもっと内容を知りたい感じだ。 ③ こっけいな事やうれしい事が有って、笑いが止まらない状態だ。
> 表記 「面白い」は、借字。

197-おもしろおかしい 【面白可笑しい】 *新*岩*三*

197-00-매우 재미있고 우습다 ▶ ≠

197-おもしろおかしい *新*岩*三*// 新明解

> [多く「おもしろおかしく」の形で]接すれば接するほど興味をそそられて、飽きることがない様子だ。

198-おもしろくない *新****××

198-××

198-おもしろくない *新***// 新明解

> 満足できるような結果が得られず△不愉快(心外)に思う様子だ。

199-おもたい 【重たい】 *新*岩*三*

199-01-무겁다 ▶ 1:무겁디 무겁다; 납덩이 같다, 돈하다, 천근(千斤)같다

199-01-무겁다 ▶ 2:진득하다, 거방지다, 신중(慎重)하다

199-01-무겁다 ► 3:크다, 중대(重大), 막대하다
199-01-무겁다 ► 4:심하다, 중하다; 위중(危重)하다, 위독(危毒)하다
199-01-무겁다 ► 5:우울하다, 언짢다, 개운치 않다, 힘빠지다, 느른하다
199-01-무겁다 ► 6:느리다, 굼뜨다, 둔하다
199-02-무겁게 느껴지다 ► ≠
199-03-기분이 좋지 않다 ► ≠

199-おもたい *新*岩*三*// 新明解

重い(感じだ)。

200-おもはゆい 【面映い】 *新*岩*三*

200-01-부끄럽다 ► 바끄럽다; 1:수줍다, 열없다, 얼쩍다, 스스럽다, 계면쩍다, 계면하다, 창피
하다, 낯간지럽다, 겸연(慊然)쩍다
200-01-부끄럽다 ► 2:볼낯 없다, 낯뜨겁다, 남부끄럽다, 면목(面目)없다, 무안(無顔)하다, 수
치(羞恥)스럽다, 전연(靦然)하다, 무참(無慚)하다, 무참(無慚)스럽다, 수참(羞慚)하
다, 난연(赧然)하다, 괴난(愧赧)하다, 면구(面灸)스럽다
200-02-열없다 ► 열쩍다, 멋적다, 멋없다, 부끄럽다, 창피하다, 계면쩍다; 정신없다, 겁많다
200-03-낯간지럽다 ► 1:인색하다, 다랍다, 단작스럽다; 면구스럽다
200-03-낯간지럽다 ► 2:찔리다

200-おもはゆい *新*岩*三*// 新明解

[ほめられすぎたりなどして]照れくさい。

201-おもろい *新**三*%

201-00-<関西방언>(별스러워)재미있다 ► 흥미있다, 즐겁다, 흥미롭다, 재있다

201-おもろい *新**三*// 新明解

[京阪方言] (変わっていて)おもしろい。

202-おもわしい 【思わしい】 *新*岩*三*

202-01-좋게 생각되다 ► ≠
202-02-바람직하다 ► ≠

202-おもわしい　＊新＊岩＊三＊// 新明解

> ① 望む通りで、好ましい様子だ。② 周囲の状況から、そのように思われる様子だ。

203-おやすい 【お安い】 ＊新＊岩＊三＊

203-01-쉽다 ► 1:손쉽다, 용이(容易)하다, 간이(簡易)하다, 평이(平易)하다, 경편(軽便)하다,
　　　경이(径易)하다, 경이(軽易)하다, 이여이(易与耳)하다
203-01-쉽다 ► 2:가능성 많다, 가능성 있다
203-02-간단하다 ► ≠
203-03-아무것도 아니다 ► ≠

203-おやすい　＊新＊岩＊三＊// 新明解

> 「安い」の丁寧な表現。

204-おろかしい ＊新＊岩＊三＊%

204-01-어리석다► 어리뜩하다, 어수룩하다, 더딜못하다, 잔작하다, 덩둘하다, 늦되다, 쇠양배양하다,
　　　뒷귀먹다; 바보스럽다, 멍청하다, 어벙하다, 꺼벙하다, 더리다, 무디다, 둔하다, 아둔하다,
　　　우둔(愚鈍)하다, 우매(愚昧)하다, 암둔(闇鈍)하다, 암매(闇昧)하다, 암매(暗昧)하다, 암매
　　　(唵昧)하다, 암둔(暗鈍)하다, 알매(戛昧)하다, 당우(戇憂)하다, 암약(闇弱)하다, 암잔(闇孱)
　　　하다, 송우(憃愚)하다, 용렬(庸劣)하다, 용탑(茸闒)하다, 우몽(愚蒙)하다, 우미(愚迷)하다,
　　　우로(愚魯)하다, 치매(痴呆)하다
204-02-바보스럽다 ► ≠
204-03-생각이 모자라다 ► ≠

204-おろかしい　＊新＊岩＊三＊// 新明解

> 愚かだ。ばかげている。

205-おんきせがましい ＊新＊岩＊三＊%

205-00-은혜를 베풀고 생색을 내다 ► ≠

205-おんきせがましい　＊新＊岩＊三＊// 新明解

> いかにも恩を着せるかのようにふるまう様子だ。

206-おんならしい 【女らしい】 ＊新＊岩＊三＊

206-00-여자답다 ▶ ≠

206-おんならしい ＊新＊岩＊三＊// 新明解

> やさしさ・ねばり強さなど、そうあってほしいと女性に望まれる性質を持っている様子
> だ。← 男らしい

207-かいい ＊＊岩＊＊％

207-00-⇒かゆい

207-かいい ＊＊岩＊＊// 岩波

> ⇒かゆい。

208-かいがいしい 【甲斐甲斐しい】 ＊新＊岩＊三＊

208-01-몸을 아끼지 않고 부지런하다 ▶ 꾸준하다
208-02-발랄하다 ▶ ≠

208-かいがいしい ＊新＊岩＊三＊// 新明解

> 働きぶりが積極的で、いかにも効果が上がるように見える様子だ。
> 〔表記〕 普通、「《甲〈斐《甲〈斐しい」と書く。

209-かいない 【甲斐無い】 ＊＊＊三＊

209-01-보람없다 ▶ 낙없다, 효과(效果)없다
209-02-미덥지 않다 ▶ ≠

209-かいない ＊＊＊三＊// 三省堂

> したことがむくいられるような結果にならない。むだだった。

210-かがやかしい 【輝かしい・赫かしい・耀かしい】 ＊新＊岩＊三＊

210-01-눈부시다 ▶ 1:찬란(燦爛)하다, 현목(眩目)하다

210-01-눈부시다 ▶ 2:황홀(恍惚)하다, 현란(絢爛)하다

210-01-눈부시다 ▶ 3:다채롭다, 화려(華麗)하다

210-02-빛나다 ▶ 1:비치다, 반짝이다, 번쩍이다; 광요(光耀)하다, 병요(炳耀)하다, 병영(炳映)하다, 병욱(炳煜)하다

210-02-빛나다 ▶ 2:윤(潤)나다, 윤기(潤気)나다

210-02-빛나다 ▶ 3:두드러지다, 남다; 눈부시다, 찬란(燦爛)하다, 휘광(輝光)하다, 휘요(輝耀)하다, 형형(炯炯)하다, 작연(灼然)하다, 작작(灼灼)하다

210-03-매우 훌륭하다 ▶ 1:칭찬(称讚)할 만하다, 가상(嘉尚)하다, 도저(到底)하다, 축저(築底)하다, 기위(奇偉)하다

210-03-매우 훌륭하다 ▶ 2:나무랄데 없다, 빼어나다, 뛰어나다, 완벽(完璧)하다

210-03-매우 훌륭하다 ▶ 3:아름답다, 수절(秀絶)하다

210-03-매우 훌륭하다 ▶ 4:위대(偉大)하다

210-04-화려하다 ▶ 호화롭다

210-かがやかしい *新*岩*三*// 新明解

① 華ばなしくて、思わずみんなが仰ぎ見る様子だ。② △活気に満ち(華やかで)、前途に希望・光明が感じられる様子だ。表記「〈耀かしい」とも書く。

211-かぎりない *新*岩*三*%

211-01-끝없다 ▶ 가없다, 아득하다, 한(限)없다, 무궁(無窮)하다, 천양무궁(天壌無窮)하다, 천지무궁하다, 무궁무진(無窮無尽)하다; 무애(無涯)하다, 무제(無際)하다

211-02-무한하다 ▶ 끝없다, 가이없다, 한없다

211-かぎりない *新*岩*三*// 新明解

① きりが無い。果てしが無い。　② この上ない。

212-かくい **岩**%

212-01-<속>네모지다 ▶ ≠

212-02-모나다 ▶ 1:각(角)지다

212-02-모나다 ▶ 2:모지다, 원만치 못하다, 두드러지다, 까다롭다, 표(表)차롭다, 유표(有表)하다

212-02-모나다 ▶ 3:유효(有効)하다

212-かくい **岩**// 岩波

[俗]四角である。かどばっている。

213-かぐろい 【か黒い】 *新*岩**

213-00-검다 ▶ 거뭇하다, 거뭇거뭇하다, 까뭇까뭇하다, 꺼뭇꺼뭇하다, 까맣다, 이연하다 1:어
둡다
213-00-검다 ▶ 2:흉하다, 욕심이 있다, 나쁘다

213-かぐろい *新*岩**// 新明解

[「か」は接辞] 顔やからだが浅黒くて、△たくましい(頼もしい)感じだ。

214-かぐわしい 【芳しい・馨しい】 *新*岩*三*

214-01-향기롭다 ▶ 향긋하다, 분분(芬芬)하다, 싱그럽다
214-02-그윽하다 ▶ 1:깊숙하다, 고요하다, 으늑하다, 유수(幽邃)하다, 심수(深邃)하다, 비수(秘
邃)하다
214-02-그윽하다 ▶ 2:깊다, 심오(深奧)하다, 심원(深遠)하다, 현현(玄玄)하다
214-02-그윽하다 ▶ 3:은근하다, 웅숭깊다
214-03-아름답다 ▶ 예쁘다, 어여쁘다, 곱다, 귀엽다, 새뜻하다, 아리땁다, 미려(美麗)하다, 수
려(秀麗)하다, 우아(優雅)하다, 가려(佳麗)하다, 선연(鮮妍)하다, 선연(嬋娟)하다, 청
염(清艷)하다, 야염(冶艷)하다, 아나(婀娜)하다, 기려(奇麗)하다, 육리(陸離)하다, 요
요(姚姚)하다, 요요(夭夭)하다, 휴미(休美)하다, 선호(鮮好)하다, 병정(娉婷)하다, 섬
연(纖妍)하다, 선연(嬋妍)하다; 매력적(魅力的)히다; 빼어나다

214-かぐわしい *新*岩*三*// 新明解

[美しいものが]いいにおいを出す様子だ。

215-かしがましい *新**三*%

215-01-<문>시끄럽다 ▶ 따들싹하다, 떠들썩하다, 시끌시끌하다, 왁자하다, 왁자지껄하다, 지
껄하다, 소란(騷乱)하다, 소란스럽다, 시끌벅적하다, 어수선하다, 부훤(浮喧)하다,
분훤(紛喧)하다, 들썩하다, 부산하다, 부산스럽다, 뒤숭숭하다, 소소(騷騷)하다, 분
분(紛紛)하다, 쟁란(諍乱)하다, 요열(鬧熱)하다, 요요(擾擾)하다
215-02-소란스럽다 ▶ ≠

215-かしがましい ＊新＊＊三＊// 新明解

> △音(声)がやかましい。

216-かしこい 【賢い】 ＊新＊岩＊三＊

216-01-영리하다 ▸ 영토하다, 똑똑하다, 지혜(知慧)롭다
216-02-현명하다 ▸ 슬기롭다, 지혜롭다

216-かしこい ＊新＊岩＊三＊// 新明解

> △要求される答え(時世の要求)に対して、頭が鋭く働く様子だ。[反語的に「抜け目が無い」意味で使うことも有る]

217-かしましい 【囂しい】 ＊新＊岩＊三＊

217-01-시끄럽다 ▸ 따들싹하다, 떠들썩하다, 시끌시끌하다, 왁자하다, 왁자지껄하다, 지껄하다, 소란(騷亂)하다, 소란스럽다, 시끌벅적하다, 어수선하다, 부훤(浮喧)하다, 분훤(紛喧)하다, 들썩하다, 부산하다, 부산스럽다, 뒤숭숭하다, 소소(騷騷)하다, 분분(紛紛)하다, 쟁란(諍亂)하다, 요열(鬧熱)하다, 요요(擾擾)하다
217-02-떠들썩하다 ▸ 따들싹하다, 들썩하다, 왁자하다, 시끄럽다, 어수선하다, 인성만성하다, 수선스럽다, 소란(騷亂)하다, 소요(騷擾)하다, 훤소(喧騷)하다, 열뇨(熱鬧)하다

217-かしましい ＊新＊岩＊三＊// 新明解

> なんにんかのしゃべり声がして、うるさい。表記「〈囂しい」とも書く。

218-かずかぎりない ＊新＊＊＊＊××

218-××

218-かずかぎりない ＊新＊＊＊// 新明解

> 数えきれないほど数が多い。

219-かたい 【堅い・固い・硬い】 ＊新＊岩＊三＊

219-01-단단하다 ▸ 든든하다 1:굳다, 댕돌같다, 견고(堅固)하다, 견경(堅硬)하다, 경결(硬結)

하다, 견결(堅結)하다

219-01-단단하다 ▸ 2:튼튼하다, 강하다, 굳세다, 강건(康健)하다, 강견(強堅·剛堅)하다, 건강하다

219-01-단단하다 ▸ 3:야무지다, 옹골차다, 여무지다, 강강(剛剛)하다, 알토란같다, 실속 있다, 딴딴하다

219-02-굳다 ▸ 1:단단하다, 딴딴하다

219-02-굳다 ▸ 2:딱딱하다, 무표정하다

219-02-굳다 ▸ 3:확고(確固)하다

219-02-굳다 ▸ 4:튼튼하다, 견고(堅固)하다

219-03-매섭다 ▸ 무섭다; 모질다, 독하다, 매몰차다, 사납다, 악독하다, 악하다, 매정하다, 추상(秋霜)같다

219-04-엄격하다 ▸ 엄(厳)하다, 딱딱하다, 무섭다, 매섭다

219-05-확실하다 ▸ 틀림없다

219-06-성실하다 ▸ 착실하다, 실쌈스럽다, 드스럭스럽다

219-07-착실하다 ▸ 신실(信実)하다, 진실(真実)하다, 실직(実直)하다, 견실(堅実)하다, 건실(健実)하다, 실심(実心)스럽다

219-08-완고하다 ▸ 고집(固執)스럽다, 고집세다

219-09-고집이 세다 ▸ ≠

219-かたい ＊新＊岩＊三＊// 新明解

[1]【堅い】① 外部から加えられた力に対して耐える度合が強く、容易には形を変わったりせず元のままの状態を保ち続ける様子だ。↔ やわらかい ② 緊張して、思いつめたような表情になったり言動がぎくしゃくしたりする様子だ。③ [演技や文章で]表現力が未熟でぎこちなさやむだな力みが感じられ、接する人に訴えかけるものが無い様子だ。④ (その人の性格や生活信条として)節度をわきまえ、危険を冒したり他から非難されるようなことをしたりするのを避ける様子だ。⑤ どんな点から考えても測通りの結果になるのは疑いないと自信を持って判断する様子だ。表記「固い」とも書く。① ② ③は、「硬い」とも書く。[2]【難い】「むずかしい」意のやや改まった表現。

220-かたくるしい【堅苦しい】＊新＊岩＊三＊

220-01-딱딱하다 ▸ 1:단단하다, 딴딴하다, 뜬뜬하다; 굳다, 강(剛)하다

220-01-딱딱하다 ▸ 2:거칠다, 거세다, 불손(不遜)하다

220-01-딱딱하다 ▸ 3:엄격(厳格)하다, 엄숙(厳粛)하다, 엄하다

220-02-지나치게 엄격하여 융통성이 없다 ▸ ≠

220-03-의식(儀式)에 너무 얽매이다 ▸ ≠

220-かたくるしい *新*岩*三*// 新明解

> [「くるしい」は接辞。⇒愛くるしい] ① まじめな態度をくずさない様子だ。
> ② △娯楽的(享楽的)な要素が欠ける様子だ。

221-かたじけない 【辱ない・忝ない】 *新*岩*三*

221-01-황송하다 ► ≠
221-02-감사하다 ► 감지덕지하다

221-かたじけない *新*岩*三*// 新明解

> [「ない」は形容詞を形作る接辞]　期待以上の好意を受けて、感謝に堪えない気持だ。あり
> がたい。[表記]「《辱ない」とも書く。

222-かたはらいたい 【片腹痛い】 *新*岩*三*

222-01-배꼽을 빼다 ► ≠
222-02-우스워 못 견디다 ► ≠

222-かたはらいたい *新*岩*三*// 新明解

> [「傍(カタハラ)痛い」の文字読みに基づく語]かたわらいたい。

223-かたわらいたい *新***%

223-00-<고>옆에서 보기에 딱하다 ► ≠

223-かたわらいたい *新***// 新明解

> [ふだんを知っている自分からすれば]その人があんなえらぶった事をするなんて、おか
> しくて見ていられない。かたはらいたい。

224-かったるい *新*岩*三*

224-01-<속>피로하여 노곤하다 ► 고단하다, 느른하다, 고달프다, 피로(疲労)하다, 피곤(疲
　　　困)하다, 지치다, 노그라지다, 노작지근하다, 노자근하다, 곤로(困労)하다, 노권(労
　　　倦)하다, 노돈(労頓)하다
224-02-어딘가 부족함이 있다 ► ≠

224-かったるい *新*岩*三*// 新明解

[主として関東地方の方言] ① 疲れてだるい。② 大儀で気が進まない。
③ のろのろしていて、じれったい。もどかしい。

225-かどかどしい 【角角しい】 *新*岩**

225-01-모가 많다 ► ≠
225-02-울퉁불퉁하다 ► ≠
225-03-성격이 원만하지 못하다 ► ≠

225-かどかどしい *新*岩**// 新明解

性格・態度に人と妥協すまいとする点が有ってひっかかる様子だ。円満でない。

226-かなくさい 【金臭い】 *新*岩*三*

226-01-금속의 냄새나 맛이 나다 ► ≠
226-02-쇳내 나다 ► ≠

226-かなくさい *新*岩*三*// 新明解

[水などが]鉄分を含んでいて、いやなにおいがする様子だ。

227-かなしい 【悲しい・哀しい】 *新*岩*三*

227-01-슬프다 ► 1:애틋하다, 구슬프다, 서럽다, 애석(哀惜)하다, 애절(哀切)하다, 애처(哀悽)롭
　　　　다, 추연(惆然)하다, 초창(悄愴)하다, 처량(凄涼)하다, 창창(愴愴)하다, 창연(愴然)하다,
　　　　창연(悵然)하다, 감창(感愴)하다, 애통(哀痛)하다, 애절(哀絶)하다, 비통(悲痛)하다
227-01-슬프다 ► 2:유감(有感)스럽다
227-02-비통하다 ► 슬프다, 가슴 아프다

227-かなしい *新*岩*三*// 新明解

[1]【悲しい】① [不幸に会った時など]取り返しのつかない事どもを思い続けて△泣きたくな
る気持(絶望的な感じ)だ。↔ うれしい ② 悲しい環境にある主人公の気持に共感される様子
だ。[表記] ② は、「《哀しい》」とも書く。
[2]【《愛しい》】「しみじみといとしい感じがする」意の雅語的表現。

228-かびくさい 【黴臭い】 *新*岩*三*

228-01-곰팡이 냄새가 나다 ▶ ≠

228-02-케케묵다 ▶ ≠

228-03-고리타분하다 ▶ 구리터분하다, 고타분하다, 골타분하다; 코리타분하다, 고리탑탑하다, 골탑탑하다, 구리텁텁하다, 코리탑탑하다 1:퀴퀴하다

228-03-고리타분하다 ▶ 2:흐리멍텅하다, 흐리터분하다, 타분하다, 터분하다

228-かびくさい *新*岩*三*// 新明解

カビのにおいがする様子だ。[古くさくて役に立たないものの意にも用いられる]

229-かぼそい 【か細い】 *新*岩*三*

229-00-가냘프다 ▶ 가늘다, 약(弱)하다, 잘다, 섬섬(纖纖)하다, 섬약(纖弱)하다, 취약(脆弱)하다, 면약(綿弱)하다, 연연(軟娟)하다, ; 무르다, 호듯하다

229-かぼそい *新*岩*三*// 新明解

[「か」は接辞] いかにも細くて、頼り無い感じだ。

230-かまびすしい 【囂しい】 *新*岩*三*

230-01-떠들썩하다 ▶ 따들싹하다, 들썩하다, 왁자하다, 시끄럽다, 어수선하다, 인성만성하다, 수선스럽다, 소란(騷乱)하다, 소요(騷擾)하다, 훤소(喧騷)하다, 열뇨(熱鬧)하다

230-02-소란스럽다 ▶ ≠

230-かまびすしい *新*岩*三*// 新明解

「やかましい」意の雅語的表現。

231-がまんづよい *新*岩*三*%

231-01-참을성이 많다 ▶ ≠

231-02-인내심이 강하다 ▶ ≠

231-03-고집이 세다 ▶ ≠

231-がまんづよい *新*岩*三*// 新明解

> 並の人間には我慢出来そうもない事をよく我慢する様子だ。

232-がめつい *新*岩*三*

232-00-악착스럽다 ▸ 악착같다, 악착하다, 억척스럽다, 모질다; 다부지다; 끈기 있다, 끈질기다, 질기다; 지독하다

232-がめつい *新*岩*三*// 新明解

> [口頭]利益をつかむ事に積極的で、抜け目が無い。がっちりしている。

233-かゆい 【痒い】 *新*岩*三*

233-00-가렵다 ▸ 간지럽다, 근지럽다, 무럽다

233-かゆい *新*岩*三*// 新明解

> 皮膚がむずむずして、そこをかきたくなる感じだ。

234-かよわい 【か弱い】 *新*岩*三*

234-01-연약하다 ▸ 약(弱)하다, 연(軟)하다
234-02-가냘프다 ▸ 가늘다, 약(弱)하다, 잘다, 섬섬(纖纖)하다, 섬약(纖弱)하다, 취약(脆弱)하다, 면약(綿弱)하다, 연연(軟娟)하다, ; 무르다, 호듯하다

234-かよわい *新*岩*三*// 新明解

> いかにも弱そうな感じだ。

235-からい 【辛い・鹹い】 *新*岩*三*

235-01-맵다 ▸ 1:얼얼하다, 알알하다, 얼글덜근하다, 얼근하다, 얼큰하다, 매콤하다, 매큼하다, 알큰하다, 알근하다, 알근달근하다, 칼칼하다, 컬컬하다, 아리다, 쏘다, 알짝지근하다, 맵싸하다
235-01-맵다 ▸ 2:매정하다, 모질다, 인정없다, 독(毒)하다, 악독(惡毒)하다, 가혹(苛酷)하다
235-02-짜다 ▸ 1:짭짤하다, 찝찔하다, 간간하다, 건건하다

235-02-짜다 ► 2:마땅찮다, 탐탁찮다

235-02-짜다 ► 3:인색(吝嗇)하다, 박하다

235-03-박하다 ► 1:인색하다, 적다

235-03-박하다 ► 2:인정없다, 야박하다, 매정하다, 박정(薄情)하다

235-03-박하다 ► 3:적다

235-04-까다롭다 ► 1:꾀까다롭다, 어렵다, 복잡하다, 폐롭다

235-04-까다롭다 ► 2:까탈스럽다, 고집 세다, 깔깔하다, 가탈스럽다, 강파르다, 돈바르다, 강팔지다, 강퍅(剛愎)하다, 초각하다

235-04-까다롭다 ► 3:예민(銳敏)하다

235-05-위태롭다 ► ≠

235-からい *新*岩*三*// 新明解

↔甘い [一]【辛い】① トウガラシ・ワサビなどの味が舌を強く刺激し、思わず涙が出るような感じだ。② 良しあしの決め方が、きびしい。きつい。
[二]【〈鹹い〉】塩けが強く感じられる状態だ。しょっぱい。しおからい。

236-かるい 【軽い】 *新*岩*三*

236-01-(무게가)가볍다 ► 거볍다; 경(輕)하다, 가뿐하다, 가붓하다, 거붓하다 1:경솔(輕率)하다, 경박(輕薄)하다

236-01-(무게가)가볍다 ► 2:홀가분하다, 경쾌하다

236-01-(무게가)가볍다 ► 3:경이(輕易)하다

236-02-심하지 않다 ► ≠

236-03-경하다 ► ≠

236-04-(마음이)가볍다 ► ≠

236-05-편하다 ► 쉽다, 만만하다, 편안(便安)하다, 안락(安樂)하다

236-06-간단하고 산뜻하다 ► ≠

236-07-쉽다 ► 1:손쉽다, 용이(容易)하다, 간이(簡易)하다, 평이(平易)하다, 경편(輕便)하다, 경이(徑易)하다, 경이(輕易)하다, 이여이(易与耳)하다

236-07-쉽다 ► 2:가능성 많다, 가능성 있다

236-08-경쾌하다 ► 선드러지다, 산드러지다, 가뿐하다, 홀가분하다; 가볍다

236-09-경솔하다 ► 까드락거리다, 까드락대다, 까들막거리다, 자발없다, 경(輕)하다, 사풍(邪風)스럽다

236-10-(입이)가볍다 ► ≠

236-11-천하다 ► 1:쌍되다, 쌍스럽다, 상스럽다, 비천(卑賤)하다, 비속(卑俗)하다

236-11-천하다 ▶ 2:속되다, 뇌하다, 짭짝찮다, 천속(賤俗)하다, 속루(俗陋)하다
236-11-천하다 ▶ 3:흔하다
236-11-천하다 ▶ 4:알량하다, 귀접스럽다, 구접스럽다
236-12-신분이 낮다 ▶ ≠
236-13-대단치 않다 ▶ ≠
236-14-위엄이 서지 않다 ▶ ≠

236-かるい *新*岩*三*// 新明解

> ↔ 重い① その物をささえ持ったり動かしたりするのに、それほど力を必要としない様子だ。
> ② △抑圧(抑制)するものが無くて、のびのびしている様子だ。
> ③ たいした程度でなくて、与える影響や負担が少ない様子だ。
> ④ 少な目に見積もってもその程度は予測される様子だ。

237-かるがるしい 【軽軽しい】 *新*岩*三*

237-01-매우 가볍다 ▶ 거볍다; 경(軽)하다, 가뿐하다, 가붓하다, 거붓하다 1:경솔(軽率)하다, 경박(軽薄)하다
237-01-매우 가볍다 ▶ 2:홀가분하다, 경쾌하다
237-01-매우 가볍다 ▶ 3:경이(軽易)하다
237-02-경솔하다 ▶ 까드락거리다, 까드락대다, 까들막거리다, 자발없다, 경(軽)하다, 사풍(邪風)스럽다

237-かるがるしい *新*岩*三*// 新明解

> 言動に慎重さを欠く様子だ。↔ 重重しい

238-かろがろしい *新**三*%

238-01-<문>경솔하다 ▶ 까드락거리다, 까드락대다, 까들막거리다, 자발없다, 경(軽)하다, 사풍(邪風)스럽다
238-02-경망하다 ▶ 경망스럽다, 허풍거리다, 허풍대다, 넙신거리다, 오감스럽다, 방정맞다, 호도깝스럽다, 오도깝스럽다, 산망스럽다, 되통스럽다, 맨망하다, 맨망스럽다, 조라떨다
238-03-경박하다 ▶ 되양되양하다, 무게 없다, 가볍다, 홀하다, 천박(浅薄)하다, 촉새 같다

238-かろがろしい *新**三*// 新明解

> 「かるがるしい」の雅語的表現。

239-かわいい 【可愛い】 *新*岩*三*

239-01-귀엽다 ▶ 예쁘다, 사랑스럽다, 안차다, 깜찍하다, 사랑읍다, 사랑홉다

239-02-몹시 사랑하다 ▶ 좋아하다, 아끼다, 귀여워하다

239-かわいい *新*岩*三*// 新明解

[雅語「かははゆし」から来た「かはゆい」の変化。原義は、ほうっておけば悪い事態になるのをそのまま見過ごせない、の意] ① 自分より弱い立場にある者に対して保護の手を伸べ、望ましい状態に持って行ってやりたいと思う(気持を抱かせる)感じだ。
② 小さくて△頼りない(弱よわしい)感じがして親近感を抱かせる様子だ。
表記 「可《愛い」は、借字。

240-かわいらしい 【可愛らしい】 *新*岩*三*

240-00-귀엽다 ▶ 예쁘다, 사랑스럽다, 안차다, 깜찍하다, 사랑읍다, 사랑홉다

240-かわいらしい *新*岩*三*// 新明解

見た目に小さくて、印象がいい様子だ。 表記 「可《愛らしい」は、借字。

241-かわゆい *新**三*%

241-00-⇒かわいい

241-かわゆい *新**三*// 新明解

[元から「かわいい」の古風な表現であったが、現在多く若者の間で用いられる] ⇒かわいい

242-かんがいぶかい 【感慨深い】 ***三*××

242-××

242-かんがいぶかい(感慨深い) ***三*// 三省堂

身にしみて、深く心に感じるようすだ。

243-かんがえぶかい ***三*%

243-01-생각이 깊은 모양 ▶ ≠

243-02-신중히 생각하는 모양 ▸ ≠

243-かんがえぶかい ＊＊＊三＊// 三省堂

万一のばあいなども考えて、かるがるしく決めないようすだ。

244-かんじやすい ＊新＊＊三＊%

244-01-민감하다 ▸ 날카롭다, 예민(鋭敏)하다, 민예(敏鋭)하다
244-02-감수성이 예민하다 ▸ ≠
244-03-다감하다 ▸ ≠

244-かんじやすい ＊新＊＊三＊// 新明解

ちょっとした事にもすぐ感じ△る(て、傷つきやすい)様子だ。

245-かんじょうだかい ＊新＊岩＊三＊%

245-01-셈속이 빠르다 ▸ ≠
245-02-타산적이다 ▸ ≠

245-かんじょうだかい ＊新＊岩＊三＊// 新明解

損をしないことばかり考えている様子だ。

246-がんぜない 【頑是無い】 ＊新＊岩＊三

246-01-어려서 철이 없다 ▸ 퉁어리적다, 소양배양하다, 철모르다, 지각(知覚)없다, 분별(分別)없다, 사리분별(事理分別) 없다, 지각머리없다
246-02-분별이 없다 ▸ ≠

246-がんぜない ＊新＊岩＊三＊// 新明解

[「頑是」は、物のいい・悪いが分からない意]まだ幼くて、聞きわけが無い。

247-かんだかい 【甲高い・疳高い】 ＊新＊岩＊三

247-00-목소리나 음의 가락이 매우 높고 날카롭다 ▸ ≠

247-かんだかい ＊新＊岩＊三＊// 新明解

> △声(音)の調子が高い。 表記 「〈疳高い」とも書く。

248-かんばしい 【芳しい】 ＊新＊岩＊三＊

248-01-냄새가 좋다 ▶ ≠

248-02-향기롭다 ▶ 향긋하다, 분분(芬芬)하다, 싱그럽다

248-03-훌륭하다 ▶ 1:칭찬(稱讚)할 만하다, 가상(嘉尚)하다, 도저(到底)하다, 축저(築底)하다, 기위(奇偉)하다

248-03-훌륭하다 ▶ 2:나무랄데 없다, 빼어나다, 뛰어나다, 완벽(完璧)하다

248-03-훌륭하다 ▶ 3:아름답다, 수절(秀絶)하다

248-03-훌륭하다 ▶ 4:위대(偉大)하다

248-04-멋있다 ▶ ≠

248-05-명예롭다 ▶ 명예스럽다, 영광스럽다, 영예롭다

248-06-평판이 높다 ▶ ≠

248-かんばしい ＊新＊岩＊三＊// 新明解

> ① 花の発するようないいにおいが、どこからともなく漂ってくる様子だ。
> ② 客観的にいい△評判(価値)が認められる様子だ。 表記 「《香しい・〈馨しい」とも書く。

249-きいろい 【黄色い】 ＊新＊岩＊三＊

249-01-노랗다 ▶ 1:누렇다; 노르다, 누르다; 노르께하다, 노리께하다, 노르스름하다, 노르무레하다, 노릇하다

249-01-노랗다 ▶ 2:한심하다, 위축(萎縮)되다, 시들다

249-02-어리다 ▶ 1:앳되다, 연소(年少)하다, 유소(幼小)하다, 아리잠직하다, 치발부장(歯髪不長)이다, 치발불급(歯髪不及)이다

249-02-어리다 ▶ 2:유치(幼稚)하다, 유충(幼沖)하다, 젖내나다; 어리석다

249-03-아직 미숙하다 ▶ 불숙(不熟)하다 1:덜익다, 설익다

249-03-아직 미숙하다 ▶ 2:익숙치 못하다, 어설프다, 서투르다, 미련(未練)하다; 미숙련(未熟練)하다

249-04-목소리가 높고 날카롭다 ▶ ≠

249-きいろい *新*岩*三*// 新明解

黄色だ。

250-きがるい 【気軽い】 *新*岩*三*

250-01-소탈하다 ► 수수하다, 소박(素朴)하다
250-02-싹싹하다 ► 썩썩하다; 상냥하다
250-03-격의(隔意)없이 사귀다 ► ≠

250-きがるい *新*岩*三*// 新明解

気軽だ。

251-ききぐるしい 【聞き苦しい】 *新*岩*三*

251-01-소문이 나쁘다 ► ≠
251-02-듣기 거북하다 ► ≠
251-03-듣기 어렵다 ► ≠

251-ききぐるしい *新*岩*三*// 新明解

① 話の内容がお粗末であったり人の悪口ばかり言ったり 自画自讃(ジサン)であったりして、聞いているのがいやになる様子だ。
② 雑音がまじったり音声がとだえたり などして、聞きづらい。

252-ききづらい 【聞き辛い】 *新*岩*三*

252-01-듣기 어렵다 ► ≠
252-02-듣기 거북하다 ► ≠

252-ききづらい *新*岩*三*// 新明解

① 音声が小さかったり周囲がやかましかったりなどして、聞こうと思ってもよく聞き取れない。② 聞きにくい②。

253-ききにくい 【聞き悪い】 *新*岩*三*

253-01-듣기 괴롭다 ► ≠

253-02-알아듣기 힘들다 ▸ ≠
253-03-묻기가 거북하다 ▸ ≠

253-ききにくい ＊新＊岩＊三＊// 新明解

> ① 声が低かったり不明瞭(メイリヨウ)であったりして、よく聞こえない。
> ② 何か事情が有って、尋ねるのが ためらわれる様子だ。表記「聞き《悪い》」とも書く。

254-ききよい 【聞きよい】 ＊新＊＊＊

254-01-듣기 쉽다 ▸ ≠
254-02-듣기 좋다 ▸ ≠

254-ききよい ＊新＊＊＊// 新明解

> ① 話の内容が聞いて快いものだ。② 音や声の高低や強弱のぐあいが耳にほどよい状態だ。

255-ぎこちない ＊新＊岩＊三＊

255-01-동작 등이 딱딱하다 ▸ ≠
255-02-불친절하다 ▸ 섬서하다, 퉁명하다

255-ぎこちない ＊新＊岩＊三＊// 新明解

> [「ぎこつなし」の変化形「ぎごちなし」の変化]　(動作や表現などが)ぎくしゃくしていて、
> いかにも不慣れだと感じさせる様子だ。[「ぎごちない」は老人語]

256-きざっぽい 【気障っぽい】 ＊新＊岩＊三＊

256-00-태도·복장이 불쾌한 느낌을 주다 ▸ ≠

256-きざっぽい ＊新＊岩＊三＊// 新明解

> いかにもきざな感じがする様子だ。

257-きぜわしい 【気忙しい】 ＊新＊岩＊三＊

257-01-초조하여 침착하지 못하다 ▸ ≠

257-02-성급하다 ▶ 부프다, 발자하다, 성마르다, 조급하다, 급하다, 성결(性傑)하다, 조(躁)하다, 견급하다, 급조(急躁)하다, 즉급(即急)하다, 초급(峭急)하다

257-きぜわしい *新*岩*三*// 新明解

> ① 気持がせかされて落ち着かない。② せっかちだ。

258-きそくただしい *新*岩*三*%

258-01-규칙 바르다 ▶ ≠
258-02-규칙적이다 ▶ ≠

258-きそくただしい *新*岩*三*// 新明解

> 「規則②」に従って(いるかのように)何かが行われる様子だ。

259-きたない 【汚ない・穢ない】 *新*岩*三*

259-01-불결(不潔)하다 ▶ 더럽다, 지저분하다, 추하다
259-02-더럽다 ▶ 다랍다 1:지저분하다, 때묻다, 너저분하다, 구저분하다, 구저분스럽다, 추저분하다, 추저분스럽다, 너절하다, 더리다, 뇌하다, 귀축축하다, 구접스럽다, 구지레하다, 추접하다, 추접스럽다, 추접지근하다, 불결(不潔)하다, 구예(垢穢)하다, 추(醜)하다, 추잡(醜雜)하다, 추잡(醜雜)스럽다, 추오(醜汚)하다, 누추(陋醜)하다, 추루(醜陋)하다, 누비(陋鄙)하다, 구탁(垢濁)하다
259-02-더럽다 ▶ 2:흉하다, 추악(醜惡)하다, 보기싫다
259-02-더럽다 ▶ 3:비겁하다, 야비하다, 비루(鄙陋)하다, 비열(鄙劣)하다
259-02-더럽다 ▶ 4:인색하다, 던적스럽다
259-03-추하다 ▶ 지저분하다, 더럽다, 귀접스럽다, 구접스럽다, 짭짝찮다, 추잡(醜雜)하다, 추악(醜惡)하다; 밉다, 보기싫다, 못생기다; 천하다
259-04-비열(卑劣)하다 ▶ ≠
259-05-바르지 못하다 ▶ ≠
259-06-속이 검다 ▶ ≠
259-07-천하다 ▶ 1:쌍되다, 쌍스럽다, 상스럽다, 비천(卑賤)하다, 비속(卑俗)하다
259-07-천하다 ▶ 2:속되다, 뇌하다, 짭짝찮다, 천속(賤俗)하다, 속루(俗陋)하다
259-07-천하다 ▶ 3:흔하다
259-07-천하다 ▶ 4:알량하다, 귀접스럽다, 구접스럽다
259-08-인색하다 ▶ 박(搏)하다, 짜다, 인정없다, 밭다, 강밭다, 타끈하다, 타끈스럽다, 바냐위

다, 노리다, 돔바르다, 가린스럽다, 다랍다, 손맑다, 낯간지럽다, 인(吝)하다

259-きたない *新*岩*三*// 新明解

↔ きれい ① 見るからによごされていたり不潔な感じであったりして、さわったりそこ に身を置いたりすることがためらわれる状態だ。 ② そのものに本来望まれる秩序が失わ れ、受け入れるのに抵抗が感じられる様子だ。 ③ 自己の利益にこだわり、ずるさばかり が目立って、接する人に不快感を与える様子だ。 表記 本表=「汚い」。「 〈穢い〉」とも書く。

260-きたならしい 【汚ならしい・穢ならしい】 *新*岩*三*

260-01-더럽게 보이다 ▶ ≠
260-02-추하게 느껴지다 ▶ ≠

260-きたならしい *新*岩*三*// 新明解

いかにも汚なく△見える(思われる)感じだ。 表記 本表=「汚らしい」。「 〈穢らしい〉」とも書く。

261-きつい *新*岩*三*

261-01-심하다 ▶ 지나치다, 너무하다, 호되다, 독(毒)하다, 극(極)하다, 과도(過度)하다, 격렬 (激烈)하다
261-02-엄중하다 ▶ 엄(嚴)하다
261-03-어렵다 ▶ 1:힘들다, 난해(難解)하다
261-03-어렵다 ▶ 2:가난하다, 궁색(窮塞)하다, 구차(苟且)스럽다
261-03-어렵다 ▶ 3:까다롭다, 알삽(戛澁)하다
261-03-어렵다 ▶ 4:위중(危重)하다, 위급(危急)하다
261-03-어렵다 ▶ 5:두렵다, 경외(敬畏)스럽다, 길굴(佶屈)하다, 길굴오아(佶屈聱牙)하다
261-04-고되다 ▶ ≠
261-05-강하다 ▶ 세다, 힘세다, 힘차다, 굳세다, 힘 있다, 드세다, 세차다; 강력(強力)하다, 강 렬(強烈)하다, 강건(強健)하다, 강고(強固)하다, 견뢰(堅牢)하다, 강견(強堅)하다; 강 성(強盛)하다, 성강(盛強・盛彊)하다, 강경(強硬)하다, 강인(強靭)하다; 담(胆)차다, 담대(胆大)하다
261-06-용감하다 ▶ 용기(勇氣)있다, 대담(大胆)하다, 궤젓하다, 용맹(勇猛)하다, 용맹스럽다, 용감무쌍(勇敢無双)하다, 강용(剛勇)하다, 규규(赳赳)하다, 임협(任侠)하다
261-07-답답하다 ▶ 1:갑갑하다, 울(鬱)하다, 인울하다, 노결(勞結)하다, 울연(鬱然)하다, 울울

(欝欝)하다, 우울(憂鬱)하다, 울도(鬱陶)하다, 울색(鬱塞)하다; 안타깝다, 아울(訏鬱)
하다, 읍읍하다

261-07-답답하다 ▶ 2:어리석다, 우둔(愚鈍)하다, 우매(愚昧)하다

261-07-답답하다 ▶ 3:고지식하다, 막혀 있다, 옹졸(壅拙)하다, 아졸(雅拙)하다, 옹울(壅鬱)하다

261-きつい　*新*岩*三*// 新明解

① 相手に弱い所を見せまいとする様子だ。② 相手を容赦する所が無い様子だ。
③ 窮屈でゆとりが無い。↔ ゆるい① ④ 刺激が強くて、にわかに受け入れかねる様子だ。

262-きづかわしい 【気遣わしい】 *新*岩*三*

262-01-마음을 놓을 수 없다 ▶ ≠

262-02-걱정스럽다 ▶ ≠

262-03-염려(念慮)스럽다 ▶ ≠

262-きづかわしい　*新*岩*三*// 新明解

成行きが心配される状態だ。

263-きづよい 【気強い】 *新*岩*三*

263-01-마음이 굳세다 ▶ 1:세다, 드세다

263-01-마음이 굳세다 ▶ 2:튼튼하다, 어기차다, 짱짱하다, 강건(強健・康健)하다, 강강(剛剛)
하다, 견강(堅強)하다, 강하다, 강인(強靭)하다, 강견(強堅)하다, 용강(勇剛)하다

263-01-마음이 굳세다 ▶ 3:확고(確固)하다, 강한(剛悍・強悍)하다

263-02-믿음직스럽다 ▶ ≠

263-03-안심되다 ▶ ≠

263-きづよい　*新*岩*三*// 新明解

頼みになるものが有って、不安にならないで済む様子だ。

264-きなくさい 【焦臭い】 *新*岩*三*

264-00-(종이나 천 등의)눈는 냄새가 나다 ▶ ≠

264-きなくさい　*新*岩*三*// 新明解

---

① 紙やきれなどの焦げるにおいがするようだ。② なんとなく暴力・戦争・不正などの
においがし、事態の推移について予断が許されない様子だ。

265-きはずかしい【気恥ずかしい】*新*岩*三*

265-01-어쩐지 부끄럽다 ► 바끄럽다; 1:수줍다, 열없다, 얼쩍다, 스스럽다, 계면쩍다, 계면하
다, 창피하다, 낯간지럽다, 겸연(慊然)쩍다

265-01-어쩐지 부끄럽다 ► 2:볼낯 없다, 낯뜨겁다, 남부끄럽다, 면목(面目)없다, 무안(無顔)하
다, 수치(羞恥)스럽다, 전연(靦然)하다, 무참(無慚)하다, 무참(無慚)스럽다, 수참(羞
慚)하다, 난연(赧然)하다, 괴난(愧赧)하다, 면구(面灸)스럽다

265-02-어색하다 ► 부자연(不自然)스럽다, 서먹서먹하다, 열적다, 겸연쩍다, 구성없다, 삼사
하다, 섬서하다; 거추없다, 거령맞다, 거령스럽다, 스스럽다, 서투르다, 떨떨하다,
어떨떨하다, 어궁(語窮)하다, 메떨어지다

265-きはずかしい　*新*岩*三*// 新明解

なんとなく恥ずかしく感じる様子だ。

266-きばやい　*新*** %

266-01-성급하다 ► 부프다, 발자하다, 성마르다, 조급하다, 급하다, 성결(性傑)하다, 조(躁)하
다, 견급하다, 급조(急躁)하다, 즉급(即急)하다, 초급(峭急)하다

266-02-조급하다 ► 갈급증(-症)나다, 갈급령(渴急令)나다; 충충(衝衝)하다, 등달다, 몸달다

266-03-안달스럽다 ► ≠

266-きばやい　*新*** // 新明解

気早だ。

267-きびしい【厳しい】*新*岩*三*

267-01-엄숙하다 ► ≠

267-02-엄격하다 ► 엄(嚴)하다, 딱딱하다, 무섭다, 매섭다

267-03-엄중하다 ► 엄(嚴)하다

267-04-심하다 ► 지나치다, 너무하다, 호되다, 독(毒)하다, 극(極)하다, 과도(過度)하다, 격렬(激烈)하다

267-きびしい ＊新＊岩＊三＊// 新明解

> ① 安易な気持ではすまされない状況に置かれ、それ△を克服する(に耐え抜く)のに大変な努力が要る様子だ。 ② 甘えや妥協をいっさい許さず、一度こうすべきだと思ったことを変えることなく貫く様子だ。 表記 「《酷しい」とも書く。

268-きまずい 【気不味い】 ＊新＊岩＊三＊

268-00-상대방과 마음이 잘 맞지 않고 어쩐지 서먹서먹하다 ▸ ≠

268-きまずい ＊新＊岩＊三＊// 新明解

> お互いの気持がしっくりせず、打ち解けることが出来ない様子だ。
> 表記 「気{不味}い」とも書く。

269-きまりわるい ＊新＊＊三＊％

269-01-어쩐지 부끄럽다 ▸ 바끄럽다; 1:수줍다, 열없다, 얼쩍다, 스스럽다, 계면쩍다, 계면하다, 창피하다, 낯간지럽다, 겸연(慊然)쩍다
269-01-어쩐지 부끄럽다 ▸ 2:볼낯 없다, 낯뜨겁다, 남부끄럽다, 면목(面目)없다, 무안(無顔)하다, 수치(羞恥)스럽다, 전연(靦然)하다, 무참(無慚)하다, 무참(無慚)스럽다, 수참(羞慚)하다, 난연(赧然)하다, 괴난(愧赧)하다, 면구(面灸)스럽다
269-02-쑥스럽다 ▸ 어색하다, 부끄럽다, 겸연쩍다, 계면쩍다
269-03-겸연쩍다 ▸ ≠

269-きまりわるい ＊新＊＊三＊// 新明解

> その場を取りつくろうことが出来ず、恥ずかしい気持だ。きまりが悪い。

270-きみわるい 【気味悪い】 ＊新＊岩＊三＊

270-01-무서운 느낌이 들어 어쩐지 기분이 나쁘다 ▸ ≠
270-02-어쩐지 무시무시하다 ▸ ≠

270-きみわるい ＊新＊岩＊三＊// 新明解

> [△こわいような(変な)感じで]気持が悪い。きび悪い。

271-きむずかしい *新*岩*三*%

271-01-성미가 까다롭다 ▶ 1:꾀까다롭다, 어렵다, 복잡하다, 폐롭다

271-01-성미가 까다롭다 ▶ 2:까탈스럽다, 고집 세다, 깔깔하다, 가탈스럽다, 강파르다, 돈바르다, 강팔지다, 강곽(剛愎)하다, 초각하다

271-01-성미가 까다롭다 ▶ 3:예민(銳敏)하다

271-02-깐깐하다 ▶ 까다롭다, 깐깐스럽다, 깐작깐작하다, 깐지다 1:차지다, 질기다, 깐질기다, 인색하다

271-02-깐깐하다 ▶ 2:깐질기다

271-03-꾀까다롭다 ▶ ≠

271-04-신경질적이다 ▶ ≠

271-きむずかしい *新*岩*三*// 新明解

> ① 自分の意に添わなければちょっとしたことにもすぐ不快感をあらわにするので、接するのに神経を使う様子だ。
> ② 緊張したり怒気を含んだりしていることがうかがわれる様子だ。

272-きやすい 【気安い・気易い】 *新*岩*三*

272-01-마음이 편하다 ▶ ≠

272-02-안심하다 ▶ 마음놓다

272-03-허물없다 ▶ 친하다, 친근(親近)하다, 친밀(親密)하다, 너나들이하다, 막역(莫逆)하다

272-04-무관하다 ▶ 관계(関係) 없다, 상관(相関) 없다, 무관계(無関係)하다, 몰교섭(没交渉)하다, 무관심(無関心)하다

272-きやすい *新*岩*三*// 新明解

> 慎重に構えたり小事にこだわったりする所がほとんど見られず、心を許して接することが出来る様子だ。

273-きよい 【清い】 *新*岩*三*

273-01-깨끗하다 ▶ 1:맑다, 끼끗하다, 칠칠하다, 정결(浄潔)하다, 정(浄)하다, 결정(潔浄)하다, 식정(拭浄)하다, 식청(拭清)하다, 청결(清潔)하다, 청정(清浄)하다, 청절(清絶)하다, 건정(乾浄)하다, 간정(幹浄)하다, 간정(簡浄)하다, 소쇄(瀟灑)하다

273-01-깨끗하다 ▶ 2:단정하다, 정갈하다, 정갈스럽다, 말끔하다, 청허(清虚)하다, 청징(清澄)하다, 징청(澄清)하다, 정결(浄潔)하다, 인결하다

273-01-깨끗하다 ► 3:정정당당하다

273-01-깨끗하다 ► 4:텅비다, 비다

273-01-깨끗하다 ► 5:조촐하다, 선명하다, 아름답다, 산뜻하다, 작작(嚼嚼)하다

273-01-깨끗하다 ► 6:개결(介潔)하다, 개정(介浄)하다, 결백(潔白)하다, 청정무구(清浄無垢)하다, 충담(沖澹)하다

273-01-깨끗하다 ► 7:말짱하다, 감쪽같다, 완전하다

273-01-깨끗하다 ► 8:청순(清純)하다, 청초(清楚)하다, 청신(清新)하다

273-01-깨끗하다 ► 9:구김살없다, 티없다, 경결(耿潔)하다, 아(雅)하다

273-02-맑다 ► 1:말갛다, 맑스그레하다, 깨끗하다, 맑디맑다, 경청(軽清)하다, 청랑(晴朗)하다, 징철(澄徹)하다, 징청(澄清)하다, 청징(清澄)하다, 청정(清浄)하다, 청아(清雅)하다

273-02-맑다 ► 2:화창(和暢)하다, 청명(清明)하다

273-02-맑다 ► 3:청량(清亮)하다, 청청(清清)하다

273-02-맑다 ► 4:넉넉치 못하다, 가난하다, 빈궁(貧窮)하다, 빈곤(貧困)하다

273-03-상쾌하다 ► ≠

273-04-기분이 좋다 ► ≠

273-05-결백하다 ► 깨끗하다, 맑다; 희다

273-06-사념(邪念)이 없다 ► ≠

273-きよい ＊新＊岩＊三＊// 新明解

そのものに少しの汚れも認められず、接する人にすがすがしさを感じさせる様子だ。

274-ぎょうぎょうしい【仰仰しい】 ＊新＊岩＊三＊

274-01-과장하다 ► 바르집다, 버르집다, 풍치다, 허풍 떨다, 떠벌리다

274-02-수선스럽다 ► 새살스럽다, 시설스럽다, 새실스럽다, 어지럽다, 시끄럽다, 야단스럽다, 야단법석하다, 야단스럽다, 수수하다, 떠들썩하다

274-ぎょうぎょうしい ＊新＊岩＊三＊// 新明解

［「業業(ゲフゲフ)しい」の変化という］外見・表現やする事が大げさだ。

275-ぎょしやすい【御し易い】 ***三*

275-00-말이나 사람을 다루기 쉽다 ▸ ≠

275-ぎょしやすい ***三*// 三省堂

[馬・人を]あつかいやすい。

276-ぎりがたい *新*岩*三*%

276-01-의리가 굳다 ▸ ≠
276-02-도리를 굳게 지키다 ▸ ≠

276-ぎりがたい *新*岩*三*// 新明解

きちょうめんに義理を果たす様子だ。

277-きわどい【際疾い】 *新*岩*三*

277-01-아슬아슬한 고비에 있다 ▸ ≠
277-02-위급하다 ▸ 극(克)하다
277-03-절박하다 ▸ 곤박(困迫)하다, 민박(憫迫)하다
277-04-난잡하다 ▸ 어수선하다, 너저분하다, 어지럽다, 난(乱)하다; 막되다, 천하다, 잡스럽다,
　　　　잡상스럽다; 조리 없다, 순서 없다, 두서(頭緒)없다

277-きわどい *新*岩*三*// 新明解

[原義は、極端の意] 程度がかなり進んでおり、もう少しで限度を超えそうな様子。

278-きわまりない【窮まりない・極まりない】 *新**三*

278-01-한이 없다 ▸ 끝없다, 가이 없다, 가없다, 무한(無限)하다
278-02-끝이 없다 ▸ 가없다, 아득하다, 한(限)없다, 무궁(無窮)하다, 천양무궁(天壤無窮)하다,
　　　　천지무궁하다, 무궁무진(無窮無尽)하다; 무애(無涯)하다, 무제(無際)하다

278-きわまりない *新**三*// 新明解

限りが無い。

279-くさい 【臭い】 *新*岩*三*

279-01-나쁜 냄새가 나다 ▸ ≠

279-02-썩은 냄새 혹은 구린내가 나다 ▸ ≠

279-03-수상하다 ▸ 의심쩍다, 의심스럽다, 수상그르다, 수상스럽다, 수상쩍다

279-くさい *新*岩*三*// 新明解

① いやなにおいがして、思わず鼻をつまみたくなる感じだ。
② 全体の状態から見て、歓迎出来ない雰囲気が漂っている様子だ。
③ そうではないのではないかという疑いをぬくい去ることが出来ない感じだ。

280-くさぶかい 【草深い】 *新*岩*三*

280-01-풀이 무성하다 ▸ 우거지다, 깃다, 다옥하다, 울창(鬱蒼)하다, 애애하다, 무번(無繁)하다, 처처(妻妻)하다, 창무(暢茂)하다, 위유하다, 옹울(蓊鬱)하다, 의의(依依)하다, 울연(鬱然)하다, 울울(鬱鬱)하다

280-02-시골다운 느낌이 나다 ▸ ≠

280-03-도시에서 멀리 떠난 느낌이 나다 ▸ ≠

280-くさぶかい *新*岩*三*// 新明解

① 草が踏み所(ド)もなく茂っている様子だ。② 都会から遠く離れた、へんぴな感じだ。

281-くすぐったい 【擽ったい】 *新*岩*三*

281-01-간지럽다 ▸ 1:근지럽다, 자리자리하다, 간질간질하다

281-01-간지럽다 ▸ 2:부끄럽다, 창피하다

281-02-멋쩍다 ▸ ≠

281-03-창피스럽다 ▸ 부끄럽다, 낯뜨겁다, 남부끄럽다, 낯부끄럽다

281-くすぐったい *新*岩*三*// 新明解

擽られてがまんできず、身をよじったり笑い出したくなったりするような感じだ。

282-くだくだしい *新*岩*三*

282-01-너무 오래거나 세밀하여 번거롭다 ▸ 1:어수선하다, 번거하다, 복잡(複雜)하다, 번잡(煩雜)하다, 번극(煩劇·燔劇)하다, 번망(煩忙·繁忙)하다, 사번(事煩)하다

282-01-너무 오래거나 세밀하여 번거롭다 ▶ 2:수선스럽다, 떠들썩하다

282-02-지루하다 ▶ 멀미나다, 싫증나다, 물쩍지근하다

282-くだくだしい *新*岩*三*// 新明解

[話などが]いかにも長くて、くどい。

283-くだらない ***三*

283-01-가치가 없다 ▶ ≠

283-02-시시하다 ▶ 시시껄렁하다, 껄렁하다, 시시풍덩하다, 시풍덩하다 1:사소(些少)하다, 사
    세(些細)하다, 하잖다, 지지하다, 미미(微微)하다

283-02-시시하다 ▶ 2:쓸데없다, 가치 없다, 변변치 못하다, 신통치 못하다

283-02-시시하다 ▶ 3:흥미(興味)없다, 재미없다

283-02-시시하다 ▶ 4:흐지부지하다, 시시부지하다

283-03-쓸모없다 ▶ 소용없다, 쓸데없다; 부질없다

283-くだらない ***三*// 三省堂

① 問題にするねうちがない。 ② 興味が起らない。つまらない。▷くだらぬ。くだらん。

284-くちい *新*岩*三*

284-01-<속>배가 부르다 ▶ 1:꺼하다, 창하다, 빵빵하다, 팽만(膨満)하다, 포만(飽満)하다

284-01-<속>배가 부르다 ▶ 2:땡땡하다, 뚱뚱하다, 블룩하다

284-01-<속>배가 부르다 ▶ 3:아이 배다, 임신(姙娠)하다

284-01-<속>배가 부르다 ▶ 4:넉넉하다, 부유(富裕)하다, 부요(富饒)하다

284-02-만복(満腹)이다 ▶ ≠

284-くちい *新*岩*三*// 新明解

[東北・関東方言] (苦しくなるほど)おなかが一杯だ。

285-くちうるさい 【口煩い】 *新*岩*三*

285-01-조그만 일을 가지고도 잔소리가 많다 ▶ ≠

285-02-시끄럽도록 말이 많다 ▶ ≠

285-くちうるさい *新*岩*三*// 新明解

> ① なんでもきちんとさせねば気が済まない性分で、いろいろ口出しをする様子だ。
> ② 口やかましい。 表記 「口{五月〈蠅〉い」とも書く。

286-くちおしい 【口惜しい】 *新*岩*三*

286-01-분하다 ► 1:억울하다, 이갈리다, 치가 떨리다, 원통(寃痛)하다, 분통(憤痛)하다, 교아
　　　절치(咬牙切歯)

286-01-분하다 ► 2:섭섭하다, 안타깝다, 아깝다, 애석(哀惜)하다

286-02-애석하다 ► 슬프다, 아깝다

286-03-유감스럽다 ► 섭섭하다, 불만(不満)스럽다; 미안하다, 죄송스럽다, 송구스럽다

286-くちおしい *新*岩*三*// 新明解

> 相手の品性の下劣さが分かったり粗悪な対象をつかまされたりして、それらに期待をか
> けた自分の鑑識力の無さがたまらなくいやに思われる様子だ。

287-くちおもい *新**三*%

287-00-입이 무겁다 ► ≠

287-くちおもい *新**三*// 新明解

> 口重だ。 ↔ 口軽い

288-くちがたい 【口堅い】 *新*岩*三*

288-01-함부로 딴소리하는 일이 없다 ► ≠
288-02-입이 무겁다 ► ≠

288-くちがたい *新*岩*三*// 新明解

> ① 言うことが確かだ。 ② [秘密などを]他言しない。

289-くちがるい *新**三*%

289-01-입이 가볍다 ► ≠

289-02-분별 없이 경솔하게 말하다 ▸ ≠
289-03-말이 술술 나오다 ▸ ≠

289-くちがるい ＊新＊＊三＊// 新明解

口軽だ。↔ 口重い

290-くちぎたない 【口汚ない】 ＊新＊岩＊三＊

290-01-말이 거칠고 천하다 ▸ ≠
290-02-음식을 욕심 사납게 탐내다 ▸ ≠

290-くちぎたない ＊新＊岩＊三＊// 新明解

① ひどく下劣な言い方に終始し、本人の人格が疑われる様子だ。
② 食い意地が張っている。

291-くちさがない ＊新＊岩＊三＊

291-01-말투가 천박하다 ▸ ≠
291-02-헛소문을 떠벌리다 ▸ ≠

291-くちさがない ＊新＊岩＊三＊// 新明解

他人の事について、あれこれと無責任にうわさをする様子だ。

292-くちさびしい ＊新＊岩＊三＊％

292-00-입이 심심하다 ▸ ≠

292-くちさびしい ＊新＊岩＊三＊// 新明解

① 何か口に入れる物が欲しい感じだ。
② 物足りなくて、もっと食べたい感じだ。くちざみしい。

293-くちはばったい 【口幅ったい】 ＊新＊岩＊三＊

293-01-자기의 역량 이상으로 큰소리를 하다 ▸ ≠

293-02-건방진 소리를 하다 ▸ ≠

293-くちはばったい *新*岩*三*// 新明解

> 身分・立場もわきまえずに△大きな(なまいきな)事を言う様子だ。

294-くちやかましい 【口喧しい】 *新*岩*三*

294-01-말이 많다 ▸ ≠
294-02-자그마한 일에도 잔소리를 많이 하다 ▸ ≠
294-03-시끄럽다 ▸ 따들싹하다, 떠들썩하다, 시끌시끌하다, 왁자하다, 왁자지껄하다, 지껄하다, 소란(騷亂)하다, 소란스럽다, 시끌벅적하다, 어수선하다, 부훤(浮喧)하다, 분훤(紛喧)하다, 들썩하다, 부산하다, 부산스럽다, 뒤숭숭하다, 소소(騷騷)하다, 분분(紛紛)하다, 쟁란(諍亂)하다, 요열(鬧熱)하다, 요요(擾擾)하다

294-くちやかましい *新*岩*三*// 新明解

> 取り上げるまでもない小さな事をも批判的な目で見て、いちいちうるさく言う様子だ。

295-くどい 【諄い】 *新*岩*三*

295-01-귀찮을 정도로 길게 끌거나 되풀이하다 ▸ ≠
295-02-끈덕지다 ▸ ≠

295-くどい *新*岩*三*// 新明解

> ① 調味料・色彩などが多過ぎて、かえって味・趣をぶちこわしにする様子だ。
> ② 同じような事をしつこく繰り返して、うるさく感じられる様子だ。
> 表記 ②は、「〈諄い」とも書く。

296-くどくどしい *新***三*%

296-01-장황하다 ▸ ≠
296-02-질력나다 ▸ 질리다, 싫증 나다, 진저리 나다
296-03-구구하다 ▸ 1:다르다
296-03-구구하다 ▸ 2:잘다, 용렬(庸劣)하다
296-04-치근치근하다 ▸ ≠

296-くどくどしい ＊新＊＊三＊// 新明解

くどくて、聞くに堪えない。

297-くみしやすい 【与し易い】 ＊新＊＊三＊

297-01-상대하기 쉽다 ▶ ≠
297-02-취급하기 쉽다 ▶ ≠
297-03-겁낼 것 없다 ▶ ≠

297-くみしやすい ＊新＊＊三＊// 新明解

相手として△扱いやすい(恐れるに足りない)。[表記]「組し《易い》」とも書く。

298-くやしい 【悔しい・口惜しい】 ＊新＊岩＊三＊

298-01-분하다 ▶ 1:억울하다, 이갈리다, 치가 떨리다, 원통(冤痛)하다, 분통(憤痛)하다, 교아
절치(咬牙切歯)
298-01-분하다 ▶ 2:섭섭하다, 안타깝다, 아깝다, 애석(哀惜)하다
298-02-원통하다 ▶ ≠
298-03-유감스럽다 ▶ 섭섭하다, 불만(不満)스럽다; 미안하다, 죄송스럽다, 송구스럽다

298-くやしい ＊新＊岩＊三＊// 新明解

自分の受けた挫折(ザセツ)感・敗北感・屈辱感などに対して、そのままあきらめることが
出来ず、どうにかして△もう一度りっぱにやり遂げてみたい(相手を見返してやりたい)
という気持に駆られる様子だ。[表記]「{口惜}しい」とも書く。

299-くらい 【暗い】 ＊新＊岩＊三＊

299-01-어둡다 ▶ 1:어두컴컴하다, 어두침침하다, 어둑하다, 어둑어둑하다, 어슬하다, 어슬어슬
하다, 어스레하다, 어스프레하다, 깜깜하다, 캄캄하다; 회명(晦冥)하다, 회맹(晦盲)
하다, 회(晦)하다, 암흑(暗黒)하다, 명암(冥闇)하다, 납덩이 같다
299-01-어둡다 ▶ 2:둔(鈍)하다, 몽매(夢昧)하다, 암매(晻昧)하다, 알매(戞昧)하다
299-01-어둡다 ▶ 3:멀다, 안 들리다
299-02-음울하다 ▶ ≠
299-03-명랑하지 않다 ▶ ≠
299-04-무지하다 ▶ 1:무식(無識)하다, 무지몽매(無知蒙昧)하다, 농매(聾昧)하다, 몽매하다

299-04-무지하다 ▸ 2:어리석다, 우매(愚昧)하다
299-04-무지하다 ▸ 3:거칠다, 우악하다, 우악스럽다
299-05-사정을 잘 모르고 있다 ▸ ≠
299-06-미개하다 ▸ 야만스럽다

299-くらい *新*岩*三*// 新明解

> ↔ 明るい ① (そこで何かをするのに必要な)光が十分でない状態だ。② (A)[黒・白以外の]同系統の色の中で、濃さの度合が多い方だ。(B)各種の色の中で、目につきにくい方だ。緑・藍(アイ)・紫など。③ そこから受ける印象に、否定的な要素が感じられる様子だ。④ その方面に関して、自身の知識や情報が乏しくて的確な判断を下せない様子だ。

300-くるおしい【狂おしい】 *新*岩*三*

300-01-미칠 것 같은 느낌이다 ▸ ≠
300-02-미칠 듯이 보이다 ▸ ≠

300-くるおしい *新*岩*三*// 新明解

> いかにも気が狂ったかと思われるような様子だ。くるわしい。

301-くるしい【苦しい】 *新*岩*三*

301-01-몸의 통증이나 열 때문에 참을 수 없이 괴롭다 ▸ 1:아프다; 고(苦)롭다, 고통(苦痛)스럽다, 울민(鬱悶)하다, 뇌쇄(惱殺)하다, 뇌심(惱心)하다
301-01-몸의 통증이나 열 때문에 참을 수 없이 괴롭다 ▸ 2:힘들다, 어렵다, 곤란(困難)하다
301-01-몸의 통증이나 열 때문에 참을 수 없이 괴롭다 ▸ 3:성가시다, 귀찮다
301-02-마음이 괴로워 참을 수 없다 ▸ ≠
301-03-곤경에 빠져 있다 ▸ ≠
301-04-(그렇게 하는 것이)어렵다 ▸ ≠
301-05-무리다 ▸ ≠

301-くるしい *新*岩*三*// 新明解

> ① 肉体的・精神的に がまんの出来ない状態が続き、出来るだけ早くそれから抜け出したい気持だ。② 事態の順調な進展が困難な状態だ。③ (快くない状態に)堪えられない感じだ。

302-くるわしい【狂わしい】 *新*岩*三*

302-00-⇒くるおしい

302-くるわしい *新*岩*三*// 新明解

> ⇒くるおしい

303-くろい【黒い】 *新*岩*三*

303-01-검다 ▶ 거뭇하다, 거뭇거뭇하다, 까뭇까뭇하다, 꺼뭇꺼뭇하다, 까맣다, 이연하다 1:어
둡다
303-01-검다 ▶ 2:흉하다, 욕심이 있다, 나쁘다
303-02-검은색이다 ▶ ≠
303-03-더럽다 ▶ 다랍다 1:지저분하다, 때묻다, 너저분하다, 구저분하다, 구저분스럽다, 추저
분하다, 추저분스럽다, 너절하다, 더리다, 뇌하다, 귀축축하다, 구접스럽다, 구지레
하다, 추접하다, 추접스럽다, 추접지근하다, 불결(不潔)하다, 구예(垢穢)하다, 추(醜)
하다, 추잡(醜雜)하다, 추잡(醜雜)스럽다, 추오(醜汚)하다, 누추(陋醜)하다, 추루(醜
陋)하다, 누비(陋鄙)하다, 구탁(垢濁)하다
303-03-더럽다 ▶ 2:흉하다, 추악(醜悪)하다, 보기싫다
303-03-더럽다 ▶ 3:비겁하다, 야비하다, 비루(鄙陋)하다, 비열(鄙劣)하다
303-03-더럽다 ▶ 4:인색하다, 던적스럽다
303-04-햇빛이 타다 ▶ ≠
303-05-마음이 검다 ▶ ≠
303-06-범죄의 용의가 짙다 ▶ ≠

303-くろい *新*岩*三*// 新明解

> ① 黒の色だ。② 何か人に隠した△悪事(凶事)が有りそうな様子だ。

304-くろっぽい【黒っぽい】 *新*岩*三*

304-00-거무스름한 검은빛을 띠다 ▶ ≠

304-くろっぽい *新*岩*三*// 新明解

> ↔ 白っぽい ① 黒みを帯びている様子だ。
> ② [古本屋などの通語で]くろうと好みがする様子だ。

305-くわしい 【詳しい・精しい・委しい】 *新*岩*三*

305-01-상세하다 ► ≠

305-02-잘 알고 있다 ► ≠

305-03-정통하다 ► 잘알다, 환히 알다

305-くわしい *新*岩*三*// 新明解

> 細かい点まで知識や調査・説明などが行き渡っている様子だ。
> 表記「《委しい・《精しい」とも書く。

306-けいさんだかい ***三*%

306-01-셈평이 빠르다 ► ≠

306-02-타산적이다 ► ≠

306-けいさんだかい ***三*// 三省堂

> けちだったり打算的だったりして、自分の損得をまず考える性質だ。勘定(カンジョウ)高い。

307-けうとい 【気疎い】 *新*岩*三*

307-01-싫다 ► 1:언짢다, 불쾌하다

307-01-싫다 ► 2:지긋지긋하다, 넌더리나다, 아스스하다, 하기 싫다, 싫증내다

307-02-불쾌하다 ► 언짢다, 못마땅하다, 읍읍하다, 토심스럽다

307-けうとい *新*岩*三*// 新明解

> その物事をそれ以上続けて見聞きしたりその雰囲気の中に身を置いたりすることがいや
> な感じだ。

308-けがらわしい 【汚らわしい・穢らわしい】 *新*岩*三*

308-01-더럽다 ► 다랍다 1:지저분하다, 때묻다, 너저분하다, 구저분하다, 구저분스럽다, 추저
분하다, 추저분스럽다, 너절하다, 더리다, 뇌하다, 귀축축하다, 구접스럽다, 구지레
하다, 추접하다, 추접스럽다, 추접지근하다, 불결(不潔)하다, 구예(垢穢)하다, 추(醜)
하다, 추잡(醜雜)하다, 추잡(醜雜)스럽다, 추오(醜汚)하다, 누추(陋醜)하다, 추루(醜
陋)하다, 누비(陋鄙)하다, 구탁(垢濁)하다

308-01-더럽다 ► 2:흉하다, 추악(醜惡)하다, 보기싫다

308-01-더럽다 ▶ 3:비겁하다, 야비하다, 비루(鄙陋)하다, 비열(鄙劣)하다

308-01-더럽다 ▶ 4:인색하다, 던적스럽다

308-02-불쾌하다 ▶ 언짢다, 못마땅하다, 읍읍하다, 토심스럽다

308-03-품위가 없다 ▶ ≠

308-04-상스럽다 ▶ 천(賤)하다, 비속(卑俗)하다, 저속(低俗)하다, 속(俗)되다, 쌍스럽다, 상(常)되다, 쌍되다; 저급(低級)하다, 기품(気品)없다, 속악(俗悪)하다; 난잡(乱雑)하다, 음탕(淫蕩)하다; 더럽다, 다랍다, 지저분하다, 자갑스럽다, 잡상스럽다, 천착(舛錯)하다, 천착(舛錯)스럽다

308-けがらわしい *新*岩*三*// 新明解

> 近づくと、相手の汚れが移り、自分まで汚れてしまいそうな感じで、いやだ。
> 表記「〈穢らわしい」とも書く。

309-けだかい 【気高い】 *新*岩*三*

309-01-기품(気品)이 있다 ▶ ≠

309-02-엄숙하다 ▶ ≠

309-けだかい *新*岩*三*// 新明解

> 冒すことの出来ない気品が有り、どこか庶民とは違って見える様子だ。

310-けたたましい *新*岩*三*

310-01-갑자기 놀라게 하는 소리가 나다 ▶ ≠

310-02-요란하다 ▶ 요란스럽다; 시끄럽다, 떠들썩하다, 들썩하다, 어지럽다

310-03-시끄럽다 ▶ 따들싹하다, 떠들썩하다, 시끌시끌하다, 왁자하다, 왁자지껄하다, 지껄하다, 소란(騒乱)하다, 소란스럽다, 시끌벅적하다, 어수선하다, 부훤(浮喧)하다, 분훤(紛喧)하다, 들썩하다, 부산하다, 부산스럽다, 뒤숭숭하다, 소소(騷騷)하다, 분분(紛紛)하다, 쟁란(諍乱)하다, 요열(鬧熱)하다, 요요(擾擾)하다

310-けたたましい *新*岩*三*// 新明解

> 今までの静けさを突然破って、高く鋭い音・声が聞こえてくる様子だ。

311-けだるい 【気怠い】 *新*岩*三*

311-00-몸이 노곤하다 ▸ 고단하다, 느른하다, 고달프다, 피로(疲労)하다, 피곤(疲困)하다, 지치다, 노그라지다, 노작지근하다, 노자근하다, 곤로(困労)하다, 노권(労倦)하다, 노돈(労頓)하다

311-けだるい *新*岩*三*// 新明解

[からだの状態や気分が]なんとなくだるい。

312-けちくさい 【けち臭い】 *新*岩*三*

312-01-인색하다 ▸ 박(博)하다, 짜다, 인정없다, 밭다, 강밭다, 타끈하다, 타끈스럽다, 바냐위다, 노리다, 돔바르다, 가린스럽다, 다랍다, 손맑다, 낮간지럽다, 인(吝)하다
312-02-생각이나 도량 등이 좁다 ▸ ≠

312-けちくさい *新*岩*三*// 新明解

いかにもけちだ。

313-けばい ***三*%

313-00-⇒<속>けばけばしい

313-けばい ***三*// 三省堂

[俗]服装やけしょうが、ひどくはでなようす。

314-けばけばしい(毳毳しい) *新*岩*三*

314-01-(복장・화장이)품위없이 몹시 화려하다 ▸ ≠
314-02-별나게 눈에 띄다 ▸ ≠

314-けばけばしい *新*岩*三*// 新明解

はですぎて、かえって美しさを損なう様子だ。

315-けぶい *新**三*%

315-00-넵다(예스럽고 방언적인 말) ▶ ≠

315-けぶい *新**三*// 新明解

> [中部方言] けむい。

316-けぶかい 【毛深い】 *新*岩*三*

316-00-털이 많고 짙다 ▶ ≠

316-けぶかい *新*岩*三*// 新明解

> 腕・臑(スネ)などの毛が多くて濃い。

317-けぶたい *新***%

317-00-⇒けむたい

317-けぶたい *新***// 新明解

> 「けむたい」の古形・方言形。

318-けむい 【煙い・烟い】 *新*岩*三*

318-00-⇒けむたい

318-けむい *新*岩*三*// 新明解

> 煙が顔にかかって、目をあけていたり息をしたりすることが出来ない様子だ。けむたい。

319-けむたい 【煙たい・烟たい】 *新*岩*三*

319-01-연기가 끼어 넵다 ▶ ≠
319-02-친밀감이 없고 거북하다 ▶ 거북스럽다, 거북살스럽다 1:이상하다
319-02-친밀감이 없고 거북하다 ▶ 2:불편하다
319-02-친밀감이 없고 거북하다 ▶ 3:어렵다, 난처하다, 곤란하다
319-02-친밀감이 없고 거북하다 ▶ 4:거추장스럽다

319-けむたい *新*岩*三*// 新明解

> ① けむい。 ② 遠慮なく近づくことが出来ず、窮屈な感じだ。けぶたい。

320-けわしい 【険しい・嶮しい】 *新*岩*三*

320-01-가파르다 ▸ 비탈지다, 감참하다

320-02-험하다 ▸ ≠

320-03-험악하다 ▸ ≠

320-04-매우 거칠다 ▸ 1:굵다

320-04-매우 거칠다 ▸ 2:성기다, 성글다, 초솔(草率)하다, 에부수수하다

320-04-매우 거칠다 ▸ 3:스산하다, 황폐(荒廃)하다

320-04-매우 거칠다 ▸ 4:난폭하다, 황(荒)하다, 패만(悖慢)하다

320-04-매우 거칠다 ▸ 5:험하다, 노망하다(鹵莽), 조략(粗略)하다, 노무(魯莽)하다, 소략(疏略)하다, 초략(草略)하다

320-04-매우 거칠다 ▸ 6:나쁘다, 막되다

320-04-매우 거칠다 ▸ 7:깔깔하다, 테석테석하다, 거칠하다, 꺼칠하다, 거칠거칠하다, 거칫하다, 껄껄하다, 삽(渋)하다

320-04-매우 거칠다 ▸ 8:척박(瘠薄)하다, 교박(磽薄)하다

320-04-매우 거칠다 ▸ 9:데퉁하다, 데퉁스럽다, 퉁명스럽다

320-05-험난(険難)하다 ▸ 어렵다, 고생스럽다

320-けわしい *新*岩*三*// 新明解

> ① 傾斜が急で、登るのに困難な様子だ。
> ② 危険・困難な事態が差し迫っていると感じられる様子だ。
> ③ 極度の緊張のために、表情などがきついと感じられる様子だ。

321-けんかばやい *新*** %

321-01-(조그만 일에도)쉽게 싸우려 든다 ▸ ≠

321-02-툭하면 싸우려 든다 ▸ ≠

321-けんかばやい *新*** // 新明解

> 何かというとすぐけんかを始めたがる性格だ。 [口頭語形は、「けんかっぱやい」]

322-けんだかい *新**三*××

322-××

322-けんだかい *新**三*// 新明解

> 権高な様子だ。

323-こい 【濃い】 *新*岩*三*

323-01-색이 짙다 ► 1:진하다
323-01-색이 짙다 ► 2:뽀얗다, 뿌옇다; 농후(濃厚)하다
323-01-색이 짙다 ► 3:빽빽하다, 울창(鬱蒼)하다
323-01-색이 짙다 ► 4:걸죽하다
323-02-진하다 ► 1:되직하다, 농후(濃厚)하다
323-02-진하다 ► 2:짙다
323-03-농도가 높다 ► ≠
323-04-물기가 적다 ► ≠
323-05-맛이 짙다 ► ≠
323-06-밀도가 높다 ► ≠
323-07-애정이 두텁다 ► ≠

323-こい *新*岩*三*// 新明解

> ↔ 薄い ① その色・味などの、感覚を刺激する度合が強い。
> ② その中に含まれている何かの成分が多い。
> ③ 何かがその場所をすきま無く埋めている度合が大きい。[口頭語形は、「濃いい・濃ゆい」]

324-こいしい 【恋しい】 *新*岩*三*

324-01-그리워하다 ► 1:그리다, 보고 싶어하다, 흐늘다, 생각하다, 동경(憧憬)하다, 추억(追憶)하다, 추회(追懷)하다
324-01-그리워하다 ► 2:사랑하다, 사모(思慕)하다, 연모(恋慕)하다, 권련(眷恋)하다
324-02-사랑하다 ► 좋아하다, 아끼다, 귀여워하다

324-こいしい *新*岩*三*// 新明解

> [愛している△人(もの)の]そばに行きたくて、胸がこがれるような気持だ。慕わしい。

325-こうごうしい 【神神しい】 *新*岩*三*

325-01-장엄하다 ▸ ≠

325-02-숭고하다 ▸ 드높다

325-こうごうしい *新*岩*三*// 新明解

> ["かみがみし"の変化]いかにも神がとどまっているようで気高い。尊くておごそかだ。

326-こうばしい 【香ばしい・芳ばしい】 *新*岩*三*

326-01-향기롭다 ▸ 향긋하다, 분분(芬芬)하다, 싱그럽다

326-02-좋은 냄새가 나다 ▸ ≠

326-こうばしい *新*岩*三*// 新明解

> 煎(イ)ったり 焼いたりしたいいにおいが感じられる様子だ。⇒かんばしい。
> 表記 「《芳ばしい・〈馨しい」とも書く。

327-こうるさい 【小煩い】 *新*岩*三*

327-01-<속>약간 성가시다 ▸ 귀찮다, 번거롭다, 누되다, 번원(煩寃)하다

327-02-좀 귀찮다 ▸ 귀치 않다, 성가시다, 일쩝다; 폐롭다, 누되다

327-03-좀 시끄럽다 ▸ 따들싹하다, 떠들썩하다, 시끌시끌하다, 왁자하다, 왁자지껄하다, 지껄하다, 소란(騷乱)하다, 소란스럽다, 시끌벅적하다, 어수선하다, 부훤(浮喧)하다, 분훤(紛喧)하다, 들썩하다, 부산하다, 부산스럽다, 뒤숭숭하다, 소소(騷騷)하다, 분분(紛紛)하다, 쟁란(諍乱)하다, 요열(鬧熱)하다, 요요(擾擾)하다

327-こうるさい *新*岩*三*// 新明解

> 気にしだすと、むしょうに△目ざわり(耳ざわり)だ。

328-こぎたない 【小汚ない】 *新*岩*三*

328-01-어딘지 모르게 좀 지저분하다 ▸ 1:더럽다, 거칠다, 게저분하다, 께저분하다, 구접스럽다, 구저분하다, 게접스럽다, 귀접스럽다, 추(醜)하다, 너다분하다, 너저분하다, 부정(不精)하다

328-01-어딘지 모르게 좀 지저분하다 ▸ 2:어수선하다, 어질더분하다, 너절하다, 지꺼분하다,

　　　　난잡(乱雑)하다

328-02-깨끗지 못하다 ▸ ≠

328-03-좀 더럽다 ▸ 다랍다 1:지저분하다, 때묻다, 너저분하다, 구저분하다, 구저분스럽다,
　　　　추저분하다, 추저분스럽다, 너절하다, 더리다, 뇌하다, 귀축축하다, 구접스럽다, 구
　　　　지레하다, 추접하다, 추접스럽다, 추접지근하다, 불결(不潔)하다, 구예(垢穢)하다,
　　　　추(醜)하다, 추잡(醜雑)하다, 추잡(醜雑)스럽다, 추오(醜汚)하다, 누추(陋醜)하다, 추
　　　　루(醜陋)하다, 누비(陋鄙)하다, 구탁(垢濁)하다

328-03-좀 더럽다 ▸ 2:흉하다, 추악(醜悪)하다, 보기싫다

328-03-좀 더럽다 ▸ 3:비겁하다, 야비하다, 비루(鄙陋)하다, 비열(鄙劣)하다

328-03-좀 더럽다 ▸ 4:인색하다, 던적스럽다

328-こぎたない *新*岩*三*// 新明解

> ひどく汚ないところも無いが、全体にわたって何となく汚ないという印象を受ける様子だ。

329-こきみいい ***三*××

329-××

329-こきみいい ***三*// 三省堂

> ① (言動があざやかで)気持がいい。小気味よい。
> ② (相手の困ったようすを見て)いい気味だ。

330-こきみよい *新**三*%

330-01-후련하다 ▸ 시원하다

330-02-속시원하다 ▸ ≠

330-03-고소하다 ▸ 1:꼬소하다

330-03-고소하다 ▸ 2:기분좋다, 즐겁다, 재미있다

330-こきみよい *新**三*// 新明解

> ① よどんだりためらったりするところが見られず、爽快(ソウカイ)な感じがするようすだ。
> ② ふだん苦手とする相手が失敗などしたのを見て、痛快な感じだ。

331-こぐらい【小暗い】 ＊新＊岩＊三＊

331-01-어둑어둑하다 ▶ ≠

331-02-약간 어둡다 ▶ 1:어두컴컴하다, 어두침침하다, 어둑하다, 어둑어둑하다, 어슬하다, 어
슬어슬하다, 어스레하다, 어스므레하다, 깜깜하다, 캄캄하다; 회명(晦冥)하다, 회맹
(晦盲)하다, 회(晦)하다, 암흑(暗黑)하다, 명암(冥闇)하다, 납덩이 같다

331-02-약간 어둡다 ▶ 2:둔(鈍)하다, 몽매(夢昧)하다, 암매(晻昧)하다, 알매(黮昧)하다

331-02-약간 어둡다 ▶ 3:멀다, 안 들리다

331-こぐらい ＊新＊岩＊三＊// 新明解

> [1] 【小暗い】⇒おぐらい
> [2] 【木暗い】上空を茂りあった木の葉でおおわれていてあたりが暗い。

332-こげくさい【焦げ臭い】 ＊新＊岩＊三＊

332-01-눋는 냄새가 나다 ▶ ≠

332-02-눌내 나다 ▶ ≠

332-こげくさい ＊新＊岩＊三＊// 新明解

> 物の焦げるにおいがする。

333-ここちよい【心地好い】 ＊新＊岩＊三＊

333-01-기분이 상쾌하다 ▶ ≠

333-02-기분이 좋다 ▶ ≠

333-03-마음이 산뜻하다 ▶ 선뜻하다 1:사뜻하다, 새뜻하다, 선명(鮮明)하다; 생생하다, 청신
(清新)하다, 신선(新鮮)하다, 생신(生新)하다

333-03-마음이 산뜻하다 ▶ 2:깨끗하다, 말끔하다, 보기좋다

333-03-마음이 산뜻하다 ▶ 3:말쑥하다

333-ここちよい ＊新＊岩＊三＊// 新明解

> その状況に身を置いた時の感じが快適だ。

334-こころえがたい *新**三*%

334-01-이해하기 어렵다 ▸ ≠
334-02-납득이 안 가다 ▸ ≠

334-こころえがたい *新**三*// 新明解

> 理解しにくい。

335-こころぐるしい 【心苦しい】 *新*岩*三*

335-01-괴롭다 ▸ 1:아프다; 고(苦)롭다, 고통(苦痛)스럽다, 울민(欝悶)하다, 뇌쇄(悩殺)하다,
　　　　뇌심(悩心)하다
335-01-괴롭다 ▸ 2:힘들다, 어렵다, 곤란(困難)하다
335-01-괴롭다 ▸ 3:성가시다, 귀찮다
335-02-염려되다 ▸ ≠

335-こころぐるしい *新*岩*三*// 新明解

> [世話になったり迷惑をかけたりして]それに報いなければ済まされない気持だ。

336-こころづよい 【心強い】 *新*岩*三*

336-01-마음든든하다 ▸ ≠
336-02-의지가 굳다 ▸ ≠

336-こころづよい *新*岩*三*// 新明解

> 頼りになるものが有って安心だ。 ↔ 心細い

337-こころない 【心無い】 *新*岩*三*

337-01-생각이 모자라다 ▸ ≠
337-02-분별이 없다 ▸ ≠
337-03-인정이 없다 ▸ ≠
337-04-매정하다 ▸ 무정하다; 매정스럽다; 야나치다, 냉정(冷情)하다, 매몰차다, 매몰스럽다,
　　　　매몰하다, 야당스럽다, 쌀쌀하다, 쌀쌀맞다, 몰강스럽다, 냉갈령부리다, 인정머리없
　　　　다, 몰인정(没人情)하다, 박정(薄情)하다, 투박(偷薄)하다, 야박(野薄)하다

337-05-천진난만하다 ▸ 천진스럽다
337-06-정취(情趣)를 모르다 ▸ ≠

337-こころない *新*岩*三*// 新明解

> ① 思いやりが無い。② 情趣を解さない。③ 思慮が無い。

338-こころにくい【心憎い】 *新*岩*三*

338-01-(얄미울 정도로)훌륭하다 ▸ ≠
338-02-아취(雅趣)가 있어 그윽하다 ▸ 1:깊숙하다, 고요하다, 으늑하다, 유수(幽邃)하다, 심수
　　　　(深邃)하다, 비수(秘邃)하다
338-02-아취(雅趣)가 있어 그윽하다 ▸ 2:깊다, 심오(深奧)하다, 심원(深遠)하다, 현현(玄玄)하다
338-02-아취(雅趣)가 있어 그윽하다 ▸ 3:은근하다, 웅숭깊다

338-こころにくい *新*岩*三*// 新明解

> 相手に余りにも欠点が無く、むしろ しゃくだと感じられるほどだ。

339-こころぼそい【心細い】 *新*岩*三*

339-01-안심할 수 없어 염려되다 ▸ ≠
339-02-불안하다 ▸ 두렵다, 걱정스럽다, 간졸이다, 애태우다, 속태우다, 얼올(臲卼)하다, 조마
　　　　조마하다
339-03-쓸쓸하다 ▸ 1:쌀쌀하다; 삭연(索然)하다, 소소(蕭蕭)하다, 소삭(蕭索)하다, 소조(蕭条)
　　　　하다, 슬슬(瑟瑟)하다, 유적(幽寂)하다; 음산(陰散)하다, 냉락(冷落)하다, 낙막(落寞)
　　　　하다
339-03-쓸쓸하다 ▸ 2:괴괴하다, 오솔하다, 호젓하다; 외롭다; 적막(寂寞)하다, 적적하다, 고적
　　　　(孤寂)하다, 덩그렇다, 삭막(索漠·索寞)하다, 요요(寥寥)하다

339-こころぼそい *新*岩*三*// 新明解

> 頼りになるものが無くて、不安だ。↔ 心強い

340-こころもとない【心許無い】 *新*岩*三*

340-01-불안하다 ▸ 두렵다, 걱정스럽다, 간졸이다, 애태우다, 속태우다, 얼올(臲卼)하다, 조마
　　　　조마하다

340-02-염려되다 ▸ ≠

340-03-기다려지다 ▸ ≠

340-04-초조(焦燥)하다 ▸ 안절부절 못하다, 마음 졸이다

340-こころもとない *新*岩*三*// 新明解

> いかにも頼り無さそうで、不安を感じさせる様子だ。

341-こころやさしい ***三*××

341-××

341-こころやさしい ***三*// 三省堂

> 気づかいや思いやりのある感じだ。

342-こころやすい 【心安い】 *新*岩*三*

342-01-마음이 놓이다 ▸ ≠

342-02-친밀하다 ▸ 친하다, 일견여구(一見如旧)하다, 일면여구(一面如旧)하다

342-03-친절하다 ▸ 사근사근하다서근서근하다; 사분사분하다, 서분서분하다; 고분고분하다, 관곡(款曲)하다

342-04-허물없다 ▸ 친하다, 친근(親近)하다, 친밀(親密)하다, 너나들이하다, 막역(莫逆)하다

342-05-쉽다 ▸ 1:손쉽다, 용이(容易)하다, 간이(簡易)하다, 평이(平易)하다, 경편(軽便)하다, 경이(径易)하다, 경이(軽易)하다, 이여이(易与耳)하다

342-05-쉽다 ▸ 2:가능성 많다, 가능성 있다

342-こころやすい *新*岩*三*// 新明解

> ① 何でも言いあえるほど親しい関係だ。② 「お心安くおぼしめせ[=ご安心ください]」

343-こころよい 【快い】 *新*岩*三*

343-01-기분이 좋다 ▸ ≠

343-02-즐겁다 ▸ 기쁘다, 흐뭇하다, 흥겹다, 창적(暢適)하다, 창락(暢楽)하다, 가적(佳適)하다, 낙이(楽易)하다, 낙락(楽楽)하다, 희희낙락(喜喜楽楽)하다, 유쾌(愉快)하다

343-03-유쾌하다 ▸ 즐겁다, 기쁘다, 기분 좋다

343-04-병이 낫다 ▸ ≠

343-こころよい *新*岩*三*// 新明解

① 何かを△した(された)時に受ける感じが いい。② [病気の]ぐあいがよい。

344-こころよわい **岩**%

344-01-마음이 약하다 ▸ ≠
344-02-심약하다 ▸ 여리다
344-03-인정이 많다 ▸ ≠

344-こころよわい **岩**// 岩波

情(じょう)にもろい。気が弱い。

345-こざかしい 【小賢しい】 *新*岩*三*

345-01-잔재주가 많다 ▸ ≠
345-02-오만(傲慢)하다 ▸ ≠
345-03-교활(狡猾)하다 ▸ ≠

345-こざかしい *新*岩*三*// 新明解

能力や誠実みが伴わないのに、口だけはうまい様子だ。

346-こすい 【狡い】 *新*岩*三*

346-01-간사하다 ▸ 간사스럽다, 악하다, 여우같다, 살살하다
346-02-교활하다 ▸ ≠

346-こすい *新*岩*三*// 新明解

ずるく立ち回って、決して自分の損にならないようにする様子だ。悪賢い。

347-こすからい *新*岩*三*××

347-××

347-こすからい ＊新＊岩＊三＊// 新明解

> けちでずるい。こすっからい。

348-こすっからい 【狡っ辛い】 ＊＊岩＊三＊

348-00-인색하면서 교활하다 ► ≠

348-こすっからい ＊＊岩＊三＊// 三省堂

> [俗]ぬけめがなくて、おかねのことに敏感(ビンカン)だ。こすからい。

349-こぜわしい ＊＊＊三＊％

349-01-어쩐지 분주하다 ► 바쁘다, 분주살스럽다, 분주스럽다, 눈 코 뜰 새 없다
349-02-공연히 바쁘다 ► 1:쉴 새 없다, 눈코 뜰 새 없다, 번거롭다, 정신(精神)없다, 다망(多忙)하다, 분주(奔走)하다, 여유없다, 경황(景況)없다, 망망(忙忙)하다, 골골(汨汨)하다, 망박(忙迫)하다, 공총(倥偬)하다, 골몰무가(汨没無暇)하다, 쇄극(碎劇)하다, 황망(遑忙)하다
349-02-공연히 바쁘다 ► 2:급하다, 조급하다

349-こぜわしい ＊＊＊三＊// 三省堂

> なんとなくせわしい。

350-こそばゆい ＊新＊岩＊三＊

350-00-간지럽다 ► 1:근지럽다, 자리자리하다, 간질간질하다
350-00-간지럽다 ► 2:부끄럽다, 창피하다

350-こそばゆい ＊新＊岩＊三＊// 新明解

> [西日本方言] ① くすぐったい。② てれくさい。

351-こだかい 【小高い】 ＊新＊岩＊三＊

351-01-조금 높다 ► ≠
351-02-약간 높다 ► ≠

351-こだかい ＊新＊岩＊三＊// 新明解

[丘のような土地の隆起について] 周辺よりも少し高い状態だ。

352-ごつい ＊新＊岩＊三＊

352-01-<속>모가 나다 ▸ 1:각(角)지다

352-01-<속>모가 나다 ▸ 2:모지다, 원만치 못하다, 두드러지다, 까다롭다, 표(表)차롭다, 유표(有表)하다

352-01-<속>모가 나다 ▸ 3:유효(有效)하다

352-02-완고하다 ▸ 고집(固執)스럽다, 고집세다

352-ごつい ＊新＊岩＊三＊// 新明解

やわらかみや洗練された所は無いが、いかにも丈夫な感じだ。

353-こっぴどい ＊新＊岩＊三＊

353-01-<속>매우 심하다 ▸ 지나치다, 너무하다, 호되다, 독(毒)하다, 극(極)하다, 과도(過度)하다, 격렬(激烈)하다

353-02-혹독하다 ▸ 심하다

353-こっぴどい ＊新＊岩＊三＊// 新明解

[口頭] 非常に手痛い。

354-こづらにくい 【小面憎い】 ＊新＊岩＊三＊

354-01-(「こ」는 접두어)얼굴을 보기조차 싫다 ▸ ≠

354-02-얄밉다 ▸ 밉다, 잔밉고 얄밉다, 잔밉다, 얄밉상스럽다, 뇌꼴스럽다, 반지빠르다, 가증(可憎)하다, 가증스럽다; 괴씸하다, 괘씸하다, 얌체같다, 여우같다

354-こづらにくい ＊新＊岩＊三＊// 新明解

顔を見るだけでさえどことなく憎らしい。

355-ことあたらしい【事新しい】 ＊新＊岩＊三＊

355-01-지금까지보다는 상태가 달라지다 ► ≠

355-02-새롭다 ► 1:새삼스럽다

355-02-새롭다 ► 2:참신(斬新)하다, 신선(新鮮)하다

355-02-새롭다 ► 3:처음이다, 초유(初有)이다

355-02-새롭다 ► 4:필요하다

355-03-일부러인 듯하다 ► ≠

355-ことあたらしい ＊新＊岩＊三＊// 新明解

> 今までに無かった事として、新たに取り立てる様子だ。

356-ことごとしい ＊新＊岩＊三＊

356-01-허풍스럽다 ► 붙달다, 믿음성 없다, 신의(信義) 없다

356-02-과장되다 ► ≠

356-03-어마어마하다 ► 어마하다; 엄청나다, 대단하다, 굉장(宏壮)하다, 상당하다, 장엄(荘厳)
　　　　하다; 으리으리하다

356-ことごとしい ＊新＊岩＊三＊// 新明解

> いかにも△重大(深刻)であるかのように思わせるほど、言動が大げさだ。

357-こともっぽい ＊新＊＊＊××

357-××

357-こどもっぽい ＊新＊＊＊// 新明解

> もう子供ではないのに、物の考え方や感情の表わし方、顔つき・服装などがいかにも幼
> 稚に見える様子だ。

358-こにくらしい【小憎らしい】 ＊新＊岩＊三＊

358-00-대단히 건방지고 밉다 ► ≠

358-こにくらしい ＊新＊岩＊三＊// 新明解

> どことなく憎らしくてしゃくにさわる感じだ。

359-このうえない ＊新＊＊＊××

359-××

359-このうえない ＊新＊＊＊// 新明解

> これ以上のことはあり得ないだろうと判断される様子だ。

360-このましい 【好ましい】 ＊新＊岩＊三＊

360-01-호감이 가다 ► ≠
360-02-바람직하다 ► ≠

360-このましい ＊新＊岩＊三＊// 新明解

> そのような△状態(存在)を喜んで受け入れることが出来る様子だ。

361-このもしい 【好もしい】 ＊新＊岩＊三＊

361-00-⇒このましい

361-このもしい ＊新＊岩＊三＊// 新明解

> [相手の何かが]自分に対して好感を与える様子だ。

362-こはずかしい ＊新＊＊＊％

362-01-(「こ」는 접두어)열없다 ► 열쩍다, 멋적다, 멋없다, 부끄럽다, 창피하다, 계면쩍다; 정
　　　　신없다, 겁많다
362-02-겸연쩍다 ► ≠
362-03-조금 부끄럽다 ► 바끄럽다; 1:수줍다, 열없다, 얼쩍다, 스스럽다, 계면쩍다, 계면하다,
　　　　창피하다, 낯간지럽다, 겸연(慊然)쩍다
362-03-조금 부끄럽다 ► 2:볼낯 없다, 낯뜨겁다, 남부끄럽다, 면목(面目)없다, 무안(無顔)하
　　　　다, 수치(羞恥)스럽다, 전연(靦然)하다, 무참(無慚)하다, 무참(無慚)스럽다, 수참(羞

慚)하다, 난연(赧然)하다, 괴난(愧赧)하다, 면구(面灸)스럽다

362-こはずかしい *新***// 新明解

> 人の前で失敗したりして、引っこみがつかない感じだ。

363-こぶかい 【木深い】 *新*岩*三*

363-00-나무가 우거져 울창하다 ▸ 빽빽하다, 우거지다, 메숲지다

363-こぶかい *新*岩*三*// 新明解

> 奥が見通せないほど、木立が茂っている様子だ。

364-こまい 【細い】 *新**三*

364-01-＜속＞작다 ▸ 1:적다, 몰하다, 조그마하다, 작달막하다, 자그마하다, 조그맣다, 가소(苛小)하다, 뫼이다, 왜단(矮短)하다, 미소(微小)하다, 왜소(矮小)하다, 쥐좆만하다

364-01-＜속＞작다 ▸ 2:어리다, 유치(幼稚·幼稺)하다

364-01-＜속＞작다 ▸ 3:좁다, 편협(偏狹)하다

364-01-＜속＞작다 ▸ 4:낮다, 나직하다, 나지막하다

364-01-＜속＞작다 ▸ 5:사소(些少)하다, 하찮다, 사세(些細)하다

364-01-＜속＞작다 ▸ 6:째다, 맞지 않다

364-02-잘다 ▸ 1:작다, 잔다랗다, 잔닿다, 깨알같다, 잔달다, 자잘하다

364-02-잘다 ▸ 2:가늘다, 미세(微細)하다

364-02-잘다 ▸ 3:자세(仔細)하다, 세세(細細)하다, 세밀(細密)하다

364-02-잘다 ▸ 4:좀스럽다, 잔달다, 옹졸하다

364-03-용렬하다 ▸ ≠

364-こまい *新**三*// 新明解

> ① [中国・四国・九州北部と東北・北海道方言] こまかい。
> ② [中国・四国・九州方言] ほそい。小さい。③ [島根方言] けちだ。

365-こまかい 【細かい】 *新*岩*三*

365-01-잘다 ▸ 1:작다, 잔다랗다, 잔닿다, 깨알같다, 잔달다, 자잘하다

365-01-잘다 ▸ 2:가늘다, 미세(微細)하다

365-01-잘다 ► 3:자세(仔細)하다, 세세(細細)하다, 세밀(細密)하다

365-01-잘다 ► 4:좀스럽다, 잔달다, 옹졸하다

365-02-정밀하다 ► 가늘다, 촘촘하다, 잘다; 자지러지다

365-03-자세하다 ► 시시콜콜하다, 세세(細細)하다

365-04-친절하다 ► 사근사근하다서근서근하다; 사분사분하다, 서분서분하다; 고분고분하다, 관곡(款曲)하다

365-05-용의주도하다 ► 꼼꼼하다

365-06-귀찮다 ► 귀치 않다, 성가시다, 일쩝다; 폐롭다, 누되다

365-07-값어치가 없다 ► ≠

365-08-타산적이다 ► ≠

365-09-인색하다 ► 박(搏)하다, 짜다, 인정없다, 밭다, 강밭다, 타끈하다, 타끈스럽다, 바냐위다, 노리다, 돔바르다, 가린스럽다, 다랍다, 손맑다, 낯간지럽다, 인(吝)하다

365-10-금액이 작다 ► ≠

365-こまかい *新*岩*三*// 新明解

↔ 粗い ① たくさん集まって一まとまりになっている一つひとつの要素が、非常に小さい。② 非常に小さい部分にまで心が向けられている様子だ。③ 金額が小さい。少額だ。

366-こまかしい *新*岩*三*××

366-××

366-こまかしい *新*岩*三*// 新明解

(煩わしいほど)細かい。

367-こまごましい 【細細しい】 *新*岩*三*

367-01-매우 작다 ► 1:적다, 물하다, 조그마하다, 작달막하다, 자그마하다, 조그맣다, 가소(苛小)하다, 뫼이다, 왜단(矮短)하다, 미소(微小)하다, 왜소(矮小)하다, 쥐좆만하다

367-01-매우 작다 ► 2:어리다, 유치(幼稚・幼穉)하다

367-01-매우 작다 ► 3:좁다, 편협(偏狹)하다

367-01-매우 작다 ► 4:낮다, 나직하다, 나지막하다

367-01-매우 작다 ► 5:사소(些少)하다, 하찮다, 사세(些細)하다

367-01-매우 작다 ► 6:째다, 맞지 않다

367-02-매우 자세하다 ► 시시콜콜하다, 세세(細細)하다

367-03-번거롭다 ▶ 1:어수선하다, 번거하다, 복잡(複雜)하다, 번잡(煩雜)하다, 번극(煩劇 · 繁劇)
　　　　하다, 번망(煩忙 · 繁忙)하다, 사번(事煩)하다
367-03-번거롭다 ▶ 2:수선스럽다, 떠들썩하다

367-こまごましい　*新*岩*三*// 新明解

> いかにも細かい。

368-こむずかしい 【小難しい】 *新*岩*三*

368-00-좀 까다롭다 ▶ 1:꾀까다롭다, 어렵다, 복잡하다, 폐롭다
368-00-좀 까다롭다 ▶ 2:까탈스럽다, 고집 세다, 깔깔하다, 가탈스럽다, 강파르다, 돈바르다,
　　　　강팔지다, 강퍅(剛愎)하다, 초각하다
368-00-좀 까다롭다 ▶ 3:예민(銳敏)하다

368-こむずかしい　*新*岩*三*// 新明解

> 相手になって応じるのがなんとなく煩わしく感じられる様子だ。

369-こやかましい 【小喧しい】 *新*岩**

369-00-시끄럽게 잔소리하다 ▶ 나무라다, 꾸짖다, 쨍쨍거리다, 쨍쨍대다, 찡찡거리다, 찡찡대
　　　　다; 고시랑거리다, 고시랑대다

369-こやかましい　*新*岩**// 新明解

> ちょっとした事にもむやみに口やかましい。

370-こわい 【恐い · 怖い① · 強い②】 *新*岩*三*

370-01-무섭다① ▶ 매섭다 1:겁나다, 떨리다
370-01-무섭다① ▶ 2:두렵다, 공구(恐懼)하다, 공계(恐悸)하다
370-01-무섭다① ▶ 3:모질다, 지독하다, 심하다, 사납다
370-02-강하다② ▶ 세다, 힘세다, 힘차다, 굳세다, 힘 있다, 드세다, 세차다; 강력(強力)하다,
　　　　강렬(強烈)하다, 강건(強健)하다, 강고(強固)하다, 견뢰(堅牢)하다, 강견(強堅)하다;
　　　　강성(強盛)하다, 성강(盛強 · 盛疆)하다, 강경(強硬)하다, 강인(強靭)하다; 담(胆)차
　　　　다, 담대(胆大)하다
370-03-완강하다② ▶ 굳세다

370-04-격렬하다② ► ≠

370-05-단단하다② ► 든든하다 1:굳다, 댕돌같다, 견고(堅固)하다, 견경(堅硬)하다, 경결(硬結)하다, 견결(堅結)하다

370-05-단단하다② ► 2:튼튼하다, 강하다, 굳세다, 강건(康健)하다, 강견(強堅・剛堅)하다, 견강하다

370-05-단단하다② ► 3:야무지다, 옹골차다, 여무지다, 강강(剛剛)하다, 알토란같다, 실속 있다, 딴딴하다

370-06-견고하다② ► 1:튼튼하다, 튼실하다, 단단하다, 굳건하다

370-06-견고하다② ► 2:틀림없다, 확실(確実)하다

370-こわい *新*岩*三*// 新明解

[一]【《強い》】① 反撥(ハンパツ)する力が強くて、自分の思うようにならない。
② [北関東以北の方言]疲れた状態だ。
[二]【怖い】「恐ろしい」意の口語的表現。[表記]「《恐い》」とも書く。

371-さかしい【賢しい】 *新*岩*三*

371-01-현명하다 ► 슬기롭다, 지혜롭다

371-02-지혜가 있다 ► ≠

371-03-뛰어나다 ► 빼어나다, 동뜨다, 남다르다, 우수(優秀)하다, 탁월(卓越)하다, 우월(優越)하다, 특출(特出)나다, 출중(出衆)하다, 월등(越等)하다, 수일(秀逸)하다, 영수(霊秀)하다, 고탁(高卓)하다, 정연(整然)하다, 정수(挺秀)하다, 정출(挺出)하다, 걸출(傑出)하다, 각립(角立)하다, 수걸(秀傑)하다, 준매(俊邁)하다, 준이(俊異)하다, 준일(俊逸)하다, 호준(毫俊)하다

371-04-영리하다 ► 영토하다, 똑똑하다, 지혜(知慧)롭다

371-さかしい *新*岩*三*// 新明解

[東北・九州の方言] かしこい。

372-さくい *新*岩*三*

372-01-<속>바삭바삭하다 ► ≠

372-02-쾌활하고 소탈하다 ► 수수하다, 소박(素朴)하다

372-03-성질이 바르고 답답하다 ► 1:갑갑하다, 울(欝)하다, 인울하다, 노결(労結)하다, 울연(欝然)하다, 울울(欝欝)하다, 우울(憂欝)하다, 울도(欝陶)하다, 울색(欝塞)하다; 안타깝

다, 아울(訐欝)하다, 읍읍하다

372-03-성질이 바르고 답답하다 ▸ 2:어리석다, 우둔(愚鈍)하다, 우매(愚昧)하다

372-03-성질이 바르고 답답하다 ▸ 3:고지식하다, 막혀 있다, 옹졸(壅拙)하다, 아졸(雅拙)하다, 옹울(壅欝)하다

372-さくい *新*岩*三*// 新明解

> ① [木材などについて]割合 堅いが裂けやすい。 ② さっぱりしている感じだ。

373-さけくさい ***三*%

373-00-(입김에서, 술 마신 사람 특유의 냄새가 나는 모양)술내가 나다 ▸ ≠

373-さけくさい ***三*// 三省堂

> アルコールのにおいがする状態だ。

374-さしでがましい 【差し出がましい】 *新*岩*三*

374-00-주제넘게 참견하다 ▸ 오지랖 넓다, 끼어들다, 홍이야 항이야하다, 홍야 항야하다, 넵뜨다, 들고나다, 탄하다, 집적거리다, 집적대다, 집적집적하다

374-さしでがましい *新*岩*三*// 新明解

> でしゃばる感じを与える様子だ。

375-さだめない 【定めない】 *新***

375-01-정해져 있지 않다 ▸ ≠

375-02-분명치 않다 ▸ ≠

375-03-허무하다 ▸ 1:텅 비다, 없다

375-03-허무하다 ▸ 2:덧없다; 초로(草露)같다

375-04-무상하다 ▸ 1:덧없다, 허무(虛無)하다

375-04-무상하다 ▸ 2:때없다, 무시(無時)하다

375-さだめない ＊新＊＊＊// 新明解

> 一定しない。

376-ざっかけない ＊新＊＊三＊××

376-××

376-ざっかけない ＊新＊＊三＊// 新明解

> [東京などの方言]△飾った(洗練された)ところが無い。ざっくばらん。

377-さとい 【聡い】 ＊新＊岩＊三＊

377-01-총명하다 ► 똑똑하다, 슬기롭다
377-02-재치 있다 ► 슬기롭다, 능갈맞다, 지혜(知慧)롭다
377-03-재치 빠르다 ► ≠

377-さとい ＊新＊岩＊三＊// 新明解

> 理解力・判断力にすぐれ、物事をすばやく的確にとらえる様子だ。

378-さびしい 【寂しい・淋しい】 ＊新＊岩＊三＊

378-01-조용하고 심심하다 ► ≠
378-02-적막하다 ► 고요하다, 쓸쓸하다, 적연(寂然)하다, 슬슬(瑟瑟)하다, 유적(幽寂)하다
378-03-있을 것이 없어서 허전하다 ► 하전하다; 허수하다, 서운하다, 허우룩하다, 허소(虛疎)
하다, 허곽(虛廓)하다, 허확(虛廓)하다, 공허(空虛)하다
378-04-할 일이 없어 심심하다 ► 1:할 일 없다, 무료(無聊)하다; 맥적다, 열적다, 거연(居然)
하다, 도연(徒然)하다
378-04-할 일이 없어 심심하다 ► 2:싱겁다
378-05-어쩐지 슬프다 ► 1:애틋하다, 구슬프다, 서럽다, 애석(哀惜)하다, 애절(哀切)하다, 애
처(哀悽)롭다, 추연(惆然)하다, 초창(悄愴)하다, 처량(凄涼)하다, 창창(愴愴)하다, 창
연(愴然)하다, 창연(悵然)하다, 감창(感愴)하다, 애통(哀痛)하다, 애절(哀絶)하다, 비
통(悲痛)하다
378-05-어쩐지 슬프다 ► 2:유감(有感)스럽다
378-06-공연히 슬프다 ► ≠
378-07-음산하다 ► 을씨년스럽다, 으스스하다, 흐리다, 흐릿하다, 쓸쓸하다, 춥다; 음랭(陰冷)

하다, 침음(沈陰)하다, 음침하다, 음울(陰欝)하다, 소삽(瀟颯)하다

378-08-우울하다 ▶ 찌무룩하다, 찌뿌둥하다, 찌뿌드드하다; 슬프다, 울적하다

378-09-충분치 않다 ▶ ≠

378-10-가난하다 ▶ 주저롭다, 어렵다, 쪼들리다, 궁하다, 애옥하다

378-さびしい *新*岩*三*// 新明解

① 自分と心の通いあうものが無くて、満足出来ない状態だ。
② 身近に人の気配を感じさせるものがなく、社会から隔絶されたような状態で、心細くなる感じだ。 ↔ にぎやか
③ 有ればいいと思うものが無くて、満ち足りない感じだ。 表記 「〈淋しい」とも書く。

379-さみしい【寂しい・淋しい】 *新*岩*三*

379-00-⇒さびしい

379-さみしい *新*岩*三*// 新明解

「さびしい」の変化。 表記 「〈淋しい」とも書く。

380-さむい【寒い】 *新*岩*三*

380-01-춥다 ▶ 차다, 한랭(寒冷)하다, 냉한(冷寒)하다, 냉초(冷峭)하다, 늠렬(凛烈)하다, 율렬(溧烈)하다; 떨리다

380-02-차다 ▶ ≠

380-03-빈약하다 ▶ 보잘것없다, 약하다

380-04-한심하다 ▶ 가엾다, 딱하다, 한심스럽다, 기막히다

380-さむい *新*岩*三*// 新明解

気温が低くて、快適に過ごすことが出来ない状態だ。 ↔ 暑い

381-さむざむしい *新**三*%

381-01-몹시 추워 보이다 ▶ ≠

381-02-썰렁하다 ▶ 쌀랑하다; 싸늘하다, 살랑하다, 설렁하다, 차다, 춥다

381-03-살풍경하다 ▶ ≠

381-さむざむしい *新**三*// 新明解

見るからに寒ざむした状態だ。

382-さもしい *新*岩*三*

382-01-천하다 ► 1:쌍되다, 쌍스럽다, 상스럽다, 비천(卑賤)하다, 비속(卑俗)하다
382-01-천하다 ► 2:속되다, 뇌하다, 짭짝찮다, 천속(賤俗)하다, 속루(俗陋)하다
382-01-천하다 ► 3:흔하다
382-01-천하다 ► 4:알량하다, 귀접스럽다, 구접스럽다
382-02-비열하다 ► ≠
382-03-천박하다 ► 얕다

382-さもしい *新*岩*三*// 新明解

自分だけ得を△しよう(すればいい)という気持の見えすいている様子だ。

383-さりげない 【然り気無い】 *新**三*

383-00-아무렇지도 않은 듯하다 ► ≠

383-さりげない *新**三*// 新明解

[重大な事だとか意図的にそうしたとかいう様子を見せず] 人目には立たないような言動をする様子だ。

384-さわがしい 【騒がしい】 *新*岩*三*

384-01-소리가 커서 시끄럽다 ► 따들싹하다, 떠들썩하다, 시끌시끌하다, 왁자하다, 왁자지껄하다, 지껄하다, 소란(騷乱)하다, 소란스럽다, 시끌벅적하다, 어수선하다, 부훤(浮喧)하다, 분훤(紛喧)하다, 들썩하다, 부산하다, 부산스럽다, 뒤숭숭하다, 소소(騷騷)하다, 분분(紛紛)하다, 쟁란(諍乱)하다, 요열(鬧熱)하다, 요요(擾擾)하다
384-02-소란하다 ► 시끄럽다, 수선수선하다, 지둥치듯하다
384-03-사람들이 쑥덕공론을 하다 ► ≠
384-04-뒤숭숭하다 ► 어수선하다 1:심란(心乱)하다, 산란(散乱)하다
384-04-뒤숭숭하다 ► 2:어지럽다, 너더분하다, 산만(散漫)하다, 혼잡(混雜)하다, 복잡(複雜)하다
384-05-세상이 조용하지 않다 ► ≠
384-06-불온하다 ► ≠

384-07-떠들썩하게 시끄럽다 ▸ ≠

384-さわがしい *新*岩*三*// 新明解

① 静かな雰囲気を破る騒音や話し声が聞こえ来たりして、落ち着かなさを誘う感じだ。
② 心を落ち着かなくさせる情報が広まって、人びとの△興味(不安)をかきたてる様子だ。

385-しおからい 【塩辛い】 *新*岩*三*

385-01-짠기가 많다 ▸ ≠
385-02-짭짤하다 ▸ 1:찝찔하다; 짭조름하다
385-02-짭짤하다 ▸ 2:구격(具格)이 맞다
385-02-짭짤하다 ▸ 3:값지다, 귀하다

385-しおからい *新*岩*三*// 新明解

塩けが強くて、舌を刺すような味だ。しょっぱい。

386-しおらしい *新*岩*三*

386-00-(유순하고 동정이 갈 정도로 애처로운 모습)순진하고 내성적이고 귀엽다 ▸ ≠

386-しおらしい *新*岩*三*// 新明解

上品・優美という印象を与えながら、控え目な存在としてそこに居る様子だ。

387-しかくい *新*岩*三*%

387-01-네모지다 ▸ ≠
387-02-네모꼴이다 ▸ ≠
387-03-딱딱하다 ▸ 1:단단하다, 딴딴하다, 뜬뜬하다; 굳다, 강(剛)하다
387-03-딱딱하다 ▸ 2:거칠다, 거세다, 불손(不遜)하다
387-03-딱딱하다 ▸ 3:엄격(嚴格)하다, 엄숙(嚴楽)하다, 엄하다
387-04-격식을 차려 흐트러짐이 없다 ▸ ≠

387-しかくい *新*岩*三*// 新明解

四角の形をしている様子だ。

388-しかたない *新**三*%

388-00-어쩔 수 없다 ▸ ≠

388-しかたない *新**三*// 新明解

> (どうにも)しようが無い。

389-しかつめらしい【鹿爪らしい】*新*岩*三*

389-01-표정이나 태도가 너무 딱딱하고 근엄하다 ▸ 엄하다, 무섭다, 딱딱하다
389-02-(대화가)너무 형식적이고 딱딱하다 ▸ ≠
389-03-그럴 듯하다 ▸ 1:그럴싸하다, 영절스럽다, 영절하다
389-03-그럴 듯하다 ▸ 2:괜찮다, 훌륭하다, 좋다, 근사(近似)하다

389-しかつめらしい *新*岩*三*// 新明解

> もったいぶって、堅苦しい様子だ。[表記]「<鹿爪>らしい」は、借字。

390-しがない *新*岩*三*

390-01-변변치 않다 ▸ ≠
390-02-시원찮다 ▸ 션찮다; 미덥지 않다, 대단치 않다, 쓸모없다, 신통찮다; 마땅치 않다, 못
마땅하다, 불만스럽다
390-03-가난하다 ▸ 주저롭다, 어렵다, 쪼들리다, 궁하다, 애옥하다

390-しがない *新*岩*三*// 新明解

> [「さがない」の変化という] うだつが上がらなくて前途に望みが無い。

391-しげい *新**三*%

391-01-(초목이)무성하다 ▸ 우거지다, 깃다, 다옥하다, 울창(鬱蒼)하다, 애애하다, 무번(無繁)
하다, 처처(萋萋)하다, 창무(暢茂)하다, 위유하다, 옹울(蓊鬱)하다, 의의(依依)하다,
울연(鬱然)하다, 울울(鬱鬱)하다
391-02-빽빽하다 ▸ 빽빽하다 1:촘촘하다, 다닥다닥하다, 오밀조밀하다, 부듯하다, 삼삼(森森)
하다, 밀밀(密密)하다, 조밀(稠密)하다, 소삼(蕭森)하다, 삼렬(森列)하다, 족족(簇簇)
하다

391-しげい *新**三*// 新明解

> 間を置かずに△続く(繰り返される)様子だ。

392-しさいらしい *新**三*%

392-01-사정(까닭)이 있는 듯하다 ▸ ≠
392-02-분별이 있어 보이다 ▸ ≠

392-しさいらしい *新**三*// 新明解

> 何かわけが有るらしくて、深刻がっている様子だ。

393-じじむさい *新*岩*三*

393-01-노추(老醜)하다 ▸ ≠
393-02-누추하다 ▸ 누하다; 더럽다, 지저분하다, 추루(醜陋)하다

393-じじむさい *新*岩*三*// 新明解

> ① きたなくて、近寄るのもいやな感じだ。
> ② はなやかな所が無くて、年寄りじみた感じだ。

394-したしい 【親しい】 *新*岩*三*

394-01-혈통이 가깝다 ▸ ≠
394-02-화목하다 ▸ 의초롭다, 의좋다, 구순하다
394-03-친밀하다 ▸ 친하다, 일견여구(一見如旧)하다, 일면여구(一面如旧)하다

394-したしい *新*岩*三*// 新明解

> ① お互いに気心が分かっていて、遠慮無くつきあえる状態だ。
> ② そのものによく接しており、珍しくはない状態だ。

395-したたるい 【舌たるい】 *新*岩*三*

395-00-발음이 불분명(不分明)하다 ▸ ≠

395-したたるい ＊新＊岩＊三＊// 新明解

> 言い方が、甘えた様子だ。[口頭語形は「舌ったるい」]

396-したわしい 【慕わしい】 ＊新＊岩＊三＊

396-01-그립다 ▸ 1:생각나다
396-01-그립다 ▸ 2:아쉽다; 간절하다; 요긴(要緊)하다, 필요(必要)하다
396-02-사랑스럽다 ▸ 어여쁘다, 귀엽다, 사랑옵다, 사랑홉다

396-したわしい ＊新＊岩＊三＊// 新明解

> あこがれる人のそばに近づきたい気持だ。

397-しちくどい ＊新＊＊三＊％

397-01-(「しち」는 접두어)매우 간질기다 ▸ ≠
397-02-몹시 지루하고 장황하다 ▸ ≠

397-しちくどい ＊新＊＊三＊// 新明解

> やたらにくどい。

398-しちむずかしい ＊新＊＊三＊

398-01-<속>복잡하고 어렵다 ▸ ≠
398-02-수속이 복잡하고 까다롭다 ▸ ≠

398-しちむずかしい ＊新＊＊三＊// 新明解

> むずかしくていやだ。[表記]「七難しい」とも書く。

399-しちめんどうくさい ＊＊岩＊三＊％

399-01-(「めんどうくさい」의 힘줌말)매우 귀찮다 ▸ 귀치 않다, 성가시다, 일쩝다; 폐롭다, 누되다
399-02-몹시 번거롭다 ▸ 1:어수선하다, 번거하다, 복잡(複雜)하다, 번잡(煩雜)하다, 번극(煩劇・燔劇)하다, 번망(煩忙・繁忙)하다, 사번(事煩)하다

399-02-몹시 번거롭다 ▶ 2:수선스럽다, 떠들썩하다

399-しちめんどうくさい ＊＊岩＊三＊// 三省堂

[俗]しちめんどうな感じだ。

400-しつこい ＊新＊岩＊三＊

400-01-짙다 ▶ 1:진하다
400-01-짙다 ▶ 2:뽀얗다, 뿌옇다; 농후(濃厚)하다
400-01-짙다 ▶ 3:빽빽하다, 울창(鬱蒼)하다
400-01-짙다 ▶ 4:걸쭉하다
400-02-농후하다 ▶ 1:짙다, 진하다
400-02-농후하다 ▶ 2:다분(多分)하다
400-02-농후하다 ▶ 3:짙다
400-03-귀찮다 ▶ 귀치 않다, 성가시다, 일쩝다; 폐롭다, 누되다
400-04-집요하다 ▶ 고집스럽다, 끈질기다, 깐질기다
400-05-집념이 강하다 ▶ ≠

400-しつこい ＊新＊岩＊三＊// 新明解

① 味などが濃すぎて、いつまでもあとに残る感じだ。
② どこまでもつきまとう様子だ。うるさい。[口頭語的表現は「しつっこい」]

401-じつない 【術無い】 ＊＊岩＊＊

401-00-⇒じゅつない

401-じつない ＊＊岩＊＊// 岩波

しかたがない。困る。つらい。▷「じゅつない」のなまり。

402-しどけない ＊新＊岩＊三＊

402-01-복장 따위가 단정하지 못하고 너저분하다 ▶ ≠
402-02-난잡하고 단정치 못하다 ▶ ≠

402-しどけない ＊新＊岩＊三＊// 新明解

> 着物の着方などが、人前に出られないほど、だらしない状態だ。[多く女性の服装について言う]

403-しのびない 【忍びない】 ＊新＊＊三＊

403-01-참을 수가 없다 ► ≠
403-02-견딜 수가 없다 ► ≠

403-しのびない ＊新＊＊三＊// 新明解

> [不運・不幸な状況にある物事に接して] そのまま見過ごせない気持だ。

404-じひぶかい ＊新＊＊三＊%

404-01-자비심이 강하다 ► ≠
404-02-자비롭다 ► ≠

404-じひぶかい ＊新＊＊三＊// 新明解

> あわれみの気持が深い。

405-しぶい 【渋い】 ＊新＊岩＊三＊

405-01-떫다 ► 떨떠름하다, 떠름하다, 고삽(苦渋)하다, 삽삽(渋渋)하다; 떫디떫다
405-02-쓴 표정이다 ► ≠
405-03-기분이 좋지 않다 ► ≠
405-04-화려하지 않다 ► ≠
405-05-검소하지만 깊은 맛이 있다 ► ≠
405-06-인색하다 ► 박(搏)하다, 짜다, 인정없다, 밭다, 강밭다, 타끈하다, 타끈스럽다, 바냐위다, 노리다, 돔바르다, 가린스럽다, 다랍다, 손맑다, 낮간지럽다, 인(吝)하다

405-しぶい ＊新＊岩＊三＊// 新明解

> ① 「渋①」の味がする感じだ。 ② 動きがなめらかでない。
> ③ じみではあるが、△確かさ(経験の有る人でなければ出せないうまみ)が有る様子だ。
> ④ 好意的に進んでしたくはないような感じだ。

406-しぶとい *新*岩*三*

406-01-고집이 세다 ► ≠
406-02-완고하다 ► 고집(固執)스럽다, 고집세다
406-03-곤란에 견디고 강하다 ► ≠

406-しぶとい *新*岩*三*// 新明解

> ちっとやそっとの事ではへこたれない様子だ。

407-じまんたらしい *新*岩*三*%

407-00-자못 뽐내는 듯하다 ► ≠

407-じまんたらしい *新*岩*三*// 新明解

> いかにも自慢するようだ。

408-しめっぽい *新*岩*三*

408-01-<속>습기가 있다 ► ≠
408-02-음울하다 ► ≠

408-しめっぽい *新*岩*三*// 新明解

> ① 湿りけを帯びているように感じられる様子だ。
> ② 明るい陽気な所が全く見られない様子だ。

409-しゃらくさい【洒落臭い】*新*岩*三*

409-01-<속>건방지다 ► 아니꼽다, 시큰둥하다, 도도하다, 버릇없다, 젠 체하다, 엇되다, 뒤넘
스럽다, 주제넘다, 같잖다, 시건방지다, 궤란쩍다, 못마땅하다, 꼴불견이다, 시먹다,
덜되다, 시퉁하다, 시퉁스럽다, 발막하다, 엄방지다, 되바라지다, 야발지다, 교건(驕
蹇)하다, 교만(驕慢)하다, 덜떨어지다, 시퉁머리 터지다, 병자년(丙子年) 방죽이다
409-02-아니꼽다 ► 1:못마땅하다, 메스껍다, 시큰둥하다, 비위상하다, 뇌꼴스럽다; 더럽다, 다
랍다
409-02-아니꼽다 ► 2:불쾌하다, 눈꼴사납다, 비리다, 배리다, 괴란쩍다

409-しゃらくさい ＊新＊岩＊三＊// 新明解

> ［口頭］なまいきだ。 ［表記］「〈洒《落臭い」とも書く。

410-しゅうねんぶかい ＊新＊岩＊三＊%

410-01-집념이 강하다 ► ≠
410-02-집요하다 ► 고집스럽다, 끈질기다, 깐질기다

410-しゅうねんぶかい ＊新＊岩＊三＊// 新明解

> 自分の欲望を達成しようという気持が異常に強く、陰湿な感じを与える様子だ。

411-じゅくしくさい ＊新＊岩＊三＊%

411-00-홍시 같은 냄새가 나다(술취한 사람의 입에서 풍기는 고약한 냄새가 나다) ► ≠

411-じゅくしくさい ＊新＊岩＊三＊// 新明解

> 酒を飲んだあと息が臭い状態だ。

412-じゅつない 【術無い】 ＊新＊岩＊＊

412-01-할 수가 없다 ► 하는 수 없다, 도리 없다; 불가능(不可能)하다
412-02-어쩔 도리가 없다 ► ≠
412-03-고생스럽다 ► 확철부어(涸轍鮒漁)같다, 확철지어(涸轍之魚)같다, 철부(轍鮒)같다, 확부(涸鮒)같다
412-04-괴롭다 ► 1:아프다; 고(苦)롭다, 고통(苦痛)스럽다, 울민(欝悶)하다, 뇌쇄(悩殺)하다, 뇌심(悩心)하다
412-04-괴롭다 ► 2:힘들다, 어렵다, 곤란(困難)하다
412-04-괴롭다 ► 3:성가시다, 귀찮다

412-じゅつない ＊新＊岩＊＊// 新明解

> ［西日本方言］病気などで苦しい。

413-しょうがない *新***%

413-00-어쩔 수 없다 ► ≠

413-しょうがない *新***// 新明解

> 扱いようが無くて、困る様子だ。

414-しょざいない *新*岩*三*%

414-01-할 일이 없어 심심하다 ► 1:할 일 없다, 구료(無聊)하다; 맥적다, 열적다, 거연(居然)하다, 도연(徒然)하다
414-01-할 일이 없어 심심하다 ► 2:싱겁다
414-02-무료하다 ► 1:마땅찮다, 못마땅하다, 탐탁치 않다
414-02-무료하다 ► 2:열쩍다, 열없다, 부끄럽다, 겨면쩍다, 겸연하다
414-02-무료하다 ► 3:심심하다, 재미 없다, 지루하다, 싫증 나다

414-しょざいない *新*岩*三*// 新明解

> する事が無△い(くて退屈だ)。所在が無い。

415-じょさいない *新*岩*三*%

415-01-빈틈없다 ► 바듯하다, 부듯하다; 손짜이다, 야무지다, 결곡하다, 꼼꼼하다, 바자위하다, 여지(余地)없다, 만유루(万遺涙)없다, 완벽(完璧)하다, 철두철미(徹頭徹尾)하다, 용의주도(用意周到)하다, 주도면밀(周到綿密)하다, 면밀(綿密)하다; 딱 들어맞다
415-02-싹싹하다 ► 썩썩하다; 상냥하다
415-03-재치있다 ► 슬기롭다, 능갈맞다, 지혜(知慧)롭다

415-じょさいない *新*岩*三*// 新明解

> (相手の気持・立場などを敏感に察し)その場をぬかりなく対処出来る様子だ。
> [軽い侮蔑(ブベツ)・皮肉の意を込めることも有る]

416-しょっぱい *新*岩*三*

416-01-<속>맛이 짜다 ► ≠
416-02-인색하다 ► 박(搏)하다, 짜다, 인정없다, 밭다, 강밭다, 타끈하다, 타끈스럽다, 바냐위

다, 노리다, 돔바르다, 가린스럽다, 다랍다, 손맑다, 낯간지럽다, 인(吝)하다

416-03-곤혹(困惑)스럽다 ▸ ≠

416-しょっぱい *新*岩*三*// 新明解

> 塩けが多くて舌・のどをさすような感じだ。塩からい。

417-しょぼい *新**三*%

417-01-<속>(내용이 기대 이하여서)실망하다 ▸ ≠

417-02-맥빠지다 ▸ 힘빠지다, 기운빠지다, 맥풀리다, 기진(気尽)하다, 맥진(脈尽)하다; 김빠지다, 김새다, 헛김나다, 흥(興)깨지다; 긴장(緊張) 풀리다

417-しょぼい *新**三*// 新明解

> [口頭]期待以下の内容で、がっかりさせられる様子だ。

418-しらじらしい 【白白しい】 *新*岩*三*

418-01-흥(興)이 깨지다 ▸ ≠

418-02-뻔한 것을 알면서도 모르는 체하다 ▸ ≠

418-しらじらしい *新*岩*三*// 新明解

> ① 知っていて知らないふりをする様子だ。② その事が自分の生活や心情にはぴったりと来なくて、なんとなく空虚な感じを与える様子だ。

419-しりこそばい **岩**%

419-00-⇒しりこそばゆい

419-しりこそばい **岩**// 岩波

> 変なほめ方をされたりして、しりをくすぐられるようで、何となくいたたまれない。
> ▷「しりこそばゆい」から。

420-しりこそばゆい【尻擽い】 *新***

420-01-엉덩이가 근질근질하다 ▸ ≠

420-02-낯간지럽다 ▸ 1:인색하다, 다랍다, 단작스럽다; 면구스럽다

420-02-낯간지럽다 ▸ 2:찔리다

420-しりこそばゆい *新***// 新明解

> [妙なほめ方をされたりふさわしくない環境に置かれたりして]きまりが悪くてじっとして
> いられない感じだ。しりこそばい。

421-じれったい *新*岩*三*

421-01-조급하다 ▸ 갈급증(-症)나다, 갈급령(渴急令)나다; 충충(衝衝)하다, 등달다, 몸달다

421-02-초조하다 ▸ 안절부절 못하다, 마음 졸이다

421-じれったい *新*岩*三*// 新明解

> どうしてもっと速く△解決(実現)出来ないのかと思って、落ち着いて事の成行きを見てい
> られない気持だ。

422-しろい【白い】 *新*岩*三*

422-01-눈빛같이 희다 ▸ 하얗다, 허옇다; 희디희다, 해말갛다, 희멀겋다, 눈부시다, 백옥(白玉)같다, 설백(雪白)하다, 애애(皚皚)하다

422-02-죄가 없다 ▸ ≠

422-しろい *新*岩*三*// 新明解

> 白の色だ。

423-しろうとくさい *新***%

423-00-미숙한 티가 나다 ▸ ≠

423-しろうとくさい *新***// 新明解

> やり方や出来映えなどがいかにも素人だという印象を与える様子だ。

424-しろっぽい【白っぽい】 *新*岩*三*

424-01-흰빛을 띠다 ► ≠

424-02-풋내기 티가 나다 ► ≠

424-しろっぽい *新*岩*三*// 新明解

> ① 白色を帯びている様子だ。
> ② [古本屋などの通語で]しろうと好みがする様子だ。 ↔ 黒っぽい

425-しわい【吝い】 *新*岩*三*

425-01-인색하다 ► 박(搏)하다, 짜다, 인정없다, 밭다, 강밭다, 타끈하다, 타끈스럽다, 바냐위다, 노리다, 돔바르다, 가린스럽다, 다랍다, 손맑다, 낯간지럽다, 인(吝)하다

425-02-단작스럽다 ► ≠

425-しわい *新*岩*三*// 新明解

> [東北から四国までの方言]けちだ。[表記]「〈嗇い」とも書く。

426-しんきくさい *新*岩*三*%

426-01-마음이 답답하다 ► 1:갑갑하다, 울(欝)하다, 인울하다, 노결(勞結)하다, 울연(欝然)하다, 울울(欝欝)하다, 우울(憂欝)하다, 울도(欝陶)하다, 울색(欝塞)하다; 안타깝다, 아울(訏欝)하다, 읍읍하다

426-01-마음이 답답하다 ► 2:어리석다, 우둔(愚鈍)하다, 우매(愚昧)하다

426-01-마음이 답답하다 ► 3:고지식하다, 막혀 있다, 옹졸(壅拙)하다, 아졸(雅拙)하다, 옹울(壅欝)하다

426-02-짜증스럽다 ► ≠

426-しんきくさい *新*岩*三*// 新明解

> 「辛気だ」の意の強調表現。

427-しんどい *新*岩*三*

427-01-<방>지치다 ► 기운 빠지다, 쇠하여지다, 맛문하다, 피로(疲勞)하다, 헉하다, 적패(積敗)하다

427-02-괴롭다 ▶ 1:아프다; 고(苦)롭다, 고통(苦痛)스럽다, 울민(鬱悶)하다, 뇌쇄(悩殺)하다,
　　　뇌심(悩心)하다
427-02-괴롭다 ▶ 2:힘들다, 어렵다, 곤란(困難)하다
427-02-괴롭다 ▶ 3:성가시다, 귀찮다
427-03-피로하다 ▶ 지치다, 고달프다, 노권하다

427-しんどい *新*岩*三*// 新明解

[西日本方言] 「しんど」は「辛労」の変化「しんどう」に基づく] ① くたびれた。
② めんどう(で、するのがいや)だ。

428-しんぼうづよい *新*岩*三*%
428-01-참을성이 많다 ▶ ≠
428-02-인내심이 강하다 ▶ ≠

428-しんぼうづよい *新*岩*三*// 新明解

我慢強い。

429-すい 【酸い】 *新*岩*三*
429-01-시다 ▶ 1:새금하다, 시금하다, 새곰하다, 시굼하다, 시큼하다, 시쿰하다, 시금시금하다
429-01-시다 ▶ 2:부시다, 눈부시다
429-01-시다 ▶ 3:시근시근하다, 시큰시큰하다, 새근하다, 시근하다, 시큰하다
429-01-시다 ▶ 4:눈꼴사납다
429-02-식초 맛이 나다 ▶ ≠

429-すい *新*岩*三*// 新明解

すっぱい。

430-すいたらしい **岩**%
430-01-어쩐지 마음이 끌리다 ▶ ≠
430-02-호감이 가다 ▶ ≠

430-すいたらしい **岩**// 岩波

> 人の様子・しぐさ・心遣いなど感じがよく、好きだ。▷異性について言う。動詞「好く」
> に助動詞「た」が付き、更に形容詞化する接尾語「らしい」がついた語。

431-ずうずうしい 【図図しい】 *新*岩*三*

431-01-뻔뻔스럽다 ▸ 빤빤스럽다; 빤빤하다, 뻔뻔하다, 발막하다, 염치없다, 몰염치하다, 언
　　　죽번죽하다; 언죽언죽하다, 낯두껍다, 무치(無恥)하다, 강안(強顔)하다, 후안(厚顔)
　　　하다, 후안무치(厚顔無恥)하다, 안후(顔厚)하다, 낯가죽 두껍다
431-02-넉살좋다 ▸ ≠

431-ずうずうしい *新*岩*三*// 新明解

> 普通の人なら遠慮してやらない事を、平気でやる様子だ。

432-すえおそろしい(末恐ろしい) *新*岩*三*

432-01-장래가 염려되다 ▸ ≠
432-02-미래가 두렵다 ▸ ≠

432-すえおそろしい *新*岩*三*// 新明解

> [その人の]将来がどうなることか思いやられて、不結果を自分の目で見たくない気持だ。

433-すえたのもしい 【末頼もしい】 *新*岩*三*

433-01-장래가 믿음직하다 ▸ 미덥다, 믿음성스럽다, 믿음직스럽다, 믿음성 있다, 듬직하다,
　　　뜸직하다, 든든하다
433-02-장래가 유망하다 ▸ ≠

433-すえたのもしい *新*岩*三*// 新明解

> [その人の]将来の発展が期待されて、前途を見届けたい気持だ。

434-すがすがしい 【清清しい】 *新*岩*三*

434-00-상쾌하다 ▸ ≠

434-すがすがしい *新*岩*三*// 新明解

> さわやかで、気持がいい。

435-すくいがたい *新**三*%

435-01-구하기 어렵다 ▸ ≠
435-02-도저히 어쩔 수 없다 ▸ ≠

435-すくいがたい *新**三*// 新明解

> ① どんな点から見ても、いい所が無い。② どんな方法を講じても、良くする見込みが無い。③ 「度(ド)し難い」の意の和語的表現。

436-すくない 【少ない】 *新*岩*三*

436-01-많지 않다 ▸ ≠
436-02-적다 ▸ 쥐꼬리만하다, 미소(微少)하다, 박소(薄少)하다, 빈약(貧弱)하다, 경미(輕微)하다; 모자라다, 부족(不足)하다, 불충분(不充分)하다, 덜하다
436-03-약간이다 ▸ ≠

436-すくない *新*岩*三*// 新明解

> ↔ 多い ① 同種の他のものに比べて、より小さい数量だ。[それと同じ数量を引くと、比較する対象の方に幾らか余りが有る状態を指す]
> ② その状態の△存在(実現)の度合が思ったより低い。表記 「〈尟い」とも書く。

437-すけない *新***××

437-××

437-すけない *新***// 新明解

> [東北から関東までの方言] 「少ない」の変化。

438-すげない *新*岩*三*

438-01-인정이 없다 ▸ ≠
438-02-박정(薄情)하다 ▸ 인정없다, 매몰차다, 매정하다, 야박하다, 냉정하다, 박절(迫切)하

다, 박정스럽다, 매정스럽다, 야박스럽다, 냉장(冷腸)하다, 박행(薄倖)하다, 박악(薄惡)하다, 혹박(酷薄)하다

438-すげない　*新*岩*三*// 新明解

> 相手の心情を無視して、ぶっきらぼうに応対する様子。

439-すごい 【凄い】 *新*岩*三*

439-01-무섭다 ▶ 매섭다 1:겁나다, 떨리다
439-01-무섭다 ▶ 2:두렵다, 공구(恐懼)하다, 공계(恐悸)하다
439-01-무섭다 ▶ 3:모질다, 지독하다, 심하다, 사납다
439-02-험상궂다 ▶ ≠
439-03-<속>멋지다 ▶ 1:멋들어지다, 멋거리지다, 멋있다, 본때 있다
439-03-<속>멋지다 ▶ 2:훌륭하다, 능란(能爛)하다, 능숙(能熟)하다
439-04-<속>굉장하다 ▶ 1:크다, 훌륭하다
439-04-<속>굉장하다 ▶ 2:대단하다, 엄청나다

439-すごい　*新*岩*三*// 新明解

> ① 恐ろしくて、ぞっとするような感じだ。② 普通では考えられないような事を見聞きしたり予想外の事に接したりして、感心したりあきれたりする気持だ。

440-すさまじい 【凄まじい】 *新*岩*三*

440-01-굉장하다 ▶ 1:크다, 훌륭하다
440-01-굉장하다 ▶ 2:대단하다, 엄청나다
440-02-무섭다 ▶ 매섭다 1:겁나다, 떨리다
440-02-무섭다 ▶ 2:두렵다, 공구(恐懼)하다, 공계(恐悸)하다
440-02-무섭다 ▶ 3:모질다, 지독하다, 심하다, 사납다
440-03-심하다 ▶ 지나치다, 너무하다, 호되다, 독(毒)하다, 극(極)하다, 과도(過度)하다, 격렬(激烈)하다
440-04-맹렬하다 ▶ 사납다, 세차다, 드세다, 억세다
440-05-어처구니없을 정도다 ▶ ≠
440-06-지독하다 ▶ 심하다, 모질다, 독하다, 극심(極甚)하다

440-すさまじい *新*岩*三*// 新明解

> ① 勢いが激し過ぎて、見聞きしている方がどうかなりそうな感じだ。
> ② 見るからに△ぞっとする(寒ざむしさを感じる)様子だ。
> ③ 余りに△程度が ひどく(非常識で)なんとも批評のしようが無い。

441-すずしい 【涼しい】 *新*岩*三*

441-01-시원하다 ▶ 1:선선하다

441-01-시원하다 ▶ 2:서늘하다, 청랭(清冷)하다, 청상(青爽)하다

441-01-시원하다 ▶ 3:상쾌(爽快)하다, 창연(敞然)하다

441-01-시원하다 ▶ 4:선하다, 시원스럽다, 후련하다, 활발하다, 시원시원하다, 쾌활(快活)하다, 창쾌(暢快)하다

441-01-시원하다 ▶ 5:개운하다

441-02-시원스럽다 ▶ 시원하다, 시원시원하다

441-03-맑다 ▶ 1:말갛다, 맑스그레하다, 깨끗하다, 맑디맑다, 경청(軽清), 청랑(晴朗)하다, 징철(澄徹)하다, 징청(澄清)하다, 청징(清澄)하다, 청정(清浄)하다, 청아(清雅)하다

441-03-맑다 ▶ 2:화창(和暢)하다, 청명(清明)하다

441-03-맑다 ▶ 3:청량(清亮)하다, 청청(清清)하다

441-03-맑다 ▶ 4:넉넉치 못하다, 가난하다, 빈궁(貧窮)하다, 빈곤(貧困)하다

441-04-상쾌하다 ▶ ≠

441-05-소탈하다 ▶ 수수하다, 소박(素朴)하다

441-すずしい *新*岩*三*// 新明解

> ① (今までの)むし暑さが感じられなくて、からだに快適な気温の状態だ。[夏の終りから秋の末にかけての空気の多少冷ややかに感じられる状態をも指す]
> ② 澄みきっていて、きれいな様子だ。

442-すすどい 【鋭い】 *新*岩**

442-01-동작이 날쌔다 ▶ 날래다, 걸싸다, 열싸다, 재빠르다; 날렵하다, 민첩(敏捷)하다

442-02-날카롭다 ▶ 1:뾰죽하다, 예리하다, 배쭉하다, 비쭉하다; 뾰족하다, 효예(驍鋭)하다

442-02-날카롭다 ▶ 2:명석하다, 우수하다, 명민(明敏)하다, 영민(英敏)하다, 예민(鋭敏)하다; 날렵하다

442-02-날카롭다 ▶ 3:힘차다, 억세다, 냉초하다, 용강(勇剛)하다, 매섭다

442-02-날카롭다 ▶ 4:신경질적이다

442-すすどい ＊新＊岩＊＊// 新明解

> [関東以西の方言]することが敏捷(ビンショウ)で、抜けめが無△い(く、どちらかというと警
> 戒を必要とする様子だ)。

443-すっぱい【酸っぱい】＊新＊岩＊三＊

443-01-시큼하다 ▶ ≠
443-02-시큼한 맛이 나다 ▶ ≠

443-すっぱい ＊新＊岩＊三＊// 新明解

> 梅干や夏ミカンのような味だ。酸(ス)い。

444-すばしこい ＊新＊岩＊三＊

444-01-재빠르다 ▶ 재다, 재바르다, 날쌔다, 날래다, 발밭다, 발빠르다, 잽싸다, 열쌔다, 빠르
다, 약빠르다, 민첩(敏捷)하다, 날렵하다, 궤궤(蹶蹶)하다
444-02-민첩하다 ▶ 날래다, 날쌔다, 재빠르다, 잽싸다, 빠르다, 난다긴다하다, 칠칠하다

444-すばしこい ＊新＊岩＊三＊// 新明解

> 目立って、すばやい。[口頭語形は、「すばしっこい」]

445-すばやい【素早い】＊新＊岩＊三＊

445-01-재빠르다 ▶ 재다, 재바르다, 날쌔다, 날래다, 발밭다, 발빠르다, 잽싸다, 열쌔다, 빠르
다, 약빠르다, 민첩(敏捷)하다, 날렵하다, 궤궤(蹶蹶)하다
445-02-날래다 ▶ 날쌔다, 재빠르다, 열쌔다, 재다, 잽싸다, 민첩(敏捷)하다, 경첩(軽捷)하다,
신질(迅疾)하다; 빠르다; 날렵하다

445-すばやい ＊新＊岩＊三＊// 新明解

> ① 一つの動作が終わって、次の動作に移るのに、むだが無い様子だ。② 新しい情勢に
> 対処して、頭が速く回転する様子だ。[表記]「す」は「素」、「速い」は「早い」とも書く。

446-**すばらしい 【素晴しい】** *新*岩*三*

446-01-훌륭하다 ▶ 1:칭찬(称讚)할 만하다, 가상(嘉尚)하다, 도저(到底)하다, 축저(築底)하다, 기위(奇偉)하다

446-01-훌륭하다 ▶ 2:나무랄데 없다, 빼어나다, 뛰어나다, 완벽(完璧)하다

446-01-훌륭하다 ▶ 3:아름답다, 수절(秀絶)하다

446-01-훌륭하다 ▶ 4:위대(偉大)하다

446-02-정도가 눈부시다 ▶ 1:찬란(燦爛)하다, 현목(眩目)하다

446-02-정도가 눈부시다 ▶ 2:황홀(恍惚)하다, 현란(絢爛)하다

446-02-정도가 눈부시다 ▶ 3:다채롭다, 화려(華麗)하다

446-すばらしい *新*岩*三*// 新明解

> ① 思わず感嘆するほど△だ(いい)。② 程度がはなはだしくて、驚くべきほどだ。ものすごい。[表記]「素晴らしい」とも書く。

447-**ずぶとい 【図太い】** *新*岩*三*

447-01-몹시 뻔뻔스럽다 ▶ 빤빤스럽다; 빤빤하다, 뻔뻔하다, 발막하다, 염치없다, 몰염치하다, 언죽번죽하다; 언죽언죽하다, 낯두껍다, 무치(無恥)하다, 강안(強顔)하다, 후안(厚顔)하다, 후안무치(厚顔無恥)하다, 안후(顔厚)하다, 낯가죽 두껍다

447-02-방자하다 ▶ 방자스럽다, 방정맞다, 버릇없다, 무례(無礼)하다, 예의(礼儀)없다, 주제넘다, 마구발방하다

447-03-대담하다 ▶ 1:대담스럽다, 용감하다, 대범(大泛)하다, 담대하다, 간(肝)크다, 명목장담(明目張胆)하다

447-03-대담하다 ▶ 2:대단하다, 어마어마하다, 엄청나다; 파겁(破怯)하다

447-ずぶとい *新*岩*三*// 新明解

> [口頭][「ず」は接頭語] △ずうずうしくて(大胆で)あきれるくらいだ。
> [表記]「ず」を「図」と書くのは、借字。

448-**すべっこい** *新*岩*三*%

448-00-＜속＞매끈매끈하다 ▶ ≠

448-すべっこい *新*岩*三*// 新明解

> よく滑るような感じだ。

449-ずるい 【狡い】 *新*岩*三*

449-00-교활하다 ► ≠

449-ずるい *新*岩*三*// 新明解

> たくみに不都合な点を隠したりうそをついたりして、有利な立場を失うまいとする様子だ。また、そのような性質を備えている様子だ。

450-ずるがしこい *新*岩*三*%

450-01-약삭빠르다 ► 약다, 약빠르다, 약삭스럽다, 꾀바르다, 발밭다, 민첩(敏捷)하다, 기민(機敏)하다, 기민혜할(機敏彗黠)하다, 민첩혜할(敏捷彗黠)하다

450-02-영악하다 ► 영악스럽다, 영악맞다; 약다, 약빠르다

450-03-교활하다 ► ≠

450-ずるがしこい *新*岩*三*// 新明解

> 悪知恵にたけていて、何かにつけてずるく立ち回る様子だ。

451-するどい 【鋭い】 *新*岩*三*

451-01-날카롭다 ► 1:뾰죽하다, 예리하다, 배쭉하다, 비쭉하다; 뾰족하다, 효예(驍銳)하다

451-01-날카롭다 ► 2:명석하다, 우수하다, 명민(明敏)하다, 영민(英敏)하다, 예민(銳敏)하다; 날렵하다

451-01-날카롭다 ► 3:힘차다, 억세다, 냉초하다, 용강(勇剛)하다, 매섭다

451-01-날카롭다 ► 4:신경질적이다

451-02-예리(銳利)하다 ► 날카롭다; 정확(精確)하다, 예민(銳敏)하다

451-03-잘 들다 ► ≠

451-04-격렬하다 ► ≠

451-05-우수하다 ► 뛰어나다, 동뜨다, 빼어나다

451-するどい ＊新＊岩＊三＊// 新明解

> [形容動詞「尖(スルド)なり」の変化] ↔ 鈍い　① 刃物の先が、とがってい△る(て、よく切れる様子だ)。② 勢いが激しくて、相手に反撃する隙(スキ)を与えない様子だ。

452-せこい ＊新＊＊三＊××

452-××

452-せこい ＊新＊＊三＊// 新明解

> [口頭] [「世故い」の意] 見先の△利益(効果)にとうわれて、他から見れば度量がせまいと思われることをする様子だ。

453-せせこましい ＊新＊岩＊三＊

453-01-비좁다 ▶ 배좁다; 좁다, 용슬(容膝)하다, 용신(容身)하다, 착박(窄迫)하다, 착소(窄小)하다, 협소(狹小)하다
453-02-좁고 여유가 없다 ▶ ≠
453-03-잘고 도량이 좁은 성격이다 ▶ ≠

453-せせこましい ＊新＊岩＊三＊// 新明解

> ① 狭過ぎて余裕が無い。② おおらかさや人を容(イ)れる度量に欠けている様子だ。

454-せちがらい 【世知辛い・世智辛い】 ＊新＊岩＊三＊

454-01-처세가 힘들다 ▶ ≠
454-02-인정이 각박하여 세상살이가 어렵다 ▶ ≠
454-03-인색하다 ▶ 박(搏)하다, 짜다, 인정없다, 밭다, 강밭다, 타끈하다, 타끈스럽다, 바냐위다, 노리다, 돔바르다, 가린스럽다, 다랍다, 손맑다, 낮간지럽다, 인(吝)하다
454-04-이해 타산이 빠르다 ▶ ≠

454-せちがらい ＊新＊岩＊三＊// 新明解

> ① 生きて行く上に、いろいろとめんどうなことが多い。
> ② 勘定が細かすぎて、おおようでない。

455-せつない【切ない】 *新*岩*三*

455-01-정신적으로 괴로워 견딜 수 없다 ► ≠

455-02-고민스럽다 ► ≠

455-03-간절하다 ► ≠

455-04-절절(切切)하다 ► ≠

455-せつない *新*岩*三*// 新明解

> ［「切なり」の変化］自分の置かれた苦しい立場・境遇を打開する道が全く無く、やりきれない気持だ。

456-せまい【狭い】 *新*岩*三*

456-01-좁다 ► 1:좁다랗다, 협소(狭小)하다, 측루(側陋)하다

456-01-좁다 ► 2:꼼바르다, 잘다, 국축(局促)하다, 협량(狭量)하다, 편협(偏狭)하다

456-01-좁다 ► 3:빠듯하다, 꼭 끼다, 솔다

456-02-폭이 좁다 ► ≠

456-03-널리 보급되지 아니하다 ► ≠

456-04-한정되어 있다 ► ≠

456-05-여유가 없다 ► ≠

456-06-트여 있지 않다 ► ≠

456-せまい *新*岩*三*// 新明解

> 広がりが少なくて、 何かするのにゆとりが無い様子だ。

457-せまくるしい【狭苦しい】 *新*岩*三*

457-00-좁아서 답답하다 ► 1:갑갑하다, 울(鬱)하다, 인울하다, 노결(労結)하다, 울연(鬱然)하다, 울울(鬱鬱)하다, 우울(憂鬱)하다, 울도(鬱陶)하다, 울색(鬱塞)하다; 안타깝다, 아울(訐鬱)하다, 읍읍하다

457-00-좁아서 답답하다 ► 2:어리석다, 우둔(愚鈍)하다, 우매(愚昧)하다

457-00-좁아서 답답하다 ► 3:고지식하다, 막혀 있다, 옹졸(壅拙)하다, 아졸(雅拙)하다, 옹울(壅鬱)하다

457-せまくるしい ＊新＊岩＊三＊// 新明解

> 狭くて不自由な(感じを受ける)様子だ。

458-せわしい 【忙しい】 ＊新＊岩＊三＊

458-01-바쁘다 ▶ 1:쉴 새 없다, 눈코 뜰 새 없다, 번거롭다, 정신(精神)없다, 다망(多忙)하다, 분주(奔走)하다, 여유없다, 경황(景況)없다, 망망(忙忙)하다, 골골(汨汨)하다, 망박(忙迫)하다, 공총(倥傯)하다, 골몰무가(汨没無暇)하다, 쇄극(碎劇)하다, 황망(遑忙)하다

458-01-바쁘다 ▶ 2:급하다, 조급하다

458-02-마음이 조급하다 ▶ 갈급증(-症)나다, 갈급령(渴急令)나다; 충충(衝衝)하다, 등달다, 몸달다

458-03-조바심나다 ▶ ≠

458-せわしい ＊新＊岩＊三＊// 新明解

> ① 用事が次から次とあって、休むひまもない。いそがしい。
> ② 一つの動作が終わるとすぐ次の動作に移って、落ち着かない様子だ。
> ③ テンポが速く、ゆとりが無い様子だ。

459-せわしない 【忙しない】 ＊新＊岩＊三＊

459-01-바쁘다 ▶ 1:쉴 새 없다, 눈코 뜰 새 없다, 번거롭다, 정신(精神)없다, 다망(多忙)하다, 분주(奔走)하다, 여유없다, 경황(景況)없다, 망망(忙忙)하다, 골골(汨汨)하다, 망박(忙迫)하다, 공총(倥傯)하다, 골몰무가(汨没無暇)하다, 쇄극(碎劇)하다, 황망(遑忙)하다

459-01-바쁘다 ▶ 2:급하다, 조급하다

459-02-마음졸이다 ▶ ≠

459-せわしない ＊新＊岩＊三＊// 新明解

> 「せわしい②」の強調表現。

460-せんかたない 【詮方無い】 ＊新＊＊三＊

460-01-어떻게 할 방도가 없다 ▶ ≠

460-02-할 수가 없다 ▶ 하는 수 없다, 도리 없다; 불가능(不可能)하다

460-せんかたない ＊新＊＊三＊// 新明解

> しかたない。

461-せんすべない ＊＊岩＊＊××

461-××

461-せんすべない ＊＊岩＊＊// 岩波

> やりようがない。しかたがない。せんかたない。▷「為(せ)む術(すべ)無し」から。

462-せんない 【詮ない】 ＊新＊岩＊三＊

462-01-도리 없다 ▶ 할 수 없다, 바이 없다, 어쩔수 없다, 수없다, 방법 없다
462-02-어쩔 수 없다 ▶ ≠
462-03-부득이하다 ▶ ≠

462-せんない ＊新＊岩＊三＊// 新明解

> [「為(せん)無い」の意] それをすることによって報いられる事が何も無い様子だ。

463-ぞうさない ＊新＊＊三＊%

463-01-어려움 없다 ▶ ≠
463-02-손쉽다 ▶ ≠

463-ぞうさない ＊新＊＊三＊// 新明解

> たやすい。表記「雑作(ザフサ)」は、借字。

464-そうぞうしい 【騒騒しい】 ＊新＊岩＊三＊

464-01-시끄럽다 ▶ 따들싹하다, 떠들썩하다, 시끌시끌하다, 왁자하다, 왁자지껄하다, 지껄하다, 소란(騷乱)하다, 소란스럽다, 시끌벅적하다, 어수선하다, 부훤(浮喧)하다, 분훤(紛喧)하다, 들썩하다, 부산하다, 부산스럽다, 뒤숭숭하다, 소소(騷騷)하다, 분분(紛紛)하다, 쟁란(諍乱)하다, 요열(鬧熱)하다, 요요(擾擾)하다
464-02-요란스럽다 ▶ ≠

464-そうぞうしい＊新＊岩＊三＊// 新明解

> △静かさを破るいろいろの音や声がして(平和を乱す事件が起こったりして)、落ち着かない雰囲気をあたりに漂わす様子だ。
> 表記 普通「騒騒しい」と書くが、語誌的には「〈忩忩〉しい」が正しいか。

465-ぞくっぽい【俗っぽい】 ＊新＊岩＊三＊

465-01-통속적이다 ▶ ≠

465-02-품위가 없어 보이다 ▶ ≠

465-03-천하다 ▶ 1:쌍되다, 쌍스럽다, 상스럽다, 비천(卑賤)하다, 비속(卑俗)하다

465-03-천하다 ▶ 2:속되다, 뇌하다, 짭짝찮다, 천속(賤俗)하다, 속루(俗陋)하다

465-03-천하다 ▶ 3:흔하다

465-03-천하다 ▶ 4:알량하다, 귀접스럽다, 구접스럽다

465-04-야하다 ▶ 천(賤)하다, 천박(淺薄)하다; 속(俗)되다, 저속(低俗)하다, 비속(鄙俗)하다; 요염(妖艶)하다

465-05-저속하다 ▶ 천(賤)하다, 속(俗)되다

465-ぞくっぽい ＊新＊岩＊三＊// 新明解

> いかにも通俗的だ。品の無い様子だ。

466-そぐわない ＊新＊＊＊%

466-01-어울리지 않다 ▶ ≠

466-02-걸맞지 않다 ▶ ≠

466-そぐわない ＊新＊＊＊// 新明解

> △いつも(その時)の状態から見て、異質だという感じを与える様子だ。

467-そこいじわるい ＊新＊＊＊＊×

467-××

467-そこいじわるい ＊新＊＊＊// 新明解

> [何か含む所が有って]何かにつけて、意地が悪い。

468-そこがたい *新*岩*三*%

468-00-(주식 등의 시세가)내릴 듯 하면서 내려가지 않다 ▶ ≠

468-そこがたい *新*岩*三*// 新明解

相場が下がりそうな気配を見せながらも、何とか持ちこたえている様子だ。

469-そこきみわるい 【底気味悪い】 *新**三*

469-00-어쩐지 기분이 나쁘다 ▶ ≠

469-そこきみわるい *新**三*// 新明解

ぞっとするほど気味が悪い。

470-そこはかとない ***三*%

470-01-<문>분명히 나타낼 수는 없으나 전체적으로 그런 분위기가 느껴지는 상태를 나타
냄 ▶ ≠
470-02-어디가 어떻다는 것은 아니다 ▶ ≠
470-03-그저 공연히 …하다 ▶ ≠

470-そこはかとない ***三*// 三省堂

これがそうだと言ってはっきりは言いあらわせない。なんとなくそう思われるようすだ。

471-そこふかい ***三*%

471-00-밑바닥이 깊다 ▶ ≠

471-そこふかい ***三*// 三省堂

底が深い。そこぶかい。

472-そそっかしい *新*岩*三*

472-01-침착하지 못하고 서두르는 모양 ▶ ≠
472-02-부주의한 모양 ▶ ≠

472-そそっかしい *新*岩*三*// 新明解

> [性格的に]物事を落ち着いてすることが出来なくて、失敗しがちである様子だ。

473-そっけない 【素っ気無い】 *新**三*

473-01-(애교・동정심이 없는 모양)무뚝뚝하다 ▶ 퉁명스럽다, 뚝뚝하다, 뚝하다, 빙퉁그러지
다, 인정머리없다

473-02-(냉담한 모양)냉담하다 ▶ 쌀쌀하다, 쌀쌀맞다, 차다, 차갑다, 매정하다, 몰인정하다,
냉랭(冷冷)하다; 불친절하다

473-そっけない *新**三*// 新明解

> ① そのものに対する関心や暖かみを全く欠く様子だ。 ② 趣が無い。

474-そらおそろしい 【空恐ろしい】 *新*岩*三*

474-01-어쩐지 무섭다 ▶ ≠
474-02-매우 무섭다 ▶ 매섭다 1:겁나다, 떨리다
474-02-매우 무섭다 ▶ 2:두렵다, 공구(恐懼)하다, 공계(恐悸)하다
474-02-매우 무섭다 ▶ 3:모질다, 지독하다, 심하다, 사납다

474-そらおそろしい *新*岩*三*// 新明解

> 悲観的な事ばかり連想されて、将来どうなることかと危ぶまれる様子だ。

475-そらぞらしい 【空空しい】 *新*岩*三*

475-01-알고 있으면서 모르는 체하다 ▶ 시치미 떼다
475-02-빤히 들여다 보이는 거짓말을 하다 ▶ ≠

475-そらぞらしい *新*岩*三*// 新明解

> 心にもない事を言ったりまともに応じなかったりして、誠実さが全く感じられない様子だ。

476-そらはずかしい 【空恥ずかしい】 *新*岩**

476-00-어쩐지 부끄럽다 ▶ 바끄럽다; 1:수줍다, 열없다, 얼쩍다, 스스럽다, 계면쩍다, 계면하

다, 창피하다, 낯간지럽다, 겸연(慊然)쩍다

476-00-어쩐지 부끄럽다 ▸ 2:볼낯 없다, 낯뜨겁다, 남부끄럽다, 면목(面目)없다, 무안(無顔)하다, 수치(羞恥)스럽다, 전연(靦然)하다, 무참(無慚)하다, 무참(無慚)스럽다, 수참(羞慚)하다, 난연(赧然)하다, 괴난(愧赧)하다, 면구(面灸)스럽다

476-そらはずかしい *新*岩**// 新明解

> 考えただけでも、恥ずかしくてたまらない。

477-そろばんだかい *新*岩*三*%

477-01-타산적이다 ▸ ≠

477-02-돈만 따지며 인색하다 ▸ 박(搏)하다, 짜다, 인정없다, 밭다, 강밭다, 타끈하다, 타끈스럽다, 바냐위다, 노리다, 돔바르다, 가린스럽다, 다랍다, 손맑다, 낯간지럽다, 인(吝)하다

477-そろばんだかい *新*岩*三*// 新明解

> 勘定高い。

478-だいじない *新*岩*三*%

478-01-괜찮다 ▸ 관계치 않다, 관계찮다 1:쓸만하다, 좋다, 나쁘지 않다

478-01-괜찮다 ▸ 2:무방(無妨)하다, 일없다, 상관없다, 염려 없다

478-02-걱정없다 ▸ 근심 없다, 염려 없다, 탈 없다, 유(柔)하다, 무우(無憂)하다; 문제(問題) 없다

478-03-지장없다 ▸ ≠

478-だいじない *新*岩*三*// 新明解

> 結果などについて、心配する(ほどの)ことはない。

479-たいそうらしい *新*岩*三*%

479-01-홍감스럽다 ▸ ≠

479-02-야단스럽다 ▸ 시끄럽다, 떠들석하다, 야단법석이다, 시끌시끌하다

479-03-과장되어 보이다 ▸ ≠

479-たいそうらしい *新*岩*三*// 新明解

> [口頭] おおげさだ。

480-たえがたい 【堪え難い】 *新*岩*三*

480-01-참을 수 없다 ▸ ≠

480-02-참기 힘들다 ▸ ≠

480-03-괴롭다 ▸ 1:아프다; 고(苦)롭다, 고통(苦痛)스럽다, 울민(鬱悶)하다, 뇌쇄(悩殺)하다, 뇌심(悩心)하다

480-03-괴롭다 ▸ 2:힘들다, 어렵다, 곤란(困難)하다

480-03-괴롭다 ▸ 3:성가시다, 귀찮다

480-たえがたい *新*岩*三*// 新明解

> その人にとってあまりにも過酷であったり嫌悪感に覆われるようなことであったりして、その状況△に身を置く(を受け入れる)ことに我慢ならない感じだ。
> 表記 「耐え難い」とも書く。

481-たえまない *新***%

481-00-끊임없다 ▸ 꾸준하다, 진진하다; 무궁무진하다

481-たえまない *新***// 新明解

> 途中で切れることなく、何かが△空間的(時間的)に続いている状態だ。

482-たかい 【高い】 *新*岩*三*

482-01-높다 ▸ 1:높다랗다, 우뚝하다, 급업하다, 급급하다, 숭준(崇峻)하다, 고준(高峻)하다

482-01-높다 ▸ 2:존귀(尊貴)하다

482-01-높다 ▸ 3:뛰어나다, 훌륭하다, 탁월(卓越)하다, 고매(高邁)하다

482-01-높다 ▸ 4:자자(藉藉)하다

482-02-위의 위치에 있다 ▸ ≠

482-03-지위·신분·교양 따위가 뛰어나다 ▸ ≠

482-04-품격이 있다 ▸ ≠

482-05-값이 비싸다 ▸ 1:값지다, 다락 같다, 금값이다, 금높다, 고가(高価)이다, 고액(高額)이다

482-05-값이 비싸다 ▸ 2:거만(倨慢)하다

482-06-소리・목소리의 진동수(振動数)가 많다 ► ≠

482-07-크게 울리다 ► ≠

482-08-심하다 ► 지나치다, 너무하다, 호되다, 독(毒)하다, 극(極)하다, 과도(過度)하다, 격렬
(激烈)하다

482-09-널리 세상에 알려지다 ► ≠

482-10-율(率)・도수(度数)가 높다 ► ≠

482-11-나이가 많다 ► ≠

482-12-(「お」를 붙여서) 뽐내고 있다 ► ≠

482-たかい *新*岩*三*// 新明解

> ① 基準とする位置から上の方向への隔たりが△比較の対象とする(一般に予測される)も
> のより大きいと認められる状態だ。 ② そのものの程度を示す数値が△比較の対象とする
> 一般に予測される)ものより大きいと認められる状態だ。 ③ そのものが、△比較の対象
> とする(一般に予測される)ものよりすぐれていると認められる状態だ。 ④ そのものの影
> 響などの及ぶ範囲が△一般に予測される(比較の対象とする)ものより大きいと認められる
> 状態だ。 ⑤ その△もの(こと)に対して支払う金銭が△一般に予測される(比較の対象とす
> る)ものより額として大きい状態だ。 ↔ 安い [①~④の対義語は、低い]

483-たくましい 【逞しい】 *新*岩*三*

483-01-몸이 단단하다 ► ≠

483-02-건장하다 ► 끌밋하다, 헌칠하다, 훤칠하다

483-03-기세가 왕성하다 ► 성(盛)하다, 기운차다

483-たくましい *新*岩*三*// 新明解

> ① [筋骨が発達しているなどして]見るからに強そうで、どんな危険や困難にも立ち向かっ
> ていくという印象を与える様子だ。
> ② 他人から何と思われようと気にかけるふうもなく貪欲(ドンヨク)に事を進める様子だ。

484-たけだけしい 【猛猛しい】 *新*岩*三*

484-01-(매우 용감하고 강한 모양)강하고 용맹하다 ► 용맹스럽다, 날래다, 날쌔다, 사납다

484-02-(신경이 둔하고 뻔뻔스런 모양)뻔뻔스럽다 ► 빤빤스럽다; 빤빤하다, 뻔뻔하다, 발막
하다, 염치없다, 몰염치하다, 언죽번죽하다; 언죽언죽하다, 낯두껍다, 무치(無恥)하
다, 강안(強顔)하다, 후안(厚顔)하다, 후안무치(厚顔無恥)하다, 안후(顔厚)하다, 낯가
죽 두껍다

484-たけだけしい ＊新＊岩＊三＊// 新明解

> ① 強そうで、ものすごい。② ずうずうしい。

485-ただしい 【正しい】 ＊新＊岩＊三＊

485-01-도덕・법률・도리에 합치하다 ▸ ≠
485-02-진리에 어긋나지 않다 ▸ ≠
485-03-정확하다 ▸ 바르다, 똑똑하다
485-04-헝클어지지 않고 바르다 ▸ 1:곧다, 아정(雅正)하다
485-04-헝클어지지 않고 바르다 ▸ 2:옳다, 참되다, 올바르다, 정직(正直)하다; 깔깔하다, 끌끌
　　　　하다, 끔끔하다, 깔끔하다

485-ただしい ＊新＊岩＊三＊// 新明解

> ① 道理・法に合っている様子だ。② 真理・事実などに合っていて、偽りやまちがいが
> 無い。③ 規準に合っている様子だ。④ 形がゆがんだり曲がったりしないで整っている
> 様子だ。

486-だだっぴろい ＊新＊岩＊三＊％

486-01-＜속＞휑뎅그렁하다 ▸ ≠
486-02-덩그렇다 ▸ 덩덩그렇다 1:헌거(軒擧)롭다
486-02-덩그렇다 ▸ 2:텅 비다, 텅텅 비다; 쓸쓸하다

486-だだっぴろい ＊新＊岩＊三＊// 新明解

> ［口頭］ むやみに広い。

487-たっとい 【尊い・貴い】 ＊新＊岩＊三＊

487-00-⇒とうとい

487-たっとい ＊新＊岩＊三＊// 新明解

> ［「たふとい」の変化］「とうとい」の、やや改まった表現。［表記］「貴い」とも書く。

488-たどたどしい *新*岩*三*

488-01-자신이 없어 보이다 ► ≠

488-02-똑똑하지 못하다 ► ≠

488-たどたどしい *新*岩*三*// 新明解

> [動作・口のきき方などが]十分な自信が無かったりまだ習熟していなかったりなどして、ぎくしゃくしている様子だ。

489-たのしい 【楽しい】 *新*岩*三*

489-01-즐겁다 ► 기쁘다, 흐뭇하다, 흥겹다, 창적(暢適)하다, 창락(暢楽)하다, 가적(佳適)하다, 낙이(楽易)하다, 낙락(楽楽)하다, 희희낙락(喜喜楽楽)하다, 유쾌(愉快)하다

489-02-기쁨에 넘쳐서 마음이 밝고 들뜨다 ► ≠

489-03-유쾌하고 기쁘다 ► ≠

489-たのしい *新*岩*三*// 新明解

> 充足感が味わえるものとして、その状態を積極的に受け入れたい、出来ることならそれを持続したい気持だ。[表記]「《愉しい」とも書く。

490-たのみすくない *新*岩*三*%

490-01-별로 미덥지 않다 ► ≠

490-02-의지할 데가 별로 없어 불안하다 ► ≠

490-たのみすくない *新*岩*三*// 新明解

> たよりなく、心細い。

491-たのもしい 【頼もしい】 *新*岩*三*

491-01-믿음직스럽다 ► ≠

491-02-의지할 만하다 ► ≠

491-たのもしい　*新*岩*三*// 新明解

> 肉体的にも精神的にもたくましい感じがして、いざという時たよりになると期待される
> 様子だ。

492-たやすい【容易い】　*新*岩*三*

492-01-(「た」는 접두어)손쉽다 ▶ ≠

492-02-용이하다 ▶ ≠

492-03-어렵지 않다 ▶ ≠

492-04-까불다 ▶ 1:경망스레하다, 졸랑거리다, 촐랑거리다, 맨망떨다, 해롱거리다, 해롱대다, 희룽거리다, 해룽해룽하다, 깝죽거리다, 깝죽대다, 껍적거리다, 껍적대다, 껍죽거리다, 껍죽대다, 까불거리다, 까불대다, 가불거리다, 거불거리다, 까불까불하다, 꺼불꺼불하다, 가불가불하다, 거불거불하다, 까드락거리다, 가득락대다, 까들거리다, 까들대다, 까닥거리다, 까닥대다, 깝신거리다, 깝신대다, 깝작거리다, 깝작대다; 덜렁거리다, 덜렁대다, 덤벙거리다, 덥벙대다, 덜렁이다, 딸랑거리다, 딸랑대다

492-04-까불다 ▶ 2:흔들리다

492-04-까불다 ▶ 3:버릇 없이 굴다, 나부대다, 납신거리다, 이소능장(以少凌長)하다

492-05-경솔하다 ▶ 까드락거리다, 까드락대다, ㄲ들막거리다, 자발없다, 경(軽)하다, 사풍(邪風)스럽다

492-たやすい　*新*岩*三*// 新明解

> [「た」は、もと接辞] さほど努力をしないで その事をやってのけられる様子だ。
> [表記] 古来、「{容易}い」と書く。

493-たよりない【頼り無い】　*新**三*

493-01-믿음직하지 못하다 ▶ ≠

493-02-쓸쓸하다 ▶ 1:쌀쌀하다; 삭연(索然)하다, 소소(蕭蕭)하다, 소삭(蕭索)하다, 소조(蕭条)하다, 슬슬(瑟瑟)하다, 유적(幽寂)하다; 음산(陰散)하다, 냉락(冷落)하다, 낙막(落寞)하다

493-02-쓸쓸하다 ▶ 2:괴괴하다, 오솔하다, 호젓하다; 외롭다; 적막(寂寞)하다, 적적하다, 고적(孤寂)하다, 덩그렇다, 삭막(索漠·索寞)하다, 요요(寥寥)하다

493-03-믿을 수가 없다 ▶ ≠

493-04-신뢰할 수 없다 ▶ ≠

493-たよりない ＊新＊＊三＊// 新明解

> ① 頼るべき△人(所・もの)が無い。② 頼りにならなくて、不安だ。

494-だらしない ＊新＊岩＊三＊

494-01-절도(節度)가 없다 ► ≠

494-02-단정치 못하다 ► ≠

494-03-무기력하다 ► 1:힘없다, 기력(気力)없다, 기운(気運)없다, 기력상실(気力喪失)하다, 쇠약(衰弱)하다

494-03-무기력하다 ► 2:무능(無能)하다, 무능력(無能力)하다

494-04-똑똑하지 못하다 ► ≠

494-05-정돈되어 있지 않다 ► ≠

494-06-방탕하다 ► 놀아나다, 날탕치다

494-だらしない ＊新＊岩＊三＊// 新明解

> [「だらし」は「しだら」の倒語と言われる。「ない」は形容詞を形作る接尾語]
> ① [生活態度・物事のやり方に]きちんとした所が無い様子だ。② あんまり弱過ぎること
> をあざける言葉。

495-だるい ＊新＊岩＊三＊

495-01-나른하다 ► 느른하다; 깨나른하다, 께느른하다, 노곤하다, 날짝지근하다; 늘쩍지근하다; 날짱날짱하다; 고단하다, 피곤(疲困)하다; 기운없다, 맥없다, 맥풀리다; 날연하다, 피날하다, 피연(疲軟)하다

495-02-피로해서 힘이 없다 ► 기력(気力)없다; 능력(能力)없다, 무력(無力)하다, 무능력(無能力)하다

495-だるい ＊新＊岩＊三＊// 新明解

> △病気(疲労)などで、からだ△に元気が無い(が思うように動かない)感じだ。

496-たわいない ＊新＊＊三＊

496-01-분별없다 ► ≠

496-02-(이야기 등의)매듭이 없다 ► ≠

496-03-반응이 없다 ► ≠

496-04-제 정신이 없다 ▶ ≠

496-05-철없다 ▶ 통어리적다, 소양배양하다, 철모르다, 지각(知覚)없다, 분별(分別)없다, 사리
　　　　분별(事理分別) 없다, 지각머리없다

496-06-유치하다 ▶ 어리다, 치유(稚幼)하다, 구상유취(口常乳臭)하다, 젖내나다, 젖비린내나다;
　　　　저속(低俗)하다

496-たわいない ＊新＊＊三＊// 新明解

> たわいが無い状態だ。

497-ちいさい 【小さい】 ＊新＊岩＊三＊

497-01-(물건의 모양이)작다 ▶ 1:적다, 몰하다, 조그마하다, 작달막하다, 자그마하다, 조그맣
　　　　다, 가소(苛小)하다, 뫼이다, 왜단(矮短)하다, 미소(微小)하다, 왜소(矮小)하다, 쥐좃
　　　　만하다

497-01-(물건의 모양이)작다 ▶ 2:어리다, 유치(幼稚・幼稺)하다

497-01-(물건의 모양이)작다 ▶ 3:좁다, 편협(偏狭)하다

497-01-(물건의 모양이)작다 ▶ 4:낮다, 나직하다, 나지막하다

497-01-(물건의 모양이)작다 ▶ 5:사소(些少)하다, 하찮다, 사세(些細)하다

497-01-(물건의 모양이)작다 ▶ 6:째다, 맞지 않다

497-02-수량・정도・금액이 적다 ▶ 쥐꼬리만하다, 미소(微少)하다, 박소(薄少)하다, 빈약(貧
　　　　弱)하다, 경미(軽微)하다; 모자라다, 부족(不足)하다, 불충분(不充分)하다, 덜하다

497-03-약간이다 ▶ ≠

497-04-나이가 적다 ▶ ≠

497-05-어리다 ▶ 1:앳되다, 연소(年少)하다, 유소(幼小)하다, 아리잠직하다, 치발부장(歯髪不
　　　　長)이다, 치발불급(歯髪不及)이다

497-05-어리다 ▶ 2:유치(幼稚)하다, 유충(幼沖)하다, 젖내나다; 어리석다

497-06-소리가 들리지 않다(낮다) ▶ ≠

497-07-별로 중요하지 않다 ▶ ≠

497-08-규모가 떨어지다 ▶ ≠

497-09-도량이 좁다 ▶ ≠

497-ちいさい ＊新＊岩＊三＊// 新明解

> 伸び方・広がり方・かかわり方・かさ・数・年齢などが他より少ない状態だ。 ↔ 大きい

498-ちかい 【近い】 *新*岩*三*

498-01-거리가 가깝다 ► 1:짧다, 가직하다, 밭다, 지근(至近)하다, 절근(切近)하다, 근접(近接)
하다

498-01-거리가 가깝다 ► 2:비슷하다, 유사(類似)하다

498-01-거리가 가깝다 ► 3:두텁다, 친하다, 친밀(親密)하다, 밀접(密接)하다

498-02-시간의 사이가 적다 ► ≠

498-03-혈통의 관계가 멀지 않다 ► ≠

498-04-친하다 ► 가깝다, 친근(親近)하다, 친밀(親密)하다, 화호(和好)하다, 막역(莫逆)하다,
절친(切親)하다, 가까이하다, 사귀다, 낯익다, 친화(親和)하다, 간친(懇親)하다

498-05-친밀하다 ► 친하다, 일견여구(一見如舊)하다, 일면여구(一面如舊)하다

498-06-닮았다 ► 비슷하다, 유사(類似)하다, 혹사(酷似)하다, 혹초(酷肖)하다, 본뜨다, 모방
(模倣)하다

498-07-곧 그렇게 되다 ► ≠

498-08-근시다 ► ≠

498-ちかい *新*岩*三*// 新明解

> 対象との空間的な隔たりが△比較(一般に予測)されるものに比べて小さい。[時間的な隔
> たりや二つの物事の関係についても言う] ↔ 遠い

499-ちがいない 【違いない】 *新***

499-01-틀림이 없다 ► 꼭같다, 꼭맞다, 얼없다, 어김없다, 여부(与否)없다, 영락(零落)없다,
위불위(為不為)없다, 위불(為不)없다, 확실(確実)하다

499-02-확실하다 ► 틀림없다

499-ちがいない *新***// 新明解

> 確かだ。それに決まっている。

500-ちかしい 【近しい・親しい】 *新*岩*三*

500-01-친하다 ► 가깝다, 친근(親近)하다, 친밀(親密)하다, 화호(和好)하다, 막역(莫逆)하다,
절친(切親)하다, 가까이하다, 사귀다, 낯익다, 친화(親和)하다, 간친(懇親)하다

500-02-사이가 좋다 ► 다정하다, 친하다, 친근하다, 의좋다, 구순하다, 의초롭다; 우애(友愛)
롭다, 우애있다

500-ちかしい ＊新＊岩＊三＊// 新明解

> よく行き来して親しい。

501-ちからづよい 【力強い】 ＊新＊岩＊三＊

501-01-믿음직스럽다 ▸ ≠
501-02-마음 든든하다 ▸ ≠

501-ちからづよい ＊新＊岩＊三＊// 新明解

> ① 見るからに力がこもっていて、人を圧倒する様子だ。
> ② 作風が雄渾(ユウコン)で、印象的な様子だ。③ 心強い。

502-ちちくさい 【乳臭い】 ＊新＊岩＊三＊

502-01-젖내나다 ▸ ≠
502-02-(비유적으로)아직 어리다 ▸ 1:앳되다, 연소(年少)하다, 유소(幼小)하다, 아리잠직하다,
　　　　치발부장(歯髪不長)이다, 치발불급(歯髪不及)이다
502-02-(비유적으로)아직 어리다 ▸ 2:유치(幼稚)하다, 유충(幼沖)하다, 젖내나다; 어리석다
502-03-유치하다 ▸ 어리다, 치유(稚幼)하다, 구상유취(口常乳臭)하다, 젖내나다, 젖비린내나
　　　　다; 저속(低俗)하다
502-04-미숙하다 ▸ 불숙(不熟)하다 1:덜익다, 설익다
502-04-미숙하다 ▸ 2:익숙치 못하다, 어설프다, 서투르다, 미련(未練)하다; 미숙련(未熟練)하다

502-ちちくさい ＊新＊岩＊三＊// 新明解

> 乳のにおいがするようだ。[未熟・幼稚の意にも用いられる]

503-ちっこい ＊＊＊三＊××

503-××

503-ちっこい ＊＊＊三＊// 三省堂

> [俗]小さい。

504-ちっちゃい *新**三*%

504-01-(「ちいさい」의 변한말)작다 ► 1:적다, 몰하다, 조그마하다, 작달막하다, 자그마하다, 조그맣다, 가소(苛小)하다, 뫼이다, 왜단(矮短)하다, 미소(微小)하다, 왜소(矮小)하다, 쥐좆만하다

504-01-(「ちいさい」의 변한말)작다 ► 2:어리다, 유치(幼稚・幼穉)하다

504-01-(「ちいさい」의 변한말)작다 ► 3:좁다, 편협(偏狹)하다

504-01-(「ちいさい」의 변한말)작다 ► 4:낮다, 나직하다, 나지막하다

504-01-(「ちいさい」의 변한말)작다 ► 5:사소(些少)하다, 하찮다, 사세(些細)하다

504-01-(「ちいさい」의 변한말)작다 ► 6:째다, 맞지 않다

504-02-조그마하다 ► ≠

504-ちっちゃい *新**三*// 新明解

「小さい」の口頭語的表現。

505-ちなまぐさい 【血腥い】 *新*岩*三*

505-01-피비린내 나다 ► ≠

505-02-살벌(殺伐)하다 ► 무섭다, 사납다, 거칠다, 무시무시하다

505-03-보기에 끔찍하다 ► 끔찍스럽다 1:지독하다, 많다, 놀랄 만하다, 놀랍다, 대단하다, 상당하다

505-03-보기에 끔찍하다 ► 2:극진하다

505-ちなまぐさい *新*岩*三*// 新明解

多くの人が殺傷されるなどして、なまぐさい血のにおいがするように感じられるほど陰惨な様子だ。

506-ちゃんちゃらおかしい *新*岩*三*

506-01-<속>우스꽝스럽다 ► ≠

506-02-배꼽이 빠지다 ► ≠

506-03-너무 웃어 옆구리가 아프다 ► ≠

506-ちゃんちゃらおかしい *新*岩*三*// 新明解

[口頭]あまりにばかばかしくて△聞いた(見た)だけで吹き出したくなる様子だ。

507-ちょろい *新*岩*三*

507-01-<속>쉽다 ▸ 1:손쉽다, 용이(容易)하다, 간이(簡易)하다, 평이(平易)하다, 경편(軽便)하다, 경이(径易)하다, 경이(軽易)하다, 이겨이(易与耳)하다

507-01-<속>쉽다 ▸ 2:가능성 많다, 가능성 있다

507-02-간단하다 ▸ ≠

507-03-느리다 ▸ 1:더디다, 뜨다, 굼뜨다, 손뜨다, 천천하다, 느릿하다, 완(緩)하다, 서완(徐緩)하다, 유장(悠長)하다

507-03-느리다 ▸ 2:성글다, 성기다, 엉성하다, 설피다; 날쌍하다, 늘썽하다

507-03-느리다 ▸ 3:느슨하다

507-04-무르다 ▸ 푹익다, 무름하다, 흠뻑 익다, 푹 삶기다, 무르익다, 무르녹다, 날큰거리다, 물러지다

507-ちょろい *新*岩*三*// 新明解

> [口頭] 簡単に△すます(すませる)様子だ。

508-つたない 【拙い】 *新*岩*三*

508-01-서투르다 ▸ 1:미숙(未熟)하다, 성기다, 거칠다, 손서툴다, 손서투르다, 손설다, 어설프다, 소졸(疎拙)하다, 생(生)되다, 섣부르다, 판설다, 어줍다, 서툴다

508-01-서투르다 ▸ 2:어색하다, 설다, 낯설다, 생소(生疏)하다

508-02-어리석다 ▸ 어리뜩하다, 어수룩하다, 더덜못하다, 잔작하다, 덩둘하다, 늑되다, 쇠양배양하다, 뒷귀먹다; 바보스럽다, 멍청하다, 어벙하다, 꺼벙하다, 더리다, 무디다, 둔하다, 아둔하다, 우둔(愚鈍)하다, 우대(愚昧)하다, 암둔(闇鈍)하다, 암매(闇昧)하다, 암매(暗昧)하다, 암매(唵昧)하다, 암둔(暗鈍)하다, 알매(戞昧)하다, 당우(戇憂)하다, 암약(闇弱)하다, 암잔(闇孱)하다, 송우(憃愚)하다, 용렬(庸劣)하다, 용탑(茸闒)하다, 우몽(愚蒙)하다, 우미(愚迷)하다, 우로(愚魯)하다, 치매(痴呆)하다

508-03-둔하다 ▸ 1:재주 없다, 솜씨 없다

508-03-둔하다 ▸ 2:느리다, 굼뜨다, 메뜨다, 멥뜨다, 머줍다, 둔탁(鈍濁)하다, 둔곽하다

508-03-둔하다 ▸ 3:무디다, 미련하다, 어리석다, 둘하다, 투미하다, 우둔(愚鈍)하다, 둔감(鈍感)하다

508-03-둔하다 ▸ 4:탁(濁)하다, 둔탁(鈍濁)하다

508-04-운이 나쁘다 ▸ ≠

508-つたない ＊新＊岩＊三＊// 新明解

> ① 能力が劣っていたり技芸が未熟であったりして、△一人前と認められない(人前で披露
> できるものではない)様子だ。
> ② 好運に見放されているとしか思われない様子だ。運が悪い。

509-つちくさい 【土臭い】 ＊新＊岩＊三＊

509-01-흙내가 나다 ▶ ≠

509-02-시골티가 나다 ▶ ≠

509-03-촌티가 나다 ▶ ≠

509-つちくさい ＊新＊岩＊三＊// 新明解

> ① 土のにおいがする。
> ② いなかびている。[「やぼ」の意にも、「野趣ゆたか」の意にも用いられる]

510-つつがない 【恙無い】 ＊新＊岩＊三＊

510-01-무사하다 ▶ 일없다, 탈없다, 별일없다, 무고(無故)하다, 평온(平穩)하다, 무탈하다, 평
안(平安)하다, 평화(平和)롭다; 안전(安全)하다, 건강(健康)하다, 무양(無恙)하다, 무
사태평(無事泰平)하다

510-02-평안하다 ▶ 잘 있다, 걱정없다, 만강(萬康)하다, 만안(萬安)하다

510-つつがない ＊新＊岩＊三＊// 新明解

> [ツツガムシの害から免れている意] △病気(異状)が無い。いつもと変わりなく、無事な
> 様子だ。

511-つつしみぶかい 【慎み深い】 ＊新＊＊三＊

511-01-조심성이 많다 ▶ ≠

511-02-예의 바르고 겸손하다 ▶ 태없다

511-つつしみぶかい ＊新＊＊三＊// 新明解

> 他人関係を損なったり身の破滅を招いたりすることが無いよう、何事につけても言動を
> 控え目にする様子だ。

512-つつましい 【慎ましい】 *新*岩*三*

512-01-조심성스럽다 ▸ ≠

512-02-얌전하다 ▸ 얌전스럽다, 차분하다, 아리잠직하다, 숙부드럽다, 단정(端正)하다, 요조
(窈窕)하다

512-つつましい *新*岩*三*// 新明解

> ① 遠慮深い。[誤って、「つましい」と同義に用いる向きも有る。
> ② 礼儀正しく、しとやかだ。

513-つべたい 【冷たい】 *新***

513-00-⇒つめたい

513-つべたい *新***// 新明解

> 「つめたい」の口頭語的表現。

514-つましい 【倹しい】 *新*岩*三*

514-01-검소하다 ▸ 수수하다, 꾸밈없다

514-02-검약하다 ▸ ≠

514-つましい *新*岩*三*// 新明解

> 質素・倹約につとめる様子だ。

515-つまらない ***三*

515-01-재미없다 ▸ 흥미(興味)없다, 선겁다, 삭연(索然)하다

515-02-보잘것없다 ▸ 1:가치 없다, 값어치 없다, 쓸데없다

515-02-보잘것없다 ▸ 2:하찮다, 변변찮다, 알량하다, 미미(微微)하다

515-02-보잘것없다 ▸ 3:못나다, 못생기다, 쥐좆 같다, 쥐뿔 같다, 볼품없다, 쥐똥 같다, 쥐불
알 같다

515-03-무가치하다 ▸ ≠

515-04-사소하다 ▸ 하찮다, 잘다, 자디잘다, 자질구레하다

515-つまらない ＊＊＊三＊// 三省堂

> ① 興味が起らない。おもしろくない。
> ② ねうちがない。くだらない。▷つまらぬ。つまらん。[「つまりません」はていねいな言い方]

516-つみぶかい【罪深い】 ＊新＊岩＊三＊

516-01-죄가 무겁다 ▸ ≠
516-02-죄가 많다 ▸ ≠

516-つみぶかい ＊新＊岩＊三＊// 新明解

> 人の道にひどく外れており、重い罰を受けて当然と思われる様子だ。

517-つめたい【冷たい】 ＊新＊岩＊三＊

517-01-차다 ▸ ≠
517-02-냉담하다 ▸ 쌀쌀하다, 쌀쌀맞다, 차다, 차갑다, 매정하다, 몰인정하다, 냉랭(冷冷)하다; 불친절하다
517-03-매정하다 ▸ 무정하다; 매정스럽다; 야나치다, 냉정(冷情)하다, 매몰차다, 매몰스럽다, 매몰하다, 야당스럽다, 쌀쌀하다, 쌀쌀맞다, 몰강스럽다, 냉갈령부리다, 인정머리없다, 몰인정(没人情)하다, 박정(薄情)하다, 투박(偸薄)하다, 야박(野薄)하다

517-つめたい ＊新＊岩＊三＊// 新明解

> ↔ 熱い ① その物に触れたとき(抵抗感覚えるほど)温度が低いと感じられる様子だ。
> ② 人情が薄く、思いやりが無い。

518-つやっぽい ＊新＊＊三＊％

518-01-요염하다 ▸ 아리땁다
518-02-색정적이다 ▸ ≠
518-03-정사(情事)에 관한 일이다 ▸ ≠

518-つやっぽい ＊新＊＊三＊// 新明解

> ① 成熟した女性のなまめかしさが男心をそそる様子だ。
> ② 男女間の情愛にかかわる様子だ。

519-つやつやしい *新**三*%

519-01-윤이 나다 ▸ ≠

519-02-반질반질하다 ▸ ≠

519-つやつやしい *新**三*// 新明解

いかにもつやがあって美しい感じだ。

520-つよい 【強い】 *新*岩*三*

520-01-힘이 세다 ▸ 1:힘 있다, 힘 많다, 강력(強力)하다, 건경(健勁)하다

520-01-힘이 세다 ▸ 2:힘차다, 억세다, 세차다

520-02-튼튼하다 ▸ 탄탄하다 1:들차다, 씩씩하다, 실팍지다, 실팍하다, 투박하다, 튼실하다, 실(実)하다, 건강(健康)하다, 강건하다

520-02-튼튼하다 ▸ 2:강하다, 굳건하다, 철벽(鉄壁)같다, 장건(壮健)하다, 장열(壮烈)하다, 육지(陸地)같다, 공고(鞏固)하다, 견고(堅固)하다, 강견(強堅・剛堅)하다, 강고(強固)하다, 견뢰(堅牢)하다

520-03-상하지 않는다 ▸ ≠

520-04-건강하다 ▸ 튼튼하다, 정정(亭亭)하다, 강녕(康寧)하다, 강건(強健)하다, 생(生)때 같다, 무병(無病)하다, 무고(無故)하다, 무사(無事)하다; 건전(健全)하다

520-05-몸이 튼튼하다 ▸ ≠

520-06-의지가 강하다 ▸ ≠

520-07-굴하지 않는다 ▸ ≠

520-08-억세다 ▸ 악세다; 세다, 드세다, 감때사납다, 검세다, 질기다, 검질기다, 뻣뻣하다, 볼되다; 굳다; 튼튼하다; 악착스럽다, 강인(強靭)하다

520-09-지지 않는다 ▸ ≠

520-10-엄하다 ▸ 틀지다, 매섭다, 무섭다, 심하다, 엄각(厳刻)하다, 엄혹(厳酷)하다, 엄격(厳格)하다, 엄중(厳重)하다, 엄숙(厳粛)하다, 엄랭(厳冷)하다, 엄준(厳峻)하다, 엄명(厳明)하다, 엄엄(厳厳)하다, 지엄(至厳)하다, 추상(秋霜)같다

520-11-심하다 ▸ 지나치다, 너무하다, 호되다, 독(毒)하다, 극(極)하다, 과도(過度)하다, 격렬(激烈)하다

520-12-대단하다 ▸ 1:심하다, 극심(極甚)하다

520-12-대단하다 ▸ 2:엄청나다, 어마어마하다; 크다; 많다

520-12-대단하다 ▸ 3:중(重)하다, 깊다, 위중하다

520-12-대단하다 ▸ 4:중요하다, 요긴(要緊)하다

520-12-대단하다 ▸ 5:뛰어나다, 훌륭하다, 출중(出衆)하다

520-つよい *新*岩*三*// 新明解

> ←弱い ① △相手(困難や障害)にうち勝つすぐれた能力が有る様子だ。② 勢いがあって、
> なかなか衰えない。③ 支配的であり、否定・無視出来ない勢いを持つ様子だ。

521-つらい 【辛い】 *新*岩*三*

521-01-힘들다 ► 1:힘 쓰이다, 힘지다, 간신(艱辛)하다, 신간하다, 신고(辛苦)하다 2:어렵다,
　　　곤란(困難)하다, 난하다; 똥싸다, 땀나다

521-02-괴롭다 ► 1:아프다; 고(苦)롭다, 고통(苦痛)스럽다, 울민(鬱悶)하다, 뇌쇄(悩殺)하다,
　　　뇌심(悩心)하다

521-02-괴롭다 ► 2:힘들다, 어렵다, 곤란(困難)하다

521-02-괴롭다 ► 3:성가시다, 귀찮다

521-03-매정하다 ► 무정하다; 매정스럽다; 야나치다, 냉정(冷情)하다, 매몰차다, 매몰스럽다,
　　　매몰하다, 야당스럽다, 쌀쌀하다, 쌀쌀맞다, 몰강스럽다, 냉갈령부리다, 인정머리없
　　　다, 몰인정(没人情)하다, 박정(薄情)하다, 투박(偸薄)하다, 야박(野薄)하다

521-つらい *新*岩*三*// 新明解

> ① 抵抗が大きくて、出来ることなら自分としては△その状態から離れたい(そうしないで
> 済ませたい)感じだ。② 堪えがたいほど△に扱いがひどい(情に乏しい)。

522-つらにくい 【面憎い】 *新*岩*三*

522-01-얼굴만 보아도 밉다 ► 1:못생기다, 추(醜)하다, 면목가증(面目可憎)하다

522-01-얼굴만 보아도 밉다 ► 2:거슬리다, 싫다, 밉디밉다, 얄밉다, 얄밉상스럽다, 얄뚱치매
　　　랍다, 밉광스럽다, 밉살스럽다

522-02-밉살스럽다 ► 맵살스럽다; 반지빠르다, 밉광스럽다, 밉다, 밉둥스럽다, 밉살맞다, 가
　　　증(可憎)스럽다, 증상(憎状)스럽다, 밉살머리스럽다

522-つらにくい *新*岩*三*// 新明解

> ① 顔を見るだけでも憎い。② 見るからに憎らしい顔をしている様子だ。

523-つれない *新*岩*三*

523-01-매정하다 ► 무정하다; 매정스럽다; 야나치다, 냉정(冷情)하다, 매몰차다, 매몰스럽다,
　　　매몰하다, 야당스럽다, 쌀쌀하다, 쌀쌀맞다, 몰강스럽다, 냉갈령부리다, 인정머리없

다, 몰인정(没人情)하다, 박정(薄情)하다, 투박(偷薄)하다, 야박(野薄)하다

523-02-냉담하다 ▸ 쌀쌀하다, 쌀쌀맞다, 차다, 차갑다, 매정하다, 몰인정하다, 냉랭(冷冷)하다; 불친절하다

523-03-모르는 체하다 ▸ 시치미 떼다

523-04-짝이 없어 외롭다 ▸ 1:고독(孤独)하다, 고단(孤単)하다, 고혈(孤子)하다, 유독(幽独)하다, 형영상조(形影相弔)하다

523-04-짝이 없어 외롭다 ▸ 2:쓸쓸하다, 적막(寂寞)하다, 잠적(岑寂)하다

523-つれない *新*岩*三*// 新明解

温情・同情を願う相手の願いを全く無視して、自己の主義に従って平然と行動する様子だ。

524-てあつい 【手厚い】 **岩*三*

524-01-친절하다 ▸ 사근사근하다, 서근서근하다; 사분사분하다, 서분서분하다; 고분고분하다, 관곡(款曲)하다

524-02-정중하다 ▸ 점잖다, 무게 있다, 묵직하다, 위엄 있다

524-03-융숭하다 ▸ 정성(精誠)스럽다, 정중(鄭重)하다

524-04-저축이 충분하다 ▸ ≠

524-てあつい **岩*三*// 三省堂

ねんごろだ。

525-てあらい 【手荒い】 *新*岩*三*

525-01-거칠다 ▸ 1:굵다

525-01-거칠다 ▸ 2:성기다, 성글다, 초솔(草率)하다, 에부수수하다

525-01-거칠다 ▸ 3:스산하다, 황폐(荒廃)하다

525-01-거칠다 ▸ 4:난폭하다, 황(荒)하다, 패만(悖慢)하다

525-01-거칠다 ▸ 5:험하다, 노망하다(鹵莽), 조략(粗略)하다, 노무(魯莽)하다, 소략(疏略)하다, 초략(草略)하다

525-01-거칠다 ▸ 6:나쁘다, 막되다

525-01-거칠다 ▸ 7:깔깔하다, 테석테석하다, 거칠하다, 꺼칠하다, 거칠거칠하다, 거칫하다, 껄껄하다, 삽(渋)하다

525-01-거칠다 ▸ 8:척박(瘠薄)하다, 교박(磽薄)하다

525-01-거칠다 ▸ 9:데퉁하다, 데퉁스럽다, 퉁명스럽다

525-02-물건을 다루는 것이 난폭하다 ▸ ≠

525-てあらい *新*岩*三*// 新明解

> 扱い方が乱暴だ。

526-ていたい 【手痛い】 *新*岩*三*

526-01-심하다 ▸ 지나치다, 너무하다, 호되다, 독(毒)하다, 극(極)하다, 과도(過度)하다, 격렬
　　　　(激烈)하다
526-02-엄격하다 ▸ 엄(厳)하다, 딱딱하다, 무섭다, 매섭다
526-03-취급 등이 거칠다 ▸ ≠

526-ていたい *新*岩*三*// 新明解

> △打撃(ショック)がひどくて、再び立ち直れないくらいだ。

527-ておもい **岩**%

527-01-(다루는 것이)정중하다 ▸ 점잖다, 무게 있다, 묵직하다, 위엄 있다
527-02-조심스럽다 ▸ ≠
527-03-손쉽지 않다 ▸ ≠
527-04-중대하다 ▸ 비경(非軽)하다

527-ておもい **岩**// 岩波

> ① たやすくは出来ない。 ↔ 手軽い。 ② 手厚い。 ▷①も②も既に古風。

528-でかい *新*岩*三*

528-01-＜속＞크다 ▸ 1:길다
528-01-＜속＞크다 ▸ 2:넓다, 함박만하다, 광대(広大)하다, 광활하다, 광대무변(広大無邊)하다
528-01-＜속＞크다 ▸ 3:심하다, 많다, 극대(極大)하다, 극심(極甚)하다, 심대(甚大)하다
528-01-＜속＞크다 ▸ 4:중대(重大)하다
528-01-＜속＞크다 ▸ 5:우렁차다
528-01-＜속＞크다 ▸ 6:걸까리지다, 실팍하다, 끌밋하다, 깔밋하다; 헌칠하다
528-01-＜속＞크다 ▸ 7:우람하다, 집채 같다, 거대(巨大)하다
528-01-＜속＞크다 ▸ 8:거창(巨創)하다

528-01-<속>크다 ▶ 9:위대(偉大)하다
528-02-심하다 ▶ 지나치다, 너무하다, 호되다, 독(毒)하다, 극(極)하다, 과도(過度)하다, 격렬
　　　　(激烈)하다
528-03-엄청나게 크다 ▶ ≠

528-でかい ＊新＊岩＊三＊// 新明解

> 「大きい」意の口頭語的表現。

529-てがたい【手堅い】＊新＊岩＊三＊

529-01-(「て」는 접두어)하는 방식이 확실하여 불안스럽지 않다 ▶ ≠
529-02-(성실하게 일을 해 가는 모양)건실하다 ▶ ≠
529-03-착실하다 ▶ 신실(信実)하다, 진실(真実)하다, 실직(実直)하다, 견실(堅実)하다, 건실
　　　　(健実)하다, 실심(実心)스럽다
529-04-(경제)가격 하락의 기미가 보이지 않다 ▶ ≠

529-てがたい ＊新＊岩＊三＊// 新明解

> ① することが確実で危険が無い。② [取引で]相場が下落する危険が無い。

530-てきびしい【手厳しい】＊新＊岩＊三＊

530-01-매우 엄하다 ▶ 틀지다, 매섭다, 무섭다, 심하다, 엄각(厳刻)하다, 엄혹(厳酷)하다, 엄
　　　　격(厳格)하다, 엄중(厳重)하다, 엄숙(厳楽)하다, 엄랭(厳冷)하다, 엄준(厳峻)하다, 엄
　　　　명(厳明)하다, 엄엄(厳厳)하다, 지엄(至厳)하다, 추상(秋霜)같다
530-02-사정없이 상대방의 약점을 치다 ▶ ≠
530-03-준엄하다 ▶ ≠

530-てきびしい ＊新＊岩＊三＊// 新明解

> [批評やしつけの仕方が]厳しくて、控えめにする所が全く無い。

531-てごわい【手強い】＊新＊岩＊三＊

531-01-상대하기가 겁나다 ▶ ≠
531-02-상대가 너무 강해서 이길 수가 없다 ▶ ≠
531-03-얕볼 수 없다 ▶ ≠

531-てごわい *新*岩*三*// 新明解

> たいしたことはないと甘くみくびって接すると、手痛い目にあう様子だ。

532-てぢかい *新**三*%

532-01-(바로)가깝다 ▸ 1:짧다, 가직하다, 밭다, 지근(至近)하다, 절근(切近)하다, 근접(近接)하다

532-01-(바로)가깝다 ▸ 2:비슷하다, 유사(類似)하다

532-01-(바로)가깝다 ▸ 3:두텁다, 친하다, 친밀(親密)하다, 밀접(密接)하다

532-02-가까이에 있다 ▸ ≠

532-03-가까이에 있어 알기 쉽다 ▸ ≠

532-04-비근하다 ▸ 흔하다, 가깝다

532-てぢかい *新**三*// 新明解

> 手近だ。

533-でっかい *新*岩*三*%

533-00-<속>(「でかい」의 힘줌말)크다 ▸ 1:길다

533-00-<속>(「でかい」의 힘줌말)크다 ▸ 2:넓다, 함박만하다, 광대(広大)하다, 광활하다, 광대무변(広大無邊)하다

533-00-<속>(「でかい」의 힘줌말)크다 ▸ 3:심하다, 많다, 극대(極大)하다, 극심(極甚)하다, 심대(甚大)하다

533-00-<속>(「でかい」의 힘줌말)크다 ▸ 4:중대(重大)하다

533-00-<속>(「でかい」의 힘줌말)크다 ▸ 5:우렁차다

533-00-<속>(「でかい」의 힘줌말)크다 ▸ 6:걸까리지다, 실팍하다, 끌밋하다, 깔밋하다; 헌칠하다

533-00-<속>(「でかい」의 힘줌말)크다 ▸ 7:우람하다, 집채 같다, 거대(巨大)하다

533-00-<속>(「でかい」의 힘줌말)크다 ▸ 8:거창(巨創)하다

533-00-<속>(「でかい」의 힘줌말)크다 ▸ 9:위대(偉大)하다

533-でっかい *新*岩*三*// 新明解

> 「でかい」の強調表現。

534-てっとりばやい 【手っ取り早い】 *新*岩*三*

534-01-재빠르다 ► 재다, 재바르다, 날쌔다, 날래다, 발밭다, 발빠르다, 잽싸다, 열쌔다, 빠르다, 약빠르다, 민첩(敏捷)하다, 날렵하다, 궤궤(蹶蹶)하다

534-02-날쌔다 ► 날래다, 걸싸다, 열싸다, 재빠르다; 날렵하다, 민첩(敏捷)하다

534-03-시간이 오래 걸리지 않다 ► ≠

534-てっとりばやい *新*岩*三*// 新明解

> ① 手際よく、物事を進行させる様子だ。② 手間をかけずにやれる様子だ。

535-てづよい 【手強い】 *新*岩*三*

535-01-엄하다 ► 틀지다, 매섭다, 무섭다, 심하다, 엄각(厳刻)하다, 엄혹(厳酷)하다, 엄격(厳格)하다, 엄중(厳重)하다, 엄숙(厳粛)하다, 엄랭(厳冷)하다, 엄준(厳峻)하다, 엄명(厳明)하다, 엄엄(厳厳)하다, 지엄(至厳)하다, 추상(秋霜)같다

535-02-강경하다 ► 굳세다, 강하다

535-てづよい *新*岩*三*// 新明解

> 激しい。てきびしい。

536-てぬるい 【手緩い】 *新*岩*三*

536-01-느리다 ► 1:더디다, 뜨다, 굼뜨다, 손뜨다, 천천하다, 느릿하다, 완(緩)하다, 서완(徐緩)하다, 유장(悠長)하다

536-01-느리다 ► 2:성글다, 성기다, 엉성하다, 설피다; 날쌍하다, 늘썽하다

536-01-느리다 ► 3:느슨하다

536-02-엄하지 않다 ► ≠

536-てぬるい *新*岩*三*// 新明解

> ① 扱い方が寛大すぎるようだ。② やり方がのろい。

537-てばしこい 【手捷い】 *新*岩*三*

537-01-손끝의 움직임이 민첩하다 ► 날래다, 날쌔다, 재빠르다, 잽싸다, 빠르다, 난다긴다하다, 칠칠하다

537-02-하는 짓이 빠르다 ► ≠

537-03-재빠르다 ► 재다, 재바르다, 날쌔다, 날래다, 발밭다, 발빠르다, 잽싸다, 열쌔다, 빠르다, 약빠르다, 민첩(敏捷)하다, 날렵하다, 궤궤(蹶蹶)하다

537-てばしこい *新*岩*三*// 新明解

> すばやい。手早い。[古くは「手ばしかい」とも言った]

538-てばやい 【手早い】 *新*岩*三*

538-00-일을 해치우는 솜씨가 빠르다 ► ≠

538-てばやい *新*岩*三*// 新明解

> (手でする動作が)すばやい。[表記]「手速い」とも書く。

539-てひどい 【手酷い】 *新*岩*三*

539-01-혹독하다 ► 심하다

539-02-매우 심하다 ► 지나치다, 너무하다, 호되다, 독(毒)하다, 극(極)하다, 과도(過度)하다, 격렬(激烈)하다

539-てひどい *新*岩*三*// 新明解

> △容赦(手加減)する事が無くて、きびしい。

540-てびろい 【手広い】 *新*岩*三*

540-01-(집・장소가)넓다 ► 1:드넓다, 크넓다, 너르다, 널찍하다, 넓직하다, 광대무변(広大無邊)하다, 광대(広大)하다, 광막(広漠)하다, 막막(漠漠)하다, 광연(広衍)하다, 광연(広淵)하다, 광활(広闊)하다, 광박(広博)하다, 광망하다, 묘막하다, 홍연(弘淵)하다, 굉홍(宏弘)하다, 굉활(宏闊)하다, 망막(茫漠)하다, 곽여(廓如)하다, 곽연(廓然)하다

540-01-(집・장소가)넓다 ► 2:너그럽다, 너르다, 살갑다, 슬겁다

540-01-(집・장소가)넓다 ► 3:풍부(豊富)하다, 박식(博識)하다

540-02-관계하는 방면이 넓다 ► ≠

540-03-규모가 크다 ► ≠

540-てびろい *新*岩*三*// 新明解

> ① 扱う範囲が広い。② 家・庭・部屋が広い。

541-てれくさい 【照れ臭い】 *新*岩*三*

541-01-계면쩍다 ▸ ≠

541-02-좀 부끄럽다 ▸ 바끄럽다; 1:수줍다, 열없다, 얼쩍다, 스스럽다, 계면쩍다, 계면하다,
창피하다, 낯간지럽다, 겸연(慊然)쩍다

541-02-좀 부끄럽다 ▸ 2:볼낯 없다, 낯뜨겁다, 낯부끄럽다, 면목(面目)없다, 무안(無顔)하다,
수치(羞恥)스럽다, 전연(靦然)하다, 무참(無慚)하다, 무참(無慚)스럽다, 수참(羞慚)
하다, 난연(赧然)하다, 괴난(愧赧)하다, 면구(面灸)스럽다

541-てれくさい *新*岩*三*// 新明解

> おおぜいの前で言葉をかけられたりみんなに注視されたりして、恥ずかしい気持だ。

542-とうとい 【尊い・貴い】 *新*岩*三*

542-01-신분이나 품위가 높아 존경받을 만하다 ▸ ≠

542-02-뛰어나 있어 가치가 있다 ▸ ≠

542-03-중요하다 ▸ 대수롭다, 종요롭다, 중(重)하다, 대사(大事)롭다, 막중(莫重)하다, 귀중
(貴重)하다

542-04-수가 적어 가치가 있다 ▸ ≠

542-05-귀중하다 ▸ 보배롭다, 가치(價値)있다, 금싸라기 같다

542-とうとい *新*岩*三*// 新明解

> ① 高い家柄に属したり高い価値を持っていたりして、容易に近づいたり容易に求めたり
> は出来ない様子だ。② 徳がすぐれていたり崇高な感じや深い感銘を与えるところが有っ
> たりして、重んずべきだ。[表記]「貴い」とも書く。

543-どえらい *新**三*

543-01-매우 훌륭하다 ▸ 1:칭찬(稱讚)할 만하다, 가상(嘉尚)하다, 도저(到底)하다, 축저(築底)
하다, 기위(奇偉)하다

543-01-매우 훌륭하다 ▸ 2:나무랄데 없다, 빼어나다, 뛰어나다, 완벽(完璧)하다

543-01-매우 훌륭하다 ▸ 3:아름답다, 수절(秀絶)ㅎ다

543-01-매우 훌륭하다 ▶ 4:위대(偉大)하다

543-02-(「ど」는 접두어)굉장하다 ▶ 1:크다, 훌륭하다

543-02-(「ど」는 접두어)굉장하다 ▶ 2:대단하다, 엄청나다

543-03-당치도 않다 ▶ 당치 아니하다; 당찮다, 합당(合当)치 않다, 마땅찮다

543-04-대단하다 ▶ 1:심하다, 극심(極甚)하다

543-04-대단하다 ▶ 2:엄청나다, 어마어마하다; 크다; 많다

543-04-대단하다 ▶ 3:중(重)하다, 깊다, 위중하다

543-04-대단하다 ▶ 4:중요하다, 요긴(要緊)하다

543-04-대단하다 ▶ 5:뛰어나다, 훌륭하다, 출중(出衆)하다

543-どえらい *新**三*// 新明解

> [口頭] [再び起こ△りそうに(ってもらいたく)ないほど]規模が大きい。

544-とおい 【遠い】 *新*岩*三*

544-01-거리가 길다 ▶ ≠

544-02-멀다 ▶ 1:제법 멀다, 광료(広遼)하다

544-02-멀다 ▶ 2:오래다, 면막(綿邈)하다

544-02-멀다 ▶ 3:동뜨다, 동안뜨다, 친하지 않다, 소원(疏遠)하다

544-03-시간적인 간격이 크다 ▶ ≠

544-04-오래 가다 ▶ ≠

544-05-친하지 않다 ▶ ≠

544-06-소원하다 ▶ 설면하다, 낯설다, 서먹서먹하다, 어색하다; 멀다, 벌다, 뜨다, 새뜨다

544-07-관계가 얕다 ▶ ≠

544-08-정도·성질이 크게 떨어져 있다 ▶ ≠

544-09-둔하다 ▶ 1:재주 없다, 솜씨 없다

544-09-둔하다 ▶ 2:느리다, 굼뜨다, 메뜨다, 멥뜨다, 머줍다, 둔탁(鈍濁)하다, 둔팍하다

544-09-둔하다 ▶ 3:무디다, 미련하다, 어리석다, 둘하다, 투미하다, 우둔(愚鈍)하다, 둔감(鈍感)하다

544-09-둔하다 ▶ 4:탁(濁)하다, 둔탁(鈍濁)하다

544-10-멍하니 하고 있다 ▶ ≠

544-11-예리하지 않다 ▶ ≠

544-とおい *新*岩*三*// 新明解

> 対象との空間的な隔たりが△比較(一般に予測)されるものに比べて大きい。[時間的な隔たりや二つの物事の関係についても言う]

545-どぎつい *新*岩*三*

545-00-(「ど」は 뜻을 강하게 하는 접두어)느낌이 강렬하다 ▶ ≠

545-どぎつい *新*岩*三*// 新明解

> 人に与える△印象(不快感)が並はずれて強烈だ。

546-どくどくしい 【毒毒しい】 *新*岩*三*

546-01-독살스럽다 ▶ 악독(悪毒)하다, 표독(慓毒)하다, 표독스럽다, 악독스럽다, 독하다, 오퍅(傲愎)하다, 살기등등(殺気騰騰)하다, 살기 있다, 암독(暗毒)하다

546-02-독기가 어리다 ▶ ≠

546-03-밉살스럽다 ▶ 맵살스럽다; 반지빠르다, 밉광스럽다, 밉다, 밉둥스럽다, 밉살맞다, 가증(可憎)스럽다, 증상(憎状)스럽다, 밉살머리스럽다

546-04-(빛깔 등이)지나치게 야하다 ▶ 천(賤)하다, 천박(浅薄)하다; 속(俗)되다, 저속(低俗)하다, 비속(鄙俗)하다; 요염(妖艶)하다

546-どくどくしい *新*岩*三*// 新明解

> ① 色が極端にあざやかで、いかにも毒が有るようだ。[広義では、刺激的な原色をしていることをも指す。] ② いかにも悪意を含んでいるように見え、憎にくしい。

547-とげとげしい 【刺刺しい】 *新*岩*三*

547-01-가시가 돋친 모양 ▶ ≠

547-02-독살스럽다 ▶ 악독(悪毒)하다, 표독(慓毒)하다, 표독스럽다, 악독스럽다, 독하다, 오퍅(傲愎)하다, 살기등등(殺気騰騰)하다, 살기 있다, 암독(暗毒)하다

547-とげとげしい *新*岩*三*// 新明解

> おおらかさ・優しさが無く、何かというと人につっかかる様子だ。
> 表記 「<棘棘>しい」とも書く。

548-ところせまい ***三*%

548-01-장소가 좁다 ▶ 1:좁다랗다, 협소(狭小)하다, 측루(側陋)하다
548-01-장소가 좁다 ▶ 2:꼼바르다, 잘다, 국촉(局促)하다, 협량(狭量)하다, 편협(偏狭)하다
548-01-장소가 좁다 ▶ 3:빠듯하다, 꼭 끼다, 솔다
548-02-비좁다 ▶ 배좁다; 좁다, 용슬(容膝)하다, 용신(容身)하다, 착박(窄迫)하다, 착소(窄小)하다, 협소(狭小)하다

548-ところせまい ***三*// 三省堂

場所がせまい。場所にいっぱいのようす。

549-どしがたい 【度し難い】 *新*岩*三*

549-01-도리를 말해도 알려고 하지 않는다 ▶ ≠
549-02-구제(救済)할 도리가 없다 ▶ ≠

549-どしがたい *新*岩*三*// 新明解

[「度す」は済度(サイド)、すなわち救う意]いくら道理を言い聞かせても、住む世界が違うのでついに分からせる事が出来ない。

550-どすぐろい 【どす黒い】 *新*岩*三*

550-01-거무죽죽하다 ▶ ≠
550-02-거무칙칙하다 ▶ ≠

550-どすぐろい *新*岩*三*// 新明解

濁って、黒みを帯びている様子だ。

551-とっぽい *新*岩*三*%

551-01-건방지다 ▶ 아니꼽다, 시큰둥하다, 도도하다, 버릇없다, 젠 체하다, 엇되다, 뒤넘스럽다, 주제넘다, 같잖다, 시건방지다, 궤란쩍다, 못마땅하다, 꼴불견이다, 시먹다, 덜되다, 시퉁하다, 시퉁스럽다, 발막하다, 엄방지다, 되바라지다, 야발지다, 교건(驕蹇)하다, 교만(驕慢)하다, 덜떨어지다, 시퉁머리 터지다, 병자년(丙子年) 방죽이다
551-02-빈틈없다 ▶ 바듯하다, 부듯하다; 손짜이다, 야무지다, 결곡하다, 꼼꼼하다, 바자위하

다, 여지(余地)없다, 만유루(万遺淚)없다, 완벽(完壁)하다, 철두철미(徹頭徹尾)하다,
용의주도(用意周到)하다, 주도면밀(周到綿密)하다, 면밀(綿密)하다; 딱 들어맞다

551-とっぽい *新*岩*三*// 新明解

> [口頭] ① △機(利)を見るに敏だ。[抜けめが無い・不良じみていて生意気、の意にも用い
> られる] ② 間抜けだ。

552-とぼしい 【乏しい】 *新*岩*三*

552-01-부족하다 ▶ 모자라다, 초름하다, 째다
552-02-결핍하다 ▶ 모자라다

552-とぼしい *新*岩*三*// 新明解

> 不足だ。↔ 豊か・満ちる

553-とろい *新*岩*三*

553-01-(생각이나 행동이)둔하다 ▶ 1:재주 없다, 솜씨 없다
553-01-(생각이나 행동이)둔하다 ▶ 2:느리다, 굼뜨다, 메뜨다, 멥뜨다, 머줍다, 둔탁(鈍濁)하다,
　　　둔팍하다
553-01-(생각이나 행동이)둔하다 ▶ 3:무디다, 미련하다, 어리석다, 둘하다, 투미하다, 우둔(愚鈍)
　　　하다, 둔감(鈍感)하다
553-01-(생각이나 행동이)둔하다 ▶ 4:탁(濁)하다, 둔탁(鈍濁)하다
553-02-느리다 ▶ 1:더디다, 뜨다, 굼뜨다, 손뜨다, 천천하다, 느릿하다, 완(緩)하다, 서완(徐緩)
　　　하다, 유장(悠長)하다
553-02-느리다 ▶ 2:성글다, 성기다, 엉성하다, 설피다; 날쌍하다, 늘썽하다
553-02-느리다 ▶ 3:느슨하다
553-03-힘이나 기운이 약하다 ▶ ≠

553-とろい *新*岩*三*// 新明解

> ① 火などの力が弱い。② [口頭]間が抜けている。にぶい。

554-どろくさい 【泥臭い】 *新*岩*三*

554-01-흙내 나다 ▶ −
554-02-촌티가 나다 ▶ ≠

554-どろくさい *新*岩*三*// 新明解

[いなかから出て来たばかり(のよう)で、言動や様子が]洗練されていない様子だ。

555-どろぶかい *新*岩**%

555-00-(늪・습지 등의)진흙층이 깊다 ▶ ≠

555-どろぶかい *新*岩**// 新明解

川・沼・田などの底に厚い泥が積もっていて、そこに立つと足が取られるようだ。

556-とんでもない *新**三*%

556-01-뜻밖이다 ▶ ≠
556-02-터무니없다 ▶ 생급스럽다, 맞지 않다, 근거(根拠)없다; 얼토당토않다, 말이 안된다,
엉뚱하다, 생게망게하다
556-03-당치도 않다 ▶ 당치 아니하다; 당찮다, 합당(合当)치 않다, 마땅찮다
556-04-있을 수 없다 ▶ ≠

556-とんでもない *新**三*// 新明解

[「途(ト)でも無い」の変化]　①　思いがけない。
②　全く非常識で、△あってはならない(許しがたい)と思われる様子だ。
③　どのような点から見てもそのような事実はないととらえられる様子だ。

557-ない 【無い】 *新*岩*三*

557-01-없다 ▶ 1:전무(全無)하다
557-01-없다 ▶ 2:결핍(欠乏)하다, 절핍(絶乏)하다; 가난하다, 궁핍(窮乏)하다
557-01-없다 ▶ 3:비다, 텅 비다, 공허(空虚)하다
557-02-갖고 있지 않다 ▶ ≠
557-03-(사람・동물 등이)없다 ▶ ≠
557-04-죽고 없다 ▶ ≠

557-05-(부정을 나타내어)…와는 다르다 ▶ ≠

557-ない *新*岩*三*// 新明解

> その物事の存在が認められない状態だ。 ↔ 有る

558-ながい【長い】 *新*岩*三*

558-00-길다 ▶ 1:기다랗다, 길다랗다, 길쭉하다, 기다마하다, 기다맣다, 기장차다, 길쯔막하
다, 길찍하다, 길차다, 길쭉스름하다, 기름하다, 길찍하다
558-00-길다 ▶ 2:오래다, 유구(悠久)하다, 유장(悠長)하다

558-ながい *新*岩*三*// 新明解

> ↔ 短い ① 連続また持続する物事の、始まりから終りに至るまでの時間が△比較の対象
> とする(一般に予測される)ものより多くかかる様子だ。
> ② 線状・棒状に伸びているものの、一方の端から他方の端までの隔たりが△比較の対象と
> する(一般に予測される)ものより大きい様子だ。 表記 時間の場合は、「永い」とも書く。

559-ながたらしい【長たらしい】 *新*岩*三*

559-01-너무 길다 ▶ 1:기다랗다, 길다랗다, 길쭉하다, 기다마하다, 기다맣다, 기장차다, 길쯔
막하다, 길찍하다, 길차다, 길쭉스름하다, 기름하다, 길찍하다
559-01-너무 길다 ▶ 2:오래다, 유구(悠久)하다, 유장(悠長)하다
559-02-싫증이 나도록 길다 ▶ ≠

559-ながたらしい *新*岩*三*// 新明解

> いやになるほど長い。[口頭語形は「長ったらしい」]

560-ながほそい *新**三*%

560-00-길고 가늘다 ▶ ≠

560-ながほそい *新**三*// 新明解

> 全体の形が細長い上に見た目に一段と(違和感を抱かせるほど)細さが目立つ様子だ。
> [口頭語形は「ながっぽそい」]

561-なげかわしい 【嘆かわしい・歎かわしい】 *新*岩*三*

561-01-한탄스럽다 ▶ ≠
561-02-한심스럽다 ▶ ≠

561-なげかわしい *新*岩*三*// 新明解

> 思わず嘆きたくなるほど情ない。

562-なごりおしい 【名残り惜しい】 *新*岩*三*

562-00-미련이 있어 이별하기가 매우 힘들다 ▶ ≠

562-なごりおしい *新*岩*三*// 新明解

> このまま別れるのがつらい。

563-なさけない 【情け無い】 *新*岩*三*

563-01-인정이 없다 ▶ ≠
563-02-무정하다 ▶ 매정하다, 매몰차다, 무정스럽다, 인정 없다, 냉정(冷静)하다
563-03-한심하다 ▶ 가엾다, 딱하다, 한심스럽다, 기막히다

563-なさけない *新*岩*三*// 新明解

> [期待にはずれた状態や場面に出あい]ひど過ぎて、見聞きすることがいやな感じだ。

564-なさけぶかい 【情け深い】 *新*岩*三*

564-01-인정이 많다 ▶ ≠
564-02-자비심이 많다 ▶ ≠

564-なさけぶかい *新*岩*三*// 新明解

> 思いやりが深い。

565-なじみぶかい *新***%

565-00-친숙하다 ▶ 익숙하다, 친하다

565-なじみぶかい ＊新＊＊＊// 新明解

> そのものにすっかり慣れ親しんでいて、何の違和感も感じない様子だ。

566-なだかい 【名高い】 ＊新＊岩＊三＊

566-01-널리 이름이 알려지다 ▸ ≠
566-02-유명하다 ▸ 이름있다, 유명짜하다

566-なだかい ＊新＊岩＊三＊// 新明解

> その方面で△すぐれていることで定評(有数だということで評判)が有る。

567-なつかしい 【懐かしい】 ＊新＊岩＊三＊

567-01-마음이 끌리다 ▸ ≠
567-02-그립다 ▸ 1:생각나다
567-02-그립다 ▸ 2:아쉽다; 간절하다; 요긴(要緊)하다, 필요(必要)하다
567-03-오래간만에 만나 기쁘다 ▸ ≠

567-なつかしい ＊新＊岩＊三＊// 新明解

> ① 以前の事を思い出して、もう一度△会い(見)たいと思う気持だ。
> ② 思い出の深い人に久しぶりにめぐり会ったりかつて遊んだ土地に再び行って昔と変わ
> らぬ景色や物を見たりして、時間の経過を忘れたような気がして、うれしい。

568-なにげない 【何気無い】 ＊新＊＊三＊

568-01-(아무 생각도 없는 모양)아무렇지도 않다 ▸ ≠
568-02-태연하다 ▸ 태연스럽다, 천연스럽다, 천연덕스럽다, 뇌뇌락락(磊磊落落)하다

568-なにげない ＊新＊＊三＊// 新明解

> ① 相手にそれらしい様子を感じさせない。
> ② はっきりした意図を持ってそうしたのではない。

569-なにごころない 【何心無い】 ＊＊岩＊三＊

569-01-별다른 생각이 없다 ▸ ≠

569-02-아무런 생각도 없다 ▸ ≠

569-なにごころない **岩*三*// 三省堂

> なんの気もない。これという特別の考えもない。

570-なまあたたかい 【生暖かい】 *新*岩*三*

570-00-미지근하다 ▸ 매지근하다; 미적지근하다, 매작지근하다 1:따뜻하다, 밍근하다, 물쩍지
근하다, 밍밍하다, 밋밋하다, 맹근하다, 실미적지근하다, 실미직근하다, 실미지근하
다, 미온(微温)하다

570-00-미지근하다 ▸ 2:신통치 않다, 어중간하다, 분명치 않다, 미온적(微温的)이다, 확실(確
実)치 않다

570-なまあたたかい *新*岩*三*// 新明解

> △ちょっと(いやに)暖かみが感じられる状態だ。[口頭語形は「なまあったかい」]

571-なまあたらしい 【生新しい】 **岩**

571-01-아직 생생하다 ▸ 1:생기 왕성(生気旺盛)하다, 생기 발랄(生気溌剌)하다, 발랄하다, 생
기 있다, 팔팔하다, 활현(活現)하다

571-01-아직 생생하다 ▸ 2:맑다, 산뜻하다

571-01-아직 생생하다 ▸ 3:또렷하다, 뚜렷하다, 명백(明白)하다, 선명(鮮明)하다

571-02-윤이 나고 싱싱하다 ▸ 생생하다, 쌩쌩하다, 씽씽하다 1:길차다, 칠칠하다, 신신하다,
싱둥하다, 싱그럽다, 생기(生気)있다

571-02-윤이 나고 싱싱하다 ▸ 2:산뜻하다, 맑다, 밝다

571-02-윤이 나고 싱싱하다 ▸ 3:왕성(旺盛)하다

571-なまあたらしい **岩**// 岩波

> その後あまり時がたたず、まだ新しい。

572-なまぐさい 【生臭い・腥い】 *新*岩*三*

572-01-생고기・물고기 냄새가 나다 ▸ ≠

572-02-비리다 ▸ 배리다 1:비릿하다, 비린내나다, 비리척지근하다

572-02-비리다 ▸ 2:아니꼽다, 비릿비릿하다

572-03-피비린내 나다 ▸ ≠
572-04-중이 타락하다 ▸ ≠

572-なまぐさい *新*岩*三*// 新明解

[もと、動物のからだなどから発する△いや(変)なにおいの形容] ① 生の魚や生肉・血のにおいがする様子だ。②[超俗的・半ば聖域に属すると考えられて来た物事が]世間の他の物事と同じように、利殖・利益や異性との交渉、また醜い勢力争いなどにかかわる所が見られる様子だ。[表記] 古来の用字は、「〈腥い」。

573-なまじろい 【生白い】 *新*岩*三*

573-01-희끄무레하다 ▸ ≠
573-02-부옇다 ▸ 보얗다; 뿌옇다, 희읍스름하다, 보유스름하다, 부유스르하다; 탁하다
573-03-창백하다 ▸ 해쓱하다, 하얗다

573-なまじろい *新*岩*三*// 新明解

顔色が、病身ででもあるかのように白い。[口語形は「なまっちろい」]

574-なまっちょろい *新**三*%

574-01-<속>세상 물정에 어둡고 어수룩하다 ▸ ≠
574-02-어리숙하다 ▸ ≠

574-なまっちょろい *新**三*// 新明解

[口頭]△態度(方法)が甘くて、まだ一人前の存在としては認められない様子だ。

575-なまっちろい 【生っ白い】 **岩*三*

575-00-⇒なまじろい

575-なまっちろい **岩*三*// 三省堂

[俗]ひよわそうに白い。なまじろい。

576-なまなましい 【生生しい】 ＊新＊岩＊三＊

576-01-생생하다 ▶ 1:생기 왕성(生気旺盛)하다, 생기 발랄(生気溌剌)하다, 발랄하다, 생기 있다, 팔팔하다, 활현(活現)하다

576-01-생생하다 ▶ 2:맑다, 산뜻하다

576-01-생생하다 ▶ 3:또렷하다, 뚜렷하다, 명백(明白)하다, 선명(鮮明)하다

576-02-지금 곧 한 것 같다 ▶ ≠

576-03-방불(彷仏)하다 ▶ 비슷하다

576-04-눈앞에서 보는 듯한 느낌이다 ▶ ≠

576-なまなましい ＊新＊岩＊三＊// 新明解

今行われたばかりのこと△のように新しい(を自分の目にしている)という印象を受ける様子だ。

577-なまぬるい 【生温い】 ＊新＊岩＊三＊

577-01-미지근하다 ▶ 매지근하다; 미적지근하다, 매작지근하다 1:따뜻하다, 밍근하다, 물쩍지근하다, 밍밍하다, 밋밋하다, 맹근하다, 실미적지근하다, 실미직근하다, 실미지근하다, 미온(微温)하다

577-01-미지근하다 ▶ 2:신통치 않다, 어중간하다, 분명치 않다, 미온적(微温的)이다, 확실(確実)치 않다

577-02-완만하다 ▶ 느리다, 느릿느릿하다, 천천하다, 완서(緩徐)하다, 완완(緩緩)하다

577-03-확실치 않다 ▶ ≠

577-なまぬるい ＊新＊岩＊三＊// 新明解

① 十分に熱くなっていない。② 決断力や徹底を欠く様子だ。

578-なまめかしい 【艶かしい】 ＊新＊岩＊三＊

578-01-(여자가) 아름답다 ▶ 예쁘다, 어여쁘다, 곱다, 귀엽다, 새뜻하다, 아리땁다, 미려(美麗)하다, 수려(秀麗)하다, 우아(優雅)하다, 가려(佳麗)하다, 선연(鮮妍)하다, 선연(嬋娟)하다, 청염(清艶)하다, 야염(冶艶)하다, 아나(婀娜)하다, 기려(奇麗)하다, 육리(陸離)하다, 요요(姚姚)하다, 요요(夭夭)하다, 휴미(休美)하다, 선호(鮮好)하다, 병정(娉婷)하다, 섬연(纖妍)하다, 선연(嬋妍)하다; 매력적(魅力的)히다; 빼어나다

578-02-우아하다 ▶ 우미(優美)하다, 도아(都雅)하다; 아담(雅淡)하다, 멋있다, 멋지다

578-なまめかしい ＊新＊岩＊三＊// 新明解

> 女の人の上品な美しさの中に、性的魅力が感じられる様子だ。

579-なまやさしい 【生易しい】 ＊新＊岩＊三＊

579-01-쉽다 ► 1:손쉽다, 용이(容易)하다, 간이(簡易)하다, 평이(平易)하다, 경편(輕便)하다,
　　　　경이(径易)하다, 경이(輕易)하다, 이여이(易与耳)하다

579-01-쉽다 ► 2:가능성 많다, 가능성 있다

579-02-간단하다 ► ≠

579-なまやさしい ＊新＊岩＊三＊// 新明解

> 「—[=普通考えられるように、易しい]ことではない」

580-なみだぐましい 【涙ぐましい】 ＊新＊岩＊三＊

580-00-눈물겹다 ► 가엾다, 처량하다, 슬프다, 서글프다

580-なみだぐましい ＊新＊岩＊三＊// 新明解

> けなげで、思わず涙が出るほどだ。

581-なみだもろい 【涙脆い】 ＊新＊岩＊三＊

581-01-눈물을 잘 흘리다 ► ≠

581-02-쉽게 감동하다 ► ≠

581-03-정에 약하다 ► ≠

581-なみだもろい ＊新＊岩＊三＊// 新明解

> ちょっとしたことでも涙が出そうな性質だ。

582-なやましい 【悩ましい】 ＊新＊岩＊三＊

582-01-(고민하는 모양)괴롭다 ► 1:아프다; 고(苦)롭다, 고통(苦痛)스럽다, 울민(欝悶)하다, 뇌쇄
　　　　(惱殺)하다, 뇌심(惱心)하다

582-01-(고민하는 모양)괴롭다 ► 2:힘들다, 어렵다, 곤란(困難)하다

582-01-(고민하는 모양)괴롭다 ▸ 3:성가시다, 귀찮다

582-02-고통스럽다 ▸ 아프다, 괴롭다, 쓰라리다, 간신(艱辛)하다

582-03-기분이 언짢다 ▸ 기분 나쁘다, 불쾌(不快)하다, 마땅찮다, 짠하다, 찐하다; 비위 상하다, 비위에 거슬리다, 마뜩찮다

582-なやましい ＊新＊岩＊三＊// 新明解

> ① △精神的(肉体的)苦痛がひどくて、じっとしていることが出来ない状態だ。
> ② 官能が刺激されて平静でいられない感じだ。

583-ならびない 【並び無い】 ＊新＊岩＊三＊

583-01-비교할 것이 없다 ▸ ≠

583-02-유례가 없다 ▸ ≠

583-ならびない ＊新＊岩＊三＊// 新明解

> 比べるものがない(ほどすぐれている)。たぐいがない。

584-なるい ＊＊岩＊＊××

584-××

584-なるい ＊＊岩＊＊// 岩波

> ゆるやかである。おだやかである。① 刺激などが強くない。
> ② 性質がなまぬるい。また、手ぬるい。

585-なれなれしい 【馴れ馴れしい】 ＊新＊岩＊三＊

585-01-허물없이 친하다 ▸ 가깝다, 친근(親近)하다, 친밀(親密)하다, 화호(和好)하다, 막역(莫逆)하다, 절친(切親)하다, 가까이하다, 사귀다, 낯익다, 친화(親和)하다, 간친(懇親)하다

585-02-정답다 ▸ 의좋다, 사이좋다

585-03-사람에게 너무 지나치게 접근하다 ▸ ≠

585-なれなれしい ＊新＊岩＊三＊// 新明解

> いかにも狎れた様子で接するので、むしろ避けたい感じだ。
> 表記 「〈馴れ〈馴れしい」とも書く。

586-なんでもない ＊新＊＊＊%

586-01-대수로운 일이 아니다 ▸ ≠
586-02-아무것도 아니다 ▸ ≠

586-なんでもない ＊新＊＊＊// 新明解

> 特に取り上げて問題にするほどの事は無い。

587-にあわしい 【似合わしい】 ＊新＊岩＊三＊

587-00-(어울리는 모양)잘 어울리다 ▸ 얼리다; 아울리다, 어우러지다; 어울러지다, 걸맞다,
　　　　얼맞다, 어금지금하다, 맵자다, 맵자하다; 짜이다, 짭짤하다; 조화(調和)되다, 합치다;
　　　　섞이다

587-にあわしい ＊新＊岩＊三＊// 新明解

> その△社会的地位(身分)や、ふだんのその人の言動から期待される通りの内容だ。

588-にえきらない 【煮え切らない】 ＊＊＊三＊

588-01-태도가 분명하지 않다 ▸ ≠
588-02-요령을 얻지 못하다 ▸ ≠
588-03-결단성이 없고 애매하다 ▸ 앰하다, 억울하다, 원통(怨痛)하다

588-にえきらない ＊＊＊三＊// 三省堂

> [態度・返事が]はっきりしない。あいまいだ。煮え切らぬ。

589-にがい 【苦い】 ＊新＊岩＊三＊

589-01-쓰다 ▸ 1:소태 같다, 쓰디쓰다
589-01-쓰다 ▸ 2:입맛없다

589-01-쓰다 ► 3:괴롭다
589-02-재미없다 ► 흥미(興味)없다, 선겁다, 삭연(索然)하다
589-03-불쾌하다 ► 언짢다, 못마땅하다, 읍읍하다, 토심스럽다
589-04-괴롭다 ► 1:아프다; 고(苦)롭다, 고통(苦痛)스럽다, 울민(鬱悶)하다, 뇌쇄(悩殺)하다, 뇌심(悩心)하다
589-04-괴롭다 ► 2:힘들다, 어렵다, 곤란(困難)하다
589-04-괴롭다 ► 3:성가시다, 귀찮다
589-05-쓰라리다 ► 1:쓰리다, 아리다
589-05-쓰라리다 ► 2:괴롭다, 고통스럽다, 아프다

589-にがい *新*岩*三*// 新明解

> ① [二度と味わいたくないような]いやな感じの味だ。
> ② 二度と経験したくないほど、不愉快だ。

590-にがにがしい 【苦苦しい】 *新*岩*三*

590-00-대단히 불쾌하다 ► 언짢다, 못마땅하다, 읍읍하다, 토심스럽다

590-にがにがしい *新*岩*三*// 新明解

> [どうにかしようと思っても、出来なくて]不愉快だ。

591-にぎにぎしい 【賑賑しい】 *新*岩*三*

591-00-매우 번화하다 ► ≠

591-にぎにぎしい *新*岩*三*// 新明解

> 非常に賑やかな感じだ。

592-にぎわしい 【賑わしい】 *新*岩*三*

592-01-흥성하다 ► 흥하다
592-02-번창하다 ► 성(盛)하다
592-03-요란(擾乱)하다 ► 요란스럽다; 시끄럽다, 떠들썩하다, 들썩하다, 어지럽다
592-04-붐비다 ► 들끓다, 북적거리다, 북적대다, 혼잡(混雑)하다, 분답(紛沓)하다, 분잡(紛雜)하다, 잡답(雑沓)하다, 뒤엉키다, 복잡(複雜)하다

592-にぎわしい ＊新＊岩＊三＊// 新明解

> 賑わっている△状態(感じ)だ。

593-にくい 【憎い】 ＊新＊岩＊三＊

593-01-밉다 ▸ 1:못생기다, 추(醜)하다, 면목가증(面目可憎)하다

593-01-밉다 ▸ 2:거슬리다, 싫다, 밉디밉다, 얄밉다, 얄밉상스럽다, 얄뚱치매랍다, 밉광스럽다,
　　　　밉살스럽다

593-02-보기 싫다 ▸ ≠

593-03-(反語的으로 사용하여)<곱다><마음에 들다>의 뜻으로 쓰임 ▸ ≠

593-にくい ＊新＊岩＊三＊// 新明解

> [一]【憎い】① 相手(の存在)がたまらなくいやで、出来るなら抹殺したいくらいだ。
> ② 相手のした事がりっぱで、思わず「参った」と言いたい感じだ。[②は、①の転用]
> [二]【《難い》】[接尾語的に] ↔ やすい② ① [気持の上で]それをすることが出来ない。
> ② [条件の上で]むずかしい。⇒かたい 表記 [一][二]ともに、「《悪い》」とも書く。

594-にくたらしい 【憎たらしい】 ＊新＊岩＊三＊

594-00-밉살스럽다 ▸ 맵살스럽다; 반지빠르다, 밉광스럽다, 밉다, 밉둥스럽다, 밉살맞다, 가
　　　　증(可憎)스럽다, 증상(憎状)스럽다, 밉살머리스럽다

594-にくたらしい ＊新＊岩＊三＊// 新明解

> [口頭]いかにも憎らしい。

595-にくていらしい ＊新＊＊＊×＊

595-××

595-にくていらしい ＊新＊＊＊// 新明解

> いかにも憎らしい。

596-にくにくしい 【憎憎しい】 ＊新＊岩＊三＊

596-01-밉살스럽다 ▸ 맵살스럽다; 반지빠르다, 밉광스럽다, 밉다, 밉둥스럽다, 밉살맞다, 가

증(可憎)스럽다, 증상(憎状)스럽다, 밉살머리스럽다

596-02-매우 밉다 ▶ 1:못생기다, 추(醜)하다, 면목가증(面目可憎)하다

596-02-매우 밉다 ▶ 2:거슬리다, 싫다, 밉디밉다, 얄밉다, 얄밉상스럽다, 얄똥치매랍다, 밉광스럽다, 밉살스럽다

596-にくにくしい *新*岩*三*// 新明解

> [見た感じが]いかにも憎らしい様子だ。

597-にくらしい 【憎らしい】 *新*岩*三*

597-01-밉다 ▶ 1:못생기다, 추(醜)하다, 면목가증(面目可憎)하다

597-01-밉다 ▶ 2:거슬리다, 싫다, 밉디밉다, 얄밉다, 얄밉상스럽다, 얄똥치매랍다, 밉광스럽다, 밉살스럽다

597-02-밉살스럽다 ▶ 맵살스럽다; 반지빠르다, 밉광스럽다, 밉다, 밉둥스럽다, 밉살맞다, 가증(可憎)스럽다, 증상(憎状)스럽다, 밉살머리스럽다

597-03-(反語的으로 쓰여)얄미울 정도로 친숙함 ▶ ≠

597-にくらしい *新*岩*三*// 新明解

> 憎いと思う気持を起こさせる△よう(様子)だ。

598-にげない 【似気無い】 *新*岩*三*

598-01-어울리지 않다 ▶ ≠

598-02-비슷하지 않다 ▶ ≠

598-にげない *新*岩*三*// 新明解

> あの者があんな事をするとは意外だと思われるほど、その動作や状態が△ふだん(平均水準)とは違う様子だ。

599-につかわしい 【似つかわしい】 *新*岩*三*

599-01-적합하다 ▶ 걸맞다, 무던하다

599-02-알맞다 ▶ 얼맞다; 걸맞다, 어울리다, 적당(適当)하다, 적합(適合)하다, 적절(適切)하다, 적격(適格)이다, 적정(適正)하다, 적실(適実)하다, 적의(適宜)하다, 적중(適中)하다, 적임(適任)하다; 맞다, 마땅하다, 들어맞다, 합당(合当)하다, 타당(妥当)하다, 온당

(穏当)하다, 의합(宜合)하다, 득중(得中)하다

599-03-어울리다 ▸ 얼리다; 아울리다, 어우러지다; 어울러지다, 걸맞다, 얼맞다, 어금지금하다, 맵자다, 맵자하다; 짜이다, 짭짤하다; 조화(調和)되다, 합치다; 섞이다

599-につかわしい *新*岩*三*// 新明解

> ぴったりあてはまる様子だ。

600-にぶい 【鈍い】 *新*岩*三*

600-01-둔하다 ▸ 1:재주 없다, 솜씨 없다

600-01-둔하다 ▸ 2:느리다, 굼뜨다, 메뜨다, 멥뜨다, 머줍다, 둔탁(鈍濁)하다, 둔팍하다

600-01-둔하다 ▸ 3:무디다, 미련하다, 어리석다, 둘하다, 투미하다, 우둔(愚鈍)하다, 둔감(鈍感)하다

600-01-둔하다 ▸ 4:탁(濁)하다, 둔탁(鈍濁)하다

600-02-예리하지 않다 ▸ ≠

600-03-느리다 ▸ 1:더디다, 뜨다, 굼뜨다, 손뜨다, 천천하다, 느릿하다, 완(緩)하다, 서완(徐緩)하다, 유장(悠長)하다

600-03-느리다 ▸ 2:성글다, 성기다, 엉성하다, 설피다; 날쌍하다, 늘썽하다

600-03-느리다 ▸ 3:느슨하다

600-04-민첩하지 않다 ▸ ≠

600-にぶい *新*岩*三*// 新明解

> ↔ 鋭い ① [刃がこぼれていたり能力が無かったりして]△切る(何かを処理する)のに時間がかかり過ぎる様子だ。② 手ごたえが思う程でなかったり反応が予期に反して遅かったりする様子だ。③ 明澄を欠き、濁った感じしか与えない様子だ。

601-にんげんくさい *新**三*%

601-01-사람이 살고 있는 분위기다 ▸ ≠

601-02-보통 사람들의 감정과 욕망이 엿보인다 ▸ ≠

601-にんげんくさい *新**三*// 新明解

> ① 人間の生活のにおいが漂っている感じだ。
> ② [聖人君子や人形とは違って]生身の人間の持つ情念がむき出しに伝わって来る様子だ。

602-にんげんらしい **岩**××

602-××

602-にんげんらしい **岩**// 岩波

> 人間としての本性をそなえている。

603-ぬかみそくさい ***三*%

603-01-냄새가 나다 ► ≠
603-02-(여성이)살림때가 묻다 ► ≠
603-03-살림에 찌들다 ► ≠

603-ぬかみそくさい ***三*// 三省堂

> [女性が家事に追われて]所帯じみている。

604-ぬきがたい *新*岩*三*%

604-01-제거하기 어렵다 ► ≠
604-02-빼기 어렵다 ► ≠
604-03-(성채 등을)함락시키기 어렵다 ► ≠

604-ぬきがたい *新*岩*三*// 新明解

> 「—[=どうしても取り去ることが出来ない]不信感」

605-ぬくい 【温い】 *新*岩*三*

605-01-따뜻하다 ► 뜨듯하다; 따듯하다, 다스하다, 다사하다, 다습다, 드습다, 따사롭다, 다사롭다; 따사하다, 따스하다; 따삽다, 따습다; 푹하다, 온하다, 온난(溫暖)하다, 온화하다
605-02-감각이나 동작이 둔하다 ► 1:재주 없다, 솜씨 없다
605-02-감각이나 동작이 둔하다 ► 2:느리다, 굼뜨다, 메뜨다, 멥뜨다, 머줍다, 둔탁(鈍濁)하다, 둔팍하다
605-02-감각이나 동작이 둔하다 ► 3:무디다, 미련하다, 어리석다, 둘하다, 투미하다, 우둔(愚鈍)하다, 둔감(鈍感)하다
605-02-감각이나 동작이 둔하다 ► 4:탁(濁)하다, 둔탁(鈍濁)하다

605-03-미지근하다 ▶ 매지근하다; 미적지근하다, 매작지근하다 1:따뜻하다, 밍근하다, 물쩍지
　　　근하다, 밍밍하다, 밋밋하다, 맹근하다, 실미적지근하다, 실미직근하다, 실미지근하
　　　다, 미온(微溫)하다
605-03-미지근하다 ▶ 2:신통치 않다, 어중간하다, 분명치 않다, 미온적(微溫的)이다, 확실(確
　　　実)치 않다

605-ぬくい *新*岩*三*// 新明解

> [各地の方言] あたたかい。

606-ぬくとい 【温とい】 *新***

606-01-<방>따뜻하다 ▶ 뜨듯하다; 따듯하다, 다스하다, 다사하다, 다습다, 드습다, 따사롭다,
　　　다사롭다; 따사하다, 따스하다; 따삽다, 따습다; 푹하다, 온하다, 온난(溫暖)하다,
　　　온화하다
606-02-따스하다 ▶ 따사하다; 뜨스하다; 따습다, 따뜻하다

606-ぬくとい *新***// 新明解

> [関東から関西までの方言]肌に心地よいあたたかさだ。ぬくい。

607-ぬるい 【温い】 *新*岩*三*

607-01-미지근하다 ▶ 매지근하다; 미적지근하다, 매작지근하다 1:따뜻하다, 밍근하다, 물쩍지
　　　근하다, 밍밍하다, 밋밋하다, 맹근하다, 실미적지근하다, 실미직근하다, 실미지근하
　　　다, 미온(微溫)하다
607-01-미지근하다 ▶ 2:신통치 않다, 어중간하다, 분명치 않다, 미온적(微溫的)이다, 확실(確
　　　実)치 않다
607-02-순하다 ▶ 1:유순(柔順)하다, 양순(良順)하다, 순순(順順)하다, 순탄(順坦 · 純坦)하다
607-02-순하다 ▶ 2:부드럽다, 무독(無毒)하다
607-02-순하다 ▶ 3:쉽다
607-03-무디다 ▶ 1:모자라다, 어리석다, 둔하다, 우둔(愚鈍)하다
607-03-무디다 ▶ 2:무뚝뚝하다, 퉁명스럽다, 우악스럽다
607-03-무디다 ▶ 3:날카롭지 않다, 뭉툭하다
607-04-느리다 ▶ 1:더디다, 뜨다, 굼뜨다, 손뜨다, 천천하다, 느릿하다, 완(緩)하다, 서완(徐緩)하
　　　다, 유장(悠長)하다
607-04-느리다 ▶ 2:성글다, 성기다, 엉성하다, 설피다; 날쌍하다, 늘성하다

607-04-느리다 ▸ 3:느슨하다

607-ぬるい *新*岩*三*// 新明解

> [一]【《温い》】[お茶・ふろなどが]望ましい熱さになっていない状態だ。 ↔ 熱い
> [二]【《緩い》】必要な厳しさを欠く様子だ。

608-ねがわしい【願わしい】 *新*岩*三*

608-01-바람직하다 ▸ ≠
608-02-원하는 바다 ▸ ≠

608-ねがわしい *新*岩*三*// 新明解

> [他人の言動・状態について] その実現を心に強く期待する様子だ。

609-ねぎたない *新***%

609-00-⇒いぎたない

609-ねぎたない *新***// 新明解

> 「いぎたない」の新しい言い方。

610-ねぐさい ***三*××

610-××

610-ねぐさい ***三*// 三省堂

> [方]ねていたときの、ぬくもりやにおいが感じられるようすだ。

611-ねぐるしい【寝苦しい】 *新*岩*三*

611-01-(더위・괴로움 따위로)잠이 잘 들지 않다 ▸ ≠
611-02-잠이 잘 오지 않다 ▸ ≠

611-ねぐるしい *新*岩*三*// 新明解

> [暑さ・痛みなどで] 楽に眠ることが出来なくて、堪えがたい感じだ。

612-ねたましい 【妬ましい】 *新*岩*三*

612-01-부럽고도 밉다 ► ≠
612-02-샘이 나다 ► ≠
612-03-화딱지가 나다 ► ≠

612-ねたましい *新*岩*三*// 新明解

> 妬みたくなるような気持だ。

613-ねちっこい *新*岩*三*%

613-01-<속>추근추근하다 ► ≠
613-02-끈덕지다 ► ≠
613-03-집요하다 ► 고집스럽다, 끈질기다, 깐질기다

613-ねちっこい *新*岩*三*// 新明解

> [口頭] [「ねちこい」の強調形] しつこくねばるので、不快を覚える様子だ。⇒ねつこい

614-ねつい *新*岩*三*

614-01-짓궂다 ► 심술궂다, 시망스럽다, 심술맞다, 심술스럽다
614-02-추근추근하다 ► ≠
614-03-열심이다 ► ≠
614-04-끈기가 있다 ► 악착같다, 악착스럽다, 억척같다, 악착(齷齪)하다

614-ねつい *新*岩*三*// 新明解

> [各地の方言] ① しつこい。② 熱心だ。

615-ねつこい *新***%

615-01-<속>추근추근하다 ► ≠

615-02-끈덕지다 ▸ ≠
615-03-집요하다 ▸ 고집스럽다, 끈질기다, 깐질기다

615-ねつこい ＊新＊＊＊// 新明解

> ［口頭］しぶとく、ねばる様子だ。［強調表現は「ねつっこい」］

616-ねつっぽい 【熱っぽい】 ＊新＊岩＊三＊

616-01-열이 있는 듯하다 ▸ ≠
616-02-정열적이다 ▸ ≠

616-ねつっぽい ＊新＊岩＊三＊// 新明解

> ① ［病気で］熱の有る様子だ。② 情熱をこめた様子だ。

617-ねづよい 【根強い】 ＊新＊岩＊三＊

617-01-뿌리가 튼튼하다 ▸ ≠
617-02-끈덕지다 ▸ ≠

617-ねづよい ＊新＊岩＊三＊// 新明解

> しっかり根を張っていて、簡単に崩れたり衰えたりしない。［しつこい意にも容易に改められない意にも用いられる。］

618-ねばい 【粘い】 ＊＊岩＊三＊

618-01-끈적끈적하다 ▸ ≠
618-02-차지다 ▸ ≠

618-ねばい ＊＊岩＊三＊// 三省堂

> ［方］① ねばりけがある。② ［すぐには折れない］しなやかな強さがある。

619-ねばっこい 【粘っこい】 ＊新＊岩＊三＊

619-00-끈적끈적하다

619-ねばっこい *新*岩*三*// 新明解

粘る感じだ。

620-ねばりづよい *新*岩*三*%

620-01-매우 차지다 ► ≠
620-02-쫀득쫀득하다 ► ≠
620-03-자늑자늑하고 질기다 ► 잘깃하다, 질깃하다; 잘깃잘깃하다, 질깃질깃하다, 찔깃찔깃
하다; 졸깃졸깃하다, 쫄깃쫄깃하다, 쭐깃쭐깃하다, 짜득짜득하다, 찌득찌득하다

620-ねばりづよい *新*岩*三*// 新明解

① 粘りけが多い。
② 仕事や勝負などを途中で投げ出すことなく、最後までやり通す様子だ。

621-ねぶかい【根深い】 *新*岩*三*

621-01-뿌리가 깊다 ► ≠
621-02-뿌리가 깊어 빼기 힘들다 ► ≠
621-03-근거가 깊다 ► ≠
621-04-원인이 깊어 캐기 힘들다 ► ≠

621-ねぶかい *新*岩*三*// 新明解

[もと、植物が土中深く根をおろしている意] ① 考え・気持や欲望の程度が極めて強い。
② 由来する所が△古く(深く)て、容易には取り除けない。

622-ねむい【眠い】 *新*岩*三*

622-01-졸리다 ► ≠
622-02-잠이 오다 ► ≠

622-ねむい *新*岩*三*// 新明解

疲れ△たりして(が積もり積もって)、意識がもうろうとなり、何はともあれからだを休ま
せたい状態だ。

623-ねむたい【眠たい】 ＊新＊岩＊三＊

623-01-졸리다 ▶ ≠

623-02-잠이 오다 ▶ ≠

623-ねむたい ＊新＊岩＊三＊// 新明解

> 一刻も早く、寝たい状態だ。

624-のこりおおい【残り多い】 ＊新＊岩＊＊

624-01-마음에 걸리다 ▶ ≠

624-02-분하다 ▶ 1:억울하다, 이갈리다, 치가 떨리다, 원통(冤痛)하다, 분통(憤痛)하다, 교아절치(咬牙切歯)

624-02-분하다 ▶ 2:섭섭하다, 안타깝다, 아깝다, 애석(哀惜)하다

624-03-서운하다 ▶ 섭섭하다, 섭하다, 감연하다, 결여하다, 결연(欠然)하다, 의의(依依)하다, 창결(悵欠・悵觖)하다

624-のこりおおい ＊新＊岩＊＊// 新明解

> 心残りがする状態だ。残念だ。

625-のこりおしい【残り惜しい】 ＊新＊岩＊三＊

625-01-분하다 ▶ 1:억울하다, 이갈리다, 치가 떨리다, 원통(冤痛)하다, 분통(憤痛)하다, 교아절치(咬牙切歯)

625-01-분하다 ▶ 2:섭섭하다, 안타깝다, 아깝다, 애석(哀惜)하다

625-02-섭섭하다 ▶ 서운하다, 언짢다, 야속하다, 안타깝다, 암연하다, 애석(哀惜)하다, 애틋하다, 애운하다; 아쉽다, 아깝다

625-03-마음에 걸리다 ▶ ≠

625-04-미련이 있어 이별이 섭섭하다 ▶ ≠

625-のこりおしい ＊新＊岩＊三＊// 新明解

> ① 残念だ。② なごり惜しい。

626 -のこりすくない *新**三*%

626-01-남은 것이 적다 ► ≠
626-02-얼마 남지 않다 ► ≠

626-のこりすくない *新**三*// 新明解

あとに残っている△物(時間など)が少ない。

627 -のぞましい 【望ましい】 *新*岩*三*

627-01-했으면 싶다 ► ≠
627-02-바람직하다 ► ≠
627-03-좋을 듯하다 ► ≠

627-のぞましい *新*岩*三*// 新明解

それが実現することを積極的に期待する状態だ。

628 -のぶとい 【野太い】 *新*岩*三*

628-01-굵직하다 ► ≠
628-02-목소리가 굵다 ► ≠

628-のぶとい *新*岩*三*// 新明解

[東北・中部・近畿・中国・四国方言][「の」は接辞] ① [声が]太い。② ずぶとい。
表記 「野太い」と書くのは、借字。

629 -のろい 【鈍い】 *新*岩*三*

629-01-동작이 느리다 ► 1:더디다, 뜨다, 굼뜨다, 손뜨다, 천천하다, 느릿하다, 완(緩)하다, 서
　　　　완(徐緩)하다, 유장(悠長)하다
629-01-동작이 느리다 ► 2:성글다, 성기다, 엉성하다, 설피다; 날쌍하다, 늘썽하다
629-01-동작이 느리다 ► 3:느슨하다
629-02-어리석다 ► 어리뜩하다, 어수룩하다, 더덜못하다, 잔작하다, 덩둘하다, 늑되다, 쇠양
　　　　배양하다, 뒷귀먹다; 바보스럽다, 멍청하다, 어벙하다, 꺼벙하다, 더리다, 무디다,
　　　　둔하다, 아둔하다, 우둔(愚鈍)하다, 우매(愚昧)하다, 암둔(闇鈍)하다, 암매(闇昧)하

다, 암매(暗昧)하다, 암매(唵昧)하다, 암둔(暗鈍)하다, 알매(戞昧)하다, 당우(戇憂)하
다, 암약(闇弱)하다, 암잔(闇孱)하다, 송우(愯愚)하다, 용렬(庸劣)하다, 용탑(茸闒)하
다, 우몽(愚蒙)하다, 우미(愚迷)하다, 우로(愚魯)하다, 치매(痴呆)하다

629-03-머리가 우둔하다 ▶ 어리석다, 아둔하다, 둔하다, 둘하다, 미욱하다, 매욱하다; 미련하
다, 둔팍하다, 민츰하다, 무무(貿貿)하다

629-04-여자에게 빠지기 쉽다 ▶ ≠

629-05-색(色)에 약하다 ▶ ≠

629-のろい ＊新＊岩＊三＊// 新明解

① △進み方(速度)がおそい。② 能力が無かったり何をするにもやり方がおそかったりして、見ている人をいらいらさせる状態だ。③ 自分の愛している異性に首ったけだ。

630-のろくさい 【鈍臭い】＊新＊＊＊

630-00-느려빠지다 ▶ ≠

630-のろくさい ＊新＊＊＊// 新明解

[口頭]見ている人をいらいらさせるほど動作がのろく、事がはかどらない様子だ。

631-のろわしい 【呪わしい】＊新＊岩＊三＊

631-01-저주하고 싶다 ▶ ≠

631-02-저주스럽다 ▶ ≠

631-のろわしい ＊新＊岩＊三＊// 新明解

① [不運な出来事などに出あって] 何かを呪いたくなる気持だ。
② [不吉な出来事が続いたりして] 呪いがかかったような様子だ。

632-はえばえしい ＊新＊＊＊％

632-01-화사하고 보기에 좋다 ▶ ≠

632-02-유난히 돋보이다 ▶ ≠

632-はえばえしい *新***// 新明解

> はなやかで見映えがする様子だ。

633-ばかくさい 【馬鹿臭い】 *新*岩*三*

633-01-시시하다 ▶ 시시껄렁하다, 껄렁하다, 시시풍덩하다, 시풍덩하다 1:사소(些少)하다, 사세(些細)하다, 하잖다, 지지하다, 미미(微微)하다

633-01-시시하다 ▶ 2:쓸데없다, 가치 없다, 변변치 못하다, 신통치 못하다

633-01-시시하다 ▶ 3:흥미(興味)없다, 재미없다

633-01-시시하다 ▶ 4:흐지부지하다, 시시부지하다

633-02-바보 같다 ▶ ≠

633-ばかくさい *新*岩*三*// 新明解

> 全くばからしくて、お話にならない。

634-ばかでかい *新**三*%

634-00-<속>무척(엄청나게)크다 ▶ 1:길다

634-00-<속>무척(엄청나게)크다 ▶ 2:넓다, 함박만하다, 광대(広大)하다, 광활하다, 광대무변(広大無邊)하다

634-00-<속>무척(엄청나게)크다. ▶ 3:심하다, 많다, 극대(極大)하다, 극심(極甚)하다, 심대(甚大)하다

634-00-<속>무척(엄청나게)크다 ▶ 4:중대(重大)하다

634-00-<속>무척(엄청나게)크다 ▶ 5:우렁차다

634-00-<속>무척(엄청나게)크다 ▶ 6:걸까리지다, 실팍하다, 끌밋하다, 깔밋하다; 헌칠하다

634-00-<속>무척(엄청나게)크다 ▶ 7:우람하다, 집채 같다, 거대(巨大)하다

634-00-<속>무척(엄청나게)크다 ▶ 8:거창(巨創)하다

634-00-<속>무척(엄청나게)크다 ▶ 9:위대(偉大)하다

634-ばかでかい *新**三*// 新明解

> [口頭]むやみに大きい。

635-はかない 【果敢無い・儚い】 *新*岩*三*

635-01-덧없다 ▶ 1:빠르다; 속절없다

635-01-덧없다 ▸ 2:무상(無常), 허무(虛無)하다
635-01-덧없다 ▸ 3:근거 없다, 터무니없다, 확실치 않다, 무근(無根)하다, 무거(無拠)하다, 무
　　　　근거(無根拠)하다
635-02-무상(無常)하다 ▸ 1:덧없다, 허무(虛無)하다
635-02-무상(無常)하다 ▸ 2:때없다, 무시(無時)하다
635-03-변하기 쉽다 ▸ ≠
635-04-부정(不定)하다 ▸ ≠
635-05-믿고 의지할 만한 것이 못되다 ▸ ≠
635-06-실현성이 적다 ▸ ≠

635-はかない ＊新＊岩＊三＊// 新明解

将来確実にどうなるという目あてが無い。
表記 「墓無い」は古来の借字。「{果敢}無い・〈儚い〉」は、近代文学の用字。

636-はかばかしい 【捗捗しい】 ＊新＊岩＊三＊

636-01-일이 순조롭게 진행되다 ▸ ≠
636-02-일이 바람직한 방향으로 나아가다 ▸ ≠

636-はかばかしい ＊新＊岩＊三＊// 新明解

仕事・病気などが思わしい状態の方へ都合よく進んでいる様子だ。

637-ばかばかしい 【馬鹿馬鹿しい】 ＊新＊岩＊三＊

637-01-매우 어리석다 ▸ 어리뜩하다, 어수룩하다, 더덜못하다, 잔작하다, 덩둘하다, 늦되다,
　　　　쇠양배양하다, 뒷귀먹다; 바보스럽다, 멍청하다, 어벙하다, 꺼벙하다, 더리다, 무디
　　　　다, 둔하다, 아둔하다, 우둔(愚鈍)하다, 우매(愚昧)하다, 암둔(闇鈍)하다, 암매(闇昧)
　　　　하다, 암매(暗昧)하다, 암매(唵昧)하다, 암둔(暗鈍)하다, 알매(戞昧)하다, 당우(戇憂)
　　　　하다, 암약(闇弱)하다, 암잔(闇孱)하다, 송우(憃愚)하다, 용렬(庸劣)하다, 용탑(茸闒)
　　　　하다, 우몽(愚蒙)하다, 우미(愚迷)하다, 우로(愚魯)하다, 치매(痴呆)하다
637-02-매우 시시하다 ▸ 시시껄렁하다, 껄렁하다, 시시풍덩하다, 시풍덩하다 1:사소(些少)하
　　　　다, 사세(些細)하다, 하찮다, 지지하다, 미미(微微)하다
637-02-매우 시시하다 ▸ 2:쓸데없다, 가치 없다, 변변치 못하다, 신통치 못하다
637-02-매우 시시하다 ▸ 3:흥미(興味)없다, 재미없다
637-02-매우 시시하다 ▸ 4:흐지부지하다, 시시부지하다

637-03-정도가 너무 심하다 ▸ 지나치다, 너무하다, 호되다, 독(毒)하다, 극(極)하다, 과도(過度)하다, 격렬(激烈)하다
637-04-턱없다 ▸ ≠

637-ばかばかしい ＊新＊岩＊三＊// 新明解

① 全くばかげている。② 限度を超えている様子だ。

638-はがゆい 【歯痒い】 ＊新＊岩＊三＊

638-01-기분대로 되지 않아 애가 타다 ▸ ≠
638-02-답답하다 ▸ 1:갑갑하다, 울(欝)하다, 인울하다, 노결(勞結)하다, 울연(欝然)하다, 울울(欝欝)하다, 우울(憂欝)하다, 울도(欝陶)하다, 울색(欝塞)하다; 안타깝다, 아울(訝欝)하다, 읍읍하다
638-02-답답하다 ▸ 2:어리석다, 우둔(愚鈍)하다, 우매(愚昧)하다
638-02-답답하다 ▸ 3:고지식하다, 막혀 있다, 옹졸(壅拙)하다, 아졸(雅拙)하다, 옹울(壅欝)하다

638-はがゆい ＊新＊岩＊三＊// 新明解

① 期待外れの展開になってしまい、それをどうにも出来ない自分が情け無い感じだ。
② 意外な不結果を見聞して、もう少し何とかならないものかとやきもきする様子だ。

639-ばからしい 【馬鹿らしい】 ＊新＊岩＊三＊

639-01-바보스럽다 ▸ ≠
639-02-시시하다 ▸ 시시껄렁하다, 껄렁하다, 시시풍덩하다, 시풍덩하다 1:사소(些少)하다, 사세(些細)하다, 하잖다, 지지하다, 미미(微微)하다
639-02-시시하다 ▸ 2:쓸데없다, 가치 없다, 변변치 못하다, 신통치 못하다
639-02-시시하다 ▸ 3:흥미(興味)없다, 재미없다
639-02-시시하다 ▸ 4:흐지부지하다, 시시부지하다

639-ばからしい ＊新＊岩＊三＊// 新明解

① まじめに△そうしたり(考えたり)する気が起こらない様子だ。
② 意味が無い。つまらない。

640-はかりしれない 【計り知れない】 ***三*

640-00-매우 깊어서 미루어 알 수도 없다 ▶ ≠

640-はかりしれない ***三*// 三省堂

> おしはかることができない(ほど大きい)。計り知れぬ。

641-はげしい 【激しい・烈しい・劇しい】 *新*岩*三*

641-01-맹렬하다 ▶ 사납다, 세차다, 드세다, 억세다

641-02-세차다 ▶ 세다, 되알지다, 거세다, 드세다, 억세다; 힘차다, 맹렬(猛烈)하다

641-03-심(甚)하다 ▶ 지나치다, 너무하다, 호되다, 독(毒)하다, 극(極)하다, 과도(過度)하다, 격렬(激烈)하다

641-04-대단하다 ▶ 1:심하다, 극심(極甚)하다

641-04-대단하다 ▶ 2:엄청나다, 어마어마하다; 크다; 많다

641-04-대단하다 ▶ 3:중(重)하다, 깊다, 위중하다

641-04-대단하다 ▶ 4:중요하다, 요긴(要緊)하다

641-04-대단하다 ▶ 5:뛰어나다, 훌륭하다, 출중(出衆)하다

641-05-엄격하다 ▶ 엄(嚴)하다, 딱딱하다, 무섭다, 매섭다

641-06-과격하다 ▶ 1:괄괄하다, 괄하다, 괄다, 격렬(激烈)하다, 극렬(極烈)하다, 교격(矯激)하다

641-06-과격하다 ▶ 2:거칠다, 거세다, 난폭(乱暴)하다

641-はげしい *新*岩*三*// 新明解

> ① △勢い(流れ)が強くて、弱まる様子が見えない。
> ② △迫る力(求める所)が強くて、とどまる様子が見えない。 表記 「《烈しい」とも書く。

642-はしこい *新*岩*三*

642-01-민첩하다 ▶ 날래다, 날쌔다, 재빠르다, 잽싸다, 빠르다, 난다긴다하다, 칠칠하다

642-02-동작이 빠르다 ▶ ≠

642-03-재지(才智)가 날카롭다 ▶ ≠

642-04-영리하다 ▶ 영토하다, 똑똑하다, 지혜(知慧)롭다

642-はしこい *新*岩*三*// 新明解

> 動作・頭の働き方がすばやい。[口語形は、「はしっこい」]

643 - はしたない 【端たない】 *新*岩*三*

643-01-경박하고 조심성이 없다 ► ≠

643-02-품위가 없다 ► ≠

643-03-꼴사납다 ► ≠

643-はしたない　*新*岩*三*// 新明解

[「ない」は形容詞を形作る接辞]△不快な気持を起こさせる(自分でもいやになる)ほど、品が無い。

644 - はしっこい ***三*

644-00-<속>⇒はしこい

644-はしっこい　***三*// 三省堂

すばやい。すばしこい。はしこい。

645 - はずかしい 【恥ずかしい】 *新*岩*三*

645-01-부끄럽다 ► 바끄럽다; 1:수줍다, 열없다, 얼쩍다, 스스럽다, 계면쩍다, 계면하다, 창피하다, 낯간지럽다, 겸연(慊然)쩍다

645-01-부끄럽다 ► 2:볼낯 없다, 낯뜨겁다, 남부끄럽다, 면목(面目)없다, 무안(無顔)하다, 수치(羞恥)스럽다, 전연(靦然)하다, 무참(無慚)하다, 무참(無慚)스럽다, 수참(羞慚)하다, 난연(赧然)하다, 괴난(愧赧)하다, 면구(面灸)스럽다

645-02-면목없다 ► 맥적다, 낯없다, 볼낯없다, 빛없다, 짓적다, 서머하다, 서머서머하다, 섬서하다, 부끄럽다, 면구(面灸)하다, 면괴(面愧)하다, 송구(悚懼)하다, 송구스럽다, 송괴(悚愧)하다, 죄송(罪悚)하다, 죄송스럽다

645-03-멋쩍다 ► ≠

645-04-<고>자기가 부끄러울 만큼 상대방이 훌륭하다 ► ≠

645-はずかしい　*新*岩*三*// 新明解

[世間慣れがしなかったり劣等感を強く持ったりぐあいの悪い事が有ったりして]人前△に出る(で何かをする)のがためらわれる気持だ。

646-バタくさい 【バタ臭い】 *新*岩*三*

646-01-버터 냄새가 나다 ▸ ≠

646-02-서양 냄새가 나다 ▸ ≠

646-03-서양식이다 ▸ ≠

646-バタくさい *新*岩*三*// 新明解

> ［バターを摂(ト)り始めた人たちにとって、そのにおいがたまらなく刺激的であったことに基づく]西洋風だ。西洋かぶれをしている様子だ。

647-はださむい 【膚寒い・肌寒い】 *新*岩*三*

647-01-으스스 춥다 ▸ 차다, 한랭(寒冷)하다, 냉한(冷寒)하다, 냉초(冷峭)하다, 늠렬(凛烈)하다, 율렬(溧烈)하다; 떨리다

647-02-섬뜩하다(무섭다) ▸ 오싹하다, 소름끼치다; 무섭다, 두렵다

647-はださむい *新*岩*三*// 新明解

> 肌の外に出ている部分が、空気の冷たさを感じる状態だ。うすら寒い。はださむい。

648-はてしない 【果てし無い】 ***三*

648-01-(「し」는 뜻을 강하게 하는 조사)한없다 ▸ 끝없다, 가이 없다, 가없다, 무한(無限)하다

648-02-끝이 없다 ▸ 가없다, 아득하다, 한(限)없다, 무궁(無窮)하다, 천양무궁(天壤無窮)하다, 천지무궁하다, 무궁무진(無窮無盡)하다; 무애(無涯)하다, 무제(無際)하다

648-はてしない ***三*// 三省堂

> 終りがない。かぎりない。

649-はなはずかしい *新*岩*三*%

649-00-꽃도 무색할 만큼 싱싱하고 아름답다 ▸ ≠

649-はなはずかしい *新*岩*三*// 新明解

> 花もはじらうほど美しい。

650-はなはだしい *新*岩*三*%

650-01-매우 심하다 ► 지나치다, 너무하다, 호되다, 독(毒)하다, 극(極)하다, 과도(過度)하다, 격렬(激烈)하다

650-02-대단하다 ► 1:심하다, 극심(極甚)하다

650-02-대단하다 ► 2:엄청나다, 어마어마하다; 크다; 많다

650-02-대단하다 ► 3:중(重)하다, 깊다, 위중하다

650-02-대단하다 ► 4:중요하다, 요긴(要緊)하다

650-02-대단하다 ► 5:뛰어나다, 훌륭하다, 출중(出衆)하다

650-03-격심하다(흔히 좋지 않은 뜻으로 씀) ► ≠

650-はなはだしい *新*岩*三*// 新明解

> マイナスの程度が限度以上だ。

651-はなばなしい 【花花しい・華華しい】 *新*岩*三*

651-01-화려하다 ► 호화롭다

651-02-매우 훌륭하다 ► 1:칭찬(称讚)할 만하다, 가상(嘉尚)하다, 도저(到底)하다, 축저(築底)하다, 기위(奇偉)하다

651-02-매우 훌륭하다 ► 2:나무랄데 없다, 빼어나다, 뛰어나다, 완벽(完璧)하다

651-02-매우 훌륭하다 ► 3:아름답다, 수절(秀絶)하다

651-02-매우 훌륭하다 ► 4:위대(偉大)하다

651-03-눈부시다 ► 1:찬란(燦爛)하다, 현목(眩目)하다

651-03-눈부시다 ► 2:황홀(恍惚)하다, 현란(絢爛)하다

651-03-눈부시다 ► 3:다채롭다, 화려(華麗)하다

651-はなばなしい *新*岩*三*// 新明解

> 動きが大きかったり変化が常の程度を超えていたりして、人目を引く様子だ。

652-ばばっちい *新**三*%

652-00-(유아어)더럽다 ► 다랍다 1:지저분하다, 때묻다, 너저분하다, 구저분하다, 구저분스럽다, 추저분하다, 추저분스럽다, 너절하다, 더리다, 뇌하다, 귀축축하다, 구접스럽다, 구지레하다, 추접하다, 추접스럽다, 추접지근하다, 불결(不潔)하다, 구예(垢穢)하다, 추(醜)하다, 추잡(醜雜)하다, 추잡(醜雜)스럽다, 추오(醜汚)하다, 누추(陋醜)하다, 추루(醜陋)하다, 누비(陋鄙)하다, 구탁(垢濁)하다

652-00-(유아어)더럽다 ▸ 2:흉하다, 추악(醜悪)하다, 보기싫다
652-00-(유아어)더럽다 ▸ 3:비겁하다, 야비하다, 비루(鄙陋)하다, 비열(鄙劣)하다
652-00-(유아어)더럽다 ▸ 4:인색하다, 던적스럽다

652-ばばっちい *新**三*// 新明解

「きたない」の幼児語。

653-はばひろい *新*岩*三*%

653-01-폭넓다 ▸ ≠
653-02-광범위하다 ▸ 넓다, 해박하다

653-はばひろい *新*岩*三*// 新明解

① 範囲が広い。② 視野が広い。

654-はやい【早い・速い】*新*岩*三*

654-01-시간적으로 짧다 ▸ ≠
654-02-빠르다 ▸ 1:쏜살같다, 잽싸다, 날쌔다, 신속(迅速)하다, 속(速)하다, 난다긴다하다, 치취(馳驟)하다, 침침(駸駸)하다, 곽연(霍然)하다
654-02-빠르다 ▸ 2:짧다
654-02-빠르다 ▸ 3:이르다, 조속(早速)하다
654-02-빠르다 ▸ 4:[나보다 순서가 -]앞이다, 먼저이다, 우선(于先)하다
654-02-빠르다 ▸ 5:약빠르다, 역빠르다, 민첩(敏捷)하다
654-03-움직임이 빠르다 ▸ ≠
654-04-민첩하다 ▸ 날래다, 날쌔다, 재빠르다, 잽싸다, 빠르다, 난다긴다하다, 칠칠하다
654-05-격렬하다 ▸ ≠
654-06-급하다 ▸ 1:바쁘다, 갑작스럽다, 다급하다, 절박(絶迫)하다, 급박(急迫)하다, 긴급(緊急)하다, 촉급(促急)하다, 총급하다, 갈급(渇急)하다, 조급(躁急)하다
654-06-급하다 ▸ 2:팔팔하다, 왈왈하다, 괄괄하다, 왈칵하다, 괄하다, 성조(性燥)하다, 과격(過激)하다
654-06-급하다 ▸ 3:위급(危急)하다, 위독(危篤)하다
654-07-날카롭다 ▸ 1:뾰죽하다, 예리하다, 배쪽하다, 비쭉하다; 뾰족하다, 효예(驍鋭)하다
654-07-날카롭다 ▸ 2:명석하다, 우수하다, 명민(明敏)하다, 영민(英敏)하다, 예민(鋭敏)하다; 날렵하다

654-07-날카롭다 ▸ 3:힘차다, 억세다, 냉초하다, 용강(勇剛)하다, 매섭다

654-07-날카롭다 ▸ 4:신경질적이다

654-08-민감(敏感)하다 ▸ 날카롭다, 예민(銳敏)하다, 민예(敏銳)하다

654-09-시간적으로 이르다 ▸ ≠

654-10-아직 그 시기·그 시각이 아니다 ▸ ≠

654-11-이르다 ▸ 빠르다

654-12-손쉽다 ▸ ≠

654-13-간단하다 ▸ ≠

654-はやい *新*岩*三*// 新明解

↔ 遅い [一]【速い】① 動きが急だ。② [それに要する]時間が短い。③ 激しい。
[二]【早い】① その△時点(時刻)から幾らかの時間が経過すると、比較対象の△時点(時刻)になることを表わす。②まだその△時期(時刻)ではない。[表記] [一]③は「《疾い・〈駛い」とも書く。普通は、早・速の区別をしないで使うことが多い。

655-はらぎたない 【腹穢ない】 *新*岩**

655-01-마음이 더럽다 ▸ ≠

655-02-근성이 나쁘다 ▸ ≠

655-03-심보가 나쁘다 ▸ ≠

655-04-마음이 검다 ▸ ≠

655-はらぎたない *新*岩**// 新明解

[良識に反して] 心がきたない。

656-はらぐろい 【腹黒い】 *新*岩*三*

656-01-속이 검다 ▸ ≠

656-02-심보가 나쁘다 ▸ ≠

656-はらぐろい *新*岩*三*// 新明解

口で言うことと、心の中で思っていることとが全く違っていて、その人の人間性が信頼出来ない様子だ。

657-はらだたしい 【腹立たしい】 *新*岩*三*

657-01-화가 나다 ▸ 성나다, 섰나다, 골나다, 부아나다, 약오르다, 갖잖다, 맞갖잖다, 수틀리다, 분통(憤痛)터지다, 성질(性質)나다, 노(怒)하다, 불쾌(不快)하다, 기분(気分) 나쁘다, 개분(愾憤)하다, 분개(憤慨)하다, 울화(鬱火)치밀다, 역정(逆情)나다, 붓다, 골오르다, 화딱지 나다, 골틀리다, 골통나다, 발충관(髪衝冠)하다

657-02-성이 나다 ▸ 화(火)나다, 골나다, 분노(憤怒)하다, 노(怒)하다, 울불(鬱怫)하다, 역정(逆情)나다, 부레끓다

657-はらだたしい *新*岩*三*// 新明解

> [こらえようとしても] 腹が立つ様子だ。いらいらして、今にも怒り出したい感じだ。

658-はれがましい 【晴れがましい】 *新*岩*三*

658-01-상쾌한 기분이다 ▸ ≠

658-02-매우 표면화되다 ▸ ≠

658-03-쑥스럽고 수줍다 ▸ 부끄럽다, 수집다, 숫접다

658-はれがましい *新*岩*三*// 新明解

> 多くの人から注目され、(いく分気恥ずかしい思いを抱きながらも)光栄に思う気持だ。

659-はればれしい 【晴れ晴れしい】 *新**三*

659-01-하늘이 맑게 개어 있다 ▸ ≠

659-02-마음이 상쾌하다 ▸ ≠

659-03-화려하다 ▸ 호화롭다

659-はればれしい *新**三*// 新明解

> ① 何のわだかまりもなく、心がすっきりしている状態だ。
> ② 人びとから注目されて、名誉なことだと思われる様子だ。

660-はれぼったい 【腫れぼったい】 *新*岩*三*

660-01-부어 올라 불룩한 모양 ▸ ≠

660-02-부석부석 하다 ▸ ≠

660-はれぼったい ＊新＊岩＊三＊// 新明解

腫れて、一面に少しふくらんで見える様子だ。

661-ひくい 【低い】 ＊新＊岩＊三＊

661-01-낮다 ► 1:얕다, 나직하다, 나지막하다, 작다

661-01-낮다 ► 2:저급(低級)하다, 저질(低質)이다

661-01-낮다 ► 3:적다, 저임(低賃)이다

661-01-낮다 ► 4:서늘하다, 춥다

661-02-키가 작다 ► ≠

661-03-지위나 신분이 천하다 ► 1:쌍되다, 쌍스럽다, 상스럽다, 비천(卑賤)하다, 비속(卑俗)하다

661-03-지위나 신분이 천하다 ► 2:속되다, 뇌하다, 짭짝찮다, 천속(賤俗)하다, 속루(俗陋)하다

661-03-지위나 신분이 천하다 ► 3:흔하다

661-03-지위나 신분이 천하다 ► 4:알량하다, 귀접스럽다, 구접스럽다

661-04-소리가 낮다 ► ≠

661-05-정도가 낮다 ► ≠

661-ひくい ＊新＊岩＊三＊// 新明解

↔ 高い ① 基準とする位置から上の方向へ隔たりが△比較の対象とする(一般に予測される)ものより小さいと認められる状態だ。② そのものの程度を示す数値が△比較の対象とする(一般に予測される)ものより小さいと認められる状態だ。③ そのものが△比較の対象とする(一般に予測される)ものより劣っていると認められる状態だ。④ そのものの影響の強さやその及ぶ範囲などが△一般に予測される(比較の対象とする)ものより小さいと認められる状態だ。

662-ひさしい 【久しい】 ＊新＊岩＊三＊

662-01-시간이 오래 걸리다 ► ≠

662-02-오래간만이다 ► ≠

662-ひさしい ＊新＊岩＊三＊// 新明解

何かがあったその時からかなり長い月日がたつ様子だ。

663-ひだるい 【饑い】 *新*岩*三*

663-01-시장하다 ► ≠

663-02-배고프다 ► 시장하다, 출출하다, 허출하다, 허하다, 헛헛하다, 썰썰하다, 걸신(乞神) 들리다, 허기지다

663-ひだるい *新*岩*三*// 新明解

> ［「ひ」は接辞］腹が非常に減って、元気が出ない(感じだ)。

664-ひどい 【非道い・酷い】 *新*岩*三*

664-01-혹독하다 ► 심하다

664-02-참혹하다 ► 끔찍하다, 무자비하다

664-03-심하다 ► 지나치다, 너무하다, 호되다, 독(毒)하다, 극(極)하다, 과도(過度)하다, 격렬 (激烈)하다

664-04-도(度)가 지나치다 ► ≠

664-ひどい *新*岩*三*// 新明解

> ［「非道(ヒドウ)」の形容詞化といわれる］① 堪えられないほど、程度がはなはだしい。
> ② 一般的な水準から見てはなはだしく劣っているととらえられる様子だ。
> 表記 「《酷い》などと書く。

665-ひとがましい *新*岩**%

665-01-사람답다 ► ≠

665-02-어엿하다 ► 어연번듯하다, 번듯하다, 떳떳하다, 당당(堂堂)하다

665-03-상당한 인물 같다 ► ≠

665-ひとがましい *新*岩**// 新明解

> ① ［水準以下の人間と違って］一人前の人間であるにふさわしい様子だ。
> ② 「世間に知られているほどの、相当の人物である様子だ」の意の雅語的表現。

666-ひとくさい *新*岩*三*%

666-01-사람 냄새가 나다 ► ≠

666-02-인기척이 있다 ► ≠

666-03-인간답다 ▸ ≠

666-ひとくさい ＊新＊岩＊三＊// 新明解

> ① 人間のにおいがする。人の居そうな様子が感じられる。
> ② 一個の人格を持った人間にふさわしい様子だ。

667-ひとこいしい ＊新＊岩＊三＊%

667-00-왠지 모르게 외로워서 누군가를 만나고 싶다 ▸ ≠

667-ひとこいしい ＊新＊岩＊三＊// 新明解

> (寂しさに耐えかねて)だれか△に会い(のそばに行き)たいという気持だ。

668-ひとしい【等しい】 ＊新＊岩＊三＊

668-01-서로 같다 ▸ 1:한가지다, 꼭같다, 여전하다, 동일(同一)하다, 일치(一致)하다, 동질(同質)이다, 동류(同類)이다, 대등(対等)하다, 합동(合同)이다, 균등(均等)하다, 균일(均一)하다, 변함없다, 한결같다; 틀림없다

668-01-서로 같다 ▸ 2:닮다; 비슷하다, 흡사(恰似)하다, 상사(相似)하다, 유사(類似)하다

668-01-서로 같다 ▸ 3:답다

668-02-동일하다 ▸ 같다, 똑같다, 의연(依然)하다

668-03-고루어져 있다 ▸ ≠

668-ひとしい ＊新＊岩＊三＊// 新明解

> ① [二つ(以上)の物の] 数量化し得る属性が同じだ。
> ② 根本性格において同一性が見られる。 表記 「《均しい・《斉しい」とも書く。

669-ひとなつかしい ＊新＊＊三＊%

669-01-사람이 그립다 ▸ 1:생각나다

669-01-사람이 그립다 ▸ 2:아쉽다; 간절하다; 요긴(要緊)하다, 필요(必要)하다

669-02-온화해서 친밀감을 느끼게 하는 모양 ▸ ≠

669-ひとなつかしい ＊新＊＊三＊// 新明解

> 老境に入ったりしばらく親しい人と会わないでいたりして、むしょうに人に△会うこと
> を歓迎する様子だ(会ってみたい感じだ)。

670-ひとなつっこい ＊新＊岩＊三＊%

670-01-(⇒ひとなつこい)남과 친해지기 쉽다 ► ≠

670-02-붙임성이 있다 ► ≠

670-03-사람을 잘 따르다 ► ≠

670-ひとなつっこい ＊新＊岩＊三＊// 新明解

> 人にすぐ親しんで懐きやすい。ひとなつこい。

671-ひなたくさい ＊新＊岩＊三＊%

671-01-(이불・빨래 등에서)햇볕을 오래 쬔 냄새가 나다 ► ≠

671-02-시골티가 나다 ► ≠

671-03-촌스럽다 ► 촌티나다, 시골티나다, 메부수수하다, 조야(粗野)하다, 누비(陋鄙)하다

671-ひなたくさい ＊新＊岩＊三＊// 新明解

> [布団・洗濯物などが] 日光に当たったにおいがする感じだ。

672-びびしい 【美美しい】 ＊新＊岩＊三＊

672-00-화려하고 아름답다 ► 예쁘다, 어여쁘다, 곱다, 귀엽다, 새뜻하다, 아리땁다, 미려(美
麗)하다, 수려(秀麗)하다, 우아(優雅)하다, 가려(佳麗)하다, 선연(鮮妍)하다, 선연(嬋
娟)하다, 청염(淸艶)하다, 야염(冶艶)하다, 아나(婀娜)하다, 기려(奇麗)하다, 육리(陸
離)하다, 요요(姚姚)하다, 요요(夭夭)하다, 휴미(休美)하다, 선호(鮮好)하다, 병정(娉
婷)하다, 섬연(纖妍)하다, 선연(嬋妍)하다; 매력적(魅力的)히다; 빼어나다

672-びびしい ＊新＊岩＊三＊// 新明解

> いかにも華やかで美しい感じだ。

673-ひもじい ＊新＊岩＊三＊

673-01-배가 고프다 ▸ 시장하다, 출출하다, 허출하다, 허하다, 헛헛하다, 썰썰하다, 걸신(乞神)들리다, 허기지다

673-02-주리고 있다 ▸ ≠

673-ひもじい ＊新＊岩＊三＊// 新明解

> ［「ひ」は、「ひだるい」の意。⇒文字詞(コトバ)］空腹で、がまんが出来ない状態だ。

674-ひやっこい 【冷っこい】 ＊新＊岩＊三＊

674-00-＜속＞차갑다 ▸ 1:차다, 차겁다, 차끈하다, 얼음장 같다, 냉(冷)하다

674-00-＜속＞차갑다 ▸ 2:춥다, 싸늘하다, 사늘하다, 서늘하다, 사느랗다, 서느렇다, 아스스하다, 으스스하다, 한랭(寒冷)하다

674-ひやっこい ＊新＊岩＊三＊// 新明解

> ［東部方言］冷たい感じがする様子だ。

675-ひょろながい 【ひょろ長い】 ＊新＊岩＊三＊

675-01-가늘고 길다 ▸ ≠

675-02-여위고 키가 크다 ▸ ≠

675-ひょろながい ＊新＊岩＊三＊// 新明解

> 細長くて、見るからに弱よわしい様子だ。

676-ひよわい 【ひ弱い】 ＊新＊＊三＊

676-01-가냘프고 약하다 ▸ 가늘다, 약(弱)하다, 잘다, 섬섬(纖纖)하다, 섬약(纖弱)하다, 취약(脆弱)하다, 면약(綿弱)하다, 연연(軟娟)하다, ; 무르다, 호듯하다

676-02-연약하다 ▸ 약(弱)하다, 연(軟)하다

676-ひよわい ＊新＊＊三＊// 新明解

> ひ弱な様子だ。

677-ひらたい【平たい】 ∗新∗岩∗三∗

677-01-납작하고 얇다 ▸ 넙적하다; 납작스름하다, 측편(側扁)하다; 판판하다

677-02-편편하다 ▸ ≠

677-03-울퉁불퉁하지 않다 ▸ ≠

677-ひらたい ∗新∗岩∗三∗// 新明解

> 平らで、起伏や厚みが無い(ような様子だ)。平らな。

678-ひらべったい ∗新∗岩∗三∗

678-01-(「ひらたい・たいらな」)의 속된 말투 ▸ ≠

678-02-평평하다 ▸ ≠

678-ひらべったい ∗新∗岩∗三∗// 新明解

> [口頭]「ひらたい」の強調形。

679-ひろい【広い・弘い】 ∗新∗岩∗三∗

679-01-면적이 넓다 ▸ 1:드넓다, 크넓다, 너르다, 널찍하다, 넓직하다, 광대무변(広大無邊)하다, 광대(広大)하다, 광막(広漠)하다, 막막(漠漠)하다, 광연(広衍)하다, 광연(広淵)하다, 광활(広闊)하다, 광박(広博)하다, 광망하다, 묘막하다, 홍연(弘淵)하다, 굉홍(宏弘)하다, 굉활(宏闊)하다, 망막(茫漠)하다, 곽여(廓如)하다, 곽연(廓然)하다

679-01-면적이 넓다 ▸ 2:너그럽다, 너르다, 살갑다, 슬겁다

679-01-면적이 넓다 ▸ 3:풍부(豊富)하다, 박식(博識)하다

679-02-범위가 넓다 ▸ ≠

679-03-멀리까지 틔어 있다 ▸ ≠

679-04-폭이 넓다 ▸ ≠

679-05-구석구석까지 미쳐 있다 ▸ ≠

679-06-작은 일에 사로잡히지 않다 ▸ ≠

679-07-유연하다 ▸ ≠

679-ひろい ∗新∗岩∗三∗// 新明解

> ← 狭い ① (何かをするのに十分過ぎるほど)△面積(空間)が大きい。② 幅が大きい。③ 及ぶ範囲が大きい。[表記]③は、「《博い》」とも書く。

680-びんぼうくさい *新***××

680-××

680-びんぼうくさい *新***// 新明解

> 身の回りや生活態度がみすぼらしくて、すべての点に貧乏さが感じられる様子だ。

681-びんぼうたらしい *新***%

681-01-궁상맞다 ▶ 초라하다, 꾀죄죄하다, 궁상스럽다, 가년스럽다, 거년스럽다
681-02-궁상스럽다 ▶ ≠

681-びんぼうたらしい *新***// 新明解

> いかにも貧乏だという印象を他人に与える様子だ。

682-ぶあつい 【分厚い・部厚い】 *新*岩*三*

682-00-(두께가 있는 것)두껍다 ▶ 1:두툼하다, 도톰하다; 도독하다, 두둑하다; 톡톡하다, 툭툭하다
682-00-(두께가 있는 것)두껍다 ▶ 2:염치없다, 뻔뻔하다, 뻔뻔스럽다, 몰염치(沒廉恥)하다, 체면없다, 안후(顔厚)하다

682-ぶあつい *新*岩*三*// 新明解

> [平たい物について]同種の他のものに比べて、厚みがかなりある状態だ。
> 表記 「部厚」とも書く。

683-ふかい 【深い】 *新*岩*三*

683-01-표면에서 바닥까지의 거리가 길다 ▶ ≠
683-02-깊다 ▶ 깊다랗다, 웅숭깊다 1:깊숙하다
683-02-깊다 ▶ 2:많다
683-02-깊다 ▶ 3:듬쑥하다, 심오(深奧)하다
683-02-깊다 ▶ 4:두텁다, 돈독(敦篤)하다, 돈후(敦厚)하다
683-02-깊다 ▶ 5:이슥하다
683-02-깊다 ▶ 6:완숙(完熟)하다

683-03-안까지의 거리가 멀다 ► ≠

683-04-색이 짙다 ► ≠

683-05-안개 등이 짙게 끼다 ► ≠

683-06-친밀하다 ► 친하다, 일견여구(一見如旧)하다, 일면여구(一面如旧)하다

683-07-풍부하다 ► 많다, 족(足)하다, 넉넉하다

683-08-충분하다 ► 넉넉하다

683-09-정도가 심하다 ► 지나치다, 너무하다, 호되다, 독(毒)하다, 극(極)하다, 과도(過度)하다, 격렬(激烈)하다

683-10-보통이 아니다 ► ≠

683-11-그 계절의 한창 때이다 ► ≠

683-12-초목 따위가 크고 무성하다 ► 우거지다, 깃다, 다욱하다, 울창(欝蒼)하다, 애애하다, 무번(無繁)하다, 처처(妻妻)하다, 창무(暢茂)하다, 위유하다, 옹울(翁欝)하다, 의의(依依)하다, 울연(欝然)하다, 울울(欝欝)하다

683-ふかい *新*岩*三*// 新明解

> ① 底までの長さが△比較の対象とする(一般に予測される)ものより大きい様子だ。
> ② △底(下・奥)までなかなか届かず、どうなっているのか容易にはうかがい知れない様子だ。
> ③ [そのこととのかかわり合いに関して]容易には抜け出せないほど中や奥に入り込んでいる様子だ。④ もっとも△明るい(華やかな)状態を過ぎて、ともすれば△暗い(沈んだ)状態だといった印象を受ける様子だ。[①〜④の大部分の対義語は、浅い]

684-ふがいない 【腑甲斐無い】 *新*岩*三*

684-01-쓸모가 없다 ► 소용없다, 쓸데없다; 부질없다

684-02-기개가 없고 비겁하다 ► ≠

684-03-지나치게 소극적이다 ► ≠

684-ふがいない *新*岩*三*// 新明解

> 歯がゆいほど意気地が無い。[表記] 普通、「〈腑《甲〈斐無い」と書く。

685-ふくぶくしい 【福福しい】 *新*岩*三*

685-01-(복덕이 많은 모양)복스럽다 ► 복되다, 복성스럽다, 도담하다, 푼더분하다

685-02-부유해서 풍부한 모양 ► ≠

685-03-얼굴이 둥글고 부드러운 모양 ► ≠

685-ふくぶくしい ＊新＊岩＊三＊// 新明解

> ① 顔が丸くて、穏やかな感じだ。 ② お金がたくさんあって、幸福そうな様子だ。

686-ふさわしい 【相応しい】 ＊新＊岩＊三＊

686-00-잘 어울리다 ► 얼리다; 아울리다, 어우러지다; 어울러지다, 걸맞다, 얼맞다, 어금지금
　　　하다, 맵자다, 맵자하다; 짜이다, 짭짤하다; 조화(調和)되다, 합치다; 섞이다

686-ふさわしい ＊新＊岩＊三＊// 新明解

> その物にぴったり似合う様子だ。 表記 「{相応}しい」は、一種の義訓。

687-ふてぶてしい 【太太しい】 ＊新＊岩＊三＊

687-01-넉살 좋다 ► ≠
687-02-대담하고 뻔뻔스럽다 ► 빤빤스럽다; 빤빤하다, 뻔뻔하다, 발막하다, 염치없다, 몰염치
　　　하다, 언죽번죽하다; 언죽언죽하다, 낯두껍다, 무치(無恥)하다, 강안(強顔)하다, 후
　　　안(厚顔)하다, 후안무치(厚顔無恥)하다, 안후(顔厚)하다, 낯가죽 두껍다

687-ふてぶてしい ＊新＊岩＊三＊// 新明解

> [言動が]権威に恐れる風(フウ)も無く平然と構える様子が憎たらしいくらいだ。

688-ふとい 【太い】 ＊新＊岩＊三＊

688-01-굵다 ► ≠
688-02-비대(肥大)하다 ► 1:뚱뚱하다
688-02-비대(肥大)하다 ► 2:강하다, 크다
688-03-뚱뚱하다 ► 뚱뚱하다; 비대(肥大)하다, 퉁퉁하다, 비만(肥滿)하다, 부(富)하다
688-04-목소리가 낮은 음이다 ► ≠
688-05-<속>주제 넘다 ► 건방지다, 아니꼽다, 신둥지다, 신둥부러지다, 눈꼴사납다, 눈꼴시다
688-06-뻔뻔스럽다 ► 빤빤스럽다; 빤빤하다, 뻔뻔하다, 발막하다, 염치없다, 몰염치하다, 언
　　　죽번죽하다; 언죽언죽하다, 낯두껍다, 무치(無恥)하다, 강안(強顔)하다, 후안(厚顔)
　　　하다, 후안무치(厚顔無恥)하다, 안후(顔厚)하다, 낯가죽 두껍다
688-07-건방지다 ► 아니꼽다, 시큰둥하다, 도도하다, 버릇없다, 젠 체하다, 엇되다, 뒤넘스럽
　　　다, 주제넘다, 같잖다, 시건방지다, 궤란쩍다, 못마땅하다, 꼴불견이다, 시먹다, 덜

되다, 시퉁하다, 시퉁스럽다, 발막하다, 엄방지다, 되바라지다, 야발지다, 교건(驕蹇)하다, 교만(驕慢)하다, 덜떨어지다, 시퉁머리 터지다, 병자년(丙子年) 방죽이다

688-ふとい ＊新＊岩＊三＊// 新明解

① 棒状のものの(すべての)側面の幅、また、線状・帯状のものの幅が、△比較の対象とする(一般に予測される)ものより広い様子だ。[ただし、一般に、川・道路・線路など、地表に沿って形作られたものについては用いない] ② [①が、安定感がある、力強い、丈夫だといった印象を与えることから]内から発する力が感じられ、他から加えられる力に容易に屈しそうにもない様子だ。[①の大部分、②の一部の用法の対義語は、細い]

689-ふるい 【古い・旧い・故い】 ＊新＊岩＊三＊

689-01-오래다 ► ≠

689-02-옛날 일이다 ► ≠

689-03-오랜 세월이 지나다 ► ≠

689-04-오래도록 쓰고 있다 ► ≠

689-05-신선하지 않다 ► ≠

689-06-낡았다(낡다) ► 1:헐다, 해지다, 너절하다, 닳다; 쓸모없다; 남루하다; 삭다

689-06-낡았다(낡다) ► 2:구식(旧式)이다; 진부(陳腐)하다; 묵다, 오래되다, 노후(老朽)하다, 낡아빠지다

689-07-시대에 뒤떨어졌다 ► ≠

689-08-구식이다 ► ≠

689-09-종전 것과 조금도 다르지 않다 ► ≠

689-10-색다르지 않다 ► ≠

689-11-<고>연공(年功)을 쌓았다 ► ≠

689-ふるい ＊新＊岩＊三＊// 新明解

↔ 新しい ① △始まって(すんで・何かが行われて)から、(長い)時間がたった状態だ。② △新鮮(新式)でない。

690-ふるくさい 【古臭い】 ＊新＊岩＊三＊

690-01-아주 낡았다 ► ≠

690-02-낡아서 신통치 않다 ► ≠

690-03-케케묵었다 ► ≠

690-04-진부(陳腐)하다 ► ≠
690-05-흔히 있는 것이어서 별다른 재미가 없다 ► ≠

690-ふるくさい ＊新＊岩＊三＊// 新明解

> [形式などが] ひどく古いという感じしか与えない様子だ。

691-ふるめかしい【古めかしい】 ＊新＊岩＊三＊

691-01-오래 된 것 같다 ► ≠
691-02-케케묵었다 ► ≠
691-03-진부(陳腐)하다 ► ≠

691-ふるめかしい ＊新＊岩＊三＊// 新明解

> いかにも古いという感じがするようだ。

692-ふんべつくさい ＊新＊岩＊三＊%

692-00-아주 분별이 있는 체하다 ► ≠

692-ふんべつくさい ＊新＊岩＊三＊// 新明解

> いかにも分別があるといわんばかりの様子だ。

693-ふんべつらしい ＊新＊岩＊三＊%

693-00-분별이 있어 보이다 ► ≠

693-ふんべつらしい ＊新＊岩＊三＊// 新明解

> 分別がある様子だ。

694-ほおえましい ＊＊＊三＊%

694-00-⇒ほほえましい

694-ほおえましい ＊＊＊三＊// 三省堂

> ほほえましい。

695-ほこらしい 【誇らしい】 ＊新＊岩＊三＊

695-00-자랑스럽다 ▸ ≠

695-ほこらしい ＊新＊岩＊三＊// 新明解

> 得意で、自慢したい気持だ。

696-ほしい 【欲しい】 ＊新＊岩＊三＊

696-01-탐나다 ▸ ≠

696-02-가지고 싶다 ▸ ≠

696-03-필요하다 ▸ 긴(緊)하다, 긴요(緊要)하다, 절실(切実)하다, 긴실하다, 소용(所用)되다, 요구(要求)되다

696-04-바라다 ▸ 1:뜻하다, 원(願)하다, 소원(所願)하다, 소망(所望)하다, 간원(懇願)하다, 곤원(梱願)하다, 염원(念願)하다, 간망(懇望)하다, 갈망(渇望)하다, 기망(企望)하다, 기앙(企仰)하다, 사망(思望)하다, 열망(熱望)하다, 지원(至願)하다, 지원(志願)하다, 지망(志望)하다

696-04-바라다 ▸ 2:기대(期待)하다, 기다리다, 예기(予期)하다

696-04-바라다 ▸ 3:부탁하다, 요구(要求)하다

696-ほしい ＊新＊岩＊三＊// 新明解

> ① 自分の物にしたい。② [「…△て(ないで)-」の形で] その実現を願う気持を表わす。

697-ほそい 【細い】 ＊新＊岩＊三＊

697-01-가늘다 ▸ 가느다랗다, 가느스름하다, 실낱같다 1:작다

697-01-가늘다 ▸ 2:좁다

697-01-가늘다 ▸ 3:가냘프다, 낮다, 작다

697-01-가늘다 ▸ 4:촘촘하다

697-02-좁다 ▸ 1:좁다랗다, 협소(狭小)하다, 측루(側陋)하다

697-02-좁다 ▸ 2:꼼바르다, 잘다, 국축(局促)하다, 협량(狭量)하다, 편협(偏狭)하다

697-02-좁다 ▸ 3:빠듯하다, 꼭 끼다, 솔다

697-03-폭이 좁다 ▸ ≠
697-04-소리가 가늘고 약하다 ▸ ≠
697-05-분량이 적다 ▸ ≠
697-06-빈약하다 ▸ 보잘것없다, 약하다
697-07-액수가 적다 ▸ ≠

697-ほそい *新*岩*三*// 新明解

① 棒状のものの(すべての)側面の幅、また、線状・帯状のものの幅が、△比較の対象とする(一般に予測される)ものより狭い様子だ。
② [「細い①」が頼りない、もろいといった印象を与えることから]内にこもる力が感じられず、弱よわしい様子だ。[大部分の用法の対義語は、太い]

698-ほそながい 【細長い】 *新*岩*三*

698-01-가늘고 길다 ▸ ≠
698-02-좁고 길다 ▸ ≠

698-ほそながい *新*岩*三*// 新明解

[比較の対象とするものや一般に予測されるものに比べて]長さばかりが目立って幅が△ほとんど感じられない(目立たない)形状を備えている様子だ。

699-ほとけくさい *新***%

699-01-중 냄새가 풍기다 ▸ ≠
699-02-불교적인 색채가 짙다 ▸ ≠

699-ほとけくさい *新***// 新明解

[その人の言動やその場の様子が]△死(葬式)に結びついていたり寺・僧侶(ソウリョ)・仏教的な観念などの陰気な雰囲気を連想させたりする様子だ。

700-ほどちかい 【程近い】 *新**三*

700-01-거리가 가깝다 ▸ 1:짧다, 가직하다, 밭다, 지근(至近)하다, 절근(切近)하다, 근접(近接)하다
700-01-거리가 가깝다 ▸ 2:비슷하다, 유사(類似)하다

700-01-거리가 가깝다 ▸ 3:두텁다, 친하다, 친밀(親密)하다, 밀접(密接)하다
700-02-그리 멀지 않다 ▸ ≠

700-ほどちかい *新**三*// 新明解

> そこまであまり隔たりがない。

701-**ほどとおい【程遠い】** *新*岩*三*

701-00-거리나 시간의 차가 꽤 있다 ▸ ≠

701-ほどとおい *新*岩*三*// 新明解

> そこまでかなりの隔たりがある様子だ。

702-**ほどよい【程好い】** *新*岩*三*

702-01-알맞다 ▸ 얼맞다; 걸맞다, 어울리다, 적당(適当)하다, 적합(適合)하다, 적절(適切)하다,
　　　　적격(適格)이다, 적정(適正)하다, 적실(適実)하다, 적의(適宜)하다, 적중(適中)하다,
　　　　적임(適任)하다; 맞다, 마땅하다, 들어맞다, 합당(合当)하다, 타당(妥当)하다, 온당
　　　　(穩当)하다, 의합(宜合)하다, 득중(得中)하다
702-02-꼭 맞다 ▸ ≠
702-03-적당하다 ▸ 알맞다, 꼭맞다, 딱맞다

702-ほどよい *新*岩*三*// 新明解

> ぐあいよい。ちょうどよい。

703-**ほねっぽい【骨っぽい】** *新*岩*三*

703-01-생선 따위에 잔가시가 많은 모양 ▸ ≠
703-02-기골이 있는 모양 ▸ ≠

703-ほねっぽい *新*岩*三*// 新明解

> ① 魚などに小骨が△多い(く、食べにくい)。② 気骨(キコツ)が有る様子だ。

704-ほのぐらい 【仄暗い】 *新*岩*三*

704-01-어두컴컴하다 ▸ ≠

704-02-어둠침침하다 ▸ 어둡다, 어둑어둑하다, 어웅하다, 어두컴컴하다, 끄느름하다, 끄무레하다

704-ほのぐらい ＊新＊岩＊三＊// 新明解

うすぐらい。

705-ほのじろい ＊＊＊三＊%

705-00-희끄무레하다 ▸ ≠

705-ほのじろい ＊＊＊三＊// 三省堂

[文]ぼんやりとして白い。[夕やみにほの白くうかぶ夕顔の花]

706-ほほえましい 【微笑ましい】 ＊新＊岩＊三＊

706-00-절로 미소짓게 되고 호감이 가다 ▸ ≠

706-ほほえましい ＊新＊岩＊三＊// 新明解

好ましくて、ほほえみたくなるようだ。表記 普通、「《微笑ましい」と書く。

707-ぼろい ＊新＊岩＊三＊

707-00-<속>이익이 대단히 많다 ▸ ≠

707-ぼろい ＊新＊岩＊三＊// 新明解

[関西方言] ① 元手・労力がかからない割に利益が非常に多い。
② 仕事が入念でなく、安っぽい。

708-ほろにがい 【ほろ苦い】 ＊新＊岩＊三＊

708-00-씁쓰레하다 ▸ ≠

708-ほろにがい *新*岩*三*// 新明解

> ① 多少苦みが感じられる味だ。 ② その時にはくやしかったりつらかったりした事が、時間がたった今となってはなつかしく思われる様子だ。

709-まあたらしい 【真新しい】 *新*岩*三*

709-01-아주 새롭다 ▸ 1:새삼스럽다
709-01-아주 새롭다 ▸ 2:참신(斬新)하다, 신선(新鮮)하다
709-01-아주 새롭다 ▸ 3:처음이다, 초유(初有)이다
709-01-아주 새롭다 ▸ 4:필요하다
709-02-매우 새롭다 ▸ ≠

709-まあたらしい *新*岩*三*// 新明解

> [まだ使われていない物であるかのように] 全く新しい感じを受ける様子だ。

710-まがまがしい *新*岩*三*%

710-01-불길하다 ▸ 좋지 않다, 흉하다
710-02-화가 미칠 것 같다 ▸ ≠
710-03-사위스럽다 ▸ ≠

710-まがまがしい *新*岩*三*// 新明解

> 悪い事が起こりそうで、いやだ。

711-まぎらわしい 【紛らわしい】 *新*岩*三*

711-01-서로 닮아 구별하기 힘들다 ▸ ≠
711-02-틀리기 쉽다 ▸ ≠

711-まぎらわしい *新*岩*三*// 新明解

> よく似ていて、まちがえやすい。

712-まずい 【不味い】 *新*岩*三*

712-01-맛이 없다 ▶ 1:맛갗잖다, 맛적다

712-01-맛이 없다 ▶ 2:재미없다, 취미(趣味) 없다, 흥미(興味)없다

712-01-맛이 없다 ▶ 3:싱겁다

712-02-서투르다 ▶ 1:미숙(未熟)하다, 성기다, 거칠다, 손서툴다, 손서투르다, 손설다, 어설프다, 소졸(疎拙)하다, 생(生)되다, 섣부르다, 팍설다, 어줍다, 서툴다

712-02-서투르다 ▶ 2:어색하다, 설다, 낯설다, 생소(生疏)하다

712-03-형편이 좋지 않다 ▶ ≠

712-まずい *新*岩*三*// 新明解

---

① 味が悪いと感じられる状態だ。↔ おいしい・うまい
② へたで、感心できない様子だ。↔ うまい② ③ 事の進行に不都合が生じる状態だ。
④ 美しくない。 表記 ①は「{不味}い」、②は「《拙い》」とも書く。

713-まずしい 【貧しい】 *新*岩*三*

713-01-가난하다 ▶ 주저롭다, 어렵다, 쪼들리다, 궁하다, 애옥하다

713-02-부족하다 ▶ 모자라다, 초름하다, 째다

713-03-빈약하다 ▶ 보잘것없다, 약하다

713-まずしい *新*岩*三*// 新明解

---

① お金・物資が十分になくて、生活が苦しい状態だ。
② 必要とされる、経験や知的能力が足りない状態だ。

714-まだるい 【間怠い】 ***三*

714-01-미적지근하다 ▶ ≠

714-02-흐리멍덩하다 ▶ 하리망당하다 1:흐리다, 흐리마리하다, 흐리터분하다, 홀미죽죽하다, 불분명(不分明)하다

714-02-흐리멍덩하다 ▶ 2:빙하다, 몽롱(朦朧)하다, 미몽(迷夢)하다, 자몽(自夢)하다, 혼몽(昏夢)하다, 혼미(昏迷)하다

714-02-흐리멍덩하다 ▶ 3:희미하다

714-03-게으르다 ▶ 게르다; 개으르다, 개르다, 잘을손 뜨다, 태타(怠惰)하다, 나태(懶怠)하다, 용란하다, 용타하다, 해태(懈怠)하다, 해타(懈惰)하다, 유타(遊惰)하다, 이타(弛惰)하다, 소만(疎慢)하다, 소용하다, 소타(疎惰)하다, 휴태(休怠)하다, 나타(懶惰)하다, 나

만(懶慢)하다, 태만(怠慢)하다, 난타(嬾惰)하다, 타태(惰怠)하다

714-まだるい ＊＊＊三＊// 三省堂

> まだるっこい。

715-まだるっこい【間怠こい】 ＊新＊岩＊三＊
715-00-⇒まだるこい

715-まだるっこい ＊新＊岩＊三＊// 新明解

> [「間怠(ダル)い」の強調形]物事を処理する動作がのろのろしていたりはかどりが悪かったりして、見ていていらいらさせられる感じだ。[口頭語では「まだるっこしい」とも]

716-まぢかい【間近い】 ＊新＊岩＊三＊
716-00-⇒まぢか

716-まぢかい ＊新＊岩＊三＊// 新明解

> その△時期(実現)が間近に迫っている様子だ。

717-まちどおしい【待ち遠しい】 ＊新＊岩＊三＊
717-01-오래 기다려 못 견딜 것 같다 ▸ ≠
717-02-오래 기다려 견딜 수 없다 ▸ ≠
717-03-너무 오래 기다리다 ▸ ≠

717-まちどおしい ＊新＊岩＊三＊// 新明解

> 一刻でも早くその事が実現してほしいと願いながら待つ様子だ。

718-まっくろい ＊＊＊三＊%
718-00-아주 새까맣다 ▸ ≠

718-まっくろい ***三*// 三省堂

> まっくろな状態だ。

719-まっこうくさい *新*岩*三*%

719-01-말향 냄새가 나다 ▶ ≠
719-02-불교적인 색채가 짙다 ▶ ≠
719-03-중 냄새가 나다 ▶ ≠

719-まっこうくさい *新*岩*三*// 新明解

> その場の雰囲気やその人の言動が仏教じみている様子だ。

720-まっしろい ***三*%

720-00-새하얗다 ▶ ≠

720-まっしろい ***三*// 三省堂

> まっしろな状態だ。

721-まったい *新*岩*三*%

721-01-완전하다 ▶ 옹글다, 오롯하다
721-02-완벽하다 ▶ ≠
721-03-안전하다 ▶ 1:탈없다; 평화롭다
721-04-무사하다 ▶ 일없다, 탈없다, 별일없다, 무고(無故)하다, 평온(平穩)하다, 무탈하다, 평
　　　　안(平安)하다, 평화(平和)롭다; 안전(安全)하다, 건강(健康)하다, 무양(無恙)하다, 무
　　　　사태평(無事泰平)하다

721-まったい *新*岩*三*// 新明解

> 「完全だ」の意のやや改まった表現。

722-まどおい 【間遠い】 *新*岩*三*

722-01-거리적・시간적으로 멀다 ▶ 1:제법 멀다, 광료(広遠)하다

722-01-거리적・시간적으로 멀다 ▶ 2:오래다, 면막(綿邈)하다
722-01-거리적・시간적으로 멀다 ▶ 3:동뜨다, 동안뜨다, 친하지 않다, 소원(疏遠)하다
722-02-시간이 길다 ▶ ≠

722-まどおい ＊新＊岩＊三＊// 新明解

> 間遠な様子だ。

723-まどろこしい ＊新＊＊三＊%

723-00-⇒まだるい

723-まどろこしい ＊新＊＊三＊// 新明解

> [口頭]動作がのろのろしていたり妙に手間がかかったりして、じれったく感じられる様子
> だ。[強調表現は「まどろっこしい」]

724-まどろっこしい ＊＊岩＊三＊××

724-××

724-まどろっこしい ＊＊岩＊三＊// 三省堂

> ⇒まだるっこい。

725-まばゆい 【眩い】 ＊新＊岩＊三＊

725-01-강한 빛에 눈부시다 ▶ ≠
725-02-타인에 대하여 부끄럽다 ▶ 바끄럽다; 1:수줍다, 열없다, 얼쩍다, 스스럽다, 계면쩍다,
　　계면하다, 창피하다, 낯간지럽다, 겸연(慊然)쩍다
725-02-타인에 대하여 부끄럽다 ▶ 2:볼낯 없다, 낯뜨겁다, 남부끄럽다, 면목(面目)없다, 무안
　　(無顔)하다, 수치(羞恥)스럽다, 전연(靦然)하다, 무참(無慚)하다, 무참(無慚)스럽다,
　　수참(羞慚)하다, 난연(赧然)하다, 괴난(愧赧)하다, 면구(面灸)스럽다
725-03-빛나서 아름답다 ▶ 예쁘다, 어여쁘다, 곱다, 귀엽다, 새뜻하다, 아리땁다, 미려(美麗)
　　하다, 수려(秀麗)하다, 우아(優雅)하다, 가려(佳麗)하다, 선연(鮮妍)하다, 선연(嬋娟)
　　하다, 청염(淸艶)하다, 야염(冶艶)하다, 아나(婀娜)하다, 기려(奇麗)하다, 육리(陸離)
　　하다, 요요(姚姚)하다, 요요(夭夭)하다, 휴미(休美)하다, 선호(鮮好)하다, 병정(娉婷)
　　하다, 섬연(纖妍)하다, 선연(嬋妍)하다; 매력적(魅力的)이다; 빼어나다

725-まばゆい ＊新＊岩＊三＊// 新明解

> 「まぶしい」意の雅語的表現。 表記 「〈眩い」とも書く。

726-まぶしい 【眩しい】 ＊新＊岩＊三＊

726-01-눈부시다 ▶ 1:찬란(燦爛)하다, 현목(眩目)하다
726-01-눈부시다 ▶ 2:황홀(恍惚)하다, 현란(絢爛)하다
726-01-눈부시다 ▶ 3:다채롭다, 화려(華麗)하다
726-02-빛이 강하여 눈을 뜨지 못함 ▶ ≠

726-まぶしい ＊新＊岩＊三＊// 新明解

> ① そのものの△発する(反射する)光が強過ぎて、見つめていられない様子だ。
> ② そのものが△華やか(立派)過ぎたりこちらに気恥ずかしさが有ったりして、まともに向き合うことが出来ない様子だ。

727-まましい 【継しい】 ＊新＊岩＊三＊

727-01-배가 다르다 ▶ ≠
727-02-육친 관계가 아니다 ▶ ≠
727-03-사이가 소원하다 ▶ 설면하다, 낯설다, 서먹서먹하다, 어색하다; 멀다, 벌다, 뜨다, 새
　　　　　뜨다

727-まましい ＊新＊岩＊三＊// 新明解

> ① なさぬ仲だ。 ② 腹違いだ。

728-まめまめしい ＊新＊岩＊三＊

728-01-성실하게 일하다 ▶ ≠
728-02-충실하다 ▶ 알차다

728-まめまめしい ＊新＊岩＊三＊// 新明解

> かげひなたが無く、よく働く様子だ。

729-まるい 【丸い・円い】 *新*岩*三*

729-01-둥글다 ▸ 동글다 1:동글다, 둥그스름하다, 동그스름하다; 원형(原形)이다

729-01-둥글다 ▸ 2:원만(圓滿)하다, 둥글둥글하다, 똥글똥글하다, 숭글숭글하다

729-02-원만하다 ▸ 오롯하다, 너그럽다, 둥글다, 둥글둥글하다, 숭글숭글하다, 온편(穩便)하다, 원전활탈(圓転滑脱)스럽다; 원활(圓滑)하다, 무난(無難)하다, 흡족(洽足)하다, 흡만(洽滿)하다, 무규각(無圭角)하다

729-03-이야기를 원만히 끝내다 ▸ ≠

729-04-완전하다 ▸ 옹글다, 오롯하다

729-05-몽롱하다 ▸ 1:흐릿하다, 어둠침침하다

729-05-몽롱하다 ▸ 2:흐리멍텅하다, 아득하다, 몽몽(夢夢)하다

729-05-몽롱하다 ▸ 3:희미하다, 어렴풋하다, 알근하다, 가물가물하다, 혼몽하다, 묘연(杳然)하다

729-まるい *新*岩*三*// 新明解

> ① △円(球)の形をしている様子だ。② 角(カド)が取れた感じだ。[表記]「円い」とも書く。

730-まるっこい 【丸っこい】 *新*岩*三*

730-01-(「こい」는 접미어)둥그렇다 ▸ ≠

730-02-동그랗다 ▸ 둥그렇다; 동글다, 둥글다; 똥그랗다, 뚱그렇다; 원형(圓形)이다

730-まるっこい *新*岩*三*// 新明解

> [口頭]丸い(感じだ)。

731-まるまっちい *新*＊三*%

731-01-<속>동글동글하다 ▸ ≠

731-02-토실토실하다 ▸ 복스럽다

731-まるまっちい *新*＊三*// 新明解

> [「丸丸しい」の変化] [関東・中部方言] 小柄で、丸い。

732-まわりくどい 【回り諄い】 *新*岩*三*

732-00-이야기 등이 핵심을 피하고 번거롭다 ▸ ≠

732-まわりくどい *新*岩*三*// 新明解

> 直接的でなく、遠回りでめんどうくさい。

733-まわりどおい *新*岩*三*%

733-01-길이 돌아가게 되어 있어 멀다 ▸ ≠
733-02-에둘러 하느라고 민첩하지 못하다 ▸ ≠

733-まわりどおい *新*岩*三*// 新明解

> ① 回り道になっていて、遠い。② 直接的でなく、もどかしい。

734-まんまるい ***三*%

734-01-아주 둥글다 ▸ 둥글다 1:둥글다, 둥그스름하다, 동그스름하다; 원형(原形)이다
734-01-아주 둥글다 ▸ 2:원만(圓滿)하다, 둥글둥글하다, 뚱글뚱글하다, 숭글숭글하다
734-02-똥그랗다 ▸ ≠

734-まんまるい ***三*// 三省堂

> 完全にまるい。

735-みぐるしい 【見苦しい】 *新*岩*三*

735-01-보기 흉하다 ▸ 1:보기싫다, 징그럽다, 증(憎)하다
735-01-보기 흉하다 ▸ 2:거칠다, 고약하다, 나쁘다
735-01-보기 흉하다 ▸ 3:불길(不吉)하다
735-01-보기 흉하다 ▸ 4:흉헙다
735-02-보기 싫다 ▸ ≠

735-みぐるしい *新*岩*三*// 新明解

> 普通の人間なら恥ずかしくて出来そうもない△状態に在って(行為をして)、まわりの人を
> ひどく不快にさせる様子だ。

736-みじかい 【短い】 *新*岩*三*

736-01-길이가 짧다 ▶ 1:짧다랗다, 약략(略略)하다, 약략스럽다, 깡뚱하다

736-01-길이가 짧다 ▶ 2:모자라다, 미치지 못하다, 부족(不足)하다

736-01-길이가 짧다 ▶ 3:까다롭다

736-01-길이가 짧다 ▶ 4:얕다, 천학(浅学)하다, 박학(薄学)하다

736-02-시간이 오래지 않다 ▶ ≠

736-03-성미가 급하다 ▶ ≠

736-みじかい *新*岩*三*// 新明解

↔ 長い ① 連続また持続する物事の、始まりから終りに至るまでの時間が△比較の対象とする(一般に予測される)ものより少ない様子だ。
② 線状・棒状に伸びているものの、一方の端から地方の端までの隔たりが△比較の対象とする(一般に予測される)ものより小さい様子だ。

737-みずくさい 【水臭い】 *新*岩*三*

737-01-물기가 많다 ▶ ≠

737-02-친근미가 없다 ▶ ≠

737-03-친한 사이가 아닌 것처럼 대하다 ▶ ≠

737-みずくさい *新*岩*三*// 新明解

① 水分が多過ぎて、その物の味の良さが感じられない様子だ。
② 互いに気心が知れている間柄だと信じていたのに、相手が他人行儀な態度をとったり隠し立てをしたりすることに不快感を抱く様子だ。

738-みずっぽい 【水っぽい】 *新*岩*三*

738-00-물기가 많아 맛이 싱겁다 ▶ 1:삼삼하다, 심심하다, 밍밍하다

738-00-물기가 많아 맛이 싱겁다 ▶ 2:실없다, 맹물같다, 별미적다, 별쭝나다, 냉수(冷水)스럽다; 보리죽에 맹물 탄 것 같다

738-00-물기가 많아 맛이 싱겁다 ▶ 3:순하다

738-みずっぽい *新*岩*三*// 新明解

水分が多くて味が薄く、おいしくない。

739-みすぼらしい【見窄らしい】 *新*岩*三*

739-01-초췌하여 초라하다 ▶ 1:허술하다, 보잘것없다, 볼품없다, 만조하다

739-01-초췌하여 초라하다 ▶ 2:추레하다; 기운 없다, 맥없다

739-02-보기에 빈약하다 ▶ 보잘것없다, 약하다

739-みすぼらしい *新*岩*三*// 新明解

> 見るからに貧弱な感じがする様子だ。[表記] 普通 「見〈窄らしい」と書く。

740-みずみずしい【瑞瑞しい】 *新*岩*三*

740-01-생기에 차서 아름답다 ▶ ≠

740-02-윤이 나고 싱싱하다 ▶ 생생하다, 쌩쌩하다, 씽씽하다 1:길차다, 칠칠하다, 신신하다, 싱둥하다, 싱그럽다, 생기(生気)있다

740-02-윤이 나고 싱싱하다 ▶ 2:산뜻하다, 맑다, 밝다

740-02-윤이 나고 싱싱하다 ▶ 3:왕성(旺盛)하다

740-みずみずしい *新*岩*三*// 新明解

> 見るからに△若わかしくて(新鮮味が有って)好ましく感じられる様子だ。
> [表記] 普通、「〈瑞瑞〉しい」と書く。

741-みだりがわしい【猥りがわしい】 *新*岩*三*

741-01-난잡하다 ▶ 어수선하다, 너저분하다, 어지럽다, 난(乱)하다; 막되다, 천하다, 잡스럽다, 잡상스럽다; 조리 없다, 순서 없다, 두서(頭緒)없다

741-02-남녀 관계가 난잡하다 ▶ ≠

741-みだりがわしい *新*岩*三*// 新明解

> ひどくみだらな様子だ。[表記] 「《濫りがわしい」とも書く。

742-みぢかい *新**三*%

742-00-자기와 가깝다 또는 자기와 관계가 깊다 ▶ ≠

742-みぢかい *新**三*// 新明解

身近な様子だ。

743-みっともいい ***三*××

743-××

743-みっともいい ***三*// 三省堂

[俗]ていさいがいい。[ふつうは打ち消しをともなう]

744-みっともない *新*岩*三*

744-01-(「みたくもない⇨みたうもない」の 音転)보기 흉하다 ▶ 1:보기싫다, 징그럽다, 증(憎)하다
744-01-(「みたくもない⇨みたうもない」の 音転)보기 흉하다 ▶ 2:거칠다, 고약하다, 나쁘다
744-01-(「みたくもない⇨みたうもない」の 音転)보기 흉하다 ▶ 3:불길(不吉)하다
744-01-(「みたくもない⇨みたうもない」の 音転)보기 흉하다 ▶ 4:흉협다
744-02-추하다 ▶ 지저분하다, 더럽다, 귀접스럽다, 구접스럽다, 짭짝찮다, 추잡(醜雑)하다, 추악(醜悪)하다; 밉다, 보기싫다, 못생기다; 천하다

744-みっともない *新*岩*三*// 新明解

[「見たくも無い」が変化した「見たうも無い」の変化]体裁が悪くて、人には見聞きさせられないと思われる様子だ。

745-みづらい *新***%

745-01-＜고＞보기 흉하다 ▶ 1:보기싫다, 징그럽다, 증(憎)하다
745-01-＜고＞보기 흉하다 ▶ 2:거칠다, 고약하다, 나쁘다
745-01-＜고＞보기 흉하다 ▶ 3:불길(不吉)하다
745-01-＜고＞보기 흉하다 ▶ 4:흉협다
745-02-차마 볼 수 없다 ▶ ≠
745-03-보기 어렵다 ▶ ≠
745-04-보기 힘들다 ▶ ≠
745-05-잘 보이지 않다 ▶ ≠

745-みづらい ＊新＊＊＊// 新明解

> ① 余りにも醜悪で、見ていてうんざりさせられる様子だ。見るに堪えない。
> ② 一生懸命見ようと思っても、なかなかよく見えない。見にくい。

746-みにくい 【醜い・見難い】 ＊新＊岩＊三＊

746-01-보기 흉하다 ▶ 1:보기싫다, 징그럽다, 증(憎)하다

746-01-보기 흉하다 ▶ 2:거칠다, 고약하다, 나쁘다

746-01-보기 흉하다 ▶ 3:불길(不吉)하다

746-01-보기 흉하다 ▶ 4:흉험다

746-02-보기가 딱하다 ▶ 1:애처롭다, 가엾다, 불쌍하다, 안되다, 가련(可憐)하다, 안심(安心)찮다

746-02-보기가 딱하다 ▶ 2:어렵다, 난처(難処)하다, 곤란(困難)하다, 난감(難感)하다, 애매(曖昧)하다, 민망(憫惘)하다, 민만(悶懑)하다

746-03-추악하다 ▶ 더럽다, 지저분하다, 추하다, 불미(不美)하다; 나쁘다

746-04-아름답지 않다 ▶ ≠

746-05-모습이 추하다 ▶ 지저분하다, 더럽다, 귀접스럽다, 구접스럽다, 짭짝찮다, 추잡(醜雜)하다, 추악(醜惡)하다; 밉다, 보기싫다, 못생기다; 천하다

746-06-보기가 힘들다 ▶ ≠

746-07-똑똑히 보이지 않다 ▶ ≠

746-みにくい ＊新＊岩＊三＊// 新明解

> [一]【見《難い》何かに妨げられたり視力が落ちたりしてよく見えない。↔ 見やすい
> [二]【醜い】↔ 美しい② ① 容貌(ボウ)が整っていないため、相手に不快感を与える様子だ。[内なるものがそれを補って余りある場合には問題にされない] ② 抑制しきれない人間的欲望を見せつけられて、不快な感じがする。

747-みみあたらしい 【耳新しい】 ＊新＊岩＊三＊

747-01-귀에 새롭다 ▶ ≠

747-02-처음 듣다 ▶ ≠

747-みみあたらしい ＊新＊岩＊三＊// 新明解

> 初めて聞くことで、珍しい感じだ。

748 -みみざとい 【耳聡い】 *新*岩*三*

748-01-청각(聴覚)이 예민하다 ► ≠

748-02-정보를 빨리 알다 ► ≠

748-03-이해가 빠르다 ► ≠

748-04-듣고 곧 이해하다 ► ≠

748-みみざとい *新*岩*三*// 新明解

> 人一倍聴覚が鋭くて、他人の聞き落とすような小さな物音でもすぐ聞きつける様子だ。

749 -みみっちい *新*岩*三*

749-01-<속>아주 인색하다 ► 박(搏)하다, 짜다, 인정없다, 밭다, 강밭다, 타끈하다, 타끈스럽다,
바냐위다, 노리다, 돔바르다, 가린스럽다, 다랍다, 손맑다, 낮간지럽다, 인(吝)하다

749-02-좀스럽다 ► 좀되다, 잘다, 잔잘다, 다랍다, 단작맞다, 단작스럽다, 착살하다, 착살스럽
다, 잔망(孱妄)하다, 잔망(孱妄)스럽다, 잔졸(孱拙)하다, 꾀죄하다, 곰상스럽다

749-みみっちい *新*岩*三*// 新明解

> [口頭] [情けなく感じるぐらい] けちくさい。

750 -みみどおい 【耳遠い】 *新*岩*三*

750-01-귀가 잘 들리지 않다 ► ≠

750-02-귀에 익지 않아 알기 힘들다 ► ≠

750-03-듣기 힘들다 ► ≠

750-みみどおい *新*岩*三*// 新明解

> ① 耳がよく聞こえない状態だ。 ② 耳慣れない様子だ。

751 -みめよい 【見目好い】 **岩*三*

751-01-용모가 아름답다 ► 예쁘다, 어여쁘다, 곱다, 귀엽다, 새뜻하다, 아리땁다, 미려(美麗)
하다, 수려(秀麗)하다, 우아(優雅)하다, 가려(佳麗)하다, 선연(鮮妍)하다, 선연(嬋娟)
하다, 청염(清艶)하다, 야염(冶艶)하다, 아나(婀娜)하다, 기려(奇麗)하다, 육리(陸離)
하다, 요요(姚姚)하다, 요요(夭夭)하다, 휴미(休美)하다, 선호(鮮好)하다, 병정(娉婷)

하다, 섬연(纖妍)하다, 선연(嬋妍)하다; 매력적(魅力的)이다; 빼어나다

751-02-미모(美貌)이다 ▸ ≠

751-みめよい **岩*三*// 三省堂

> [古風]目鼻だちが整って、きれいだ。

752-みやすい 【見易い】 *新*岩*三*

752-01-보기가 쉽다 ▸ ≠
752-02-보기가 수월하다 ▸ 수월스럽다, 쉽다, 손쉽다

752-みやすい *新*岩*三*// 新明解

> ① そのものから受ける視覚印象がはっきりしていて、よく内容が分かる状態だ。↔ 見にくい　② 複雑な所が無く、筋道がだれにでもすぐ分かる状態だ。

753-みよい 【見好い】 *新*岩*三*

753-01-본 느낌이 좋다 ▸ ≠
753-02-흉하지 않다 ▸ ≠
753-03-보기 수월하다 ▸ 수월스럽다, 쉽다, 손쉽다

753-みよい *新*岩*三*// 新明解

> ① そのものを見て好感が持てる様子だ。② よく見ることが出来る様子だ。

754-みれんがましい 【未練がましい】 *新*岩*三*

754-01-어디까지나 단념할 수 없다 ▸ ≠
754-02-마음이 끌려 체념할 수 없다 ▸ ≠

754-みれんがましい *新*岩*三*// 新明解

> [もはやどうにもならないのに] いやになるほどあきらめが悪い様子だ。

755-みれんたらしい *新***%

755-00-⇒みれんがましい

755-みれんたらしい *新***// 新明解

> ⇒未練がましい。

756-むごい 【惨い・酷い】 *新*岩*三*

756-01-참혹하다 ► 끔찍하다, 무자비하다
756-02-비참하다 ► 끔찍하다
756-03-잔혹하다 ► ≠
756-04-잔학하다 ► ≠

756-むごい *新*岩*三*// 新明解

> 余りにもひどい仕打ちや出来事で、△義憤を感じる(正視に堪えない)状態だ。
> 表記 「《酷い」とも書く。

757-むごたらしい 【惨たらしい・酷たらしい】 *新*岩*三*

757-01-불쌍하다 ► 가엾다, 애처롭다, 딱하다, 자닝하다, 가긍(可矜)하다, 측은(惻隱)하다, 가
　　　련(可憐)하다, 처량(凄涼)하다, 긍휼(矜恤)하다, 애긍(哀矜)하다, 애련(哀憐)하다, 연
　　　민(憐憫)하다, 애민(哀愍)하다
757-02-잔혹하다 ► ≠
757-03-처참하다 ► ≠

757-むごたらしい *新*岩*三*// 新明解

> 人間らしい扱われ方をされなかったり異常な死に方をしたりなどして、正視に堪えない
> 状態だ。 表記 「《酷たらしい」とも書く。

758-むさい *新*岩*三*

758-01-더럽다 ► 다랍다 1:지저분하다, 때묻다, 너저분하다, 구저분하다, 구저분스럽다, 추저
　　　분하다, 추저분스럽다, 너절하다, 더리다, 뇌하다, 귀축축하다, 구접스럽다, 구지레
　　　하다, 추접하다, 추접스럽다, 추접지근하다, 불결(不潔)하다, 구예(垢穢)하다, 추(醜)
　　　하다, 추잡(醜雜)하다, 추잡(醜雜)스럽다, 추오(醜汚)하다, 누추(陋醜)하다, 추루(醜

陋)하다, 누비(陋鄙)하다, 구탁(垢濁)하다
758-01-더럽다 ▸ 2:흉하다, 추악(醜悪)하다, 보기싫다
758-01-더럽다 ▸ 3:비겁하다, 야비하다, 비루(鄙陋)하다, 비열(鄙劣)하다
758-01-더럽다 ▸ 4:인색하다, 던적스럽다
758-02-불결하다 ▸ 더럽다, 지저분하다, 추하다

758-むさい *新*岩*三*// 新明解

[口頭]きたならしくて、その△場に(人と一緒に)居るのがいやな感じだ。

759-むさくるしい *新*岩*三*

759-00-지저분하게 더럽다 ▸ 다랍다 1:지저분하다, 때묻다, 너저분하다, 구저분하다, 구저분
스럽다, 추저분하다, 추저분스럽다, 너절하다, 더리다, 뇌하다, 귀축축하다, 구접스
럽다, 구지레하다, 추접하다, 추접스럽다, 추접지근하다, 불결(不潔)하다, 구예(垢
穢)하다, 추(醜)하다, 추잡(醜雑)하다, 추잡(醜雑)스럽다, 추오(醜汚)하다, 누추(陋
醜)하다, 추루(醜陋)하다, 누비(陋鄙)하다, 구탁(垢濁)하다
759-00-지저분하게 더럽다 ▸ 2:흉하다, 추악(醜悪)하다, 보기싫다
759-00-지저분하게 더럽다 ▸ 3:비겁하다, 야비하다, 비루(鄙陋)하다, 비열(鄙劣)하다
759-00-지저분하게 더럽다 ▸ 4:인색하다, 던적스럽다

759-むさくるしい *新*岩*三*// 新明解

[室内・服装などが] きちんとしていなくてきたならしい。

760-むしあつい 【蒸し暑い】 *新*岩*三*

760-01-무덥다 ▸ 덥다, 후덥지근하다, 물쿠다, 찌는 듯하다
760-02-후덥지근하게 덥다 ▸ 후덥지근하다, 후더분하다, 후터분하다, 무덥다, 덥다

760-むしあつい *新*岩*三*// 新明解

暑い上に風も無く湿度が△高い(高くて一段と不快に感じられる)様子だ。

761-むずい ***三*××

761-××

761-むずい ＊＊＊三＊// 三省堂

> [俗]むずかしい。

762-むずかしい【難しい】 ＊新＊岩＊三＊

762-01-이해하기가 곤란하다 ► ≠

762-02-알기 어렵다 ► ≠

762-03-해결하기 곤란하다 ► ≠

762-04-완성하기 힘들다 ► ≠

762-05-복잡하다 ► 빽빽하다, 붐비다, 복잡스럽다, 번다스럽다, 어수선하다

762-06-병이 낫기 어렵다 ► ≠

762-07-번잡하다 ► 번잡스럽다, 어수선하다, 번거롭다

762-08-까다롭다 ► 1:꾀까다롭다, 어렵다, 복잡하다, 폐롭다

762-08-까다롭다 ► 2:까탈스럽다, 고집 세다, 깔깔하다, 가탈스럽다, 강파르다, 돈바르다, 강팔지다, 강곽(剛愎)하다, 초각하다

762-08-까다롭다 ► 3:예민(銳敏)하다

762-09-귀찮다 ► 귀치 않다, 성가시다, 일접다; 폐롭다, 누되다

762-10-기분이 언짢다 ► 기분 나쁘다, 불쾌(不快)하다, 마땅찮다, 짠하다, 찐하다; 비위 상하다, 비위에 거슬리다, 마뜩찮다

762-むずかしい ＊新＊岩＊三＊// 新明解

> [「むつかしい」とも]適切な対処の方法が見つからないことが多くて、容易に△解決(克服)することができない状態だ。[大部分の用法の対義語は、「易しい・たやすい」]

763-むずがゆい【むず痒い】 ＊新＊岩＊三＊

763-00-근질근질하게 가렵다 ► 간지럽다, 근지럽다, 무렵다

763-むずがゆい ＊新＊岩＊三＊// 新明解

> むずむずと痒い。

764-むつかしい【難しい】 ＊新＊岩＊三＊

764-00-⇒むずかしい

764-むつかしい　*新*岩*三*// 新明解

> むずかしい。

765-むつまじい 【睦まじい】 *新*岩*三*

765-01-사이가 좋다 ▸ 다정하다, 친하다, 친근하다, 의좋다, 구순하다, 의초롭다; 우애(友愛)롭다, 우애 있다

765-02-친하다 ▸ 가깝다, 친근(親近)하다, 친밀(親密)하다, 화호(和好)하다, 막역(莫逆)하다, 절친(切親)하다, 가까이하다, 사귀다, 낯익다, 친화(親和)하다, 간친(懇親)하다

765-むつまじい　*新*岩*三*// 新明解

> 身内の者の気持がしっくり合っていて、喧嘩(ケンカ)・もめごとなどが無いように見える。睦ましい。

766-むなぐるしい 【胸苦しい】 *新*岩*三*

766-01-가슴 부근이 죄이는 것처럼 고통스럽다 ▸ ≠

766-02-가슴이 답답하다 ▸ 1:갑갑하다, 울(欝)하다, 인울하다, 노결(勞結)하다, 울연(欝然)하다, 울울(欝欝)하다, 우울(憂欝)하다, 울도(欝陶)하다, 울색(欝塞)하다; 안타깝다, 아울(訝欝)하다, 읍읍하다

766-02-가슴이 답답하다 ▸ 2:어리석다, 우둔(愚鈍)하다, 우매(愚昧)하다

766-02-가슴이 답답하다 ▸ 3:고지식하다, 막혀 있다, 옹졸(壅拙)하다, 아졸(雅拙)하다, 옹울(壅欝)하다

766-むなぐるしい　*新*岩*三*// 新明解

> 胸を圧迫されるようで苦しい。

767-むなしい 【空しい】 *新*岩*三*

767-01-텅 비다 ▸ 1:텅 비다, 휑하다, 아무 것드 없다, 공허(空虚)하다, 허(虚)하다

767-01-텅 비다 ▸ 2:헛되다, 쓸모없다

767-01-텅 비다 ▸ 3:공석(公席)이다

767-02-알맹이가 없다 ▸ ≠

767-03-흔적이 없다 ▸ ≠

767-04-헛수고다 ▸ ≠

767-05-도움이 되지 않다 ▶ ≠
767-06-덧없다 ▶ 1:빠르다; 속절없다
767-06-덧없다 ▶ 2:무상(無常), 허무(虛無)하다
767-06-덧없다 ▶ 3:근거 없다, 터무니없다, 확실치 않다, 무근(無根)하다, 무거(無拠)하다, 무근거(無根拠)하다
767-07-이 세상에 없다 ▶ ≠
767-08-죽었다 ▶ ≠

767-むなしい *新*岩*三*// 新明解

① そこを満たしているべき内容が見られない。
② せっかく努力をしても、報いられる所が△無い(薄い)。 表記「《虚しい」とも書く。

768-めあたらしい 【目新しい】 *新*岩*三*

768-01-처음 보는 것으로서 새로운 느낌이 들다 ▶ ≠
768-02-진귀(珍貴)하다 ▶ 보배롭다, 귀(貴)하다

768-めあたらしい *新*岩*三*// 新明解

珍しかったり目先が変わっていたりして、今まで見たことが無いというような印象を受ける様子だ。

769-めざとい 【目敏い】 *新*岩*三*

769-01-보는 눈이 바르다 ▶ ≠
769-02-잠귀가 밝다 ▶ ≠

769-めざとい *新*岩*三*// 新明解

① 見つけることが速い。
② すぐ目がさめる様子だ。 ↔ いぎたない 表記「目〈聡い」とも書く。

770-めざましい 【目覚ましい】 *新*岩*三*

770-01-눈부시다 ▶ 1:찬란(燦爛)하다, 현목(眩目)하다
770-01-눈부시다 ▶ 2:황홀(恍惚)하다, 현란(絢爛)하다
770-01-눈부시다 ▶ 3:다채롭다, 화려(華麗)하다

770-02-놀랄 정도로 굉장하다 ► 1:크다, 훌륭하다
770-02-놀랄 정도로 굉장하다 ► 2:대단하다, 엄청나다

770-めざましい *新*岩*三*// 新明解

[以前の貧弱な状態と比べて] 思わず感嘆するほどすばらしい。

771-めずらしい 【珍しい】 *新*岩*三*

771-01-드물다 ► 1:뜸하다, 뜨다, 드문드문하다, 잦지 않다, 공소(空疎)하다, 뇌락(牢落)하다
771-01-드물다 ► 2:놀다, 흔치 않다, 적다, 귀(貴)하다, 희박(稀薄)하다, 희유(稀有)하다, 희소
         (稀少)하다, 한유(罕有)하다
771-02-희귀하다 ► 귀하다, 드물다
771-03-새롭다 ► 1:새삼스럽다
771-03-새롭다 ► 2:참신(斬新)하다, 신선(新鮮)하다
771-03-새롭다 ► 3:처음이다, 초유(初有)이다
771-03-새롭다 ► 4:필요하다
771-04-청신(清新)하다 ► ≠
771-05-진귀하다 ► 보배롭다, 귀(貴)하다
771-06-보기 드물다 ► ≠
771-07-오래간만이다 ► ≠

771-めずらしい *新*岩*三*// 新明解

[雅語の形容詞「愛(メヅ)らし」、すなわち「賞美に値する」の意から] 普通には、見たり聞いたり
することがほとんど期待できない様子だ。

772-めでたい 【芽出度い・目出度い】 *新*岩*三*

772-01-축하할 만하다 ► ≠
772-02-경사스럽다 ► ≠
772-03-사람이 좋다 ► ≠
772-04-속기 쉽다 ► ≠

772-めでたい *新*岩*三*// 新明解

[もと、「愛(メ)でたい」の意] ① 祝うべき状態だ。② すべてがうまく運ぶ状態だ。
③ [雅] りっぱだ。[表記]「目出《度い・目《出い・芽出《度い」は、借字。

773-めばやい 【目速い・目早い】 *新**三*

773-01-보는 눈이 빠르다 ► ≠
773-02-재빨리 발견하다 ► ≠

773-めばやい *新**三*// 新明解

見て気がつくことが、すばやい。めざとい。[表記]「目早い」とも書く。

774-めぼしい *新*岩*三*

774-01-뛰어나다 ► 빼어나다, 동뜨다, 남다르다, 우수(優秀)하다, 탁월(卓越)하다, 우월(優越)
하다, 특출(特出)나다, 출중(出衆)하다, 월등(越等)하다, 수일(秀逸)하다, 영수(靈秀)
하다, 고탁(高卓)하다, 정연(整然)하다, 정수(挺秀)하다, 정출(挺出)하다, 걸출(傑出)
하다, 각립(角立)하다, 수걸(秀傑)하다, 준매(俊邁)하다, 준이(俊異)하다, 준일(俊逸)
하다, 호준(毫俊)하다
774-02-특별히 눈에 띄다 ► ≠

774-めぼしい *新*岩*三*// 新明解

目立っている。そこに有るものの中で、取り上げる価値がある。
[表記] 普通、「目星い」と書く。

775-めまぐるしい 【目まぐるしい】 *新*岩*三*

775-01-어지럽다 ► 1:어뜩하다, 아뜩하다; 어찔하다, 아찔하다; 어질어질하다, 얼떨떨하다,
내둘리다, 현기(眩気)가 나다, 현기증(眩気症)나다, 혼미(昏迷)하다, 인성만성하다
775-01-어지럽다 ► 2:너더분하다, 너저분하다, 어수선하다, 산란(散乱)하다, 혼란(混乱)하다,
무질서(無秩序)하다, 혼잡(混雑)하다, 복잡(複雑)하다
775-02-눈이 아찔하다 ► 어찔하다, 아뜩하다, 어뜩하다, 어지럽다; 무섭다, 겁나다; 까마득하다
775-03-눈이 도는 것 같다 ► ≠

775-めまぐるしい *新*岩*三*// 新明解

> [「目紛(マギ)ろし」の変化]見ているものの動きが激しくて、いちいち追って行くことが出来ないほどだ。 [表記] 普通、「目《紛しい」と書く。

776-めめしい 【女女しい】 *新*岩*三*

776-01-계집애 같다 ► ≠
776-02-연약하다 ► 약(弱)하다, 연(軟)하다
776-03-결단력이 없다 ► ≠

776-めめしい *新*岩*三*// 新明解

> 難局に身を挺(ティ)して立ち向かう勇気に乏しくて、危険や困難に出会うとすぐくじけてしまう様子だ。 [おもに男性の態度について言う] ↔ 雄雄(オオ)しい

777-めんどうくさい *新*岩*三*%

777-01-몹시 귀찮다(성가시다) ► 귀치 않다, 성가시다, 일쩝다; 폐롭다, 누되다
777-02-번거롭기 짝이 없다 ► ≠

777-めんどうくさい *新*岩*三*// 新明解

> 大層めんどうだ。 [口頭語形は、「めんどくさい」]

778-めんぼくない *新*岩*三*%

778-01-면목없다 ► 맥적다, 낯없다, 볼낯없다, 빛없다, 짓적다, 서먹하다, 서먹서먹하다, 섬서하다, 부끄럽다, 면구(面灸)하다, 면괴(面愧)하다, 송구(悚懼)하다, 송구스럽다, 송괴(悚愧)하다, 죄송(罪悚)하다, 죄송스럽다
778-02-대할 낯이 없다 ► ≠

778-めんぼくない *新*岩*三*// 新明解

> (自分のしたことが)恥ずかしくて人に顔が合わせられないと思う気持だ。

779-もうしわけない 【申し訳ない】 **岩*三*

779-01-미안하다 ► 1:거북하다, 불편(不便)하다, 미타(未妥)하다

779-01-미안하다 ► 2:미안(未安)스럽다, 볼 낯없다, 미안쩍다, 미안천만(未安千万)하다, 천만 미안하다, 부끄럽다, 굽죄이다, 낯간지럽다, 낯뜨겁다, 겸연(慊煙·慊然)쩍다, 겸연 스럽다, 안심(安心)찮다, 죄송(罪悚)하다

779-02-변명할 여지가 없다 ► ≠

779-もうしわけない **岩*三*// 三省堂

> [=言い訳のことばがない] 相手にすまなくて、おわびがしたい気もちだ。[「申し訳・あり ません(ございません)」は、ていねいな言い方]

780-もったいない 【勿体無い】 *新*岩*三*

780-01-아깝다 ► 1:아쉽다, 서운하다, 섭섭하다, 애석(哀惜)하다

780-01-아깝다 ► 2:귀(貴)하다, 귀중(貴重)하다, 소중(所重)하다

780-02-황송하다 ► ≠

780-03-고맙다 ► 감사(感謝)하다, 은혜(恩惠)롭다

780-04-무례한 짓을 하다 ► ≠

780-もったいない *新*岩*三*// 新明解

> ① もっと有意義な使途が有ると思われるので、現在の△むだ(粗末)な扱い方が惜しまれる様子だ。
> ② 自分自身を客観的に評価してそれを受ける器(ウツワ)に値しない、と考える様子だ。

781-もったいらしい *新*岩*三*

781-00-거만하다 ► 뽐내다, 난 체하다, 거드름 부리다, 거드름 떨다, 건방지다, 거만 떨다, 배 퉁기다, 도도하다, 배 때벗다, 거드름 피우다, 무례(無礼)하다, 버릇없다, 안하무 인(眼下無人)이다, 비싸다

781-もったいらしい *新*岩*三*// 新明解

> 大変気取った様子だ。大層らしい。

782-もっともらしい *新*岩*三*%

782-01-그럴싸하다 ► ≠

782-02-그럴 듯하다 ▶ 1:그럴싸하다, 영절스럽다, 영절하다
782-02-그럴 듯하다 ▶ 2:괜찮다, 훌륭하다, 좋다, 근사(近似)하다
782-03-젠체하다 ▶ ≠
782-04-점잔 빼다 ▶ ≠

782-もっともらしい *新*岩*三*// 新明解

> ① 表面的には道理にかなっているように思われる様子だ。
> ② 事情はよく分かっている、ということを無言のうちに示す様子だ。

783-もどかしい *新*岩*三*

783-00-뜻대로 되지 않아 초조하다 ▶ 안절부절 못하다, 마음 졸이다

783-もどかしい *新*岩*三*// 新明解

> 期待通りに事が進まないので、早く何とかならないかといらいらする気持だ。

784-ものうい 【物憂い・懶い】 *新*岩*三*

784-01-울적하다 ▶ 서글프다, 답답하다, 쓸쓸하다, 허전하다
784-02-마음이 내키지 않다 ▶ ≠
784-03-귀찮다 ▶ 귀치 않다, 성가시다, 일쩝다; 폐롭다, 누되다
784-04-나른하다 ▶ 느른하다; 깨나른하다, 께느른하다, 노곤하다, 날짝지근하
　　　　다; 날짱날짱하다; 고단하다, 피곤(疲困)하다; 기운없다, 맥없다, 맥풀리다; 날연하
　　　　다, 피날하다, 피연(疲軟)하다
784-05-짜증나다 ▶ ≠

784-ものうい *新*岩*三*// 新明解

> [天候が悪かったりおもしろくない事が続いたりして] 気分が重く、何をする気にもなれ
> ない。 表記 「〈懶い」とも書く。

785-ものおそろしい 【物恐ろしい】 *新*岩*三*

785-01-어딘지 모르게 무섭다 ▶ 매섭다 1:겁나다, 떨리다
785-01-어딘지 모르게 무섭다 ▶ 2:두렵다, 공구(恐懼)하다, 공계(恐悸)하다
785-01-어딘지 모르게 무섭다 ▶ 3:모질다, 지독하다, 심하다, 사납다

785-02-어쩐지 두렵다 ▶ 1:무섭다, 겁나다, 가공(可恐)하다, 가외(可畏)하다, 황겁(惶怯)하다
785-02-어쩐지 두렵다 ▶ 2:어렵다, 외경(畏敬)스럽다
785-02-어쩐지 두렵다 ▶ 3:걱정스럽다, 근심스럽다, 염려(念慮)스럽다
785-03-무시무시하다 ▶ ≠

785-ものおそろしい *新*岩*三*// 新明解

全体的な印象が(いかにも)恐ろしい。

786-ものがたい 【物堅い】 *新*岩*三*

786-01-견실(堅実)하다 ▶ ≠
786-02-의리가 두텁다 ▶ ≠

786-ものがたい *新*岩*三*// 新明解

すべての点で慎み深く、義理堅い。

787-ものがなしい 【物悲しい】 *新*岩*三*

787-01-공연히 슬프다 ▶ ≠
787-02-어쩐지 슬프다 ▶ 1:애틋하다, 구슬프다, 서럽다, 애석(哀惜)하다, 애절(哀切)하다, 애처(哀悽)롭다, 추연(惆然)하다, 초창(悄愴)하다, 처량(凄涼)하다, 창창(愴愴)하다, 창연(愴然)하다, 창연(悵然)하다, 감창(感愴)하다, 애통(哀痛)하다, 애절(哀絶)하다, 비통(悲痛)하다
787-02-어쩐지 슬프다 ▶ 2:유감(有感)스럽다

787-ものがなしい *新*岩*三*// 新明解

△何かにつけて(いかにも)悲しい。

788-ものぐるおしい 【物狂おしい】 *新*岩*三*

788-01-미친 것 같다 ▶ ≠
788-02-광적이다 ▶ ≠
788-03-미칠 것 같다 ▶ ≠

788-ものぐるおしい *新*岩*三*// 新明解

> [かな文学に用いられて来た語の系統で] 何かに取りつかれたかのように常軌を逸していると思われる様子だ。

789-ものぐるわしい *新***%

789-00-⇒ものぐるおしい

789-ものぐるわしい *新***// 新明解

> [説話文学に用いられて来た語の系統で] ものぐるおしい。

790-ものさびしい 【物寂しい・物淋しい】 *新*岩*三*

790-00-어쩐지 쓸쓸하다 ► 1:쌀쌀하다; 삭연(索然)하다, 소소(蕭蕭)하다, 소삭(蕭索)하다, 소조(蕭条)하다, 슬슬(瑟瑟)하다, 유적(幽寂)하다; 음산(陰散)하다, 냉락(冷落)하다, 낙막(落寞)하다

790-00-어쩐지 쓸쓸하다 ► 2:괴괴하다, 오술하다, 호젓하다; 외롭다; 적막(寂寞)하다, 적적하다, 고적(孤寂)하다, 덩그렇다, 삭막(索漠·索寞)하다, 요요(寥寥)하다

790-ものさびしい *新*岩*三*// 新明解

> △何かにつけて(いかにも)寂しい。表記「物〈淋しい」とも書く。

791-ものさわがしい 【物騒がしい】 *新*岩*三*

791-01-왠지 떠들썩하다 ► 따들싹하다, 들썩하다, 와자하다, 시끄럽다, 어수선하다, 인성만성하다, 수선스럽다, 소란(騷乱)하다, 소요(騷擾)하다, 훤소(喧騒)하다, 열뇨(熱鬧)하다

791-02-원인 모르게 소란하다 ► 시끄럽다, 수선수선하다, 지둥치듯하다

791-03-세상 인심이 흉흉하다 ► 1:어수선하다, 어지럽다

791-03-세상 인심이 흉흉하다 ► 2:세차다

791-04-세상이 어수선하다 ► 뒤숭숭하다, 어지럽다, 산란(散乱)하다, 어수선·산란하다, 에넘느레하다, 수떨하다, 박잡(駁雑)하다, 렬란(眩乱)하다, 몽융(夢戎)하다, 흉흉(洶洶)하다, 분분(紛紛)하다; 지저분하다; 복잡(複雑)하다

791-ものさわがしい *新*岩*三*// 新明解

> ① ざわざわとして、やかましい。
> ② 次つぎと事件が起こったりして、世の中が騒然としている様子だ。

792-ものすごい【物凄い】 *新*岩*三*

792-01-굉장하다 ▸ 1:크다, 훌륭하다

792-01-굉장하다 ▸ 2:대단하다, 엄청나다

792-02-놀랄만하다 ▸ ≠

792-03-몹시 대단하다 ▸ 1:심하다, 극심(極甚)하다

792-03-몹시 대단하다 ▸ 2:엄청나다, 어마어마하다; 크다; 많다

792-03-몹시 대단하다 ▸ 3:중(重)하다, 깊다, 위중하다

792-03-몹시 대단하다 ▸ 4:중요하다, 요긴(要緊)하다

792-03-몹시 대단하다 ▸ 5:뛰어나다, 훌륭하다, 출중(出衆)하다

792-ものすごい *新*岩*三*// 新明解

> 普通考えられる程度をはるかに超えた状態だ。

793-ものすさまじい【物凄まじい】 *新*岩*三*

793-01-몹시 처참하다 ▸ ≠

793-02-몸서리나다 ▸ ≠

793-ものすさまじい *新*岩*三*// 新明解

> なんとも凄まじい。

794-ものたりない【物足りない】 *新**三*

794-01-마음에 흡족하지 못하다 ▸ ≠

794-02-약간 불만스럽다 ▸ 시쁘다, 시틋하다

794-ものたりない *新**三*// 新明解

> 大事なものが何か一つ足りない感じで、満足出来ない。

795-ものみだかい 【物見高い】 *新*岩*三*

795-00-무엇이든 보고 싶어하는 호기심이 강하다 ▸ ≠

795-ものみだかい *新*岩*三*// 新明解

> 好奇心が強い。[見聞両面にわたって言う]

796-ものめずらしい 【物珍しい】 *新*岩*三*

796-00-아주 진귀(珍貴)하다 ▸ 보배롭다, 귀(貴)하다

796-ものめずらしい *新*岩*三*// 新明解

> 見る△物(人)ごとに珍しい。

797-ものものしい 【物物しい】 *新*岩*三*

797-01-위엄이 있다 ▸ 위엄스럽다, 위엄차다, 위풍(威風) 당당하다, 위풍 늠름하다(威風凛凛), 위세(威勢)당당하다, 당당하다; 드레지다, 의젓하다

797-02-엄중하다 ▸ 엄(厳)하다

797-03-굉장하다 ▸ 1:크다, 훌륭하다

797-03-굉장하다 ▸ 2:대단하다, 엄청나다

797-04-어마어마하다 ▸ 어마하다; 엄청나다, 대단하다, 굉장(宏壮)하다, 상당하다, 장엄(荘厳)하다; 으리으리하다

797-ものものしい *新*岩*三*// 新明解

> 厳重で、大げさな様子。

798-もろい 【脆い】 *新*岩*三*

798-01-무르다 ▸ 1:물렁하다, 문문하다, 말캉하다, 몰캉하다, 물컹하다, 물컹물컹하다, 부드럽다, 연(軟)하다, 녹실녹실하다, 날캉하다, 날큰하다

798-01-무르다 ▸ 2:물쩡물쩡하다, 말짱말짱하다; 물쩡하다, 말짱하다, 약(弱)하다, 허약(虚弱)하다; 심약(心弱)하다

798-02-잘 부서지다 ▸ 바서지다; 부수어지다, 깨지다, 깨어지다, 조각나다, 산산조각나다, 바스라지다, 부스러지다; 작살나다

798-03-마음이 약하다 ▶ ≠

798-もろい *新*岩*三*// 新明解

① こわれやすい。② 持ちこたえる気力が乏しい。

799-やかましい 【喧しい】 *新*岩*三*

799-01-소란하다 ▶ 시끄럽다, 수선수선하다, 지둥치듯하다
799-02-시끄럽다 ▶ 따들싹하다, 떠들썩하다, 시끌시끌하다, 왁자하다, 왁자지껄하다, 지껄하다, 소란(騒乱)하다, 소란스럽다, 시끌벅적하다, 어수선하다, 부훤(浮喧)하다, 분훤(紛喧)하다, 들썩하다, 부산하다, 부산스럽다, 뒤숭숭하다, 소소(騒騒)하다, 분분(紛紛)하다, 쟁란(諍乱)하다, 요열(鬧熱)하다, 요요(擾擾)하다
799-03-잔소리가 많다 ▶ ≠
799-04-까다롭다 ▶ 1:꾀까다롭다, 어렵다, 복잡하다, 폐롭다
799-04-까다롭다 ▶ 2:까탈스럽다, 고집 세다, 깔깔하다, 가탈스럽다, 강파르다, 돈바르다, 강팔지다, 강퍅(剛愎)하다, 초각하다
799-04-까다롭다 ▶ 3:예민(鋭敏)하다

799-やかましい *新*岩*三*// 新明解

[「や」は、もと接辞] ① 好ましくない音や声が耳に強く響いて来て、がまんしようと思っても出来ない状態だ。
② 強い△支配力(影響力)を持ち、相手の行動を△細かい点まで(厳しく)拘束する様子だ。
③ その△事(物)を取り上げて良い悪いと批評する声があちこちでする様子だ。
④ 自分の気が済むまで、ああでもない こうでもないと論議を尽くす様子だ。うるさい。

800-やさしい 【易しい①・優しい②】 *新*岩*三*

800-01-쉽다① ▶ 1:손쉽다, 용이(容易)하다, 간이(簡易)하다, 평이(平易)하다, 경편(軽便)하다, 경이(径易)하다, 경이(軽易)하다, 이여이(易与耳)하다
800-01-쉽다① ▶ 2:가능성 많다, 가능성 있다
800-02-간단하다① ▶ ≠
800-03-이해하기 쉽다① ▶ ≠
800-04-하기 쉽다① ▶ ≠
800-05-우미(優美)하다② ▶ ≠
800-06-아름답다② ▶ 예쁘다, 어여쁘다, 곱다, 귀엽다, 새뜻하다, 아리땁다, 미려(美麗)하다,

　　　수려(秀麗)하다, 우아(優雅)하다, 가려(佳麗)하다, 선연(鮮妍)하다, 선연(嬋娟)하다,
　　　청염(清艶)하다, 야염(冶艶)하다, 아나(婀娜)하다, 기려(奇麗)하다, 육리(陸離)하다,
　　　요요(姚姚)하다, 요요(夭夭)하다, 휴미(休美)하다, 선호(鮮好)하다, 병정(娉婷)하다,
　　　섬연(纖妍)하다, 선연(嬋妍)하다; 매력적(魅力的)이다; 빼어나다

800-07-인정이 많다② ▸ ≠

800-08-사려(思慮)가 깊다② ▸ ≠

800-09-순진하고 온화하다② ▸ 따사롭다, 따뜻하다, 어질다

800-10-조용하고 부드럽다② ▸ ≠

800-やさしい ＊新＊岩＊三＊// 新明解

　　[一]【優しい】① 顔つき・態度などから受ける印象が穏やかで好ましい感じだ。② 相手
　に対する思いやりや心づかいが十分にある様子だ。③ そのものに悪い影響を与えないよ
　う配慮がなされている様子だ。
　　[二]【易しい】無理なく△理解(実行・解答)することが出来る状態だ。↔ むずかしい

801-やすい【安い① ・ 易い②】 ＊新＊岩＊三＊

801-01-값이 싸다① ▸ 1:값싸다, 헐하다, 금낮다, 헐값이다, 안가(安価)하다

801-01-값이 싸다① ▸ 2:마땅하다, 타당(妥当)하다, 당연(当然)하다, 오히려 적다

801-02-마음이 평온(平穏)하다① ▸ 고요하다

801-03-가볍다① ▸ 거볍다; 경(軽)하다, 가뿐하다, 가붓하다, 거붓하다 1:경솔(軽率)하다, 경
　　　　　박(軽薄)하다

801-03-가볍다① ▸ 2:홀가분하다, 경쾌하다

801-03-가볍다① ▸ 3:경이(軽易)하다

801-04-용이(容易)하다② ▸ ≠

801-05-쉽다② ▸ 1:손쉽다, 용이(容易)하다, 간이(簡易)하다, 평이(平易)하다, 경편(軽便)하다,
　　　　　경이(径易)하다, 경이(軽易)하다, 이여이(易与耳)하다

801-05-쉽다② ▸ 2:가능성 많다, 가능성 있다

801-やすい ＊新＊岩＊三＊// 新明解

　　[一]【安い】① 予期されるよりお金が少ししか要らない状態だ。↔ 高い ② [雅]平静だ。
　　表記 ①は、「《廉い」とも書く。[二]【《易い】だれにでも簡単に出来る様子だ。

802-やすっぽい 【安っぽい】 *新*岩*三*

802-01-값이 싼 듯하고 품격(品格)이 없다 ▸ ≠

802-02-천하다 ▸ 1:쌍되다, 쌍스럽다, 상스럽다, 비천(卑賤)하다, 비속(卑俗)하다

802-02-천하다 ▸ 2:속되다, 뇌하다, 짭짝찮다, 천속(賤俗)하다, 속루(俗陋)하다

802-02-천하다 ▸ 3:흔하다

802-02-천하다 ▸ 4:알량하다, 귀접스럽다, 구접스럽다

802-03-보잘것없다 ▸ 1:가치 없다, 값어치 없다, 쓸데없다

802-03-보잘것없다 ▸ 2:하찮다, 변변찮다, 알량하다, 미미(微微)하다

802-03-보잘것없다 ▸ 3:못나다, 못생기다, 쥐좆 같다, 쥐뿔 같다, 볼품없다, 쥐똥 같다, 쥐불
　　　　　　알 같다

802-やすっぽい *新*岩*三*// 新明解

> いかにも品質が劣っている感じだ。

803-やにっこい 【脂っこい】 *新*岩*三*

803-01-(「やにこい」의 음편)진이 많다 ▸ ≠

803-02-끈적끈적하다 ▸ ≠

803-03-끈덕지다 ▸ ≠

803-やにっこい *新*岩*三*// 新明解

> ① 脂の成分が多い。② しつこい。③ [茨城方言] 作りがもろくて、こわれやすい。

804-やばい *新*岩*三*%

804-00-<속>(좋지 않은 상황이 예측되는 모양)위험하다 ▸ 위태롭다

804-やばい *新*岩*三*// 新明解

> [口頭][もと、犯罪者や非行少年などの社会での隠語] ① 警察△につかまりそうで(の手が
> 回っていて)危険だ。② 不結果を招きそうで、まずい。

805-やぼい ***三*××

805-××

805-やぼい ***三*// 三省堂

> [俗]やぼだ。

806-やぼくさい **岩**%

806-00-촌스럽다 ▸ 촌티나다, 시골티나다, 메부수수하다, 조야(粗野)하다, 누비(陋鄙)하다

806-やぼくさい **岩**// 岩波

> いかにも野暮である。

807-やぼったい 【野暮ったい】 *新*岩*三*

807-01-(재치가 없고 멋이 없어 보이는 모양)멋이없고 딱딱하다 ▸ 1:멋적다, 볼품없다, 흉하다
807-01-(재치가 없고 멋이 없어 보이는 모양)멋이없고 딱딱하다 ▸ 2:싱겁다, 멋적다, 재미없다, 괘다리적다
807-02-(촌스러운 모양)촌스럽다 ▸ 촌티나다, 시골티나다, 메부수수하다, 조야(粗野)하다, 누비(陋鄙)하다

807-やぼったい *新*岩*三*// 新明解

> [口頭]あかぬけていない。

808-やましい 【疾しい・疚しい】 *新*岩*三*

808-01-뒤가 켕기다 ▸ ≠
808-02-꺼림칙하다 ▸ 꺼림하다, 꺼림직하다, 께끄름하다, 께적지근하다, 께끔하다, 께름하다, 언짢다, 걸리다, 떠름하다, 뜨악하다, 내키지 않다, 사위스럽다, 께름칙하다, 떨떠름하다, 짐짐하다
808-03-부끄럽다 ▸ 바끄럽다; 1:수줍다, 열없다, 얼쩍다, 스스럽다, 계면쩍다, 계면하다, 창피하다, 낯간지럽다, 겸연(慊然)쩍다
808-03-부끄럽다 ▸ 2:볼낯 없다, 낯뜨겁다, 남부끄럽다, 면목(面目)없다, 무안(無顔)하다, 수치(羞恥)스럽다, 전연(靦然)하다, 무참(無慚)하다, 무참(無慚)스럽다, 수참(羞慚)하다, 난연(赧然)하다, 괴난(愧赧)하다, 면구(面灸)스럽다

808-やましい ＊新＊岩＊三＊// 新明解

> 良心のとがめが有る様子だ。うしろぐらい。

809-やみがたい ＊新＊岩＊三＊%

809-01-＜문＞금하기(막기) 어렵다 ► ≠
809-02-누를 길 없다 ► ≠

809-やみがたい ＊新＊岩＊三＊// 新明解

> そのような感情が心の中に沸きあがるのを抑えることが出来ない様子だ。

810-やむない 【已む無い】 ＊新＊岩＊三＊

810-01-하는 수 없다 ► 할 수 없다, 도리 없다; 불가능(不可能)하다
810-02-부득이하다 ► ≠

810-やむない ＊新＊岩＊三＊// 新明解

> 「しかたが無い」の改まった表現。

811-ややこしい ＊新＊岩＊三＊

811-01-복잡하다 ► 빽빽하다, 붐비다, 복잡스럽다, 번다스럽다, 어수선하다
811-02-까다롭다 ► 1:꾀까다롭다, 어렵다, 복잡하다, 폐롭다
811-02-까다롭다 ► 2:까탈스럽다, 고집 세다, 깔깔하다, 가탈스럽다, 강파르다, 돈바르다, 강
　　　　팔지다, 강퍅(剛愎)하다, 초각하다
811-02-까다롭다 ► 3:예민(銳敏)하다

811-ややこしい ＊新＊岩＊三＊// 新明解

> [中部から中国・四国までの方言] こみいってい△る(て、めんどうだ)。ややっこしい。

812-やりきれない 【遣り切れない】 ＊＊＊三＊

812-01-다할 수가 없다 ► ≠
812-02-참을 수 없다 ► ≠

812-03-못마땅하다 ▸ 맞갖지 않다, 마땅치 않다, 맞갖잖다, 흡족(洽足)치 않다, 불만(不滿)스
　　　럽다, 검쓰다, 섭섭하다, 언짢다, 뇌꼴스럽다, 화나다
812-04-딱 질색이다 ▸ ≠

812-やりきれない ***三*// 三省堂

> ① しとげることができない。② かなわない。閉口(ヘイコウ)する。
> ▷やりきれぬ。[「やりきれたものではない」も同じ意味]

813-やりにくい ***三*%

813-01-하기 힘들다 ▸ ≠
813-02-진행하기 어렵다 ▸ ≠

813-やりにくい ***三*// 三省堂

> ものごとをうまく進めにくい。しにくい。

814-やるかたない 【遣る方ない】 ***三*

814-01-기분을 풀 방도가 없다 ▸ ≠
814-02-어떻게 하면 좋을지 모르겠다 ▸ ≠

814-やるかたない ***三*// 三省堂

> どうしようもない。

815-やるせない 【遣る瀬ない】 *新**三*

815-01-기분을 풀 길이 없다 ▸ ≠
815-02-마음이 풀리지 않아 괴롭다 ▸ ≠

815-やるせない *新**三*// 新明解

> 苦しさ・悲しさを紛らすものが何も無くて、どうしようもない気持だ。

816-やわい 【柔い】 *新*岩*三*

816-01-부드럽다 ▸ 보드랍다 1:매끄럽다, 유하다, 무르다, 매끈매끈하다, 매끈하다, 보들보들하다, 부들부들하다; 보드레하다, 부드레하다; 엄파같다, 임염(荏染)하다

816-01-부드럽다 ▸ 2:곱다, 순하다, 착하다, 유순(柔順)하다, 아나(猗儺)하다, 완만(緩慢)하다, 친절하다, 유완(柔婉)하다, 의의(依依)하다

816-01-부드럽다 ▸ 3:나긋나긋하다, 나근거리다, 자늑자늑하다, 노긋하다, 늘품이 있다, 노글노글하다, 유연(柔軟)하다, 연(軟)하다

816-02-약하다 ▸ 1:애잔하다, 연약(軟弱)하다, 취약(脆弱)하다, 연취(軟脆)하다, 유약(柔弱)하다, 유약(幼弱)하다, 요약(幺弱)하다, 의의(依依)하다, 허약(虛弱)하다, 허박(虛薄)하다, 잔약(孱弱)하다, 잔잔(孱孱・潺潺)하다, 나약(懦弱)하다, 나열(懦劣)하다

816-02-약하다 ▸ 2:여리다, 무르다, 연(軟)하다, 애잔하다

816-02-약하다 ▸ 3:모자라다, 부족(不足)하다

816-やわい *新*岩*三*// 新明解

[各地の方言] 柔らかい。

817-やわらかい 【柔らかい・軟かい】 *新*岩*三*

817-01-딱딱하지 않다 ▸ ≠

817-02-부드럽다 ▸ 보드랍다 1:매끄럽다, 유하다, 무르다, 매끈매끈하다, 매끈하다, 보들보들하다, 부들부들하다; 보드레하다, 부드레하다; 엄파같다, 임염(荏染)하다

817-02-부드럽다 ▸ 2:곱다, 순하다, 착하다, 유순(柔順)하다, 아나(猗儺)하다, 완만(緩慢)하다, 친절하다, 유완(柔婉)하다, 의의(依依)하다

817-02-부드럽다 ▸ 3:나긋나긋하다, 나근거리다, 자늑자늑하다, 노긋하다, 늘품이 있다, 노글노글하다, 유연(柔軟)하다, 연(軟)하다

817-03-유순하다 ▸ 순하다, 부드럽다, 착하다

817-04-날씬하다 ▸ 늘씬하다; 호리호리하다, 미끈하다; 가늘다; 맵시 있다; 말쑥하다; 가든하다

817-05-심각하지 않다 ▸ ≠

817-やわらかい *新*岩*三*// 新明解

やわらかな状態だ。

818-やんごとない 【止ん事無い】 *新*岩*三*

818-00-매우 고귀하다 ▸ 1:높다, 귀하다

818-00-매우 고귀하다 ▸ 2:훌륭하다, 거룩하다, 귀중하다
818-00-매우 고귀하다 ▸ 3:비싸다

818-やんごとない *新*岩*三*// 新明解

[「止む事無い」の変化で、もと、かけがえの無い意] 非常に身分が高い。

819-ゆかしい 【床しい・懐しい】 *新*岩*三*

819-01-어쩐지 그립다 ▸ 1:생각나다
819-01-어쩐지 그립다 ▸ 2:아쉽다; 간절하다; 요긴(要緊)하다, 필요(必要)하다
819-02-품위가 있어 마음이 끌리다 ▸ ≠
819-03-우아하다 ▸ 우미(優美)하다, 도아(都雅)하다; 아담(雅淡)하다, 멋있다, 멋지다
819-04-깊고 흐뭇하다 ▸ 하뭇하다; 하무뭇하다, 흐무뭇하다; 흡족하다
819-05-<고>어쩐지 알고 싶다 ▸ ≠
819-06-호기심을 가지게 되다 ▸ ≠
819-07-보고 싶다 ▸ ≠
819-08-듣고 싶다 ▸ ≠

819-ゆかしい *新*岩*三*// 新明解

① いばったり大げさでなかったりして、好感が持てる様子だ。
② [雅]もっと深く接してみたいという興味を抱かせる様子だ。[表記]「床しい」は、借字。

820-ゆきぶかい ***三*××

820-××

820-ゆきぶかい ***三*// 三省堂

雪が多く積もったようすだ。

821-ゆゆしい 【由由しい】 *新*岩*三*

821-01-중대하다 ▸ 비경(非輕)하다
821-02-보통이 아닌 일이다 ▸ ≠
821-03-<고>불길하다 ▸ 좋지 않다, 흉하다
821-04-꺼리다 ▸ 싫어하다, 피하다, 사위하다, 절기(絶忌)하다, 염기(忌)하다, 회피(回避)하다,

구기(拘忌)하다, 혐오하다, 혐탄(嫌憚)하다, 기(忌)하다, 기피(忌避)하다, 기휘(忌諱)하다, 고기(顧忌)하다, 고망(顧望)하다, 기탄(忌憚)하다

821-05-＜고＞황공할 만큼 신중하다 ▶ 조심스럽다, 주의깊다

821-ゆゆしい ＊新＊岩＊三＊// 新明解

> そのままほうっておくと、取返しのつかないことになる様子だ。 表記 「由由しい」は、借字。

822-ゆるい【緩い】 ＊新＊岩＊三＊

822-01-무르다 ▶ 1:물렁하다, 문문하다, 말캉하다, 몰캉하다, 물컹하다, 물컹물컹하다, 부드럽다, 연(軟)하다, 녹실녹실하다, 날캉하다, 날큰하다

822-01-무르다 ▶ 2:물쩡물쩡하다, 말짱말짱하다; 물쩡하다, 말짱하다, 약(弱)하다, 허약(虛弱)하다; 심약(心弱)하다

822-02-엄하지 않다 ▶ ≠

822-03-심하지 않다 ▶ ≠

822-04-느슨하다 ▶ 나슨하다 1:헐겁다; 사부랑하다, 서부렁하다; 사분하다, 청처짐하다

822-04-느슨하다 ▶ 2:옹골차지 못하다

822-05-헐겁다 ▶ 할겁다; 크다, 할랑하다, 헐렁하다; 헤먹다

822-06-느리다 ▶ 1:더디다, 뜨다, 굼뜨다, 손뜨다, 천천하다, 느릿하다, 완(緩)하다, 서완(徐緩)하다, 유장(悠長)하다

822-06-느리다 ▶ 2:성글다, 성기다, 엉성하다, 설피다; 날쌍하다, 늘썽하다

822-06-느리다 ▶ 3:느슨하다

822-07-세력이 약하다 ▶ ≠

822-08-급하지 않다 ▶ ≠

822-ゆるい ＊新＊岩＊三＊// 新明解

> ① しめ方や密着の度合が少なくて、そのものとしての機能を十分に果たしていない状態だ。 ← きつい③ ② 変化のしかたが△急で(速く)ない。 ③ 水分が多過ぎて、固まらない。
> 表記 「〈弛い」とも書く。

823-よい【良い・好い・善い・佳い】 ＊新＊岩＊三＊

823-01-선량하다 ▶ 착하다, 어질다, 선(善)하다

823-02-착하다 ▶ 어질다, 곱다, 선(善)하다, 정선(正善)하다, 양선(良善)하다, 현량(賢良)하다, 가량(佳良)하다, 심윤(心潤)하다; 순하다, 수련하다, 양순(良順)하다; 장하다, 갸륵하다

823-03-올바르다 ▸ ≠

823-04-뛰어나다 ▸ 빼어나다, 동뜨다, 남다르다, 우수(優秀)하다, 탁월(卓越)하다, 우월(優越)
　　　　하다, 특출(特出)나다, 출중(出衆)하다, 월등(越等)하다, 수일(秀逸)하다, 영수(靈秀)
　　　　하다, 고탁(高卓)하다, 정연(整然)하다, 정수(挺秀)하다, 정출(挺出)하다, 걸출(傑出)
　　　　하다, 각립(角立)하다, 수걸(秀傑)하다, 준매(俊邁)하다, 준이(俊異)하다, 준일(俊逸)
　　　　하다, 호준(毫俊)하다

823-05-훌륭하다 ▸ 1:칭찬(稱讚)할 만하다, 가상(嘉尙)하다, 도저(到底)하다, 축저(築底)하다,
　　　　기위(奇偉)하다

823-05-훌륭하다 ▸ 2:나무랄데 없다, 빼어나다, 뛰어나다, 완벽(完璧)하다

823-05-훌륭하다 ▸ 3:아름답다, 수절(秀絶)하다

823-05-훌륭하다 ▸ 4:위대(偉大)하다

823-06-알맞다 ▸ 얼맞다; 걸맞다, 어울리다, 적당(適当)하다, 적합(適合)하다, 적절(適切)하다,
　　　　적격(適格)이다, 적정(適正)하다, 적실(適実)하다, 적의(適宜)하다, 적중(適中)하다,
　　　　적임(適任)하다; 맞다, 마땅하다, 들어맞다, 합당(合当)하다, 타당(妥当)하다, 온당
　　　　(穩当)하다, 의합(宜合)하다, 득중(得中)하다

823-07-바람직하다 ▸ ≠

823-08-형편이 좋다 ▸ ≠

823-09-충분하다 ▸ 넉넉하다

823-10-지장 없다 ▸ ≠

823-11-괜찮다 ▸ 관계치 않다, 관계찮다 1:쓸만하다, 좋다, 나쁘지 않다

823-11-괜찮다 ▸ 2:무방(無妨)하다, 일없다, 상관없다, 염려 없다

823-12-친하다 ▸ 가깝다, 친근(親近)하다, 친밀(親密)하다, 화호(和好)하다, 막역(莫逆)하다,
　　　　절친(切親)하다, 가까이하다, 사귀다, 낯익다, 친화(親和)하다, 간친(懇親)하다

823-13-기분이 좋다 ▸ ≠

823-よい *新*岩*三*// 新明解

[口語的表現では、終止形・連体形は普通「いい」を用いる] ① その社会において倫理的に、
そうするのが△好ましい(望ましい)ことだとされている様子だ。② 道義や社会通念にかなって
いて対人関係などに好ましい影響をもたらす様子だ。③ 好ましい△状況におかれている(結
果につながる)ととらえられる様子だ。④ △標準よりすぐれて(基準にかなって)いる状態だ。
⑤ 正常な△機能(状態)が保たれている様子だ。⑥ 必要な△準備(心構え)が十分にできている
状態だ。⑦ [「…△て(で)-」の形で]差しつかえないものとして△許容(容認)することができる
様子だ。[①~⑤の対義語は、悪い] 表記 「善い・《好い》」とも書く。

824 -ようじんぶかい 【用心深い】 *新*岩*三*

824-01-충분히 조심을 하다 ▸ ≠
824-02-신중하다 ▸ 조심스럽다, 주의깊다

824-ようじんぶかい *新*岩*三*// 新明解

十分に用心している様子だ。

825 -よぎない 【余儀無い】 *新*岩*三*

825-01-할 수 없다 ▸ 하는 수 없다, 도리 없다; 불가능(不可能)하다
825-02-도리가 없다 ▸ 할 수 없다, 바이 없다, 어쩔수 없다, 수없다, 방법 없다

825-よぎない *新*岩*三*// 新明解

他に取って代わる方法が無い。

826 -よしない 【由無い】 *新*岩*三*

826-01-이유가 없다 ▸ ≠
826-02-재미없다 ▸ 흥미(興味)없다, 선겁다, 삭연(索然)하다
826-03-시시하다 ▸ 시시껄렁하다, 껄렁하다, 시시풍덩하다, 시풍덩하다 1:사소(些少)하다, 사
세(些細)하다, 하잖다, 지지하다, 미미(微微)하다
826-03-시시하다 ▸ 2:쓸데없다, 가치 없다, 변변치 못하다, 신통치 못하다
826-03-시시하다 ▸ 3:흥미(興味)없다, 재미없다
826-03-시시하다 ▸ 4:흐지부지하다, 시시부지하다
826-04-관계없다 ▸ 1:거리낄 것 없다, 계관(係関) 없다, 상관(相関) 없다
826-04-관계없다 ▸ 2:괜찮다, 걱정 없다, 염려 없다
826-05-수단이나 방법이 없다 ▸ ≠
826-06-좋지 않다 ▸ ≠
826-07-무익하다 ▸ ≠

826-よしない *新*岩*三*// 新明解

① そうする理由が無い。 ② そうするだけの意義が無い。

827-よそよそしい【余所余所しい】 *新*岩*三*

827-01-친하지 않다 ▸ ≠

827-02-서먹서먹하다 ▸ ≠

827-よそよそしい *新*岩*三*// 新明解

> 自分には関係が無いというような冷淡な様子だ。

828-よろこばしい【喜ばしい・悦ばしい】 *新*岩*三*

828-01-즐거워할 만하다 ▸ ≠

828-02-즐겁다 ▸ 기쁘다, 흐뭇하다, 흥겹다, 창적(暢適)하다, 창락(暢楽)하다, 가적(佳適)하다,
　　　　낙이(楽易)하다, 낙락(楽楽)하다, 희희낙락(喜喜楽楽)하다, 유쾌(愉快)하다

828-03-기쁘다 ▸ 기껍다, 즐겁다; 반갑다; 좋다, 이유하다, 이열(怡悦)하다

828-04-경사스럽다 ▸ ≠

828-よろこばしい *新*岩*三*// 新明解

> 第三者としてその状態を歓迎する気持だ。[うれしいと思う自分の気持を第三者的立場に
> 立って表現する場合にも用いられる] 表記 「《悦ばしい」とも書く。

829-よろしい【宜しい】 *新*岩*三*

829-00-(「いい」의 정중한 말씨)좋다 ▸ 1:즐겁다, 기쁘다, 유쾌(愉快)하다, 흡족(洽足)하다

829-00-(「いい」의 정중한 말씨)좋다 ▸ 2:아름답다, 곱다

829-00-(「いい」의 정중한 말씨)좋다 ▸ 3:뛰어나다, 훌륭하다

829-00-(「いい」의 정중한 말씨)좋다 ▸ 4:슬기롭다, 똑똑하다

829-00-(「いい」의 정중한 말씨)좋다 ▸ 5:효험(効験)있다, 효력(効力)있다, 유익(有益)하다, 이
　　　　롭다

829-00-(「いい」의 정중한 말씨)좋다 ▸ 6:낫다

829-00-(「いい」의 정중한 말씨)좋다 ▸ 7:바르다, 착하다, 선하다, 선량(善良)하다

829-00-(「いい」의 정중한 말씨)좋다 ▸ 8:괜찮다, 상관(相関)없다

829-00-(「いい」의 정중한 말씨)좋다 ▸ 9:알맞다, 적당(適当)하다

829-00-(「いい」의 정중한 말씨)좋다 ▸ 10:기쁘다, 경사스럽다

829-00-(「いい」의 정중한 말씨)좋다 ▸ 11:화목(和睦)하다, 친하다

829-00-(「いい」의 정중한 말씨)좋다 ▸ 12:싫지 않다

829-00-(「いい」의 정중한 말씨)좋다 ▸ 13:순조롭다

829-00-(「いい」의 정중한 말씨)좋다 ► 14:쉽다, 어렵 않다

829-よろしい ∗新∗岩∗三∗// 新明解

「よい」の意の改まった言い方。

830-よわい 【弱い】 ∗新∗岩∗三∗

830-01-미약하다 ► 힘없다, 약(弱)하다, 미력(微力)하다, 무력(無力)하다, 연약(軟弱)하다, 박약(薄弱)하다, 유약(柔弱)하다, 면력(綿力)하다, 나약(懦弱)하다

830-02-능력이 없다 ► ≠

830-03-건강하지 못하다 ► ≠

830-04-강하지 못하다 ► ≠

830-よわい ∗新∗岩∗三∗// 新明解

何か△をする(に堪えたり対抗したりする)力や勢いが十分でない。

831-よわっちい ∗∗∗三∗××

831-××

831-よわっちい ∗∗∗三∗// 三省堂

[俗]とても弱い。弱弱しい。

832-よわよわしい ∗新∗岩∗三∗%

832-01-약하디약하다 ► ≠

832-02-연약하다 ► 약(弱)하다, 연(軟)하다

832-03-가냘프다 ► 가늘다, 약(弱)하다, 잘다, 섬섬(纖纖)하다, 섬약(纖弱)하다, 취약(脆弱)하다, 면약(綿弱)하다, 연연(軟娟)하다, ; 무르다, 호듯하다

832-よわよわしい ∗新∗岩∗三∗// 新明解

いかにも弱そうに見える。

833-よんどころない 【拠無い】 *新*岩*三*

833-01-(「よりどころない」의 음편)하는 수 없다 ▸ 할 수 없다, 도리 없다; 불가능(不可能)하다
833-02-어쩔 수 없다 ▸ ≠

833-よんどころない *新*岩*三*// 新明解

[拠(ヨ)り所が無いの意] そうするよりほかに方法が無い。

834-りくつっぽい 【理屈っぽい・理窟っぽい】 *新*岩*三*

834-01-곧 이유를 대어 말하다 ▸ ≠
834-02-무엇이든지 이유를 붙이다 ▸ ≠

834-りくつっぽい *新*岩*三*// 新明解

何かにつけてあれこれ理屈を言い立てる様子だ。

835-りりしい 【凛凛しい】 *新*岩*三*

835-01-씩씩하다 ▸ 용감하다, 굳세다, 건경(健勁)하다
835-02-늠름하다 ▸ 1:의젓하다, 당당하다, 씩씩하다, 위풍(威風)있다, 늠름스럽다
835-02-늠름하다 ▸ 2:늠렬(凛烈)하다, 늠연(凛然)하다

835-りりしい *新*岩*三*// 新明解

態度がきびきびしていて、見る人にも はつらつたる感じを与える様子だ。

836-れいれいしい 【麗麗しい】 *新*岩*三*

836-00-일부러 눈에 띄게 화려하게 하다 ▸ ≠

836-れいれいしい *新*岩*三*// 新明解

はでに飾り立てられていて、いかにも△これ見よがし(立派そう)な様子だ。

837-わかい 【若い】 *新*岩*三*

837-01-젊다 ▸ 나이 적다, 배젊다, 애젊다, 앳되다, 새파랗다, 애동대동하다, 혈기왕성(血気

旺盛)하다

837-02-아직 어리다 ▸ 1:앳되다, 연소(年少)하다, 유소(幼小)하다, 아리잠직하다, 치발부장(歯髪不長)이다, 치발불급(歯髪不及)이다

837-02-아직 어리다 ▸ 2:유치(幼稚)하다, 유충(幼沖)하다, 젖내나다; 어리석다

837-03-원기왕성하다 ▸ ≠

837-04-나이가 적다 ▸ ≠

837-05-수가 적다 ▸ ≠

837-06-경험이 적고 아직 숙련되지 않다 ▸ ≠

837-わかい ＊新＊岩＊三＊// 新明解

> ① 子供の段階を過ぎて、中高年になる前の年代で、肉体的な機能が充実し、精神的にも(未熟・未完成な面はあるものの)気力・活力に満ちているととらえられる状態にある様子だ。
> ② △成立して(発生して)からあまり多くの月日や年数を経ていない様子だ。
> ③ [一続きの数字・番号が]小さい方に属する様子だ。

838-わかちがたい ＊＊＊三＊%

838-01-둘로 나누기 어렵다 ▸ ≠

838-02-밀접한 관계에 있다 ▸ ≠

838-わかちがたい ＊＊＊三＊// 三省堂

> [文]引きはなして、二つに分けることがむずかしい。

839-わかりやすい ＊＊＊三＊%

839-01-간단히(쉽게) 알 수 있다 ▸ ≠

839-02-이해하기 쉽다 ▸ ≠

839-わかりやすい ＊＊＊三＊// 三省堂

> すぐわかる状態だ。わかりいい。わかりよい。

840-わかわかしい 【若若しい】 ＊新＊岩＊三＊

840-01-새파랗게 젊다 ▸ ≠

840-02-매우 젊다 ▸ 나이 적다, 배젊다, 애젊다, 앳되다, 새파랗다, 애동대동하다, 혈기왕성

(血気旺盛)하다
840-03-아주 미숙하다 ► 불숙(不熟)하다 1:덜익다, 설익다
840-03-아주 미숙하다 ► 2:익숙치 못하다, 어설프다, 서투르다, 미련(未練)하다; 미숙련(未熟練)
　　　하다

840-わかわかしい ＊新＊岩＊三＊// 新明解

> いかにも若いという印象を感じさせる様子だ。

841-わけない ＊＊＊三＊%

841-01-손쉽다 ► ≠
841-02-간단하다 ► ≠
841-03-수월하다 ► 수월스럽다, 쉽다, 손쉽다
841-04-문제없다 ► ≠
841-05-하찮다 ► ≠
841-06-시시하다 ► 시시껄렁하다, 껄렁하다, 시시풍덩하다, 시풍덩하다 1:사소(些少)하다, 사
　　　세(些細)하다, 하잖다, 지지하다, 미미(微微)하다
841-06-시시하다 ► 2:쓸데없다, 가치 없다, 변변치 못하다, 신통치 못하다
841-06-시시하다 ► 3:흥미(興味)없다, 재미없다
841-06-시시하다 ► 4:흐지부지하다, 시시부지하다

841-わけない ＊＊＊三＊// 三省堂

> 手間がかからない。めんどうなことがない。わけはない。

842-わざとがましい 【態とがましい】 ＊新＊岩＊三＊

842-01-새삼스레하다 ► ≠
842-02-일부러 하다 ► ≠

842-わざとがましい ＊新＊岩＊三＊// 新明解

> 当人の意図にかかわりなく、わざとやったという印象を相手に与える様子だ。

843-わざとらしい 【態とらしい】 ＊新＊岩＊三＊

843-01-고의로 하는 것 같다 ► ≠

843-02-어쩐지 부자연스럽다 ▶ ≠
843-03-어색한 느낌이 든다 ▶ ≠
843-04-꾸며낸 티가 나다 ▶ ≠

843-わざとらしい *新*岩*三*// 新明解

やり方が大げさであったり不自然であったりして、わざとやったと感じられる様子だ。

844-わずらわしい 【煩わしい】 *新*岩*三*

844-01-귀찮다 ▶ 귀치 않다, 성가시다, 일쩝다; 폐롭다, 누되다
844-02-시끄럽다 ▶ 따들싹하다, 떠들썩하다, 시끌시끌하다, 왁자하다, 왁자지껄하다, 지껄하다, 소란(騷亂)하다, 소란스럽다, 시끌벅적하다, 어수선하다, 부훤(浮喧)하다, 분훤(紛喧)하다, 들썩하다, 부산하다, 부산스럽다, 뒤숭숭하다, 소소(騷騷)하다, 분분(紛紛)하다, 쟁란(諍亂)하다, 요열(鬧熱)하다, 요요(擾擾)하다
844-03-복잡하다 ▶ 빽빽하다, 붐비다, 복잡스럽다, 번다스럽다, 어수선하다

844-わずらわしい *新*岩*三*// 新明解

① △処置(処理)がめんどうで不快に感じる様子だ。
② いやで、とてもつき合ってはいられない。

845-わすれがたい *新**三*%

845-00-좀처럼 잊혀지지 않다 ▶ ≠

845-わすれがたい *新**三*// 新明解

なかなか忘れることが出来ない。

846-わすれっぽい 【忘れっぽい】 *新*岩*三*

846-01-잊기 쉽다 ▶ ≠
846-02-잘 잊어버리다 ▶ ≠

846-わすれっぽい *新*岩*三*// 新明解

忘れやすい△性質(傾向が見える様子)だ。

847-わびしい 【侘びしい】 *新*岩*三*

847-01-슬퍼 못 견디어 하는 모양 ▸ ≠

847-02-쓸쓸하고 외롭다 ▸ 1:고독(孤独)하다, 고단(孤単)하다, 고혈(孤孑)하다, 유독(幽独)하다, 형영상조(形影相弔)하다

847-02-쓸쓸하고 외롭다 ▸ 2:쓸쓸하다, 적막(寂寞)하다, 잠적(岑寂)하다

847-03-살림이 어렵다 ▸ ≠

847-04-초라하다 ▸ 1:허술하다, 보잘것없다, 볼품없다, 만조하다

847-04-초라하다 ▸ 2:추레하다; 기운 없다, 맥없다

847-わびしい *新*岩*三*// 新明解

① △心を慰める(自分を受け入れてくれる暖かい)ものが無くて、ものさびしい(様子だ)。寂しい。② [ひどく貧しい暮らし向きで]心が晴れない(様子だ)。

848-わりない 【理無い】 **岩*三*

848-01-무리하다 ▸ 1:우기다

848-01-무리하다 ▸ 2:힘겹다

848-02-이치에 맞지 않다 ▸ ≠

848-03-어찌할 수 없다 ▸ ≠

848-04-<고>분별이 없다 ▸ ≠

848-05-철이 없다 ▸ 둥어리적다, 소양배양하다, 철모르다, 지각(知覚)없다, 분별(分別)없다, 사리분별(事理分別) 없다, 지각머리없다

848-06-<고>괴롭다 ▸ 1:아프다; 고(苦)롭다, 고통(苦痛)스럽다, 울민(欝悶)하다, 뇌쇄(悩殺)하다, 뇌심(悩心)하다

848-06-<고>괴롭다 ▸ 2:힘들다, 어렵다, 곤란(困難)하다

848-06-<고>괴롭다 ▸ 3:성가시다, 귀찮다

848-07-고되다 ▸ ≠

848-08-<고>심하다 ▸ 지나치다, 너무하다, 호되다, 독(毒)하다, 극(極)하다, 과도(過度)하다, 격렬(激烈)하다

848-09-<고>친밀하다 ▸ 친하다, 일견여구(一見如旧)하다, 일면여구(一面如旧)하다

848-わりない **岩*三*// 三省堂

[文]理屈(リクツ)では説明できない。

849-わるい 【悪い】 *新*岩*三*

849-01-나쁘다 ► 1:흉하다, 좋지 않다, 불량(不良)하다; 약하다; 서투르다, 언짢다

849-01-나쁘다 ► 2:해롭다, 부당하다, 바람직하지 않다, 불길(不吉)하다, 부적당하다

849-01-나쁘다 ► 3:악하다, 흉악하다, 악질(惡質)이다, 그르다, 용천하다, 용천맞다, 고약하다, 사사(邪邪)스럽다; 노랑지다<특[심마니]>

849-02-좋지 않다 ► ≠

849-03-보잘것없다 ► 1:가치 없다, 값어치 없다, 쓸데없다

849-03-보잘것없다 ► 2:하찮다, 변변찮다, 알량하다, 미미(微微)하다

849-03-보잘것없다 ► 3:못나다, 못생기다, 쥐좆 같다, 쥐뿔 같다, 볼품없다, 쥐똥 같다, 쥐불알 같다

849-04-바르지 못하다 ► ≠

849-05-그르다 ► 1:옳지 못하다, 나쁘다

849-05-그르다 ► 2:틀리다, 가망 없다

849-06-뒤떨어지다 ► 1:처지다, 뒤처지다, 못 미치다, 뒤지다, 낙오(落伍)하다, 낙오되다

849-06-뒤떨어지다 ► 2:남아있다

849-06-뒤떨어지다 ► 3:뒤지다, 뒤서다, 낙후(落後)하다

849-07-뒤지다 ► 1:뒤떨어지다, 뒤서다, 낙후(落後)하다

849-07-뒤지다 ► 2:미달(未達)하다

849-08-달갑지 않다 ► ≠

849-09-불쾌하다 ► 언짢다, 못마땅하다, 읍읍하다, 토심스럽다

849-10-아름답지 못하다 ► ≠

849-11-보기 흉하다 ► 1:보기싫다, 징그럽다, 증(憎)하다

849-11-보기 흉하다 ► 2:거칠다, 고약하다, 나쁘다

849-11-보기 흉하다 ► 3:불길(不吉)하다

849-11-보기 흉하다 ► 4:흉험다

849-12-사이가 나쁘다 ► ≠

849-13-서투르다 ► 1:미숙(未熟)하다, 성기다, 거칠다, 손서툴다, 손서투르다, 손설다, 어설프다, 소졸(疎拙)하다, 생(生)되다, 섣부르다, 판설다, 어줍다, 서툴다

849-13-서투르다 ► 2:어색하다, 설다, 낯설다, 생소(生疏)하다

849-14-형편이 좋지 않다 ► ≠

849-15-미안하다 ► 1:거북하다, 불편(不便)하다, 미타(未妥)하다

849-15-미안하다 ► 2:미안(未安)스럽다, 볼 낯없다, 미안쩍다, 미안천만(未安千万)하다, 천만미안하다, 부끄럽다, 굽죄이다, 낯간지럽다, 낯뜨겁다, 겸연(慊煙·慊然)쩍다, 겸연스럽다, 안심(安心)찮다, 죄송(罪悚)하다

849-16-불길하다 ► 좋지 않다, 흉하다

849-17-작용・기능이 충분치 못하다 ▸ ≠

849-18-시원치 못하다 ▸ ≠

849-わるい ＊新＊岩＊三＊// 新明解

> ↔ よい・いい ① その社会において、倫理的にしてはいけないことだとされている様子だ。
> ② 道義や社会通念に反していて、対人関係などに好ましくない影響を及ぼす様子だ。
> ③ 好ましくない△状況におかれている(結果を招くおそれがある)ととらえられる様子だ。
> ④ △標準より劣って(基準からはずれて)いる状態だ。
> ⑤ 正常な△機能(状態)を失っている様子だ。

850-わるがしこい 【悪賢い】 ＊新＊岩＊三＊

850-01-교활하다 ▸ ≠

850-02-약삭빠르다 ▸ 약다, 약빠르다, 약삭스럽다, 꾀바르다, 발밭다, 민첩(敏捷)하다, 기민
(機敏)하다, 기민혜할(機敏彗黠)하다, 민첩혜할(敏捷彗黠)하다

850-わるがしこい ＊新＊岩＊三＊// 新明解

> 悪い事を考えることについて頭が働く。悪知恵が有る。

일본어 형용사의 한국어 대역 시소러스

thesaurus

유의어 ⇨ 한일대역어 색인

* 가공(可恐)하다 ⇨ 두렵다, 어쩐지 두렵다
* 가긍(可矜)하다 ⇨ 가엾다, 불쌍하다
* 가까이하다 ⇨ 친하다, 허물없이 친하다
* 가깝다 ⇨ 비근하다, 친하다, 허물없이 친하다
* 가난하다 ⇨ 맑다, 어렵다, 없다
* 가냘프다 ⇨ 가늘다
* 가년스럽다 ⇨ 궁상맞다
* 가느다랗다 ⇨ 가늘다
* 가느스름하다 ⇨ 가늘다
* 가늘다 ⇨ 가냘프고 약하다, 가냘프다, 날씬하다, 잘다, 정밀하다
* 가능성 많다 ⇨ 쉽다
* 가능성 있다 ⇨ 쉽다
* 가득락대다 ⇨ 까불다
* 가든하다 ⇨ 날씬하다
* 가량(佳良)하다 ⇨ 착하다
* 가려(佳麗)하다 ⇨ (여자가) 아름답다, 단정하고 아름답다, 매력이 있어 아름답다, 빛나
    서 아름답다, 용모가 아름답다, 화려하고 아름답다
* 가련(可憐)하다 ⇨ 가엾다, 보기가 딱하다, 불쌍하다
* 가린스럽다 ⇨ (아주) 인색하다, 돈만 따지며 인색하다
* 가망 없다 ⇨ 그르다
* 가물가물하다 ⇨ 몽롱하다
* 가물거리다 ⇨ 희미하다
* 가볍다 ⇨ 경박(輕薄)하다, 경쾌하다
* 가불가불하다 ⇨ 까불다
* 가불거리다 ⇨ 까불다
* 가붓하다 ⇨ (무게가)가볍다, 매우 가볍다
* 가뿐하다 ⇨ (무게가)가볍다, 경쾌하다, (매우) 가볍다
* 가상(嘉尚)하다 ⇨ (매우) 훌륭하다
* 가소(可笑)롭다 ⇨ 우습다
* 가소(苛小)하다 ⇨ (물건의 모양이)작다, (매우) 작다
* 가슴 아프다 ⇨ 비통하다

* 가없다 ⇨ 한(이) 없다, 끝(이) 없다, 가련하다, 귀엽고도 애처롭다, 눈물겹다, 보기가 딱
    하다, 불쌍하다, 한심하다
* 가외(可畏)하다 ⇨ 두렵다, 어쩐지 두렵다
* 가이 없다 ⇨ 한(이) 없다, 무한하다
* 가적(佳適)하다 ⇨ 유쾌하고 즐겁다, 즐겁다
* 가증(可憎)스럽다 ⇨ 밉살스럽다, 얄밉다
* 가증(可憎)하다 ⇨ 얄밉다
* 가직하다 ⇨ (바로)가깝다, 거리가 가깝다
* 가치 없다 ⇨ (매우) 시시하다, 보잘것없다
* 가치(価値)있다 ⇨ 귀중하다
* 가탈스럽다 ⇨ 까다롭다, 성미가 까다롭다, 좀 까다롭다
* 가혹(苛酷)하다 ⇨ 맵다
* 각립(角立)하다 ⇨ 뛰어나다
* 각이(各異)하다 ⇨ 변경되어 지금까지와는 다르다
* 각(角)지다 ⇨ 모(가) 나다
* 간(肝)크다 ⇨ 대담하다
* 간간하다 ⇨ 짜다
* 간망(懇望)하다 ⇨ 바라다
* 간사스럽다 ⇨ 간사하다
* 간신(艱辛)하다 ⇨ 고통스럽다, 힘들다
* 간원(懇願)하다 ⇨ 바라다
* 간이(簡易)하다 ⇨ 쉽다
* 간절하다 ⇨ 그립다, 사람이 그립다, 어쩐지 그립다
* 간정(幹浄・簡浄)하다 ⇨ 깨끗하다
* 간졸이다 ⇨ 불안하다
* 간지럽다 ⇨ 가렵다, 근질근질하게 가렵다
* 간질간질하다 ⇨ 간지럽다
* 간친(懇親)하다 ⇨ 친하다, 허물없이 친하다
* 갈급령(渴急令)나다 ⇨ 마음이 조급하다, 조급하다
* 갈급증(-症)나다 ⇨ 마음이 조급하다, 조급하다
* 갈급(渴急)하다 ⇨ 급하다
* 갈망(渴望)하다 ⇨ 바라다
* 감때사납다 ⇨ 억세다
* 감미(甘味)롭다 ⇨ (맛이)달다, 달콤하다
* 감사(感謝)하다 ⇨ (매우) 고맙다

* 감연하다 ⇨ 서운하다
* 감지덕지하다 ⇨ 감사하다
* 감쪽같다 ⇨ 깨끗하다
* 감참하다 ⇨ 가파르다
* 감창(感愴)하다 ⇨ 마음대로 안 되어 슬프다, 슬프다, 어쩐지 슬프다
* 감칠맛 있다 ⇨ 달콤하다
* 갑갑하다 ⇨ 가슴이 답답하다, 답답하다, 마음이 답답하다, 성질이 바르고 답답하다, 좁아서 답답하다
* 갑시다 ⇨ 숨이 막히다
* 갑작스럽다 ⇨ 급하다
* 값나가다 ⇨ 귀하다
* 값비싸다 ⇨ 귀하다
* 값싸다 ⇨ 값이 싸다
* 값어치 없다 ⇨ 보잘것없다
* 값지다 ⇨ 값이 비싸다, 귀하다, 짭짤하다
* 강강(剛剛)하다 ⇨ 단단하다, 마음이 굳세다
* 강건(康健)하다 ⇨ 단단하다
* 강건(強健)하다 ⇨ 강하다, 건강하다, 마음이 굳세다, 튼튼하다
* 강견(強堅)하다 ⇨ 강하다, 마음이 굳세다
* 강견(強堅·剛堅)하다 ⇨ 단단하다, 튼튼하다
* 강경(強硬)하다 ⇨ 강하다
* 강고(強固)하다 ⇨ 강하다, 튼튼하다
* 강녕(康寧)하다 ⇨ 건강하다
* 강력(強力)하다 ⇨ 강하다, 힘이 세다
* 강렬(強烈)하다 ⇨ 강하다
* 강밭다 ⇨ (아주) 인색하다, 돈만 따지며 인색하다
* 강성(強盛)하다 ⇨ 강하다
* 강안(強顔)하다 ⇨ (신경이 둔하고 뻔뻔스런 모양)뻔뻔스럽다, 대담하고 뻔뻔스럽다, 몹시 뻔뻔스럽다, 밉살스러울 만큼 뻔뻔스럽다
* 강용(剛勇)하다 ⇨ 용감하다
* 강인(強靭)하다 ⇨ 강하다, 마음이 굳세다, 억세다
* 강파르다 ⇨ 까다롭다, 성미가 까다롭다, 좀 까다롭다
* 강팔지다 ⇨ 까다롭다, 성미가 까다롭다, 좀 까다롭다
* 강퍅(剛愎)하다 ⇨ 까다롭다, 성미가 까다롭다, 좀 까다롭다
* 강하다 ⇨ 강경하다, 단단하다, 마음이 굳세다, 비대(肥大)하다, 튼튼하다

* 강(剛)하다 ⇨ 딱딱하다
* 강(強)하다 ⇨ (씩씩하고)남자답다
* 강한(剛悍·強悍)하다 ⇨ 마음이 굳세다
* 갖잖다 ⇨ 화가 나다
* 같다 ⇨ 동일하다
* 같잖다 ⇨ 건방지다
* 같지 않다 ⇨ 변경되어 지금까지와는 다르다
* 개결(介潔)하다 ⇨ 깨끗하다
* 개르다 ⇨ 게으르다
* 개분(慨憤)하다 ⇨ 화가 나다
* 개운치 않다 ⇨ 무겁다
* 개운하다 ⇨ 시원하다
* 개으르다 ⇨ 게으르다
* 개정(介淨)하다 ⇨ 깨끗하다
* 갸륵하다 ⇨ 착하다
* 거년스럽다 ⇨ 궁상맞다
* 거대(巨大)하다 ⇨ 크다, 무척(엄청나게)크다
* 거드름 떨다 ⇨ 거만하다
* 거드름 부리다 ⇨ 거만하다
* 거드름 피우다 ⇨ 거만하다
* 거령맞다 ⇨ 어색하다
* 거령스럽다 ⇨ 어색하다
* 거룩하다 ⇨ 매우 고귀하다
* 거리낄 것 없다 ⇨ 관계없다
* 거만 떨다 ⇨ 거만하다
* 거만(倨慢)하다 ⇨ 값이 비싸다
* 거뭇거뭇하다 ⇨ 검다
* 거뭇하다 ⇨ 검다
* 거방지다 ⇨ 무겁다
* 거볍다 ⇨ (무게가)가볍다, (매우) 가볍다
* 거북살스럽다 ⇨ 친밀감이 없고 거북하다
* 거북스럽다 ⇨ 친밀감이 없고 거북하다
* 거북하다 ⇨ 미안하다
* 거불거리다 ⇨ 까불다
* 거불거불하다 ⇨ 까불다

* 거뿟하다 ⇨ (무게가)가볍다, (매우) 가볍다
* 거세다 ⇨ 과격하다, 딱딱하다, 세차다
* 거슬리다 ⇨ 매우 밉다, 밉다, 얼굴만 보아도 밉다
* 거연(居然)하다 ⇨ 할 일이 없어 심심하다
* 거창(巨創)하다 ⇨ 무척(엄청나게)크다, 크다
* 거추없다 ⇨ 어색하다
* 거추장스럽다 ⇨ 친밀감이 없고 거북하다
* 거칠거칠하다 ⇨ (정신이나 태도가)거칠다, (매우) 거칠다
* 거칠다 ⇨ 보기 흉하다, 과격하다, 딱딱하다, 무지하다, 살벌(殺伐)하다, 서투르다, 성기
        다, 어딘지 모르게 좀 지저분하다, 처량하다
* 거칠하다 ⇨ (정신이나 태도가)거칠다, (매우) 거칠다
* 거칫하다 ⇨ (정신이나 태도가)거칠다, (매우) 거칠다
* 거클지다 ⇨ 활발하다
* 걱정없다 ⇨ 관계없다, 평안하다
* 걱정스럽다 ⇨ 두렵다, 불안하다, 어쩐지 두렵다
* 건강(健康)하다 ⇨ 무사하다, 튼튼하다
* 건건하다 ⇨ 짜다
* 건경(健勁)하다 ⇨ 씩씩하다, 힘이 세다
* 건방지다 ⇨ 거만하다, 주제넘다
* 건실(健実)하다 ⇨ 착실하다
* 건전(健全)하다 ⇨ 건강하다
* 건정(乾浄)하다 ⇨ 깨끗하다
* 걸까리지다 ⇨ 크다
* 걸까리지다 ⇨ 무척(엄청나게)크다, 크다
* 걸리다 ⇨ 꺼림칙하다, 마음속으로 꺼림칙하다
* 걸맞다 ⇨ (어울리는 모양)잘 어울리다, 알맞다, 어울리다, 적합하다
* 걸신(乞神)들리다 ⇨ 배(가) 고프다
* 걸싸다 ⇨ 날쌔다, 동작이 날쌔다
* 걸죽하다 ⇨ (빛깔이나 맛이)너무 짙다, 색이 짙다, 짙다
* 걸출(傑出)하다 ⇨ 뛰어나다
* 검세다 ⇨ 억세다
* 검쓰다 ⇨ 못마땅하다
* 검질기다 ⇨ 억세다
* 겁나다 ⇨ 눈이 아찔하다, 두렵다, 어딘지 모르게 무섭다, 어쩐지 두렵다, (매우) 무섭다
* 겁많다 ⇨ 열없다

* 게르다 ⇨ 게으르다
* 게저분하다 ⇨ 어딘지 모르게 좀 지저분하다
* 게접스럽다 ⇨ 어딘지 모르게 좀 지저분하다
* 격렬(激烈)하다 ⇨ (매우) 심하다, 과격하다, 정도가 (너무) 심하다
* 견강(堅強)하다 ⇨ 마음이 굳세다, 단단하다
* 견결(堅結)하다 ⇨ 단단하다
* 견경(堅硬)하다 ⇨ 단단하다
* 견고(堅固)하다 ⇨ 굳다, 단단하다, 튼튼하다
* 견급하다 ⇨ 성급하다
* 견뢰(堅牢)하다 ⇨ 강하다, 튼튼하다
* 견실(堅実)하다 ⇨ 착실하다
* 결곡하다 ⇨ 빈틈없다
* 결리다 ⇨ 아프다
* 결백(潔白)하다 ⇨ 깨끗하다
* 결여하다 ⇨ 서운하다
* 결연(欠然)하다 ⇨ 서운하다
* 결정(潔浄)하다 ⇨ 깨끗하다
* 결핍(欠乏)하다 ⇨ 없다
* 겸연스럽다 ⇨ 미안하다
* 겸연(慊然)쩍다 ⇨ 꺼림칙하다, 부끄럽다, 어쩐지 부끄럽다, 조금(좀) 부끄럽다, 타인에 대하여 부끄럽다, 미안하다, 쑥스럽다, 어색하다
* 겸연하다 ⇨ 무료하다
* 경결(耿潔)하다 ⇨ 깨끗하다
* 경결(硬結)하다 ⇨ 단단하다
* 경망스럽다 ⇨ 경망하다
* 경망스레하다 ⇨ 까불다
* 경미(軽微)하다 ⇨ 수량·정도·금액이 적다, 적다
* 경박(軽薄)하다 ⇨ (무게가)가볍다, (매우) 가볍다
* 경사스롭다 ⇨ 좋다
* 경솔(軽率)하다 ⇨ (무게가)가볍다, (매우) 가볍다
* 경이(径易)하다 ⇨ 쉽다
* 경이(軽易)하다 ⇨ (무게가)가볍다, (매우) 가볍다, 쉽다
* 경첩(軽捷)하다 ⇨ 날래다
* 경청(軽清)하다 ⇨ 맑다
* 경쾌하다 ⇨ (무게가)가볍다, (매우) 가볍다

* 경편(軽便)하다 ⇨ 쉽다
* 경(軽)하다 ⇨ (무게가)가볍다, 경솔하다, (매우) 가볍다
* 경황(景況)없다 ⇨ 공연히 바쁘다, 바쁘다
* 계관(係関)없다 ⇨ 관계없다
* 계면쩍다 ⇨ 열없다, 꺼림칙하다, 무료하다, 부끄럽다, 쑥스럽다, 어쩐지 부끄럽다, 조금
    (좀) 부끄럽다, 타인에 대하여 부끄럽다
* 계면하다 ⇨ 꺼림칙하다, 부끄럽다, 어쩐지 부끄럽다, 조금(좀) 부끄럽다, 타인에 대하여
    부끄럽다
* 고가(高価)이다 ⇨ 값이 비싸다
* 고귀(高貴)하다 ⇨ (가르침 등이)거룩하다
* 고기(顧忌)하다 ⇨ 꺼리다
* 고단(孤単)하다 ⇨ 쓸쓸하고 외롭다, 짝이 없어 외롭다
* 고단하다 ⇨ 피로하여 노곤하다, 나른하다, 몸이 노곤하다
* 고달프다 ⇨ 피로하여 노곤하다, 몸이 노곤하다, 피로하다
* 고독(孤独)하다 ⇨ 쓸쓸하고 외롭다, 짝이 없어 외롭다
* 고(苦)롭다 ⇨ (고민하는 모양)괴롭다, 몸의 통증이나 열 때문에 참을 수 없이 괴롭다,
    짓눌리는 것 같이 괴롭다
* 고리탑탑하다 ⇨ 고리타분하다
* 고망(顧望)하다 ⇨ 꺼리다
* 고매(高邁)하다 ⇨ 높다
* 고분고분하다 ⇨ (삼가 존중하는 모양)공손하다, 친절하다
* 고삽(苦渋)하다 ⇨ 떫다
* 고상(高尚)하다 ⇨ 점잖다
* 고생스럽다 ⇨ 험난(険難)하다
* 고시랑거리다 ⇨ 시끄럽게 잔소리하다
* 고시랑대다 ⇨ 시끄럽게 잔소리하다
* 고액(高額)이다 ⇨ 값이 비싸다
* 고약하다 ⇨ 보기 흉하다, 나쁘다
* 고요하다 ⇨ (빛깔·맛 등이)담담하다, 그윽하다, 마음이 평온(平穏)하다, 아취(雅趣)가
    있어 그윽하다, 적막하다
* 고적(孤寂)하다 ⇨ 쓸쓸하다, 어쩐지 쓸쓸하다
* 고준(高峻)하다 ⇨ 높다
* 고지식하다 ⇨ 가슴이 답답하다, 답답하다, 마음이 답답하다, 성질이 바르고 답답하다,
    좁아서 답답하다
* 고집세다 ⇨ 성미가 까다롭다, (좀) 까다롭다, 완고하다

* 고집스럽다 ⇨ 완고하다, 집요하다
* 고타분하다 ⇨ 고리타분하다
* 고탁(高卓)하다 ⇨ 뛰어나다
* 고통(苦痛)스럽다 ⇨ (고민하는 모양)괴롭다, 몸의 통증이나 열 때문에 참을 수 없이 괴롭다,.아프다, 짓눌리는 것 같이 괴롭다, 쓰라리다
* 고혈(孤子)하다 ⇨ 쓸쓸하고 외롭다, 짝이 없어 외롭다
* 곤란(困難)하다 ⇨ (고민하는 모양)괴롭다, 따분하다, 몸의 통증이나 열 때문에 참을 수 없이 괴롭다, 보기가 딱하다, 짓눌리는 것 같이 괴롭다, 힘들다, 친밀감이 없고 거북하다
* 곤로(困勞)하다 ⇨ 피로하여 노곤하다, 몸이 노곤하다
* 곤박(困迫)하다 ⇨ 절박하다
* 곤원(梱願)하다 ⇨ 바라다
* 곧다 ⇨ 바르다, 헝클어지지 않고 바르다
* 골골(汨汨)하다 ⇨ 공연히 바쁘다, 바쁘다
* 골나다 ⇨ 화가 나다
* 골몰무가(汨沒無暇)하다 ⇨ 공연히 바쁘다, 바쁘다
* 골오르다 ⇨ 화가 나다
* 골타분하다 ⇨ 고리타분하다
* 골탑탑하다 ⇨ 고리타분하다
* 골통나다 ⇨ 화가 나다
* 골틀리다 ⇨ 화가 나다
* 곰상스럽다 ⇨ 좀스럽다
* 곱다 ⇨ 좋다, (여자가)아름답다, 단정하고 아름답다, 매력이 있어 아름답다, 부드럽다, 빛나서 아름답다, 용모가 아름답다, 착하다, 화려하고 아름답다
* 공계(恐悸)하다 ⇨ (매우) 무섭다, 어딘지 모르게 무섭다
* 공고(鞏固)하다 ⇨ 튼튼하다
* 공구(恐懼)하다 ⇨ (매우) 무섭다, 어딘지 모르게 무섭다
* 공명(公明)하다 ⇨ 밝다
* 공석(公席)이다 ⇨ 텅 비다
* 공소(空疎)하다 ⇨ 드물다
* 공총(悾偬)하다 ⇨ 공연히 바쁘다, 바쁘다
* 공허(空虛)하다 ⇨ 없다, 있을 것이 없어서 허전하다, 텅 비다
* 과격(過激)하다 ⇨ 급하다
* 과도(過度)하다 ⇨ (매우) 심하다, 정도가 (너무) 심하다
* 곽여(廓如)하다 ⇨ (집·장소가)넓다, 면적이 넓다

* 곽연(廓然)하다 ⇨ (집·장소가)넓다, 면적이 넓다
* 곽연(霍然)하다 ⇨ 빠르다
* 관계(関係)없다 ⇨ 무관하다
* 관계찮다(관계치 않다) ⇨ 괜찮다
* 관곡(款曲)하다 ⇨ 친절하다
* 관활(寬闊)하다 ⇨ 활발하다
* 관흡(款洽)하다 ⇨ 애정이 (매우) 두텁다
* 괄괄하다 ⇨ 과격하다, 급하다
* 괄다 ⇨ 과격하다
* 괄하다 ⇨ 과격하다, 급하다
* 광달(曠達)하다 ⇨ 활발하다
* 광대(広大)하다 ⇨ (집·장소가)넓다, 크다, 무척(엄청나게)크다, 면적이 넓다
* 광대무변(広大無邊)하다 ⇨ (집·장소가)넓다, 크다, 무척(엄청나게)크다, 면적이 넓다
* 광료(広遼)하다 ⇨ 거리적·시간적으로 멀다
* 광막(広漠)하다 ⇨ (집·장소가)넓다, 면적이 넓다
* 광망하다 ⇨ (집·장소가)넓다, 면적이 넓다
* 광박(広博)하다 ⇨ (집·장소가)넓다, 면적이 넓다
* 광연(広淵·広衍)하다 ⇨ (집·장소가)넓다, 면적이 넓다
* 광요(光耀)하다 ⇨ 빛나다
* 광활하다 ⇨ 크다, 무척(엄청나게)크다, (집·장소가)넓다, 면적이 넓다
* 괘꽝스럽다 ⇨ 괴상하다
* 괘다리적다 ⇨ (재치가 없고 멋이 없어 보이는 모양)멋이 없고 딱딱하다
* 괘씸하다 ⇨ 얄밉다
* 괜찮다 ⇨ 좋다, 관계없다, 그럴 듯하다
* 괴괴하다 ⇨ 쓸쓸하다, 어쩐지 쓸쓸하다
* 괴난(愧赧)하다 ⇨ 부끄럽다, 어쩐지 부끄럽다, 조금(좀) 부끄럽다, 타인에 대하여 부끄
    럽다
* 괴란쩍다 ⇨ 아니꼽다
* 괴롭다 ⇨ 고통스럽다, 쓰다, 쓰라리다, 아프다
* 괴상야릇하다 ⇨ 괴상하다
* 괴씸하다 ⇨ 얄밉다
* 괴아(怪訝·怪疑)하다 ⇨ 사실인지 아닌지 의심스럽다, 의심스럽다
* 괴이(怪異)쩍다 ⇨ 괴상하다, 사실인지 아닌지 의심스럽다, 의심스럽다
* 괴이(怪異)하다 ⇨ 의심스럽다
* 굉장(宏壮)하다 ⇨ 어마어마하다, 대단히 많다, 많다

* 굉장스럽다 ⇨ 대단히 많다, 많다
* 굉홍(宏弘)하다 ⇨ (집·장소가)넓다, 면적이 넓다
* 굉활(宏闊)하다 ⇨ (집·장소가)넓다, 면적이 넓다
* 교건(驕蹇)하다 ⇨ 건방지다
* 교격(矯激)하다 ⇨ 과격하다
* 교만(驕慢)하다 ⇨ 건방지다
* 교박(磽薄)하다 ⇨ (정신이나 태도가)거칠다, (매우) 거칠다
* 교아절치(咬牙切齒) ⇨ 분하다
* 구격(具格)이 맞다 ⇨ 짭짤하다
* 구기(拘忌)하다 ⇨ 꺼리다
* 구김살없다 ⇨ 깨끗하다
* 구리터분하다 ⇨ 고리타분하다
* 구쁘다 ⇨ 맛있다
* 구상유취(口常乳臭)하다 ⇨ 유치하다
* 구성없다 ⇨ 어색하다
* 구순하다 ⇨ 사이가 좋다, 화목하다
* 구슬프다 ⇨ 마음대로 안 되어 슬프다, 슬프다, 어쩐지 슬프다, 처량하다
* 구식(旧式)이다 ⇨ 낡았다(낡다)
* 구예(垢穢)하다 ⇨ 더럽다, 어쩐지 더럽다, 좀 더럽다, 지저분하게 더럽다
* 구저분스럽다 ⇨ 더럽다, 어쩐지 더럽다, 좀 더럽다, 지저분하게 더럽다
* 구저분하다 ⇨ 더럽다, 어딘지 모르게 좀 지저분하다, 어쩐지 더럽다, 좀 더럽다, 지저분
    하게 더럽다
* 구접스럽다 ⇨ (취미·성품이)천하다, (모습이) 추하다, 어딘지 모르게 좀 지저분하다,
    어쩐지 더럽다, (좀) 더럽다, 지위나 신분이 천하다, 지저분하게 더럽다
* 구지레하다 ⇨ 더럽다, 어쩐지 더럽다, 좀 더럽다, 지저분하게 더럽다
* 구차(苟且)스럽다 ⇨ 어렵다
* 구탁(垢濁)하다 ⇨ 더럽다, 좀 더럽다, 지저분하게 더럽다
* 국축(局促)하다 ⇨ 장소가 좁다, 좁다
* 굳건하다 ⇨ 견고하다, 튼튼하다
* 굳다 ⇨ 단단하다, 딱딱하다, 억세다
* 굳세다 ⇨ 강경하다, 강하다, 단단하다, 씩씩하다, 완강하다
* 굵다 ⇨ (정신이나 태도가)거칠다, (매우) 거칠다
* 굼뜨다 ⇨ (생각이나 행동이)둔하다, 감각이나 동작이 둔하다, 느리다, 늦다, 동작이 느
    리다, 무겁다
* 굽죄이다 ⇨ 미안하다

* 궁상스럽다 ⇨ 궁상맞다
* 궁색(窮塞)하다 ⇨ 어렵다
* 궁핍(窮乏)하다 ⇨ 없다
* 궁하다 ⇨ 가난하다
* 권련(眷恋)하다 ⇨ 그리워하다
* 궤궤(蹶蹶)하다 ⇨ 재빠르다
* 궤궤(几几)하다 ⇨ 위엄 있고 침착하다, 침착하다
* 궤란쩍다 ⇨ 건방지다
* 궤젓하다 ⇨ 용감하다
* 귀여워하다 ⇨ (몹시) 사랑하다
* 귀엽다 ⇨ (여자가)아름답다, 단정하고 아름답다, 매력이 있어 아름답다, 매우 사랑스럽다, 빛나서 아름답다, 사랑스럽다, 용모가 아름답다, 화려하고 아름답다
* 귀접스럽다 ⇨ (취미·성품이)천하다, 모습이 추하다, 어딘지 모르게 좀 지저분하다, 지위나 신분이 천하다, 추하다
* 귀중(貴重)하다 ⇨ (가르침 등이)거룩하다, 귀하다, 아깝다, 중요하다, 매우 고귀하다
* 귀찮다 ⇨ (고민하는 모양)괴롭다, (약간) 성가시다, 몸의 통증이나 열 때문에 참을 수 없이 괴롭다, 짓눌리는 것 같이 괴롭다
* 귀축축하다 ⇨ 더럽다, 어쩐지 더럽다, 좀 더럽다, 지저분하게 더럽다
* 귀치 않다 ⇨ (매우) 귀찮다, 몹시 귀찮다(성가시다), 좀 귀찮다
* 귀하다 ⇨ (가르침 등이)거룩하다, 매우 고귀하다, 존귀하다, 짭짤하다, 희귀하다, 드물다, 아깝다, (아주) 진귀하다
* 규규(赳赳)하다 ⇨ 용감하다
* 균등(均等)하다 ⇨ (서로) 같다
* 균일(均一)하다 ⇨ (서로) 같다
* 그럴 듯하다 ⇨ 볼 만하다
* 그럴싸하다 ⇨ 그럴 듯하다, 볼 만하다
* 그로테스크(프grotesque)하다 ⇨ 괴상하다
* 그르다 ⇨ 나쁘다
* 그리다 ⇨ 그리워하다
* 그윽하다 ⇨ 심오하다
* 극대(極大)하다 ⇨ 크다, 무척(엄청나게)크다
* 극렬(極烈)하다 ⇨ 과격하다
* 극심(極甚)하다 ⇨ 크다, 무척(엄청나게)크다, (몹시) 대단하다, 지독하다
* 극진하다 ⇨ 보기에 끔찍하다
* 극(極)하다 ⇨ (매우) 심하다, 정도가 (너무) 심하다

* 극(克)하다 ⇨ 위급하다
* 근거없다 ⇨ 덧없다, 터무니없다
* 근사(近似)하다 ⇨ 그럴 듯하다
* 근심없다 ⇨ 걱정없다
* 근심스럽다 ⇨ 두렵다, 어쩐지 두렵다
* 근접(近接)하다 ⇨ (바로)가깝다, 거리가 가깝다
* 근지럽다 ⇨ 가렵다, 간지럽다, 근질근질하게 가렵다
* 금값이다 ⇨ 값이 비싸다
* 금낮다 ⇨ 값이 싸다
* 금높다 ⇨ 값이 비싸다
* 금싸라기 같다 ⇨ 귀중하다
* 급급하다 ⇨ 높다
* 급박(急迫)하다 ⇨ 급하다, 숨이 가쁘다
* 급업하다 ⇨ 높다
* 급조(急躁)하다 ⇨ 성급하다
* 급하다 ⇨ 공연히 바쁘다, 바쁘다, 성급하다, 숨이 가쁘다, 황급하다
* 긍련(矜憐)하다 ⇨ 가엾다
* 긍민(矜愍)하다 ⇨ 가엾다
* 긍측(矜惻)하다 ⇨ 가엾다
* 긍휼(矜恤)하다 ⇨ 불쌍하다
* 기껍다 ⇨ 기쁘다, 즐겁고 기쁘다
* 기다랗다 ⇨ 길다, 너무 길다
* 기다리다 ⇨ 바라다
* 기다마하다 ⇨ 길다, 너무 길다
* 기다맣다 ⇨ 길다, 너무 길다
* 기대(期待)하다 ⇨ 바라다
* 기려(奇麗)하다 ⇨ (여자가)아름답다, 단정하고 아름답다, 매력이 있어 아름답다, 빛나서
    아름답다, 용모가 아름답다, 화려하고 아름답다
* 기력상실(気力喪失)하다 ⇨ 무기력하다
* 기력(気力)없다 ⇨ 무기력하다, 피로해서 힘이 없다
* 기름하다 ⇨ 길다, 너무 길다
* 기막히다 ⇨ 한심하다
* 기망(企望)하다 ⇨ 바라다
* 기민(機敏)하다 ⇨ 약삭빠르다
* 기민혜할(機敏彗黠)하다 ⇨ 약삭빠르다

* 기분 나쁘다 ⇨ 기분이 언짢다, 화가 나다
* 기분좋다 ⇨ 고소하다, 유쾌하다
* 기쁘다 ⇨ 좋다, 유쾌하고 즐겁다, 유쾌하다, 즐겁다
* 기앙(企仰)하다 ⇨ 바라다
* 기운빠지다 ⇨ 지치다, 맥빠지다
* 기운없다 ⇨ 초라하다, 초췌하여 초라하다, 무기력하다, 나른하다, 따분하다
* 기운차다 ⇨ 기세가 왕성하다, 활발하다
* 기위(奇偉)하다 ⇨ (매우) 훌륭하다
* 기장차다 ⇨ 길다, 너무 길다
* 기진(気尽)하다 ⇨ 맥빠지다
* 기탄(忌憚)하다 ⇨ 꺼리다
* 기품(気品)없다 ⇨ 상스럽다
* 기피(忌避)하다 ⇨ 꺼리다
* 기(忌)하다 ⇨ 꺼리다
* 기휘(忌諱)하다 ⇨ 꺼리다
* 긴급(緊急)하다 ⇨ 급하다
* 긴박(緊迫)하다 ⇨ 숨이 가쁘다, 숨이 막히다
* 긴실하다 ⇨ 필요하다
* 긴요(緊要)하다 ⇨ 필요하다
* 긴장(緊張)되다 ⇨ 숨이 막히다
* 긴장(緊張)풀리다 ⇨ 맥빠지다
* 긴(緊)하다 ⇨ 필요하다
* 길굴(佶屈)하다 ⇨ 어렵다
* 길굴오아(佶屈聱牙)하다 ⇨ 어렵다
* 길다 ⇨ 크다, 무척(엄청나게)크다,
* 길다랗다 ⇨ 길다, 너무 길다
* 길쭉스름하다 ⇨ 길다, 너무 길다
* 길쭉하다 ⇨ 길다, 너무 길다
* 길쯔막하다 ⇨ 길다, 너무 길다
* 길찍하다 ⇨ 길다, 너무 길다
* 길차다 ⇨ 길다, 너무 길다, 윤이 나고 싱싱하다
* 김빠지다 ⇨ 맥빠지다
* 김새다 ⇨ 맥빠지다
* 깃다 ⇨ (초목이)무성하다, 초목 따위가 크고 무성하다, 풀이 무성하다
* 깊다 ⇨ 그윽하다, (몹시) 대단하다, 심오하다, 아취(雅趣)가 있어 그윽하다, 애정이 (매

　　　　우) 두텁다

* 깊다랗다 ⇨ 깊다
* 깊숙하다 ⇨ 그윽하다, 깊다, 심오하다, 아취(雅趣)가 있어 그윽하다
* 까다롭다 ⇨ 모(가) 나다, 길이가 짧다, 깐깐하다, 어렵다
* 까닥거리다 ⇨ 까불다
* 까닥대다 ⇨ 까불다
* 까드락거리다 ⇨ 경솔하다, 까불다
* 까드락대다 ⇨ 경솔하다
* 까들거리다 ⇨ 까불다
* 까들대다 ⇨ 까불다
* 까들막거리다 ⇨ 경솔하다
* 까마득하다 ⇨ 눈이 아찔하다
* 까맣다 ⇨ 검다
* 까뭇까뭇하다 ⇨ 검다
* 까불거리다 ⇨ 까불다
* 까불까불하다 ⇨ 까불다
* 까불대다 ⇨ 까불다
* 까탈스럽다 ⇨ 까다롭다, 성미가 까다롭다, 좀 까다롭다
* 깐깐스럽다 ⇨ 깐깐하다
* 깐작깐작하다 ⇨ 깐깐하다
* 깐지다 ⇨ 깐깐하다
* 깐질기다 ⇨ 깐깐하다, 집요하다
* 깔깔하다 ⇨ (정신이나 태도가)거칠다, 까다롭다, (매우) 거칠다, 바르다, 성미가 까다롭
　　　　다, 좀 까다롭다, 헝클어지지 않고 바르다
* 깔끔하다 ⇨ 바르다, 헝클어지지 않고 바르다
* 깔밋하다 ⇨ 크다, 무척(엄청나게)크다
* 깜깜하다 ⇨ 약간 어둡다, 어둡다
* 깜찍하다 ⇨ 순진하고 귀엽다, (아주) 귀엽다, 천진하고 귀엽다
* 깝신거리다 ⇨ 까불다
* 깝신대다 ⇨ 까불다
* 깝작거리다 ⇨ 까불다
* 깝작대다 ⇨ 까불다
* 깝죽거리다 ⇨ 까불다
* 깝죽대다 ⇨ 까불다
* 깡뚱하다 ⇨ 길이가 짧다

* 깨끗하다 ⇨ (빛깔·맛 등이)담담하다, 결백(潔白)하다, 마음이 산뜻하다, 맑다, 신선하다
* 깨나른하다 ⇨ 나른하다
* 깨알같다 ⇨ 잘다
* 깨어지다 ⇨ 잘 부서지다
* 깨지다 ⇨ 잘 부서지다
* 꺼림직하다 ⇨ 꺼림칙하다, 마음속으로 꺼림칙하다
* 꺼림칙하다 ⇨ 어쩐지 미심쩍다
* 꺼림하다 ⇨ 꺼림칙하다, 마음속으로 꺼림칙하다, 어쩐지 미심쩍다
* 꺼뭇꺼뭇하다 ⇨ 검다
* 꺼벙하다 ⇨ (매우) 어리석다
* 꺼불꺼불하다 ⇨ 까불다
* 꺼칠하다 ⇨ (정신이나 태도가)거칠다, (매우) 거칠다
* 꺼하다 ⇨ 배가 부르다
* 껄껄하다 ⇨ (정신이나 태도가)거칠다, (매우) 거칠다
* 껄렁하다 ⇨ (매우) 시시하다
* 껍적거리다 ⇨ 까불다
* 껍적대다 ⇨ 까불다
* 껍죽거리다 ⇨ 까불다
* 껍죽대다 ⇨ 까불다
* 께끄름하다 ⇨ 꺼림칙하다, 마음속으로 꺼림칙하다
* 께끔하다 ⇨ 꺼림칙하다, 마음속으로 꺼림칙하다
* 께느른하다 ⇨ 나른하다
* 께름칙하다 ⇨ 꺼림칙하다, 마음속으로 꺼림칙하다
* 께름하다 ⇨ 꺼림칙하다, 마음속으로 꺼림칙하다
* 께저분하다 ⇨ 어딘지 모르게 좀 지저분하다
* 께적지근하다 ⇨ 꺼림칙하다, 마음속으로 꺼림칙하다
* 꼬소하다 ⇨ 고소하다
* 꼭 끼다 ⇨ 장소가 좁다, 좁다
* 꼭같다 ⇨ (서로) 같다, 틀림이 없다
* 꼭맞다 ⇨ 적당하다, 틀림이 없다
* 꼴불견이다 ⇨ 건방지다
* 꼼꼼하다 ⇨ 빈틈없다, 용의주도하다
* 꼼바르다 ⇨ 장소가 좁다, 좁다
* 꾀까다롭다 ⇨ 까다롭다, 성미가 까다롭다, 좀 까다롭다
* 꾀바르다 ⇨ 약삭빠르다

* 꾀죄죄하다 ⇨ 궁상맞다
* 꾀죄하다 ⇨ 좀스럽다
* 꾸밈없다 ⇨ 검소하다, 나이가 어려 순진하다, 매우 순진하다
* 꾸준하다 ⇨ 끊임없다, 몸을 아끼지 않고 부지런하다
* 꾸짖다 ⇨ 시끄럽게 잔소리하다
* 끄느름하다 ⇨ 어둠침침하다
* 끄무레하다 ⇨ 어둠침침하다
* 끈기 있다 ⇨ 악착스럽다
* 끈질기다 ⇨ 악착스럽다, 집요하다
* 끌끌하다 ⇨ 바르다, 헝클어지지 않고 바르다
* 끌밋하다 ⇨ 크다, 무척(엄청나게)크다, 건장하다
* 끔끔하다 ⇨ 바르다, 헝클어지지 않고 바르다
* 끔찍스럽다 ⇨ 보기에 끔찍하다
* 끔찍하다 ⇨ 비참하다, 참혹하다
* 끝없다 ⇨ 한(이) 없다, 무한하다
* 끼끗하다 ⇨ 깨끗하다
* 끼어들다 ⇨ 주제넘게 참견하다
* 나근거리다 ⇨ 부드럽다
* 나긋나긋하다 ⇨ 부드럽다
* 나만(懶慢)하다 ⇨ 게으르다
* 나무라다 ⇨ 시끄럽게 잔소리하다
* 나무랄데 없다 ⇨ (매우) 훌륭하다
* (나보다 순서가-)앞이다 ⇨ 빠르다
* 나부대다 ⇨ 까불다
* 나쁘다 ⇨ 보기 흉하다, (정신이나 태도가)거칠다, 검다, 그르다, (매우) 거칠다, 추악하다, 형편없다
* 나쁘지 않다 ⇨ 괜찮다
* 나슨하다 ⇨ 느슨하다
* 나약(懦弱)하다 ⇨ 미약하다, 약하다
* 나열(懦劣)하다 ⇨ 약하다
* 나이 적다 ⇨ (매우) 젊다
* 나지막하다 ⇨ (물건의 모양이)작다, 낮다, 도수나 정도가 낮다, (매우) 작다
* 나직하다 ⇨ (물건의 모양이)작다, 낮다, 도수나 정도가 낮다, (매우) 작다
* 나타(懶惰)하다 ⇨ 게으르다
* 나태(懶怠)하다 ⇨ 게으르다

* 낙락(楽楽)하다 ⇨ 유쾌하고 즐겁다, 즐겁다
* 낙막(落寞)하다 ⇨ 쓸쓸하다, 어쩐지 쓸쓸하다
* 낙없다 ⇨ 보람없다
* 낙오되다 ⇨ 뒤떨어지다
* 낙오(落伍)하다 ⇨ 뒤떨어지다
* 낙이(楽易)하다 ⇨ 유쾌하고 즐겁다, 즐겁다
* 낙후(落後)하다 ⇨ 뒤떨어지다, 뒤지다
* 난감(難感)하다 ⇨ 보기가 딱하다
* 난다긴다하다 ⇨ 민첩하다, 빠르다, 손끝의 움직임이 민첩하다
* 난연(赧然)하다 ⇨ 부끄럽다, 어쩐지 부끄럽다, 조금(좀) 부끄럽다, 타인에 대하여 부끄
    럽다
* 난잡(乱雑)하다 ⇨ 상스럽다, 어딘지 모르게 좀 지저분하다
* 난처(難処)하다 ⇨ 따분하다, 보기가 딱하다, 친밀감이 없고 거북하다
* 난 체하다 ⇨ 거만하다
* 난타(嫡惰)하다 ⇨ 게으르다
* 난폭(乱暴)하다 ⇨ 과격하다, (정신이나 태도가)거칠다, (매우) 거칠다
* 난(乱)하다 ⇨ 난잡하다, 힘들다
* 난해(難解)하다 ⇨ 어렵다
* 날래다 ⇨ (매우 용감하고 강한 모양)강하고 용맹하다, 날쌔다, 동작이 날쌔다, 민첩하
    다, 손끝의 움직임이 민첩하다, 재빠르다
* 날렵하다 ⇨ 날래다, 날카롭다, 동작이 날쌔다, 재빠르다, 날쌔다
* 날쌍하다 ⇨ 느리다, 동작이 느리다
* 날쌔다 ⇨ (매우 용감하고 강한 모양)강하고 용맹하다, 날래다, 민첩하다, 빠르다, 손끝
    의 움직임이 민첩하다, 재빠르다
* 날연하다 ⇨ 나른하다
* 날짝지근하다 ⇨ 나른하다
* 날짱날짱하다 ⇨ 나른하다
* 날카롭다 ⇨ 민감하다, 예리(鋭利)하다
* 날카롭지 않다 ⇨ 무디다
* 날캉하다 ⇨ 무르다
* 날큰거리다 ⇨ 무르다
* 날큰하다 ⇨ 무르다
* 날탕치다 ⇨ 방탕하다
* 낡아빠지다 ⇨ 낡았다(낡다)
* 남다 ⇨ 빛나다

* 남다르다 ⇨ 뛰어나다
* 남루하다 ⇨ 낡았다(낡다)
* 남부끄럽다 ⇨ 부끄럽다, 어쩐지 부끄럽다, 조금 부끄럽다, 좀 부끄럽다, 창피스럽다, 치
        사스럽다, 타인에 대하여 부끄럽다
* 남아 있다 ⇨ 뒤떨어지다
* 납덩이 같다 ⇨ 무겁다, (약간) 어둡다, 어둡다
* 납신거리다 ⇨ 까불다
* 납작스름하다 ⇨ 납작하고 얇다
* 낫다 ⇨ 좋다
* 낮다 ⇨ (물건의 모양이)작다, 가늘다, (매우) 작다
* 낯가죽 두껍다 ⇨ (신경이 둔하고 뻔뻔스런 모양)뻔뻔스럽다, 대담하고 뻔뻔스럽다, 몹
        시 뻔뻔스럽다, 밉살스러울 만큼 뻔뻔스럽다
* 낯간지럽다 ⇨ (아주) 인색하다, 꺼림칙하다, 돈만 따지며 인색하다, 미안하다, 부끄럽다,
        어쩐지 부끄럽다, 조금(좀) 부끄럽다, 타인에 대하여 부끄럽다
* 낯두껍다 ⇨ (신경이 둔하고 뻔뻔스런 모양)뻔뻔스럽다, 대담하고 뻔뻔스럽다, 몹시 뻔
        뻔스럽다, 밉살스러울 만큼 뻔뻔스럽다
* 낯뜨겁다 ⇨ 미안하다, 부끄럽다, 어쩐지 부끄럽다, 조금(좀) 부끄럽다, 창피스럽다, 타인
        에 대하여 부끄럽다
* 낯부끄럽다 ⇨ 창피스럽다
* 낯설다 ⇨ 서투르다, 설다, 소원하다, 사이가 소원하다
* 낯없다 ⇨ 면목없다
* 낯익다 ⇨ 친하다, 허물없이 친하다
* 내둘리다 ⇨ 어지럽다
* 내키지 않다 ⇨ 꺼림칙하다, 마음속으로 꺼림칙하다
* 냅뜨다 ⇨ 주제넘게 참견하다
* 냉갈령부리다 ⇨ 매정하다
* 냉락(冷落)하다 ⇨ 쓸쓸하다, 어쩐지 쓸쓸하다
* 냉랭(冷冷)하다 ⇨ (냉담한 모양)냉담하다
* 냉수(冷水)스럽다 ⇨ 물기가 많아 맛이 싱겁다, 싱겁다
* 냉장(冷腸)하다 ⇨ 박정(薄情)하다
* 냉정(冷情)하다 ⇨ 매정하다
* 냉정(冷靜)하다 ⇨ 무정하다, 박정(薄情)하다
* 냉초(冷峭)하다 ⇨ 으스스 춥다, 춥다, 날카롭다
* 냉(冷)하다 ⇨ 차갑다
* 냉한(冷寒)하다 ⇨ 으스스 춥다, 춥다

* 너그럽다 ⇨ (집·장소가)넓다, 면적이 넓다, 원만하다

* 너나들이하다 ⇨ 허물없다

* 너다분하다 ⇨ 어딘지 모르게 좀 지저분하다, 뒤숭숭하다, 어지럽다

* 너르다 ⇨ (집·장소가)넓다, 면적이 넓다

* 너무하다 ⇨ (매우) 심하다, 정도가 (너무) 심하다

* 너저분하다 ⇨ 더럽다, 난잡하다, 어딘지 모르게 좀 지저분하다, 어지럽다, 어쩐지 더럽다, 좀 더럽다, 지저분하게 더럽다

* 너절하다 ⇨ 더럽다, 낡았다(낡다), 어딘지 모르게 좀 지저분하다, 어쩐지 더럽다, 좀 더럽다, 지저분하게 더럽다

* 넉넉치 못하다 ⇨ 맑다

* 넉넉하다 ⇨ 배가 부르다, 대단히 많다, 두툼하다, 많다, 충분하다, 풍부하다, 후하다

* 넌더리나다 ⇨ (매우) 싫다, 싫다

* 널찍하다 ⇨ (집·장소가)넓다, 면적이 넓다

* 넓다 ⇨ 크다, 무척(엄청나게)크다, 광범위하다

* 넙신거리다 ⇨ 경망하다

* 넙적하다 ⇨ 납작하고 얇다

* 노결(勞結)하다 ⇨ 가슴이 답답하다, 답답하다, 마음이 답답하다, 성질이 바르고 답답하다, 좁아서 답답하다

* 노곤하다 ⇨ 나른하다

* 노권(勞倦)하다 ⇨ 피로하여 노곤하다, 몸이 노곤하다, 피로하다

* 노그라지다 ⇨ 피로하여 노곤하다, 몸이 노곤하다

* 노글노글하다 ⇨ 부드럽다

* 노굿하다 ⇨ 부드럽다

* 노대(老大)하다 ⇨ 점잖다

* 노돈(勞頓)하다 ⇨ 피로하여 노곤하다, 몸이 노곤하다

* 노랑지다 ⇨ 나쁘다

* 노르께하다 ⇨ 노랗다

* 노르다 ⇨ 노랗다

* 노르무레하다 ⇨ 노랗다

* 노르스름하다 ⇨ 노랗다

* 노릇하다 ⇨ 노랗다

* 노리께하다 ⇨ 노랗다

* 노리다 ⇨ (아주) 인색하다, 돈만 따지며 인색하다,

* 노망(鹵莽)하다 ⇨ (정신이나 태도가)거칠다, (매우) 거칠다

* 노무(魯莽)하다 ⇨ (정신이나 태도가)거칠다, (매우) 거칠다

* 노자근하다 ⇨ 피로하여 노곤하다, 몸이 노곤하다
* 노작지근하다 ⇨ 피로하여 노곤하다, 몸이 노곤하다
* 노(怒)하다 ⇨ 화가 나다
* 노후(老朽)하다 ⇨ 낡았다(낡다)
* 녹실녹실하다 ⇨ 무르다
* 놀다 ⇨ 귀하다, 드물다
* 놀랄 만하다 ⇨ 보기에 끔찍하다
* 놀랍다 ⇨ 보기에 끔찍하다
* 놀아나다 ⇨ 방탕하다
* 농매(聾昧)하다 ⇨ 무지하다
* 농후(濃厚)하다 ⇨ (빛깔이나 맛이)너무 짙다, 색이 짙다, 진하다, 짙다
* 높다 ⇨ (가르침 등이)거룩하다, 귀하다, 매우 고귀하다, 존귀하다
* 높다랗다 ⇨ 높다
* 뇌꼴스럽다 ⇨ 못마땅하다, 아니꼽다, 얄밉다
* 뇌뇌락락(磊磊落落)하다 ⇨ 태연하다
* 뇌락(牢落)하다 ⇨ 드물다
* 뇌쇄(惱殺)하다 ⇨ (고민하는 모양)괴롭다, 몸의 통증이나 열 때문에 참을 수 없이 괴롭
  다, 짓눌리는 것 같이 괴롭다
* 뇌심(惱心)하다 ⇨ (고민하는 모양)괴롭다, 몸의 통증이나 열 때문에 참을 수 없이 괴롭
  다, 짓눌리는 것 같이 괴롭다
* 뇌하다 ⇨ 더럽다, (취미・성품이)천하다, 어쩐지 더럽다, 좀 더럽다, 지위나 신분이 천
  하다, 지저분하게 더럽다, 천하다
* 누되다 ⇨ (매우) 귀찮다, (약간) 성가시다, 몹시 귀찮다(성가시다), 좀 귀찮다
* 누렇다 ⇨ 노랗다
* 누르다 ⇨ 노랗다
* 누비(陋鄙)하다 ⇨ 더럽다, (촌스러운 모양)촌스럽다, 어쩐지 더럽다, 좀 더럽다, 지저분
  하게 더럽다
* 누추(陋醜)하다 ⇨ 더럽다, 어쩐지 더럽다, 좀 더럽다, 지저분하게 더럽다
* 누하다 ⇨ 누추하다
* 눈꼴사납다 ⇨ 주제넘다, 시다, 아니꼽다
* 눈꼴시다 ⇨ 주제넘다
* 눈부시다 ⇨ 눈빛같이 희다, 빛나다, 시다
* 눈코 뜰 새 없다 ⇨ 공연히 바쁘다, 바쁘다, 어쩐지 분주하다
* 느른하다 ⇨ 피로하여 노곤하다, 나른하다, 따분하다, 몸이 노곤하다, 무겁다
* 느리다 ⇨ (생각이나 행동이)둔하다, 감각이나 동작이 둔하다, 둔하다, 무겁다, 완만하다

* 느릿느릿하다 ⇨ 완만하다
* 느릿하다 ⇨ 느리다, 늦다, 동작이 느리다
* 느슨하다 ⇨ 느리다, 늦다, 동작이 느리다
* 느지막하다 ⇨ 늦다
* 느직느직하다 ⇨ 늦다
* 느직하다 ⇨ 늦다
* 늑되다 ⇨ (매우) 어리석다
* 늘썽하다 ⇨ 느리다, 동작이 느리다, 성기다
* 늘씬하다 ⇨ 날씬하다
* 늘쩍지근하다 ⇨ 나른하다
* 늘품이 있다 ⇨ 부드럽다
* 늠렬(凜烈)하다 ⇨ 늠름하다, 으스스 춥다, 춥다
* 늠름스럽다 ⇨ 늠름하다
* 늠연(凜然)하다 ⇨ 늠름하다
* 능갈맞다 ⇨ 재치있다
* 능란(能爛)하다 ⇨ 멋지다, 말이 능숙하다
* 능력(能力) 없다 ⇨ 피로해서 힘이 없다
* 능숙(能熟)하다 ⇨ 멋지다
* 능통(能通)하다 ⇨ 밝다
* 능하다 ⇨ 말이 능숙하다
* 다급하다 ⇨ 급하다
* 다닥다닥하다 ⇨ 빽빽하다
* 다락 같다 ⇨ 값이 비싸다
* 다랍다 ⇨ 더럽다, (아주) 인색하다, 낯간지럽다, 돈만 따지며 인색하다, 상스럽다, 아니
     꼽다, 야비하다, 어쩐지 더럽다, 좀 더럽다, 좀스럽다, 지저분하게 더럽다, 쩨쩨하다
* 다르다 ⇨ 구구하다
* 다망(多忙)하다 ⇨ 공연히 바쁘다, 바쁘다
* 다부지다 ⇨ 악착스럽다
* 다분(多分)하다 ⇨ 농후하다
* 다사롭다 ⇨ 따뜻하다
* 다사하다 ⇨ 따뜻하다
* 다스하다 ⇨ 따뜻하다
* 다습다 ⇨ 따뜻하다
* 다옥하다 ⇨ (초목이)무성하다, 초목 따위가 크고 무성하다, 풀이 무성하다
* 다정하다 ⇨ 사이가 좋다

* 다채롭다 ⇨ 눈부시다, 정도가 눈부시다
* 단단하다 ⇨ 견고하다, 굳다, 딱딱하다
* 단작맞다 ⇨ 좀스럽다
* 단작스럽다 ⇨ 낯간지럽다, 좀스럽다, 치사스럽다
* 단정(端正)하다 ⇨ 얌전하다, 깨끗하다
* 달곰하다 ⇨ 달콤하다
* 달다 ⇨ 달콤하다
* 달디달다 ⇨ (맛이)달다
* 달콤하다 ⇨ (맛이)달다
* 달큼하다 ⇨ 달콤하다
* 닮다 ⇨ 같다, 서로 같다
* 닳다 ⇨ 낡았다(낡다)
* 담대(胆大)하다 ⇨ 강하다, 대담하다
* 담(胆)차다 ⇨ 강하다
* 답다 ⇨ (서로) 같다
* 답답하다 ⇨ 따분하다, 마음이 갑갑하다, 울적하다
* 당당(堂堂)하다 ⇨ 어엿하다, 늠름하다, 위엄이 있다
* 당연(当然)하다 ⇨ 값이 싸다
* 당우(戇憂)하다 ⇨ (매우) 어리석다
* 당찮다 ⇨ 당치도 않다
* 당치 아니하다 ⇨ 당치도 않다
* 대단치 않다 ⇨ 시원찮다
* 대단하다 ⇨ 굉장하다, 어마어마하다, 놀랄 정도로 굉장하다, 대담하다, 보기에 끔찍하다
* 대담스럽다 ⇨ 대담하다
* 대담(大胆)하다 ⇨ 용감하다
* 대등(対等)하다 ⇨ (서로) 같다
* 대범(大泛)하다 ⇨ 대담하다
* 대사(大事)롭다 ⇨ 중요하다
* 대수롭다 ⇨ 중요하다
* 대수롭지 않다 ⇨ 우습다
* 댕돌같다 ⇨ 단단하다
* 더덜못하다 ⇨ (매우) 어리석다
* 더디다 ⇨ 느리다, 늦다, 동작이 느리다, 마음이 갑갑하다
* 더럽다 ⇨ 누추하다, 모습이 추하다, 불결하다, 상스럽다, 아니꼽다, 야비하다, 어딘지 모
      르게 좀 지저분하다, 추악하다, 추하다

* 더리다 ⇨ (매우) 어리석다, 야비하다, 어쩐지 더럽다, (좀) 더럽다, 지저분하게 더럽다
* 던적스럽다 ⇨ 어쩐지 더럽다, (좀) 더럽다, 지저분하게 더럽다
* 덜되다 ⇨ 건방지다
* 덜떨어지다 ⇨ 건방지다
* 덜렁거리다 ⇨ 까불다
* 덜렁대다 ⇨ 까불다
* 덜렁이다 ⇨ 까불다
* 덜 익다 ⇨ 사람됨이나 하는 일이 미숙하다, (아주) 미숙하다, 수량·정도·금액이 적다, 적다, 설다
* 덤벙거리다 ⇨ 까불다
* 덥다 ⇨ 뜨겁다, 무덥다, 후덥지근하게 덥다
* 덥벙대다 ⇨ 까불다
* 덧없다 ⇨ 무상하다, 허무하다
* 덩그렇다 ⇨ 쓸쓸하다, 어쩐지 쓸쓸하다
* 덩덩그렇다 ⇨ 덩그렇다
* 덩둘하다 ⇨ (매우) 어리석다
* 데퉁스럽다 ⇨ (정신이나 태도가)거칠다, (매우) 거칠다
* 데퉁하다 ⇨ (정신이나 태도가)거칠다, (매우) 거칠다
* 도담하다 ⇨ (복덕이 많은 모양)복스럽다
* 도도하다 ⇨ 건방지다, 거만하다, 건방지다
* 도독하다 ⇨ (두께가 있는 것)두껍다
* 도리 없다 ⇨ 하는 수 없다, 할 수 없다
* 도아(都雅)하다 ⇨ 우아하다
* 도연(徒然)하다 ⇨ 할 일이 없어 심심하다
* 도저(到底)하다 ⇨ (매우) 훌륭하다
* 도탑다 ⇨ 애정이 (매우) 두텁다
* 도톰하다 ⇨ (두께가 있는 것)두껍다, 두툼하다
* 독(毒)하다 ⇨ (매우) 심하다, 맵다, 정도가 (너무) 심하다, 독살스럽다, 매섭다, 지독하다
* 돈독(敦篤)하다 ⇨ 깊다, 애정이 (매우) 두텁다
* 돈바르다 ⇨ 까다롭다, 성미가 까다롭다, 좀 까다롭다
* 돈하다 ⇨ 무겁다
* 돈후(敦厚)하다 ⇨ 깊다, 애정이 (매우) 두텁다
* 돔바르다 ⇨ (아주) 인색하다, 돈만 따지며 인색하다
* 동경(憧憬)하다 ⇨ 그리워하다
* 동그스름하다 ⇨ 둥글다, 아주 둥글다

* 동글다 ⇨ 동그랗다, 둥글다, 아주 둥글다
* 동뜨다 ⇨ 거리적·시간적으로 멀다, 뛰어나다, 멀다, 우수하다
* 동류(同類)이다 ⇨ (서로) 같다
* 동안뜨다 ⇨ 거리적·시간적으로 멀다, 멀다
* 동일(同一)하다 ⇨ (서로) 같다
* 동질(同質)이다 ⇨ (서로) 같다
* 되바라지다 ⇨ 건방지다
* 되알지다 ⇨ 세차다
* 되양되양하다 ⇨ 경박(輕薄)하다
* 되직하다 ⇨ 진하다
* 되통스럽다 ⇨ 경망하다
* 두껍다 ⇨ 두툼하다, 후하다
* 두둑하다 ⇨ (두께가 있는 것)두껍다, 두껍다
* 두드러지다 ⇨ 모(가) 나다, 빛나다, 현저하다
* 두렵다 ⇨ (매우) 무섭다, 불안하다, 섬뜩하다(무섭다), 어딘지 모르게 무섭다, 어렵다
* 두렷하다 ⇨ 뚜렷하다
* 두서(頭緖)없다 ⇨ 난잡하다
* 두텁다 ⇨ (바로)가깝다, 거리가 가깝다, 깊다
* 두툼하다 ⇨ (두께가 있는 것)두껍다, 두껍다
* 두틈하다 ⇨ 두툼하다
* 둔감(鈍感)하다 ⇨ (생각이나 행동이)둔하다, 감각이나 동작이 둔하다, 둔하다
* 둔탁(鈍濁)하다 ⇨ (생각이나 행동이)둔하다, 감각이나 동작이 둔하다, 둔하다
* 둔팍하다 ⇨ (생각이나 행동이)둔하다, 감각이나 동작이 둔하다, 둔하다, 머리가 우둔하다
* 둔하다 ⇨ (매우) 어리석다, 머리가 우둔하다, 무겁다, 무디다, (약간) 어둡다
* 둘하다 ⇨ (생각이나 행동이)둔하다, 감각이나 동작이 둔하다, 둔하다, 머리가 우둔하다
* 둥그렇다 ⇨ 동그랗다
* 둥그스름하다 ⇨ 둥글다, 아주 둥글다
* 둥글다 ⇨ 동그랗다, 원만하다
* 둥글둥글하다 ⇨ 둥글다, 아주 둥글다, 원만하다
* 뒤넘스럽다 ⇨ 건방지다
* 뒤떨어지다 ⇨ 뒤지다
* 뒤서다 ⇨ 뒤떨어지다, 뒤지다
* 뒤숭숭하다 ⇨ 시끄럽다, 세상이 어수선하다, 소리가 커서 시끄럽다, 좀 시끄럽다
* 뒤엉키다 ⇨ 붐비다
* 뒤지다 ⇨ 뒤떨어지다

* 뒤처지다 ⇨ 뒤떨어지다
* 뒷귀먹다 ⇨ (매우) 어리석다
* 드넓다 ⇨ (집·장소가)넓다, 면적이 넓다
* 드높다 ⇨ 숭고하다
* 드레있다 ⇨ 점잖다
* 드레지다 ⇨ 위엄이 있다, 점잖다
* 드문드문하다 ⇨ 드물다, 성기다
* 드물다 ⇨ 귀하다, 희귀하다
* 드세다 ⇨ 강하다, 마음이 굳세다, 맹렬하다, 세차다, 억세다
* 드스럭스럽다 ⇨ 성실하다
* 드습다 ⇨ 따뜻하다
* 득중(得中)하다 ⇨ 알맞다
* 든든하다 ⇨ 단단하다, 장래가 믿음직하다
* 든직하다 ⇨ 점잖다
* 들고나다 ⇨ 주제넘게 참견하다
* 들끓다 ⇨ 붐비다
* 들다 ⇨ (맛이)달다
* 들썩하다 ⇨ (좀) 시끄럽다, 떠들썩하다, 소리가 커서 시끄럽다, 왠지 떠들썩하다, 요란
      (擾乱)하다
* 들어맞다 ⇨ 알맞다
* 들차다 ⇨ 튼튼하다
* 들큼하다 ⇨ 달콤하다
* 듬쑥하다 ⇨ 깊다
* 듬직하다 ⇨ 장래가 믿음직하다, 점잖다
* 등달다 ⇨ 마음이 조급하다, 조급하다
* 따갑다 ⇨ 뜨겁다
* 따다 ⇨ 변경되어 지금까지와는 다르다
* 따들싹하다 ⇨ 떠들썩하다, 소리가 커서 시끄럽다, 왠지 떠들썩하다, (좀) 시끄럽다
* 따듯하다 ⇨ 따뜻하다
* 따뜻하다 ⇨ 따스하다, 미지근하다, 순진하고 온화하다
* 따사롭다 ⇨ 따뜻하다, 순진하고 온화하다
* 따사하다 ⇨ 따뜻하다, 따스하다
* 따삽다 ⇨ 따뜻하다
* 따스하다 ⇨ 따뜻하다
* 따습다 ⇨ 따뜻하다, 따스하다

* 딱 들어맞다 ⇨ 빈틈없다
* 딱딱하다 ⇨ 굳다, 엄격하다, 표정이나 태도가 너무 딱딱하고 근엄하다
* 딱맞다 ⇨ 적당하다
* 딱하다 ⇨ 가련하다, 가엾다, 귀엽고도 애처롭다, 불쌍하다, 한심하다
* 딴딴하다 ⇨ 굳다, 단단하다, 딱딱하다
* 딸랑거리다 ⇨ 까불다
* 딸랑대다 ⇨ 까불다
* 땀나다 ⇨ 힘들다
* 때묻다 ⇨ 어쩐지 더럽다, (좀) 더럽다, 지저분하게 더럽다
* 때없다 ⇨ 무상(無常)하다
* 땡땡하다 ⇨ 배가 부르다
* 떠들썩하다 ⇨ (좀) 시끄럽다, 너무 오래거나 세밀하여 번거롭다, (몹시) 번거롭다, 부산
        하다, 소리가 커서 시끄럽다, 수선스럽다, 야단스럽다, 요란하다
* 떠름하다 ⇨ 꺼림칙하다, 떫다, 마음속으로 꺼림칙하다
* 떠벌리다 ⇨ 과장하다
* 떨떠름하다 ⇨ 꺼림칙하다, 떫다, 마음속으로 꺼림칙하다
* 떨떨하다 ⇨ 어색하다
* 떨리다 ⇨ (매우) 무섭다, 어딘지 모르게 무섭다, 으스스 춥다, 춥다
* 떫디떫다 ⇨ 떫다
* 떳떳하다 ⇨ 공명정대하다, 어엿하다
* 또렷하다 ⇨ 뚜렷하다, 생생하다, 아직 생생하다
* 똑같다 ⇨ 동일하다
* 똑똑하다 ⇨ 좋다, 뚜렷하다, 밝다, 영리하다, 정확하다, 총명하다
* 똥그랗다 ⇨ 동그랗다
* 똥똥하다 ⇨ 뚱뚱하다
* 똥싸다 ⇨ 힘들다
* 뚜렷하다 ⇨ 명확하다, 생생하다, 아직 생생하다, 현저하다
* 뚝뚝하다 ⇨ (애교·동정심이 없는 모양)무뚝뚝하다
* 뚝하다 ⇨ (애교·동정심이 없는 모양)무뚝뚝하다
* 뚱그렇다 ⇨ 동그랗다
* 뚱글뚱글하다 ⇨ 둥글다, 아주 둥글다
* 뚱뚱하다 ⇨ 배가 부르다, 비대(肥大)하다
* 뛰어나다 ⇨ 좋다, 높다, (매우) 훌륭하다, (몹시) 대단하다, 우수하다, 위대하다
* 뜨겁다 ⇨ 괴롭도록 덥다(또 그렇게 보이다), 덥다
* 뜨다 ⇨ 느리다, 늦다, 동작이 느리다, 드물다, 사이가 소원하다, 성기다, 소원하다

* 뜨듯하다 ⇨ 따뜻하다
* 뜨스하다 ⇨ 따스하다
* 뜨악하다 ⇨ 꺼림칙하다, 마음속으로 꺼림칙하다
* 뜬뜬하다 ⇨ 딱딱하다
* 뜸직하다 ⇨ 장래가 믿음직하다, 점잖다
* 뜸하다 ⇨ 드물다
* 뜻하다 ⇨ 바라다
* 마구발방하다 ⇨ 방자하다
* 마땅찮다 ⇨ 기분이 언짢다, 당치도 않다, 무료하다, 짜다
* 마땅치 않다 ⇨ 못마땅하다, 시원찮다
* 마땅하다 ⇨ 값이 싸다, 알맞다
* 마뜩찮다 ⇨ 기분이 언짢다
* 마음 졸이다 ⇨ 뜻대로 되지 않아 초조하다, 초조하다
* 마음놓다 ⇨ 안심하다
* 막대(莫大)하다 ⇨ 대단히 많다, 많다, 무겁다
* 막되다 ⇨ (정신이나 태도가)거칠다, 난잡하다, (매우) 거칠다
* 막막(漠漠)하다 ⇨ (집·장소가)넓다, 면적이 넓다
* 막역(莫逆)하다 ⇨ 친하다, 허물없다, 허물없이 친하다
* 막중(莫重)하다 ⇨ 중요하다
* 막혀 있다 ⇨ 가슴이 답답하다, 답답하다, 마음이 답답하다, 성질이 바르고 답답하다, 좁
    아서 답답하다
* 막히다 ⇨ 마음이 갑갑하다
* 만강(万康)하다 ⇨ 평안하다
* 만만하다 ⇨ 편하다
* 만안(万安)하다 ⇨ 평안하다
* 만유루(万遺涙)없다 ⇨ 빈틈없다
* 만조하다 ⇨ 초라하다, 초췌하여 초라하다
* 많다 ⇨ 크다, 무척(엄청나게)크다, 깊다, (몹시) 대단하다, 보기에 끔찍하다, 애정이 (매
    우) 두텁다, 풍부하다, 후하다
* 말갛다 ⇨ 맑다
* 말끔하다 ⇨ 깨끗하다, 마음이 산뜻하다
* 말쑥하다 ⇨ 날씬하다, 마음이 산뜻하다
* 말이 안된다 ⇨ 터무니없다
* 말짱말짱하다 ⇨ 무르다
* 말짱하다 ⇨ 깨끗하다, 무르다

* 말캉하다 ⇨ 무르다
* 맑다 ⇨ (빛깔·맛 등이)담담하다, 결백(潔白)하다, 깨끗하다, 생생하다, 아직 생생하다, 윤이 나고 싱싱하다
* 맑디맑다 ⇨ 맑다
* 맑스그레하다 ⇨ 맑다
* 맛깔스럽다 ⇨ 맛있다
* 맛깔지다 ⇨ 맛있다
* 맛나다 ⇨ 맛있다
* 맛문하다 ⇨ 지치다
* 맛적다 ⇨ 맛이 없다
* 맛좋다 ⇨ 맛있다
* 망막(茫漠)하다 ⇨ (집·장소가)넓다, 면적이 넓다
* 망망(忙忙)하다 ⇨ 공연히 바쁘다, 바쁘다
* 망박(忙迫)하다 ⇨ 공연히 바쁘다, 바쁘다
* 맞갖다 ⇨ 맛있다
* 맞갖잖다 ⇨ 맛이 없다, 못마땅하다, 화나다
* 맞갖지 않다 ⇨ 못마땅하다
* 맞다 ⇨ 알맞다
* 맞지 않다 ⇨ (물건의 모양이)작다, (매우) 작다, 변경되어 지금까지와는 다르다, 터무니 없다
* 매끄럽다 ⇨ 부드럽다
* 매끈매끈하다 ⇨ 부드럽다
* 매끈하다 ⇨ 부드럽다
* 매력적(魅力的)이다 ⇨ 빛나서 아름답다, 용모가 아름답다, (여자가)아름답다, 단정하고 아름답다, 매력이 있어 아름답다, 화려하고 아름답다
* 매몰스럽다 ⇨ 매정하다
* 매몰차다 ⇨ 매섭다, 매정하다, 무정하다, 박정(薄情)하다
* 매몰하다 ⇨ 매정하다
* 매섭다 ⇨ (매우) 무섭다, 날카롭다, (매우) 엄하다, 어딘지 모르게 무섭다, 엄격하다
* 매욱하다 ⇨ 머리가 우둔하다
* 매작지근하다 ⇨ 미지근하다
* 매정스럽다 ⇨ 매정하다, 박정(薄情)하다
* 매정하다 ⇨ (냉담한 모양)냉담하다, 매섭다, 맵다, 무정하다, 박정(薄情)하다, 박하다
* 매지근하다 ⇨ 미지근하다
* 매콤하다 ⇨ 맵다

* 매큼하다 ⇨ 맵다
* 맥없다 ⇨ 나른하다, 따분하다, 초라하다, 초췌하여 초라하다
* 맥적다 ⇨ 면목없다, 할 일이 없어 심심하다
* 맥진(脈尽)하다 ⇨ 맥빠지다
* 맥풀리다 ⇨ 나른하다, 맥빠지다
* 맨망떨다 ⇨ 까불다
* 맨망스럽다 ⇨ 경망하다
* 맨망하다 ⇨ 경망하다
* 맵살스럽다 ⇨ 밉살스럽다
* 맵시 있다 ⇨ 날씬하다
* 맵싸하다 ⇨ 맵다
* 맵자다 ⇨ (어울리는 모양)잘 어울리다, 어울키다
* 맵자하다 ⇨ (어울리는 모양)잘 어울리다, 어울리다
* 맹근하다 ⇨ 미지근하다
* 맹렬(猛烈)하다 ⇨ 뜨겁다, 세차다
* 맹물같다 ⇨ 물기가 많아 맛이 싱겁다, 싱겁다
* 머줍다 ⇨ (생각이나 행동이)둔하다, 감각이나 동작이 둔하다, 둔하다
* 먼저이다 ⇨ 빠르다
* 멀다 ⇨ 사이가 소원하다, 소원하다, 약간 어둡다, 어둡다
* 멀미나다 ⇨ 지루하다
* 멋거리지다 ⇨ 멋지다
* 멋들어지다 ⇨ 멋지다
* 멋없다 ⇨ 열없다
* 멋있다 ⇨ 멋지다, 우아하다
* 멋적다 ⇨ (재치가 없고 멋이 없어 보이는 모양)멋이없고 딱딱하다
* 멋지다 ⇨ 우아하다
* 멋쩍다 ⇨ (재치가 없고 멋이 없어 보이는 모양)멋이없고 딱딱하다, 열없다
* 멍청하다 ⇨ (매우) 어리석다
* 메떨어지다 ⇨ 어색하다
* 메뜨다 ⇨ (생각이나 행동이)둔하다, 감각이나 동작이 둔하다, 둔하다
* 메부수수하다 ⇨ (촌스러운 모양)촌스럽다
* 메숲지다 ⇨ 나무가 우거져 울창하다
* 메스껍다 ⇨ 아니꼽다
* 멥뜨다 ⇨ (생각이나 행동이)둔하다, 감각이나 동작이 둔하다, 둔하다
* 면괴(面愧)하다 ⇨ 면목없다

* 면구(面灸)스럽다 ⇨ 어쩐지 부끄럽다, (조금·좀) 부끄럽다, 타인에 대하여 부끄럽다,
　　낯간지럽다
* 면구(面灸)하다 ⇨ 면목없다
* 면력(綿力)하다 ⇨ 미약하다
* 면막(綿邈)하다 ⇨ 거리적·시간적으로 멀다, 멀다
* 면목가증(面目可憎)하다 ⇨ (매우) 밉다, 얼굴만 보아도 밉다
* 면목(面目)없다 ⇨ 어쩐지 부끄럽다, (조금·좀) 부끄럽다, 타인에 대하여 부끄럽다
* 면밀(綿密)하다 ⇨ 빈틈없다
* 면약(綿弱)하다 ⇨ 가냘프고 약하다, 가냘프다
* 명량(明亮)하다 ⇨ 밝다
* 명목장담(明目張胆)하다 ⇨ 대담하다
* 명민(明敏)하다 ⇨ 날카롭다
* 명백(明白)하다 ⇨ 생생하다, 아직 생생하다
* 명석하다 ⇨ 날카롭다
* 명암(冥闇)하다 ⇨ 약간 어둡다, 어둡다
* 명예스럽다 ⇨ 명예롭다
* 모방(模倣)하다 ⇨ 닮았다
* 모자라다 ⇨ 결핍하다, 길이가 짧다, 무디다, 부족하다, 수량·정도·금액이 적다, 아쉽
　　다, 약하다, 얕다, 적다
* 모지다 ⇨ 모(가) 나다
* 모질다 ⇨ 매섭다, (매우) 무섭다, 맵다, 악착스럽다, 어딘지 모르게 무섭다, 지독하다
* 몰강스럽다 ⇨ 매정하다
* 몰골스럽다 ⇨ 볼품이 없다
* 몰교섭(沒交涉)하다 ⇨ 무관하다
* 몰염치하다 ⇨ (신경이 둔하고 뻔뻔스런 모양)뻔뻔스럽다, 대담하고 뻔뻔스럽다, (몹시)
　　뻔뻔스럽다, 밉살스러울 만큼 뻔뻔스럽다, (두께가 있는 것)두껍다, 두껍다
* 몰인정하다 ⇨ (냉담한 모양)냉담하다, 매정하다
* 몰캉하다 ⇨ 무르다
* 몰하다 ⇨ (물건의 모양이)작다, (매우) 작다
* 몸달다 ⇨ 마음이 조급하다, 조급하다
* 몸서리쳐지다 ⇨ 진저리나다
* 못나다 ⇨ 보잘것없다, (매우) 시시하다
* 못마땅하다 ⇨ 건방지다, 대단히 불쾌하다, 무료하다, 불쾌하다, 시원찮다, 아니꼽다
* 못 미치다 ⇨ 뒤떨어지다
* 못생기다 ⇨ (매우) 밉다, 모습이 추하다, 보잘것없다, 얼굴만 보아도 밉다, 추하다

* 몽롱(朦朧)하다 ⇨ 흐리멍덩하다
* 몽매(夢昧)하다 ⇨ 약간 어둡다, 어둡다, 무지하다
* 몽몽(夢夢)하다 ⇨ 몽롱하다
* 몽융(夢戎)하다 ⇨ 세상이 어수선하다
* 뫼이다 ⇨ (물건의 모양이)작다, (매우) 작다
* 묘막하다 ⇨ (집・장소가)넓다, 면적이 넓다
* 묘연(杳然)하다 ⇨ 몽롱하다
* 무거(無拠)하다 ⇨ 덧없다
* 무겁디 무겁다 ⇨ 무겁다
* 무게 없다 ⇨ 경박(軽薄)하다
* 무게 있다 ⇨ (다루는 것이)정중하다, 점잖다, 정중하다
* 무고(無故)하다 ⇨ 건강하다, 무사하다
* 무관계(無関係)하다 ⇨ 무관하다
* 무궁무진(無窮無尽)하다 ⇨ 끝(이) 없다, 끊임없다
* 무궁(無窮)하다 ⇨ 끝(이) 없다
* 무규각(無圭角)하다 ⇨ 원만하다
* 무근거(無根拠)하다 ⇨ 덧없다
* 무근(無根)하다 ⇨ 덧없다
* 무난(無難)하다 ⇨ 원만하다
* 무능력(無能力)하다 ⇨ 무기력하다, 피로해서 힘이 없다
* 무능(無能)하다 ⇨ 무기력하다
* 무던하다 ⇨ 적합하다
* 무덥다 ⇨ 괴롭도록 덥다(또 그렇게 보이다), 덥다, 후덥지근하게 덥다
* 무독(無毒)하다 ⇨ 순하다
* 무디다 ⇨ (생각이나 행동이)둔하다, 감각이나 동작이 둔하다, 둔하다, (매우) 어리석다
* 무뚝뚝하다 ⇨ 무디다
* 무럽다 ⇨ 가렵다, 근질근질하게 가렵다
* 무력(無力)하다 ⇨ 미약하다, 피로해서 힘이 없다
* 무례(無礼)하다 ⇨ 거만하다, 방자하다
* 무료(無聊)하다 ⇨ 할 일이 없어 심심하다
* 무르녹다 ⇨ 무르다
* 무르다 ⇨ 가냘프고 약하다, 가냘프다, 부드럽다, 약하다
* 무르익다 ⇨ 무르다
* 무름하다 ⇨ 무르다
* 무무(貿貿)하다 ⇨ 머리가 우둔하다

* 무방(無妨)하다 ⇨ 괜찮다
* 무번(無繁)하다 ⇨ (초목이)무성하다, 초목 따위가 크고 무성하다, 풀이 무성하다
* 무병(無病)하다 ⇨ 건강하다
* 무사태평(無事泰平)하다 ⇨ 무사하다
* 무사(無事)하다 ⇨ 건강하다
* 무상(無常)하다 ⇨ 덧없다
* 무섭다 ⇨ 눈이 아찔하다, 두렵다, 매섭다, (매우) 엄하다, 살벌(殺伐)하다, 섬뜩하다(무
    섭다), 어쩐지 두렵다, 엄격하다, 표정이나 태도가 너무 딱딱하고 근엄하다
* 무시무시하다 ⇨ 살벌(殺伐)하다
* 무시(無時)하다 ⇨ 무상(無常)하다
* 무식(無識)하다 ⇨ 무지하다
* 무안(無顔)하다 ⇨ 뜨겁다, 어쩐지 부끄럽다, (조금·좀) 부끄럽다, 타인에 대하여 부끄
    럽다
* 무애(無涯)하다 ⇨ 끝(이) 없다
* 무양(無恙)하다 ⇨ 무사하다
* 무우(無憂)하다 ⇨ 걱정없다
* 무자비하다 ⇨ 참혹하다
* 무정스럽다 ⇨ 무정하다
* 무정하다 ⇨ 매정하다
* 무제(無際)하다 ⇨ 끝(이) 없다
* 무지몽매(無知蒙昧)하다 ⇨ 무지하다
* 무지무지하다 ⇨ 대단히 많다, 많다
* 무질서(無秩序)하다 ⇨ 어지럽다
* 무참(無慚)스럽다 ⇨ 어쩐지 부끄럽다, 조금(좀) 부끄럽다, 타인에 대하여 부끄럽다
* 무참(無慚)하다 ⇨ 어쩐지 부끄럽다, 조금(좀) 부끄럽다, 타인에 대하여 부끄럽다
* 무치(無恥)하다 ⇨ (신경이 둔하고 뻔뻔스런 모양)뻔뻔스럽다, 대담하고 뻔뻔스럽다, 몹
    시 뻔뻔스럽다, 밉살스러울 만큼 뻔뻔스럽다
* 무탈하다 ⇨ 무사하다
* 무표정하다 ⇨ 굳다
* 무한(無限)하다 ⇨ 한(이) 없다
* 묵다 ⇨ 낡았다(낡다)
* 묵중(黙重)하다 ⇨ 점잖다
* 묵직하다 ⇨ (다루는 것이)정중하다, 정중하다
* 문문하다 ⇨ 무르다
* 문제(問題)없다 ⇨ 걱정없다

* 물다 ⇨ 괴롭도록 덥다(또 그렇게 보이다), 덥다

* 물러지다 ⇨ 무르다

* 물렁하다 ⇨ 무르다

* 물쩍지근하다 ⇨ 미지근하다, 지루하다

* 물쩡물쩡하다 ⇨ 무르다

* 물쩡하다 ⇨ 무르다

* 물컹물컹하다 ⇨ 무르다

* 물컹하다 ⇨ 무르다

* 물쿠다 ⇨ 괴롭도록 덥다(또 그렇게 보이다), 덥다, 무덥다

* 뭉툭하다 ⇨ 무디다

* 미끈하다 ⇨ 날씬하다

* 미달(未達)하다 ⇨ 뒤지다

* 미덥다 ⇨ 장래가 믿음직하다

* 미덥지 않다 ⇨ 시원찮다

* 미려(美麗)하다 ⇨ (여자가)아름답다, 단정하고 아름답다, 매력이 있어 아름답다, 빛나서
        아름답다, 용모가 아름답다, 화려하고 아름답다

* 미력(微力)하다 ⇨ 미약하다

* 미련하다 ⇨ (생각이나 행동이)둔하다, 감각이나 동작이 둔하다, 둔하다, 머리가 우둔하다,
        사람됨이나 하는 일이 미숙하다, (아주) 미숙하다

* 미몽(迷夢)하다 ⇨ 흐리멍덩하다

* 미미(微微)하다 ⇨ 보잘것없다, (매우) 시시하다

* 미세(微細)하다 ⇨ 잘다

* 미소(微小)하다 ⇨ (물건의 모양이)작다, (매우) 작다, 수량·정도·금액이 적다, 적다

* 미숙련(未熟練)하다 ⇨ 미사람됨이나 하는 일이 미숙하다, (아주) 미숙하다

* 미숙(未熟)하다 ⇨ 서투르다, 설다

* 미신(未信)하다 ⇨ 사실인지 아닌지 의심스럽다, 의심스럽다

* 미심스럽다 ⇨ 어쩐지 미심쩍다

* 미심(未審)쩍다 ⇨ 사실인지 아닌지 의심스럽다, 의심스럽다

* 미심하다 ⇨ 사실인지 아닌지 의심스럽다, 어쩐지 미심쩍다, 의심스럽다

* 미안(未安)스럽다 ⇨ 미안하다

* 미안쩍다 ⇨ 미안하다

* 미안천만(未安千万)하다 ⇨ 미안하다

* 미안하다 ⇨ 유감스럽다

* 미온적(微溫的)이다 ⇨ 미지근하다

* 미온(微溫)하다 ⇨ 미지근하다

* 미욱하다 ⇨ 머리가 우둔하다
* 미적지근하다 ⇨ 미지근하다
* 미치지 못하다 ⇨ 길이가 짧다
* 미타(未妥)하다 ⇨ 미안하다
* 민만(悶懣)하다 ⇨ 보기가 딱하다
* 민박(憫迫)하다 ⇨ 절박하다
* 민예(敏銳)하다 ⇨ 민감(敏感)하다
* 민첩(敏捷)하다 ⇨ 약삭빠르다, 날래다, 날쌔다, 동작이 날쌔다, 빠르다, 약삭빠르다, 재
      빠르다
* 민첩혜할(敏捷彗黠)하다 ⇨ 약삭빠르다
* 민춤하다 ⇨ 머리가 우둔하다
* 믿음성 없다 ⇨ 허풍스럽다
* 믿음성 있다 ⇨ 장래가 믿음직하다
* 믿음성스럽다 ⇨ 장래가 믿음직하다
* 밀밀(密密)하다 ⇨ 빽빽하다
* 밀접(密接)하다 ⇨ (바로)가깝다, 거리가 가깝다
* 밉광스럽다 ⇨ (매우) 밉다, 밉살스럽다, 얼굴만 보아도 밉다
* 밉다 ⇨ 모습이 추하다, 밉살스럽다, 얄밉다, 추하다
* 밉둥스럽다 ⇨ 밉살스럽다
* 밉디밉다 ⇨ (매우) 밉다, 얼굴만 보아도 밉다
* 밉살맞다 ⇨ 밉살스럽다
* 밉살머리스럽다 ⇨ 밉살스럽다
* 밉살스럽다 ⇨ (매우) 밉다, 얼굴만 보아도 밉다
* 밋밋하다 ⇨ 미지근하다
* 밍근하다 ⇨ 미지근하다
* 밍밍하다 ⇨ 물기가 많아 맛이 싱겁다, 미지근하다, 싱겁다
* 바끄럽다 ⇨ 꺼림칙하다, 어쩐지 부끄럽다, (조금·좀) 부끄럽다, 타인에 대하여 부끄럽다
* 바냐위다 ⇨ (아주) 인색하다, 돈만 따지며 인색하다
* 바드럽다 ⇨ 위태하다
* 바듯하다 ⇨ 빈틈없다
* 바람직하지 않다 ⇨ 나쁘다
* 바르다 ⇨ 좋다, 정확하다
* 바르집다 ⇨ 과장하다
* 바보스럽다 ⇨ (매우) 어리석다
* 바쁘다 ⇨ 급하다, 부산하다, 어쩐지 분주하다

* 바서지다 ⇨ 잘 부서지다
* 바스라지다 ⇨ 잘 부서지다
* 바이 없다 ⇨ 도리(가) 없다
* 바자위하다 ⇨ 빈틈없다
* 박(搏)하다 ⇨ (아주) 인색하다, 돈만 따지며 인색하다
* 박소(薄少)하다 ⇨ 수량·정도·금액이 적다, 적다
* 박식(博識)하다 ⇨ (집·장소가)넓다, 면적이 넓다
* 박악(薄惡)하다 ⇨ 박정(薄情)하다
* 박약(薄弱)하다 ⇨ 미약하다
* 박잡(駁雜)하다 ⇨ 세상이 어수선하다
* 박절(迫切)하다 ⇨ 박정(薄情)하다
* 박정스럽다 ⇨ 박정(薄情)하다
* 박정(薄情)하다 ⇨ 매정하다, 박하다
* 박하다 ⇨ 짜다
* 박학(薄学)하다 ⇨ 길이가 짧다
* 박행(薄倖)하다 ⇨ 박정(薄情)하다
* 반갑다 ⇨ 기쁘다, 즐겁고 기쁘다
* 반지빠르다 ⇨ 밉살스럽다, 얄밉다
* 반짝이다 ⇨ 빛나다
* 발갛다 ⇨ 빨갛다
* 발랄(溌剌)하다 ⇨ 명랑하다, 생생하다, 아직 생생하다
* 발막하다 ⇨(신경이 둔하고 뻔뻔스런 모양)뻔뻔스럽다, 건방지다, 대담하고 뻔뻔스럽다,
      몹시 뻔뻔스럽다, 밉살스러울 만큼 뻔뻔스럽다
* 발밭다 ⇨ 약삭빠르다, 재빠르다
* 발빠르다 ⇨ 재빠르다
* 발자하다 ⇨ 성급하다
* 발충관(髮衝冠)하다 ⇨ 화(가) 나다
* 밝다 ⇨ (빛깔·맛 등이)담담하다, 명랑하다, 윤이 나고 싱싱하다
* 방법 없다 ⇨ 도리 없다
* 방자스럽다 ⇨ 방자하다
* 방정맞다 ⇨ 경망하다, 방자하다
* 밭다 ⇨ (바로)가깝다, (아주) 인색하다, 거리가 가깝다, 돈만 따지며 인색하다
* 배꼽 뺀다 ⇨ 우습다
* 배 때벗다 ⇨ 거만하다
* 배리다 ⇨ ⇨ 비리다, 아니꼽다

* 배 퉁기다 ⇨ 거만하다
* 배젊다 ⇨ (매우) 젊다
* 배좁다 ⇨ 비좁다
* 배쪽하다 ⇨ 날카롭다
* 백옥(白玉)같다 ⇨ 눈빛같이 희다
* 버르집다 ⇨ 과장하다
* 버릇없다 ⇨ 건방지다, 거만하다, 방자하다
* 버릇없이 굴다 ⇨ 까불다
* 버성기다 ⇨ 성기다
* 번거롭다 ⇨ 성가시다, 약간 성가시다, 공연히 바쁘다, 바쁘다, 번잡하다
* 번거하다 ⇨ 너무 오래거나 세밀하여 번거롭다, (몹시) 번거롭다
* 번극(煩劇·燔劇)하다 ⇨ 너무 오래거나 세밀하여 번거롭다, (몹시) 번거롭다
* 번다스럽다 ⇨ 복잡하다
* 번듯하다 ⇨ 어엿하다
* 번망(煩忙·繁忙)하다 ⇨ 너무 오래거나 세밀하여 번거롭다, (몹시) 번거롭다
* 번원(煩冤)하다 ⇨ 성가시다, 약간 성가시다
* 번잡스럽다 ⇨ 번잡하다
* 번잡(煩雜)하다 ⇨ 너무 오래거나 세밀하여 번거롭다, (몹시) 번거롭다
* 번쩍이다 ⇨ 빛나다
* 벌다 ⇨ 사이가 소원하다, 소원하다
* 벌서다 ⇨ 벌을 받다
* 벌쓰다 ⇨ 벌을 받다
* 변변찮다 ⇨ 보잘것없다, 쩨쩨하다
* 변변치 못하다 ⇨ (매우) 시시하다
* 변스럽다 ⇨ 괴상하다
* 변함없다 ⇨ (서로) 같다
* 별미적다 ⇨ 물기가 많아 맛이 싱겁다, 싱겁다
* 별일없다 ⇨ 무사하다
* 별쭝나다 ⇨ 물기가 많아 맛이 싱겁다, 싱겁다
* 병영(炳映)하다 ⇨ 빛나다
* 병요(炳耀)하다 ⇨ 빛나다
* 병욱(炳煜)하다 ⇨ 빛나다
* 병자년(丙子年) 방죽이다 ⇨ 건방지다
* 병정(娉婷)하다 ⇨ (여자가)아름답다, 단정하고 아름답다, 매력이 있어 아름답다, 빛나서
　　　아름답다, 용모가 아름답다, 화려하고 아름답다

* 보고 싶어하다 ⇨ 그리워하다

* 보기싫다 ⇨ 보기 흉하다, 모습이 추하다, 어쩐지 더럽다, (좀) 더럽다, 지저분하게 더럽
　　　다, 추하다

* 보기좋다 ⇨ 마음이 산뜻하다

* 보드랍다 ⇨ 부드럽다

* 보드레하다 ⇨ 부드럽다

* 보들보들하다 ⇨ 부드럽다

* 보리죽에 맹물 탄 것 같다 ⇨ 물기가 많아 갓이 싱겁다, 싱겁다

* 보배롭다 ⇨ 귀중하다, 귀하다, (아주) 진귀(珍貴)하다

* 보암직하다 ⇨ 볼 만하다

* 보얗다 ⇨ 부옇다

* 보유스름하다 ⇨ 부옇다

* 보잘것없다 ⇨ 보기에 빈약하다, 빈약하다, 우습다, 초라하다, 초췌하여 초라하다, 형편
　　　없다

* 복되다 ⇨ (복덕이 많은 모양)복스럽다

* 복성스럽다 ⇨ (복덕이 많은 모양)복스럽다

* 복스럽다 ⇨ 토실토실하다

* 복잡스럽다 ⇨ 복잡하다

* 복잡(複雜)하다 ⇨ 너무 오래거나 세밀하여 번거롭다, 뒤숭숭하다, (몹시) 번거롭다, 붐
　　　비다, 세상이 어수선하다, 어지럽다, 성미가 까다롭다, (좀) 까다롭다

* 본때 있다 ⇨ 멋지다

* 본뜨다 ⇨ 닮았다

* 볼 낯없다 ⇨ 미안하다, 어쩐지 부끄럽다, (조금·좀) 부끄럽다, 타인에 대하여 부끄럽
　　　다, 면목없다

* 볼되다 ⇨ 억세다

* 볼품없다 ⇨ (재치가 없고 멋이 없어 보이는 모양)멋이없고 딱딱하다, 보잘것없다, 조잡
　　　하다, 초라하다, 초췌하여 초라하다

* 부끄럽다 ⇨ 열없다, 간지럽다, 뜨겁다, 면목없다, 무료하다, 미안하다, 쑥스럽고 수줍다,
　　　쑥스럽다, 창피스럽다

* 부당하다 ⇨ 나쁘다

* 부드럽다 ⇨ 무르다, 순하다, 유순하다

* 부드레하다 ⇨ 부드럽다

* 부들부들하다 ⇨ 부드럽다

* 부듯하다 ⇨ 빈틈없다, 빽빽하다

* 부레끓다 ⇨ 화가 나다

* 부산스럽다 ⇨ 소리가 커서 시끄럽다, (좀) 시끄럽다
* 부산하다 ⇨ 소리가 커서 시끄럽다, (좀) 시끄럽다
* 부수어지다 ⇨ 잘 부서지다
* 부스러지다 ⇨ 잘 부서지다
* 부시다 ⇨ 시다
* 부아나다 ⇨ 화(가) 나다
* 부요(富饒)하다 ⇨ 배가 부르다
* 부유스르하다 ⇨ 부옇다
* 부유(富裕)하다 ⇨ 배가 부르다
* 부자연(不自然)스럽다 ⇨ 어색하다
* 부적당하다 ⇨ 나쁘다
* 부정(不精)하다 ⇨ 어딘지 모르게 좀 지저분하다
* 부족(不足)하다 ⇨ 길이가 짧다, 수량·정도·금액이 적다, 약하다, 적다
* 부질없다 ⇨ 쓸모(가) 없다
* 부탁하다 ⇨ 바라다
* 부프다 ⇨ 성급하다
* 부(富)하다 ⇨ 뚱뚱하다
* 부훤(浮喧)하다 ⇨ 소리가 커서 시끄럽다, (좀) 시끄럽다
* 북적거리다 ⇨ 붐비다
* 북적대다 ⇨ 붐비다
* 분개(憤慨)하다 ⇨ 화(가) 나다
* 분노(憤怒)하다 ⇨ 화가 나다
* 분답(紛沓)하다 ⇨ 붐비다
* 분명치 않다 ⇨ 미지근하다
* 분명하다 ⇨ 뚜렷하다, 밝다
* 분별(分別)없다 ⇨ 어려서 철이 없다, 철(이) 없다
* 분분(紛紛)하다 ⇨ 세상이 어수선하다, 소리가 커서 시끄럽다, (좀) 시끄럽다
* 분분(芬芬)하다 ⇨ 향기롭다
* 분잡(紛雜)하다 ⇨ 붐비다
* 분주(奔走)하다 ⇨ 공연히 바쁘다, 바쁘다, 부산하다
* 분주살스럽다 ⇨ 어쩐지 분주하다
* 분주스럽다 ⇨ 어쩐지 분주하다
* 분통(憤痛)터지다 ⇨ 화(가) 나다
* 분통(憤痛)하다 ⇨ 분하다
* 분하다 ⇨ 노엽다

* 분훤(紛喧)하다 ⇨ 소리가 커서 시끄럽다, (좀) 시끄럽다
* 불가능(不可能)하다 ⇨ 할 수(가) 없다, 하는 수 없다
* 불결(不潔)하다 ⇨ 어쩐지 더럽다, (좀) 더럽다, 지저분하게 더럽다
* 불길(不吉)하다 ⇨ 보기 흉하다, 나쁘다
* 불량(不良)하다 ⇨ 나쁘다
* 불만스럽다 ⇨ 못마땅하다, 유감스럽다, 시원찮다
* 불미(不美)하다 ⇨ 추악하다
* 불민(不憫·不愍)하다 ⇨ 가련하다
* 불분명(不分明)하다 ⇨ 흐리멍덩하다
* 불손(不遜)하다 ⇨ 딱딱하다
* 불숙(不熟)하다 ⇨ 사람됨이나 하는 일이 미숙하다, (아주) 미숙하다, 아직 미숙하다
* 불심(不審)하다 ⇨ 사실인지 아닌지 의심스럽다, 어쩐지 미심쩍다, 의심스럽다
* 불쌍하다 ⇨ 가련하다, 가엾다, 보기가 딱하다
* 불안(不安)하다 ⇨ 어쩐지 미심쩍다
* 불충분(不充分)하다 ⇨ 수량·정도·금액이 적다, 적다
* 불친절하다 ⇨ (냉담한 모양)냉담하다
* 불쾌(不快)하다 ⇨ 기분이 언짢다, 화(가) 나다, (매우) 싫다, 아니꼽다
* 불편하다 ⇨ 미안하다, 친밀감이 없고 거북하다
* 붉다 ⇨ 빨갛다
* 붉디 붉다 ⇨ 붉다
* 붐비다 ⇨ 복잡하다
* 붓다 ⇨ 화가 나다
* 붕달다 ⇨ 허풍스럽다
* 블룩하다 ⇨ 배가 부르다
* 비겁하다 ⇨ 어쩐지 더럽다, (좀) 더럽다, 지저분하게 더럽다
* 비경(非輕)하다 ⇨ 중대하다
* 비다 ⇨ 깨끗하다, 없다
* 비대(肥大)하다 ⇨ 뚱뚱하다
* 비루(鄙陋)하다 ⇨ 어쩐지 더럽다, (좀) 더럽다, 지저분하게 더럽다
* 비리다 ⇨ 아니꼽다
* 비리척지근하다 ⇨ 비리다
* 비린내나다 ⇨ 비리다
* 비릿비릿하다 ⇨ 비리다
* 비릿하다 ⇨ 비리다
* 비만(肥滿)하다 ⇨ 뚱뚱하다

* 비속(鄙俗)하다 ⇨ (빛깔 등이)지나치게 야하다, 야하다
* 비속(卑俗)하다 ⇨ (취미·성품이)천하다, 상스럽다, 지위나 신분이 천하다, 천하다
* 비수(秘邃)하다 ⇨ 그윽하다, 아취(雅趣)가 있어 그윽하다
* 비슷하다 ⇨ (바로)가깝다, 거리가 가깝다, 닮았다, 방불(彷彿)하다, (서로) 같다
* 비싸다 ⇨ 거만하다, 귀하다, 매우 고귀하다
* 비열(鄙劣)하다 ⇨ 어쩐지 더럽다, (좀) 더럽다, 지저분하게 더럽다
* 비위상하다 ⇨ 기분이 언짢다, 아니꼽다
* 비위에 거슬리다 ⇨ 기분이 언짢다
* 비일비재(非一非再)하다 ⇨ 대단히 많다, 많다
* 비쭉하다 ⇨ 날카롭다
* 비천(鄙浅)하다 ⇨ 얕다
* 비천(卑賤)하다 ⇨ (취미·성품이)천하다, 지위나 신분이 천하다, 천하다
* 비치다 ⇨ 빛나다
* 비탈지다 ⇨ 가파르다
* 비통(悲痛)하다 ⇨ 마음대로 안 되어 슬프다, 슬프다, 어쩐지 슬프다
* 빈곤(貧困)하다 ⇨ 맑다
* 빈궁(貧窮)하다 ⇨ 맑다
* 빈약(貧弱)하다 ⇨ 수량·정도·금액이 적다, 적다
* 빙퉁그러지다 ⇨ (애교·동정심이 없는 모양)무뚝뚝하다
* 빙하다 ⇨ 흐리멍덩하다
* 빛없다 ⇨ 면목없다
* 빠듯하다 ⇨ 장소가 좁다, 좁다
* 빠르다 ⇨ 날래다, 덧없다, 민첩하다, 손끝의 움직임이 민첩하다, 이르다, 재빠르다
* 빤빤스럽다 ⇨ (신경이 둔하고 뻔뻔스런 모양)뻔뻔스럽다, 몹시 뻔뻔스럽다, 밉살스러울
    만큼 뻔뻔스럽다, 대담하고 뻔뻔스럽다
* 빤빤하다 ⇨ (신경이 둔하고 뻔뻔스런 모양)뻔뻔스럽다, 대담하고 뻔뻔스럽다, 몹시 뻔
    뻔스럽다, 밉살스러울 만큼 뻔뻔스럽다
* 빼어나다 ⇨ (여자가)아름답다, 단정하고 아름답다, 뛰어나다, 매력이 있어 아름답다,
    (매우) 훌륭하다, 빛나서 아름답다, 용모가 아름답다, 우수하다, 화려하고 아름답다
* 빽빽하다 ⇨ (빛깔이나 맛이)너무 짙다, 나무가 우거져 울창하다, 복잡하다, 색이 짙다,
    짙다
* 뺑뺑하다 ⇨ 배가 부르다
* 뻔들뻔들하다 ⇨ 몹시 유들유들하다
* 뻔뻔스럽다 ⇨ (두께가 있는 것)두껍다, 두껍다, 몹시 유들유들하다
* 뻔뻔하다 ⇨ (두께가 있는 것)두껍다, (신경이 둔하고 뻔뻔스런 모양)뻔뻔스럽다, 대담하

　　고 뻔뻔스럽다, 두껍다, (몹시) 뻔뻔스럽다, 몹시 유들유들하다, 밉살스러울 만큼 뻔
　　뻔스럽다
* 뻘겋다 ⇨ 빨갛다
* 뻣뻣하다 ⇨ 억세다
* 뽀얗다 ⇨ (빛깔이나 맛이)너무 짙다, 색이 짙다, 짙다
* 뽐내다 ⇨ 거만하다
* 뾰족하다 ⇨ 날카롭다
* 뾰죽하다 ⇨ 날카롭다
* 뿌옇다 ⇨ (빛깔이나 맛이)너무 짙다, 부옇다, 색이 짙다, 짙다
* 삑삑하다 ⇨ 빽빽하다
* 사귀다 ⇨ 친하다, 허물없이 친하다
* 사근사근하다 ⇨ 친절하다
* 사나이답다 ⇨ (씩씩하고)남자답다
* 사납다 ⇨ (매우 용감하고 강한 모양)강하고 용맹하다, 매섭다, (매우) 무섭다, 맹렬하다,
　　살벌(殺伐)하다, 어딘지 모르게 무섭다
* 사느랗다 ⇨ 차갑다
* 사늘하다 ⇨ 차갑다
* 사뜻하다 ⇨ 마음이 산뜻하다
* 사랑스럽다 ⇨ 순진하고 귀엽다, (아주) 귀엽다, 천진하고 귀엽다
* 사랑웁다 ⇨ (매우) 사랑스럽다, 순진하고 귀엽다, (아주) 귀엽다, 천진하고 귀엽다
* 사랑하다 ⇨ 그리워하다
* 사랑홉다 ⇨ (매우) 사랑스럽다, 순진하고 귀엽다, (아주) 귀엽다, 천진하고 귀엽다
* 사리분별(事理分別)없다 ⇨ 철(이) 없다, 어려서 철이 없다
* 사망(思望)하다 ⇨ 바라다
* 사모(思慕)하다 ⇨ 그리워하다
* 사번(事煩)하다 ⇨ 너무 오래거나 세밀하여 번거롭다, (몹시) 번거롭다
* 사부랑하다 ⇨ 느슨하다
* 사분사분하다 ⇨ 친절하다
* 사분하다 ⇨ 느슨하다
* 사사(邪邪)스럽다 ⇨ 나쁘다
* 사세(些細)하다 ⇨ (물건의 모양이)작다, (매우) 시시하다, (매우) 작다
* 사소(些少)하다 ⇨ (물건의 모양이)작다, (매우) 시시하다, (매우) 작다
* 사위스럽다 ⇨ 꺼림칙하다, 마음속으로 꺼림칙하다
* 사위하다 ⇨ 꺼리다
* 사이좋다 ⇨ 정답다

* 사풍(邪風)스럽다 ⇨ 경솔하다
* 삭다 ⇨ 낡았다(낡다)
* 삭막(索漠・索寞)하다 ⇨ 쓸쓸하다, 어쩐지 쓸쓸하다
* 삭연(索然)하다 ⇨ 쓸쓸하다, 어쩐지 쓸쓸하다, 재미없다
* 산드러지다 ⇨ 경쾌하다
* 산뜻하다 ⇨ 깨끗하다, 생생하다, 신선하다, 아직 생생하다, 윤이 나고 싱싱하다
* 산란(散乱)하다 ⇨ 뒤숭숭하다, 세상이 어수선하다, 어지럽다
* 산만(散漫)하다 ⇨ 뒤숭숭하다
* 산망스럽다 ⇨ 경망하다
* 산산조각나다 ⇨ 잘 부서지다
* 살갑다 ⇨ (집・장소가)넓다, 면적이 넓다
* 살기등등(殺気騰騰)하다 ⇨ 독살스럽다
* 살기 있다 ⇨ 독살스럽다
* 살랑하다 ⇨ 썰렁하다
* 살살하다 ⇨ 간사하다
* 살피다 ⇨ 성기다
* 삼라(森羅)하다 ⇨ 대단히 많다, 많다
* 삼렬(森列)하다 ⇨ 빽빽하다
* 삼립(森立)하다 ⇨ 대단히 많다, 많다
* 삼사하다 ⇨ 어색하다
* 삼삼(森森)하다 ⇨ 빽빽하다
* 삼삼하다 ⇨ 물기가 많아 맛이 싱겁다, 싱겁다
* 삽(渋)하다 ⇨ (정신이나 태도가)거칠다, (매우) 거칠다
* 삽삽(渋渋)하다 ⇨ 떫다
* 상관(相関)없다 ⇨ 관계없다, 좋다, 무관하다, 괜찮다
* 상기다 ⇨ 성기다
* 상냥하다 ⇨ 싹싹하다
* 상당하다 ⇨ 어마어마하다, 보기에 끔찍하다, 어마어마하다
* 상(常)되다 ⇨ 상스럽다
* 상막하다 ⇨ 희미하다
* 상사(相似)하다 ⇨ (서로) 같다
* 상스럽다 ⇨ (취미・성품이)천하다, 지위나 신분이 천하다, 천하다
* 상이(相異)하다 ⇨ 변경되어 지금까지와는 다르다
* 상쾌(爽快)하다 ⇨ 시원하다
* 새곰하다 ⇨ 시다

* 새근하다 ⇨ 시다
* 새금하다 ⇨ 시다
* 새뜨다 ⇨ 사이가 소원하다, 소원하다
* 새뜻하다 ⇨ (여자가)아름답다, 단정하고 아름답다, 마음이 산뜻하다, 매력이 있어 아름답다, 빛나서 아름답다, 용모가 아름답다, 화려하고 아름답다
* 새롭다 ⇨ 새삼스럽다, 신선하다
* 새살스럽다 ⇨ 수선스럽다
* 새삼스럽다 ⇨ (아주) 새롭다
* 새실스럽다 ⇨ 수선스럽다
* 새퉁스럽다 ⇨ 새삼스럽다
* 새파랗다 ⇨ (매우) 젊다
* 생각나다 ⇨ 그립다, 사람이 그립다, 어쩐지 그립다
* 생각하다 ⇨ 그리워하다
* 생게망게하다 ⇨ 터무니없다
* 생급스럽다 ⇨ 터무니없다
* 생기발랄(生気潑剌)하다 ⇨ 생생하다, 아직 생생하다, 명랑하다
* 생기왕성(生気旺盛)하다 ⇨ 생생하다, 아직 생생하다
* 생기 있다 ⇨ 생생하다, 아직 생생하다, 윤이 나고 싱싱하다, 명랑하다, 활발하다
* 생(生)되다 ⇨ 서투르다
* 생(生)때 같다 ⇨ 건강하다
* 생생하다 ⇨ 마음이 산뜻하다, 신선하다, 윤이 나고 싱싱하다
* 생소(生疏)하다 ⇨ 서투르다
* 생신(生新)하다 ⇨ 마음이 산뜻하다
* 서근서근하다 ⇨ 친절하다
* 서글프다 ⇨ 눈물겹다, 울적하다
* 서느렇다 ⇨ 차갑다
* 서늘하다 ⇨ 차갑다, 낮다, 도수나 정도가 낮다, 시원하다
* 서럽다 ⇨ 마음대로 안 되어 슬프다, 슬프다, 어쩐지 슬프다
* 서머서머하다 ⇨ 면목없다
* 서머하다 ⇨ 면목없다
* 서먹서먹하다 ⇨ 사이가 소원하다, 소원하다, 어색하다
* 서부렁하다 ⇨ 느슨하다
* 서분서분하다 ⇨ 친절하다
* 서완(徐緩)하다 ⇨ 느리다, 늦다, 동작이 느리다
* 서운하다 ⇨ 섭섭하다, 아깝다, 아쉽다, 있을 것이 없어서 허전하다

* 서투르다 ⇨ 나쁘다, 사람됨이나 하는 일이 미숙하다, 설다, (아주) 미숙하다, 아직 미숙하다, 어색하다
* 서툴다 ⇨ 서투르다
* 석연(釈然)하다 ⇨ 명확하다
* 섞이다 ⇨ (어울리는 모양)잘 어울리다, 어울리다
* 섯나다 ⇨ 화(가) 나다
* 선겁다 ⇨ 재미없다
* 선드러지다 ⇨ 경쾌하다
* 선뜻하다 ⇨ 마음이 산뜻하다
* 선량(善良)하다 ⇨ 좋다
* 선명(鮮明)하다 ⇨ (빛깔・맛 등이)담담하다, 뚜렷하다, 마음이 산뜻하다, 생생하다, 아직 생생하다, 깨끗하다, 밝다
* 선선하다 ⇨ 시원하다
* 선연(嬋娟)하다 ⇨ (여자가)아름답다, 단정하고 아름답다, 매력이 있어 아름답다, 빛나서 아름답다, 용모가 아름답다, 화려하고 아름답다
* 선연(嬋妍)하다 ⇨ (여자가)아름답다, 단정하고 아름답다, 매력이 있어 아름답다, 빛나서 아름답다
* 선연(鮮妍)하다 ⇨ 단정하고 아름답다, 매력이 있어 아름답다, 빛나서 아름답다
* 선연(嬋妍・鮮妍)하다 ⇨ 아름답다, 용모가 아름답다, 화려하고 아름답다
* 선하다 ⇨ 좋다, 선량하다, 착하다
* 선호(鮮好)하다 ⇨ (여자가)아름답다, 단정하고 아름답다, 매력이 있어 아름답다, 빛나서 아름답다, 용모가 아름답다, 화려하고 아름답다
* 섣부르다 ⇨ 서투르다
* 설다 ⇨ 서투르다
* 설렁하다 ⇨ 썰렁하다
* 설면하다 ⇨ 사이가 소원하다, 설다, 소원하다
* 설백(雪白)하다 ⇨ 눈빛같이 희다
* 설익다 ⇨ 사람됨이나 하는 일이 미숙하다, (아주) 미숙하다, 아직 미숙하다
* 설피다 ⇨ 느리다, 동작이 느리다, 성기다
* 설핏하다 ⇨ 성기다
* 섭서하다 ⇨ 면목없다, 불친절하다, 어색하다
* 섬섬(纖纖)하다 ⇨ 가냘프고 약하다, 가냘프다
* 섬약(纖弱)하다 ⇨ 가냘프고 약하다, 가냘프다
* 섬연(纖妍)하다 ⇨ (여자가)아름답다, 단정하고 아름답다, 매력이 있어 아름답다, 빛나서 아름답다, 용모가 아름답다, 화려하고 아름답다

* 섭섭하다 ⇨ 노엽다, 못마땅하다, 분하다, 서운하다, 아깝다, 아쉽다, 유감스럽다
* 섭의(涉疑)하다 ⇨ 사실인지 아닌지 의심스럽다, 의심스럽다
* 섭하다 ⇨ 서운하다
* 성가시다 ⇨ (고민하는 모양)괴롭다, (매우·좀) 귀찮다, 몸의 통증이나 열 때문에 참을
　　　　수 없이 괴롭다, 몹시 귀찮다(성가시다), 짓눌리는 것 같이 괴롭다
* 성강(盛強·盛疆)하다 ⇨ 강하다
* 성걸(性傑)하다 ⇨ 성급하다
* 성글다 ⇨ (정신이나 태도가)거칠다, 느리다, 동작이 느리다, (매우) 거칠다
* 성기다 ⇨ (정신이나 태도가)거칠다, 느리다, 동작이 느리다, (매우) 거칠다, 서투르다
* 성깃하다 ⇨ 성기다
* 성나다 ⇨ 화(가) 나다
* 성마르다 ⇨ 성급하다
* 성(聖)스럽다 ⇨ (가르침 등이)거룩하다
* 성조(性燥)하다 ⇨ 급하다
* 성질(性質)나다 ⇨ 화(가) 나다
* 성하다 ⇨ 성대하다, 기세가 왕성하다, 번창하다
* 세다 ⇨ 강하다, 마음이 굳세다, 세차다, 억세다
* 세밀(細密)하다 ⇨ 잘다
* 세세(細細)하다 ⇨ (매우) 자세하다, 잘다
* 세차다 ⇨ 강하다, 맹렬하다, 세상 인심이 흉흉하다, 힘이 세다
* 셀 수 없다 ⇨ 대단히 많다, 많다
* 선찮다 ⇨ 시원찮다
* 선하다 ⇨ 시원하다
* 소란스럽다 ⇨ 소리가 커서 시끄럽다, (좀) 시끄럽다
* 소란(騷亂)하다 ⇨ 떠들썩하다, 왠지 떠들썩하다, 시끄럽다, 소리가 커서 시끄럽다, (좀)
　　　　시끄럽다
* 소략(疏略)하다 ⇨ (정신이나 태도가)거칠다, (매우) 거칠다, 성기다
* 소름끼치다 ⇨ 섬뜩하다(무섭다)
* 소만(疏慢)하다 ⇨ 게으르다
* 소망(所望)하다 ⇨ 바라다
* 소박(素朴)하다 ⇨ 소탈하다, 쾌활하고 소탈하다
* 소삭(蕭索)하다 ⇨ 쓸쓸하다, 어쩐지 쓸쓸하다
* 소삼(蕭森)하다 ⇨ 빽빽하다
* 소삽(蕭颯)하다 ⇨ 음산하다
* 소소(蕭蕭)하다 ⇨ 쓸쓸하다, 어쩐지 쓸쓸하다

* 소소(小小)하다 ⇨ 연소하다
* 소소(疏疏 · 疎疎)하다 ⇨ 성기다
* 소소(騷騷)하다 ⇨ 소리가 커서 시끄럽다, (좀) 시끄럽다
* 소쇄(瀟灑)하다 ⇨ 깨끗하다
* 소양배양하다 ⇨ 어려서 철이 없다, 철(이) 없다
* 소요(騷擾)하다 ⇨ 떠들썩하다, 왠지 떠들썩하다
* 소용(所用)되다 ⇨ 필요하다
* 소용없다 ⇨ 쓸모(가) 없다
* 소용하다 ⇨ 게으르다
* 소원(疏遠)하다 ⇨ 거리적 · 시간적으로 멀다, 멀다
* 소원(所願)하다 ⇨ 바라다
* 소조(蕭条)하다 ⇨ 쓸쓸하다, 어쩐지 쓸쓸하다
* 소졸(疎拙)하다 ⇨ 서투르다
* 소중(所重)하다 ⇨ 아깝다
* 소타(疎惰)하다 ⇨ 게으르다
* 소태 같다 ⇨ 쓰다
* 속(俗)되다 ⇨ (빛깔 등이)지나치게 야하다, 상스럽다, 야하다, 저속하다, (취미 · 성품이)
          천하다, 야비하다, 지위나 신분이 천하다, 천하다
* 속루(俗陋)하다 ⇨ (취미 · 성품이)천하다, 지위나 신분이 천하다, 천하다
* 속악(俗惡)하다 ⇨ 상스럽다
* 속절없다 ⇨ 덧없다
* 속태우다 ⇨ 불안하다
* 속(速)하다 ⇨ 빠르다
* 손뜨다 ⇨ 느리다, 늦다, 동작이 느리다
* 손맑다 ⇨ (아주) 인색하다, 돈만 따지며 인색하다
* 손서투르다 ⇨ 서투르다
* 손서툴다 ⇨ 서투르다
* 손설다 ⇨ 서투르다
* 손쉽다 ⇨ 쉽다, 보기가 수월하다, 수월하다
* 손싸다 ⇨ 말이 능숙하다
* 손짜이다 ⇨ 빈틈없다
* 솔다 ⇨ 장소가 좁다, 좁다
* 솜씨 없다 ⇨ (생각이나 행동이)둔하다, 감각이나 동작이 둔하다, 둔하다
* 송괴(悚愧)하다 ⇨ 면목없다
* 송구스럽다 ⇨ 면목없다, 유감스럽다

* 송구(悚懼)하다 ⇨ 면목없다
* 송우(憃愚)하다 ⇨ (매우) 어리석다
* 쇄극(碎劇)하다 ⇨ 공연히 바쁘다, 바쁘다
* 쇠약(衰弱)하다 ⇨ 무기력하다
* 쇠양배양하다 ⇨ (매우) 어리석다
* 쇠털 같다 ⇨ 대단히 많다, 많다
* 쇠하여지다 ⇨ 지치다
* 수걸(秀傑)하다 ⇨ 뛰어나다
* 수두룩하다 ⇨ 대단히 많다, 많다
* 수떨하다 ⇨ 세상이 어수선하다
* 수려(秀麗)하다 ⇨ (여자가)아름답다, 단정하고 아름답다, 매력이 있어 아름답다, 빛나서
    아름답다, 용모가 아름답다, 화려하고 아름답다
* 수런하다 ⇨ 착하다
* 수(數)많다 ⇨ 대단히 많다, 많다
* 수벌(受罰)하다 ⇨ 벌을 받다
* 수상그르다 ⇨ 수상하다, 어딘가 수상하다
* 수상스럽다 ⇨ 수상하다, 어딘가 수상하다
* 수상쩍다 ⇨ 수상하다, 어딘가 수상하다
* 수선수선하다 ⇨ 소란하다, 원인 모르게 소란하다
* 수선스럽다 ⇨ 너무 오래거나 세밀하여 번거롭다, 떠들썩하다, (몹시) 번거롭다, 왠지 떠
    들썩하다
* 수수하다 ⇨ 검소하다, 소탈하다, 수선스럽다, 쾌활하고 소탈하다
* 수없다 ⇨ 도리(가) 없다
* 수월스럽다 ⇨ 보기가 수월하다, 수월하다
* 수일(秀逸)하다 ⇨ 뛰어나다
* 수절(秀絶)하다 ⇨ (매우) 훌륭하다
* 수줍다 ⇨ 꺼림칙하다, 어쩐지 부끄럽다, (조금·좀) 부끄럽다, 타인에 대하여 부끄럽다,
    쑥스럽고 수줍다
* 수참(羞慚)하다 ⇨ 어쩐지 부끄럽다, (조금·좀) 부끄럽다, 타인에 대하여 부끄럽다
* 수척하다 ⇨ 해쓱하다
* 수치(羞恥)스럽다 ⇨ 어쩐지 부끄럽다, (조금·좀) 부끄럽다, 치사스럽다, 타인에 대하여
    부끄럽다
* 수틀리다 ⇨ 화(가) 나다
* 숙부드럽다 ⇨ 얌전하다, 점잖다
* 순서 없다 ⇨ 난잡하다

* 순순(順順)하다 ⇨ 순하다
* 순조롭다 ⇨ 좋다
* 순탄(順坦・純坦)하다 ⇨ 순하다
* 순하다 ⇨ 물기가 많아 맛이 싱겁다, 부드럽다, 싱겁다, 온순하다, 유순하다, 착하다
* 숨가쁘다 ⇨ 숨이 막히다
* 숨고다 ⇨ 숨이 막히다
* 숨막히다 ⇨ 숨이 가쁘다
* 숨차다 ⇨ 숨이 가쁘다
* 숫접다 ⇨ 쑥스럽고 수줍다
* 숭글숭글하다 ⇨ 둥글다, 아주 둥글다, 원만하다
* 숭준(崇峻)하다 ⇨ 높다
* 숱하다 ⇨ 대단히 많다, 많다
* 쉴 새 없다 ⇨ 공연히 바쁘다, 바쁘다
* 쉽다 ⇨ 좋다, 보기(가) 수월하다, 수월하다, 순하다, 편하다
* 스산하다 ⇨ (정신이나 태도가)거칠다, (매우) 거칠다
* 스스럽다 ⇨ 꺼림칙하다, 어색하다, 어쩐지 부끄럽다, (조금・좀) 부끄럽다, 타인에 대하
        여 부끄럽다
* 슬겁다 ⇨ (집・장소가)넓다, 면적이 넓다
* 슬기롭다 ⇨ 좋다, 재치있다, 총명하다, 현명하다
* 슬슬(瑟瑟)하다 ⇨ 쓸쓸하다, 어쩐지 쓸쓸하다, 적막하다
* 슬프다 ⇨ 귀엽고도 애처롭다, 눈물겹다, 비통하다, 아프다, 애석하다, 우울하다, 처량하다
* 시건방지다 ⇨ 건방지다
* 시골티나다 ⇨ (촌스러운 모양)촌스럽다
* 시굼하다 ⇨ 시다
* 시근시근하다 ⇨ 시다
* 시근하다 ⇨ 시다
* 시금시금하다 ⇨ 시다
* 시금하다 ⇨ 시다
* 시끄럽다 ⇨ 떠들썩하다, 부산하다, 소란하다, 수선스럽다, 야단스럽다, 왠지 떠들썩하다,
        요란(擾乱)하다, 원인 모르게 소란하다
* 시끌벅적하다 ⇨ 소리가 커서 시끄럽다, (좀) 시끄럽다
* 시끌시끌하다 ⇨ 소리가 커서 시끄럽다, 야단스럽다, (좀) 시끄럽다
* 시들다 ⇨ 노랗다
* 시망스럽다 ⇨ 짓궂다
* 시먹다 ⇨ 건방지다

* 시쁘다 ⇨ 불만스럽다, 약간 불만스럽다
* 시설스럽다 ⇨ 수선스럽다
* 시시껄렁하다 ⇨ (매우) 시시하다
* 시시부지하다 ⇨ (매우) 시시하다
* 시시콜콜하다 ⇨ (매우) 자세하다
* 시시풍덩하다 ⇨ (매우) 시시하다
* 시시하다 ⇨ 쩨쩨하다
* 시원스럽다 ⇨ 시원하다
* 시원시원하다 ⇨ 시원스럽다, 시원하다
* 시원하다 ⇨ 시원스럽다, 후련하다
* 시장하다 ⇨ 배(가) 고프다
* 시치미 떼다 ⇨ 모르는 체하다, 알고 있으면서 모르는 체하다
* 시쿰하다 ⇨ 시다
* 시큰둥하다 ⇨ 건방지다, 아니꼽다
* 시큰시큰하다 ⇨ 시다
* 시큰하다 ⇨ 시다
* 시큼하다 ⇨ 시다
* 시퉁머리 터지다 ⇨ 건방지다
* 시퉁스럽다 ⇨ 건방지다
* 시퉁하다 ⇨ 건방지다
* 시틋하다 ⇨ 불만스럽다, 약간 불만스럽다
* 시풍덩하다 ⇨ (매우) 시시하다
* 식정(拭浄)하다 ⇨ 깨끗하다
* 식천(息喘)하다 ⇨ 숨이 가쁘다
* 식청(拭清)하다 ⇨ 깨끗하다
* 신간하다 ⇨ 힘들다
* 신경질적이다 ⇨ 날카롭다
* 신고(辛苦)하다 ⇨ 힘들다
* 신둥부러지다 ⇨ 주제넘다
* 신둥지다 ⇨ 주제넘다
* 신선(新鮮)하다 ⇨ 마음이 산뜻하다, (아주) 새롭다, 신선하다, 윤이 나고 싱싱하다
* 신성(神聖)하다 ⇨ (가르침 등이)거룩하다
* 신속(迅速)하다 ⇨ 빠르다
* 신실(信実)하다 ⇨ 착실하다
* 신의(信義) 없다 ⇨ 허풍스럽다

* 신중(慎重)하다 ⇨ 무겁다
* 신질(迅疾)하다 ⇨ 날래다
* 신통찮다 ⇨ 시원찮다, 쩨쩨하다
* 신통치 못하다 ⇨ (매우) 시시하다
* 신통치 않다 ⇨ 미지근하다
* 실낱같다 작다 ⇨ 가늘다
* 실미적지근하다 ⇨ 미지근하다
* 실미지근하다 ⇨ 미지근하다
* 실속 있다 ⇨ 단단하다
* 실심(実心)스럽다 ⇨ 착실하다
* 실쌈스럽다 ⇨ 성실하다
* 실없다 ⇨ 물기가 많아 맛이 싱겁다, 싱겁다
* 실직(実直)하다 ⇨ 착실하다
* 실팍지다 ⇨ 튼튼하다
* 실팍하다 ⇨ 크다, 무척(엄청나게)크다, 튼튼하다
* 실(実)하다 ⇨ 튼튼하다
* 싫다 ⇨ (매우) 밉다, 얼굴만 보아도 밉다
* 싫어하다 ⇨ 꺼리다
* 싫증나다 ⇨ 무료하다, 지루하다, 질력나다
* 싫증내다 ⇨ (매우) 싫다
* 싫지 않다 ⇨ 좋다
* 심대(甚大)하다 ⇨ 크다, 무척(엄청나게)크다
* 심란(心乱)하다 ⇨ 뒤숭숭하다
* 심수(深邃)하다 ⇨ 그윽하다, 아취(雅趣)가 있어 그윽하다
* 심술궂다 ⇨ 짓궂다
* 심술맞다 ⇨ 짓궂다
* 심술스럽다 ⇨ 짓궂다
* 심심하다 ⇨ (빛깔·맛 등이)담담하다, 무료하다, 물기가 많아 맛이 싱겁다, 싱겁다
* 심약(心弱)하다 ⇨ 무르다
* 심오(深奥)하다 ⇨ 그윽하다, 깊다, 아취(雅趣)가 있어 그윽하다
* 심원(深遠)하다 ⇨ 그윽하다, 아취(雅趣)가 있어 그윽하다
* 심윤(心潤)하다 ⇨ 착하다
* 심하다 ⇨ 크다, 무척(엄청나게)크다, (매우) 무섭다, (매우) 엄하다, (몹시) 대단하다, 무
  겁다, 어딘지 모르게 무섭다, 지독하다, 혹독하다
* 싱겁다 ⇨ (빛깔·맛 등이)담담하다, (재치가 없고 멋이 없어 보이는 모양)멋이없고 딱

딱하다, 맛이 없다, 할 일이 없어 심심하다
* 싱그럽다 ⇨ 윤이 나고 싱싱하다, 향기롭다
* 싱둥하다 ⇨ 윤이 나고 싱싱하다
* 싱싱하다 ⇨ 신선하다, 푸르다
* 싸늘하다 ⇨ 차갑다, 썰렁하다
* 쌀랑하다 ⇨ 썰렁하다
* 쌀쌀맞다 ⇨ (냉담한 모양)냉담하다, 매정하다
* 쌀쌀하다 ⇨ (냉담한 모양)냉담하다, 매정하다, 쓸쓸하다, 어쩐지 쓸쓸하다
* 쌍되다 ⇨ (취미·성품이)천하다, 상스럽다, 지위나 신분이 천하다, 천하다
* 쌍스럽다 ⇨ (취미·성품이)천하다, 상스럽다, 지위나 신분이 천하다, 천하다
* 쌩쌩하다 ⇨ 윤이 나고 싱싱하다
* 썩썩하다 ⇨ 싹싹하다
* 썰썰하다 ⇨ 배(가) 고프다
* 쏘다 ⇨ 맵다
* 쏜살같다 ⇨ 빠르다
* 쑤시다 ⇨ 아프다
* 쓰디쓰다 ⇨ 쓰다
* 쓰라리다 ⇨ 고통스럽다
* 쓰리다 ⇨ 쓰라리다, 아프다
* 쓸데없다 ⇨ 보잘것없다, (매우) 시시하다, 쓸모(가) 없다
* 쓸만하다 ⇨ 괜찮다
* 쓸모없다 ⇨ 낡았다(낡다), 시원찮다, 텅 비다, 형편없다
* 쓸쓸하다 ⇨ 덩그렇다, 쓸쓸하고 외롭다, 울적하다, 음산하다, 적막하다, 짝이 없어 외롭
    다, 처량하다
* 씨억씨억하다 ⇨ 활발하다
* 씩씩하다 ⇨ (씩씩하고)남자답다, 늠름하다, 튼튼하다, 활발하다
* 씽씽하다 ⇨ 윤이 나고 싱싱하다
* 아깝다 ⇨ 가엾다, 분하다, 섭섭하다, 애석하다
* 아끼다 ⇨ (몹시) 사랑하다
* 아나(婀娜)하다 ⇨ (여자가)아름답다, 단정하고 아름답다, 매력이 있어 아름답다, 빛나서
    아름답다, 용모가 아름답다, 화려하고 아름답다
* 아나(猗儺)하다 ⇨ 부드럽다
* 아니꼽다 ⇨ 건방지다, 주제넘다, 비리다,
* 아담(雅淡)하다 ⇨ 우아하다
* 아둔하다 ⇨ (매우) 어리석다, 머리가 우둔하다

* 아득아득하다 ⇨ 희미하다
* 아득하다 ⇨ 끝(이) 없다, 몽롱하다, 희미하다
* 아뜩하다 ⇨ 눈이 아찔하다, 어지럽다
* 아련하다 ⇨ 희미하다
* 아름답다 ⇨ 좋다, 깨끗하다, (매우) 훌륭하다
* 아리다 ⇨ 맵다, 쓰라리다, 아프다
* 아리땁다 ⇨ (여자가)아름답다, (주로 여성에 대하여 씀)요염하다, 단정하고 아름답다,
        매력이 있어 아름답다, 빛나서 아름답다, 용모가 아름답다, 화려하고 아름답다
* 아리송하다 ⇨ 희미하다
* 아리잠직하다 ⇨ (비유적으로)아직 어리다, 얌전하다, 어리다
* 아무 것도 없다 ⇨ 텅 비다
* 아물거리다 ⇨ 희미하다
* 아쉽다 ⇨ 그립다, 사람이 그립다, 섭섭하다, 아깝다, 어쩐지 그립다
* 아스스하다 ⇨ 차갑다, (매우) 싫다
* 아울리다 ⇨ (어울리는 모양)잘 어울리다, 어울리다
* 아울(訐欝)하다 ⇨ 가슴이 답답하다, 답답하다, 마음이 답답하다, 성질이 바르고 답답하
        다, 좁아서 답답하다
* 아이 배다 ⇨ 배가 부르다
* 아정(雅正)하다 ⇨ 바르다, 헝클어지지 않고 바르다
* 아졸(雅拙)하다 ⇨ 가슴이 답답하다, 답답하다, 마음이 답답하다, 성질이 바르고 답답하
        다, 좁아서 답답하다
* 아찔하다 ⇨ 어지럽다
* 아프다 ⇨ (고민하는 모양)괴롭다, 고통스럽다, 몸의 통증이나 열 때문에 참을 수 없이
        괴롭다, 쓰라리다, 짓눌리는 것 같이 괴롭다
* 아(雅)하다 ⇨ 깨끗하다
* 악독스럽다 ⇨ 독살스럽다
* 악독하다 ⇨ 매섭다, 악랄하다, 독살스럽다, 맵다
* 악세다 ⇨ 억세다
* 악질(惡質)이다 ⇨ 나쁘다
* 악착같다 ⇨ 끈기가 있다, 악착스럽다
* 악착스럽다 ⇨ 끈기가 있다, 억세다
* 악착(齷齪)하다 ⇨ 끈기가 있다, 악착스럽다
* 악하다 ⇨ 간사하다, 나쁘다, 매섭다, 악랄하다
* 안 들리다 ⇨ 약간 어둡다, 어둡다
* 안가(安価)하다 ⇨ 값이 싸다

* 안되다 ⇨ 가련하다, 보기가 딱하다
* 안락(安樂)하다 ⇨ 편하다
* 안심(安心)찮다 ⇨ 미안하다, 보기가 딱하다
* 안쓰럽다 ⇨ 가엾다
* 안전(安全)하다 ⇨ 무사하다
* 안절부절 못하다 ⇨ 뜻대로 되지 않아 초조하다, 초조(焦燥)하다
* 안차다 ⇨ 순진하고 귀엽다, (아주) 귀엽다, 천진하고 귀엽다
* 안타깝다 ⇨ 가슴이 답답하다, 가엾다, 답답하다, 마음이 답답하다, 분하다, 섭섭하다, 성
        질이 바르고 답답하다, 좁아서 답답하다
* 안하무인(眼下無人)이다 ⇨ 거만하다
* 안후(顔厚)하다 ⇨ (두께가 있는 것)두껍다, (신경이 둔하고 뻔뻔스런 모양)뻔뻔스럽다,
        대담하고 뻔뻔스럽다, 두껍다, 몹시 뻔뻔스럽다, 밉살스러울 만큼 뻔뻔스럽다
* 알근달근하다 ⇨ 맵다
* 알근하다 ⇨ 맵다, 몽롱하다
* 알량하다 ⇨ (취미·성품이)천하다, 보잘것없다, 지위나 신분이 천하다
* 알맞다 ⇨ 좋다, 적당하다
* 알매(黯昧)하다 ⇨ (매우) 어리석다, 약간 어둡다, 어둡다
* 알삽(戛澀)하다 ⇨ 어렵다
* 알알하다 ⇨ 맵다
* 알짝지근하다 ⇨ 맵다, 아프다
* 알차다 ⇨ 충실하다
* 알큰하다 ⇨ 맵다
* 알토란같다 ⇨ 단단하다
* 암독(暗毒)하다 ⇨ 독살스럽다
* 암둔(暗鈍·闇鈍)하다 ⇨ (매우) 어리석다
* 암매(晻昧)하다 ⇨ (약간) 어둡다
* 암매(唵昧·暗昧·闇昧)하다 ⇨ (매우) 어리석다
* 암약(闇弱)하다 ⇨ (매우) 어리석다
* 암연하다 ⇨ 섭섭하다
* 암잔(闇孱)하다 ⇨ (매우) 어리석다
* 암흑(暗黑)하다 ⇨ (약간) 어둡다
* 애긍(哀矜)하다 ⇨ 불쌍하다
* 애달프다 ⇨ 따분하다, 아프다
* 애동대동하다 ⇨ (매우) 젊다
* 애련(哀憐)하다 ⇨ 귀엽고도 애처롭다, 불쌍하다

* 애매(曖昧)하다 ⇨ 보기가 딱하다
* 애민(哀愍)하다 ⇨ 불쌍하다
* 애석(哀惜)하다 ⇨ 마음대로 안 되어 슬프다, 분하다, 섭섭하다, 슬프다, 아깝다, 어쩐지 슬프다
* 애애(皚皚)하다 ⇨ 눈빛같이 희다
* 애애하다 ⇨ (초목이)무성하다, 초목 따위가 크고 무성하다, 풀이 무성하다
* 애옥하다 ⇨ 가난하다
* 애운하다 ⇨ 섭섭하다
* 애잔하다 ⇨ 귀엽고도 애처롭다, 약하다
* 애절(哀切·哀絶)하다 ⇨ 귀엽고도 애처롭다, 마음대로 안 되어 슬프다, 슬프다, 어쩐지 슬프다
* 애젊다 ⇨ (매우) 젊다
* 애처롭다 ⇨ 가엾다, 보기가 딱하다, 불쌍하다, 마음대로 안 되어 슬프다, 슬프다, 어쩐지 슬프다
* 애태우다 ⇨ 불안하다
* 애통(哀痛)하다 ⇨ 마음대로 안 되어 슬프다, 슬프다, 어쩐지 슬프다
* 애틋하다 ⇨ 귀엽고도 애처롭다, 마음대로 안 되어 슬프다, 섭섭하다, 슬프다, 어쩐지 슬프다, 청승맞다
* 앰하다 ⇨ 결단성이 없고 애매하다, 애매하다
* 앳되다 ⇨ (비유적으로)(아직) 어리다, (매우) 젊다
* 야나치다 ⇨ 매정하다
* 야단법석이다 ⇨ 야단스럽다
* 야단법석하다 ⇨ 수선스럽다
* 야단스럽다 ⇨ 수선스럽다
* 야당스럽다 ⇨ 매정하다
* 야릇하다 ⇨ 괴상하다, 이상하다
* 야만스럽다 ⇨ 미개하다
* 야무지다 ⇨ 단단하다, 빈틈없다
* 야박스럽다 ⇨ 박정(薄情)하다
* 야박(野薄)하다 ⇨ 매정하다, 박정하다, 박하다
* 야발지다 ⇨ 건방지다
* 야비하다 ⇨ 어쩐지 더럽다, (좀) 더럽다, 지저분하게 더럽다
* 야살스럽다 ⇨ 익살스럽다
* 야속하다 ⇨ 섭섭하다
* 야염(冶艶)하다 ⇨ (여자가)아름답다, 단정하고 아름답다, 매력이 있어 아름답다, 빛나서

　　　　아름답다, 용모가 아름답다, 화려하고 아름답다
* 야위어 보이다 ⇨ 해쓱하다
* 야트막하다 ⇨ 얕다
* 야틈하다 ⇨ 얕다
* 약다 ⇨ 약삭빠르다, 영악하다
* 약략스럽다 ⇨ 길이가 짧다
* 약략(略略)하다 ⇨ 길이가 짧다
* 약빠르다 ⇨ 약삭빠르다, 빠르다, 영악하다, 재빠르다
* 약삭스럽다 ⇨ 약삭빠르다
* 약오르다 ⇨ 화(가) 나다
* 약하다 ⇨ 나쁘다, 보기에 빈약하다, 빈약하다, 가냘프고 약하다, 가냘프다, 무르다, 미약
　　　　하다, 연약하다
* 얄따랗다 ⇨ 얇다
* 얄뚱치매랍다 ⇨ (매우) 밉다, 얼굴만 보아도 밉다
* 얄망궂다 ⇨ 익살스럽다
* 얄밉다 ⇨ (매우) 밉다, 얼굴만 보아도 밉다
* 얄밉상스럽다 ⇨ (매우) 밉다, 얄밉다, 얼굴간 보아도 밉다
* 얄브스름하다 ⇨ 얇다
* 얄찍하다 ⇨ 얇다
* 얄팍얄팍하다 ⇨ 얇다
* 얄팍하다 ⇨ (빛깔 · 맛 등이)엷다, (색깔 · 모양이)매우 엷다, 얇다, 엷다
* 얇다 ⇨ (빛깔 · 맛 등이)엷다, (색깔 · 모양이)매우 엷다, 엷다
* 얌전스럽다 ⇨ 얌전하다
* 얌전하다 ⇨ 점잖다
* 얌체같다 ⇨ 얄밉다
* 양명(亮明 · 陽明)하다 ⇨ 밝다
* 양선(良善)하다 ⇨ 착하다
* 양순(良順)하다 ⇨ 순하다
* 얕다 ⇨ 길이가 짧다, 낮다, 도수나 정도가 낮다, 천박하다
* 어궁(語窮)하다 ⇨ 어색하다
* 어금지금하다 ⇨ (어울리는 모양)잘 어울리다, 어울리다
* 어기차다 ⇨ 마음이 굳세다
* 어김없다 ⇨ 틀림이 없다
* 어두침침하다 ⇨ (약간) 어둡다
* 어두컴컴하다 ⇨ (약간) 어둡다, 어둠침침하다

* 어둑어둑하다 ⇨ (약간) 어둡다, 어둠침침하다
* 어둑하다 ⇨ (약간) 어둡다
* 어둠침침하다 ⇨ 몽롱하다
* 어둡다 ⇨ 검다, 어둠침침하다
* 어떨떨하다 ⇨ 어색하다
* 어뜩하다 ⇨ 눈이 아찔하다, 어지럽다
* 어렴풋하다 ⇨ 몽롱하다, 희미하다
* 어렵다 ⇨ (고민하는 모양)괴롭다, 가난하다, (좀) 까다롭다, 따분하다, 몸의 통증이나 열 때문에 참을 수 없이 괴롭다, 보기가 딱하다, 성미가 까다롭다, 어쩐지 두렵다, 짓눌리는 것 같이 괴롭다, 친밀감이 없고 거북하다, 험난(險難)하다, 힘들다
* 어렵지 않다 ⇨ 좋다
* 어리다 ⇨ (물건의 모양이)작다, (매우) 작다, 연소하다, 유치하다
* 어리뜩하다 ⇨ (매우) 어리석다
* 어리석다 ⇨ (비유적으로)(아직) 어리다, (생각이나 행동이)둔하다, 가슴이 답답하다, 감각이나 동작이 둔하다, 답답하다, 둔하다, 마음이 갑갑하다, 마음이 답답하다, 머리가 우둔하다, 무디다, 무지하다, 성질이 바르고 답답하다, 좁아서 답답하다
* 어마어마하다 ⇨ 대단히 많다, 대담하다, 많다, (몹시) 대단하다
* 어마하다 ⇨ 어마어마하다
* 어벙하다 ⇨ (매우) 어리석다
* 어색하다 ⇨ 사이가 소원하다, 서투르다, 소원하다, 쑥스럽다
* 어설프다 ⇨ 사람됨이나 하는 일이 미숙하다, 서투르다, (아주) 미숙하다, 아직 미숙하다
* 어수룩하다 ⇨ (매우) 어리석다
* 어수선·산란하다 ⇨ 세상이 어수선하다
* 어수선하다 ⇨ (좀) 시끄럽다, 난잡하다, 너무 오래거나 세밀하여 번거롭다, 뒤숭숭하다, 떠들썩하다, (몹시) 번거롭다, 번잡하다, 복잡하다, 부산하다, 세상인심이 흉흉하다, 소리가 커서 시끄럽다, 어딘지 모르게 좀 지저분하다, 어지럽다, 왠지 떠들썩하다
* 어스레하다 ⇨ (약간) 어둡다
* 어스므레하다 ⇨ (약간) 어둡다
* 어슬어슬하다 ⇨ (약간) 어둡다
* 어슬하다 ⇨ (약간) 어둡다
* 어슴푸레하다 ⇨ 희미하다
* 어슴푸릇하다 ⇨ 희미하다
* 어여쁘다 ⇨ (여자가)아름답다, 단정하고 아름답다, 매력이 있어 아름답다, 매우 사랑스럽다, 빛나서 아름답다, 사랑스럽다, 용모가 아름답다, 화려하고 아름답다
* 어연번듯하다 ⇨ 어엿하다

* 어우러지다 ⇨ (어울리는 모양)잘 어울리다, 어울리다
* 어울러지다 ⇨ (어울리는 모양)잘 어울리다, 어울리다
* 어울리다 ⇨ 알맞다
* 어웅하다 ⇨ 어둠침침하다
* 어줍다 ⇨ 서투르다
* 어중간하다 ⇨ 미지근하다
* 어지럽다 ⇨ 난잡하다, 눈이 아찔하다, 뒤숭숭하다, 세상 인심이 흉흉하다, 세상이 어수선하다, 수선스럽다, 요란(擾亂)하다
* 어질다 ⇨ 선량하다, 순진하고 온화하다, 착하다
* 어질더분하다 ⇨ 어딘지 모르게 좀 지저분하다
* 어질어질하다 ⇨ 어지럽다
* 어쩔수 없다 ⇨ 도리(가) 없다
* 어찔하다 ⇨ 눈이 아찔하다, 어지럽다
* 억세다 ⇨ 날카롭다, 맹렬하다, 세차다, 힘이 세다
* 억울하다 ⇨ 결단성이 없고 애매하다, 분하다, 애매하다
* 억척같다 ⇨ 끈기가 있다
* 억척스럽다 ⇨ 악착스럽다
* 언건(偃蹇)하다 ⇨ 성대하다
* 언죽번죽하다 ⇨ (신경이 둔하고 뻔뻔스런 모양)뻔뻔스럽다, 대담하고 뻔뻔스럽다, 몹시 뻔뻔스럽다, 밉살스러울 만큼 뻔뻔스럽다
* 언죽언죽하다 ⇨ (신경이 둔하고 뻔뻔스런 모양)뻔뻔스럽다, 대담하고 뻔뻔스럽다, 몹시 뻔뻔스럽다, 밉살스러울 만큼 뻔뻔스럽다
* 언짢다 ⇨ 꺼림칙하다, 나쁘다, (대단히) 불쾌하다, 마음속으로 꺼림칙하다, (매우) 싫다, 못마땅하다, 무겁다, 섭섭하다
* 얼근하다 ⇨ 맵다
* 얼글덜근하다 ⇨ 맵다
* 얼떨떨하다 ⇨ 어지럽다
* 얼리다 ⇨ (어울리는 모양)잘 어울리다, 어울리다
* 얼맞다 ⇨ (어울리는 모양)잘 어울리다, 알맞다, 어울리다
* 얼얼하다 ⇨ 맵다
* 얼없다 ⇨ 틀림이 없다
* 얼올(臲卼)하다 ⇨ 불안하다
* 얼음장 같다 ⇨ 차갑다
* 얼쩍다 ⇨ 꺼림칙하다, 어쩐지 부끄럽다, 조금(좀) 부끄럽다, 타인에 대하여 부끄럽다
* 얼큰하다 ⇨ 맵다

* 얼토당토않다 ⇨ 터무니없다
* 엄각(嚴刻)하다 ⇨ (매우) 엄하다
* 엄격(嚴格)하다 ⇨ 딱딱하다, (매우) 엄하다
* 엄랭(嚴冷)하다 ⇨ (매우) 엄하다
* 엄명(嚴明)하다 ⇨ (매우) 엄하다
* 엄방지다 ⇨ 건방지다
* 엄숙(嚴숙)하다 ⇨ 딱딱하다, (매우) 엄하다
* 엄엄(嚴嚴)하다 ⇨ (매우) 엄하다
* 엄전스럽다 ⇨ 점잖다
* 엄전하다 ⇨ 점잖다
* 엄준(嚴峻)하다 ⇨ (매우) 엄하다
* 엄중(嚴重)하다 ⇨ (매우) 엄하다
* 엄청나다 ⇨ 어마어마하다, 굉장하다, 놀랄 정도로 굉장하다, 대담하다, (몹시) 대단하다
* 엄파같다 ⇨ 부드럽다
* 엄(嚴)하다 ⇨ 엄격하다, 엄중하다, 딱딱하다, 표정이나 태도가 너무 딱딱하고 근엄하다
* 엄혹(嚴酷)하다 ⇨ (매우) 엄하다
* 없다 ⇨ 허무하다
* 엇되다 ⇨ 건방지다
* 엉뚱하다 ⇨ 터무니없다
* 엉성하다 ⇨ 느리다, 동작이 느리다, 성기다
* 에넘느레하다 ⇨ 세상이 어수선하다
* 에부수수하다 ⇨ (정신이나 태도가)거칠다, (매우) 거칠다
* 여리다 ⇨ 심약하다, 약하다
* 여무지다 ⇨ 단단하다
* 여부(与否)없다 ⇨ 틀림이 없다
* 여우같다 ⇨ 간사하다, 얄밉다
* 여유없다 ⇨ 공연히 바쁘다, 바쁘다
* 여전하다 ⇨ (서로) 같다
* 여지(余地)없다 ⇨ 빈틈없다
* 여트막하다 ⇨ 얕다
* 여틈하다 ⇨ 얕다
* 역빠르다 ⇨ 빠르다
* 역정(逆情)나다 ⇨ 화(가) 나다
* 연모(恋慕)하다 ⇨ 그리워하다
* 연민(憐憫)하다 ⇨ 불쌍하다

* 연소(年少)하다 ⇨ (비유적으로)(아직) 어리다
* 연약(軟弱)하다 ⇨ 미약하다, 약하다
* 연연(軟娟)하다 ⇨ 가냘프고 약하다, 가냘프다
* 연천(年淺) ⇨ 연소하다
* 연취(軟脆)하다 ⇨ 약하다
* 연(軟)하다 ⇨ 무르다, 부드럽다, 약하다, 연약하다, 얇다
* 열뇨(熱鬧)하다 ⇨ 떠들썩하다, 왠지 떠들썩하다
* 열렬(熱烈·烈烈)하다 ⇨ 뜨겁다
* 열망(熱望)하다 ⇨ 바라다
* 열브스름하다 ⇨ 얇다
* 열싸다 ⇨ 날쌔다, 동작이 날쌔다
* 열쌔다 ⇨ 날래다, 재빠르다
* 열없다 ⇨ 꺼림칙하다, 무료하다, 어쩐지 부끄럽다, 조금(좀) 부끄럽다, 타인에 대하여
    부끄럽다
* 열적다 ⇨ 어색하다, 할 일이 없어 심심하다
* 열쩍다 ⇨ 열없다, 무료하다
* 엷다 ⇨ 얇다
* 염기(忌)하다 ⇨ 꺼리다
* 염려(念慮)스럽다 ⇨ 두렵다, 어쩐지 두렵다
* 염려 없다 ⇨ 걱정없다, 관계없다, 괜찮다
* 염원(念願)하다 ⇨ 바라다
* 염치없다 ⇨ 몰염치하다, (두께가 있는 것)두껍다, (신경이 둔하고 뻔뻔스런 모양)뻔뻔스
    럽다, 대담하고 뻔뻔스럽다, 두껍다, 몹시 뻔뻔스럽다, 밉살스러울 만큼 뻔뻔스럽다
* 영광스럽다 ⇨ 명예롭다
* 영락(零落)없다 ⇨ 틀림이 없다
* 영민(英敏)하다 ⇨ 날카롭다
* 영수(靈秀)하다 ⇨ 뛰어나다
* 영악맞다 ⇨ 영악하다
* 영악스럽다 ⇨ 영악하다
* 영예롭다 ⇨ 명예롭다
* 영절스럽다 ⇨ 그럴 듯하다
* 영절하다 ⇨ 그럴 듯하다
* 영토하다 ⇨ 영리하다
* 옅다 ⇨ 얕다
* 예기(予期)하다 ⇨ 바라다

* 예리하다 ⇨ 날카롭다
* 예민(鋭敏)하다 ⇨ 날카롭다, 민감(敏感)하다, 성미가 까다롭다, 예리(鋭利)하다, (좀) 까다롭다
* 예쁘다 ⇨ (여자가)아름답다, 단정하고 아름답다, 매력이 있어 아름답다, 빛나서 아름답다, 순진하고 귀엽다, (아주) 귀엽다, 용모가 아름답다, 천진하고 귀엽다, 화려하고 아름답다
* 예의(礼儀)없다 ⇨ 방자하다
* 오감스럽다 ⇨ 경망하다
* 오도깝스럽다 ⇨ 경망하다
* 오래다 ⇨ 거리적 · 시간적으로 멀다, (너무) 길다, 멀다
* 오래되다 ⇨ 낡았다(낡다)
* 오련하다 ⇨ 희미하다
* 오롯하다 ⇨ 완전하다, 원만하다
* 오밀조밀하다 ⇨ 빽빽하다
* 오솔하다 ⇨ 쓸쓸하다, 어쩐지 쓸쓸하다
* 오싹하다 ⇨ 섬뜩하다(무섭다)
* 오지랖 넓다 ⇨ 주제넘게 참견하다
* 오곽(傲愎)하다 ⇨ 독살스럽다
* 오히려 적다 ⇨ 값이 싸다
* 온난(温暖)하다 ⇨ 따뜻하다
* 온당(穏当)하다 ⇨ 알맞다
* 온편(穏便)하다 ⇨ 원만하다
* 온하다 ⇨ 따뜻하다
* 온화하다 ⇨ 따뜻하다
* 올바르다 ⇨ 바르다, 헝클어지지 않고 바르다
* 옳다 ⇨ 바르다, 헝클어지지 않고 바르다
* 옳지 못하다 ⇨ 그르다
* 옹골차다 ⇨ 단단하다
* 옹골차지 못하다 ⇨ 느슨하다
* 옹글다 ⇨ 완전하다
* 옹색하다 ⇨ 마음이 갑갑하다
* 옹울(蓊欝)하다 ⇨ (초목이)무성하다, 가슴이 답답하다, 답답하다, 마음이 답답하다, 성질이 바르고 답답하다, 좁아서 답답하다, 초목 따위가 크고 무성하다, 풀이 무성하다
* 옹졸(壅拙)하다 ⇨ 가슴이 답답하다, 답답하다, 마음이 답답하다, 성질이 바르고 답답하다, 좁아서 답답하다, 잘다

* 왁자지껄하다 ⇨ 소리가 커서 시끄럽다, (좀) 시끄럽다
* 왁자하다 ⇨ 떠들썩하다, 소리가 커서 시끄럽다, 왠지 떠들썩하다, (좀) 시끄럽다
* 완만(緩慢)하다 ⇨ 부드럽다
* 완벽(完璧)하다 ⇨ (매우) 훌륭하다, 빈틈없다
* 완서(緩徐)하다 ⇨ 완만하다
* 완숙(完熟)하다 ⇨ 깊다
* 완연(完然)하다 ⇨ 뚜렷하다
* 완완(緩緩)하다 ⇨ 완만하다
* 완전하다 ⇨ 깨끗하다
* 완(緩)하다 ⇨ 느리다, 늦다, 동작이 느리다, 희미하다
* 왈왈하다 ⇨ 급하다
* 왈칵하다 ⇨ 급하다
* 왕성(旺盛)하다 ⇨ 윤이 나고 싱싱하다
* 왜단(矮短)하다 ⇨ (물건의 모양이)작다, (매우) 작다
* 왜소(矮小)하다 ⇨ (물건의 모양이)작다, (매우) 작다
* 외경(畏敬)스럽다 ⇨ 두렵다, 어쩐지 두렵다
* 외롭다 ⇨ 쓸쓸하다, 어쩐지 쓸쓸하다
* 요구(要求)되다 ⇨ 필요하다
* 요구(要求)하다 ⇨ 바라다
* 요긴(要緊)하다 ⇨ 그립다, (몹시) 대단하다, 사람이 그립다, 어쩐지 그립다
* 요다(饒多)하다 ⇨ 대단히 많다, 많다
* 요란스럽다 ⇨ 요란하다
* 요약(幺弱)하다 ⇨ 약하다
* 요열(鬧熱)하다 ⇨ 소리가 커서 시끄럽다, 시끄럽다, (좀) 시끄럽다
* 요염(妖艶)하다 ⇨ (빛깔 등이)지나치게 야하다, 야하다
* 요요(擾擾)하다 ⇨ 소리가 커서 시끄럽다, (좀) 시끄럽다
* 요요(寥寥)하다 ⇨ 쓸쓸하다, 어쩐지 쓸쓸하다
* 요요(夭夭·姚姚)하다 ⇨ (여자가) 아름답다, 단정하고 아름답다, 매력이 있어 아름답다,
        빛나서 아름답다, 용모가 아름답다, 화려하고 아름답다
* 요조(窈窕)하다 ⇨ 얌전하다
* 욕심(慾心)나다 ⇨ 부럽다
* 욕심이 있다 ⇨ 검다
* 용감무쌍(勇敢無双)하다 ⇨ 용감하다
* 용감하다 ⇨ 대담하다, 씩씩하다
* 용강(勇剛)하다 ⇨ 날카롭다, 마음이 굳세다

* 용기(勇気)있다 ⇨ 용감하다
* 용란하다 ⇨ 게으르다
* 용렬(庸劣)하다 ⇨ 구구하다, (매우) 어리석다
* 용맹스럽다 ⇨ (매우 용감하고 강한 모양)강하고 용맹하다, 용감하다
* 용맹(勇猛)하다 ⇨ 용감하다
* 용슬(容膝)하다 ⇨ 비좁다
* 용신(容身)하다 ⇨ 비좁다
* 용의주도(用意周到)하다 ⇨ 빈틈없다
* 용이(容易)하다 ⇨ 쉽다
* 용천맞다 ⇨ 나쁘다
* 용천하다 ⇨ 나쁘다
* 용타하다 ⇨ 게으르다
* 용탑(茸闒)하다 ⇨ (매우) 어리석다
* 우거지다 ⇨ (초목이)무성하다, 나무가 우거져 울창하다, 초목 따위가 크고 무성하다, 풀이 무성하다
* 우기다 ⇨ 무리하다
* 우둔(愚鈍)하다 ⇨ (생각이나 행동이)둔하다, 가슴이 답답하다, 감각이나 동작이 둔하다, 답답하다, 마음이 답답하다, (매우) 어리석다, 무디다, 성질이 바르고 답답하다, 좁아서 답답하다
* 우뚝하다 ⇨ 높다
* 우람하다 ⇨ 크다, 무척(엄청나게)크다
* 우렁차다 ⇨ 크다, 무척(엄청나게)크다
* 우련하다 ⇨ 희미하다
* 우로(愚魯)하다 ⇨ (매우) 어리석다
* 우매(愚昧)하다 ⇨ 가슴이 답답하다, 답답하다, 마음이 갑갑하다, 마음이 답답하다, (매우) 어리석다, 무지하다, 성질이 바르고 답답하다, 좁아서 답답하다
* 우몽(愚蒙)하다 ⇨ (매우) 어리석다
* 우미(愚迷)하다 ⇨ (매우) 어리석다
* 우미(優美)하다 ⇨ 우아하다
* 우선(于先)하다 ⇨ 빠르다
* 우수(優秀)하다 ⇨ 뛰어나다, 날카롭다
* 우스꽝스럽다 ⇨ 우습다
* 우아(優雅)하다 ⇨ (여자가)아름답다, 단정하고 아름답다, 매력이 있어 아름답다, 빛나서 아름답다, 용모가 아름답다, 화려하고 아름답다
* 우악스럽다 ⇨ 무디다, 무지하다

* 우악하다 ⇨ 무지하다
* 우애(友愛)롭다 ⇨ 사이가 좋다
* 우애 있다 ⇨ 사이가 좋다
* 우울(憂鬱)하다 ⇨ 가슴이 답답하다, 답답하다, 마음이 답답하다, 성질이 바르고 답답하다, 좁아서 답답하다, 무겁다
* 우월(優越)하다 ⇨ 뛰어나다
* 울도(鬱陶)하다 ⇨ 가슴이 답답하다, 답답하다, 마음이 답답하다, 성질이 바르고 답답하다, 좁아서 답답하다
* 울민(鬱悶)하다 ⇨ (고민하는 모양)괴롭다, 몸의 통증이나 열 때문에 참을 수 없이 괴롭다, 짓눌리는 것 같이 괴롭다
* 울불(鬱怫)하다 ⇨ 화가 나다
* 울색(鬱塞)하다 ⇨ 가슴이 답답하다, 답답하다, 마음이 답답하다, 성질이 바르고 답답하다, 좁아서 답답하다
* 울연(鬱然)하다 ⇨ (초목이)무성하다, 초목 따위가 크고 무성하다, 풀이 무성하다, 가슴이 답답하다, 답답하다, 마음이 답답하다, 성질이 바르고 답답하다, 좁아서 답답하다
* 울울(鬱鬱)하다 ⇨ (초목이)무성하다, 초목 따위가 크고 무성하다, 풀이 무성하다, 가슴이 답답하다, 답답하다, 마음이 답답하다, 성질이 바르고 답답하다, 좁아서 답답하다
* 울적하다 ⇨ 우울하다
* 울창(鬱蒼)하다 ⇨ (빛깔이나 맛이)너무 짙다, (초목이)무성하다, 색이 짙다, 짙다, 초목 따위가 크고 무성하다, 풀이 무성하다
* 울(鬱)하다 ⇨ 가슴이 답답하다, 답답하다, 마음이 답답하다, 성질이 바르고 답답하다, 좁아서 답답하다
* 울화(鬱火)치밀다 ⇨ 화(가) 나다
* 웃음난다 ⇨ 우습다
* 웅숭깊다 ⇨ 그윽하다, 깊다, 심오하다, 아취(雅趣)가 있어 그윽하다
* 원만(圓滿)하다 ⇨ 둥글다, 아주 둥글다
* 원만치 못하다 ⇨ 모(가) 나다
* 원전활탈(圓転滑脱)스럽다 ⇨ 원만하다
* 원통(怨痛)하다 ⇨ 결단성이 없고 애매하다, 애매하다
* 원통(冤痛)하다 ⇨ 분하다
* 원(願)하다 ⇨ 바라다
* 원형(圓形)이다 ⇨ 동그랗다, (아주) 둥글다
* 원활(圓滑)하다 ⇨ 원만하다
* 월등(越等)하다 ⇨ 뛰어나다
* 위급(危急)하다 ⇨ 급하다, 어렵다

* 위대(偉大)하다 ⇨ 크다, 무척(엄청나게)크다, (매우) 훌륭하다
* 위독(危篤)하다 ⇨ 급하다
* 위독(危毒)하다 ⇨ 무겁다
* 위불(為不)없다 ⇨ 틀림이 없다
* 위불위(為不為)없다 ⇨ 틀림이 없다
* 위세(威勢)당당하다 ⇨ 위엄이 있다
* 위엄스럽다 ⇨ 위엄이 있다
* 위엄 있다 ⇨ (다루는 것이)정중하다, 정중하다
* 위엄차다 ⇨ 위엄이 있다
* 위유하다 ⇨ (초목이)무성하다, 초목 따위가 크고 무성하다, 풀이 무성하다
* 위중(危重)하다 ⇨ 무겁다, 어렵다, (몹시) 대단하다
* 위축(萎縮)되다 ⇨ 노랗다
* 위태롭다 ⇨ (좋지 않은 상황이 예측되는 모양)위험하다, 위태하다
* 위풍늠름(威風凛凛)하다 ⇨ 위엄이 있다
* 위풍(威風)당당하다 ⇨ 위엄이 있다
* 위풍(威風)있다 ⇨ 늠름하다
* 유감(有感)스럽다 ⇨ 마음대로 안 되어 슬프다, 슬프다, 어쩐지 슬프다
* 유구(悠久)하다 ⇨ (너무) 길다
* 유독(幽独)하다 ⇨ 쓸쓸하고 외롭다, 짝이 없어 외롭다
* 유명짜하다 ⇨ 유명하다
* 유사(類似)하다 ⇨ (바로)가깝다, 거리가 가깝다, (서로) 같다, 닮았다
* 유소(幼小)하다 ⇨ (비유적으로)(아직) 어리다
* 유수(幽邃)하다 ⇨ 그윽하다, 아취(雅趣)가 있어 그윽하다
* 유순(柔順)하다 ⇨ 부드럽다, 순하다
* 유약(柔弱・幼弱)하다 ⇨ 미약하다, 약하다
* 유연(柔軟)하다 ⇨ 부드럽다
* 유완(柔婉)하다 ⇨ 부드럽다
* 유익(有益)하다 ⇨ 좋다
* 유장(悠長)하다 ⇨ (너무) 길다, 느리다, 늦다, 동작이 느리다
* 유적(幽寂)하다 ⇨ 쓸쓸하다, 어쩐지 쓸쓸하다, 적막하다
* 유충(幼沖)하다 ⇨ (비유적으로)(아직) 어리다
* 유치(幼稚)하다 ⇨ (비유적으로)(아직) 어리다
* 유치(幼稚・幼穉)하다 ⇨ (물건의 모양이)작다, (매우) 작다
* 유쾌(愉快)하다 ⇨ 좋다, 유쾌하고 즐겁다, 즐겁다
* 유타(遊惰)하다 ⇨ 게으르다

* 유표(有表)하다 ⇨ 모(가) 나다
* 유하다 ⇨ 부드럽다, 걱정없다
* 유효(有效)하다 ⇨ 모나다
* 육리(陸離)하다 ⇨ (여자가)아름답다, 단정하고 아름답다, 매력이 있어 아름답다, 빛나서
      아름답다, 용모가 아름답다, 화려하고 아름답다
* 육지(陸地)같다 ⇨ 튼튼하다
* 윤기(潤気)나다 ⇨ 빛나다
* 윤(潤)나다 ⇨ 빛나다
* 율렬(凓烈)하다 ⇨ 으스스 춥다, 춥다
* 으늑하다 ⇨ 그윽하다, 아취(雅趣)가 있어 그윽하다
* 으리으리하다 ⇨ 어마어마하다
* 으스스하다 ⇨ 차갑다, 음산하다
* 은근하다 ⇨ 그윽하다, 아취(雅趣)가 있어 그윽하다
* 은혜(恩惠)롭다 ⇨ (매우) 고맙다
* 을씨년스럽다 ⇨ 몹시 음침하다, 음산하다
* 음랭(陰冷)하다 ⇨ 음산하다
* 음산(陰散)하다 ⇨ 몹시 음침하다, 쓸쓸하다, 어쩐지 쓸쓸하다
* 음울(陰欝)하다 ⇨ 음산하다
* 음전하다 ⇨ 점잖다
* 음침하다 ⇨ 음산하다
* 음탕(淫蕩)하다 ⇨ 상스럽다
* 음흉(陰凶)하다 ⇨ 몹시 음침하다
* 읍읍하다 ⇨ 가슴이 답답하다, 답답하다, 대단히 불쾌하다, 마음이 답답하다, 불쾌하다,
      성질이 바르고 답답하다, 좁아서 답답하다
* 응연(凝然)하다 ⇨ 점잖다
* 응큼하다 ⇨ 몹시 음침하다
* 의문(疑問)스럽다 ⇨ 사실인지 아닌지 의심스럽다, 의심스럽다
* 의뭉스럽다 ⇨ 몹시 음침하다
* 의심스럽다 ⇨ 어쩐지 미심쩍다, 수상하다, 어딘가 수상하다
* 의심쩍다 ⇨ 수상하다, 어딘가 수상하다

* 의아스럽다 ⇨ 사실인지 아닌지 의심스럽다, 의심스럽다
* 의아(疑訝)하다 ⇨ 사실인지 아닌지 의심스럽다, 의심스럽다
* 의연(依然)하다 ⇨ 동일하다
* 의의(依依)하다 ⇨ (초목이)무성하다, 부드럽다, 서운하다, 약하다, 초목 따위가 크고 무

　　　　성하다, 풀이 무성하다
* 의젓하다 ⇨ 늠름하다, 위엄이 있다
* 의좋다 ⇨ 사이가 좋다, 정답다, 화목하다
* 의초롭다 ⇨ 사이가 좋다, 화목하다
* 의합(宜合)하다 ⇨ 알맞다
* 이갈리다 ⇨ 분하다
* 이롭다 ⇨ 좋다
* 이르다 ⇨ 빠르다
* 이름 있다 ⇨ 유명하다
* 이상스럽다 ⇨ 이상하다
* 이상야릇하다 ⇨ 괴상하다, 이상하다
* 이상하다 ⇨ 친밀감이 없고 거북하다
* 이소능장(以少凌長)하다 ⇨ 까불다
* 이슥하다 ⇨ 깊다
* 이여이(易与耳)하다 ⇨ 쉽다
* 이연하다 ⇨ 검다
* 이열(怡悦)하다 ⇨ 기쁘다, 즐겁고 기쁘다
* 이유하다 ⇨ 기쁘다, 즐겁고 기쁘다
* 이타(弛惰)하다 ⇨ 게으르다
* 익숙치 못하다 ⇨ 사람됨이나 하는 일이 미숙하다, (아주) 미숙하다, 아직 미숙하다
* 익숙하다 ⇨ 말이 능숙하다, 친숙하다
* 인결하다 ⇨ 깨끗하다
* 인색하다 ⇨ 짜다, 쩨쩨하다, 깐깐하다, 낯간지럽다, 박하다, 어쩐지 더럽다, (좀) 더럽다,
　　　지저분하게 더럽다
* 인서(仁恕)하다 ⇨ 후하다
* 인성만성하다 ⇨ 떠들썩하다, 어지럽다, 왠지 떠들썩하다
* 인울하다 ⇨ 가슴이 답답하다, 답답하다, 마음이 답답하다, 성질이 바르고 답답하다, 좁
　　　아서 답답하다
* 인정(人情)많다 ⇨ 후하다
* 인정머리없다 ⇨ (애교·동정심이 없는 모양)무뚝뚝하다, 매정하다
* 인정없다 ⇨ (아주) 인색하다, 돈만 따지며 인색하다, 맵다, 박정(薄情)하다, 박하다, 무
　　　정하다
* 인(吝)하다 ⇨ (아주) 인색하다, 돈만 따지며 인색하다
* 일견여구(一見如旧)하다 ⇨ 친밀하다
* 일면여구(一面如旧)하다 ⇨ 친밀하다

* 일없다 ⇨ 괜찮다, 무사하다
* 일쩝다 ⇨ 매우 귀찮다, (몹시) 귀찮다(성가시다), 좀 귀찮다
* 일치(一致)하다 ⇨ (서로) 같다
* 임신(姙娠)하다 ⇨ 배가 부르다
* 임염(荏染)하다 ⇨ 부드럽다
* 임협(任俠)하다 ⇨ 용감하다
* 입맛없다 ⇨ 쓰다
* 입에 맞다 ⇨ 맛있다
* 자그마하다 ⇨ (물건의 모양이)작다, (매우) 작다
* 자깝스럽다 ⇨ 상스럽다
* 자늑자늑하다 ⇨ 부드럽다
* 자닝하다 ⇨ 불쌍하다
* 자디잘다 ⇨ 사소하다
* 자리자리하다 ⇨ 간지럽다
* 자몽(自夢)하다 ⇨ 흐리멍덩하다
* 자발없다 ⇨ 경솔하다
* 자세(仔細)하다 ⇨ 잘다
* 자자(藉藉)하다 ⇨ 높다
* 자잘하다 ⇨ 잘다
* 자지러지다 ⇨ 정밀하다
* 자질구레하다 ⇨ 사소하다
* 작다 ⇨ 가늘다, 낮다, 도수나 정도가 낮다, 잘다
* 작달막하다 ⇨ (물건의 모양이)작다, (매우) 작다
* 작살나다 ⇨ 잘 부서지다
* 작연(灼然)하다 ⇨ 빛나다
* 작작(嚼嚼)하다 ⇨ 깨끗하다
* 작작(灼灼)하다 ⇨ 빛나다
* 잔망(孱妄)스럽다 ⇨ 좀스럽다
* 잔망(孱妄)하다 ⇨ 좀스럽다
* 잔밉고 얄밉다 ⇨ 얄밉다
* 잔밉다 ⇨ 얄밉다
* 잔약(孱弱)하다 ⇨ 약하다
* 잔작하다 ⇨ (매우) 어리석다
* 잔잔(孱孱·潺潺)하다 ⇨ 약하다
* 잔재미있다 ⇨ 익살스럽다

* 잔졸(孱拙)하다 ⇨ 좀스럽다
* 잔다랗다 ⇨ 잘다
* 잔달다 ⇨ 잘다
* 잔닿다 ⇨ 잘다
* 잔잘다 ⇨ 좀스럽다
* 잘깃잘깃하다 ⇨ 자늑자늑하고 질기다
* 잘깃하다 ⇨ 자늑자늑하고 질기다
* 잘다 ⇨ 가냘프고 약하다, 가냘프다, 구구하다, 사소하다, 장소가 좁다, 정밀하다, 좀스럽다, 좁다, 쩨쩨하다
* 잘알다 ⇨ 정통(精通)하다, 밝다
* 잘 있다 ⇨ 평안하다
* 잘하다 ⇨ 말이 능숙하다
* 잠잖다 ⇨ 점잖다
* 잠적(岑寂)하다 ⇨ 쓸쓸하고 외롭다, 짝이 없어 외롭다
* 잡답(雜沓)하다 ⇨ 붐비다
* 잡상스럽다 ⇨ 난잡하다, 상스럽다
* 잡스럽다 ⇨ 난잡하다, 조잡(粗雜)하다
* 잡을손 뜨다 ⇨ 게으르다
* 장건(壯健)하다 ⇨ 튼튼하다
* 장관(壯観)이다 ⇨ 볼 만하다
* 장엄(莊嚴)하다 ⇨ 어마어마하다
* 장열(壯烈)하다 ⇨ 튼튼하다
* 장하다 ⇨ 착하다, 성대하다
* 잦지 않다 ⇨ 드물다
* 재다 ⇨ 날래다, 재빠르다
* 재미없다 ⇨ 무료하다, (재치가 없고 멋이 없어 보이는 모양)멋이없고 딱딱하다, 맛이 없다, (매우) 시시하다
* 재미있다 ⇨ 고소하다, 맛있다, 우습다, 익살스럽다
* 재밌다 ⇨ (별스러워) 재미있다, 재미있다
* 재바르다 ⇨ 재빠르다
* 재빠르다 ⇨ 날래다, 날쌔다, 동작이 날쌔다, 민첩하다, 손끝의 움직임이 민첩하다
* 재주 없다 ⇨ (생각이나 행동이)둔하다, 감각이나 동작이 둔하다, 둔하다
* 잽싸다 ⇨ 날래다, 민첩하다, 빠르다, 손끝의 움직임이 민첩하다, 재빠르다
* 쟁란(諍乱)하다 ⇨ 시끄럽다, 소리가 커서 시끄럽다, (좀) 시끄럽다
* 저급(低級)하다 ⇨ 낮다, 도수나 정도가 낮다, 상스럽다

* 저속(低俗)하다 ⇨ (빛깔 등이)지나치게 야하다, 상스럽다, 야하다, 유치하다
* 저임(低賃)이다 ⇨ 낮다, 도수나 정도가 낮다
* 저질(低質)이다 ⇨ 낮다, 도수나 정도가 낮다
* 적격(適格)이다 ⇨ 알맞다
* 적다 ⇨ (물건의 모양이)작다, 낮다, 도수나 정도가 낮다, 드물다, (매우) 작다, 박하다
* 적당(適当)하다 ⇨ 좋다, 알맞다
* 적막(寂寞)하다 ⇨ 쓸쓸하고 외롭다, 쓸쓸하다, 어쩐지 쓸쓸하다, 짝이 없어 외롭다
* 적실(適実)하다 ⇨ 알맞다
* 적연(寂然)하다 ⇨ 적막하다
* 적의(適宜)하다 ⇨ 알맞다
* 적임(適任)하다 ⇨ 알맞다
* 적적하다 ⇨ 쓸쓸하다, 어쩐지 쓸쓸하다
* 적절(適切)하다 ⇨ 알맞다
* 적정(適正)하다 ⇨ 알맞다
* 적중(適中)하다 ⇨ 알맞다
* 적지 않다 ⇨ 대단히 많다, 많다
* 적패(積敗)하다 ⇨ 지치다
* 적합(適合)하다 ⇨ 알맞다
* 전무(全無)하다 ⇨ 없다
* 전연(靦然)하다 ⇨ 조금(좀) 부끄럽다, 타인에 대하여 부끄럽다, 어쩐지 부끄럽다
* 절근(切近)하다 ⇨ (바로)가깝다, 거리가 가깝다
* 절기(絶忌)하다 ⇨ 꺼리다
* 절박(絶迫)하다 ⇨ 급하다
* 절실(切実)하다 ⇨ 필요하다
* 절친(切親)하다 ⇨ 친하다, 허물없이 친하다
* 절핍(絶乏)하다 ⇨ 없다
* 젊다 ⇨ 연소하다
* 점잖다 ⇨ (다루는 것이)정중하다, 정중하다
* 정갈스럽다 ⇨ 깨끗하다
* 정갈하다 ⇨ 깨끗하다
* 정결(浄潔)하다 ⇨ 깨끗하다
* 정선(正善)하다 ⇨ 착하다
* 정성(精誠)스럽다 ⇨ 융숭하다
* 정수(挺秀)하다 ⇨ 뛰어나다
* 정신(精神)없다 ⇨ 공연히 바쁘다, 바쁘다, 열없다

* 정연(整然)하다 ⇨ 뛰어나다
* 정정당당하다 ⇨ 깨끗하다
* 정정(亭亭)하다 ⇨ 건강하다
* 정중(鄭重)하다 ⇨ 융숭하다, 점잖다
* 정직(正直)하다 ⇨ 바르다, 헝클어지지 않고 바르다
* 정출(挺出)하다 ⇨ 뛰어나다
* 정(浄)하다 ⇨ 깨끗하다
* 정확(正確)하다 ⇨ 뚜렷하다
* 정확(精確)하다 ⇨ 예리(鋭利)하다
* 젖내나다 ⇨ (비유적으로)(아직) 어리다, 유치하다
* 젖비린내나다 ⇨ 유치하다
* 제법 멀다 ⇨ 거리적 · 시간적으로 멀다, 멀다
* 젠 체하다 ⇨ 건방지다
* 조각나다 ⇨ 잘 부서지다
* 조그마하다 ⇨ (물건의 모양이)작다, (매우) 작다
* 조그맣다 ⇨ (물건의 모양이)작다, (매우) 작다
* 조급하다 ⇨ 급하다, 공연히 바쁘다, 바쁘다, 성급하다
* 조라떨다 ⇨ 경망하다
* 조략(粗略)하다 ⇨ (정신이나 태도가)거칠다, (매우) 거칠다
* 조리 없다 ⇨ 난잡하다
* 조마조마하다 ⇨ 불안하다
* 조밀(稠密)하다 ⇨ 빽빽하다
* 조속(早速)하다 ⇨ 빠르다
* 조심스럽다 ⇨ 황공할 만큼 신중하다, 신중하다
* 조야(粗野)하다 ⇨ (촌스러운 모양)촌스럽다
* 조용하다 ⇨ (빛깔 · 맛 등이)담담하다
* 조촐하다 ⇨ 깨끗하다
* 조(躁)하다 ⇨ 성급하다
* 조화(調和)되다 ⇨ (어울리는 모양)잘 어울리다, 어울리다
* 족족(簇簇)하다 ⇨ 빽빽하다
* 족(足)하다 ⇨ 풍부하다
* 존귀(尊貴)하다 ⇨ 높다
* 존엄(尊嚴)하다 ⇨ (가르침 등이)거룩하다
* 졸깃졸깃하다 ⇨ 자늑자늑하고 질기다
* 졸랑거리다 ⇨ 까불다

* 좀되다 ⇨ 좀스럽다

* 좀스럽다 ⇨ 잘다

* 좁다 ⇨ (물건의 모양이)작다, 가늘다, (매우) 작다, 비좁다, 얕다

* 좁다랗다 ⇨ 장소가 좁다, 좁다

* 종요롭다 ⇨ 중요하다

* 좋다 ⇨ 괜찮다, 그럴 듯하다, 기쁘다, 즐겁고 기쁘다

* 좋아하다 ⇨ (몹시) 사랑하다

* 좋지 않다 ⇨ 불길하다, 나쁘다, 형편없다

* 죄송스럽다 ⇨ 면목없다, 유감스럽다

* 죄송(罪悚)하다 ⇨ 면목없다, 미안하다

* 주도면밀(周到綿密)하다 ⇨ 빈틈없다

* 주옥(珠玉)같다 ⇨ 귀하다

* 주의깊다 ⇨ 황공할 만큼 신중하다, 신중하다

* 주저롭다 ⇨ 가난하다

* 주제넘다 ⇨ 건방지다, 방자하다

* 준매(俊邁)하다 ⇨ 뛰어나다

* 준이(俊異)하다 ⇨ 뛰어나다

* 준일(俊逸)하다 ⇨ 뛰어나다

* 중대(重大)·막대하다 ⇨ 무겁다

* 중대(重大)하다 ⇨ 무겁다, 크다, 무척(엄청나게)크다

* 중요하다 ⇨ (몹시) 대단하다

* 중(重)하다 ⇨ (몹시) 대단하다, 중요하다, 무겁다

* 쥐꼬리만하다 ⇨ 수량·정도·금액이 적다, 적다

* 쥐똥 같다 ⇨ 보잘것없다

* 쥐불알 같다 ⇨ 보잘것없다

* 쥐뿔 같다 ⇨ 보잘것없다

* 쥐좆 같다 ⇨ 보잘것없다

* 쥐좆만하다 ⇨ (물건의 모양이)작다, (매우) 작다

* 즉급(即急)하다 ⇨ 성급하다

* 즐겁다 ⇨ 좋다, (맛이)달다, (별스러워)재미있다, 재미있다, 고소하다, 기쁘다, 유쾌하다,
    즐겁고 기쁘다

* 즐비하다 ⇨ 대단히 많다, 많다

* 증상(憎狀)스럽다 ⇨ 밉살스럽다

* 증(憎)하다 ⇨ 보기 흉하다

* 지각머리없다 ⇨ 어려서 철이 없다, 철(이) 없다

* 지각(知覺)없다 ⇨ 어려서 철이 없다, 철(이) 없다
* 지각(遲刻)하다 ⇨ 늦다
* 지겹다 ⇨ 마음이 갑갑하다
* 지근(至近)하다 ⇨ (바로)가깝다, 거리가 가깝다
* 지긋지긋하다 ⇨ (매우) 싫다, 진저리나다
* 지꺼분하다 ⇨ 어딘지 모르게 좀 지저분하다
* 지껄하다 ⇨ 소리가 커서 시끄럽다, 시끄럽다, (좀) 시끄럽다
* 지나다 ⇨ 늦다
* 지나치다 ⇨ (매우) 심하다, 정도가 (너무) 심하다
* 지독하다 ⇨ (매우) 무섭다, 악착스럽다, 어딘지 모르게 무섭다, 보기에 끔찍하다
* 지둥치듯하다 ⇨ 소란하다, 원인 모르게 소란하다
* 지루하다 ⇨ 따분하다, 마음이 갑갑하다, 무료하다
* 지리하다 ⇨ 따분하다
* 지망(志望)하다 ⇨ 바라다
* 지엄(至嚴)하다 ⇨ (매우) 엄하다
* 지원(志願・至願)하다 ⇨ 바라다
* 지저분하다 ⇨ 누추하다, 모습이 추하다, 불결(不潔)하다, 상스럽다, 세상이 어수선하다,
        어쩐지 더럽다, (좀) 더럽다, 지저분하게 더럽다, 추악하다, 추하다
* 지지하다 ⇨ (매우) 시시하다
* 지참(遲參)하다 ⇨ 늦다
* 지천(至賤)이다 ⇨ 대단히 많다, 많다
* 지치다 ⇨ 피로하여 노곤하다, 몸이 노곤하다, 피로하다
* 지혜(知慧)롭다 ⇨ 영리하다, 재치있다, 현명하다
* 진득하다 ⇨ 무겁다
* 진부(陳腐)하다 ⇨ 낡았다(낡다)
* 진실(眞實)하다 ⇨ 착실하다
* 진저리 나다 ⇨ 질력나다
* 진절머리 나다 ⇨ 진저리나다
* 진중(鎭重)하다 ⇨ 점잖다
* 진진(津津)하다 ⇨ 맛있다
* 진진하다 ⇨ 끊임없다
* 진하다 ⇨ (빛깔이나 맛이)너무 짙다, 농후하다, 색이 짙다, 짙다
* 질기다 ⇨ 깐깐하다, 악착스럽다, 억세다
* 질깃질깃하다 ⇨ 자늑자늑하고 질기다
* 질깃하다 ⇨ 자늑자늑하고 질기다

* 질리다 ⇨ 질력나다
* 질식(窒息)하다 ⇨ 숨이 막히다
* 짐짐하다 ⇨ 꺼림칙하다, 마음속으로 꺼림칙하다
* 집적거리다 ⇨ 주제넘게 참견하다
* 집적대다 ⇨ 주제넘게 참견하다
* 집적집적하다 ⇨ 주제넘게 참견하다
* 집채 같다 ⇨ 크다, 무척(엄청나게)크다
* 짓궂다 ⇨ 익살스럽다
* 짓적다 ⇨ 면목없다
* 징그럽다 ⇨ 보기 흉하다
* 징철(澄徹)하다 ⇨ 맑다
* 징청(澄清)하다 ⇨ 깨끗하다, 맑다
* 짙다 ⇨ 농후하다, 진하다
* 짜다 ⇨ (아주) 인색하다, 돈만 따지며 인색하다
* 짜득짜득하다 ⇨ 자늑자늑하고 질기다
* 짜이다 ⇨ (어울리는 모양)잘 어울리다, 어울리다
* 짠하다 ⇨ 기분이 언짢다
* 짧다 ⇨ (바로)가깝다, 거리가 가깝다, 빠르다, 얕다
* 짧다랗다 ⇨ 길이가 짧다
* 짭조름하다 ⇨ 짭짤하다
* 짭짝찮다 ⇨ (취미·성품이)천하다, 모습이 추하다, 지위나 신분이 천하다, 추하다
* 짭짤하다 ⇨ (어울리는 모양)잘 어울리다, 어울리다, 짜다
* 짭짭하다 ⇨ 맛있다
* 짱짱하다 ⇨ 마음이 굳세다
* 째다 ⇨ (물건의 모양이)작다, (매우) 작다, 부족하다
* 쨍쨍거리다 ⇨ 시끄럽게 잔소리하다
* 쨍쨍대다 ⇨ 시끄럽게 잔소리하다
* 쪼들리다 ⇨ 가난하다
* 쫄깃쫄깃하다 ⇨ 자늑자늑하고 질기다
* 찌는 듯하다 ⇨ 무덥다
* 찌다 ⇨ 괴롭도록 덥다(또 그렇게 보이다), 덥다
* 찌득찌득하다 ⇨ 자늑자늑하고 질기다
* 찌무룩하다 ⇨ 우울하다
* 찌뿌둥하다 ⇨ 우울하다
* 찌뿌드드하다 ⇨ 우울하다

* 찐하다 ⇨ 기분이 언짢다
* 찔깃찔깃하다 ⇨ 자늑자늑하고 질기다
* 찔리다 ⇨ 낯간지럽다
* 찝찔하다 ⇨ 짜다, 짭짤하다
* 찡찡거리다 ⇨ 시끄럽게 잔소리하다
* 찡찡대다 ⇨ 시끄럽게 잔소리하다
* 차갑다 ⇨ (냉담한 모양)냉담하다
* 차겁다 ⇨ 차갑다
* 차끈하다 ⇨ 차갑다
* 차다 ⇨ (냉담한 모양)냉담하다, 차갑다, 썰렁하다, 으스스 춥다, 춥다
* 차분하다 ⇨ 얌전하다
* 차지다 ⇨ 깐깐하다
* 착박(窄迫)하다 ⇨ 비좁다
* 착살스럽다 ⇨ 좀스럽다
* 착살하다 ⇨ 좀스럽다
* 착소(窄小)하다 ⇨ 비좁다
* 착실하다 ⇨ 성실하다
* 착하다 ⇨ 좋다, 나이가 어려 순진하다, 매우 순진하다, 부드럽다, 선량하다, 온순하다, 유순하다
* 찬란(燦爛)하다 ⇨ 빛나다, (정도가) 눈부시다
* 찬찬하다 ⇨ 위엄 있고 침착하다, 침착하다
* 참되다 ⇨ 나이가 어려 순진하다, 매우 순진하다, 바르다, 헝클어지지 않고 바르다
* 참신(斬新)하다 ⇨ (아주) 새롭다
* 창결(悵欠·悵缺)하다 ⇨ 서운하다
* 창락(暢樂)하다 ⇨ 유쾌하고 즐겁다, 즐겁다
* 창무(暢茂)하다 ⇨ (초목이)무성하다, 초목 따위가 크고 무성하다, 풀이 무성하다
* 창백(蒼白)하다 ⇨ 해쓱하다
* 창연(敞然)하다 ⇨ 시원하다
* 창연(愴然·悵然)하다 ⇨ 마음대로 안 되어 슬프다, 슬프다, 어쩐지 슬프다
* 창적(暢適)하다 ⇨ 유쾌하고 즐겁다, 즐겁다
* 창창(愴愴)하다 ⇨ 마음대로 안 되어 슬프다, 슬프다, 어쩐지 슬프다
* 창창(滄滄)하다 ⇨ 푸르다
* 창쾌(暢快)하다 ⇨ 시원하다
* 창피하다 ⇨ 뜨겁다, 열없다, 간지럽다, 꺼림칙하다, 어쩐지 부끄럽다, 조금(좀) 부끄럽다, 타인에 대하여 부끄럽다

* 창하다 ⇨ 배가 부르다
* 처량(凄涼)하다 ⇨ 마음대로 안 되어 슬프다, 불쌍하다, 슬프다, 어쩐지 슬프다, 눈물겹다, 따분하다, 청승맞다
* 처연(凄然)하다 ⇨ 처량하다
* 처음이다 ⇨ (아주) 새롭다
* 처절(凄切・悽絶)하다 ⇨ 처량하다
* 처지다 ⇨ 뒤떨어지다
* 처창(悽愴)하다 ⇨ 처량하다
* 처처(萋萋)하다 ⇨ (초목이)무성하다, 처량하다, 초목 따위가 크고 무성하다, 풀이 무성하다
* 척박(瘠薄)하다 ⇨ (정신이나 태도가)거칠다, (매우) 거칠다
* 천근(千斤)같다 ⇨ 무겁다
* 천단(浅短)하다 ⇨ 얕다
* 천만미안하다 ⇨ 미안하다
* 천박(浅薄)하다 ⇨ (빛깔 등이)지나치게 야하다, 경박(軽薄)하다, 야하다, 얕다
* 천속(賎俗)하다 ⇨ (취미・성품이)천하다, 지위나 신분이 천하다
* 천양무궁(天壤無窮)하다 ⇨ 끝(이) 없다
* 천연덕스럽다 ⇨ 태연하다
* 천연스럽다 ⇨ 태연하다
* 천지무궁하다 ⇨ 끝(이) 없다
* 천진스럽다 ⇨ 천진난만하다
* 천착(舛錯)스럽다 ⇨ 상스럽다
* 천착(舛錯)하다 ⇨ 상스럽다
* 천천하다 ⇨ 느리다, 늦다, 동작이 느리다. 완만하다
* 천(賎)하다 ⇨ (빛깔 등이)지나치게 야하다, 상스럽다, 야비하다, 야하다, 저속하다, 난잡하다, 모습이 추하다, 추하다
* 천학(浅学)하다 ⇨ 길이가 짧다
* 철두철미(徹頭徹尾)하다 ⇨ 빈틈없다
* 철모르다 ⇨ 어려서 철이 없다, 철(이) 없다
* 철벽(鉄壁)같다 ⇨ 튼튼하다
* 철부(轍鮒)같다 ⇨ 고생스럽다
* 청결(清潔)하다 ⇨ 깨끗하다
* 청랑(晴朗)하다 ⇨ 맑다
* 청랭(清冷)하다 ⇨ 시원하다
* 청량(清亮)하다 ⇨ 맑다

* 청명(淸明)하다 ⇨ 맑다
* 청상(靑爽)하다 ⇨ 시원하다
* 청색이다 ⇨ 푸르다
* 청순(淸純)하다 ⇨ 깨끗하다
* 청승궂다 ⇨ 처량하다
* 청승스럽다 ⇨ 청승맞다
* 청신(淸新)하다 ⇨ 깨끗하다, 마음이 산뜻하다
* 청아(淸雅)하다 ⇨ 맑다
* 청염(淸艶)하다 ⇨ (여자가)아름답다, 단정하고 아름답다, 매력이 있어 아름답다, 빛나서
       아름답다, 용모가 아름답다, 화려하고 아름답다
* 청절(淸絶)하다 ⇨ 깨끗하다
* 청정무구(淸浄無垢)하다 ⇨ 깨끗하다
* 청정(淸浄)하다 ⇨ 깨끗하다, 맑다
* 청징(淸澄)하다 ⇨ 깨끗하다, 맑다
* 청처짐하다 ⇨ 느슨하다
* 청청(淸淸)하다 ⇨ 맑다, 푸르다
* 청초(淸楚)하다 ⇨ 깨끗하다
* 청허(淸虛)하다 ⇨ 깨끗하다
* 체면없다 ⇨ (두께가 있는 것)두껍다, 두껍다
* 초각하다 ⇨ 성미가 까다롭다, (좀) 까다롭다
* 초급(峭急)하다 ⇨ 성급하다
* 초라하다 ⇨ 궁상맞다, 볼품이 없다
* 초략(草略)하다 ⇨ (정신이나 태도가)거칠다, (매우) 거칠다
* 초로(草露)같다 ⇨ 허무하다
* 초름하다 ⇨ 부족하다
* 초솔(草率)하다 ⇨ (정신이나 태도가)거칠다, (매우) 거칠다
* 초유(初有)이다 ⇨ (아주) 새롭다
* 초조(焦燥)하다 ⇨ 숨이 막히다
* 초창(怊愴)하다 ⇨ 마음대로 안 되어 슬프다, 슬프다, 어쩐지 슬프다
* 촉급(促急)하다 ⇨ 급하다
* 촉새 같다 ⇨ 경박(輕薄)하다
* 촌티나다 ⇨ (촌스러운 모양)촌스럽다
* 촐랑거리다 ⇨ 까불다
* 촘촘하다 ⇨ 가늘다, 정밀하다, 빽빽하다
* 총급하다 ⇨ 급하다

* 추레하다 ⇨ 초라하다, 초췌하여 초라하다
* 추루(醜陋)하다 ⇨ 누추하다, 어쩐지 더럽다, (좀) 더럽다, 지저분하게 더럽다
* 추상(秋霜)같다 ⇨ 매섭다, (매우) 엄하다
* 추악(醜惡)하다 ⇨ 모습이 추하다, 어쩐지 더럽다, (좀) 더럽다, 지저분하게 더럽다, 추하다
* 추억(追憶)하다 ⇨ 그리워하다
* 추연(惆然)하다 ⇨ 마음대로 안 되어 슬프다, 슬프다, 어쩐지 슬프다
* 추오(醜汚)하다 ⇨ 어쩐지 더럽다, (좀) 더럽다, 지저분하게 더럽다
* 추잡(醜雜)스럽다 ⇨ 어쩐지 더럽다, (좀) 더럽다, 지저분하게 더럽다
* 추잡(醜雜)하다 ⇨ 모습이 추하다, 어쩐지 더럽다, (좀) 더럽다, 지저분하게 더럽다, 추하다
* 추저분스럽다 ⇨ 어쩐지 더럽다, (좀) 더럽다, 지저분하게 더럽다
* 추저분하다 ⇨ 어쩐지 더럽다, (좀) 더럽다, 지저분하게 더럽다
* 추접스럽다 ⇨ 어쩐지 더럽다, (좀) 더럽다, 지저분하게 더럽다
* 추접지근하다 ⇨ 어쩐지 더럽다, (좀) 더럽다, 지저분하게 더럽다
* 추접하다 ⇨ 어쩐지 더럽다, (좀) 더럽다, 지저분하게 더럽다
* 추하다 ⇨ 불결(不潔)하다, 추악하다, (매우) 밉다, 어딘지 모르게 좀 지저분하다, 어쩐지
        더럽다, 얼굴만 보아도 밉다, (좀) 더럽다, 지저분하게 더럽다
* 추회(追懷)하다 ⇨ 그리워하다
* 축저(築底)하다 ⇨ (매우) 훌륭하다
* 출중(出衆)하다 ⇨ 뛰어나다, (몹시) 대단하다
* 출출하다 ⇨ 배(가) 고프다
* 춥다 ⇨ 차갑다, 낮다, 도수나 정도가 낮다, 썰렁하다, 음산하다
* 충담(沖澹)하다 ⇨ 깨끗하다
* 충충(衝衝)하다 ⇨ 마음이 조급하다, 조급하다
* 취미(趣味)없다 ⇨ 맛이 없다
* 취약(脆弱)하다 ⇨ 가냘프고 약하다, 가냘프다, 약하다
* 측루(側陋)하다 ⇨ 장소가 좁다, 좁다
* 측은(惻隱)하다 ⇨ 가엾다, 불쌍하다
* 측편(側扁)하다 ⇨ 납작하고 얇다
* 치가 떨리다 ⇨ 분하다
* 치매(痴呆)하다 ⇨ (매우) 어리석다
* 치발부장(齒髮不長)이다 ⇨ (비유적으로)(아직) 어리다
* 치발불급(齒髮不及)이다 ⇨ (비유적으로)(아직) 어리다
* 치사(恥事)하다 ⇨ 쩨쩨하다, 치사스럽다
* 치유(稚幼)하다 ⇨ 유치하다
* 치취(馳驟)하다 ⇨ 빠르다

* 친근(親近)하다 ⇨ 친하다, 허물없다, 허물없이 친하다, 사이가 좋다
* 친밀(親密)하다 ⇨ (바로)가깝다, 거리가 가깝다, 친하다, 허물없다, 허물없이 친하다
* 친절하다 ⇨ 부드럽다
* 친하다 ⇨ 좋다, (바로)가깝다, 친밀하다, 거리가 가깝다, 사이가 좋다, 친숙하다, 허물없다
* 친하지 않다 ⇨ 거리적·시간적으로 멀다, 멀다
* 친화(親和)하다 ⇨ 친하다, 허물없이 친하다
* 칠칠하다 ⇨ 깨끗하다, 민첩하다, 손끝의 움직임이 민첩하다, 윤이 나고 싱싱하다
* 침음(沈陰)하다 ⇨ 음산하다
* 침침(駸駸)하다 ⇨ 빠르다, 희미하다
* 칭찬(稱讚)할 만하다 ⇨ (매우) 훌륭하다
* 칼칼하다 ⇨ 맵다
* 캄캄하다 ⇨ (약간) 어둡다
* 컬컬하다 ⇨ 맵다
* 코리타분하다 ⇨ 고리타분하다
* 코리탑탑하다 ⇨ 고리타분하다
* 쾌활(快活)하다 ⇨ 명랑하다, 시원하다
* 퀴퀴하다 ⇨ 고리타분하다
* 크넓다 ⇨ (집·장소가)넓다, 면적이 넓다
* 크다 ⇨ 굉장하다, 놀랄 정도로 굉장하다, (몹시) 대단하다, 무겁다, 비대(肥大)하다, 성
       대하다, 헐겁다
* 타끈스럽다 ⇨ (아주) 인색하다, 돈만 따지며 인색하다
* 타끈하다 ⇨ (아주) 인색하다, 돈만 따지며 인색하다
* 타당(妥当)하다 ⇨ 값이 싸다, 알맞다
* 타분하다 ⇨ 고리타분하다
* 타태(惰怠)하다 ⇨ 게으르다
* 탁월(卓越)하다 ⇨ 높다, 뛰어나다
* 탁(濁)하다 ⇨ (생각이나 행동이)둔하다, 감각이나 동작이 둔하다, 부옇다
* 탄탄하다 ⇨ 튼튼하다
* 탄하다 ⇨ 주제넘게 참견하다
* 탈없다 ⇨ 걱정없다, 무사하다, 안전하다
* 탐나다 ⇨ 부럽다
* 탐탁찮다 ⇨ 짜다
* 탐탁치 않다 ⇨ 무료하다
* 태만(怠慢)하다 ⇨ 게으르다
* 태없다 ⇨ 예의 바르고 겸손하다

* 태연스럽다 ⇨ 태연하다
* 태연자약(泰然自若)하다 ⇨ 위엄 있고 침착하다, 침착하다
* 태타(怠惰)하다 ⇨ 게으르다
* 터무니없다 ⇨ 덧없다
* 터분하다 ⇨ 고리타분하다
* 텅 비다 ⇨ 덩그렇다, 없다, 허무하다, 깨끗하다
* 텅텅 비다 ⇨ 덩그렇다
* 테석테석하다 ⇨ (정신이나 태도가)거칠다, (매우) 거칠다
* 토심스럽다 ⇨ (대단히) 불쾌하다
* 톡톡하다 ⇨ (두께가 있는 것)두껍다, 두껍다
* 투미하다 ⇨ (생각이나 행동이)둔하다, 감각이나 동작이 둔하다, 둔하다
* 투박하다 ⇨ 매정하다, 튼튼하다
* 툭툭하다 ⇨ (두께가 있는 것)두껍다, 두껍다
* 퉁명스럽다 ⇨ (애교·동정심이 없는 모양)무뚝뚝하다, (정신이나 태도가)거칠다, (매우)
    거칠다, 무디다
* 퉁명하다 ⇨ 불친절하다
* 퉁어리적다 ⇨ 어려서 철이 없다, 철(이) 없다
* 퉁퉁하다 ⇨ 뚱뚱하다
* 특별나다 ⇨ 변경되어 지금까지와는 다르다
* 특별(特別)하다 ⇨ 변경되어 지금까지와는 다르다
* 특출(特出)나다 ⇨ 뛰어나다
* 튼실하다 ⇨ 견고하다, 튼튼하다
* 튼튼하다 ⇨ 건강하다, 견고하다, 굳다, 단단하다, 마음이 굳세다, 억세다
* 틀리다 ⇨ 그르다, 변경되어 지금까지와는 다르다
* 틀림없다 ⇨ (서로) 같다, 견고하다, 명확하다, 확실하다
* 틀지다 ⇨ (매우) 엄하다
* 티없다 ⇨ 깨끗하다
* 파겁(破怯)하다 ⇨ 대담하다
* 파다(頗多)하다 ⇨ (대단히) 많다
* 파르께하다 ⇨ 해쓱하다
* 파리하다 ⇨ 해쓱하다
* 판설다 ⇨ 서투르다
* 판판하다 ⇨ 납작하고 얇다
* 팔팔하다 ⇨ 급하다, (아직) 생생하다
* 패만(悖慢)하다 ⇨ (정신이나 태도가)거칠다, (매우) 거칠다

* 팽만(膨滿)하다 ⇨ 배가 부르다
* 팽배롭다 ⇨ 괴상하다
* 편안(便安)하다 ⇨ 편하다
* 편협(偏狹)하다 ⇨ (물건의 모양이)작다, (매우) 작다, 장소가 좁다, 좁다
* 평안(平安)하다 ⇨ (빛깔·맛 등이)담담하다, 무사하다
* 평온(平穩)하다 ⇨ (빛깔·맛 등이)담담하다, 무사하다
* 평이(平易)하다 ⇨ 쉽다
* 평화롭다 ⇨ 무사하다, 안전하다
* 폐롭다 ⇨ 매우 귀찮다, (몹시) 귀찮다(성가시다), 성미가 까다롭다, 좀 귀찮다, (좀) 까
      다롭다
* 포만(飽滿)하다 ⇨ 배가 부르다
* 표독(慓毒)하다 ⇨ 독살스럽다
* 표(表)차롭다 ⇨ 모(가) 나다
* 푸르께하다 ⇨ 푸르다
* 푸르데데하다 ⇨ 푸르다
* 푸르스름하다 ⇨ 푸르다
* 푸르죽죽하다 ⇨ 푸르다
* 푹 삶기다 ⇨ 무르다
* 푹익다 ⇨ 무르다
* 푹하다 ⇨ 따뜻하다
* 푼더분하다 ⇨ (복덕이 많은 모양)복스럽다
* 품위(品位)없다 ⇨ 조잡(粗雜)하다
* 품위(品位)있다 ⇨ 점잖다
* 풍부(豊富)하다 ⇨ (집·장소가)넓다, (대단히) 많다, 면적이 넓다
* 풍족(豊足)하다 ⇨ (대단히) 많다, 두툼하다
* 풍치다 ⇨ 과장하다
* 피곤(疲困)하다 ⇨ 피로하여 노곤하다, 나른하다, 몸이 노곤하다
* 피날하다 ⇨ 나른하다
* 피로(疲勞)하다 ⇨ 지치다, 피로하여 노곤하다, 몸이 노곤하다
* 피연(疲軟)하다 ⇨ 나른하다
* 피하다 ⇨ 꺼리다
* 필요하다 ⇨ (아주) 새롭다, 그립다, 사람이 그립다, 어쩐지 그립다
* 핏기 없다 ⇨ 해쓱하다
* 핏빛 같다 ⇨ 붉다
* 하기 싫다 ⇨ (매우) 싫다

* 하는 수 없다 ⇨ 할 수(가) 없다
* 하리망당하다 ⇨ 흐리멍덩하다
* 하무뭇하다 ⇨ 깊고 흐뭇하다
* 하뭇하다 ⇨ 깊고 흐뭇하다
* 하얗다 ⇨ (안색이)창백하다, 눈빛같이 회다, 창백하다
* 하잖다 ⇨ (매우) 시시하다
* 하전하다 ⇨ 있을 것이 없어서 허전하다
* 하찮다 ⇨ 보잘것없다, (물건의 모양이)작다, (매우) 작다, 사소하다, 우습다
* 한가지다 ⇨ (서로) 같다
* 한결같다 ⇨ (서로) 같다
* 한랭(寒冷)하다 ⇨ 차갑다, 으스스 춥다, 춥다
* 한심스럽다 ⇨ 한심하다
* 한심하다 ⇨ 노랗다
* 한(限)없다 ⇨ 끝(이) 없다, 무한하다
* 한유(罕有)하다 ⇨ 드물다
* 할 수 없다 ⇨ 도리(가) 없다, 하는 수 없다
* 할 일 없다 ⇨ 할 일이 없어 심심하다
* 할겁다 ⇨ 헐겁다
* 할랑하다 ⇨ 헐겁다
* 함박만하다 ⇨ 크다, 무척(엄청나게)크다
* 합당(合當)치 않다 ⇨ 당치도 않다
* 합당(合當)하다 ⇨ 알맞다
* 합동(合同)이다 ⇨ (서로) 같다
* 합치다 ⇨ (어울리는 모양)잘 어울리다, 어울리다
* 해롭다 ⇨ 나쁘다
* 해롱거리다 ⇨ 까불다
* 해롱대다 ⇨ 까불다
* 해롱해롱하다 ⇨ 까불다
* 해말갛다 ⇨ 눈빛같이 회다
* 해박하다 ⇨ 광범위하다
* 해쓱하다 ⇨ (안색이)창백하다, 창백하다
* 해지다 ⇨ 낡았다(낡다)
* 해타(懈惰 · 懈怠)하다 ⇨ 게으르다
* 향긋하다 ⇨ 향기롭다
* 허곽(虛廓)하다 ⇨ 있을 것이 없어서 허전하다

* 허기지다 ⇨ 배(가) 고프다
* 허다하다 ⇨ (대단히) 많다
* 허무(虛無)하다 ⇨ 무상(無常)하다, 덧없다
* 허박(虛薄)하다 ⇨ 약하다
* 허소(虛疎)하다 ⇨ 있을 것이 없어서 허전하다
* 허수하다 ⇨ 있을 것이 없어서 허전하다
* 허술하다 ⇨ 초라하다, 초췌하여 초라하다
* 허약(虛弱)하다 ⇨ 무르다, 약하다
* 허옇다 ⇨ 눈빛같이 희다
* 허우룩하다 ⇨ 있을 것이 없어서 허전하다
* 허전하다 ⇨ 울적하다
* 허출하다 ⇨ 배(가) 고프다
* 허풍거리다 ⇨ 경망하다
* 허풍대다 ⇨ 경망하다
* 허풍 떨다 ⇨ 과장하다
* 허하다 ⇨ 배(가) 고프다, 텅 비다
* 허확(虛廓)하다 ⇨ 있을 것이 없어서 허전하다
* 헉하다 ⇨ 지치다
* 헌거(軒擧)롭다 ⇨ 덩그렇다
* 헌칠하다 ⇨ 크다, 무척(엄청나게)크다, 건장하다
* 헐값이다 ⇨ 값이 싸다
* 헐겁다 ⇨ 느슨하다
* 헐다 ⇨ 낡았다(낡다)
* 헐렁하다 ⇨ 헐겁다
* 헐하다 ⇨ 값이 싸다
* 험하다 ⇨ (정신이나 태도가)거칠다, (매우) 거칠다
* 헛김나다 ⇨ 맥빠지다
* 헛되다 ⇨ 텅 비다
* 헛헛하다 ⇨ 배(가) 고프다
* 헤먹다 ⇨ 헐겁다
* 헤아릴 수 없다 ⇨ (대단히) 많다
* 현기(眩気)가 나다 ⇨ 어지럽다
* 현기증(眩気症)나다 ⇨ 어지럽다
* 현란(絢爛)하다 ⇨ 눈부시다, 정도가 눈부시다
* 현란(眩乱)하다 ⇨ 세상이 어수선하다

* 현량(賢良)하다 ⇨ 착하다
* 현목(眩目)하다 ⇨ 눈부시다, 정도가 눈부시다
* 현현(玄玄)하다 ⇨ 그윽하다, 아취(雅趣)가 있어 그윽하다
* 혈기왕성(血気旺盛)하다 ⇨ (매우) 젊다
* 혐오하다 ⇨ 꺼리다
* 혐탄(嫌憚)하다 ⇨ 꺼리다
* 협량(狭量)하다 ⇨ 장소가 좁다, 좁다
* 협소(狭小)하다 ⇨ 비좁다, 장소가 좁다, 좁다
* 형영상조(形影相弔)하다 ⇨ 쓸쓸하고 외롭다, 짝이 없어 외롭다
* 형형(炯炯)하다 ⇨ 빛나다
* 호도깝스럽다 ⇨ 경망하다
* 호되다 ⇨ (매우) 심하다, 정도가 (너무) 심하다
* 호듯하다 ⇨ 가냘프고 약하다, 가냘프다
* 호리호리하다 ⇨ 날씬하다
* 호적하다 ⇨ 쓸쓸하다, 어쩐지 쓸쓸하다
* 호준(毫俊)하다 ⇨ 뛰어나다
* 호화롭다 ⇨ 화려하다
* 혹박(酷薄)하다 ⇨ 박정하다
* 혹사(酷似)하다 ⇨ 닮았다
* 혹초(酷肖)하다 ⇨ 닮았다
* 혼란(混乱)하다 ⇨ 어지럽다
* 혼몽하다 ⇨ 흐리멍덩하다, 몽롱하다
* 혼미(昏迷)하다 ⇨ 어지럽다, 흐리멍덩하다
* 혼잡(混雑)하다 ⇨ 뒤숭숭하다, 붐비다, 어지럽다
* 홀가분하다 ⇨ (무게가)가볍다, 경쾌하다, (매우) 가볍다
* 홀미죽죽하다 ⇨ 흐리멍덩하다
* 홀하다 ⇨ 경박(軽薄)하다
* 홍연(弘淵)하다 ⇨ (집·장소가)넓다, 면적이 넓다
* 화나다 ⇨ 화가 나다, 못마땅하다
* 화딱지 나다 ⇨ 화(가) 나다
* 화려(華麗)하다 ⇨ 눈부시다, 정도가 눈부시다
* 화목(和睦)하다 ⇨ 좋다
* 화창(和暢)하다 ⇨ 맑다
* 화호(和好)하다 ⇨ 친하다, 허물없이 친하다
* 확고(確固)하다 ⇨ 굳다, 마음이 굳세다

* 확부(涸鮒)같다 ⇨ 고생스럽다
* 확실(確実)치 않다 ⇨ 미지근하다, 덧없다, 불확실하다
* 확실(確実)하다 ⇨ 견고하다, 틀림이 없다
* 확철부어(涸轍鮒漁)같다 ⇨ 고생스럽다
* 확철지어(涸轍之魚)같다 ⇨ 고생스럽다
* 환하다 ⇨ 밝다
* 환히 알다 ⇨ 정통(精通)하다
* 활기(活気)있다 ⇨ 명랑하다
* 활발하다 ⇨ 명랑하다, 시원하다
* 활현(活現)하다 ⇨ (아직) 생생하다
* 황겁(惶怯)하다 ⇨ 두렵다, 어쩐지 두렵다
* 황망(遑忙)하다 ⇨ 공연히 바쁘다, 바쁘다
* 황폐(荒廃)하다 ⇨ (정신이나 태도가)거칠다, (매우) 거칠다, 처량하다
* 황(荒)하다 ⇨ (정신이나 태도가)거칠다, (매우) 거칠다
* 황홀(恍惚)하다 ⇨ 눈부시다, 정도가 눈부시다
* 회맹(晦盲)하다 ⇨ (약간) 어둡다
* 회명(晦冥)하다 ⇨ (약간) 어둡다
* 회피(回避)하다 ⇨ 꺼리다
* 회(晦)하다 ⇨ (약간) 어둡다
* 효과(效果)없다 ⇨ 보람없다
* 효력(效力)있다 ⇨ 좋다
* 효예(驍鋭)하다 ⇨ 날카롭다
* 효험(效験)있다 ⇨ 좋다
* 후더분하다 ⇨ 후덥지근하게 덥다
* 후덥지근하다 ⇨ 무덥다, 후덥지근하게 덥다
* 후련하다 ⇨ 시원하다
* 후박(厚朴)하다 ⇨ 후하다
* 후안무치(厚顔無恥)하다 ⇨ (신경이 둔하고 뻔뻔스런 모양)뻔뻔스럽다, 대담하고 뻔뻔스럽다, (몹시) 뻔뻔스럽다, 밉살스러울 만큼 뻔뻔스럽다
* 후안(厚顔)하다 ⇨ (신경이 둔하고 뻔뻔스런 모양)뻔뻔스럽다, 대담하고 뻔뻔스럽다, (몹시) 뻔뻔스럽다, 밉살스러울 만큼 뻔뻔스럽다
* 후터분하다 ⇨ 후덥지근하게 덥다
* 훌륭하다 ⇨ 좋다, (가르침 등이)거룩하다, 굉장하다, 멋지다, 그럴 듯하다, 놀랄 정도로 굉장하다, 높다, 매우 고귀하다, (몹시) 대단하다, 위대하다
* 훤소(喧騷)하다 ⇨ 떠들썩하다, 왠지 떠들썩하다

* 훤칠하다 ⇨ 건장하다
* 휑하다 ⇨ 텅 비다
* 휘광(輝光)하다 ⇨ 빛나다
* 휘요(煇耀)하다 ⇨ 빛나다
* 휴미(休美)하다 ⇨ (여자가)아름답다, 단정하고 아름답다, 매력이 있어 아름답다, 빛나서
　　　아름답다, 용모가 아름답다, 화려하고 아름답다
* 휴태(休怠)하다 ⇨ 게으르다
* 흉악하다 ⇨ 나쁘다
* 흉하다 ⇨ (좀) 더럽다, (재치가 없고 멋이 없어 보이는 모양)멋이없고 딱딱하다, 불길하
　　　다, 겁다, 나쁘다, 어쩐지 더럽다, 지저분하게 더럽다
* 흉헙다 ⇨ 보기 흉하다
* 흉흉(洶洶)하다 ⇨ 세상이 어수선하다
* 흐놀다 ⇨ 그리워하다
* 흐리다 ⇨ (빛깔·맛 등이)엷다, (색깔·모양이)매우 엷다, 몹시 음침하다, 엷다, 음산하다,
　　　흐리멍덩하다
* 흐리마리하다 ⇨ 흐리멍덩하다
* 흐리멍덩하다 ⇨ 희미하다
* 흐리멍텅하다 ⇨ 고리타분하다, 몽롱하다
* 흐리터분하다 ⇨ 고리타분하다, 흐리멍덩하다, 희미하다
* 흐릿하다 ⇨ 몽롱하다, 음산하다, 희미하다
* 흐무뭇하다 ⇨ 깊고 흐뭇하다
* 흐뭇하다 ⇨ 유쾌하고 즐겁다, 즐겁다
* 흐지부지하다 ⇨ (매우) 시시하다
* 흔들리다 ⇨ 까불다
* 흔치 않다 ⇨ 드물다
* 흔하다 ⇨ (취미·성품이)천하다, 대단히 많다, 많다, 비근하다, 지위나 신분이 천하다
* 흠뻑 익다 ⇨ 무르다
* 흡만(洽滿)하다 ⇨ 원만하다
* 흡사(恰似)하다 ⇨ (서로) 같다
* 흡족(洽足)치 않다 ⇨ 못마땅하다
* 흡족(洽足)하다 ⇨ 좋다, 원만하다, 깊고 흐뭇하다
* 흥겹다 ⇨ 유쾌하고 즐겁다, 즐겁다
* 흥(興)깨지다 ⇨ 맥빠지다
* 흥미롭다 ⇨ (별스러워)재미있다, 재미있다
* 흥미(興味)없다 ⇨ (매우) 시시하다, 맛이 없다, 재미없다

* 흥미(興味)있다 ⇨ 맛있다, (별스러워)재미있다, 재미있다
* 흥야 항야하다 ⇨ 주제넘게 참견하다
* 흥이야 항이야하다 ⇨ 주제넘게 참견하다
* 흥하다 ⇨ 흥성하다
* 희귀(稀貴)하다 ⇨ 귀하다
* 희다 ⇨ 결백(潔白)하다
* 희디희다 ⇨ 눈빛같이 희다
* 희룽거리다 ⇨ 까불다
* 희멀겋다 ⇨ 눈빛같이 희다
* 희미하다 ⇨ 몽롱하다, 흐리멍덩하다
* 희박(稀薄)하다 ⇨ 드물다
* 희소(稀少)하다 ⇨ 드물다
* 희유(稀有)하다 ⇨ 드물다
* 희읍스름하다 ⇨ 부옇다
* 희희낙락(喜喜楽楽)하다 ⇨ 유쾌하고 즐겁다, 즐겁다
* 힘겹다 ⇨ 무리하다
* 힘들다 ⇨ (고민하는 모양)괴롭다, 몸의 통증이나 열 때문에 참을 수 없이 괴롭다, 어렵다, 짓눌리는 것 같이 괴롭다
* 힘 많다 ⇨ 힘이 세다
* 힘빠지다 ⇨ 맥빠지다, 무겁다
* 힘세다 ⇨ 강하다
* 힘 쓰이다 ⇨ 힘들다
* 힘없다 ⇨ 무기력하다, 미약하다
* 힘 있다 ⇨ 강하다, 힘이 세다
* 힘지다 ⇨ 힘들다
* 힘차다 ⇨ 강하다, 날카롭다, 세차다, 힘이 세다

한일어 색인

* 가격 하락의 기미가 보이지 않다 ⇨ てがたい(手堅い)

* 가까이에 있다 ⇨ てぢかい

* 가까이에 있어 알기 쉽다 ⇨ てぢかい

* 가난하다 ⇨ いやしい(卑しい・賎しい), さびしい(寂しい・淋しい), しがない, まずしい
    (貧しい)

* 가냘프고 약하다 ⇨ ひよわい(ひ弱い)

* 가냘프다 ⇨ かぼそい(か細い), かよわい(か弱い), よわよわしい

* 가늘고 길다 ⇨ ひょろながい(ひょろ長い), ほそながい(細長い)

* 가늘다 ⇨ ほそい(細い)

* 가련하다 ⇨ あわれっぽい, いじらしい, いたいたしい(痛痛しい・傷傷しい), いたましい
    (痛ましい・傷ましい), いたわしい(労わしい), いとおしい, いとしい(愛しい)

* 가렵다 ⇨ かゆい(痒い)

* (가르침 등이)거룩하다 ⇨ ありがたい(有り難い)

* 가망이 없다 ⇨ いけない

* 가볍다 ⇨ やすい(安い①)

* 가슴 부근이 죄이는 것처럼 고통스럽다 ⇨ むなぐるしい(胸苦しい)

* 가슴이 답답하다 ⇨ いきぐるしい(息苦とい), むなぐるしい(胸苦しい)

* 가시가 돋친 모양 ⇨ とげとげしい(刺刺しい)

* 가엾다 ⇨ いじましい, いじらしい, いとしい(愛しい)

* 가지고 싶다 ⇨ ほしい(欲しい)

* 가치가 없다 ⇨ くだらない

* 가파르다 ⇨ けわしい(険しい・嶮しい)

* 간단하고 산뜻하다 ⇨ かるい(軽い)

* 간단하다 ⇨ おやすい(お安い), ちょろい, なまやさしい(生易しい), はやい(早い・速い),
    やさしい(易しい①), わけない

* 간단히(쉽게)알 수 있다 ⇨ わかりやすい

* 간사하다 ⇨ こすい(狡い)

* 간절하다 ⇨ せつない(切ない)

* 간지럽다 ⇨ くすぐったい(擽ったい), こそばゆい

* 감각이나 동작이 둔하다 ⇨ ぬくい(温い)

* 감사하다 ⇨ かたじけない(辱ない・忝ない)
* 감수성이 예민하다 ⇨ かんじやすい
* 갑자기 놀라게 하는 소리가 나다 ⇨ けたたましい
* 값어치가 없다 ⇨ こまかい(細かい)
* 값이 비싸다 ⇨ たかい(高い)
* 값이 싸다 ⇨ やすい(安い①・易い②)
* 값이 싼 듯하고 품격(品格)이 없다 ⇨ やすっぽい(安っぽい)
* 강경하다 ⇨ てづよい(手強い)
* 강하다 ⇨ きつい, こわい(強い②)
* 강하지 못하다 ⇨ よわい(弱い)
* 강한 빛에 눈부시다 ⇨ まばゆい(眩い)
* 갖고 있지 않다 ⇨ ない(無い)
* 같다 ⇨ おなじい(同じい)
* 개운치 않다 ⇨ おもい(重い)
* 거리가 가깝다 ⇨ ちかい(近い), ほどちかい(程近い)
* 거리가 길다 ⇨ とおい(遠い)
* 거리나 시간의 차가 꽤 있다 ⇨ ほどとおい(程遠い)
* 거리적・시간적으로 멀다 ⇨ まどおい(間遠い)
* 거만하다 ⇨ もったいらしい
* 거무스름하다 ⇨ あさぐろい(浅黒い)
* 거무스름한 검은빛을 띠다 ⇨ くろっぽい(黒っぽい)
* 거무죽죽하다 ⇨ どすぐろい(どす黒い)
* 거무칙칙하다 ⇨ どすぐろい(どす黒い)
* 거칠거칠하다 ⇨ あらい(粗い②)
* 거칠다 ⇨ あらあらしい(荒荒しい), あらっぽい(荒っぽい), てあらい(手荒い)
* 걱정스럽다 ⇨ うれわしい(憂わしい), きづかわしい(気遣わしい)
* 걱정없다 ⇨ だいじない
* 건강하다 ⇨ つよい(強い)
* 건강하지 못하다 ⇨ よわい(弱い)
* 건방지다 ⇨ とっぽい, ふとい(太い), しゃらくさい(酒落臭い)
* 건방진 소리를 하다 ⇨ くちはばったい(口幅ったい)
* 건장하다 ⇨ たくましい(逞しい)
* 걸맞지 않다 ⇨ そぐわない
* 걸핏하면 성내다 ⇨ おこりっぽい
* 검다 ⇨ かぐろい(か黒い), くろい(黒い)

* 검붉다 ⇨ あかぐろい(赤黒い)

* 검소하다 ⇨ つましい(倹しい)

* 검소하지만 깊은 맛이 있다 ⇨ しぶい(渋い)

* 검약하다 ⇨ つましい(倹しい)

* 검은색이다 ⇨ くろい(黒い)

* 검푸르다 ⇨ あおぐろい(青黒い)

* 겁낼 것 없다 ⇨ くみしやすい(与し易い)

* 게으르다 ⇨ まだるい(間怠い)

* 격렬하다 ⇨ こわい(強い②), するどい(鋭い), はやい(早い・速い)

* 격식을 차려 흐트러짐이 없다 ⇨ しかくい

* 격심하다(흔히 좋지 않은 뜻으로 씀) ⇨ はなはだしい

* 격의(隔意)없이 사귀다 ⇨ きがるい(気軽い)

* 견고하다 ⇨ こわい(強い②)

* 견딜 수가 없다 ⇨ しのびない(忍びない)

* 견실(堅実)하다 ⇨ ものがたい(物堅い)

* 결단력이 없다 ⇨ めめしい(女女しい)

* 결단성이 없고 애매하다 ⇨ にえきらない(煮え切らない)

* 결백(潔白)하다 ⇨ いさぎよい(潔い), きよい(清い)

* 결핍하다 ⇨ とぼしい(乏しい)

* 결혼 상대가 잘 나타나지 않다 ⇨ えんどおい(縁遠い)

* 겸연쩍다 ⇨ きまりわるい, こはずかしい

* 경망하다 ⇨ かろがろしい

* 경박하고 조심성이 없다 ⇨ はしたない(端たない)

* 경박(軽薄)하다 ⇨ あわあわしい, かろがろしい

* 경사롭다 ⇨ おめでたい(御目出度い・御芽出度い)

* 경사스럽다 ⇨ めでたい(芽出度い・目出度い), よろこばしい(喜ばしい・悦ばしい)

* 경솔하다 ⇨ かるい(軽い), かるがるしい(軽軽しい), かろがろしい, たやすい(容易い)

* 경쾌하다 ⇨ かるい(軽い)

* 경쾌하지 않다 ⇨ おもくるしい(重苦しい)

* 경하다 ⇨ かるい(軽い)

* 경험이 적고 아직 숙련되지 않다 ⇨ わかい(若い)

* 계면쩍다 ⇨ てれくさい(照れ臭い)

* 계집애 같다 ⇨ めめしい(女女しい)

* 고되다 ⇨ きつい, わりない(理無い)

* 고루어져 있다 ⇨ ひとしい(等しい)

* 고리타분하다 ⇨ かびくさい(黴臭い)
* 고맙다 ⇨ ありがたい(有り難い), もったいない(勿体無い)
* 고민스럽다 ⇨ せつない(切ない)
* 고생스럽다 ⇨ じゅつない(術無い)
* 고소하다 ⇨ こきみよい
* 고의로 하는 것 같다 ⇨ わざとらしい(態とらしい)
* 고집이 세다 ⇨ あぶらっこい(脂っこい・油っこい), かたい(堅い・固い・硬い), がまんづよい, しぶとい
* 고통스럽다 ⇨ うい(憂い), なやましい(悩ましい)
* 곤경에 빠져 있다 ⇨ くるしい(苦しい)
* 곤란에 견디고 강하다 ⇨ しぶとい
* 곤혹(困惑)스럽다 ⇨ しょっぱい
* 곧 그렇게 되다 ⇨ ちかい(近い)
* 곧 이유를 대어 말하다 ⇨ りくつっぽい(理屈っぽい・理窟っぽい)
* 곰팡이 냄새가 나다 ⇨ かびくさい(黴臭い)
* 공명정대하다 ⇨ あかるい(明るい)
* 공연히 바쁘다 ⇨ こぜわしい
* 공연히 슬프다 ⇨ うらがなしい(心悲しい), さびしい(寂しい・淋しい), ものがなしい(物悲しい)
* 과격하다 ⇨ はげしい(激しい・烈しい・劇しい)
* 과장되다 ⇨ ことごとしい
* 과장되어 보이다 ⇨ たいそうらしい
* 과장하다 ⇨ ぎょうぎょうしい(仰仰しい)
* 관계가 얕다 ⇨ とおい(遠い)
* 관계없다 ⇨ よしない(由無い)
* 관계하는 방면이 넓다 ⇨ てびろい(手広い)
* 광범위하다 ⇨ はばひろい
* 광적이다 ⇨ ものぐるおしい(物狂おしい)
* 괜찮다 ⇨ だいじない, よい(良い・好い・善い・佳い)
* 괴롭다 ⇨ うい(憂い), こころぐるしい(心苦しい), じゅつない(術無い), しんどい, たえがたい(堪え難い), つらい(辛い), なやましい(悩ましい), にがい(苦い), わりない(理無い)
* 괴롭도록 덥다(또 그렇게 보이다) ⇨ あつくるしい(暑苦しい)
* 괴상하다 ⇨ あやしい(怪しい)
* 굉장하다 ⇨ すごい(凄い), すさまじい(凄まじい), どえらい, ものすごい(物凄い), ものものしい(物物しい)

* 교활(狡猾)하다 ⇨ おぞましい(悍しい), こざかしい(小賢しい), こすい(狡い), ずるい(狡い), ずるがしこい, わるがしこい(悪賢い)
* 구구하다 ⇨ くどくどしい
* 구석구석까지 미쳐 있다 ⇨ ひろい(広い・弘い)
* 구식이다 ⇨ ふるい(古い・旧い・故い)
* 구제(救済)할 도리가 없다 ⇨ どしがたい(度し難い)
* 구하기 어렵다 ⇨ すくいがたい
* 굳다 ⇨ かたい(堅い・固い・硬い)
* 굴하지 않는다 ⇨ つよい(強い)
* 굵다 ⇨ あらい(粗い②), おおきい(大きい), ふとい(太い)
* 굵직하다 ⇨ のぶとい(野太い)
* 궁상맞다 ⇨ びんぼうたらしい
* 궁상스럽다 ⇨ びんぼうたらしい
* 귀가 잘 들리지 않다 ⇨ みみどおい(耳遠い)
* 귀에 새롭다 ⇨ みみあたらしい(耳新しい)
* 귀에 익지 않아 알기 힘들다 ⇨ みみどおい(耳遠い)
* 귀엽고도 애처롭다 ⇨ いじらしい
* 귀엽다 ⇨ あいらしい(愛らしい), いとおしい, かわいい(可愛い), かわいらしい(可愛らしい)
* 귀중하다 ⇨ とうとい(尊い・貴い)
* 귀찮다 ⇨ いとわしい(厭わしい), うざったい, うっとうしい(鬱陶しい), うるさい(煩い・五月蝿い), おぼつかない(覚束無い), こまかい(細かい), しつこい, むずかしい(難しい), ものうい(物憂い・懶い), わずらわしい(煩わしい)
* 귀찮을 정도로 길게 끌거나 되풀이하다 ⇨ くどい(諄い)
* 귀하다 ⇨ えがたい(得難い)
* 규모가 떨어지다 ⇨ ちいさい(小さい)
* 규모가 크다 ⇨ てびろい(手広い)
* 규칙 바르다(규칙적이다) ⇨ きそくただしい
* 그 계절의 한창 때이다 ⇨ ふかい(深い)
* 그다지 친하지 않다 ⇨ うとい(疎い)
* 그럴 듯하다 ⇨ しかつめらしい(鹿爪らしい), もっともらしい
* 그럴싸하다 ⇨ もっともらしい
* (그렇게 하는 것이)어렵다 ⇨ くるしい(苦しい)
* 그르다 ⇨ わるい(悪い)
* 그리 멀지 않다 ⇨ ほどちかい(程近い)
* 그리워하다 ⇨ こいしい(恋しい)

* 그립다 ⇨ したわしい(慕わしい), なつかしい(懐かしい)

* 그윽하다 ⇨ かぐわしい(芳しい・馨しい)

* 그저 공연히…하다 ⇨ そこはかとない

* 근거가 깊다 ⇨ ねぶかい(根深い)

* 근성이 나쁘다 ⇨ はらぎたない(腹穢ない)

* 근시다 ⇨ ちかい(近い)

* 근심하다 ⇨ あぶない(危ない)

* 근질근질하게 가렵다 ⇨ むずがゆい(むず痒い)

* 금방 되다 ⇨ あたらしい(新しい)

* 금방 싫증을 내다 ⇨ あきっぽい

* 금속의 냄새나 맛이 나다 ⇨ かなくさい(金臭い)

* 금액이 작다 ⇨ こまかい(細かい)

* 금하기(막기) 어렵다 ⇨ やみがたい

* 급하다 ⇨ いそがしい(忙しい), はやい(早い・速い)

* 급하지 않다 ⇨ ゆるい(緩い)

* 기개가 없고 비겁하다 ⇨ ふがいない(腑甲斐無い)

* 기골이 있는 모양 ⇨ ほねっぽい(骨っぽい)

* 기다려지다 ⇨ こころもとない(心許無い)

* 기름기가 많다 ⇨ あぶらっこい(脂っこい・油っこい)

* 기분 나쁘다 ⇨ おどろおどろしい

* 기분대로 되지 않아 애가 타다 ⇨ はがゆい(歯痒い)

* 기분을 풀 길(방도가)이 없다 ⇨ やるかたない(遣る方ない), やるせない(遣る瀬ない)

* 기분이 나쁘다 ⇨ いやらしい

* 기분이 상쾌하다 ⇨ ここちよい(心地好い)

* 기분이 언짢다 ⇨ なやましい(悩ましい), むずかしい(難しい)

* 기분이 좋다 ⇨ うるわしい(麗しい), きよい(清い), ここちよい(心地好い), こころよい(快い), よい(良い・好い・善い・佳い)

* 기분이 좋지 않다 ⇨ おもたい(重たい), しぶい(渋い)

* 기쁘다 ⇨ よろこばしい(喜ばしい・悦ばしい)

* 기쁨에 넘쳐서 마음이 밝고 들뜨다 ⇨ たのしい(楽しい)

* 기세가 격렬하다 ⇨ あらい(荒い①)

* 기세가 왕성하다 ⇨ たくましい(逞しい)

* 기품(気品)이 있다 ⇨ けだかい(気高い)

* 기회가 좋다 ⇨ うまい(旨い・甘い・美味い)

* 길고 가늘다 ⇨ ながほそい

* 길다 ⇨ ながい(長い)
* 길이 돌아가게 되어 있어 멀다 ⇨ まわりどおい
* 길이가 짧다 ⇨ みじかい(短い)
* 깊고 흐뭇하다 ⇨ ゆかしい(床しい・懐しい)
* 깊다 ⇨ ふかい(深い)
* 깊숙이 들어가 있다 ⇨ おくぶかい
* 깊숙하다 ⇨ おくふかい(奥深い), おくぶかい
* 까다롭다 ⇨ からい(辛い・鹹い), むずかしい(難しい), やかましい(喧しい), ややこしい
* 까불다 ⇨ たやすい(容易い)
* 깐깐하다 ⇨ きむずかしい
* 깨끗지 못하다 ⇨ こぎたない(小汚ない)
* 깨끗하다 ⇨ きよい(清い)
* 꺼리다 ⇨ ゆゆしい(由由しい)
* 꺼림칙하다 ⇨ いまわしい(忌まわしい), うとましい(疎ましい), やましい(疾しい・疚しい)
* 꺼림칙한 일이 있어 마음에 걸리다 ⇨ うしろめたい(後ろめたい)
* 꼭 맞다 ⇨ ほどよい(程好い)
* 꼴사납다 ⇨ はしたない(端たない)
* 꽃도 무색할 만큼 싱싱하고 아름답다 ⇨ はなはずかしい
* 꾀까다롭다 ⇨ きむずかしい
* 꾸며낸 티가 나다 ⇨ わざとらしい(態とらしい)
* 꾸민 듯하다 ⇨ いまめかしい
* 끈기가 있다 ⇨ ねつい
* 끈덕지다 ⇨ あくどい, くどい(諄い), ねちっこい, ねつこい, ねづよい(根強い), やにっこい(脂っこい)
* 끈적끈적하다 ⇨ ねばい(粘い), ねばっこい(粘っこい), やにっこい(脂っこい)
* 끊임없다 ⇨ たえまない
* 끝(이) 없다 ⇨ かぎりない, きわまりない(窮まりない・極まりない), はてしない(果てし無い)
* 나른하다 ⇨ だるい, ものうい(物憂い・懶い)
* 나무가 우거져 울창하다 ⇨ こぶかい(木深い)
* 나쁘다 ⇨ いけない, わるい(悪い)
* 나쁜 냄새가 나다 ⇨ くさい(臭い)
* 나이가 많다 ⇨ たかい(高い)
* 나이가 어려 순진하다 ⇨ いとけない(幼い・稚い)
* 나이가 적다 ⇨ ちいさい(小さい), わかい(若い)

* 난잡하고 단정치 못하다 ⇨ しどけない
* 난잡하다 ⇨ いやらしい, きわどい(際疾い), みだりがわしい(猥りがわしい)
* 난폭하다 ⇨ あらい(荒い①), あらっぽい(荒っぽい)
* 난폭하여 절도(節度)가 없다 ⇨ あらい(荒い①)
* 날래다 ⇨ すばやい(素早い)
* 날쌔다 ⇨ てっとりばやい(手っ取り早い)
* 날씬하다 ⇨ やわらかい(柔らかい・軟かい)
* 날카롭다 ⇨ すすどい(鋭い), するどい(鋭い), はやい(早い・速い)
* 낡아서 신통치 않다 ⇨ ふるくさい(古臭い)
* 낡았다(낡다) ⇨ ふるい(古い・旧い・故い)
* 남과 친해지기 쉽다 ⇨ ひとなつっこい
* 남녀 관계가 난잡하다 ⇨ みだりがわしい(猥りがわしい)
* (남녀간에)비밀 관계가 있는 것 같다 ⇨ あやしい(怪しい)
* 남성적이다 ⇨ おとこっぽい
* 남은 것이 적다 ⇨ のこりすくない
* 납득이 안 가다 ⇨ こころえがたい
* 납작하고 얇다 ⇨ ひらたい(平たい)
* 낮다 ⇨ ひくい(低い)
* 낯간지럽다 ⇨ おもはゆい(面映い), しりこそばゆい(尻擽い)
* 냄새가 나다 ⇨ ぬかみそくさい
* 냄새가 좋다 ⇨ かんばしい(芳しい)
* 냅다(예스럽고 방언적인 말) ⇨ けぶい
* 냉담하다 ⇨ うとうとしい(疎疎しい), そっけない(素っ気無い), つめたい(冷たい), つれない
* 너무 길다 ⇨ ながたらしい(長たらしい)
* 너무 오래 기다리다 ⇨ まちどおしい(待ち遠しい)
* 너무 오래거나 세밀하여 번거롭다 ⇨ くだくだしい
* 너무 웃어 옆구리가 아프다 ⇨ ちゃんちゃらおかしい
* 넉살 좋다 ⇨ ずうずうしい(図図しい), ふてぶてしい(太太しい)
* 널리 보급되지 아니하다 ⇨ せまい(狭い)
* 널리 세상에 알려지다 ⇨ たかい(高い)
* 널리 이름이 알려 지다 ⇨ なだかい(名高い)
* 넓다 ⇨ おおきい(大きい)
* 네모꼴이다 ⇨ しかくい
* 네모지다 ⇨ しかくい, かくい
* 노랗다 ⇨ きいろい(黄色い)

* 노엽다 ⇨ いきどおろしい
* 노추(老醜)하다 ⇨ じじむさい
* 노하기 쉽다 ⇨ おこりっぽい
* 놀랄 정도로 굉장하다 ⇨ めざましい(目覚ましい)
* 놀랄만하다 ⇨ ものすごい(物凄い)
* 농도가 높다 ⇨ こい(濃い)
* 농후하다 ⇨ しつこい
* 높다 ⇨ たかい(高い)
* 누를 길 없다 ⇨ やみがたい
* 누추하다 ⇨ じじむさい
* 눈물겹다 ⇨ なみだぐましい(涙ぐましい)
* 눈물을 잘 흘리다 ⇨ なみだもろい(涙脆い)
* 눈부시다 ⇨ かがやかしい(輝かしい・赫かしい・耀かしい), はなばなしい(花花しい・華
    華しい), まぶしい(眩しい), めざましい(目覚ましい)
* 눈빛같이 희다 ⇨ しろい(白い)
* 눈앞에서 보는 듯한 느낌이다 ⇨ なまなましい(生生しい)
* 눈에 띄다 ⇨ いちじるしい(著しい)
* 눈이 도는 것 같다 ⇨ めまぐるしい(目まぐるしい)
* 눈이 아찔하다 ⇨ めまぐるしい(目まぐるしい)
* 눈내 나다 ⇨ こげくさい(焦げ臭い)
* 눈는 냄새가 나다 ⇨ こげくさい(焦げ臭い)
* 느낌이 강렬하다 ⇨ どぎつい
* 느려빠지다 ⇨ のろくさい(鈍臭い)
* 느리다 ⇨ おそい(遅い), おもい(重い), ちょろい, てぬるい(手緩い), とろい, にぶい(鈍
    い), ぬるい(温い), ゆるい(緩い)
* 느슨하다 ⇨ あまい(甘い), ゆるい(緩い)
* 늠름하다 ⇨ りりしい(凛凛しい)
* 능력이 없다 ⇨ よわい(弱い)
* 늦다 ⇨ おそい(遅い)
* 다감하다 ⇨ かんじやすい
* (다루는 것이)정중하다 ⇨ ておもい
* 다할 수가 없다 ⇨ やりきれない(遣り切れない)
* 다행이다 ⇨ うまい(旨い・甘い・美味い)
* 단단하다 ⇨ かたい(堅い・固い・硬い), こわい(強い②)
* 단작스럽다 ⇨ あたじけない, いじましい, しわい(吝い)

* 단정치 못하다 ⇨ だらしない
* 단정하고 아름답다 ⇨ うるわしい(麗しい)
* 달갑지 않다 ⇨ わるい(悪い)
* 달고 짜다 ⇨ あまからい
* 달짝지근하다 ⇨ あまからい
* 달콤하고 시다 ⇨ あまずっぱい(甘酸っぱい)
* 달콤하다 ⇨ あまったるい(甘ったるい)
* 닮았다 ⇨ ちかい(近い)
* 답답하다 ⇨ きつい, はがゆい(歯痒い)
* 당치도 않다 ⇨ どえらい, とんでもない
* 대단치 않다 ⇨ かるい(軽い)
* 대단하다 ⇨ えらい(偉い・豪い), おそろしい(恐ろしい), つよい(強い), どえらい, はげしい(激しい・烈しい・劇しい), はなはだしい
* 대단히 건방지고 밉다 ⇨ こにくらしい(小憎らしい)
* 대단히 많다 ⇨ おびただしい(夥しい)
* 대단히 불쾌하다 ⇨ にがにがしい(苦苦しい)
* 대담하고 뻔뻔스럽다 ⇨ ふてぶてしい(太太しい)
* 대담하다 ⇨ ずぶとい(図太い)
* 대수로운 일이 아니다 ⇨ なんでもない
* 대할 낯이 없다 ⇨ めんぼくない
* (대화가)너무 형식적이고 딱딱하다 ⇨ しかつめらしい(鹿爪らしい)
* 더러워짐이 없다 ⇨ いさぎよい(潔い)
* 더럽게 보이다 ⇨ きたならしい(汚ならしい・穢ならしい)
* 더럽다 ⇨ きたない(汚ない・穢ない), くろい(黒い), けがらわしい(汚らわしい・穢らわしい), むさい
* (더위・괴로움 따위로)잠이 잘 들지 않다 ⇨ ねぐるしい(寝苦しい)
* 덥다 ⇨ あつい(暑い①)
* 덧없다 ⇨ あえない(敢(え)無い), あわい(淡い), はかない(果敢無い・儚い), むなしい(空しい)
* 덩그렇다 ⇨ だだっぴろい
* 도(度)가 지나치다 ⇨ ひどい(非道い・酷い)
* 도덕・법률・도리에 합치하다 ⇨ ただしい(正しい)
* 도덕상(道德上)이나 풍기상으로 좋지 않다 ⇨ いかがわしい(如何わしい)
* 도량이 좁다 ⇨ ちいさい(小さい)
* 도리(가) 없다 ⇨ せんない(詮ない), よぎない(余儀無い)

* 도리를 굳게 지키다 ⇨ ぎりがたい
* 도리를 말해도 알려고 하지 않는다 ⇨ どしがたい(度し難い)
* 도수나 정도가 낮다 ⇨ あさい(浅い)
* 도시에서 멀리 떠난 느낌이 나다 ⇨ くさぶかい(草深い)
* 도움이 되지 않다 ⇨ むなしい(空しい)
* 도저히 어쩔 수 없다 ⇨ すくいがたい
* 독기가 어리다 ⇨ どくどくしい(毒毒しい)
* 독살스럽다 ⇨ どくどくしい(毒毒しい), とげとげしい(刺刺しい)
* 돈만 따지며 인색하다 ⇨ そろばんだかい
* 동그랗다 ⇨ まるっこい(丸っこい)
* 동글동글하다 ⇨ まるまっちい
* 동일하다 ⇨ おなじい(同じい), ひとしい(等しい)
* 동작 등이 딱딱하다 ⇨ ぎこちない
* 동작이 날쌔다 ⇨ すすどい(鋭い)
* 동작이 느리다 ⇨ のろい(鈍い)
* 동작이 빠르다 ⇨ はしこい
* 되지 못한 일이다 ⇨ おこがましい(烏滸がましい)
* 두껍고 무거운 듯하다 ⇨ あつぼったい
* 두껍다 ⇨ あつい(厚い③), ぶあつい(分厚い・部厚い)
* 두두룩하게 높다 ⇨ うずたかい(堆い)
* 두렵다 ⇨ おっかない
* 두툼하다 ⇨ あつぼったい
* 둔하다 ⇨ あまい(甘い), つたない(拙い), とおい(遠い), にぶい(鈍い)
* 둘로 나누기 어렵다 ⇨ わかちがたい
* 둥그렇다 ⇨ まるっこい(丸っこい)
* 둥글다 ⇨ まるい(丸い・円い)
* 뒤가 걱정이 되다 ⇨ うしろめたい(後ろめたい)
* 뒤가 궁금하다 ⇨ おしい(惜しい)
* 뒤가 켕기다 ⇨ やましい(疾しい・疚しい)
* 뒤떨어지다 ⇨ わるい(悪い)
* 뒤숭숭하다 ⇨ さわがしい(騒がしい)
* 뒤지다 ⇨ わるい(悪い)
* 드물다 ⇨ めずらしい(珍しい)
* 듣고 곧 이해하다 ⇨ みみざとい(耳聡い)
* 듣고 싶다 ⇨ ゆかしい(床しい・懐しい)

* 듣기 거북하다 ⇨ ききぐるしい(聞き苦しい), ききづらい(聞き辛い)

* 듣기 괴롭다 ⇨ ききにくい(聞き悪い)

* 듣기 쉽다 ⇨ ききよい(聞きよい)

* 듣기 어렵다 ⇨ ききぐるしい(聞き苦しい), ききづらい(聞き辛い)

* 듣기 좋다 ⇨ ききよい(聞きよい)

* 듣기 힘들다 ⇨ みみどおい(耳遠い)

* 따뜻하다 ⇨ あたたかい(暖かい①・温かい②), ぬくい(温い), ぬくとい(温とい)

* 따분하다 ⇨ あじきない(味気無い)

* 따스하다 ⇨ ぬくとい(温とい)

* 딱 질색이다 ⇨ やりきれない(遣り切れない)

* 딱딱하다 ⇨ かたくるしい(堅苦しい), しかくい

* 딱딱하지 않다 ⇨ やわらかい(柔らかい・軟かい)

* 땀 냄새가 나다 ⇨ あせくさい

* 떠들썩하게 시끄럽다 ⇨ さわがしい(騒がしい)

* 떠들썩하다 ⇨ かしましい(囂しい), かまびすしい(囂しい)

* 떫다 ⇨ しぶい(渋い)

* 똑똑하지 못하다 ⇨ たどたどしい, だらしない

* 똑똑히 보이지 않다 ⇨ みにくい(醜い・見難い)

* 똥그랗다 ⇨ まんまるい

* 뚜렷하다 ⇨ いちじるしい(著しい)

* 뚱뚱하다 ⇨ ふとい(太い)

* 뛰어나 있어 가치가 있다 ⇨ とうとい(尊い・貴い)

* 뛰어나다 ⇨ さかしい(賢しい), めぼしい, よい(良い・好い・善い・佳い)

* 뜨겁다 ⇨ あつい(熱い②)

* 뜻대로 되지 않아 초조하다 ⇨ もどかしい

* 뜻밖이다 ⇨ おもいがけない(思い掛け無い), とんでもない

* 뜻이 깊다 ⇨ おくふかい(奥深い), おくぶかい

* 마음・기분을 내는 정도가 약하다(부족하다) ⇨ うすい(薄い)

* 마음대로 안 되어 슬프다 ⇨ うい(憂い)

* 마음속으로 꺼림칙하다 ⇨ うしろぐらい(後ろ暗い)

* 마음든든하다 ⇨ こころづよい(心強い), ちからづよい(力強い)

* 마음에 걸리다 ⇨ のこりおおい(残り多い), のこりおしい(残り惜しい)

* 마음에 흡족하지 못하다 ⇨ ものたりない(物足りない)

* 마음을 놓을 수 없다 ⇨ きづかわしい(気遣わしい)

* 마음이 갑갑하다 ⇨ おもくるしい(重苦しい)

* 마음이 검다 ⇨ くろい(黒い), はらぎたない(腹穢ない)
* 마음이 괴로워 참을 수 없다 ⇨ くるしい(苦しい)
* 마음이 굳세다 ⇨ きづよい(気強い)
* 마음이 끌려 체념할 수 없다 ⇨ みれんがましい(未練がましい)
* 마음이 끌리다 ⇨ なつかしい(懐かしい)
* 마음이 내키지 않고 기분이 무겁다 ⇨ うっとうしい(欝陶しい)
* 마음이 내키지 않다 ⇨ ものうい(物憂い・懶い)
* 마음이 놓이다 ⇨ こころやすい(心安い)
* 마음이 답답하다 ⇨ しんきくさい
* 마음이 더럽다 ⇨ はらぎたない(腹穢ない)
* 마음이 밝다 ⇨ あかるい(明るい)
* 마음이 산뜻하다 ⇨ ここちよい(心地好い)
* 마음이 상쾌하다 ⇨ はればれしい(晴れ晴れしい)
* 마음이 약하다 ⇨ こころよわい, もろい(脆い)
* 마음이 조급하다 ⇨ いそがしい(忙しい), せわしい(忙しい)
* 마음이 편하다 ⇨ きやすい(気安い・気易い)
* 마음이 평온(平穏)하다 ⇨ やすい(安い①)
* 마음이 풀리지 않아 괴롭다 ⇨ やるせない(遣る瀬ない)
* (마음이)가볍다 ⇨ かるい(軽い)
* 마음졸이다 ⇨ せわしない(忙しない)
* 마치 무리하게 강제하는 것 같다 ⇨ おしつけがましい(押し付けがましい)
* 만복(満腹)이다 ⇨ くちい
* 많다 ⇨ おおい(多い), おおきい(大きい)
* 많지 않다 ⇨ すくない(少ない)
* 말이 거칠고 천하다 ⇨ くちぎたない(口汚ない)
* 말이 능숙하다 ⇨ あまい(甘い)
* 말이 많다 ⇨ くちやかましい(口喧しい)
* 말이 술술 나오다 ⇨ くちがるい
* 말이나 사람을 다루기 쉽다 ⇨ ぎょしやすい(御し易い)
* 말투가 천박하다 ⇨ くちさがない
* 말하기 거북하다(어렵다) ⇨ いいがたい
* 말향 냄새가 나다 ⇨ まっこうくさい
* 맑고 깨끗하여 더러워짐이 없다 ⇨ いさぎよい(潔い)
* 맑다 ⇨ きよい(清い), すずしい(涼しい)
* 맛이 없다 ⇨ まずい(不味い)

* 맛이 좋다 ⇨ うまい(旨い・甘い・美味い)

* 맛이 짙다 ⇨ こい(濃い)

* 맛이 짜다 ⇨ しょっぱい

* (맛이)달다 ⇨ あまい(甘い)

* 맛있다 ⇨ うまい(旨い・甘い・美味い), おいしい(美味しい)

* 매끈매끈하다 ⇨ すべっこい

* 매끈하지 못하다 ⇨ あらい(粗い②)

* 매력이 있어 아름답다 ⇨ あだっぽい(婀娜っぽい)

* 매섭다 ⇨ かたい(堅い・固い・硬い)

* 매우 가볍다 ⇨ かるがるしい(軽軽しい)

* 매우 거칠다 ⇨ けわしい(険しい・嶮しい)

* 매우 고귀하다 ⇨ やんごとない(止ん事無い)

* 매우 고맙다 ⇨ おそれおおい(恐れ多い・畏れ多い)

* 매우 귀찮다 ⇨ しちめんどうくさい

* 매우 깊어서 미루어 알 수도 없다 ⇨ はかりしれない(計り知れない)

* 매우 깐질기다 ⇨ しちくどい

* 매우 무섭다 ⇨ そらおそろしい(空恐ろしい)

* 매우 밉다 ⇨ にくにくしい(憎憎しい)

* 매우 번화하다 ⇨ にぎにぎしい(賑賑しい)

* 매우 사랑스럽다 ⇨ あいくるしい(愛くるしい)

* 매우 순진하다 ⇨ ういういしい(初初しい)

* 매우 시시하다 ⇨ ばかばかしい(馬鹿馬鹿しい)

* 매우 싫다 ⇨ いけすかない

* 매우 심하다 ⇨ おびただしい(夥しい), こっぴどい, てひどい(手酷い), はなはだしい

* 매우 어리석다 ⇨ あほらしい(阿呆らしい), ばかばかしい(馬鹿馬鹿しい)

* 매우 엄하다 ⇨ てきびしい(手厳しい)

* 매우 염려되다 ⇨ あぶなっかしい(危なっかしい)

* (매우 용감하고 강한 모양)강하고 용맹하다 ⇨ たけだけしい(猛猛しい)

* 매우 자세하다 ⇨ こまごましい(細細しい)

* 매우 작다 ⇨ こまごましい(細細しい)

* 매우 재미있고 우습다 ⇨ おもしろおかしい(面白可笑しい)

* 매우 젊다 ⇨ うらわかい(うら若い), わかわかしい(若若しい)

* 매우 차지다 ⇨ ねばりづよい

* 매우 표면화되다 ⇨ はれがましい(晴れがましい)

* 매우 훌륭하다 ⇨ かがやかしい(輝かしい・赫かしい・耀かしい), どえらい, はなばなし

い(花花しい・華華しい)
* 매정하다 ⇨ えげつない, こころない(心無い), つめたい(冷たい), つらい(辛い), つれない
* 매큼하다 ⇨ えがらい
* 맥(이) 빠지다 ⇨ あっけない(呆気無い), しょぼい
* 맵다 ⇨ からい(辛い・鹹い)
* 맵싸하다 ⇨ いがらっぽい, えがらい, えがらっぽい
* 맹렬하다 ⇨ すさまじい(凄まじい), はげしい(激しい・烈しい・劇しい)
* 머리가 우둔하다 ⇨ のろい(鈍い)
* 멀다 ⇨ とおい(遠い)
* 멀리까지 틔어 있다 ⇨ ひろい(広い・弘い)
* 멋있다 ⇨ かんばしい(芳しい)
* 멋지다 ⇨ すごい(凄い)
* 멋쩍다 ⇨ くすぐったい(擽ったい), はずかしい(恥ずかしい)
* 멍하니 하고 있다 ⇨ とおい(遠い)
* 면목없다 ⇨ はずかしい(恥ずかしい), めんぼくない
* 면적이 넓다 ⇨ ひろい(広い・弘い)
* 명랑하다 ⇨ あかるい(明るい)
* 명랑하지 않다 ⇨ くらい(暗い)
* 명예롭다 ⇨ かんばしい(芳しい)
* 명확하다 ⇨ いちじるしい(著しい)
* 모(가) 나다 ⇨ ごつい, かくい
* 모가 많다 ⇨ かどかどしい(角角しい)
* 모르는 체하다 ⇨ つれない
* 모습이 추하다 ⇨ みにくい(醜い・見難い)
* 목소리가 굵다 ⇨ のぶとい(野太い)
* 목소리가 낮은 음이다 ⇨ ふとい(太い)
* 목소리가 높고 날카롭다 ⇨ きいろい(黄色い)
* 목소리나 음의 가락이 매우 높고 날카롭다 ⇨ かんだかい(甲高い・疳高い)
* 몰염치하다 ⇨ あつかましい(厚かましい)
* 몸서리나다 ⇨ ものすさまじい(物凄まじい)
* 몸을 아끼지 않고 부지런하다 ⇨ かいがいしい(甲斐甲斐しい)
* 몸의 통증이나 열 때문에 참을 수 없이 괴롭다 ⇨ くるしい(苦しい)
* 몸이 노곤하다 ⇨ けだるい(気怠い)
* 몸이 단단하다 ⇨ たくましい(逞しい)
* 몸이 튼튼하다 ⇨ つよい(強い)

* 몹시 귀찮다(성가시다) ⇨ めんどうくさい
* 몹시 난폭하다 ⇨ あらあらしい(荒荒しい)
* 몹시 대단하다 ⇨ ものすごい(物凄い)
* 몹시 번거롭다 ⇨ しちめんどうくさい
* 몹시 뻔뻔스럽다 ⇨ ずぶとい(図太い)
* 몹시 사랑하다 ⇨ かわいい(可愛い)
* 몹시 유들유들하다 ⇨ いけずうずうしい
* 몹시 음침하다 ⇨ いんきくさい
* 몹시 지루하고 장황하다 ⇨ しちくどい
* 몹시 처참하다 ⇨ ものすさまじい(物凄まじい)
* 몹시 추워 보이다 ⇨ さむざむしい
* 못 쓰다 ⇨ いけない
* 못마땅하다 ⇨ やりきれない(遣り切れない)
* 몽롱하다 ⇨ まるい(丸い・円い)
* 무가치하다 ⇨ つまらない
* 무겁게 느껴지다 ⇨ おもたい(重たい)
* 무겁다 ⇨ おおきい(大きい), おもい(重い), おもたい(重たい)
* (무게가)가볍다 ⇨ かるい(軽い)
* 무관하다 ⇨ きやすい(気安い・気易い)
* 무기력하다 ⇨ だらしない
* 무덥다 ⇨ あつくるしい(暑苦しい), むしあつい(蒸し暑い)
* 무디다 ⇨ ぬるい(温い)
* 무례한 짓을 하다 ⇨ もったいない(勿体無い)
* 무료하다 ⇨ しょざいない
* 무르다 ⇨ ちょろい, もろい(脆い), ゆるい(緩い)
* 무리다 ⇨ くるしい(苦しい)
* 무리하게 책임을 지우는 것 같다 ⇨ おしつけがましい(押し付けがましい)
* 무리하다 ⇨ わりない(理無い)
* 무사하다 ⇨ つつがない(恙無い), まったい
* 무상(無常)하다 ⇨ さだめない(定めない), はかない(果敢無い・儚い)
* 무서운 느낌이 들어 어쩐지 기분이 나쁘다 ⇨ きみわるい(気味悪い)
* 무섭다 ⇨ おそろしい(恐ろしい), おっかない, おどろおどろしい, こわい(恐い・怖い①),
    すごい(凄い), すさまじい(凄まじい)
* 무시무시하다 ⇨ おどろおどろしい, ものおそろしい(物恐ろしい)
* 무엇이든 보고 싶어하는 호기심이 강하다 ⇨ ものみだかい(物見高い)

* 무엇이든지 이유를 붙이다 ⇨ りくつっぽい(理屈っぽい・理窟っぽい)
* 무익하다 ⇨ あじきない(味気無い), よしない(由無い)
* 무정하다 ⇨ なさけない(情け無い)
* 무지하다 ⇨ くらい(暗い)
* 무척(엄청나게) 크다 ⇨ ばかでかい
* 무한하다 ⇨ かぎりない
* 문제없다 ⇨ わけない
* 묻기가 거북하다 ⇨ ききにくい(聞き悪い)
* 물건을 다루는 것이 난폭하다 ⇨ てあらい(手荒い)
* (물건의 모양이)작다 ⇨ ちいさい(小さい)
* 물기가 많다 ⇨ みずくさい(水臭い)
* 물기가 많아 맛이 싱겁다 ⇨ みずっぽい(水っぽい)
* 물기가 적다 ⇨ こい(濃い)
* 물정에 어둡다 ⇨ うとい(疎い)
* 미개하다 ⇨ くらい(暗い)
* 미덥지 않다 ⇨ かいない(甲斐無い)
* 미래가 두렵다 ⇨ すえおそろしい(末恐ろしい)
* 미련이 남다 ⇨ おしい(惜しい)
* 미련이 없다 ⇨ いさぎよい(潔い)
* 미련이 있어 이별이 섭섭하다 ⇨ のこりおしい(残り惜しい)
* 미련이 있어 이별하기가 매우 힘들다 ⇨ なごりおしい(名残り惜しい)
* 미모(美貌)이다 ⇨ みめよい(見目好い)
* 미숙하다 ⇨ あおくさい(青臭い), あおっぽい, おさない(幼い), ちちくさい(乳臭い)
* 미숙한 티가 나다 ⇨ しろうとくさい
* 미안하다 ⇨ もうしわけない(申し訳ない), わるい(悪い)
* 미약하다 ⇨ よわい(弱い)
* 미적지근하다 ⇨ まだるい(間怠い)
* 미지근하다 ⇨ なまあたたかい(生暖かい), なまぬるい(生温い), ぬくい(温い)
* 미칠(친) 것 같다 ⇨ ものぐるおしい(物狂おしい)
* 미칠 것 같은 느낌이다 ⇨ くるおしい(狂おしい)
* 미칠 듯이 보이다 ⇨ くるおしい(狂おしい)
* 민감(敏感)하다 ⇨ かんじやすい, はやい(早い・速い)
* 민첩하다 ⇨ すばしこい, はしこい, はやい(早い・速い)
* 민첩하지 않다 ⇨ にぶい(鈍い)
* 믿고 의지할 만한 것이 못되다 ⇨ はかない(果敢無い・儚い)

* 믿기 어렵다 ⇨ あやしい(怪しい)
* 믿어지지 않다 ⇨ おかしい(可笑しい)
* 믿을 수(가) 없다 ⇨ あぶない(危ない), いかがわしい(如何わしい), おぼつかない(覚束無い), たよりない(頼り無い)
* 믿음직스럽다 ⇨ きづよい(気強い), たのもしい(頼もしい), ちからづよい(力強い)
* 믿음직하지 못하다 ⇨ たよりない(頼り無い)
* 밀도가 높다 ⇨ こい(濃い)
* 밀접한 관계에 있다 ⇨ わかちがたい
* 밉다 ⇨ にくい(憎い), にくらしい(憎らしい)
* 밉살스러울 만큼 뻔뻔스럽다 ⇨ いけずうずうしい
* 밉살스럽다 ⇨ いやみたらしい, つらにくい(面憎い), どくどくしい(毒毒しい), にくたらしい(憎たらしい), にくにくしい(憎憎しい), にくらしい(憎らしい)
* 밑바닥이 깊다 ⇨ そこふかい
* 바다냄새가 나다 ⇨ いそくさい(磯臭い)
* 바라다 ⇨ ほしい(欲しい)
* 바람직하다 ⇨ おもわしい(思わしい), このましい(好ましい), ねがわしい(願わしい), のぞましい(望ましい), よい(良い・好い・善い・佳い)
* (바로)가깝다 ⇨ てぢかい
* 바르다 ⇨ いさぎよい(潔い)
* 바르지 못하다 ⇨ きたない(汚ない・穢ない), わるい(悪い)
* 바보 같다 ⇨ あほらしい(阿呆らしい), ばかくさい(馬鹿臭い)
* 바보스럽다 ⇨ おろかしい, ばからしい(馬鹿らしい)
* 바쁘다 ⇨ いそがしい(忙しい), いそがわしい, せわしい(忙しい), せわしない(忙しない)
* 바삭바삭하다 ⇨ さくい
* 박정(薄情)하다 ⇨ えげつない, すげない
* 박하다 ⇨ からい(辛い・鹹い)
* (반어적으로 사용하여)<곱다><마음에 들다>의 뜻으로 쓰임 ⇨ にくい(憎い)
* (반어적으로 쓰여)얄미울 정도로 친숙함 ⇨ にくらしい(憎らしい)
* 반응이 없다 ⇨ たわいない
* 반질반질하다 ⇨ つやつやしい
* 발랄하다 ⇨ かいがいしい(甲斐甲斐しい)
* 발음이 불분명(不分明)하다 ⇨ したたるい(舌たるい)
* 밝다 ⇨ あかるい(明るい)
* 밤이 깊다 ⇨ おそい(遅い)
* 방불(彷彿)하다 ⇨ なまなましい(生生しい)

* 방자하다 ⇨ ずぶとい(図太い)

* 방탕하다 ⇨ だらしない

* 배(가) 고프다 ⇨ ひもじい, ひだるい(饑い)

* 배가 다르다 ⇨ まましい(継しい)

* 배가 부르다 ⇨ くちい

* 배꼽을 빼다 ⇨ かたはらいたい(片腹痛い)

* 배꼽이 빠지다 ⇨ ちゃんちゃらおかしい

* 배려가 잘 되고 자상스러움에 마음이 끌려 친근감을 느끼다 ⇨ おくゆかしい(奥床しい)

* 버터 냄새가 나다 ⇨ バタくさい(バタ臭い)

* 번거롭기 짝이 없다 ⇨ めんどうくさい

* 번거롭다 ⇨ うざい, うっとうしい(欝陶しい), うるさい(煩い・五月蝿い), こまごましい
        (細細しい)

* 번잡하다 ⇨ むずかしい(難しい)

* 번창하다 ⇨ にぎわしい(賑わしい)

* 벌을 받다 ⇨ おしい(惜しい)

* 범위가 넓다 ⇨ ひろい(広い・弘い)

* 범죄의 용의가 짙다 ⇨ くろい(黒い)

* 범하기 어렵다 ⇨ おかしがたい(犯しがたい)

* 변경되어 지금까지와는 다르다 ⇨ あたらしい(新しい)

* 변명할 여지가 없다 ⇨ もうしわけない(申し訳ない)

* 변변치 않다 ⇨ しがない

* 변하기 쉽다 ⇨ はかない(果敢無い・儚い)

* 별나게 눈에 띄다 ⇨ けばけばしい(毳毳しい)

* 별다른 생각이 없다 ⇨ なにごころない(何心無い)

* 별로 미덥지 않다 ⇨ たのみすくない

* 별로 중요하지 않다 ⇨ ちいさい(小さい)

* (별스러워)재미있다 ⇨ おもろい

* 병세가 위독하다 ⇨ あつい(篤い④)

* 병이 낫기 어렵다 ⇨ むずかしい(難しい)

* 병이 낫다 ⇨ こころよい(快い)

* 보고 싶다 ⇨ ゆかしい(床しい・懐しい)

* 보기가 딱하다 ⇨ みにくい(醜い・見難い)

* 보기가 수월하다 ⇨ みやすい(見易い)

* 보기가 쉽다 ⇨ みやすい(見易い)

* 보기가 힘들다 ⇨ みにくい(醜い・見難い)

* 보기 드물다 ⇨ めずらしい(珍しい)
* 보기 수월하다 ⇨ みよい(見好い)
* 보기 싫다 ⇨ にくい(憎い), みぐるしい(見苦しい)
* 보기 어렵다 ⇨ みづらい
* 보기에 끔찍하다 ⇨ ちなまぐさい(血腥い)
* 보기에 빈약하다 ⇨ みすぼらしい(見窄らしい)
* 보기 흉하다 ⇨ みぐるしい(見苦しい), みづらい, みっともない, みにくい(醜い・見難い),
    わるい(悪い)
* 보기 힘들다 ⇨ みづらい
* 보는 눈이 바르다 ⇨ めざとい(目敏い)
* 보는 눈이 빠르다 ⇨ めばやい(目速い・目早い)
* 보람없다 ⇨ かいない(甲斐無い)
* 보잘것없다 ⇨ つまらない, やすっぽい(安っぽい), わるい(悪い)
* 보통 사람들의 감정과 욕망이 엿보인다 ⇨ にんげんくさい
* 보통이 아니다 ⇨ ふかい(深い)
* 보통이 아닌 일이다 ⇨ ゆゆしい(由由しい)
* (복덕이 많은 모양)복스럽다 ⇨ ふくぶくしい(福福しい)
* 복잡하고 어렵다 ⇨ しちむずかしい
* 복잡하다 ⇨ むずかしい(難しい), ややこしい, わずらわしい(煩わしい)
* 복장 따위가 단정하지 못하고 너저분하다 ⇨ しどけない
* (복장・화장이)품위없이 몹시 화려하다 ⇨ けばけばしい(毳毳しい)
* 본 느낌이 좋다 ⇨ みよい(見好い)
* 볼 만하다 ⇨ うつくしい(美しい)
* 볼품이 없다 ⇨ いやしい(卑しい・賎しい)
* 부끄러워하거나 머뭇거리지 않는다 ⇨ いさぎよい(潔い)
* 부끄럽다 ⇨ おもはゆい(面映い), はずかしい(恥ずかしい), やましい(疾しい・疚しい)
* 부드럽다 ⇨ やわい(柔い), やわらかい(柔らかい・軟かい)
* 부득이하다 ⇨ せんない(詮ない), やむない(已む無い)
* 부럽고도 밉다 ⇨ ねたましい(妬ましい)
* 부럽다 ⇨ うらやましい(羨ましい)
* 부산하다 ⇨ あわただしい(慌しい・遽しい)
* 부석부석하다 ⇨ はれぼったい(腫れぼったい)
* 부어 올라 불룩한 모양 ⇨ はれぼったい(腫れぼったい)
* 부옇다 ⇨ なまじろい(生白い)
* 부유해서 풍부한 모양 ⇨ ふくぶくしい(福福しい)

* 부자연스럽다 ⇨ いやらしい
* 부정(不定)하다 ⇨ はかない(果敢無い・儚い)
* (부정을 나타내어)…와는 다르다 ⇨ ない(無い)
* 부족하다 ⇨ とぼしい(乏しい), まずしい(貧しい)
* 부주의한 모양 ⇨ そそっかしい
* 분량이 적다 ⇨ ほそい(細い)
* 분명치 않다 ⇨ おぼつかない(覚束無い), さだめない(定めない)
* 분명히 나타낼 수는 없으나 전체적으로 그런 분위기가 느껴지는 상태를 나타냄 ⇨ そこはかとない
* 분별 없이 경솔하게 말하다 ⇨ くちがるい
* 분별(이) 없다 ⇨ がんぜない(頑是無い), こころない(心無い), たわいない, わりない(理無い)
* 분별이 있어 보이다 ⇨ しさいらしい, ふんべつらしい
* 분수를 모르는 짓이다 ⇨ おこがましい(烏滸がましい)
* 분주스럽다 ⇨ いそがわしい
* 분하다 ⇨ いまいましい(忌ま忌ましい), くちおしい(口惜しい), くやしい(悔しい・口惜しい), のこりおおい(残り多い), のこりおしい(残り惜しい)
* 불결(不潔)하다 ⇨ きたない(汚ない・穢ない), むさい
* 불결(不潔)한 느낌이다 ⇨ いやらしい
* 불교적인 색채가 짙다 ⇨ ほとけくさい, まっこうくさい
* 불길하다 ⇨ いまわしい(忌まわしい), まがまがしい, ゆゆしい(由由しい), わるい(悪い)
* 불만스럽다 ⇨ あっけない(呆気無い), いきどおろしい
* 불쌍하다 ⇨ あわれっぽい, いじましい, いたましい(痛ましい・傷ましい), いたわしい(労わしい), いとおしい, いとしい(愛しい), むごたらしい(惨たらしい・酷たらしい)
* 불안하다 ⇨ おぼつかない(覚束無い), こころぼそい(心細い), こころもとない(心許無い)
* 불온하다 ⇨ さわがしい(騒がしい)
* 불친절하다 ⇨ ぎこちない
* 불쾌하다 ⇨ いやらしい, おもい(重い), けうとい(気疎い), けがらわしい(汚らわしい・穢らわしい), にがい(苦い), わるい(悪い)
* 불합리하다 ⇨ おしい(惜しい)
* 불확실하다 ⇨ うたがわしい(疑わしい)
* 붉다 ⇨ あかい(赤い)
* 붐비다 ⇨ にぎわしい(賑わしい)
* 붙임성이 있다 ⇨ ひとなつっこい
* 비겁한 데가 없다 ⇨ いさぎよい(潔い)
* 비교할 것이 없다 ⇨ ならびない(並び無い)

* 비근하다 ⇨ てぢかい
* 비대(肥大)하다 ⇨ ふとい(太い)
* 비리다 ⇨ なまぐさい(生臭い・腥い)
* 비슷하지 않다 ⇨ にげない(似気無い)
* 비열하다 ⇨ あさましい(浅ましい), いやしい(卑しい・賎しい), きたない(汚ない・穢ない), さもしい
* 비좁다 ⇨ せせこましい, ところせまい
* 비참하다 ⇨ あさましい(浅ましい), むごい(惨い・酷い)
* 비통하다 ⇨ かなしい(悲しい・哀しい)
* 빈약하다 ⇨ あたじけない, さむい(寒い), ほそい(細い), まずしい(貧しい)
* 빈틈없다 ⇨ じょさいない, とっぽい
* (빛깔 등이)지나치게 야하다 ⇨ どくどくしい(毒毒しい)
* (빛깔・맛 등이)담담하다 ⇨ あわい(淡い)
* (빛깔・맛 등이)엷다 ⇨ あわい(淡い)
* 빛깔이 밝다 ⇨ あかるい(明るい)
* (빛깔이나 맛이)너무 짙다 ⇨ あくどい
* (빛깔이나 맛이)지나치다 ⇨ あくどい
* 빛나다 ⇨ かがやかしい(輝かしい・赫かしい・耀かしい)
* 빛나서 아름답다 ⇨ まばゆい(眩い)
* 빛이 강하여 눈을 뜨지 못함 ⇨ まぶしい(眩しい)
* 빠르다 ⇨ はやい(早い・速い)
* 빤히 들여다 보이는 거짓말을 하다 ⇨ そらぞらしい(空空しい)
* 빨갛다 ⇨ あかい(赤い)
* 빼기 어렵다 ⇨ ぬきがたい
* 빽빽하다 ⇨ しげい
* 뻔뻔스럽다 ⇨ あつかましい(厚かましい), ずうずうしい(図図しい), ふとい(太い)
* 뻔한 것을 알면서도 모르는 체하다 ⇨ しらじらしい(白白しい)
* 뽐내고 있다 ⇨ たかい(高い)
* 뿌리가 깊다 ⇨ ねぶかい(根深い)
* 뿌리가 깊어 빼기 힘들다 ⇨ ねぶかい(根深い)
* 뿌리가 튼튼하다 ⇨ ねづよい(根強い)
* 사내답다 ⇨ おおしい(雄雄しい), おとこらしい(男らしい)
* 사념(邪念)이 없다 ⇨ きよい(清い)
* 사람 냄새가 나다 ⇨ ひとくさい
* 사람답다 ⇨ ひとがましい

＊ (사람・동물 등이)없다 ⇨ ない(無い)

＊ 사람됨이나 하는 일이 미숙하다 ⇨ あおい(青い)

＊ 사람들이 쑥덕공론을 하다 ⇨ さわがしい(騒がしい)

＊ 사람에게 너무 지나치게 접근하다 ⇨ なれなれしい(馴れ馴れしい)

＊ 사람을 잘 따르다 ⇨ ひとなつっこい

＊ 사람이 그립다 ⇨ ひとなつかしい

＊ 사람이 살고 있는 분위기다 ⇨ にんげんくさい

＊ 사람이 좋다 ⇨ めでたい(芽出度い・目出度い)

＊ 사랑스럽다 ⇨ あいらしい(愛らしい), いとおしい, いとしい(愛しい), うるわしい(麗し
　　　い), したわしい(慕わしい)

＊ 사랑하고 싶다 ⇨ うるわしい(麗しい)

＊ 사랑하다 ⇨ こいしい(恋しい)

＊ 사려(思慮)가 깊다 ⇨ (優しい②)

＊ 사소하다 ⇨ つまらない

＊ 사실인지 아닌지 의심스럽다 ⇨ うたがわしい(疑わしい)

＊ 사위스럽다 ⇨ まがまがしい

＊ 사이가 나쁘다 ⇨ わるい(悪い)

＊ 사이가 소원하다 ⇨ まましい(継しい)

＊ 사이가 좋다 ⇨ ちかしい(近しい・親しい), むつまじい(睦まじい)

＊ 사정(까닭)이 있는 듯하다 ⇨ しさいらしい

＊ 사정없이 상대방의 약점을 치다 ⇨ てきびしい(手厳しい)

＊ 사정을 잘 모르고 있다 ⇨ くらい(暗い)

＊ 사회적인 지위나 권력이 있다 ⇨ えらい(偉い・豪い)

＊ 살림에 찌들다 ⇨ ぬかみそくさい

＊ 살림이 어렵다 ⇨ わびしい(侘びしい)

＊ 살벌(殺伐)하다 ⇨ ちなまぐさい(血腥い)

＊ 살풍경하다 ⇨ さむざむしい

＊ (삼가 존중하는 모양)공손하다 ⇨ うやうやしい(恭しい)

＊ 상당한 인물 같다 ⇨ ひとがましい

＊ 상대가 너무 강해서 이길 수가 없다 ⇨ てごわい(手強い)

＊ 상대방과 마음이 잘 맞지 않고 어쩐지 서먹서먹하다 ⇨ きまずい(気不味い)

＊ 상대하기 쉽다 ⇨ くみしやすい(与し易い)

＊ 상대하기가 겁나다 ⇨ てごわい(手強い)

＊ 상상(想像)되다 ⇨ おぼしい(思しい)

＊ 상세하다 ⇨ くわしい(詳しい・精しい・委しい)

* 상스럽다 ⇨ けがらわしい(汚らわしい・穢らわしい)
* 상쾌하다 ⇨ きよい(清い), すがすがしい(清清しい), すずしい(涼しい)
* 상쾌하여 기분이 좋다 ⇨ いさぎよい(潔い)
* 상쾌한 기분이다 ⇨ はれがましい(晴れがましい)
* 상하지 않는다 ⇨ つよい(強い)
* 새롭다 ⇨ あたらしい(新しい), ことあたらしい(事新しい), めずらしい(珍しい)
* 새삼스러운 듯하다 ⇨ いまさらしい
* 새삼스럽다 ⇨ いまさらしい
* 새삼스레하다 ⇨ わざとがましい(態とがましい)
* 새파랗게 젊다 ⇨ わかわかしい(若若しい)
* 새하얗다 ⇨ まっしろい
* 색(色)에 약하다 ⇨ のろい(鈍い)
* (색・빛・맛 등이)약하다 ⇨ うすい(薄い)
* (색깔・모양이)매우 엷다 ⇨ あわあわしい
* 색다르지 않다 ⇨ ふるい(古い・旧い・故い)
* 색이 짙다 ⇨ こい(濃い), ふかい(深い)
* 색이 짙지 못하다 ⇨ あさい(浅い)
* 색정적이다 ⇨ つやっぽい
* 샘이 나다 ⇨ ねたましい(妬ましい)
* 생각되다 ⇨ おぼしい(思しい)
* 생각이 깊은 모양 ⇨ かんがえぶかい
* 생각이나 도량 등이 좁다 ⇨ けちくさい(けち臭い)
* (생각이나 행동이)둔하다 ⇨ とろい
* 생각이 모자라다 ⇨ おろかしい, こころない(心無い)
* 생각이 미숙하다 ⇨ あまっちょろい(甘っちょろい)
* 생고기・물고기 냄새가 나다 ⇨ なまぐさい(生臭い・腥い)
* 생기에 차서 아름답다 ⇨ みずみずしい(瑞瑞しい)
* 생생하다 ⇨ あたらしい(新しい), なまなましい(生生しい)
* 생선 따위에 잔가시가 많은 모양 ⇨ ほねっぽい(骨っぽい)
* (생선・해초)등의 냄새가 나다 ⇨ いそくさい(磯臭い)
* 서로 같다 ⇨ あいひとしい, ひとしい(等しい)
* 서로 닮아 구별하기 힘들다 ⇨ まぎらわしい(紛らわしい)
* 서먹서먹하다 ⇨ うとうとしい(疎疎しい), よそよそしい(余所余所しい)
* 서양 냄새가 나다 ⇨ バタくさい(バタ臭い)
* 서양식이다 ⇨ バタくさい(バタ臭い)

* 서운하다 ⇨ のこりおおい(残り多い)

* 서투르다 ⇨ つたない(拙い), まずい(不味い), わるい(悪い)

* 선량하다 ⇨ よい(良い・好い・善い・佳い)

* 설다 ⇨ あおい(青い)

* 섬뜩하다(무섭다) ⇨ はださむい(膚寒い・肌寒い)

* 섭섭하다 ⇨ のこりおしい(残り惜しい)

* 성가시다 ⇨ うざったい, うるさい(煩い・五月蝿い)

* 성격이 원만하지 못하다 ⇨ かどかどしい(角角しい)

* 성급하다 ⇨ きぜわしい(気忙しい), きばやい

* 성기다 ⇨ あらい(粗い②)

* 성대하다 ⇨ いかめしい(厳めしい)

* 성미가 급하다 ⇨ みじかい(短い)

* 성미가 까다롭다 ⇨ きむずかしい

* (성실하게 일을 해 가는 모양)건실하다 ⇨ てがたい(手堅い)

* 성실하게 일하다 ⇨ まめまめしい

* 성실하다 ⇨ かたい(堅い・固い・硬い)

* 성이 나다 ⇨ はらだたしい(腹立たしい)

* 성적 매력이 있다 ⇨ いろっぽい

* 성질이 바르고 답답하다 ⇨ さくい

* (성채 등을)함락시키기 어렵다 ⇨ ぬきがたい

* 세력이 약하다 ⇨ ゆるい(緩い)

* 세상 물정에 어둡고 어수룩하다 ⇨ なまっちょろい

* 세상 인심이 흉흉하다 ⇨ ものさわがしい(物騒がしい)

* 세상이 어수선하다 ⇨ ものさわがしい(物騒がしい)

* 세상이 조용하지 않다 ⇨ さわがしい(騒がしい)

* 세차다 ⇨ はげしい(激しい・烈しい・劇しい)

* 셈속(셈평)이 빠르다 ⇨ かんじょうだかい, けいさんだかい

* 소란스럽다 ⇨ かしがましい, かまびすしい(囂しい)

* 소란하다 ⇨ さわがしい(騒がしい), やかましい(喧しい)

* 소리가 가늘고 약하다 ⇨ ほそい(細い)

* 소리가 낮다 ⇨ ひくい(低い)

* 소리가 들리지 않다(낮다) ⇨ ちいさい(小さい)

* 소리가 커서 시끄럽다 ⇨ さわがしい(騒がしい)

* 소리・목소리의 진동수(振動数)가 많다 ⇨ たかい(高い)

* 소문이 나쁘다 ⇨ ききぐるしい(聞き苦しい)

* 소원하다 ⇨ うとうとしい(疎疎しい), とおい(遠い)

* 소탈하다 ⇨ きがるい(気軽い), すずしい(涼しい)

* 속기 쉽다 ⇨ めでたい(芽出度い・目出度い)

* 속시원하다 ⇨ こきみよい

* 속이 검다 ⇨ きたない(汚ない・穢ない), はらぐろい(腹黒い)

* 손끝의 움직임이 민첩하다 ⇨ てばしこい(手捷い)

* 손쉽다 ⇨ ぞうさない, たやすい(容易い), はやい(早い・速い), わけない

* 손쉽지 않다 ⇨ ておもい

* 솜씨가 좋다 ⇨ うまい(旨い・甘い・美味い・上手い①)

* 쇳내 나다 ⇨ かなくさい(金臭い)

* 수가 적다 ⇨ わかい(若い)

* 수가 적어 가치가 있다 ⇨ とうとい(尊い・貴い)

* 수단이나 방법이 없다 ⇨ よしない(由無い)

* 수량・정도・금액이 적다 ⇨ ちいさい(小さい)

* 수상하다 ⇨ あやしい(怪しい), いぶかしい(訝しい), おかしい(可笑しい), くさい(臭い)

* 수선스럽다 ⇨ ぎょうぎょうしい(仰仰しい)

* 수속이 복잡하고 까다롭다 ⇨ しちむずかしい

* 수월하다 ⇨ わけない

* 순진하고 귀엽다 ⇨ いわけない(稚い), ういういしい(初初しい)

* 순진하고 온화하다 ⇨ やさしい(優しい②)

* 순하다 ⇨ ぬるい(温い)

* 숨이 가쁘다 ⇨ いきぐるしい(息苦しい)

* 숭고하다 ⇨ こうごうしい(神神しい)

* 쉽게 감동하다 ⇨ なみだもろい(涙脆い)

* 쉽다 ⇨ おやすい(お安い), かるい(軽い), こころやすい(心安い), ちょろい, なまやさしい
         (生易しい), やさしい(易しい①), やすい(易い②)

* 슬퍼 못 견디어 하는 모양 ⇨ わびしい(侘びしい)

* 슬프다 ⇨ うれわしい(憂わしい), かなしい(悲しい・哀しい)

* 습기가 있다 ⇨ しめっぽい

* 시간의 사이가 적다 ⇨ ちかい(近い)

* 시간이 걸리다 ⇨ おそい(遅い), まどおい(間遠い)

* 시간이 오래 걸리다 ⇨ ひさしい(久しい)

* 시간이 오래 걸리지 않다 ⇨ てっとりばやい(手っ取り早い)

* 시간이 오래지 않다 ⇨ みじかい(短い)

* 시간적으로 이르다 ⇨ はやい(早い・速い)

＊ 시간적으로 짧다 ⇨ はやい(早い・速い)

＊ 시간적인 간격이 크다 ⇨ とおい(遠い)

＊ 시골다운 느낌이 나다 ⇨ くさぶかい(草深い)

＊ 시골티가 나다 ⇨ つちくさい(土臭い), ひなたくさい

＊ 시끄럽게 잔소리하다 ⇨ こやかましい(小喧しい)

＊ 시끄럽다 ⇨ うるさい(煩い・五月蝿い), かしがましい, かしましい(囂しい), くちやかま
　　　しい(口喧しい), けたたましい, そうぞうしい(騒騒しい), やかましい(喧しい), わずら
　　　わしい(煩わしい)

＊ 시끄럽도록 말이 많다 ⇨ くちうるさい(口煩い)

＊ 시다 ⇨ すい(酸い)

＊ 시대에 뒤떨어졌다 ⇨ ふるい(古い・旧い・故い)

＊ 시시하다 ⇨ くだらない, ばかくさい(馬鹿臭い), ばからしい(馬鹿らしい), よしない(由無
　　　い), わけない

＊ 시원스럽다 ⇨ すずしい(涼しい)

＊ 시원찮다 ⇨ しがない

＊ 시원치 못하다 ⇨ わるい(悪い)

＊ 시원하다 ⇨ すずしい(涼しい)

＊ 시장하다 ⇨ ひだるい(饑い)

＊ 시큼하다 ⇨ すっぱい(酸っぱい)

＊ 시큼한 맛이 나다 ⇨ すっぱい(酸っぱい)

＊ 식초 맛이 나다 ⇨ すい(酸い)

＊ (신경이 둔하고 뻔뻔스런 모양)뻔뻔스럽다 ⇨ たけだけしい(猛猛しい)

＊ 신경질적이다 ⇨ きむずかしい

＊ 신뢰할 수 없다 ⇨ たよりない(頼り無い)

＊ 신분이나 품위가 높아 존경받을 만하다 ⇨ とうとい(尊い・貴い)

＊ (신분·지위)가 낮다 ⇨ いやしい(卑しい・賎しい), かるい(軽い)

＊ 신선하다 ⇨ あたらしい(新しい)

＊ 신선하지 않다 ⇨ ふるい(古い・旧い・故い)

＊ 신중하다 ⇨ えんりょぶかい, ようじんぶかい(用心深い)

＊ 신중히 생각하는 모양 ⇨ かんがえぶかい

＊ 실망하다(내용이 기대 이하여서) ⇨ しょぼい

＊ 실현성이 적다 ⇨ はかない(果敢無い・儚い)

＊ 싫다 ⇨ いとわしい(厭わしい), いまわしい(忌まわしい), いやらしい, うとましい(疎まし
　　　い), けうとい(気疎い)

＊ 싫증이 나도록 길다 ⇨ ながたらしい(長たらしい)

* 심각하지 않다 ⇨ やわらかい(柔らかい・軟かい)
* 심보가 나쁘다 ⇨ はらぎたない(腹穢ない), はらぐろい(腹黒い)
* 심약하다 ⇨ こころよわい
* 심오하다 ⇨ おくぶかい
* 심원(深遠)하다 ⇨ おくふかい(奥深い)
* 심하다 ⇨ えらい(偉い・豪い), おそろしい(恐ろしい), おもい(重い), きつい, きびしい
      (厳しい), すさまじい(凄まじい), たかい(高い), つよい(強い), ていたい(手痛い), で
      かい, はげしい(激しい・烈しい・劇しい), ひどい(非道い・酷い), わりない(理無い)
* 심하지 않다 ⇨ かるい(軽い), ゆるい(緩い)
* 싱겁다 ⇨ あじきない(味気無い), あっけない(呆気無い), あまい(甘い)
* 싹싹하다 ⇨ きがるい(気軽い), じょさいない
* 썩은 냄새 혹은 구린내가 나다 ⇨ くさい(臭い)
* 썰렁하다 ⇨ さむざむしい
* 쑥스럽고 수줍다 ⇨ はれがましい(晴れがましい)
* 쑥스럽다 ⇨ きまりわるい
* 쓰다 ⇨ にがい(苦い)
* 쓰라리다 ⇨ にがい(苦い)
* 쓴 표정이다 ⇨ しぶい(渋い)
* 쓸모(가) 없다 ⇨ くだらない, ふがいない(腑甲斐無い)
* 쓸쓸하고 외롭다 ⇨ わびしい(侘びしい)
* 쓸쓸하다 ⇨ こころぼそい(心細い), たよりない(頼り無い)
* 씁쓰레하다 ⇨ ほろにがい(ほろ苦い)
* 씩씩하고 남성답다(남자답다) ⇨ おとこくさい, おとこっぽい
* 씩씩하다 ⇨ おおしい(雄雄しい), おとこらしい(男らしい), りりしい(凛凛しい)
* 아기 같다 ⇨ おとなげない(大人気無い)
* 아깝다 ⇨ おしい(惜しい), もったいない(勿体無い)
* 아니꼽다 ⇨ しゃらくさい(洒落臭い)
* 아름답다 ⇨ うつくしい(美しい), かぐわしい(芳しい・馨しい), やさしい(優しい②)
* 아름답지 못하다 ⇨ わるい(悪い)
* 아름답지 않다 ⇨ みにくい(醜い・見難い)
* 아릿하다 ⇨ いがらっぽい, えがらっぽい
* 아무것도 아니다 ⇨ おやすい(お安い), なんでもない
* 아무런 생각도 없다 ⇨ なにごころない(何心無い)
* 아무렇지도 않은 듯하다 ⇨ さりげない(然り気無い)
* (아무 생각도 없는 모양)아무렇지도 않다 ⇨ なにげない(何気無い)

* 아쉽다 ⇨ おしい(惜しい)
* 아슬아슬한 고비에 있다 ⇨ きわどい(際疾い)
* 아주 귀엽다 ⇨ あいくるしい(愛くるしい)
* 아주 낡았다 ⇨ ふるくさい(古臭い)
* 아주 둥글다 ⇨ まんまるい
* 아주 미숙하다 ⇨ わかわかしい(若若しい)
* 아주 분별이 있는 체하다 ⇨ ふんべつくさい
* 아주 새까맣다 ⇨ まっくろい
* 아주 새롭다 ⇨ まあたらしい(真新しい)
* 아주 인색하다 ⇨ みみっちい
* 아주 진귀(珍貴)하다 ⇨ ものめずらしい
* 아직 그 시기・그 시각이 아니다 ⇨ はやい(早い・速い)
* 아직 미숙하다 ⇨ きいろい(黄色い)
* 아직 생생하다 ⇨ なまあたらしい(生新しい)
* 아직 어리다(비유적으로) ⇨ ちちくさい(乳臭い)
* 아직 어리다 ⇨ わかい(若い)
* 아직 충분하다고 할 수 없다 ⇨ あさい(浅い)
* 아취(雅趣)가 있어 그윽하다 ⇨ こころにくい(心憎い)
* 아프다 ⇨ いたい(痛い)
* 악랄하다 ⇨ あくどい, えげつない
* 악착스럽다 ⇨ がめつい
* 안개 등이 짙게 끼다 ⇨ ふかい(深い)
* 안까지의 거리가 멀다 ⇨ ふかい(深い)
* 안달스럽다 ⇨ きばやい
* 안 되다 ⇨ いけない
* (안색이)창백하다 ⇨ あおじろい(青白い・蒼白い)
* 안심되다 ⇨ きづよい(気強い)
* 안심하다 ⇨ きやすい(気安い・気易い)
* 안심할 수 없어 염려되다 ⇨ こころぼそい(心細い)
* 안전하다 ⇨ まったい
* 알고 있으면서 모르는 체하다 ⇨ そらぞらしい(空空しい)
* 알기 어렵다 ⇨ むずかしい(難しい)
* 알맞다 ⇨ につかわしい(似つかわしい), ほどよい(程好い), よい(良い・好い・善い・佳い)
* 알맹이가 없다 ⇨ むなしい(空しい)
* 알아듣기 힘들다 ⇨ ききにくい(聞き悪い)

* 알알하다 ⇨ えがらい
* (애교·동정심이 없는 모양)무뚝뚝하다 ⇨ そっけない(素っ気無い)
* 애매하다 ⇨ あぶない(危ない)
* 애석하다 ⇨ くちおしい(口惜しい)
* 애정이(매우) 두텁다 ⇨ あまい(甘い), あまったるい(甘ったるい), こい(濃い)
* 액수가 적다 ⇨ ほそい(細い)
* 앳되다 ⇨ いわけない(稚い)
* 야단스럽다 ⇨ おどろおどろしい, たいそうらしい
* 야비하다 ⇨ えげつない
* 야하다 ⇨ ぞくっぽい(俗っぽい)
* 약간 높다 ⇨ こだかい(小高い)
* 약간 때문어 있다 ⇨ うすぎたない(薄汚い)
* 약간 불만스럽다 ⇨ ものたりない(物足りない)
* 약간 성가시다 ⇨ こうるさい(小煩い)
* 약간 어둡다 ⇨ うすぐらい(薄暗い), こぐらい(小暗い)
* 약간이다 ⇨ すくない(少ない), ちいさい(小さい)
* 약간 희다 ⇨ うすじろい
* 약빠르다 ⇨ あざとい
* 약삭빠르다 ⇨ あざとい, ずるがしこい, わるがしこい(悪賢い)
* 약점을 찔리거나 곤란한 일을 당하여 굴복하다 ⇨ いたい(痛い)
* 약하다 ⇨ やわい(柔い)
* 약하디약하다 ⇨ よわよわしい
* (얄미울 정도로)훌륭하다 ⇨ こころにくい(心憎い)
* 얄밉다 ⇨ こづらにくい(小面憎い)
* 얇다 ⇨ うすい(薄い)
* 얌전하다 ⇨ つつましい(慎ましい)
* 얕다 ⇨ あさい(浅い)
* 얕볼 수 없다 ⇨ てごわい(手強い)
* 어두컴컴하다 ⇨ おぐらい(小暗い), ほのぐらい(仄暗い)
* 어둑어둑하다 ⇨ うすぐらい(薄暗い), おぐらい(小暗い), こぐらい(小暗い)
* 어둠침침하다 ⇨ ほのぐらい(仄暗い)
* 어둡다 ⇨ くらい(暗い)
* 어디가 어떻다는 것은 아니다 ⇨ そこはかとない
* 어디까지나 단념할 수 없다 ⇨ みれんがましい(未練がましい)
* 어딘가 부족함이 있다 ⇨ かったるい

* 어딘가 수상하다 ⇨ うさんくさい
* 어딘지 모르게 무섭다 ⇨ ものおそろしい(物恐ろしい)
* 어딘지 모르게 좀 지저분하다 ⇨ こぎたない(小汚ない)
* 어떻게 하면 좋을지 모르겠다 ⇨ やるかたない(遣る方ない)
* 어떻게 할 방도가 없다 ⇨ せんかたない(詮方無い)
* 어려서 철이 없다 ⇨ がんぜない(頑是無い)
* 어려움 없다 ⇨ ぞうさない
* 어렵다 ⇨ きつい
* 어렵지 않다 ⇨ たやすい(容易い)
* 어른답지 못하다 ⇨ おとなげない(大人気無い)
* 어리다 ⇨ あおい(青い), いとけない(幼い・稚い), いわけない(稚い), おさない(幼い), き
　　いろい(黄色い), ちいさい(小さい)
* 어리석다 ⇨ おろかしい, つたない(拙い), のろい(鈍い)
* 어리숭하다 ⇨ なまっちょろい
* 어마어마하다 ⇨ おどろおどろしい, ことごとしい, ものものしい(物物しい)
* 어색하다 ⇨ きはずかしい(気恥ずかしい)
* 어색한 느낌이 든다 ⇨ わざとらしい(態とらしい)
* 어엿하다 ⇨ ひとがましい
* (어울리는 모양)잘 어울리다 ⇨ にあわしい(似合わしい)
* 어울리다 ⇨ につかわしい(似つかわしい)
* 어울리지 않다 ⇨ そぐわない, にげない(似気無い)
* 어지럽다 ⇨ めまぐるしい(目まぐるしい)
* 어쩐지 그립다 ⇨ ゆかしい(床しい・懐しい)
* 어쩐지 기분이 나쁘다 ⇨ うすきみわるい(薄気味悪い), そこきみわるい(底気味悪い)
* 어쩐지 더럽다 ⇨ うすぎたない(薄汚い)
* 어쩐지 두렵다 ⇨ ものおそろしい(物恐ろしい)
* 어쩐지 마음이 끌리다 ⇨ すいたらしい
* 어쩐지 무섭다 ⇨ そらおそろしい(空恐ろしい)
* 어쩐지 무시무시하다 ⇨ きみわるい(気味悪い)
* 어쩐지 미심쩍다 ⇨ うさんくさい
* 어쩐지 부끄럽다 ⇨ うらはずかしい(心恥ずかしい), きはずかしい(気恥ずかしい), きまり
　　わるい, そらはずかしい(空恥ずかしい)
* 어쩐지 부자연스럽다 ⇨ わざとらしい(態とらしい)
* 어쩐지 분주하다 ⇨ こぜわしい
* 어쩐지 슬프다 ⇨ うらがなしい(心悲しい), さびしい(寂しい・淋しい), ものがなしい(物

悲しい)

* 어쩐지 쓸쓸하다 ⇨ うらさびしい(心寂しい), ものさびしい(物寂しい・物淋しい)

* 어쩐지 알고 싶다 ⇨ ゆかしい(床しい・懐しい)

* 어쩔 도리가 없다 ⇨ じゅつない(術無い)

* 어쩔 수 없다 ⇨ しかたない, しょうがない, せんない(詮ない), よんどころない(拠無い)

* 어찌할 수 없다 ⇨ わりない(理無い)

* 어처구니없을 정도다 ⇨ すさまじい(凄まじい)

* 억세다 ⇨ つよい(強い)

* 얻기 어렵다 ⇨ えがたい(得難い)

* 얼굴만 보아도 밉다 ⇨ つらにくい(面憎い)

* 얼굴을 보기조차 싫다 ⇨ こづらにくい(小面憎い)

* 얼굴이 둥글고 부드러운 모양 ⇨ ふくぶくしい(福福しい)

* 얼마 남지 않다 ⇨ のこりすくない

* 엄격하다 ⇨ かたい(堅い・固い・硬い), きびしい(厳しい), ていたい(手痛い), はげしい
    (激しい・烈しい・劇しい)

* 엄숙하다 ⇨ いかめしい(厳めしい), きびしい(厳しい), けだかい(気高い)

* 엄중하다 ⇨ きつい, きびしい(厳しい), ものものしい(物物しい)

* 엄청나게 크다 ⇨ でかい

* 엄하다 ⇨ いかつい(厳つい), つよい(強い), てづよい(手強い)

* 엄하지 않다 ⇨ あまい(甘い), あまっちょろい(甘っちょろい), てぬるい(手緩い), ゆるい
    (緩い)

* 없다 ⇨ ない(無い)

* 엉덩이가 근질근질하다 ⇨ しりこそばゆい(尻擽い)

* 에둘러 하느라고 민첩하지 못하다 ⇨ まわりどおい

* (여성이) 살림때가 묻다 ⇨ ぬかみそくさい

* 여위고 키가 크다 ⇨ ひょろながい(ひょろ長い)

* 여유가 없다 ⇨ せまい(狭い)

* (여자가)아름답다 ⇨ なまめかしい(艶かしい)

* 여자답다 ⇨ おんならしい(女らしい)

* 여자에게 빠지기 쉽다 ⇨ のろい(鈍い)

* (여자의 행실에서) 어울리지 않다 ⇨ あられもない

* (여자인데도) 남자 같다 ⇨ おとこっぽい

* 연공(年功)을 쌓았다 ⇨ ふるい(古い・旧い・故い)

* 연기가 끼어 냅다 ⇨ けむたい(煙たい・烟たい)

* (연기 등으로)맵싸하다 ⇨ えぐい(蘞い)

* (연기 등으로)아릿하다 ⇨ えぐい(蔽い)

* 연소하다 ⇨ おさない(幼い)

* 연약하다 ⇨ かよわい(か弱い), ひよわい(ひ弱い), めめしい(女女しい), よわよわしい

* 열렬히 사랑하고 있다 ⇨ あつい(熱い②)

* 열매가 덜 익다 ⇨ あおい(青い)

* 열심이다 ⇨ ねつい

* 열없다 ⇨ おもはゆい(面映い), こはずかしい

* 열이 높다 ⇨ あつい(熱い②)

* 열이 있는 듯하다 ⇨ ねつっぽい(熱っぽい)

* 엷다 ⇨ あさい(浅い)

* 염려되다 ⇨ こころぐるしい(心苦しい), こころもとない(心許無い)

* 염려(念慮)스럽다 ⇨ きづかわしい(気遣わしい)

* 영리하다 ⇨ かしこい(賢い), さかしい(賢しい), はしこい

* 영악하다 ⇨ ずるがしこい

* 옆에서 보기에 딱하다 ⇨ かたわらいたい

* 예리(鋭利)하다 ⇨ するどい(鋭い)

* 예리하지 않다 ⇨ とおい(遠い), にぶい(鈍い)

* 예의 바르고 겸손하다 ⇨ つつしみぶかい(慎み深い)

* 옛날 일이다 ⇨ ふるい(古い・旧い・故い)

* 오래 가다 ⇨ とおい(遠い)

* 오래간만에 만나 기쁘다 ⇨ なつかしい(懐かしい)

* 오래간만이다 ⇨ ひさしい(久しい), めずらしい(珍しい)

* 오래 기다려 견딜 수 없다(못 견딜 것 같다) ⇨ まちどおしい(待ち遠しい)

* 오래다 ⇨ ふるい(古い・旧い・故い)

* 오래도록 쓰고 있다 ⇨ ふるい(古い・旧い・故い)

* 오래 된 것 같다 ⇨ ふるめかしい(古めかしい)

* 오랜 세월이 지나다 ⇨ ふるい(古い・旧い・故い)

* 오랫동안 교제하지 않다 ⇨ うとい(疎い)

* 오만(傲慢)하다 ⇨ こざかしい(小賢しい)

* 오묘하다 ⇨ おくぶかい

* 온순하다 ⇨ おとなしい(大人しい)

* 온화해서 친밀감을 느끼게 하는 모양 ⇨ ひとなつかしい

* 올바르다 ⇨ よい(良い・好い・善い・佳い)

* (옷이나 방 등에서)남성의 체취가 풍기다 ⇨ おとこくさい

* 완강하다 ⇨ こわい(強い②)

* 완고하다 ⇨ かたい(堅い・固い・硬い), ごつい, しぶとい

* 완만하다 ⇨ なまぬるい(生温い)

* 완벽하다 ⇨ まったい

* 완성하기 힘들다 ⇨ むずかしい(難しい)

* 완전하다 ⇨ まったい, まるい(丸い・円い)

* 왠지 떠들썩하다 ⇨ ものさわがしい(物騒がしい)

* 왠지 모르게 외로워서 누군가를 만나고 싶다 ⇨ ひとこいしい

* 요란스럽다 ⇨ そうぞうしい(騒騒しい)

* 요란하다 ⇨ おどろおどろしい, けたたましい, にぎわしい(賑わしい)

* 요령을 얻지 못하다 ⇨ にえきらない(煮え切らない)

* 요염하다(주로 여성에 대하여 씀) ⇨ あだっぽい(婀娜っぽい), いろっぽい, つやっぽい

* 용감하다 ⇨ いさぎよい(潔い), いさましい(勇ましい), きつい

* 용렬하다 ⇨ こまい(細い)

* 용모가 아름답다 ⇨ みめよい(見目好い)

* 용의주도하다 ⇨ こまかい(細かい)

* 용이(容易)하다 ⇨ やすい(易い②), たやすい(容易い)

* 우미(優美)하다 ⇨ やさしい(優しい②)

* 우수하다 ⇨ するどい(鋭い)

* 우스꽝스럽다 ⇨ ちゃんちゃらおかしい

* 우스워 못 견디다 ⇨ かたはらいたい(片腹痛い)

* 우습다 ⇨ おかしい(可笑しい), おもしろい(面白い)

* 우아하다 ⇨ おくゆかしい(奥床しい), なまめかしい(艶かしい), ゆかしい(床しい・懐しい)

* 우울하다 ⇨ さびしい(寂しい・淋しい)

* 운이 나쁘다 ⇨ つたない(拙い)

* 울적하다 ⇨ ものうい(物憂い・懶い)

* 울퉁불퉁하다 ⇨ かどかどしい(角角しい)

* 울퉁불퉁하지 않다 ⇨ ひらたい(平たい)

* 움직임이 빠르다 ⇨ はやい(早い・速い)

* 원기가 있다 ⇨ いさましい(勇ましい)

* 원기 왕성하다 ⇨ わかい(若い)

* 원만하다 ⇨ まるい(丸い・円い)

* 원망스럽다 ⇨ うらめしい(恨めしい・怨めしい)

* 원인 모르게 소란하다 ⇨ ものさわがしい(物騒がしい)

* 원인이 깊어 캐기 힘들다 ⇨ ねぶかい(根深い)

* 원통하다 ⇨ くやしい(悔しい・口惜しい)

* 원하는 바다 ⇨ ねがわしい(願わしい)

* 원한이 있는 듯하다 ⇨ うらみがましい

* 위급하다 ⇨ きわどい(際疾い)

* 위대하다 ⇨ えらい(偉い・豪い)

* 위엄이 서지 않다 ⇨ かるい(軽い)

* 위엄이 있다 ⇨ ものものしい(物物しい)

* 위엄있고 침착하다 ⇨ おもおもしい(重重しい)

* 위엄있게 보이다 ⇨ いかつい(厳つい)

* 위의 위치에 있다 ⇨ たかい(高い)

* 위태롭다 ⇨ あぶない(危ない), からい(辛い・鹹い)

* 위태위태하다 ⇨ あぶなっかしい(危なっかしい)

* 위태하다 ⇨ あやうい(危うい)

* 위험하다 ⇨ あぶない(危ない), あやうい(危うい)

* 유감스럽다 ⇨ くちおしい(口惜しい), くやしい(悔しい・口惜しい)

* 유감이다 ⇨ うらめしい(恨めしい・怨めしい)

* 유난히 돋보이다 ⇨ はえばえしい

* 유례가 없다 ⇨ ならびない(並び無い)

* 유명하다 ⇨ なだかい(名高い)

* (유순하고 동정이 갈 정도로 애처로운 모습)순진하고 내성적이고 귀엽다 ⇨ しおらしい

* 유순하다 ⇨ やわらかい(柔らかい・軟かい)

* (유아어)더럽다 ⇨ ばばっちい

* 유연하다 ⇨ ひろい(広い・弘い)

* 유치하다 ⇨ たわいない, ちちくさい(乳臭い)

* 유쾌하고 기쁘다 ⇨ たのしい(楽しい)

* 유쾌하고 즐겁다 ⇨ おもしろい(面白い)

* 유쾌하다 ⇨ こころよい(快い)

* 육친 관계가 아니다 ⇨ まましい(継しい)

* 윤이 나고 싱싱하다 ⇨ なまあたらしい(生新しい), みずみずしい(瑞瑞しい)

* 윤이 나다 ⇨ つやつやしい

* 율(率)・도수(度数)가 높다 ⇨ たかい(高い)

* 융숭하다 ⇨ てあつい(手厚い)

* 으스스 춥다 ⇨ はださむい(膚寒い・肌寒い)

* 으스스하다 ⇨ うすらさむい(薄ら寒い), うそさむい(うそ寒い)

* 은혜를 베풀고 생색을 내다 ⇨ おんきせがましい

* 음산하다 ⇨ さびしい(寂しい・淋しい)

* 음식을 욕심 사납게 탐내다 ⇨ くちぎたない(口汚ない)
* (음식을)함부로 탐내다 ⇨ いやしい(卑しい・賎しい)
* 음울하다 ⇨ いんきくさい, くらい(暗い), しめっぽい
* 의리가 굳다 ⇨ ぎりがたい
* 의리가 두텁다 ⇨ ものがたい(物堅い)
* 의식(儀式)에 너무 얽매이다 ⇨ かたくるしい(堅苦しい)
* 의심스럽다 ⇨ あやしい(怪しい), いかがわしい(如何わしい), いぶかしい(訝しい)
* 의심 없다 ⇨ うたがいない
* 의심이 많다 ⇨ うたがいぶかい, うたぐりぶかい
* 의아스럽다 ⇨ うたがわしい(疑わしい)
* 의외다 ⇨ おもいがけない(思い掛け無い)
* 의지가 강하다 ⇨ つよい(強い)
* 의지가 굳다 ⇨ こころづよい(心強い)
* 의지할 데가 별로 없어 불안하다 ⇨ たのみすくない
* 의지할 만하다 ⇨ たのもしい(頼もしい)
* 이 세상에 없다 ⇨ むなしい(空しい)
* 이내 물리다 ⇨ あきっぽい
* 이르다 ⇨ はやい(早い・速い)
* (이불・빨래 등에서)햇볕을 오래 쬔 냄새가 나다 ⇨ ひなたくさい
* 이상하다 ⇨ あやしい(怪しい), おかしい(可笑しい)
* (이야기 등의)매듭이 없다 ⇨ たわいない
* 이야기 등이 핵심을 피하고 번거롭다 ⇨ まわりくどい(回り諄い)
* 이야기를 원만히 끝내다 ⇨ まるい(丸い・円い)
* 이유가 없다 ⇨ よしない(由無い)
* 이익이 대단히 많다 ⇨ ぼろい
* 이치에 맞지 않다 ⇨ わりない(理無い)
* 이해가 빠르다 ⇨ みみざとい(耳聡い)
* 이해 타산이 빠르다 ⇨ せちがらい(世知辛い・世智辛い)
* 이해하기가 곤란하다 ⇨ むずかしい(難しい)
* 이해하기 쉽다 ⇨ やさしい(易しい①), わかりやすい
* 이해하기 어렵다 ⇨ こころえがたい
* 익살스럽다 ⇨ おかしい(可笑しい)
* 인간답다 ⇨ ひとくさい
* 인기척이 있다 ⇨ ひとくさい
* 인내심이 강하다 ⇨ がまんづよい, しんぼうづよい

* 인색하다 ⇨ あたじけない, きたない(汚ない・穢ない), けちくさい(けち臭い), こまかい
    (細かい), しぶい(渋い), しょっぱい, しわい(吝い), せちがらい(世知辛い・世智辛い)

* 인색하면서 교활하다 ⇨ こすっからい(狡っ辛い)

* 인연이 멀다 ⇨ えんどおい(縁遠い)

* 인위적(人為的)이다 ⇨ いまめかしい

* 인정이 각박하여 세상살이가 어렵다 ⇨ せちがらい(世知辛い・世智辛い)

* 인정이 깊다 ⇨ あつい(厚い③・篤い④)

* 인정이 많다 ⇨ こころよわい, なさけぶかい(情け深い), やさしい(優しい②)

* 인정이 없다 ⇨ こころない(心無い), すげない, なさけない(情け無い)

* 일부러 눈에 띠게 화려하게 하다 ⇨ れいれいしい(麗麗しい)

* 일부러 하다 ⇨ わざとがましい(態とがましい)

* 일부러인 듯하다 ⇨ ことあたらしい(事新しい)

* 일을 해치우는 솜씨가 빠르다 ⇨ てばやい(手早い)

* 일이 바뀐 후의 처음 ⇨ あたらしい(新しい)

* 일이 바람직한 방향으로 나아가다 ⇨ はかばかしい(捗捗しい)

* 일이 순조롭게 진행되다 ⇨ はかばかしい(捗捗しい)

* (입김에서 술 마신 사람 특유의 냄새가 나는 모양)술내가 나다 ⇨ さけくさい

* 입이 가볍다 ⇨ くちがるい, かるい(軽い)

* 입이 무겁다 ⇨ くちおもい, くちがたい(口堅い)

* 입이 심심하다 ⇨ くちさびしい

* 있을 것이 없어서 허전하다 ⇨ さびしい(寂しい・淋しい)

* 있을 수 없다 ⇨ とんでもない

* 잊기 쉽다 ⇨ わすれっぽい(忘れっぽい)

* 자그마한 일에도 잔소리를 많이 하다 ⇨ くちやかましい(口喧しい)

* 자기가 부끄러울 만큼 상대방이 훌륭하다 ⇨ はずかしい(恥ずかしい)

* 자기와 가깝다 또는 자기와 관계가 깊다 ⇨ みぢかい

* 자기의 역량 이상으로 큰소리를 하다 ⇨ くちはばったい(口幅ったい)

* 자늑자늑하고 질기다 ⇨ ねばりづよい

* 자랑스럽다 ⇨ ほこらしい(誇らしい)

* 자못 뽐내는 듯하다 ⇨ じまんたらしい

* 자비롭다 ⇨ じひぶかい

* 자비심이 강하다 ⇨ じひぶかい

* 자비심이 많다 ⇨ なさけぶかい(情け深い)

* 자세하다 ⇨ こまかい(細かい)

* 자세히 알고 있다 ⇨ あかるい(明るい)

* 자신이 없어 보이다 ⇨ たどたどしい
* 작다 ⇨ こまい(細い), ちっちゃい
* 작용・기능이 충분치 못하다 ⇨ わるい(悪い)
* 작은 일에 사로잡히지 않다 ⇨ ひろい(広い・弘い)
* 잔소리가 많다 ⇨ やかましい(喧しい)
* 잔재주가 많다 ⇨ こざかしい(小賢しい)
* 잔학하다 ⇨ むごい(惨い・酷い)
* 잔혹하다 ⇨ むごたらしい(惨たらしい・酷たらしい)
* 잘고 도량이 좁은 성격이다 ⇨ せせこましい
* 잘다 ⇨ こまい(細い), こまかい(細かい)
* 잘 들다 ⇨ するどい(鋭い)
* 잘 모르다 ⇨ うとい(疎い)
* 잘 보이지 않다 ⇨ みづらい
* 잘 부서지다 ⇨ もろい(脆い)
* 잘 알고 있다 ⇨ くわしい(詳しい・精しい・委しい)
* 잘 어울리다 ⇨ ふさわしい(相応しい)
* 잘 잊어버리다 ⇨ わすれっぽい(忘れっぽい)
* 잠귀가 밝다 ⇨ いざとい, めざとい(目敏い)
* 잠꾸러기다 ⇨ いぎたない(寝穢い)
* 잠에서 쉽게 깨어나지 못하다 ⇨ いぎたない(寝穢い)
* 잠이 오다 ⇨ ねむい(眠い), ねむたい(眠たい)
* 잠이 잘 오지 않다 ⇨ ねぐるしい(寝苦しい)
* 잠자는 모습이 보기 흉하다 ⇨ いぎたない(寝穢い)
* 장래가 믿음직하다 ⇨ すえたのもしい(末頼もしい)
* 장래가 염려되다 ⇨ すえおそろしい(末恐ろしい)
* 장래가 유망하다 ⇨ すえたのもしい(末頼もしい)
* 장소가 좁다 ⇨ ところせまい
* 장엄하다 ⇨ こうごうしい(神神しい)
* 장황하다 ⇨ くどくどしい
* 재미없다 ⇨ あじきない(味気無い), つまらない, にがい(苦い), よしない(由無い)
* 재미있다 ⇨ おもくろい, おもしろい(面白い)
* 재빠르다 ⇨ すばしこい, すばやい(素早い), てっとりばやい(手っ取り早い), てばしこい
        (手捷い)
* 재빨리 발견하다 ⇨ めばやい(目速い・目早い)
* 재지(才智)가 날카롭다 ⇨ はしこい

＊ (재치가 없고 멋이 없어 보이는 모양)멋이없고 딱딱하다 ⇨ やぼったい(野暮ったい)

＊ 재치 빠르다 ⇨ さとい(聡い)

＊ 재치 있다 ⇨ さとい(聡い), じょさいない

＊ 저속하다 ⇨ ぞくっぽい(俗っぽい)

＊ 저주스럽다 ⇨ のろわしい(呪わしい)

＊ 저주하고 싶다 ⇨ のろわしい(呪わしい)

＊ 저축이 충분하다 ⇨ てあつい(手厚い)

＊ 적다(낮다)(농도・민도・정도 등이) ⇨ うすい(薄い)

＊ 적다 ⇨ すくない(少ない)

＊ 적당하다 ⇨ ほどよい(程好い)

＊ 적당하지 않다 ⇨ あられもない

＊ 적막하다 ⇨ さびしい(寂しい・淋しい)

＊ 적합하다 ⇨ につかわしい(似つかわしい)

＊ 절도(節度)가 없다 ⇨ だらしない

＊ 절로 미소짓게 되고 호감이 가다 ⇨ ほほえましい(微笑ましい)

＊ 절박하다 ⇨ きわどい(際疾い)

＊ 절절(切切)하다 ⇨ せつない(切ない)

＊ 젊다 ⇨ わかい(若い)

＊ 젊디젊다 ⇨ うらわかい(うら若い)

＊ 점잔 빼다 ⇨ もっともらしい

＊ 점잖다 ⇨ おとなしい(大人しい)

＊ 정답다 ⇨ なれなれしい(馴れ馴れしい)

＊ 정도가 낮다 ⇨ ひくい(低い)

＊ 정도가 너무 심하다 ⇨ ばかばかしい(馬鹿馬鹿しい)

＊ 정도가 눈부시다 ⇨ すばらしい(素晴しい)

＊ 정도・성질이 크게 떨어져 있다 ⇨ とおい(遠い)

＊ 정도가 심하다 ⇨ ふかい(深い)

＊ 정돈되어 있지 않다 ⇨ だらしない

＊ 정밀하다 ⇨ こまかい(細かい)

＊ 정밀하지 않다 ⇨ あらい(粗い②)

＊ 정보를 빨리 알다 ⇨ みみざとい(耳聡い)

＊ 정사(情事)에 관한 일이다 ⇨ つやっぽい

＊ 정상이 아니다 ⇨ おかしい(可笑しい)

＊ (정신이나 태도가)거칠다 ⇨ あらい(荒い①)

＊ 정신적 타격을 받고 고통스러워하다 ⇨ いたい(痛い)

* 정신적·도덕적으로 사람의 마음을 움직이다 ⇨ うつくしい(美しい)
* 정신적으로 괴로워 견딜 수 없다 ⇨ せつない(切ない)
* 정에 약하다 ⇨ なみだもろい(涙脆い)
* 정열적이다 ⇨ ねつっぽい(熱っぽい)
* 정이 두텁다 ⇨ あつい(厚い③・篤い④)
* 정이 얕다 ⇨ あわい(淡い)
* 정중하다 ⇨ てあつい(手厚い)
* 정체 불명이다 ⇨ いかがわしい(如何わしい)
* 정취(情趣)를 모르다 ⇨ こころない(心無い)
* 정통(精通)하다 ⇨ あかるい(明るい), くわしい(詳しい・精しい・委しい)
* 정해져 있지 않다 ⇨ さだめない(定めない)
* 정확하다 ⇨ ただしい(正しい)
* 젖내나다 ⇨ ちちくさい(乳臭い)
* 제 정신이 없다 ⇨ たわいない
* 제거하기 어렵다 ⇨ ぬきがたい
* 젠체하다 ⇨ もっともらしい
* 조그마하다 ⇨ ちっちゃい
* (조그만 일에도)쉽게 싸우려 든다 ⇨ けんかばやい
* 조그만 일을 가지고도 잔소리가 많다 ⇨ くちうるさい(口煩い)
* 조금 높다 ⇨ こだかい(小高い)
* 조금 바보다 ⇨ おめでたい(御目出度い・御芽出度い)
* 조금 부끄럽다 ⇨ こはずかしい
* 조급하다 ⇨ きばやい, じれったい
* 조바심나다 ⇨ せわしい(忙しい)
* 조심성스럽다 ⇨ つつましい(慎ましい)
* 조심성이 많다 ⇨ えんりょぶかい, つつしみぶかい(慎み深い)
* 조심스럽다 ⇨ ておもい
* 조용하고 부드럽다 ⇨ やさしい(優しい②)
* 조용하고 심심하다 ⇨ さびしい(寂しい・淋しい)
* 조잡(粗雑)하다 ⇨ あらい(粗い②), あらっぽい(荒っぽい), いやしい(卑しい・賎しい)
* 존귀하다 ⇨ おもい(重い)
* 졸리다 ⇨ ねむい(眠い), ねむたい(眠たい)
* 좀 귀찮다 ⇨ こうるさい(小煩い)
* 좀 까다롭다 ⇨ こむずかしい(小難しい)
* 좀 더럽다 ⇨ こぎたない(小汚ない)

* 좀 부끄럽다 ⇨ てれくさい(照れ臭い)
* 좀스럽다 ⇨ いじましい, みみっちい
* 좀 시끄럽다 ⇨ こうるさい(小煩い)
* 좀처럼 잊혀지지 않다 ⇨ わすれがたい
* 좁고 길다 ⇨ ほそながい(細長い)
* 좁고 여유가 없다 ⇨ せせこましい
* 좁다 ⇨ せまい(狭い), ほそい(細い)
* 좁아서 답답하다 ⇨ せまくるしい(狭苦しい)
* (종이나 천 등의)눈는 냄새가 나다 ⇨ きなくさい(焦臭い)
* 종전 것과 조금도 다르지 않다 ⇨ ふるい(古い・旧い・故い)
* 좋게 생각되다 ⇨ おもわしい(思わしい)
* 좋다 ⇨ いい(善い・好い・良い), よろしい(宜しい)
* 좋은 냄새가 나다 ⇨ こうばしい(香ばしい・芳ばしい)
* 좋을 듯하다 ⇨ のぞましい(望ましい)
* 좋지 않다 ⇨ いけない, いとわしい(厭わしい), いまわしい(忌まわしい), うとましい(疎
     ましい), よしない(由無い), わるい(悪い)
* (좋지 않은 상황이 예측되는 모양)위험하다 ⇨ やばい
* 좌익(左翼)사상을 가지다 ⇨ あかい(赤い)
* 죄가 많다 ⇨ つみぶかい(罪深い)
* 죄가 무겁다 ⇨ つみぶかい(罪深い)
* 죄가 없다 ⇨ しろい(白い)
* 주리고 있다 ⇨ ひもじい
* (주식 등의 시세가)내릴 듯하면서 내려가지 않다 ⇨ そこがたい
* 주의 깊다 ⇨ おもおもしい(重重しい)
* 주제넘게 참견하다 ⇨ さしでがましい(差し出がましい)
* 주제넘다 ⇨ おこがましい(烏滸がましい), ふとい(太い)
* 죽고 없다 ⇨ ない(無い)
* 죽었다 ⇨ むなしい(空しい)
* 준엄하다 ⇨ てきびしい(手厳しい)
* 중 냄새가 나다(풍기다) ⇨ ほとけくさい, まっこうくさい
* 중대하다 ⇨ おおきい(大きい), ておもい, ゆゆしい(由由しい)
* 중요하다 ⇨ おもい(重い), とうとい(尊い・貴い)
* 중이 타락하다 ⇨ なまぐさい(生臭い・腥い)
* 즐거워할 만하다 ⇨ よろこばしい(喜ばしい・悦ばしい)
* 즐겁고 기쁘다 ⇨ うれしい(嬉しい)

* 즐겁다 ⇨ こころよい(快い), たのしい(楽しい), よろこばしい(喜ばしい・悦ばしい)

* 지금 곧 한 것 같다 ⇨ なまなましい(生生しい)

* 지금까지보다는 상태가 달라지다 ⇨ ことあたらしい(事新しい)

* 지나치게 소극적이다 ⇨ ふがいない(腑甲斐無い)

* 지나치게 엄격하여 융통성이 없다 ⇨ かたくるしい(堅苦しい)

* 지독하다 ⇨ すさまじい(凄まじい)

* 지루하다 ⇨ くだくだしい

* 지위나 신분이 천하다 ⇨ ひくい(低い)

* 지위・신분・교양 따위가 뛰어나다 ⇨ たかい(高い)

* 지장 없다 ⇨ だいじない, よい(良い・好い・善い・佳い)

* 지저분하게 더럽다 ⇨ むさくるしい

* 지지 않는다 ⇨ つよい(強い)

* 지치다 ⇨ しんどい

* 지혜가 있다 ⇨ さかしい(賢しい)

* 진귀(珍貴)하다 ⇨ めあたらしい(目新しい), めずらしい(珍しい)

* 진리에 어긋나지 않다 ⇨ ただしい(正しい)

* 진보적이다 ⇨ あたらしい(新しい)

* 진부(陳腐)하다 ⇨ ふるくさい(古臭い), ふるめかしい(古めかしい)

* 진이 많다 ⇨ やにっこい(脂っこい)

* 진저리나다 ⇨ いけすかない

* 진하다 ⇨ こい(濃い)

* 진행하기 어렵다 ⇨ やりにくい

* 진흙층이 깊다(늪・습지 등의) ⇨ どろぶかい

* 질력나다 ⇨ くどくどしい

* 질투를 느끼다 ⇨ うらやましい(羨ましい)

* (집・장소가)넓다 ⇨ てびろい(手広い)

* 집념이 강하다 ⇨ しつこい, しゅうねんぶかい

* 집요하다 ⇨ しつこい, しゅうねんぶかい, ねちっこい, ねつこい

* 짓궂다 ⇨ ねつい

* 짓눌리는 것 같이 괴롭다 ⇨ おもくるしい(重苦しい)

* 짙다 ⇨ しつこい

* 짜다 ⇨ からい(辛い・鹹い)

* 짜증나다 ⇨ ものうい(物憂い・懶い)

* 짜증스럽다 ⇨ しんきくさい

* 짝이 없어 외롭다 ⇨ つれない

* 짠기가 많다 ⇨ しおからい(塩辛い)

* 짭짤하다 ⇨ しおからい(塩辛い)

* 쩨쩨하다 ⇨ あたじけない, いじましい

* 쫀득쫀득하다 ⇨ ねばりづよい

* 차갑다 ⇨ ひやっこい(冷っこい)

* 차다 ⇨ さむい(寒い), つめたい(冷たい)

* 차마 볼 수 없다 ⇨ みづらい

* 차지다 ⇨ ねばい(粘い)

* 착실하다 ⇨ かたい(堅い・固い・硬い), てがたい(手堅い)

* 착하다 ⇨ よい(良い・好い・善い・佳い)

* 참기 힘들다 ⇨ たえがたい(堪え難い)

* 참을 수(가) 없다 ⇨ いたたまれない, しのびない(忍びない), たえがたい(堪え難い), やり
きれない(遣り切れない)

* 참을성이 많다 ⇨ がまんづよい, しんぼうづよい

* 참혹하다 ⇨ いたいたしい(痛痛しい・傷傷しい), いたましい(痛ましい・傷ましい), いた
わしい(労わしい), ひどい(非道い・酷い), むごい(惨い・酷い)

* 창백하다 ⇨ あおい(青い), なまじろい(生白い)

* 창피스럽다 ⇨ くすぐったい(擽ったい)

* 처량하다 ⇨ あわれっぽい

* 처세가 힘들다 ⇨ せちがらい(世知辛い・世智辛い)

* 처음 듣다 ⇨ みみあたらしい(耳新しい)

* 처음 보는 것으로서 새로운 느낌이 들다 ⇨ めあたらしい(目新しい)

* 처음으로 사용하다 ⇨ あたらしい(新しい)

* 처참하다 ⇨ むごたらしい(惨たらしい・酷たらしい)

* 천박하다 ⇨ さもしい

* 천진난만하다 ⇨ ういういしい(初初しい), こころない(心無い)

* 천진하고 귀엽다 ⇨ あどけない

* 천하다 ⇨ かるい(軽い), きたない(汚ない・穢ない), さもしい, ぞくっぽい(俗っぽい), や
すっぽい(安っぽい)

* 철(이) 없다 ⇨ おとなげない(大人気無い), たわいない, わりない(理無い)

* 청각(聴覚)이 예민하다 ⇨ みみざとい(耳聡い)

* 청승맞다 ⇨ あわれっぽい

* 청신(清新)하다 ⇨ めずらしい(珍しい)

* 초라하다 ⇨ わびしい(侘びしい)

* 초목 따위가 크고 무성하다 ⇨ ふかい(深い)

* (초목이)무성하다 ⇨ しげい

* 초조(焦燥)하다 ⇨ いらだたしい(苛立たしい), こころもとない(心許無い), じれったい

* 초조하여 침착하지 못하다 ⇨ きぜわしい(気忙しい)

* 초췌하여 초라하다 ⇨ みすぼらしい(見窄らしい)

* (촌스러운 모양)촌스럽다 ⇨ ひなたくさい, やぼくさい, やぼったい(野暮ったい)

* 촌티가 나다 ⇨ つちくさい(土臭い), どろくさい(泥臭い)

* 총명하다 ⇨ さとい(聡い)

* 추근추근하다 ⇨ ねちっこい, ねつい, ねつこい

* 추악하다 ⇨ みにくい(醜い・見難い)

* 추하게 느껴지다 ⇨ きたならしい(汚ならしい・穢ならしい)

* 추하다 ⇨ きたない(汚ない・穢ない), みっともない

* 축하할 만하다 ⇨ めでたい(芽出度い・目出度い)

* 춥다 ⇨ さむい(寒い)

* 충분치 않다 ⇨ さびしい(寂しい・淋しい)

* 충분하다 ⇨ ふかい(深い), よい(良い・好い・善い・佳い)

* 충분히 조심을 하다 ⇨ ようじんぶかい(用心深い)

* 충실하다 ⇨ まめまめしい

* 취급 등이 거칠다 ⇨ ていたい(手痛い)

* 취급하기 쉽다 ⇨ くみしやすい(与し易い)

* (취미・성품이)천하다 ⇨ いやしい(卑しい・賎しい)

* 치근치근하다 ⇨ くどくどしい

* 치사스럽다 ⇨ あたじけない

* 친근미가 없다 ⇨ みずくさい(水臭い)

* 친밀감이 없고 거북하다 ⇨ けむたい(煙たい・烟たい)

* 친밀하다 ⇨ こころやすい(心安い), したしい(親しい), ちかい(近い), ふかい(深い), わり
     ない(理無い)

* 친숙하다 ⇨ なじみぶかい

* 친절하다 ⇨ こころやすい(心安い), こまかい(細かい), てあつい(手厚い)

* 친하다 ⇨ ちかい(近い), ちかしい(近しい・親しい), むつまじい(睦まじい), よい(良い・
     好い・善い・佳い)

* 친하지 않다 ⇨ うとうとしい(疎疎しい), とおい(遠い), よそよそしい(余所余所しい)

* 친한 사이가 아닌 것처럼 대하다 ⇨ みずくさい(水臭い)

* 침착하다 ⇨ いさぎよい(潔い)

* 침착하지 못하고 서두르는 모양 ⇨ そそっかしい

* (칼 따위가)잘 들지 않다 ⇨ あまい(甘い)

* 케케묵었다(묵다) ⇨ かびくさい(黴臭い), ふるくさい(古臭い), ふるめかしい(古めかしい)
* 쾌(快)치 않다 ⇨ うっとうしい(鬱陶しい)
* 쾌활하고 소탈하다 ⇨ さくい
* 크게 울리다 ⇨ たかい(高い)
* 크다 ⇨ おおきい(大きい), でかい, でっかい
* (큰 사건 등으로)불안정하다 ⇨ あわただしい(慌しい・遽しい)
* 키가 작다 ⇨ ひくい(低い)
* 타산적이다 ⇨ かんじょうだかい, けいさんだかい, こまかい(細かい), そろばんだかい
* 타인에 대하여 부끄럽다 ⇨ まばゆい(眩い)
* 탐나다 ⇨ ほしい(欲しい)
* 태도가 분명하지 않다 ⇨ にえきらない(煮え切らない)
* 태도나 언행이 고상하고 겸허하다 ⇨ おくゆかしい(奥床しい)
* 태도・복장이 불쾌한 느낌을 주다 ⇨ きざっぽい(気障っぽい)
* 태연하다 ⇨ なにげない(何気無い)
* 터무니없다 ⇨ とんでもない
* 턱없다 ⇨ ばかばかしい(馬鹿馬鹿しい)
* 털이 많고 짙다 ⇨ けぶかい(毛深い)
* 텅 비다 ⇨ むなしい(空しい)
* 토실토실하다 ⇨ まるまっちい
* 통속적이다 ⇨ ぞくっぽい(俗っぽい)
* 툭하면 싸우려 든다 ⇨ けんかばやい
* 트여 있지 않다 ⇨ せまい(狭い)
* 특별히 눈에 띄다 ⇨ めぼしい
* 튼튼하다 ⇨ つよい(強い)
* 틀리기 쉽다 ⇨ まぎらわしい(紛らわしい)
* 틀림이 없다 ⇨ ちがいない(違いない)
* 틈이 없다 ⇨ いそがしい(忙しい)
* 파랗다 ⇨ あおい(青い)
* 패기 없다 ⇨ いくじない
* 편편하다 ⇨ ひらたい(平たい)
* 편하다 ⇨ かるい(軽い)
* 평안하다 ⇨ つつがない(恙無い)
* 평판이 높다 ⇨ かんばしい(芳しい)
* 평평하다 ⇨ ひらべったい
* 폭(이) 넓다 ⇨ はばひろい, ひろい(広い・弘い)

* 폭이 좁다 ⇨ せまい(狭い), ほそい(細い)
* 표면뿐 아니라 그 속에 담긴 것에도 마음이 끌리다 ⇨ おくゆかしい(奥床しい)
* 표면에서 바닥까지의 거리가 길다 ⇨ ふかい(深い)
* 표정이나 태도가 너무 딱딱하고 근엄하다 ⇨ しかつめらしい(鹿爪らしい)
* 표현이 뚜렷하고 알기 쉽다 ⇨ あかるい(明るい)
* 표현하기 어렵다(까다롭다) ⇨ いいがたい
* 푸르다 ⇨ あおい(青い)
* 푸르스름하다 ⇨ あおっぽい
* 푸른 기가 있고 희다 ⇨ あおじろい(青白い・蒼白い)
* 풀이 무성하다 ⇨ くさぶかい(草深い)
* 품격이 있다 ⇨ たかい(高い)
* 품위가 없다 ⇨ いやしい(卑しい・賤しい), けがらわしい(汚らわしい・穢らわしい), はし
     たない(端たない)
* 품위가 없어 보이다 ⇨ ぞくっぽい(俗っぽい)
* 품위가 있어 마음이 끌리다 ⇨ ゆかしい(床しい・懐しい)
* 풋내가 나다 ⇨ あおくさい(青臭い)
* 풋내기 티가 나다 ⇨ しろっぽい(白っぽい)
* 풍부하다 ⇨ ふかい(深い)
* 피로하다 ⇨ しんどい
* 피로하여 노곤하다 ⇨ かったるい
* 피로해서 힘이 없다 ⇨ だるい
* 피비린내 나다 ⇨ ちなまぐさい(血腥い), なまぐさい(生臭い・腥い)
* 필요하다 ⇨ ほしい(欲しい)
* 핏기가 없다 ⇨ あおい(青い), あおじろい(青白い・蒼白い)
* 하기 쉽다 ⇨ やさしい(易しい①)
* 하기 힘들다 ⇨ やりにくい
* 하는 방식이 확실하여 불안스럽지 않다 ⇨ てがたい(手堅い)
* 하는 수 없다 ⇨ やむない(已む無い), よんどころない(拠無い)
* 하는 짓이 빠르다 ⇨ てばしこい(手捷い)
* 하늘이 맑게 개어 있다 ⇨ はればれしい(晴れ晴れしい)
* 하찮다 ⇨ わけない
* 한심스럽다 ⇨ なげかわしい(嘆かわしい・歎かわしい)
* 한심하다 ⇨ あさましい(浅ましい), おさむい(お寒い), さむい(寒い), なさけない(情け無い)
* 한(이) 없다 ⇨ きわまりない(窮まりない・極まりない), はてしない(果てし無い)
* 한정되어 있다 ⇨ せまい(狭い)

* 한탄스럽다 ⇨ うれわしい(憂わしい), なげかわしい(嘆かわしい・歎かわしい)
* 할 수(가) 없다 ⇨ じゅつない(術無い), せんかたない(詮方無い), よぎない(余儀無い)
* 할 일이 없어 심심하다 ⇨ さびしい(寂しい・淋しい), しょざいない
* 함부로 딴소리하는 일이 없다 ⇨ くちがたい(口堅い)
* 함부로 욕심을 부리다 ⇨ いじきたない(意地汚い)
* 해결하기 곤란하다 ⇨ むずかしい(難しい)
* 해쓱하다 ⇨ あおじろい(青白い・蒼白い)
* 햇빛이 타다 ⇨ くろい(黒い)
* 했으면 싶다 ⇨ のぞましい(望ましい)
* 향기롭다 ⇨ かぐわしい(芳しい・馨しい), かんばしい(芳しい), こうばしい(香ばしい・芳
    ばしい)
* 허무하다 ⇨ あえない(敢(え)無い), さだめない(定めない)
* 허물없다 ⇨ きやすい(気安い・気易い), こころやすい(心安い)
* 허물없이 친하다 ⇨ なれなれしい(馴れ馴れしい)
* 허풍스럽다 ⇨ ことごとしい
* 헐겁다 ⇨ ゆるい(緩い)
* 험난(險難)하다 ⇨ けわしい(険しい・嶮しい)
* 험상궂다 ⇨ すごい(凄い)
* 험악하다 ⇨ けわしい(険しい・嶮しい)
* 험하다 ⇨ けわしい(険しい・嶮しい)
* 헛소문을 떠벌리다 ⇨ くちさがない
* 헛수고다 ⇨ むなしい(空しい)
* 헝클어지지 않고 바르다 ⇨ ただしい(正しい)
* 현대적이다 ⇨ あたらしい(新しい), いまめかしい
* 현명하다 ⇨ かしこい(賢い), さかしい(賢しい)
* 현저하다 ⇨ いちじるしい(著しい)
* 혈통의 관계가 멀지 않다 ⇨ ちかい(近い)
* 혈통이 가깝다 ⇨ したしい(親しい)
* 형편없다 ⇨ おさむい(お寒い)
* 형편에 맞다 ⇨ ありがたい(有り難い)
* 형편이 좋다 ⇨ よい(良い・好い・善い・佳い)
* 형편이 좋지 않다 ⇨ まずい(不味い), わるい(悪い)
* 호감이 가다 ⇨ おもしろい(面白い), このましい(好ましい), すいたらしい
* 호감이 안 가다 ⇨ おぞましい(悍しい)
* 호기심을 가지게 되다 ⇨ ゆかしい(床しい・懐しい)

* 호인이다 ⇨ おめでたい(御目出度い・御芽出度い)
* 혹독하다 ⇨ こっぴどい, てひどい(手酷い), ひどい(非道い・酷い)
* 홍시같은 냄새가 나다(술취한 사람의 입에서 풍기는 고약한 냄새가 나다) ⇨ じゅくし くさい
* 화(가) 나다 ⇨ いきどおろしい, いまいましい(忌ま忌ましい), はらだたしい(腹立たしい)
* 화가 미칠 것 같다 ⇨ まがまがしい
* 화딱지가 나다 ⇨ ねたましい(妬ましい)
* 화려하고 아름답다 ⇨ びびしい(美美しい)
* 화려하다 ⇨ かがやかしい(輝かしい・赫かしい・耀かしい), はなばなしい(花花しい・華 華しい), はればれしい(晴れ晴れしい)
* 화려하지 않다 ⇨ しぶい(渋い)
* 화를 잘 내는 성미이다 ⇨ おこりっぽい
* 화목하다 ⇨ したしい(親しい)
* 화사하고 보기에 좋다 ⇨ はえばえしい
* 확실치 않다 ⇨ なまぬるい(生温い)
* 확실하다 ⇨ かたい(堅い・固い・硬い), ちがいない(違いない)
* 활발하다 ⇨ いさましい(勇ましい)
* 황공하다 ⇨ おそれおおい(恐れ多い・畏れ多い)
* 황공할 만큼 신중하다 ⇨ ゆゆしい(由由しい)
* 황급하다 ⇨ あわただしい(慌しい・遽しい)
* 황송하다 ⇨ ありがたい(有り難い), かたじけない(辱ない・忝ない), もったいない(勿体無い)
* 후덥지근하게 덥다 ⇨ むしあつい(蒸し暑い)
* 후련하다 ⇨ こきみよい
* 후하다 ⇨ あまい(甘い)
* 훌륭하다 ⇨ いさぎよい(潔い), えらい(偉い・豪い), かんばしい(芳しい), すばらしい(素 晴しい), よい(良い・好い・善い・佳い)
* 휑뎅그렁하다 ⇨ だだっぴろい
* 흉하지 않다 ⇨ みよい(見好い)
* 흐리멍덩하다 ⇨ まだるい(間怠い)
* 흔적이 없다 ⇨ むなしい(空しい)
* 흔히 있는 것이어서 별다른 재미가 없다 ⇨ ふるくさい(古臭い)
* 흙내(가) 나다 ⇨ つちくさい(土臭い), どろくさい(泥臭い)
* 흥(興)이 깨지다 ⇨ しらじらしい(白白しい)
* 흥감스럽다 ⇨ たいそうらしい
* 흥미 있다 ⇨ おもしろい(面白い)

* 홍성하다 ⇨ にぎわしい(賑わしい)
* 희귀하다 ⇨ めずらしい(珍しい)
* 희끄무레하다 ⇨ うすじろい, なまじろい(生白い), ほのじろい
* 희미하다 ⇨ あわあわしい, あわい(淡い)
* 희읍스름하다 ⇨ うすじろい
* 흰빛을 띠다 ⇨ しろっぽい(白っぽい)
* 힘들다 ⇨ つらい(辛い)
* 힘이 세다 ⇨ つよい(強い)
* 힘이나 기운이 약하다 ⇨ とろい
* (寒(サム)い(춥다))의 공손한 말 ⇨ おさむい(お寒い)
* (「ひらたい・たいらな」)의 속된 말투 ⇨ ひらべったい

편저 고은숙 高恩淑

제주대학교 일어일문학과를 졸업 후, 한국외국어대학교 대학원에서 일본어학을 전공으로
석·박사과정을 수료하였고, 2005년에 문학박사학위를 받았다. 현재 한국외국어대학교, 건국대
학교, 가톨릭대학교에 출강하고 있다.

〈주요논문〉
『日·韓 両国語의 形容詞에 関한 研究』박사학위논문
「時·空間性 형용사구문에 관한 고찰」
「감각형용사 술어문의 구조유형에 관한 고찰 -한국어와의 대조를 중심으로-」
「일·한 형용사의 전이 양상에 관한 고찰 -감각형용사를 중심으로-」
「촉각형용사 전이 용법의 양상 고찰」
「일본어와 한국어 형용사 대조 시소러스 연구」
「한·일 양국어 형용사의 분류체계에 관한 연구」 외 다수

✉ E-mail : koeunsook@hanmail.net

일본어 형용사의 한국어 대역 시소러스 thesaurus

초판인쇄   2008년 10월 23일
초판발행   2008년 11월 4일

편   저   고은숙

발행한곳   제이앤씨
책임편집   김진화
등록번호   제7-220호

주   소   서울시 도봉구 창동 624-1 현대홈시티 102-1206
대표전화   (02) 992 / 3253
팩시밀리   (02) 991 / 1285
홈페이지   http://www.jncbook.co.kr
전자우편   jncbook@hanmail.net

ISBN   978-89-5668-656-1   93830   정가 27,000원